三国的暗线

巨南 著

中国文史出版社

图书在版编目（CIP）数据

三国的暗线 / 巨南著. -- 北京： 中国文史出版社，2023.4

ISBN 978-7-5205-3893-0

Ⅰ.①三… Ⅱ.①巨… Ⅲ.①《三国演义》研究 Ⅳ.①I207.413

中国版本图书馆CIP数据核字（2022）第210390号

责任编辑：卜伟欣

出版发行	：中国文史出版社
社　　址	：北京市海淀区西八里庄路69号院　　邮编：100142
电　　话	：010—81136606　81136602　81136603（发行部）
传　　真	：010—81136655
印　　装	：廊坊市海涛印刷有限公司
经　　销	：全国新华书店
开　　本	：16开
印　　张	：32
字　　数	：471千
版　　次	：2025年5月北京第1版
印　　次	：2025年5月第1次印刷
定　　价	：88.00元

文史版图书，版权所有，侵权必究。

文史版图书，印装错误可与发行部联系退换。

序言

陈寿的难言之隐

东汉末年，政治腐败，民不聊生，以十常侍为核心的宦官集团把持朝政，残害忠良。中平六年（189），汉灵帝驾崩，辅政的大将军何进试图联合以袁绍为首的朝中士大夫诛杀宦官，不料走漏消息而被后者诱杀于宫闱之内，闻讯的袁绍等人带兵血洗皇宫，将宦官集团赶尽杀绝，然而"螳螂捕蝉，黄雀在后"，袁绍等人还没有来得及开庆功宴，奉命赶来的董卓率西凉军占领京师，趁乱夺权，"挟天子以令诸侯"，逃出京师的袁绍等人组织关东联军起兵讨伐董卓，王允、吕布合谋刺杀董卓，之后便是天下大乱，群雄并起，袁绍鹰扬河朔，曹操鏖战中原，刘焉割据益州，刘表称霸江汉，孙策攻占江东，经过多年激战，逐步形成了魏蜀吴三国鼎立的格局。

古典小说《三国演义》由于全景式地再现了汉末三国大乱世期间群雄争霸、纵横捭阖的宏大历史叙事而备受后世推崇，《三国演义》中最令人印象深刻的除了刀光剑影、烟尘滚滚的战争场面之外，莫过于其所刻画的众多叱咤风云、各领风骚的英雄豪杰："宁教我负天下人，休教天下人负我"的曹操、"仁德宽厚，礼贤下士"的刘备、"鞠躬尽瘁，死而后已"的诸葛亮、"骁勇善战，义重如山"的关羽……这些栩栩如生、跃然纸上的英雄豪杰无不向我们展示汉末三国历史的巨大魅力！

尽管当前国人对于汉末三国的认知基本上来自《三国演义》和以其为蓝本的影视作品，但是由于《三国演义》中的大多数情节取材自陈寿的《三国志》，所以我们今天对于三国的认知实质上来自《三国志》，然而我们通过《三国志》所了解到的三国历史果真是信史吗？

举例来说，当三国迷们一提到袁绍时，肯定会想起"沽名钓誉，外宽内忌"这个著名的评价，一提到魏武帝曹操很可能会为他"唯才是举，礼贤下士"的风采所折服，但是《三国志》相关篇章中也有不少与之相反的记载。

《三国志·魏书·袁绍传》记载：

从事沮授说绍曰："将军弱冠登朝，则播名海内；值废立之际，则忠义奋发；单骑出奔，则董卓怀怖；济河而北，则勃海稽首。振一郡之卒，撮冀州之众，威震河朔，名重天下。"

《三国志·魏书·崔琰传》记载：

时士卒横暴，掘发丘陇，琰谏曰："昔孙卿有言：'士不素教，甲兵不利，虽汤武不能以战胜。'今道路暴骨，民未见德，宜敕郡县掩骼埋胔，示憎怛之爱，追文王之仁。"绍以为骑都尉。

《三国志·魏书·何夔传》记载：

建安二年，夔将还乡里，度术必急追，乃间行得免，明年到本郡。顷之，太祖辟为司空掾属。……太祖性严，掾属公事，往往加杖；夔常畜毒药，誓死无辱，是以终不见及。

《三国志·魏书·许褚传》记载：

褚性谨慎奉法，质重少言。曹仁自荆州来朝谒，太祖未出，入与褚相见于殿外。仁呼褚入便坐语，褚曰："王将出。"便还入殿，仁意恨之。或以责褚曰："征南宗室重臣，降意呼君，君何故辞？"褚曰："彼虽亲重，外藩也。褚备内臣，众谈足矣，入室何私乎？"太祖闻，愈爱待之，迁中坚将军。

客观而言，沮授对于袁绍的评价并非完全是溢美之词，如果袁绍真的仅仅是凭借"四世三公"的权势和门第作威作福的纨绔子弟，当其反对董卓废黜少帝逃出京师，避难渤海郡时，为什么有如此多的英雄豪杰舍命相随，难道他们都是睁眼瞎吗？如果袁绍真的刚愎自用，昏庸无能，又如何能剿灭雄踞幽州多年的公孙瓒集团呢？

由于官渡之战的惨败，袁绍后方叛乱四起，如果袁绍真的是沽名钓誉之辈，此时显然已经到了穷途末路的地步，然而令人感到不解的是，袁绍竟然凭借官渡之战留下的残兵败将平定了叛乱。与此同时，尽管崔琰对袁绍的劝谏掷地有声，大义凛然，但是"士卒横暴，掘发丘陇"即士兵挖掘坟墓以获取财物在当时也是普遍的社会现象，如果其不幸遇上一个雄猜之主的话，恐怕会有杀身之祸，而袁绍听了他的劝谏，不仅没有勃然大怒，反而提拔其为骑都尉，不正好说明袁绍绝非《三国演义》所描绘的那样外宽内忌、心胸狭隘吗？

相对于《三国志·魏书·武帝纪》中的光辉形象，《三国志·魏书·何夔传》中出现的曹操可以用不敢恭维来形容。我国传统政治往往推崇"君使臣以礼，臣事君以忠"，孟子则认为："君之视臣如手足，则臣视君如腹心；君之视臣如犬马，则臣视君如国人；君之视臣如土芥，则臣视君如寇仇。"（《孟子·离娄下》）汉末三国时期，为了招揽人才，各路诸侯至少表面上都会做出礼贤下士的样子，曹操这种"掾属公事，往往加杖"的恶习像不像那个喜欢廷杖朝臣的大明嘉靖皇帝呢？

《三国志·魏书·许褚传》的相关记载看上去似乎是赞扬许褚个性谨慎，处事稳重，事实上却是别有内涵。许褚是负责曹操人身安全，与其朝夕相处的曹魏政权的"中央警卫局局长"，论对曹操秉性脾气的了解估计在曹魏群臣之中没有谁能比得上许褚，而征南将军曹仁则是曹操最器重的曹魏宗室，按理说，许褚与曹仁在殿外"坐语"是一件非常普通的事件，但是在许褚看来，如果他真的与曹仁在殿外"坐语"，一旦被人向曹操告发，他和曹仁很可能都会背上谋逆的嫌疑，轻则罢官，重则丢命，曹操连自己身边原本最不应该怀疑的"中央警卫局局长"和曹魏宗室都难以真正信任，不是其猜忌之心有悖常理的最好证明吗？显然相对于袁绍，魏武帝曹操更有资格获得"外宽内忌"的评价。

除此之外，《三国志》中的许多内容也十分耐人寻味，像刘备"三顾茅庐"的故事即使今天读起来相信也会令人感动不已，刘备的求贤若渴、唯才是举，诸葛亮的满腹经纶、心忧天下，两人之间的君臣相知、惺惺相惜更是后世学者文人津津乐道、经久不衰的话题，但是我们是否应该思考一下，刘备之所以"三顾茅庐"，邀请诸葛亮出山是由于徐庶和司马徽的推荐，徐庶和司马徽为什么会向刘备推荐诸葛亮呢？除了后者才华横溢，足智多谋，能够辅佐刘备之外，还有没有其他因素的考虑？

建安十三年（208），曹操占领荆州后，挥戈南下，吴主孙权不顾群臣的反对在鲁肃和诸葛亮的建议下，与刘备集团结盟共同抗曹，以东吴军队为主力的孙刘联军由周瑜率领在长江赤壁击溃曹操大军，奠定三国鼎立的基础，这便是历史上赫赫有名的赤壁之战。然而孙权力排众议，乾纲独断，最终决心抗曹果真是其临危不惧、英姿勃发的个性使然吗？从曹操兵不血刃占领荆州到赤壁之战孙刘联盟获胜，赤壁之战同样迷雾重重，比如为什么孙权在听取周瑜的意见后才下定最终抗曹的决心，为什么掌控荆州军权的蔡瑁、蒯越等人在曹操还没有兵临城下就主动投降，而以周瑜为首的东吴将领却坚决主张抗曹到底呢？

建安二十四年（219），镇守南郡的蜀汉大将关羽率军北伐中原，攻打襄樊。魏武帝曹操闻讯后，派于禁、庞德率军增援，关羽水淹七军，俘于禁，斩庞德，威震华夏，曹操派人联系孙权让其从背后出兵攻击关羽，孙权得知蜀汉军队调离之后秘密派吕蒙担任统帅率军偷袭荆州，吕蒙白衣渡江，兵不血刃攻占荆州，进退失据、腹背受敌的关羽不得不西走麦城，最终，同年十二月，关羽率少数骑兵从麦城突围，途中为吴将马忠擒获，不久被斩首示众，荆州除了曹魏占据的南阳郡和南郡、江夏郡部分地区之外，都纳入了东吴的版图。

作为汉末三国的经典战役，东吴偷袭荆州一战不仅打破了刘备"北伐中原，兴复汉室"的美梦，而且对于魏蜀吴三国的国运都产生了深远的影响。然而尽管偷袭荆州一战历来是三国研究的热点，但是这场战役也存在一些不解之谜，比如建安二十四年（219）东吴大费周章，极尽阴险之能事，不惜瓦解孙刘联盟也要占领的荆州的南郡等地恰恰是孙权借给刘备的，而孙权之所以将荆州的南郡等地借给刘备是听从了鲁肃的建议，那么鲁肃为什么主张将荆州的南郡等地借给刘备？除了共同抗曹之外，他还有没有其他考虑？鲁肃病逝之后，接替其成为东吴长江防线最高指挥官的吕蒙向孙权提出的偷袭荆州的主张果真是为了维护东吴的国家利益吗？东吴偷袭荆州之后，从地缘政治的角度来看，对其国家利益而言，究竟是得大于失还是得不偿失呢？在襄樊之战后期，面对关羽兵团的覆灭，坐镇巴蜀的刘备和诸葛亮为什么按兵不动呢？

景元四年（263），曹魏权臣司马昭不顾群臣的反对，派遣钟会、邓艾、诸葛绪率领大军讨伐蜀汉，邓艾自率精锐部队偷渡阴平，越过数百里荒无人烟的崇山峻岭，凿山开路，奇袭江油，又在蜀汉腹地绵竹大破诸葛瞻，攻占涪城，进逼成都。后主刘禅因邓艾兵临城下，无处可逃，便接受谯周等"投降派"的建议向魏军投降，蜀汉灭亡。

从表面上看，立国四十三年的蜀汉政权的灭亡似乎是水到渠成、顺理成章的事情，但是从司马昭决心讨伐蜀汉到蜀汉正式灭亡的过程中，事实上发生了许多不可思议的现象。

当姜维得知曹魏即将讨伐蜀汉后，建议后主加强阳安关口及阴平之桥头的防守，却遭到后主刘禅的拒绝，后主刘禅原本只要采纳姜维加强阳安关口及阴平之桥头的建议，便可以高枕无忧，但是其偏偏置若罔闻，难道后主刘禅真的昏庸到这种程度了吗？

邓艾军队偷渡阴平和攻占江油之后，蜀汉朝野震惊，很快选派诸葛亮之子诸葛瞻率军去抵御邓艾。诸葛瞻虽然因为其父的缘故享有盛誉，也有军职在身，然而以往却没有领兵作战的经验，选派这样一个没有领兵作战经验的官二代抵御当时以能征善战而闻名三国的曹魏名将邓艾，这玩笑开得是不是有点大？

三国的暗线

诸葛瞻所部被邓艾消灭之后，尽管蜀军主力正在剑阁，但是还有部分蜀军在蜀汉将领霍弋、罗宪的率领下驻扎在南中，霍弋、罗宪不仅对后主刘禅忠心耿耿，而且是具有丰富领兵作战经验，以防守著称的军事将领。然而令人困惑不解的是，当霍弋得知邓艾侵入蜀汉腹地，向后主刘禅要求去防守成都抵御邓艾之时，却被后主刘禅以已有准备为由断然拒绝。国家都快灭亡了，却拒绝任用名将，后主刘禅的脑袋发高烧烧糊涂了吗？

在《三国志》作者陈寿所撰写的众多魏蜀吴帝王传记之中，《三国志·蜀书·后主传》是一篇简洁到极致，令人不得不心生困惑的"奇葩"，这篇帝王传记与其说是描绘后主刘禅的一生，不如说是同一时期蜀国历史的流水账。

这种反常现象非常值得关注，不要忘了，从建兴元年（223）到炎兴元年（263），刘禅在位时间长达四十年，是三国时期正式在位时间最久的君主（孙权虽然统治东吴五十二年，但是从公元229年正式称帝位到公元252年驾崩，正式在位时间只有二十三年），如此漫长的统治时间，应该有许多内容可以撰写，然而陈寿却惜字如金，寥寥数笔就概括了后主刘禅的一生，这难道不令人怀疑吗？

《三国志》里的各种疑点显示我们所熟悉的汉末三国大乱世的英雄豪杰和重要事件很可能与真实的历史存在不小的偏差。或许有人会问，为什么陈寿这样喜欢故弄玄虚，像有关袁绍和曹操的正反面描写直接放入本人传记中，不是更加符合史学规范吗？要想回答这个问题，我们还必须从陈寿的生平和其撰写《三国志》时的两难处境说起。

陈寿字承祚，巴西安汉人也。少好学，师事同郡谯周，仕蜀为观阁令史。宦人黄皓专弄威权，大臣皆曲意附之，寿独不为之屈，由是屡被谴黜。遭父丧，有疾，使婢丸药，客往见之，乡党以为贬议。及蜀平，坐是沉滞者累年。司空张华爱其才，以寿虽不远嫌，原情不至贬废，举为孝廉，除佐著作郎，出补阳平令。撰《蜀相诸葛亮集》，奏之。除著作郎，领本郡中正。撰魏吴蜀《三国志》，凡六十五篇，时人称其善叙事，有良史之才。夏侯湛时著《魏书》，见寿所作，便坏己书而罢。张华深善之，谓寿曰："当以《晋书》相付耳。"其为时所重如此。或云丁仪、丁廙有盛名于魏，寿谓其子曰："可觅千斛米见与，当为尊公作佳传。"丁不与之，竟不为立传。寿父为马谡参军，谡为诸葛亮所诛，寿父亦坐被髡，诸葛瞻又轻寿。寿为亮立传谓亮将略非长，无应敌之才，言瞻惟工书，名过其实，议者以此少之。

张华将举寿为中书郎，荀勖忌华而疾寿，遂讽吏部，迁寿为长广太守。辞母老不就。杜预将之镇，复荐之于帝，宜补黄散。由是授御史治书。以母忧去职。母遗言令葬洛阳，寿遵其志。又坐不以母归葬，竟被贬议。初，谯周尝谓寿曰："卿必以才学成名，当被损折，亦非不幸也。宜深慎之。"寿至此再致废辱，皆如周言。后数岁，起为太子中庶子，未拜。

元康七年病卒，时年六十五。梁州大中正、尚书郎范頵等上表曰："昔汉武帝诏曰：'司马相如病甚，可遣悉取其书。'使者得其遗书，言封禅事，天子异焉。臣等案：故治书侍御史陈寿作《三国志》，辞多劝诫，明乎得失，有益风化。虽文艳不若相如，而质直过之。愿垂采录。"于是诏下河南尹、洛阳令就家写其书。寿又撰《古国志》五十篇、《益都耆旧传》十篇，馀文章传于世。（《晋书·陈寿传》）

作为我国古代社会少数能够与司马迁和班固比肩的著名史学家，陈寿撰写《三国志》拥有许多优势。

首先，陈寿"少好学，师事同郡谯周"，是益州公认的大才子，具有撰写《三国志》的良好基础。

其次，陈寿曾经"仕蜀为观阁令史"，这意味着陈寿可以接触到蜀汉政权的奏章、档案和文书，蜀汉灭亡后，陈寿还担任过西晋朝廷的著作郎，又可以收集到与魏蜀吴相关的第一手历史资料。

最后，陈寿史学功底深厚，有"良史之才"的美誉。《晋书·陈寿传》记载："（陈寿）撰魏吴蜀《三国志》，凡六十五篇，时人称其善叙事，有良史之才。夏侯湛时著《魏书》，见寿所作，便坏己书而罢。张华深善之，谓寿曰：'当以《晋书》相付耳。'其为时所重如此。"

但是陈寿拥有许多撰写《三国志》的先天优势并不意味着其能够在下笔成

文时一五一十地将汉末三国的历史真相告诉后人，原因主要是以下几个方面：

一是陈寿撰写《三国志》时，尽管曹魏已经灭亡，但是由于西晋与曹魏之间的朝代更迭是通过和平禅让的形式实现，因此众多曹魏宗室和曹魏元老的子孙依然在西晋朝堂大权在握，呼风唤雨，属于典型的"达官显贵"，如果作为蜀汉降臣的陈寿在撰写《三国志·魏书》之时，过多描写曹魏君主和元老的阴暗面，不仅会给西晋王朝的合法性投下阴影，而且容易触怒西晋王朝的达官显贵，轻则免职罢官，重则人头落地。理解了这点，我们对于为什么《三国志·魏书》中的曹魏元老重臣几乎个个都是品德高尚、忧国忧民的圣人君子就不会感到困惑不解了。

二是陈寿之父曾经担任过马谡参军，陈寿本人"仕蜀为观阁令史"，家庭出身和任职经历使得其对于蜀汉从建国到覆亡的历史自然会一清二楚，甚至很可能是许多历史事件的亲历者，但是知道内情并不代表能够秉笔直书，由于蜀汉建立之后"荆州派""元老派""东州派""益州派"之间的权力博弈以及后主刘禅即位之后事实上一直处于"傀儡皇帝"的尴尬处境，如果陈寿将这些历史实情完整地记录下来，将会使得依然健在的蜀汉皇室成员和在西晋朝廷任职的原"荆州派""元老派""东州派""益州派"的后人蒙受耻辱，陈寿也很可能会受到舆论的批判。

三是陈寿撰写《三国志》时，东吴已经灭亡，但是江东地区依然叛乱四起，《晋书·刘颂传》记载："孙氏为国，文武众职，数拟天朝，一旦堙替，同于编户。不识所蒙更生之恩，而灾困逼身，自谓失地，用怀不靖。"晋朝的"当权派"对于江东士族也存在很强的猜忌心理。在这种情况下，如果陈寿在《三国志·吴书》中对于东吴君臣存在过多的批评，很可能导致江东士族的强烈不满，引发大规模叛乱也并非天方夜谭，而一旦引发大规模叛乱，陈寿很可能会被西晋朝廷当作祸魁元凶而面临人头落地的威胁。

在我国古代社会，由于史官秉笔直书导致的杀身之祸比比皆是。春秋时期，齐国权臣崔杼弑死齐庄公后，打算让负责写史的太史官说齐庄公是暴病而亡，但太史官直书"夏五月乙亥，崔杼弑其君"，造成前后两任太史官身首异处。北魏太武帝时期，司徒崔浩监修国史时，由于著者秉笔直书，尽述拓跋氏的历史，详备而无所避讳，披露了不少北魏皇族早期的丑事，并且营造碑林刻录国史内容，鲜卑贵族看到后，十分愤怒，纷纷到太武帝拓跋焘前告状，指控崔浩有意暴扬国恶，最终导致包括北方大族清河崔氏同族无论远近，姻亲范阳卢氏、太原郭氏、河东柳氏都被连坐族诛，史称"国史之狱"。

对于真实记录汉末三国历史可能引发的众多风险，陈寿不可能没有察觉，但是另一方面，作为饱读儒家经典的"良史之才"，陈寿对于"董狐之笔"的典故同样也不会陌生，在撰写《三国志》时一味歌功颂德也绝非其所能接受，反复权衡以后，陈寿很可能以曲笔的形式来解决这种困境。

以曹操和袁绍为例，陈寿在撰写《三国志·魏书·武帝纪》时对于曹操的"丰功伟绩"采取了正面描写的方式，但是在其他传记中对于曹操猜忌之心和喜欢动辄"掾属公事，往往加杖"的恶习也进行了巧妙的披露。

在撰写袁绍传记时总体上采取贬斥的态度，但是留下沮授对于袁绍的正面评价，《三国志·魏书·崔琰传》相关记载从字面上看是赞赏崔琰敢于直谏，实质上却是向读者暗示袁绍有容人之量。

同样的道理，由于蜀汉内部的权力斗争和后主刘禅即位之后事实上一直处于"傀儡皇帝"的尴尬处境，陈寿宁可冒着被天下人耻笑的风险，故意在《三国志·蜀书·后主传》中只用寥寥数笔的流水账的形式勾勒后主刘禅的一生，这样既能够保全自己，又可以不违背良知，同时还有利于引发后人对这一反常现象的关注和为破解历史真相留下蛛丝马迹。

除了陈寿的《三国志》的相关内容，汉灵帝统治天下的二十一年以及司马懿在曹魏政坛的崛起对于汉末三国的历史进程产生了至关重要的作用和影响，尽管后世对于汉灵帝和司马懿已经拥有近乎盖棺论定的评价，但是围绕他们的历史记载中也存在不少未解之谜，比如汉灵帝是后世公认的荒淫无道、宠信奸佞的一代昏君，光和元年（178），议郎蔡邕针对天降异端上奏汉灵帝，直指东汉朝堂奸佞当道是天降异端的主要原因，然而任用这些奸佞恰恰不是别人，正是他汉灵帝本人，蔡邕奏章实质上隐含着对汉灵帝的批评，有意思的是，汉灵帝看完奏章之后不仅没有勃然大怒，反而"览而叹息"，难道不令人感到奇怪吗？

另外，司马懿能够在曹魏政坛青云直上、步步高升显然与魏武帝曹操、魏文帝曹丕、魏明帝曹叡祖孙三代的信赖和器重息息相关，但是令人困惑不解的是，现有史书也同样留下了曹魏君主对其猜忌和防范的记载，曹操曾经因为"三马同槽"的梦境和司马懿的"狼顾之相"告诉曹丕需要防范司马懿，魏明帝曹叡临终前最初确定的顾命大臣名单也没有司马懿的名字，说到这里，问题来了，既然曹魏君主如此猜忌司马懿，那么为什么一次次提拔司马懿，使其掌握军政实权，从而埋下未来司马家族篡夺曹魏江山的祸根呢？

本书所写的各篇文章就是对这些疑问的解答。近年来，为了进一步提高对汉末三国历史的认知，笔者陆续阅读了《三国志》《后汉书》《晋书》《华阳国志》等史书。在阅读过程中，产生了不少新的观点和新的看法，这些新观点和新看法驱使笔者写下了本书中的各篇文章。由于本人才疏学浅，加之这些文章中又有大量根据自身理解得出的"一家之言"，因此必然出现的失误和疏漏，还望读者朋友多多海涵和指正。

最后非常感谢众多三国专家，如果没有他们那些精彩绝伦的电视讲座和闪烁思想光芒的书籍文章，很难想象笔者会从汉末三国历史的旁观者转变为汉末三国历史的爱好者。

目录

曹操的身世之谜　/ 001

曹操杖杀蹇硕的叔父蹇图另有不可告人的目的　/ 010

曹操与袁绍：敌人还是"手足"　/ 022

再谈魏明帝身世疑云　/ 090

诸袁叛乱：一段被曹魏史官刻意隐匿的三国往事　/ 104

从曹魏的储位之争看曹操的帝王心机　/ 125

消灭张鲁集团凸显了曹操战略上的短视　/ 131

三顾茅庐：刘备集团与荆州"在野派"结盟的产物　/ 139

刘备和诸葛亮：既相互依赖又彼此防范的"政治夫妻"　/ 148

诸葛玄之死真相和诸葛亮与刘表关系新论　/ 174

襄樊之战面对关羽兵团覆灭

刘备、诸葛亮按兵不动最合理的解释　/ 185

汉末三国时期究竟有几个蜀汉政权　/ 206

孟达的不白之冤及其死于非命背后被掩盖的历史真相　/ 221

后主刘禅：司马昭潜伏蜀汉最高级别内应　/ 234

谁是赤壁之战东吴决心抗曹的最终拍板者 / 266

赤壁之战孙刘联军的主帅可能另有其人 / 292

"借荆州"是借一郡还是借五郡 / 301

曹操为何如此痛恨张昭 / 308

偷袭荆州是东吴立国以来最大的战略失误 / 320

孙权晚年为什么要逼死陆逊 / 341

千古谁识汉灵帝 / 355

真假董卓 / 387

吕布刺杀义父董卓如同亲手粉碎了自己的帝王梦 / 403

袁术究竟有没有称帝 / 418

为什么说刘表不是一个"血统纯正"的汉室宗亲 / 429

雄踞荆州的刘表为何没有逐鹿中原、一统天下的宏图大志 / 436

谎言编织的夺权之路 / 457

功到雄奇即罪名 / 483

后　记 / 496

曹操的身世之谜

在群雄争霸、风云激荡的汉末三国时期，魏武帝曹操是不折不扣的第一男主角。从参加反董联盟，到"挟天子以令诸侯"，曹操对内剿灭二袁、吕布、刘表、马超，对外降服乌桓、匈奴、鲜卑，南征北战数十年，统一了中国北方地区。在经济上，曹操推广屯田，兴修水利，奖励农桑，为后世三国一统奠定坚实的物质基础；在政治上，曹操知人善任，虚心纳谏，多次发布《求贤令》；在文学上，曹操的诗词气势宏大，慷慨悲壮，是建安文学的开创者。陈寿在《三国志·魏书·武帝纪》末尾称赞曹操为"非常之人，超世之杰"。

一、曹腾从何处领养曹操生父曹嵩

然而就是这样一个响当当的大人物，却给后世留下了一个千古之谜，即曹操的祖父曹腾究竟是从何处领养曹操的生父曹嵩。对于这个问题，不同史书存在不同的记载。

《三国志·魏书·武帝纪》记载：

太祖武皇帝，沛国谯人也，姓曹，讳操，字孟德，汉相国参之后。桓帝世，曹腾为中常侍大长秋，封费亭侯。养子嵩嗣，官至太尉，莫能审其生出本末。

同传裴注引《曹瞒传》及郭颁《世语》记载：

嵩，夏侯氏之子，夏侯惇之叔父。太祖于惇为从父兄弟。

《三国志·魏书·袁绍传》裴注引《魏氏春秋》所录陈琳替袁绍撰写的讨曹檄文记载：

司空曹操，祖父腾，故中常侍，与左悺、徐璜并作妖孽，饕餮放横，伤化虐民。父嵩，乞丐携养，因赃假位，舆金辇璧，输货权门，窃盗鼎司，倾覆重器。操赘阉遗丑，本无令德，僄狡锋侠，好乱乐祸。

在这些记载中，《曹瞒传》及郭颁《世语》所提及的曹嵩来自夏侯家族可信度极低。根据史书记载，曹操最信任的将领除了曹氏宗亲之外便是夏侯惇、夏侯渊等人，但是曹操之所以与后者"亲如兄弟"是因为曹氏与夏侯氏世代联姻，是姻亲。《三国志·魏书·诸夏侯曹传》记载："夏侯、曹氏，世为婚姻，故惇、渊、仁、洪、休、尚、真等并以亲旧肺腑，贵重于时，左右勋业，咸有效劳。"从后来夏侯惇之子夏侯楙迎娶曹操之女清河公主，夏侯尚正妻是曹氏宗女来看，曹嵩不太可能是夏侯氏之子，因为在我国古代社会，同一家族内部都是严禁通婚，否则就是禽兽之举。魏武帝曹操虽然为人洒脱，蔑视封建礼教，但是也不可能"洒脱"到置乱伦的骂名于不顾，强行指定子女与同一血缘家族联姻的荒唐地步。

另外，2013年11月，根据媒体报道，复旦大学历史学和人类学联合课题组发布了关于曹操家族DNA研究最新成果：经过三年研究，通过对曹操后代的基因检测，再结合对"元宝坑一号东汉墓"的墓主（曹操叔祖父曹鼎）古DNA的研究，发现曹操家族DNA的Y染色体SNP突变类型为O2*-M268，验证了汉代丞相曹参的家族基因与曹嵩、曹操的家族基因没有关系，从而证明曹嵩、曹操是曹参后人的说法有误，又确认了夏侯氏后人DNA的Y染色体类型为O1a1，从而推翻了曹嵩本姓夏侯的说法。此次研究还为曹嵩的身世提供了一条线索：曹嵩有可能是来自养父曹腾的本族。

复旦大学的研究成果符合我国古代的过继传统，尽管曹腾是一个失去生育能力的宦官，但他毕竟还有自己的兄弟，在自己无子的情况下，过继兄弟的孩子为嗣在东汉时期屡见不鲜。复旦大学教授韩昇在《曹魏皇室世系考述》（《复旦学报（社会科学版）》2010年第3期）一文中认为，"莫能审其生出本末"是指无法辨认曹嵩来自曹氏家族的哪一个支系。

二、曹嵩曾经被"乞丐携养"的可能性不应被轻易否定

然而如果曹嵩真的是来自曹氏家族内部，陈琳为什么在替袁绍撰写的讨曹檄文中讽刺曹嵩是"乞丐携养"，或许有人认为，既然是檄文，可靠性值得怀疑，对此笔者不敢认同。

首先，在汉末三国时期，相互对立的政治势力在讨伐敌人时发布的檄文固然在言语上有着强烈的批判色彩和丑化倾向，但是在基本事实上不太可能造假，因为檄文是发布至全国各地，如果在基本事实上造假，可信度就会受到怀疑。三国史专家方诗铭教授在《曹操再次保卫兖州的战争》（《论三国人物》，北京出版社，2015）一文中经过考证认为，从当时情况看来，陈琳为袁绍所作的这篇檄文，凡所列举的基本是事实。

其次，此时袁绍已经消灭了公孙瓒，掌握了四州之地，声势如日中天，其本人又是一个非常在乎名声的士族领袖，陈琳的讨曹檄文发布之前必然经过他过目，袁绍没有必要在这方面刻意捏造事实遭人非议，换句话说，他在这方面造假只有坏处没有好处。

最后，从后来陈琳投靠曹操，曹操与其一番对话来看，曹嵩曾经被"乞丐携养"很有可能是真实的。

《三国志·魏书·陈琳传》记载：

琳避难冀州，袁绍使典文章。袁氏败，琳归太祖。太祖谓曰："卿昔为本初移书，但可罪状孤而已，恶恶止其身，何乃上及父祖邪？"琳谢罪，太祖爱其才而不咎。

曹操的意思是，你陈琳批判我没关系，但是憎恨坏人坏事，只限于干坏事

的当事人，为什么要涉及我的父祖呢？如果陈琳在曹嵩曾经被"乞丐携养"上造假，曹操即使爱惜陈琳的才华舍不得杀他，至少也会批评陈琳为什么无中生有，这是人之常情，然而曹操却没有否认此事，从曹操与陈琳对话的具体语境来分析，没有否认实质上就是承认！

那么有没有可能曹嵩既来自曹氏家族内部，又由于某些特殊原因曾经被"乞丐携养"呢？要想回答这个问题，不妨先看史书中关于曹操祖父曹腾的记载，看看能不能找到一些蛛丝马迹。

三、曹腾发迹之前的曹家很可能是清贫农家

《三国志·魏书·武帝纪》裴注引司马彪《续汉书》记载：

腾父节，字元伟，素以仁厚称。邻人有亡豕者，与节豕相类，诣门认之，节不与争；后所亡豕自还其家，豕主人大惭，送所认豕，并辞谢节，节笑而受之。由是乡党贵叹焉。长子伯兴，次子仲兴，次子叔兴。腾字季兴，少除黄门从官。永宁元年，邓太后诏黄门令选中黄门从官年少温谨者配皇太子书，腾应其选。太子特亲爱腾，饮食赏赐与众有异。顺帝即位，为小黄门，迁至中常侍大长秋。在省闼三十馀年，历事四帝，未尝有过。好进达贤能，终无所毁伤。其所称荐，若陈留虞放、边韶、南阳延固、张温、弘农张奂、颍川堂溪典等，皆致位公卿，而不伐其善。蜀郡太守因计吏修敬于腾，益州刺史种暠于函谷关搜得其笺，上太守，并奏腾内臣外交，所不当为，请免官治罪。帝曰："笺自外来，腾书不出，非其罪也。"乃寝暠奏。腾不以介意，常称叹暠，以为暠得事上之节。暠后为司徒，语人曰："今日为公，乃曹常侍恩也。"腾之行事，皆此类也。桓帝即位，以腾先帝旧臣，忠孝彰著，封费亭侯，加位特进。（曹魏）太和三年，追尊腾曰高皇帝。

《后汉书·宦者列传》记载：

曹腾字季兴，沛国谯人也。安帝时，除黄门从官。顺帝在东宫，邓太后以

腾年少谨厚，使侍皇太子书，特见亲爱。及帝即位，腾为小黄门，迁中常侍。桓帝得立，腾与长乐太仆州辅等七人，以定策功，皆封亭侯，腾为费亭侯，迁大长秋，加位特进。……腾卒，养子嵩嗣。种暠后为司徒，告宾客曰："今身为公，乃曹常侍力焉。"嵩灵帝时货赂中官及输西园钱一亿万，故位至太尉。及子操起兵，不肯相随，乃与少子疾避乱琅邪，为徐州刺史陶谦所杀。

显然《后汉书·宦者列传》有关曹腾的记载是来自于司马彪的《续汉书》，考虑到《续汉书》作者生活的时代距离曹腾只有一百多年，加上司马彪的晋朝宗室的身份，可以接触到更多相关史料，由其撰写的曹腾家族情况的基本信息可信度极高，而《续汉书》有关曹腾家族最有价值的信息便是曹腾很可能出身清贫的农民家庭，否则也不会发生邻居将曹腾父亲饲养的猪误认为是自己的事件。

曹腾家族所属的社会阶层和经济状况从曹腾愿意入宫成为宦官同样能得到证明。在中国社会，古往今来，无论是朝堂还是民间都是崇尚"不孝有三，无后为大"的理念，身体残缺，失去生育能力的宦官即使日后权势再显赫，财富再雄厚，也被社会主流舆论所不齿，到了曹腾的孙子曹操起兵征战四方的时候，他的敌人依然讽刺其为"赘阉遗丑"，由此不难看出当时人们心目中对于宦官的真实看法，所以历朝历代，除非特殊原因，凡是自愿入宫的都是由于家庭贫困，活不下去，为求生路而被迫走上这条不归路。

与此同时，曹嵩本人和曹腾之弟曹鼎后来的表现也可以说明其家族早年的贫困程度。曹嵩成为曹腾养子之后，在曹腾的提携下步步高升，在汉灵帝时期甚至花费"一亿万"买官当上三公之一的"太尉"，曹嵩能一次出手"一亿万"可见他的富有，而这种富有应该来自陈琳在讨曹檄文所提及的"因赃假位，舆金辇璧，输货权门，窃盗鼎司"即贪污和受贿。初平四年（193），曹嵩与少子曹德在投奔曹操的路上由于携带大量财富被陶谦的部将张闿所杀，在军阀混战的大乱世，出门远行却携带大量财富无异于自寻死路，但是曹嵩却心存侥幸，最终死于他人的刀下，从这些事来看，曹嵩是一个视财如命的人。

值得注意的是，曹腾的弟弟曹鼎在我国史书上留下记载偏偏也跟贪财有关。《后汉书·党锢列传》记载：

> 蔡衍字孟喜，汝南项人也。少明经讲授，以礼让化乡里。乡里有争讼者，辄诣衍决之，其所平处，皆曰无怨。举孝廉，稍迁冀州刺史。中常侍具瑗托其弟恭举茂才，衍不受，乃收赍书者案之。又劾奏河间相曹鼎臧罪千万。鼎者，中常侍腾之弟也。腾使大将军梁冀为书请之，衍不答，鼎竟坐输作左校。

曹嵩与曹鼎对于金钱的占有欲如此之强，比较合理的解释便是其青少年时期常年生活在严重的贫困甚至饥饿状态。出身贫困家庭的人在成年之后由于切身体会对于金钱的渴望往往高于其他阶层（当然不能一概而论，像岳飞就是反面的例子，但是这种社会现象的确存在），相反出身大富之家的人在长大之后则很有可能视金钱为粪土，崇尚简朴，魏武帝曹操和近代赫赫有名的李叔同先生便是这方面的典型代表。

在东汉中晚期，普通农户的生活和命运可以用悲惨来形容。一方面，与刘邦依靠贩夫走卒等底层庶民起家开创西汉王朝不同，东汉"开国之君"——作为南阳没落宗室的光武帝刘秀必须仰赖南阳和河北等实力派豪强的拥戴才能剿灭群雄，一统天下。东汉王朝建立之后，众多豪强地主不仅在政治上拥有一系列的特权，而且在地方上武断乡曲，广占良田，许多农户的耕地被地方豪强霸占之后，有冤无处诉，含恨自尽者比比皆是；另一方面，由于频繁的对外战争、频发的自然灾害、地方官吏的横征暴敛、统治阶层穷奢极欲的生活以及镇压此起彼伏的农民起义导致的军费开支，成千上万普通农户过着朝不保夕、饥寒交迫的日子。根据《后汉书·仲长统传》记载，当时的社会，"盗贼凶荒，九州代作，饥馑暴至，军旅卒发，横税弱人，割夺吏禄，所恃者寡，所取者猥，万里悬乏，首尾不救，徭役并起，农桑失业，兆民呼嗟于昊天，贫穷转死于沟壑矣"。

在这里，我们必须对曹氏家族日后的飞黄腾达以及早年的饥寒交迫做出严格区分。毋庸置疑，曹氏家族在东汉中晚期成为达官显贵是因为曹腾深受汉顺帝和汉桓帝宠信，位极人臣的缘故，但是在曹腾入宫之前，曹氏家族应该是清贫的农户之家，即使在曹腾入宫前期，也只是伺候太子即后来的汉顺帝读书的小宦官，当时朝廷的军政大权牢牢掌控在邓太后的手中，汉顺帝的父亲汉安帝虽然贵为"九五之尊"，却是一个"傀儡皇帝"，曹腾得势是汉顺帝即位之后的事情，换而言之，在曹腾入宫的前期，他也只不过是一个处事谨慎、无权无势的小宦官，很难对自己的家庭施以援手。以曹氏家族当时的贫困状况，如果不幸遇上天灾人祸，为了活命，逃难至外地，沦为流民，甚至沿街乞讨并非天方夜谭。

四、曹嵩很可能是曹腾兄弟之子

因此，综合相关书籍记载以及各种历史疑点，围绕曹操家世之谜，即曹腾究竟是从何处领养曹嵩，我们必须思考这样一种可能：出身清贫农家的曹腾为了减轻家庭负担和不愿过饥寒交迫的生活，毅然决定入宫，成为一个为社会主流所不齿的小宦官，由于在曹腾入宫前期，只是伺候当时的太子后来的汉顺帝读书的无权无势的小宦官，因此难以对家庭施以援手。或许是豪强侵占曹家的田地，或许是遇上百年难遇的自然灾害，为了活命，曹腾的兄弟携子即曹嵩逃难至外地，沦为流民，曹嵩的生父病逝，曹嵩被乞丐抚养，保住一命，沿街乞讨。十几年后，汉顺帝即位，提拔昔日的伴读曹腾为"小黄门"和"中常侍"，使之成为朝廷重臣，得势之后的曹腾马上派人在全国各地寻找自己的兄弟和侄子曹嵩，最终找回弟弟曹鼎和侄子曹嵩。为了让自己后继有人，曹腾收养侄子曹嵩为嗣，同时经过一番幕后运作，让弟弟曹鼎出任河间相，但是由于早年饥寒交迫的生活的影响，进入仕途之后的曹嵩和曹鼎难以抵御金钱的诱惑，大肆贪污受贿，成为东汉晚期赫赫有名的"贪官"。

理解了这些，我们就会明白，陈寿为什么不敢在《三国志·魏书·武帝纪》开头明确记载，曹嵩究竟是来自曹氏家族的哪一个支系以及陈琳在替袁绍撰写讨曹檄文之时，讽刺曹嵩曾经被"乞丐携养"。陈寿撰写《三国志》之时，曹操的子孙依然在西晋王朝担任高官，像曹植之子曹志，曾任乐平太守、散骑常侍，与陈寿同朝为官，陈寿只需要问一下曹志，就应该会知道曹腾究竟是从何处领养曹嵩，然而当时曹魏虽然已经灭亡，但是魏晋之间的政权交替却是通过和平禅让的方式实现，西晋皇族和元老重臣都是跟随曹操打天下的曹魏开国元勋的子孙，曹魏政权合法性与西晋王朝的合法性存在"一荣俱荣，一损俱损"的密切关系，西晋宗室司马彪在《续汉书》中将曾官拜大长秋的曹腾和风评不佳的曹嵩描写成"大汉贤臣"便根源于此。

魏晋时期，门第和名声是区分社会阶层的重要标准，既然在《三国志》成稿一百多年后，裴松之依然能看到《曹瞒传》以及陈琳替袁绍撰写的讨曹檄文等揭露曹魏皇室丑闻的书籍和史料，西晋时期，相关书籍和史料也应该不在少数，如果陈寿明确记载曹嵩究竟是来自曹氏家族的哪一个支系，很容易被好事者根据这些记载和书籍追查出曹氏家族那段不堪回首的往事，如果后世得知，曹魏事实上的"开国之君"曹操的生父曹嵩曾经被"乞丐携养"，曹魏政权将因此成为千古笑柄，西晋王朝也将遭受池鱼之殃。

除此之外，也不排除另外一种可能，曹嵩生父就是曹腾的弟弟曹鼎，但是由于曹鼎是东汉晚期有名的贪官，如果陈寿明确记载曹嵩是贪官曹鼎之子将会使得曹魏皇室蒙羞，西晋皇室也脸上无光，这样的政治压力显然是原为蜀汉降臣此时已经在西晋王朝任职的陈寿绝对无法承受的，因此对于魏武帝曹操的生父曹嵩究竟是来自曹氏家族的哪一个支系这个问题采取回避的态度便成为陈寿的现实选择。至于替袁绍起草讨曹檄文的陈琳知道曹操的生父曾经被"乞丐携养"也不足为奇，袁绍与曹操是从小玩到大的好友，对于曹操的家世自然知根知底，为了在官渡之战击败曹操，很有可能告诉陈琳这个秘密让其写入讨曹檄文。

尽管迫于巨大的政治压力，陈寿在曹操身世上难以秉笔直书，但是作为"一代良史"，他还是给后世留下了寻找历史真相的线索和提示，这便是"莫能审其生出本末"这句话。按照古代史书的语言习惯以及考虑到《三国志》简洁洗练的写作风格，陈寿事实上无须写这句话，我们也能从"养子嵩嗣，官至太尉"知道其无法判断曹嵩是来自曹氏家族的哪一个支系，但是陈寿却画蛇添足，硬是加上"莫能审其生出本末"这句话，对于这种反常的现象，比较合理的解释便是陈寿想通过这种画蛇添足的方式反话正说，提醒后世读者注意在曹腾从何处领养曹嵩这个问题上存在不足为外人道的秘密，按照陈寿的本意，如果后世读者注意到这个疑点，再结合其他记载曹魏皇室丑闻的书籍，不难发现历史的真相，然而令人惋惜的是，随着时光的流逝，大量记载曹嵩真实身世以及曹腾家族的其他成员曾经逃难到外地，沦为流民，沿街乞讨的书籍淹没于历史的尘埃，唯一的孤证即陈琳在替袁绍撰写讨曹檄文所提及的曹操生父曹嵩曾经被"乞丐携养"又被误认为是污蔑之词，没有引起应有的重视，自然难以破解围绕在曹腾究竟从何处领养曹嵩问题上的各种谜团。

本文原载于《文史杂志》2022年第6期

曹操杖杀蹇硕的叔父蹇图另有不可告人的目的

在魏武帝曹操的早年生涯之中，令人印象最深刻的事情莫过于其担任洛阳北部尉时期杖杀汉灵帝宠信的小黄门蹇硕的叔父蹇图。曹操杖杀蹇图一事，不仅获得了当时社会舆论的叫好之声，而且被后世认为是青年曹操反对宦官专权和立志匡扶汉室的政治理想的集中体现。

《三国志·魏书·武帝纪》裴注引《曹瞒传》记载：

太祖初入尉廨，缮治四门。造五色棒，县门左右各十馀枚，有犯禁者，不避豪强，皆棒杀之。后数月，灵帝爱幸小黄门蹇硕叔父夜行，即杀之。京师敛迹，莫敢犯者。近习宠臣咸疾之，然不能伤，于是共称荐之，故迁为顿丘令。

然而如果我们认真分析这段记载，事实上也可以发现不少疑点，比如东汉晚期，宦官集团权势熏天不假，许多宦官家族成员胡作非为，为害地方也是事实，但是小黄门蹇硕的叔父蹇图似乎看不出什么劣迹，他只是犯了不能夜行的禁令，曹操完全可以将他投入监狱关几天，这样也能起到警示的作用，可曹操却将其杖杀，从法治的角度来看，这完全是草菅人命。

更奇怪的事情还在后面，在当时得罪宦官都不会有好果子吃，像王允因为"于贼中得中常侍张让宾客书疏，与黄巾交通，允具发其奸，以状闻"（《后汉书·王允传》），得罪了中常侍张让以至被捕入狱，然而曹操杖杀蹇图之后，虽然"近习宠臣咸疾之"，但是其却毫发无损，最后还升任顿丘令。这些不解之谜都提示我们曹操杖杀小黄门蹇硕的叔父蹇图可能存在后世容易忽视的内情，而要了解这些内情，还必须从东汉宦官集团内部不同的派系说起。

一、东汉宦官集团内部存在不同派系

从古至今，宦官给人的感觉始终离不开阴阳怪气、心狠手辣的"奸诈小人"的范畴，香港电影新浪潮时期的代表作《新龙门客栈》中由刘洵老师扮演的宦官首领先是陷害忠良，然后试图斩草除根，堪称中国人心目中宦官形象的缩影。考虑到传统社会"身体发肤，受之父母"，以及"不孝有三，无后为大"等思想理念深入人心，作为身体残缺，失去生育能力的阉人，宦官饱受主流舆论歧视和不齿并不令人感到意外，然而对于宦官的理解，如果仅仅局限于"奸诈小人"是远远不够的，假如我们放宽历史的视野，认真分析历朝历代宦官集团崛起背后的因素，不难发现，客观上承担着拱卫皇权的"看门犬"的作用和角色才是中国的"九五之尊"宠信重用宦官的深层根源。

在中国古代帝制时期，宦官集团的权势往往与君主的权威成反比关系。剿灭群雄、一统天下的"开国之君"由于打天下过程中形成的巨大威望自然能够驾驭群臣，乾纲独断，但是随着时间的推移，长于后宫妇人之手，缺乏先祖威望的"承平之君"登上皇位之后，面对朝廷之中盘根错节、树大根深的外戚集团和官僚士大夫阶层，通常会任用自己身边朝夕相处、谦卑恭顺的亲信宦官来夺回实权或制衡前者，避免沦为"傀儡皇帝"，在这方面，东汉王朝便是一个典型的例子。

自汉和帝之后，"幼主即位，太后临朝"成为最高权力交接的常态。幼主即位之后，垂帘听政的太后必须依赖本家族的父兄辅政才能掌控朝局，一旦太后的本家父兄长期辅政，必然会形成一个以前者为核心的"内干机密，出纳王命"，执掌朝政的外戚集团。幼主成年之后，要想夺回大权，就必须依靠宦官集团，汉和帝、汉顺帝、汉桓帝和汉灵帝无不如此，事实证明，宦官集团确实能够承担拱卫皇权的"看门犬"的作用和角色。

然而值得注意的是，尽管在东汉中后期，由于君主的宠信和重用，宦官集团从幕后走向台前，成为权势熏天的"政治新贵"，但是宦官集团并非铁板一块，由于家庭出身、成长背景、政治观点、追求目标等因素的差异，宦官集团内部实质上也隐藏着不同的政治派系，这些不同的政治派系，其斗争的激烈性不亚于朝堂之上的权力博弈。

从现有的史书记载来看，宦官集团内部可以划分为"元老派"、"少壮派"和"清流派"。

"元老派"是指早年便入宫，凭借忠诚谨慎，深受君主宠信，在朝廷内部经营多年，树大根深、一呼百应的宦官集团内部的元老重臣，在汉灵帝时期叱咤风云的中常侍曹节便是"元老派"的首领。《后汉书·宦者列传》记载：

> 曹节字汉丰，南阳新野人也。其本魏郡人，世吏二千石。顺帝初，以西园骑迁小黄门。桓帝时，迁中常侍，奉车都尉。建宁元年，持节将中黄门虎贲羽林千人，北迎灵帝，陪乘入宫。及即位，以定策封长安乡侯，六百户。
>
> 时窦太后临朝，后父大将军武与太傅陈蕃谋诛中官，节与长乐五官史朱瑀、从官史共普、张亮、中黄门王尊、长乐谒者腾是等十七人，共矫诏以长乐食监王甫为黄门令，将兵诛武、蕃等，事已具蕃、武传。节迁长乐卫尉，封育阳侯，增邑三千户；……熹平元年，窦太后崩，有何人书朱雀阙，言"天下大乱，曹节、王甫幽杀太后，常侍侯览多杀党人，公卿皆尸禄，无有忠言者"。于是诏司隶校尉刘猛逐捕，十日一会。猛以诽书言直，不肯急捕，月馀，主名不立。猛坐左转谏议大夫，以御史中丞段颎代猛，乃四出逐捕，及太学游生，系者千馀人。……节遂与王甫等诬奏桓帝弟勃海王悝谋反，诛之。以功封者十二人。甫封冠军侯。节亦增邑四千六百户，并前七千六百户。父兄子弟皆为公卿列校、牧守令长，布满天下。

从史书的记载来看，中常侍曹节是一个在朝廷内部经营几十年，连汉灵帝都对其敬畏三分的"狠角色"，我们所熟知的赵忠、张让以及曹操祖父曹腾从政治派系划分来看都属于宦官集团内部的"元老派"。

"少壮派"指的是善于察言观色，投君主所好而获得后者重用的宦官集团内部的"后起之秀"，汉灵帝时期"少壮派"的代表人物便是小黄门蹇硕。

《后汉书·何进传》记载：

是时置西园八校尉，以小黄门蹇硕为上军校尉，虎贲中郎将袁绍为中军校尉，屯骑都尉鲍鸿为下军校尉，议郎曹操为典军校尉，赵融为助军校尉，淳于琼为佐军校尉，又有左右校尉。帝以蹇硕壮健而有武略，特亲任之，以为元帅，督司隶校尉以下，虽大将军亦领属焉。……六年，帝疾笃，属协于蹇硕。硕既受遣诏，且素轻忌于进兄弟，及帝崩，硕时在内，欲先诛进而立协。

以蹇硕为代表人物的"少壮派"在宦官集团内部虽然不像"元老派"那样树大根深，一呼百应，但是却拥有其他宦官所没有的优势，那就是君主的信任（东汉中后期的帝王对于宦官集团的"元老派"更多是利用和笼络），能够让汉灵帝委以禁军军权和托孤重任，后者对前者的信任可见一斑！

宦官集团内部还存在一些清廉自守，敢于犯颜直谏，在政治立场上完全倒向士大夫阶层的"清流派"宦官，吕强便是其中的佼佼者。《后汉书·宦者列传》记载：

吕强字汉盛，河南成皋人也。少以宦者为小黄门，再迁中常侍。为人清忠奉公。灵帝时，例封宦者，以强为都乡侯。强辞让恳恻，固不敢当，帝乃听之。因上疏陈事曰："臣闻诸侯上象四七，下裂王土，高祖重约非功臣不侯，所以重天爵明劝戒也。伏闻中常侍曹节、王甫、张让等，及侍中许相，并为列侯。节等宦官祐薄，品卑人贱，谄谀媚主，佞邪徼宠，放毒人物，疾妒忠良，有赵高之祸……"时帝多蓄私臧，收天下之珍，每郡国贡献，先输中署，名为"导行费"。强上疏谏曰："天下之财，莫不生之阴阳，归之陛下。归之陛下，岂有公私？而今中尚方敛诸郡之宝，中御府积天下之缯，西园引司农之臧，中厩聚太仆之马，而所输之府，辄有导行之财。调广民困，费多献少，奸吏因其利，百姓受其敝。又阿媚之臣，好献其私，容谄姑息，自此而进。"

在宦官集团内部，像吕强这样的忠臣并非特例。《后汉书·宦者列传》记载:"时宦者济阴丁肃、下邳徐衍、南阳郭耽、汝阳李巡、北海赵祐等五人称为清忠,皆在里巷,不争威权。"这些"忠臣"的存在说明宦官集团内部绝非铁板一块,也像朝堂之上的群臣那样存在分化和对立。

如果说宦官集团的崛起是东汉政坛内部权力斗争的必然结果,那么在宦官集团内部"少壮派"和"清流派"的存在则是汉灵帝对于前者"分而治之"的产物,尽管扶持宦官集团成为汉灵帝维系统治的基本国策,但是汉灵帝对于把持朝政的宦官集团并没有失去帝王应有的警惕,为了防止尾大不掉的局面出现,汉灵帝不仅有意庇护杨赐和皇甫嵩等反对宦官的高官和武将,而且在宦官内部扶持"少壮派"和"清流派",假如没有汉灵帝的保护,在黄巾起义之前,很难想象像吕强这样在政治立场上完全倒向士大夫阶层的宦官能够在本集团内部长期屹立不倒。另外,假如汉灵帝真的像史书记载的那样,完全信任以张让、赵忠为首的"元老派",那么他就应该将禁军军权和托孤重任委托给他们,而不是交给势单力薄的蹇硕,这种反常现象只能说明,汉灵帝宠信重用"元老派"固然是事实,但是其内心对于后者依然不乏防备之心,在这里,读者朋友需要思考这样一个问题,汉灵帝把禁军军权和托孤重任委托给蹇硕,以张让、赵忠为首的"元老派"内心会舒服吗?

二、汉灵帝时期的曹操绝非痛恨宦官专权和立志匡扶汉室的热血青年

作为汉末三国时期的第一男主角,魏武帝曹操历来是后世三国研究的热点人物,尽管当前众多三国史学者对于曹操在起兵平定四方的过程中,滥杀无辜,严刑峻法以及晚年的不臣之心不乏非议,但是对其早年的经历大多持肯定的态度,学者们的看法并非没有依据,因为从现有的史书记载来看,汉灵帝时期的曹操很容易给人留下痛恨宦官专权和立志匡扶汉室的热血青年形象。

《三国志·魏书·武帝纪》记载:

光和末,黄巾起。拜骑都尉,讨颍川贼。迁为济南相,国有十馀县,长吏多阿附贵戚,赃污狼藉,于是奏免其八;禁断淫祀,奸宄逃窜,郡界肃然。

同传裴注引《魏书》记载：

后以能明古学，复征拜议郎。先是大将军窦武、太傅陈蕃谋诛阉官，反为所害。太祖上书陈武等正直而见陷害，奸邪盈朝，善人壅塞，其言甚切；灵帝不能用。是后诏书救三府：举奏州县政理无效，民为作谣言者免罢之。三公倾邪，皆希世用，货赂并行，强者为怨，不见举奏，弱者守道，多被陷毁。太祖疾之。是岁以灾异博问得失，因此复上书切谏，说三公所举奏专回避贵戚之意。奏上，天子感悟，以示三府责让之，诸以谣言征者皆拜议郎。是后政教日乱，豪猾益炽，多所摧毁；太祖知不可匡正，遂不复献言。

考虑到陈寿撰写《三国志》时尊曹魏为正统，《魏书》本身便是曹魏官方史书，在这些史书之中，早年的魏武帝曹操如此充满"正能量"不足为奇，然而同样的史实，如果从不同的角度来看往往会有不同的结论，最能体现这一点的莫过于汉灵帝时期赫赫有名的王芬谋反案中曹操的角色和态度问题。

《三国志·魏书·武帝纪》记载：

顷之，冀州刺史王芬、南阳许攸、沛国周旌等连结豪杰，谋废灵帝，立合肥侯，以告太祖，太祖拒之。芬等遂败。

对于王芬谋反案的经过，《三国志·魏书·武帝纪》裴注引司马彪《九州春秋》进行了详细的描述：

于是陈蕃子逸与术士平原襄楷会于芬坐，楷曰："天文不利宦者，黄门、常侍真族灭矣。"逸喜。芬曰："若然者，芬愿驱除。"于是与攸等结谋。灵帝欲北巡河间旧宅，芬等谋因此作难，上书言黑山贼攻劫郡县，求得起兵。会北方有赤气，东西竟天，太史上言"当有阴谋，不宜北行"，帝乃止。敕芬罢兵，俄而征之。芬惧，自杀。

三国的暗线

《三国志·魏书·武帝纪》裴注还同时引用《魏书》记载曹操拒绝王芬的理由：

太祖拒芬辞曰："夫废立之事，天下之至不祥也。古人有权成败、计轻重而行之者，伊尹、霍光是也。伊尹怀至忠之诚，据宰臣之势，处官司之上，故进退废置，计从事立。及至霍光受托国之任，藉宗臣之位，内因太后秉政之重，外有群卿同欲之势，昌邑即位日浅，未有贵宠，朝之谠臣，议出密近，故计行如转圜，事成如摧朽。今诸君徒见囊者之易，未睹当今之难。诸君自度，结众连党，何若七国？合肥之贵，孰若吴、楚？而造作非常，欲望必克，不亦危乎！"

《三国志·魏书·武帝纪》和《魏书》之所以记载曹操拒绝王芬拉拢与之共同谋反无疑是想证明曹操对汉室的忠贞，但是如果我们仔细分析王芬谋反案的经过，会发现事情并没有那么简单。

首先，在我国古代社会，谋反是最严重的罪行，如果没有成功，参与者都会被满门抄斩，鉴于谋反的风险极高，策划谋反的人通常只会向自己最信任的朋友或持有相同立场的人透露自己的计划。王芬等人为什么不找其他人却把谋反计划透露给曹操，这不正好说明曹操在此之前跟他们是拥有相同政治立场的同一团体的成员吗？

其次，曹操能够年纪轻轻就担任洛阳北部尉是因为祖父曹腾早年入宫深受君主宠信，受其余荫的结果，换句话说，曹操是久沐皇恩的贵族公子，无论从帝制时代的政治伦理，还是从民间社会知恩图报的角度，曹操得知谋反案之后，应该第一时间向朝廷揭发举报，但是曹操却保持沉默，当作什么事情都没有发生。

再次，曹操既不参与王芬谋反案，又不向朝廷举报，应该是这样考虑的：如果王芬谋反不成功，曹操毕竟没有参与其中，完全可以全身而退，如果王芬等人拥立合肥侯成功，到时曹操又可以站出来说，自己虽然没有参与行动，但是也投入事先的策划，拥立之功也逃不了，无论如何都不会吃亏，透过王芬谋反案的蛛丝马迹，我们不难发现青年时期曹操性格中"狡诈"的一面。

最后，在汉灵帝驾崩后，由袁绍策划主导的全面围剿宦官集团的这一事件中，曹操的表态也非常耐人寻味。《三国志·魏书·武帝纪》记载：

会灵帝崩，太子即位，太后临朝。大将军何进与袁绍谋诛宦官，太后不听。进乃召董卓，欲以胁太后。

同传裴注引《魏书》记载：

太祖闻而笑之曰："阉竖之官，古今宜有，但世主不当假之权宠，使至于此。既治其罪，当诛元恶，一狱吏足矣，何必纷纷召外将乎？欲尽诛之，事必宣露，吾见其败也。"

由于这一时期的宦官势力经过百年的经营已经渗透至朝廷各部、禁军、地方州郡，仅仅依靠"当诛元恶"就想把宦官集团连根拔除无异于痴心妄想，从当时的语境来看，曹操所强调的"既治其罪，当诛元恶，一狱吏足矣"毫无疑问并不是将所有的宦官赶尽杀绝，而是铲除宦官集团内部的"奸诈小人"，也就是说，在曹操眼中，宦官集团内部也存在"忠臣"和"奸臣"之分，那么哪些宦官算是"忠臣"，哪些宦官算是"奸臣"。不难想象，按照曹操的意思，像自己祖父曹腾那样的应该算"忠臣"，不仅不应该剿灭，反而应该加以笼络，像蹇硕那样的则属于"奸臣"，自然要除之而后快，要杀也应该要杀蹇硕那样的"奸臣"，从这句话的潜台词来看，曹操的政治立场并没有偏离自己的家庭出身。

与此同时，曹操在起兵平定四方的过程中的所作所为也说明其并非士大夫阶层的"同路人"，诛杀名士边让就是最好的证明。《后汉书·边让传》记载：

边让字文礼，陈留浚仪人也。少辩博，能属文。作《章华赋》，虽多淫丽之辞，而终之以正，亦如相如之讽也。……大将军何进闻让才名，欲辟命之。恐不至，诡以军事征召。既到，署令史，进以礼见之。让善占射，能辞对。时，宾客满堂，莫不羡其风。府掾孔融、王朗并修刺候焉。……让后以高才擢进，屡迁，出为九江太守，不以为能也。初平中，王室大乱，让去官还家。恃才气，不屈曹操，多轻侮之言。建安中，其乡人有构让于操，操告郡就杀之。

在东汉晚期，清议之风盛行，像边让这样的名士都喜欢对地方官员评头论足，甚至不乏怨言，在任的地方官员为了展现自己的心胸和肚量，对于这些名士大多持包容态度，但是时任兖州牧的曹操却因为边让对其有所怨言，不惜灭其全族，最终诱发了本地士族张邈、陈宫勾结吕布共同反叛曹操的"兖州之变"。作为宦官之后的曹操诛杀名士边让从某种程度而言可以看作昔日宦官集团打击士大夫阶层的延伸和翻版。除此之外，曹操剿灭群雄，平定北方之时，固然倚重荀彧等颍川士族，毕竟在当时，没有士族阶层的支持，曹操很难成为天下的霸主，但是曹操内心对于士族阶层有极强的防备之心，为了削弱士族阶层的影响力，曹操在经济上推广屯田，人事上颁布"唯才是举"法令，晚年逼死士族领袖荀彧更是众所周知的事实。

因此，从各方面来看，早年的曹操与其说是痛恨宦官专权和立志匡扶汉室的热血青年，不如说更像是宦官集团"元老派"派去潜伏至士大夫阶层的"内应"。

三、曹操杖杀蹇硕的叔父蹇图是曹氏家族两边押注的结果

无论从宦官集团内部存在不同派系，还是青年曹操的所作所为来看，曹操杖杀蹇硕的叔父蹇图绝非一个热血青年试图为国除奸那样简单，而要谈论曹操杖杀蹇硕的叔父蹇图的真正目的，还要从曹氏家族在东汉政坛的兴衰讲起。

毋庸置疑，曹氏家族在东汉中后期飞黄腾达，满门显贵与曹操祖父曹腾早年入宫深得汉顺帝和汉桓帝的宠信有着密切的关系。

《三国志·魏书·武帝传》裴注引司马彪《续汉书》记载：

腾字季兴，少除黄门从官。永宁元年，邓太后诏黄门令选中黄门从官年少温谨者配皇太子书，腾应其选。太子特亲爱腾，饮食赏赐与众有异。顺帝即位，为小黄门，迁至中常侍大长秋。在省闼三十馀年，历事四帝，未尝有过。好进达贤能，终无所毁伤。其所称荐，若陈留虞放、边韶、南阳延固、张温、弘农张奂、颍川堂溪典等，皆致位公卿，而不伐其善。蜀郡太守因计吏修敬于腾，益州刺史种暠于函谷关搜得其笺，上太守，并奏腾内臣外交，所不当为，请免官治罪。帝曰："笺自外来，腾书不出，非其罪也。"乃寝暠奏。腾不以介意，常称叹暠，以为暠得事上之节。暠后为司徒，语人曰："今日为公，乃曹常侍恩也。"腾之行事，皆此类也。桓帝即位，以腾先帝旧臣，忠孝彰著，封费亭侯，加位特进。太和三年，追尊腾曰高皇帝。

曹腾能够在东汉政坛长期屹立不倒、叱咤风云除了其为人宽厚，处事谨慎，与朝中群臣关系和睦之外，还与其在关键时刻，劝说辅政的外戚梁冀拥立汉桓帝，发挥临门一脚的作用息息相关。

《后汉书·李固传》记载：

冀得书，乃召三公、中二千石、列侯大议所立。固、广、戒及大鸿胪杜乔皆以为清河王蒜明德著闻，又属最尊亲，宜立为嗣。先是蠡吾侯志当取冀妹，时在京师，冀欲立之。众论既异，愤愤不得意，而未有以相夺，中常侍曹腾等闻而夜往说冀曰："将军累世有椒房之亲，秉摄万机，宾客纵横，多有过差。清河王严明，若果立，则将军受祸不久矣。不如立蠡吾侯，富贵可长保也。"冀然其言，明日重会公卿，冀意气凶凶，而言辞激切。自胡广、赵戒以下，莫不慑惮之。皆曰："惟大将军令。"而固独与杜乔坚守本议。冀厉声曰："罢会。"固意既不从，犹望众心可立，复以书劝冀。冀愈激怒，乃说太后先策免固，竟立蠡吾侯，是为桓帝。

"一人得道，鸡犬升天"，随着曹腾步步高升，权势熏天，曹氏家族成员在其运作下，步入升迁的快速道，然而"花无百日红"，由于曹腾在汉桓帝时期病逝，失去主心骨的曹氏家族面临着如何在政治上站队即应该继续效忠宦官集团，还是改换门庭，投靠士大夫阶层的严峻挑战。

从表面上看，曹氏家族似乎应该选择继续效忠宦官集团，毕竟曹氏家族从清贫农家崛起为达官显贵归根结底还在于曹腾早年入宫成为君主宠信的宦官领袖的缘故，但是继续效忠宦官集团也面临不少问题。

一方面，俗话说，"人走茶凉"，曹腾在世之时，宦官集团"不看僧面看佛面"，自然会对曹氏家族成员关照有加，但是在其病逝之后，曹氏家族与宦官集团失去了情感和利益上的纽带，长久以往，两者关系必然日渐生疏，曹腾养子曹嵩不惜花费"一亿万"的金钱买官试图重新获得汉灵帝的宠信实质上也是为不确定的未来买个保险。

另一方面，从汉安帝开始，宦官集团与士大夫阶层之间的你死我活的斗争便成为东汉政坛的主要矛盾，两次"党锢之祸"便是这种矛盾的集中体现。尽管在长期的斗争之中，士大夫阶层始终处于下风，但是由于在反宦官斗争中，士大夫阶层往往能够占据道德制高点，不仅深受社会主流舆论的同情，而且还获得了天下士族和地方豪强的支持，实力不容小觑，未来谁胜谁败还是一个未知数，假如以后，士大夫阶层得势，作为阉党成员的曹氏家族将死无葬身之地。

曹氏家族在曹腾病逝之后要想继续保住荣华富贵，最佳的方式便是既能维持与宦官集团的良好关系，也能获得士大夫阶层好感，这样不管未来谁上台得势，曹氏家族都能屹立不倒。

对于曹氏家族的新当家人曹嵩而言，宦官集团那里还好办，毕竟曹腾打下的基础还在，只要曹嵩经常上门走动走动，联络一下感情，即使不能恢复曹腾在世时的亲密无间，至少也能让宦官集团认可曹氏家族依然是"自己人"，至于向士大夫阶层靠拢的任务则交给曹嵩之子曹操，从曹操早期的言行来看，其试图以反抗宦官专权，同情党人的姿态以获得士大夫阶层的接纳，然而要实现这个目标，作为天下无人不晓的大宦官曹腾之孙，曹操仅仅依靠发表一些同情党人的言论是远远不够的，他需要用行动来证明自己与宦官集团已经处于"势不两立"的状况，这个机会在曹操担任洛阳北部尉发现小黄门蹇硕的叔父蹇图正生活在自己的辖区内时终于等到了，小黄门蹇硕虽然也是宦官集团的一员，但是他在本集团内部无论资历，还是威望远远不如以赵忠、张让为首的"元老派"，从宦官集团的派系来看，他属于汉灵帝真正信任的"少壮派"，而汉灵帝之所以扶持蹇硕就是要制衡以赵忠、张让为首的"元老派"，我们有足够的理由相信，在日常生活之中，蹇硕与"元老派"围绕权力分配和君主宠信必然经常处于明争暗斗之中，换而言之，蹇硕和吕强一样都是"元老派"的眼中钉。对于这些宫廷内部的秘密，外人或许无从知晓，可出身宦官家庭的曹操对此应该一清二楚。寻找借口杖杀蹇图固然会触怒蹇硕，但是却会取悦宦官集团内部的"元老派"，有利于强化曹氏家族与后者的联盟关系。与此同时，由于外界对于宫廷内部的宦官集团之间的分化和内斗缺乏了解，曹操借故杖杀蹇硕的叔父蹇图不仅能够树立自己痛恨宦官、不畏强权的"忠臣"形象，而且也可以为士大夫阶层接纳自己交上一份投名状。

于是，经过一番不排除曹嵩事先认可的策划，便发生了我们所熟知的一幕：由于蹇图犯了不能夜行的禁令，曹操马上将其杖杀。最终蹇图之死向曹氏家族预料的那样发展，与宦官集团斗得你死我活的士大夫阶层得知此事之后，对曹操产生了好感，加之其少年好友袁绍为之美言，士大夫阶层开始将其视为同道。

尽管叔父死于非命让蹇硕怒不可遏，但是当他试图报复之时，却遭到幸灾乐祸的"元老派"的阻拦，尽管蹇硕深受汉灵帝宠信，但是在宦官集团内部却是势单力薄的"少数派"，权衡利弊之后，只能含恨吞下这口恶气，作为当事人曹操不仅丝毫无伤，反而被提拔为顿丘令，可怜的蹇图可能临死前都不知道自己的性命竟然会变成东汉政坛各大政治集团相互博弈和曹氏家族试图两边押注的筹码。

曹操与袁绍：敌人还是"手足"

建安五年（200），袁绍战胜公孙瓒，掌控幽、冀、并、青四州之地，尽得河北之地之后，率军南下，在官渡与占据司隶、兖州、豫州、徐州的曹操进行战略决战。经过数月的惨烈厮杀，曹操领兵奇袭和焚烧作为袁绍阵营粮草大本营的乌巢，继而击溃袁军主力，取得了最后的胜利。

在汉末三国历史之中，官渡之战的重要性毋庸置疑，可令人惋惜的是，我国史学界对其研究依然缺乏应有的重视，最能体现这点的莫过于谈论为什么无论兵力、粮草、领地都占据绝对优势的袁绍被昔日的部属曹操击败时，总是摆脱不了前者如何昏庸，后者如何英明的近乎标准答案式的论断，但是历史的真相难道果真如此简单？

事实上，如果我们认真翻阅史书会发现在官渡之战前后围绕曹操和袁绍存在许多不解之谜，比如《三国志·魏书·袁绍传》开头提及："袁绍字本初，汝南汝阳人也。高祖父安，为汉司徒。自安以下四世居三公位，由是势倾天下。绍有姿貌威容，能折节下士，士多附之，太祖少与交焉。以大将军掾为侍御史，稍迁中军校尉，至司隶。"

在这段文字中，"太祖少与交焉"非常值得关注，"太祖"自然指的是曹操，这六个字翻译过来就是，曹操从小便与袁绍认识相交，但是这六个字在逻辑上与上下文似乎没有什么必然联系，从行文习惯上看去掉似乎更合适。考虑到《三国志》是按照"窃国奸雄"的形象来撰写袁绍的生平，以文字洗练简洁而闻名的陈寿刻意强调曹魏事实上的奠基者"少与交焉"，究竟其想向读者传递什么信息呢？

兴平元年（194），"太祖与吕布战于濮阳，数不利。蝗虫起，乃各引去。于是袁绍使人说太祖连和，欲使太祖迁家居邺"（《三国志·魏书·程昱传》），但是由于程昱的劝阻，曹操没有将家属迁移到邺城作为袁绍的人质，接下去不可思议的事情发生了，根据官渡之战爆发前夕陈琳所作的讨曹檄文披露，在曹操拒绝将家属迁移到邺城之后，袁绍不仅没有勃然大怒，反而最终亲自率军救援曹操，帮助其打败吕布。这样问题就来了，袁绍要求"太祖迁家居邺"说明他已经对曹操起了疑心，既然已经起了疑心，为什么在曹操拒绝"迁家居邺"后依然亲自率军救援曹操，帮助其打败吕布，以"四世三公""外宽内忌"为后人所熟知的袁绍难道是一个政治白痴吗？

在官渡之战后期，许攸叛逃成为扭转战局的关键所在，但是许攸从袁绍军营逃到曹操军营，似乎太过于顺利，好像到邻居家串门，在这十几万人相互厮杀的战场，许攸难道不怕刚逃离袁绍军营就被曹操士兵当作间谍射杀吗？就算许攸运气好，顺利来到曹营，曹操凭什么认定许攸提供的情报就是真实的呢？许攸固然同时是袁绍和曹操的好友，但是其与袁绍的关系显然更深厚，以多疑著称的曹操为什么没有怀疑许攸提供的情报的真实性呢？

另外，《三国志·魏书·荀攸传》记载，当袁绍得知曹操率军偷袭乌巢之后，派张郃攻打曹操大本营，张郃久攻曹营不下，决定向曹军投降，当时负责留守的曹洪"疑不敢受"，"攸谓洪曰：'郃计不用，怒而来，君何疑？'乃受之"。这里问题又来了，为什么荀攸如此笃定张郃是真投降而不是假投降？如果张郃当时是诈降，获得前者的信任后，与袁军里应外合，曹洪和荀攸都将死无葬身之地！

在官渡之战之后不久，袁曹两军在仓亭再度交战，结果不出所料，袁绍再度大败而去，但是接下来发生的事情却令人百思不得其解，在此之后的一年多时间里，曹操没有乘胜追击，相反坐视逃回邺城的袁绍调兵遣将，平定官渡之战后在自己统治的北方四州爆发的内部叛乱直到逝世，难道曹操不害怕袁绍学习越王勾践卧薪尝胆，忍辱负重，十年生聚，十年教训，重新找自己报仇雪恨吗？

三国的暗线

除此之外，不少我们所熟知的三国现象也有悖常理，像大名鼎鼎的杨修是太尉杨彪的儿子，杨彪则是铁杆"拥汉派"，是曹操在政治上的死对头，根据《三国志·魏书·满宠传》记载，曹操甚至一度打算杀掉杨彪，在正常情况下，曹操应该在政治上压制杨修，但令人奇怪的是，曹操却提拔杨修为丞相主簿，使其权倾天下，《三国志·魏书·陈思王传》裴注引《典略》记载："杨修字德祖，太尉彪子也。谦恭才博。建安中，举孝廉，除郎中，丞相请署仓曹属、主簿。是时，军国多事，修总知外内，事皆称意。自魏太子已下，并争与交好。"最后曹操处死杨修的理由也非常奇怪："太祖既虑终始之变，以杨修颇有才策，而又袁氏之甥，于是以罪诛修。"（《三国志·魏书·陈思王传》）对于杨修的死因，主流的观点通常认为是其参与了曹丕和曹植的立储之争，可根据上述记载，"袁氏之甥"也是曹操处死杨修的主要原因。这"袁氏"究竟是哪个"袁氏"也很值得推敲，不少学者认为这个"袁氏"是指袁术，但是考虑到袁术和袁绍的亲兄弟关系，这个"袁氏"也可理解为袁绍，这更令人感到奇怪，东汉晚期，士族高官之间的联姻非常普遍，相互之间毫无秘密可言，曹操起用杨修时不可能不知道他是"袁氏之甥"，既然曹操这么忌惮，当初何必重用杨修？

另一方面，曹操选择邺城作为曹魏的都城也有悖常理。尽管邺城人口稠密，经济发达，是当时全国知名的大城市，但是却有两点不足：

一是邺城曾经是袁绍集团的政治中心。袁绍统治河北期间，以轻徭薄赋，体恤百姓而深得民心，对于这样敌对集团的政治中心，在我国古代社会更普遍的做法是将其彻底摧毁，以绝后患，像后世的隋文帝和宋太宗消灭陈朝和北汉之后，分别下令摧毁后者的都城建康和晋阳，曹操却反其道而行之，难道他就不怕被同情袁绍的"义士"所刺杀吗？

二是从军事的角度来看，邺城也不适合成为曹魏的都城。邺城位于今河北省邯郸市临漳县西部和河南省安阳市北部一带，离曹魏北部边境的距离要明显近于其他边境。如果说当时曹魏的主要军事威胁是占据中国北方草原的乌桓和鲜卑的话，那还可以勉强自圆其说，但是喜欢三国的读者朋友应该知道，虽然当时乌桓和鲜卑经常骚扰曹魏北部边境，却不是主要的军事威胁，曹魏面临的主要军事威胁分别是东南的东吴、西南的蜀汉和西北的马超、韩遂集团。对于曹魏而言，完全可以重新修复已经被毁的洛阳，然后定都于此。另外，洛阳的周边城市也可以考虑。选择邺城作为曹魏的政治中心极不合理，举例而言，假设孙权或刘备发兵攻打曹魏，驻守边境的将领向坐镇邺城的曹操告急，曹操得到消息，下令抽调军队支援，等援军到达可能要五天，相反如果选择洛阳作为都城，从边境告急到援军到达可能就只需要三天时间，在我国古代战场，有时援军迟几个时辰，往往就会改变战局的走向。

对于选择邺城作为曹魏政治中心的弊端，史书也有所涉及。《三国志·魏书·夏侯渊传》记载："（建安）十九年，赵衢、尹奉等谋讨超，姜叙起兵卤城以应之。衢等谲说超，使出击叙，于后尽杀超妻子。超奔汉中，还围祁山。叙等急求救，诸将议者欲须太祖节度。渊曰：'公在邺，反覆四千里，比报，叙等必败，非攻急也。'遂行，使张郃督步骑五千在前，从陈仓狭道入，渊自督粮在后。郃至渭水上，超将氐羌数千逆郃。"

夏侯渊能够擅自调动军队而不用担心曹操的不满很大程度上在于其与曹操亲如兄弟的特殊关系（夏侯家族与曹魏皇室世代联姻，夏侯家族可以被认为是广义上的曹氏宗亲），但是其他将领未必有这种胆量，夏侯渊所说的"公在邺，反覆四千里，比报，叙等必败，非攻急也"是当时曹魏定都邺城的弊端的集中体现。

这样问题就来了，从各方面考虑，邺城显然不适合作为曹魏的政治中心，对于这点，恐怕连普通百姓都能看得一清二楚，更何况是戎马一生、征战无数的"一代战神"曹操呢？可令人感到不解的是，我们这位魏武帝对于这些不利的因素熟视无睹，非要定都邺城不可，甚至在生前就将自己的陵墓选在邺城，这背后是否存在着后人所不知道的内情呢？

更值得关注的是，景初三年（239），在位十二年的魏明帝曹叡在将太子曹芳托孤给曹爽和司马懿之后，"崩于嘉福殿，时年三十六岁"（《三国志·魏书·明帝纪》）。如果魏明帝驾崩时真的是三十六岁，根据年龄推算，建安九年（204）曹丕强娶袁熙之妻甄宓之时，后者已经有身孕。晚清民国时期的学者卢弼在《三国志集解》相关篇章中认为陈寿是在暗示魏明帝是袁家血脉。这样又一个问题来了，如果魏明帝是袁家血脉，曹操为什么对其疼爱有加，在自己生前就确定了其未来继承人地位，曹丕为什么肯把帝位传给袁绍后人呢？

无论是《三国志》相关篇章字里行间的"话里有话"，还是官渡之战前后围绕袁曹两人以及两大阵营发生的各种匪夷所思的事件无不在提醒我们，后世所熟悉的袁绍和曹操的形象有可能是经过人为篡改的产物，袁绍和曹操关系的背后或许隐藏着许多不为人知的历史真相，这些不为人知的历史真相是解开官渡之战前后围绕袁曹两人和两大阵营众多不解之谜的钥匙，如若不信，且听笔者娓娓道来。

一、官渡之战中的曹操和袁绍的表现与各自人生其他时期几乎判若两人

在魏武帝曹操波澜壮阔、跌宕起伏的一生之中，官渡之战无疑是一场具有里程碑意义的关键战役。如果说在此之前，不管从军事实力，还是个人声望而言，曹操充其量不过是占据司隶、兖州、豫州、徐州，深陷四战之地困境的地方军阀罢了，那么在官渡之战"以弱胜强"击败袁绍之后，曹操已经隐然展现出逐鹿中原，终结汉末群雄争霸局面的一代枭雄的气势，尤其是其在官渡之战中所表现出的多谋善断、身先士卒、指挥若定、知人善用等高超的军事指挥艺术和成熟的政治手腕无愧于陈寿在《三国志·魏书·武帝纪》中的赞语：

太祖运筹演谋，鞭挞宇内，揽申、商之法术，该韩、白之奇策，官方授材，各因其器，矫情任算，不念旧恶，终能总御皇机，克成洪业者，惟其明略最优也。抑可谓非常之人，超世之杰矣。

然而令人费解的是，曹操在官渡之战中的表现固然可圈可点，但是在其人生其他阶段，这种高超的军事指挥艺术和成熟的政治手腕几乎消失得无影无踪，如果说曹操跟随关东联军讨伐董卓时遭遇的军事惨败可能是因为曹操在起事之初，经验不足，情有可原的话，那么官渡之战之后，除了借助袁谭、袁尚兄弟阋墙占领北方四州，利用反间计击败马超、韩遂夺取关中以及冒险出兵侥幸消灭乌桓之外，我们这位魏武帝的所作所为只能用不敢恭维来形容。

建安十三年（208），曹操率军兵不血刃占领荆州之后，兵临长江，试图消灭占据江东六郡的东吴政权，在长江赤壁被周瑜指挥的孙刘联军击败，仓皇北逃。

同年，赤壁之战前夕，得知曹操占领荆州的益州牧刘璋为了讨好前者，"复遣别驾张松诣曹公，曹公时已定荆州，走先主，不复存录松，松以此怨。会曹公军不利赤壁，兼以疫死。松还，疵毁曹公，劝璋自绝，因说璋曰：'刘豫州，使君之肺腑，可与交通。'璋皆然之"（《三国志·蜀书·刘二牧传》）。

建安二十四年（219），关羽率驻扎在江陵的蜀汉荆州军队分别包围襄阳、樊城，曹操遣于禁、庞德率军救援，适逢天降大雨，汉水暴涨，困住于禁、庞德，关羽水淹七军，于禁军队大乱，关羽及众将皆乘大船趁势而下大败敌军，活捉了于禁和庞德，威震华夏，曹操得知于禁被活捉，大惊失色，一度想迁都以避关羽锋芒，后经司马懿、蒋济等人劝阻并建议联系孙权让他从背后出兵偷袭荆州才打消迁都的念头。

通常而言，一个令人敬仰的"开国之君"不仅必须具备运筹帷幄、决胜千里的军事统帅才能，而且还要拥有海纳百川、求贤若渴的气度胸怀和"泰山崩于前而色不变"的沉着冷静，但是曹操在这些事件里的表现哪里有一丝一毫"开国之君"的样子，就拿赤壁之战来说吧，尽管曹军失利存在士兵水土不服、感染疾病、东吴水师拥有地利之便以及黄盖诈降等客观因素，然而曹操在军事实力占据绝对优势下依然难以取胜不正好说明其军事统帅才能绝非史书所吹嘘的那样神乎其神吗？试想，如果统率曹军的是唐太宗李世民或明太祖朱元璋，那还会出现如此惨败吗？

另外，羞辱张松则暴露了曹操心胸格局的狭隘。这个张松虽然相貌丑陋，但是人家毕竟代表的是占据益州的刘璋呀！益州有多么重要，诸葛亮在《隆中对》中说得很清楚："益州险塞，沃野千里，天府之土，高祖因之以成帝业。刘璋暗弱，张鲁在北，民殷国富而不知存恤，智能之士思得明君。"在这种情况下，不要说张松本身就有意投靠，就算其对刘璋忠心耿耿，曹操也应该极尽笼络之能事，可他倒好，不但没有礼遇有加，反而冷嘲热讽，活脱脱一副暴发户的嘴脸，硬生生地把这上天送的"大馅饼"抛在脑后，转手送给了刘备。

曹操得知关羽水淹七军的消息之后的言行也令人大跌眼镜，你曹操一生久经沙场，经历的大小战役不计其数，什么战场风云没见过，现在仅仅是一场战役的暂时性失利，用不着吓得要迁都以躲避关羽的大军吧？如果不是司马懿、蒋济等人建议联络孙权使其偷袭荆州，扭转了战局，曹操岂不成为千古笑柄？分析到这里，我们不禁要问：官渡之战中那个英明神武的魏武帝曹操跑哪里去了呀？

另一方面，官渡之战另一主角袁绍征讨曹操前后的所作所为也耐人寻味。长期以来，由于《三国演义》等民间文学的极力渲染，人们心目中的袁绍形象摆脱不了蒙祖上四世三公余荫，侥幸占据幽、冀、并、青四州之地，外宽内忌、优柔寡断的乱世奸雄的形象。客观而言，这种看法并非没有历史依据，袁绍在官渡之战中的表现可谓昏庸无能到极致，先是拒绝田丰派精锐部队轮番出战使曹军疲于奔命的建议，然后是漠视许攸突袭许都、两面夹击的进言，最后在得知曹操偷袭乌巢后，没有亲率主力前去解救，这一系列决策失误最终导致袁军在官渡之战全军覆没。然而必须指出的是，尽管袁绍兵败官渡完全是咎由自取，怪不得别人，但是假如我们由此认为可以给袁绍盖棺论定很可能过于武断。事实上，除了在官渡之战和随后的仓亭之战中发挥失常之外，袁绍的一生堪称完美。

首先，虽然袁绍出身于"四世三公"的汝南袁氏家族，但是他不过是一个庶子，并且幼年便过继给已经早逝的伯父袁成，在我国古代社会，像袁绍这样出身名门望族的"贵族公子"比比皆是，能够在历史中留下记载的又有几人呢？真正继承袁氏家族衣钵的是视其为眼中钉的袁术，否则我们很难想象，为什么像袁术这样毫无政治智慧可言的典型的"二世祖"在乱世之中可以割据淮南，成为汉末群雄之一。袁绍能够名满天下，一呼百应，固然受益于其家族势力，但是归根结底还在于其宽厚待人、折节下士的人格魅力。为了更好地说明袁绍是如何折节下士，我们不妨看看其是如何对待身边名士的犯颜直谏。《三国志·魏书·崔琰传》记载，当时，军队蛮横暴虐，挖掘坟墓。崔琰向袁绍进谏说："今道路暴骨，民未见德，宜敕郡县掩骼埋胔，示憯怛之爱，追文王之仁。"袁绍听取他的劝谏之后任命其为骑都尉。虽然崔琰的劝谏掷地有声，大义凛然，但是"士卒横暴，掘发丘陇"即士兵挖掘坟墓以获取财物在当时是普遍的社会现象，如果其不幸遇上一个雄猜之主的话，恐怕会有杀身之祸，而袁绍听了他的劝谏，不仅没有勃然大怒，反而提拔其为骑都尉，不正好说明袁绍绝非《三国演义》所描绘的那样外宽内忌、心胸狭隘吗？

其次，袁绍在逃出洛阳起兵反董之初，地盘只有渤海郡一地，兵马也少得有些可怜，虽然拥有关东联军的盟主头衔，却是个谁也调遣不了的空头司令，但却能最终雄踞四州之地也与其善于听取手下谋士的意见息息相关，不费一兵一卒，智取冀州便是这方面的集中体现。根据《三国志·魏书·袁绍传》记载，关东联军名存实亡之后，袁绍接受逢纪的建议，怂恿公孙瓒以讨卓为名偷袭冀州，冀州牧韩馥惶恐不安，袁绍趁机派陈留高干、颍川荀谌游说韩馥，先以"公孙提燕、代之卒，其锋不可当。袁氏一时之杰，必不为将军下"提醒韩馥形势的严峻性，然后指出"冀州，天下之重资也，若两雄并力，兵交于城下，危亡可立而待也"，最终建议"夫袁氏，将军之旧，且同盟也，当今为将军计，莫若举州以让袁氏。袁氏得冀州，则瓒不能与之争，必厚德将军。冀州入于亲交，是将军有让贤之名，而身安于泰山也。愿将军勿疑！"迫使韩馥拱手交出冀州。不可否认，袁绍不费一兵一卒就占领冀州固然在很大程度上是源于韩馥胆小懦弱及其袁氏故吏的尴尬身份，但是问题在于，如果袁绍只不过是一个刚愎自用，不善于听取手下谋士建议的赳赳武夫，又如何能通过这条借力使力的绝妙谋略，轻而易举地占据冀州呢？

最后，作为后人的我们可能绝对想象不到的是在官渡之战中昏庸无能、颠顶自大的袁绍也曾经是一位英勇善战、视死如归的军事统帅，最能证明这点的莫过于其亲自率领大军剿灭盘踞幽州多年的公孙瓒，这个公孙瓒可不是什么街边的小混混，早年便由于在征讨北方乌桓、鲜卑等游牧民族的战斗中作战勇猛而威震边疆，《后汉书·公孙瓒传》曾提及"瓒每与虏战，常乘白马，追不虚发，数获戎捷"，麾下"白马义从"堪称是三国时期最精锐的骑兵兵团，势力最强盛时一度扩张到幽、冀、青等州。面对这样的强敌，袁绍不仅没有胆战心惊、逃之夭夭，反而亲自率领大军与之苦战八年，历经无数次艰苦卓绝的战役，最终迫使其自焚而死，我们好意思说袁绍是个军事白痴吗？

与此同时，袁绍在与公孙瓒的多年苦战过程中所展现出的身先士卒的勇气也可圈可点。《三国志·魏书·袁绍传》裴注引《英雄记》记载："公孙瓒击青州黄巾贼，大破之，还屯广宗，改易守令，冀州长吏无不望风响应，开门受之。绍自往征瓒，合战于界桥南二十里。……瓒部逆骑二千馀匹卒至，便围绍数重，弓矢雨下。别驾从事田丰扶绍欲却入空垣，绍以兜鍪扑地曰：'大丈夫当前斗死，而入墙闲，岂可得活乎？'"这种视死如归的气概是不是足以让一听说关羽即将攻陷襄樊就吓得要迁都的曹操无地自容，羞愧难当呢？

分析到这里，读者朋友们不知道有没有发现袁绍事实上非常像一位赫赫有名的"开国之君"——东汉光武帝刘秀，从某种程度而言，袁绍可以算是汉末三国时期的"刘秀"，如果不信的话，我们不妨对比一下：刘秀是太学生出身，温文儒雅，袁绍则来自儒学世家，礼贤下士；刘秀在昆阳大战中率领义军击败王莽主力，袁绍历经多次苦战剿灭盘踞幽州多年的公孙瓒集团；刘秀的兄长被更始帝密谋诛杀，袁氏家族五十多人则死于董卓的屠刀；刘秀以"经略河北"作为统一全国的起点，袁绍则以"鹰扬河朔"充当称霸天下的跳板；刘秀刚到河北立足未稳遭王郎追杀时，一度窘困到"官属皆乏食"和本人不得不冒充王郎使者以骗取食物的地步，袁绍逃出洛阳沦为董卓掌控下的东汉王朝的通缉犯后，曾经危急到只要几个衙役就能将其擒拿的程度；刘秀登基称帝之后，广施仁政，天下大治，袁绍占据河北之后，轻徭薄赋，深得民心。

然而两人结局却有着天壤之别，刘秀成为东汉的"开国之君"，流芳百世，袁绍则在官渡惨败之后，郁郁而终。在这里，我们是不是应该思考这么一个问题，为什么在官渡之战前一个由于礼贤下士、英勇善战而海内仰望、天下归心的汉末时期的"刘秀"在官渡之战中就像被人下了魔咒一样表现得如此颠顶昏庸、利令智昏呢？

二、官渡之战前后围绕袁曹以及两大阵营发生的各种匪夷所思的事件

除了官渡之战中曹操和袁绍的表现与各自人生其他时期几乎判若两人之外，官渡之战前后围绕袁曹两人以及两大阵营所发生的种种违背常理的不解之

谜则为这场战争增添了许多神秘色彩。

(一)袁绍没有将曹操的家眷扣为人质之谜

初平四年(193),曹操以为父报仇为名,率军讨伐徐州。次年,兖州士族张邈和陈宫趁机勾结吕布发动叛乱,曹操闻讯,慌忙撤军平叛。在战争初期,曹操多次被吕布击败,曹操向已经占据冀州的袁绍求援,袁绍要求曹操将家眷迁移至邺城居住,作为自己的人质。

《三国志·魏书·程昱传》记载:

太祖与吕布战于濮阳,数不利。蝗虫起,乃各引去。于是袁绍使人说太祖连和,欲使太祖迁家居邺。太祖新失兖州,军食尽,将许之。时昱使适还,引见,因言曰:"窃闻将军欲遣家,与袁绍连和,诚有之乎?"太祖曰:"然。"昱曰:"意者将军殆临事而惧,不然何虑之不深也!夫袁绍据燕、赵之地,有并天下之心,而智不能济也。将军自度能为之下乎?将军以龙虎之威,可为韩、彭之事邪?今兖州虽残,尚有三城。能战之士,不下万人。以将军之神武,与文若、昱等,收而用之,霸王之业可成也。愿将军更虑之!"太祖乃止。

这段记载披露了一个惊人的历史真相,即曹操从担任东郡太守到与吕布战于濮阳,"新失兖州,军食尽"之前,这么多年以袁绍部属身份在兖州、豫州征战的时期,曹操的家眷并没有按照当时的惯例留在袁绍大本营作为人质。熟悉我国古代军事史的读者朋友应该都知道,在两汉魏晋南北朝时期,为了防范在外出征的将士起兵造反或投降敌人,朝廷往往会将这些将士的家眷留在后方扣为人质,曹操本人便将部属是否主动质任作为衡量其忠心程度的重要指标,比如根据《三国志·魏书·李典传》记载,"(李典)宗族部曲三千馀家,居乘氏",为了表示自己的忠心,其"自请愿徙诣魏郡",因此深得曹操的赞许。袁绍没有将曹操的家眷留在自己身边作为人质,难道他就不怕曹操势力壮大之后"反袁自立"吗?

(二) 拒绝质任后袁绍依然率军救援曹操之谜

或许有些熟悉三国历史的读者朋友会质疑说，当时曹操与袁绍的关系有可能不是部属的关系，而是盟友关系，既然是盟友关系，没有质任也是非常正常的，假设这种观点成立的话，接下去发生的事情更加令人不可思议。在曹操拒绝质任的情况下，袁绍依然亲自率军救援曹操。《三国志·魏书·袁绍传》裴注引《魏氏春秋》记录的官渡战争爆发前夕陈琳所作讨曹檄文记载：

故九江太守边让，英才俊逸，天下知名，以直言正色，论不阿谄，身首被枭悬之戮，妻孥受灰灭之咎。自是士林愤痛，民怨弥重，一夫奋臂，举州同声，故躬破于徐方，地夺于吕布，彷徨东裔，蹈据无所。幕府唯强干弱枝之义，且不登叛人之党，故复援旌擐甲，席卷赴征，金鼓响震，布众破沮，拯其死亡之患，复其方伯之任，是则幕府无德于兖土之民，而有大造于操也。

即使曹操与袁绍是盟友关系，袁绍这样做显然也有悖常理。袁绍"欲使太祖迁家居邺"说明他已经对曹操已经起了疑心了，考虑当时"太祖新失兖州，军食尽"，在质任问题上，曹操显然没有多少讨价还价的余地，在曹操拒绝质任之后，袁绍的正常反应应该是勃然大怒，最低限度应该是"不快"，很难想象会派兵去救援曹操，但是袁绍竟然"复援旌擐甲，席卷赴征，金鼓响震，布众破沮，拯其死亡之患，复其方伯之任"，当然我们不排除曹操在质任问题上采取拖延战术，告诉袁绍自己的妻子病重或其他理由，过几年我再送过来，但是鉴于当时袁绍依然处在与公孙瓒激战和对峙的重要时期，袁绍在曹操拒绝质任后依然率军救援，背后的隐情难道不值得深思吗？

(三) 许攸叛逃之谜

《三国志·魏书·荀彧传》记载："审配以许攸家不法，收其妻子，攸怒叛绍。"毋庸置疑，作为袁绍核心谋士的许攸投靠曹操彻底扭转了官渡之战的走势，正是获得了许攸提供的袁军粮草大营位于乌巢的重要情报，原本粮草即将耗尽的曹操才会孤注一掷，亲自率领主力偷袭乌巢，焚烧袁军粮草大营，袁军士兵闻之不战自溃，从而奠定了曹军最后胜利的基础。

史书关于许攸叛逃的记载也存在不少疑点。

首先，许攸叛逃是因为"审配以许攸家不法，收其妻子"，考虑到许攸早年便跟随袁绍和袁绍对其器重，审配敢关押许攸家人，说明许攸家人犯下的绝对不是小案子，那么究竟是什么不法之事，史书非常奇怪没有提及，而许攸家人犯案的时间也十分蹊跷，不早不迟，偏偏在官渡之战胜负即将揭晓的关键时刻，难道许攸家人犯案还要选择黄道吉日吗？

其次，从许攸决定离开袁绍大营到进入曹操的中军帐前实在是太过于顺利了，就像是到邻居家串门，以许攸身份和地位，随便寻找一个理由离开袁军大营，自然没有什么问题，可在当时两军对峙厮杀的情况下，许攸难道不怕还没有进入曹营就被曹军士兵当作敌军间谍射杀身亡吗？退一步讲，即使许攸运气好，顺利进入曹营，但是考虑到许攸与袁绍两人关系之深厚天下无人不知，无人不晓，以多疑著称的曹操为什么没有怀疑他所提供的情报的真实性呢？

（四）张郃投降之谜

根据《三国志·魏书·荀攸传》记载，当袁绍得知曹操率军偷袭乌巢之后，派张郃攻打曹操大本营，张郃久攻曹营不下，决定向曹军投降，当时负责留守的曹洪"疑不敢受"，"攸谓洪曰：'郃计不用，怒而来，君何疑？'乃受之"。这里问题就来了，荀攸为什么如此笃定张郃是真投降而不是假投降，或许张郃在投降时，已经告知自己在袁营如何受到排挤，所以决定弃暗投明，但是"兵者，诡道也"，张郃所说的一定就是真的吗？要知道当时官渡之战已经到了最后的时刻，一旦曹洪、荀攸放松警惕，让张郃率军进入曹营，如果张郃是假降曹军，择机再度起兵，与外面的袁军里应外合，曹军大败自不待言，曹洪、荀攸恐怕也要人头落地，荀攸为什么敢冒如此大的风险接受张郃投降？

（五）曹操坐视袁绍平定叛乱之谜

在官渡之战之后不久，袁曹两军在仓亭再度交战，结果不出所料，袁绍再度大败而去，但是接下来发生的事情却令人百思不得其解，在此之后的一年多时间里，曹操没有乘胜追击，相反坐视逃回邺城的袁绍调兵遣将平定官渡之战之后在自己统治的北方四州爆发的内部叛乱。这样问题又来了，尽管曹操阵营自身显然在官渡之战中也同样损失惨重，需要休整，但是连续休整一年多是不是太久了，对于曹操而言，最佳策略显然是稍加休整之后，利用袁绍后方叛乱四起的有利契机，挟官渡之战和仓亭之战胜利之余威，一鼓作气，兵临城下，彻底消灭袁绍阵营，统一北方。要知道，袁绍所占据的河北之地，幅员辽阔，百业兴旺，人口稠密，不仅可以提供取之不尽的粮食和税赋，而且能够贡献源源不断的兵源。袁绍病逝之后，曹操利用袁氏兄弟内乱，最终占领了北方四州之后，翻阅户籍，发现仅仅冀州一地便"可得三十万众"，曹操坐视袁绍平定叛乱难道就不怕袁绍学习越王勾践卧薪尝胆，忍辱负重，十年生聚，十年教训，最终击败自己吗？

三、官渡之战前袁绍与曹操究竟是什么关系

官渡之战中的曹操和袁绍的表现与各自人生其他时期判若两人的奇特现象和围绕袁曹两人所发生的种种违背常理的不解之谜使得我们有足够的理由怀疑官渡之战背后很可能存在不为人所知的复杂内情，而要想了解官渡之战背后究竟有何内情，那就必须弄清楚官渡之战之前袁绍与曹操之间到底是何种关系。这里，首先要感谢众多三国史专家和学者细心考证和认真研究，由于他们的考证和研究，今天的我们大致已经知道袁绍与曹操的关系经历了从好友到死敌的戏剧性转变。然而这样的结论固然有利于我们寻找历史背后的真相，但是却依然难以解释围绕官渡之战和袁曹两人之间众多匪夷所思的现象和谜团，那么两人反目之前，袁绍与曹操究竟是什么关系呢？为了更好地回答这个问题，我们不妨先看看几则历史记载。

1. 魏武少时，尝与袁绍好为游侠。观人新婚，因潜入主人园中，夜叫呼云："有偷儿贼！"青庐中人皆出观，魏武乃入，抽刃劫新妇，与绍还出，失道，坠枳棘中，绍不能得动，复大叫云："偷儿在此！"绍遑迫自掷出，遂以俱免。（《世说新语·假谲》）

2. 袁绍年少时，曾遣人夜以剑掷魏武，少下，不箸。魏武揆之，其后来必高。因帖卧床上，剑至果高。（《世说新语·假谲》）

3. 初，绍与公共起兵，绍问公曰："若事不辑，则方面何所可据？"公

曰：“足下意以为何如？”绍曰：“吾南据河，北阻燕、代，兼戎狄之众，南向以争天下，庶可以济乎？”公曰：“吾任天下之智力，以道御之，无所不可。”（《三国志·魏书·武帝纪》）

或许读者朋友们读完这些历史记载，可能觉得没什么问题，但是笔者要告诉大家的是，这其中另有玄机。举例来讲，《世说新语·假谲》中那条袁绍派人刺杀曹操的记载基本上可以判断是伪造，道理也很简单，如果袁绍在青年时代就这样痛恨曹操，后来又怎么会于中平五年（188）朝廷设置西园八校尉时，在大将军何进面前美言推荐曹操任典军校尉，以及在初平二年（191）两人共同起兵反董后，表奏曹操为东郡太守，因此这条记载不排除是曹魏史官为了抹黑袁绍无中生有，特意编造的"杰作"。相比之下，《世说新语·假谲》那则抢夺新娘的记载由于符合两人性格特点和彼此亲密无间的关系倒有可能是真实的。

至于《三国志·魏书·武帝纪》中的记载尽管表面上看是描写曹袁二人谈论万一反董卓失败何去何从，但是假如仔细分析，事实上别有内涵。曹操所说的"吾任天下之智力，以道御之，无所不可"看似气势恢宏，磅礴大气，实则属于正确的废话，在我国古代社会，没有哪个乱世枭雄会愚蠢到认为仅凭一己之力便可以统一天下，反观袁绍所说的"吾南据河，北阻燕、代，兼戎狄之众，南向以争天下"，我们根据后来袁绍占据北方四州的过程可以看出这些话实质上就是前者如何统一天下的战略构想，也就是说，两人对话时，相对于曹操的敷衍了事，袁绍实则将自己心理话和盘托出告知对方，这种坦诚相待的态度不正好说明袁绍对于曹操的绝对信任吗？

分析完这三则历史记载，不难发现袁绍和曹操的关系显然比一般意义上的好友更加亲密，那么比一般意义上的好友更加亲密又是什么关系呢？要想破解这个谜团，《世说新语·假谲》中的相关记载无疑给我们提供了有益的启示。在那则两人劫持新娘的记载中，曹操的表现像不像一个喜欢恶作剧的弟弟？袁绍像不像一个被弟弟戏弄的哥哥？这里我们可以先做一个假设，袁绍和曹操有没有可能是类似刘关张那样"义结金兰"的异姓兄弟的关系呢？而判断袁绍和曹操有没有可能是"义结金兰"的异姓兄弟的关系，我们必须重新审视两人早年的历史。

众所周知，虽然袁绍出身于"四世三公"的汝南袁氏家族，但是幼年便过继给已经逝世的伯父袁成，在这种情况下，生父袁逢即使有心关照，但是碍于礼法制度，毕竟不能像其他正常家庭父子那样对袁绍呵护有加，加之作为嫡子的袁术对其极端敌视的态度，不难想象，袁绍童年必然充满孤独。值得注意的是，尽管特殊的家庭背景使得袁绍不得不近乎独立处理成长过程中面临的各种问题，以及过早地以袁成一系当家人的身份参与各种政治社会事务，有利于培养其勇往直前、坚毅隐忍的优良品格，但是客观上也造成了前者内心孤独、渴望亲情的性格特点，袁绍对自己几个儿子的过分溺爱便是这种性格的集中体现。

与此同时，曹操的童年经历也有许多值得研究的地方。众所周知，曹操祖父是大宦官曹腾，父亲是曾官拜太尉但是风评不佳的曹嵩，从《三国志·魏书·后妃传》没有记载曹操母亲生平和曹操成年之后喜欢成熟女性这个偏好来看，曹操的母亲很可能在其幼年便已经过世，而作为朝廷高官并以钻营闻名的曹嵩又忙于朝廷政务和结交权贵，难以像其他出身士族的官僚家族那样对于子女的成长和教育给予应有的重视，在这种情况下，童年的曹操逐渐养成了调皮刁蛮的性格。

《三国志·魏书·武帝纪》记载："太祖少机警，有权数，而任侠放荡，不治行业，故世人未之奇也。"《三国志·魏书·武帝纪》裴注引《曹瞒传》记载："太祖少好飞鹰走狗，游荡无度，其叔父数言之于嵩。太祖患之，后逢叔父于路，乃阳败面喎口；叔父怪而问其故，太祖曰：'卒中恶风。'叔父以告嵩。嵩惊愕，呼太祖，太祖口貌如故。嵩问曰：'叔父言汝中风，已差乎？'太祖曰：'初不中风，但失爱于叔父，故见罔耳。'嵩乃疑焉。自后叔父有所告，嵩终不复信，太祖于是益得肆意矣。"用我们今天的话说，童年时期的曹操是一个典型的"熊孩子"或"淘气包"。

袁绍和曹操独特的童年经历和性格特点客观上为两人相识、结交、游玩、直至培养出堪比刘关张的"兄弟之情"埋下伏笔，这其中的道理其也不复杂，或许对于其他人而言，童年的曹操充其量不过是一个性格顽劣的"淘气包"，但是对于内心孤独、渴望亲情的袁绍而言，这样一个同样出身达官显贵家族的"淘气包"的调皮捣蛋和各种恶作剧可能带来的不是烦恼而是人生的乐趣，简而言之，在袁绍心目中，童年时期的曹操很可能取代了袁术原本承担的"弟弟"的角色，而对于童年时期的曹操而言，青少年时袁绍的成熟稳重、温文尔雅以及与其相处时无微不至的关怀和照顾使得后者很可能扮演了"哥哥"的角色。

为了证明这一观点，我们不妨看看《三国志·魏书·袁绍传》中很容易被忽视的记载：

袁绍字本初，汝南汝阳人也。高祖父安，为汉司徒。自安以下四世居三公位，由是势倾天下。绍有姿貌威容，能折节下士，士多附之，太祖少与交焉。以大将军掾为侍御史，稍迁中军校尉，至司隶。

陈寿的《三国志》在我国的二十四史中的地位和影响可以说仅次于司马迁的《史记》，时人称其"善叙事，有良史之才"，司空张华甚至以撰写《晋书》相期许，尽管陈寿的《三国志》享有盛誉，但是文字却十分洗练，可以说是字字珠玑，以至于后来南朝宋文帝命中书侍郎裴松之为之作补注。为了注释《三国志》，裴松之收集了魏晋时期的原始材料多达一百五十多种，博引各家著作的原文，这就是我们现在通常所见的《三国志》裴松之注。

理解了这点，我们就不难发现《三国志·魏书·袁绍传》开头记载中的"太祖少与交焉"这六个字十分耐人寻味。为什么这么说呢？因为这六个字与上下文没有必然联系，如果把这六个字去掉的话，对于全文没有任何影响，换句话说，"太祖少与交焉"放在这里显得有些多余，不符合陈寿文字简洁洗练的写作风格。

另外，按照《三国志》"尊曹贬袁"的倾向，陈寿应该极力撇清太祖皇帝（曹操）与这个"乱臣贼子"的关系，可他倒好，唯恐天下人不知道，刻意地放在袁绍传记的开头，这就好比我国古代官府在张贴处决一个恶贯满盈、欺男霸女的强盗的告示时，刻意提到本县某位乐善好施的"张员外"从小就与这位强盗相识，关系还不错，读者朋友如果你是当时的围观群众，你会作何感想？

对于这些谜团，比较合理的解释便是，尽管由于曹魏政权的合法性与西晋王朝的合法性息息相关以及西晋皇族和元老重臣都是曹魏开国元勋的后代等复杂的政治因素的干扰，陈寿在撰写《三国志·魏书·武帝纪》和《三国志·魏书·袁绍传》时基本上遵守了"尊曹贬袁"的原则，但是作为"一代良史"，陈寿也不想完全淹没历史的真相，便通过一些看似"无心之失"引导读者寻找历史真相，显然在陈寿看来，"太祖少与交焉"这六个字对于了解袁绍与曹操关系的真相有着极其重要的作用，所以即使有违常规，也要放在《三国志·魏书·袁绍传》开头，因此"太祖少与交焉"符合陈寿原意的现代白话文翻译便是：太祖皇帝（曹操）幼年时便与袁绍相识，两人拥有堪比手足的深厚情谊。理解到了这一点，我们便会明白为什么袁绍在劫持新娘事件中被曹操捉弄时毫无介怀和与曹操谈论万一反董失败何去何从时将内心的机密和盘托出，在袁绍心目中，曹操不仅是幼年时共同游玩的发小，还是比肩刘关张的异姓兄弟，假如曹操不值得信赖，那天下就没有可以信赖的人了。

陈寿这种利用"春秋笔法"来暗示袁曹两人真实关系的方法在《三国志·魏书·于禁传》也有生动体现。《三国志·魏书·于禁传》记载："太祖常恨朱灵，欲夺其营。以禁有威重，遣禁将数十骑，赍令书，径诣灵营夺其军，灵及其部众莫敢动；乃以灵为禁部下督，众皆震服，其见惮如此。"

这段记载非常奇怪，因为根据字面描述，于禁是受曹操之命剥夺朱灵对麾下的士兵的指挥权，简单地讲，就是剥夺朱灵的兵权，但是问题马上就来了，这个朱灵是何方神圣，这里没有提及，熟知三国的读者对朱灵应该不会陌生，但是按照我国古代史学撰写传统和惯例，在史书中第一次出现的历史人物必须交代其身份背景，不然普通读者首次阅读时，容易产生困惑，这个人是谁？另外，太祖（曹操）为什么痛恨朱灵的原因这里也没有介绍同样令人不解。通常来说，在我国古代社会，像这种武将被剥夺兵权的原因不外"骄横跋扈""克扣军粮""勾结外敌"等因素，但是陈寿在这里就是惜字如金，保持沉默，这点难道不令人感到奇怪吗？

更令人疑惑不解的是，《三国志·魏书·张乐于张徐传》（即张辽、乐进、于禁、张郃、徐晃合传）最后部分记载："初，清河朱灵为袁绍将。太祖之征陶谦，绍使灵督三营助太祖，战有功。绍所遣诸将各罢归，灵曰：'灵观人多矣，无若曹公者，此乃真明主也。今已遇，复何之？'遂留不去。所将士卒慕之，皆随灵留。灵后遂为好将，名亚晃等，至后将军，封高唐亭侯。"

这段文字不仅介绍了朱灵的基本情况，事实上也给朱灵洗刷了不白之冤，假如朱灵真的犯有诸如"骄横跋扈""克扣军粮""勾结外敌"等罪行的话，后来也不会官至后将军，封高唐亭侯。既然如此，那么曹操为什么会如此痛恨朱灵以至于要剥夺其兵权呢？事实上，这个问题其实也不难回答，根据《三国志·魏书·张乐于张徐传》最后部分的记载，朱灵是袁绍派过去协助曹操，但是由于被曹操的气度和魄力所折服，因此在其他将领返回袁绍身边之后，主动追随曹操。既然朱灵身上带有"袁绍故将"的标签，曹操在与"兄长"袁绍兵戎相见之后，对朱灵有所忌惮，派人解除其兵权也就顺理成章了。分析到这里，一个新的问题就浮现出来了，既然这件事的脉络如此清楚，陈寿为什么不干脆将这最后部分的记载移到前面，这样我们这些读者对于朱灵的兵权为什么被剥夺的原因就不会感到困惑，但是作为"一代良史"的陈寿宁可犯下这个十分容易被人发现的低级错误，也不愿这样做，会不会是希望以一种特殊的方式提醒我们朱灵事件背后隐藏着袁绍与曹操真实关系的密码呢？朱灵事件最核心的信息便是朱灵最初是跟随袁绍，后来被袁绍派出协助曹操，从时间上看，袁绍"使灵督三营助太祖"征讨陶谦时，自己依然深陷与公孙瓒的苦战之中，在这样的关键时刻，还派出自己的将领和三营精兵去帮助曹操，不正好是凸显袁绍和曹操之间存在"兄弟之情"的最佳证明吗？

四、荀彧：袁绍与曹操关系生变的关键人物

一旦我们知道了在官渡之战之前袁绍与曹操之间不是亲生兄弟却更胜亲生兄弟的"兄弟之情"，前文提及的围绕两人的一些谜团便可以迎刃而解，比如《三国志·魏书·程昱传》记载："太祖与吕布战于濮阳，数不利。蝗虫起，乃各引去。于是袁绍使人说太祖连和，欲使太祖迁家居邺。"这段记载说

明在此之前，当曹操以袁绍部属身份出征作战时，袁绍没有根据惯例要求留下曹操的家眷作为人质，袁绍这样做的理由，很可能是因为在袁绍看来，两人之间三十多年亲密无间的"兄弟之情"完全可以确保曹操的忠心，如果强迫曹操留下家眷搞不好会给袁绍与曹操之间的关系蒙上一层阴影。至于曹操在濮阳被吕布击败之后，拒绝袁绍"欲使太祖迁家居邺"的建议，袁绍也没有勃然大怒，相反继续提供援助，并且亲自率军帮其击败吕布，归根结底还是"兄弟情深"。说到这里，大家可能会产生一个疑问，既然袁绍与曹操的关系好到合穿一条裤子都嫌肥的地步，为什么后来会逐步恶化，直至兵戎相见呢？

笔者认为，要想回答这个问题，还得必须从朱灵事件说起，前文已经提及，由于"兄弟情深"，当袁绍得知曹操讨伐徐州陶谦以报杀父之仇，不顾此时自己依然深陷与公孙瓒的苦战之中，派自己的将领朱灵"督三营助太祖"，尽管事后朱灵和其麾下的士兵继续留在曹操身边，但是从袁绍没有不满，以及根据相关史书的记载，袁绍和曹操此时依然处于"蜜月期"来看，朱灵和其麾下的士兵继续留在曹操身边，很可能是袁绍本人的意思，鉴于曹操当时军事实力薄弱和袁绍对"手足兄弟"的关切之情，袁绍作出这一决定并不令人感到意外。至于《三国志·魏书·张乐于张徐传》最后部分所记载的"绍所遣诸将各罢归，灵曰：'灵观人多矣，无若曹公者，此乃真明主也。今已遇，复何之？'遂留不去。所将士卒慕之，皆随灵留"不排除是曹魏史官为了凸显曹操的人格魅力而有意杜撰出来。

分析到这里，大家可以思考一下，既然两人关系如此亲密，除了武将之外，袁绍会不会再派其他得力的部下去辅佐曹操呢？对于这个问题，笔者认为，这一时期袁绍很可能还派了一个当时天下公认的拥有"王佐之才"的青年谋士——荀彧去辅佐曹操，熟悉三国历史的读者朋友肯定会觉得奇怪，荀彧不是自己看不上袁绍主动投靠曹操吗？

《三国志·魏书·荀彧传》记载：

荀彧字文若，颍川颍阴人也。祖父淑，字季和，朗陵令。当汉顺、桓之间，知名当世。有子八人，号曰八龙。彧父绲，济南相。叔父爽，司空。彧年少时，南阳何颙异之，曰："王佐才也。"永汉元年，举孝廉，拜守宫令。董卓之乱，求出补吏。除亢父令，遂弃官归，谓父老曰："颍川，四战之地也，天下有变，常为兵冲，宜亟去之，无久留。"

会冀州牧同郡韩馥遣骑迎之，莫有随者，彧独将宗族至冀州。而袁绍已夺馥位，待彧以上宾之礼。彧弟谌及同郡辛评、郭图，皆为绍所任。彧度绍终不能成大事，时太祖为奋武将军，在东郡，初平二年，彧去绍从太祖。太祖大悦曰："吾之子房也。"以为司马，时年二十九。

这段记载看起来似乎无懈可击，但是如果仔细推敲的话，可以发现不少疑点：

一是荀彧并不是一开始就想投靠曹操。如果荀彧真的非常看好曹操，认为他能够礼贤下士，器重自己，使其可以实现"治国平天下"的政治抱负，那么在荀彧告诉父老"颍川，四战之地也，天下有变，常为兵冲，宜亟去之，无久留"这句话之后，应该加上诸如"曹公英明神武，气度非凡，天下诸侯无人是他的对手，他一定能够统一天下，我们去投靠他，肯定会有光明的未来"之类的语言，但是从"会冀州牧同郡韩馥遣骑迎之，莫有随者，彧独将宗族至冀州"来看，当时荀彧对于辅佐哪位诸侯，内心还是很迷茫的，所以才会出现"冀州牧同郡韩馥"邀请他来辅佐，"彧独将宗族至冀州"的情况。

二是从东汉士族阶层与宦官集团的敌对关系来看荀彧不太可能主动投靠曹操。荀彧出身颍川士族家庭，曹操则是大宦官曹腾之后，从东汉安帝时期一直到汉末，士族阶层和宦官集团一直处于不是你死便是我亡的敌对状态。《后汉书·党锢列传》称桓帝、灵帝之时："主荒政谬，国命委于阉寺，士子羞与为伍，故匹夫抗愤，处士横议，遂乃激扬名声，互相题拂，品敷公卿，裁量执政，婞直之风，于斯行矣。"宦官集团则发动两次"党锢之祸"作为反击，杀害、罢免、禁锢了窦武、陈蕃、李膺、范滂等人。尽管到了建安时期，宦官集团早已经被袁绍兄弟和其他士大夫借何进之死率军赶尽杀绝，但是一百多年的血海深仇又岂能轻易忘记。

三是从曹操起兵到逝世的所作所为，无论政治上诛杀边让和孔融，还是经济上推广屯田，甚至人事上颁布"唯才是举"法令，对于士族阶层的政治实力、庄园经济、晋升之路都构成了严重冲击，直接伤害到了士族阶层的既得利益和地位。在这种情况下，我们很难想象出身颍川士族的荀彧会主动投靠大宦官曹腾之孙——曹操，除非他有不得不辅佐曹操的难言之隐，而这个难言之隐很有可能便是此时已经成为冀州新主人的袁绍要求他去辅佐曹操，考虑到袁绍与曹操的"兄弟之情"，荀彧非常清楚如果拒绝袁绍的要求，等待自己的是什么后果，因此即使明知曹操对士族的仇视态度也不得不违心来到曹操身边。

四是从荀彧投靠袁绍的时机来看袁绍派遣荀彧辅佐曹操的可能性。根据《三国志·魏书·荀彧传》记载，荀彧之所以来到冀州是因为"会冀州牧同郡韩馥遣骑迎之"，然而等"彧独将宗族至冀州"之时，"袁绍已夺馥位，待彧以上宾之礼"。尽管袁绍对于荀彧十分礼遇，但是却不太可能将其纳入自己阵营核心幕僚团队，原因在于前者身边已经拥有众多名满天下的谋士，其中最著名的莫过于沮授、田丰和许攸，除此之外，审配、逢纪也是一时之选，如果袁绍此时重用只有二十多岁的荀彧很可能引发沮授、田丰、许攸等人的不满。

与"兄长"袁绍形成鲜明对比的是，曹操此时却正遭遇"谋士荒"。读过《三国演义》和《三国志》的读者朋友应该对曹操身边的赫赫有名的郭嘉、贾诩、荀攸、程昱等核心谋士印象深刻，但是这里笔者需要指出的是，这些核心谋士投靠曹操的时间大多在荀彧之后，也就是说在荀彧来到曹操阵营之前，曹操身边可能连个像样的谋士都拿不出来。这样问题就变得简单多了，对于袁绍而言，反正荀彧在自己身边难以得到妥善安置，而"弟弟"曹操那边又没有合适的谋士，不如干脆派荀彧去辅佐曹操，如此既可以消除可能的内部隐患，又能够体现作为"兄长"的袁绍对于曹操扶上马，送一程的真挚情谊，何乐而不为呢？

五是从两人自身困境看袁绍派遣荀彧辅佐曹操的可能性。荀彧投靠曹操是初平二年（191），这个时候，我们只要翻看史书，不难发现，无论是袁绍还是曹操都面临着强敌环伺的严峻局面。袁绍此时尽管占领冀州，但是马上深陷与公孙瓒的苦战之中，由于集重兵于北方，无暇顾及其他区域，导致原本盘踞在司隶的十万黑山军趁机占领了冀州的魏郡和东郡，为了防范黑山军坐大成为心腹之患，屯兵河内的曹操受袁绍的委托，率军挺进东郡，在濮阳击败了黑山军南路的白绕所部，袁绍表曹操为东郡太守。

但是此时的曹操面临的形势十分棘手，尽管在东郡击败了黑山军南路的白绕所部，可退守魏郡的黑山军主力依然对其虎视眈眈。另外，在东郡附近，还驻扎着一支匈奴军队，这支军队本来是为汉朝平叛的友军，但因为匈奴内部发生了叛乱，主帅于夫罗便失去了回国的机会，成为流寇，曾经破太原、河内，四处为乱，是各郡的心头大患，也是曹操必须提防的。

了解这些，我们对于袁绍为什么要派遣荀彧到曹操身边就不会感到意外了，因为尽管曹操很快击败黑山军，却依然深陷强敌环伺的困境之中，派遣有"王佐之才"和在天下士族中享有盛誉的荀彧为曹操调和鼎鼐、出谋划策，不仅可以通过荀彧协调曹操集团与本地士族的关系，站稳脚跟，而且有利于实现袁绍寄希望于曹操帮其肃清南方战线敌寇的战略目标。

因此荀彧很可能不是自己主动离开袁绍投靠曹操，而是由袁绍派去辅佐曹操，然而袁绍在派遣荀彧这件事上千算万算，反复谋划，看似天衣无缝，却唯独漏了一件事，一件袁绍可能看起来无足轻重但是事实上却极其严重的事，即袁绍很可能没有认真思考过荀彧本人是否乐意去辅佐曹操。

喜欢读《三国志》或《三国演义》的读者朋友应该都知道，尽管当时，也就是袁绍派遣荀彧去辅佐曹操的前后，其与公孙瓒之间的战争依然没有结束，全国还处于群雄虎争、干戈不止的乱世时期，但是天下的有识之士基本上已经公认，无论从声望，还是实力来看，袁绍都是最有可能成为结束汉末乱世，重新建立大一统王朝的"开国之君"。如果荀彧能够继续跟随袁绍，即使地位可能不如沮授、田丰、许攸等人，但是凭借其才华、谋略和年龄优势，终究有脱颖而出，成为袁氏王朝开国元勋的一天；而来到曹操身边则意味着荀彧一下子从"中央政府"被贬斥到"地方政府"，虽然以袁绍与曹操的亲密关系，袁氏王朝建立之后，曹操被封为诸侯王的概率极高，荀彧也有机会担任曹氏诸侯国的高官，但是这样的官职显然是以"帝王师"自许的荀彧绝对无法接受的，因此我们不难想象，当荀彧知晓将被袁绍派去辅佐曹操之时，内心是何等的失落和愤怒，这种失落和愤怒发展到极致很有可能驱使荀彧最终决定通过千方百计离间袁绍和曹操以及辅佐后者成为新的大一统王朝的"开国之君"来实现自己报复袁绍的目的和成为"帝王师"的理想。

毋庸置疑，曹操与袁绍决裂是多个因素影响的结果，在这些因素之中，有两个重要原因不容忽视：

一是曹操不甘心久居人下，试图依靠自己的实力平定乱世，建立盖世功业的政治雄心。

二是此时的袁绍已经流露出试图取代大汉王朝，建立新王朝的政治野心，而同一时期的曹操则力图"匡扶汉室"，成为大汉王朝的"中兴之臣"。早在起兵讨伐董卓之时，袁绍就曾经与冀州牧韩馥商议拥立幽州牧刘虞为新君，但是由于刘虞的拒绝而作罢，在我国古代社会，行废立之事往往是权臣篡位的前兆。

占据冀州之后，袁绍又借助主簿耿苞建言来测试部属是否支持其称帝。《三国志·魏书·袁绍传》裴注引《典略》记载："自此绍贡御希慢，私使主簿耿苞密白曰：'赤德衰尽，袁为黄胤，宜顺天意。'绍以苞密白事示军府将吏。议者咸以苞为妖妄宜诛，绍乃杀苞以自解。"

尽管后世所熟知的曹操逃脱不了"名为汉相，实为汉贼"的骂名，但是相对于此时的袁绍，早期的曹操倒更像是大汉王朝的"忠臣"。根据《三国志·魏书·武帝纪》记载，关东联军组建之后，各路诸侯整日宴饮，"（曹操）遂引兵西，将据成皋。邈遣将卫兹分兵随太祖。到荥阳汴水，遇卓将徐荣，与战不利，士卒死伤甚多。太祖为流矢所中，所乘马被创，从弟洪以马与太祖，得夜遁去"。为了讨伐"乱臣贼子"董卓，曹操险些战死沙场！

除此之外，需要指出的是，作为曹操"第一谋士"的荀彧在袁曹两人从亲密无间到兵戎相见的过程中也很可能发挥了"推波助澜"的作用，理由如下：

一是以荀彧的"机鉴先识，算无遗策"的智慧和谋略，当然不可能在受袁绍之命来到曹操身边初期就去挑拨曹操与袁绍的关系，相反荀彧很可能真的像袁绍所希望那样尽心尽力地去辅佐曹操，然而一旦获得曹操的信任和依赖之后，荀彧很可能以诸如"当今天下，荡平群雄，唯主公尔"的"心灵鸡汤"来激发曹操建功立业的雄心壮志。根据《三国志·魏书·荀彧传》记载，在官渡之战前，荀彧曾经对袁绍与曹操两人的"领导风格"进行过详细剖析，其中关于曹操"明达不拘，唯才所宜"等近乎谄媚的正面评价便是这方面的集中体现。

二是荀彧能够与曹操身边的其他亲信、武将、谋士围绕反袁组成"统一战线"。曹操身边的其他亲信、武将、谋士事实上也同样面临与荀彧类似的发展困境。对于他们而言，如果曹操集团继续跟随袁绍打天下，最好的结果便是曹操被封为诸侯王，他们充其量也不过是曹氏诸侯国的官员。在这种情况下，只要荀彧跟他们认真分析"反袁自立"，逐步消灭其他割据势力，建立新的大一统王朝的可行性以及后者成为新王朝开国元勋的美好前景，在反袁问题上获得他们的支持和协助就不足为奇了。

三是袁绍与曹操"天各一方"为荀彧离间两人的关系提供了可能。袁绍和曹操之间固然存在三十多年的"兄弟之情"，但是这种深厚的感情往往是以日常生活的朝夕相处为基础的，正如长期两地分居的夫妻容易导致婚姻破裂以及大学时期的好友毕业后在不同城市工作感情必然淡化那样，自屯兵河内到官渡之战爆发，除了讨伐吕布，袁绍与曹操之间有长达数年时间没有见面也容易为两人之间误会的产生与矛盾的激化孕育了温床，尽管两人很可能有书信来往，但是许多误会和矛盾却绝非书信往来所能解决。

举例来讲，在曹操部下的心目中，他们在兖州与黑山军作战实质上是帮助袁绍防守"南大门"，袁绍有必要提供源源不断的军事援助，然而尽管袁绍为了援助曹操可以说是倾其所有，但是由于自己还处在与公孙瓒的苦战之中，因此不可能对于曹操所有的要求照单全收，长此以往必然导致两大阵营关系的紧张，如果此时荀彧在曹操身边煽风点火，以"袁绍只是想利用主公帮其消灭群雄，好让自己坐享其成"之类的语言加以挑拨离间，再加上曹操身边的其他亲信、武将、谋士也是相同的立场和曹操本人强烈的政治企图心以及袁绍没有扣留曹操的家眷作为人质失去了有效的制约手段等因素的影响，袁绍与曹操的"兄弟之情"最终走向破裂也就不足为奇了。

五、官渡之战背后的真相

破解了围绕袁绍和曹操的诸多谜团以及两人关系生变的原因之后，官渡之战背后的真相便呼之欲出了，而探索官渡之战背后的真相之前，我们有必要思考这么一个问题，那就是袁绍知不知道曹操和荀彧精心策划的先借助前者的援助壮大，然后倒戈相向的发展战略？事实上，袁绍对曹操和荀彧这些台面下的那些小动作不太可能没有察觉，曹操能够占领兖州很大程度上是由于其打着袁绍部将的旗号，众多豪杰、名士以及当地的世家大族因为敬仰袁绍的大名才投靠曹操，一旦他们发现曹操和荀彧图谋不轨，自然会有人告知袁绍，官渡之战之后曹操焚烧大量自己阵营写给袁绍的信说明后者对于自己这个"手足兄弟"的动向并非一无所知。

然而值得注意的是，袁绍知道曹操和荀彧正试图"反袁自立"，并不意味着其必然勃然大怒，马上率领大军去围剿曹操集团，原因也不复杂：

一是此时袁绍还没有彻底剿灭公孙瓒集团，立刻抽调军队去攻打曹操集团也不现实。

二是尽管袁绍集团在综合军事实力上占据优势，但是此时曹操集团已经占据了兖州、豫州和徐州等地，猛将如云、谋士如雨，如果袁绍盛怒之下，不顾一切率军攻打曹操集团，很有可能出现"两败俱伤"的局面。

三是最关键的还在于袁绍十分珍惜与曹操三十多年的"兄弟之情"，袁绍对曹操的这种深厚感情意味着一旦其得知曹操有"不轨之心"是由于受荀彧这个自己选派过去的"青年才俊"的蛊惑，容易在心理上为曹操开脱，转而将怒火发泄到荀彧头上，因此在袁曹两人关系恶化初期，袁绍在思考如何处理曹操时更有可能委托一些与双方交情匪浅的亲友故交去说服曹操悬崖勒马，重新回归袁绍阵营。

理解了这一点，我们就不难明白，为什么袁绍在官渡之战前拒绝田丰趁曹操与刘备作战攻打曹操后方的建议，因为这个时候的袁绍对于修补两人的兄弟关系依然没有死心，很可能正在等待前去游说的亲友故交的回复，当然不可能接受田丰的建议。

可现实是残酷的，当那些前去游说的亲友故交传递回一个个令人失望的消息时，袁绍终于发现好言相劝已经很难使曹操回心转意。既然和平手段不行，那么武力便是唯一的选择。建安五年（200），在剿灭公孙瓒集团之后，袁绍率领大军浩浩荡荡地从邺城出发，兵锋直指官渡。尽管袁绍最终起兵征讨曹操，但是这次起兵的目的与其说是消灭曹操，不如说是以强大的武力为后盾迫使曹操知难而退、阵前投降来得更准确，最能说明这点的莫过于官渡之战中袁绍不同寻常的排兵布阵。

《孙子兵法·兵势篇》有云："凡战者，以正合，以奇胜。"前文已经提及袁绍绝不是《三国演义》所刻画的那样的军事白痴，而是汉末三国时期赫赫有名的一代名将，然而这位身经百战的军事统帅此时却表现得十分幼稚，将袁军主力集中在官渡，与曹军硬碰硬，深陷"杀敌一千，自损八百"的阵地战之中，完全漠视许攸"急分诸军持之，而径从他道迎天子"（《三国志·魏书·武帝纪》裴注引《汉晋春秋》）的建议，比较合理的解释便是对于多年"兄弟之情"难以割舍的袁绍希望利用自身兵精粮足的绝对优势与曹操打一场高强度的消耗战，一旦曹军的精锐非死即伤，粮草消耗殆尽，曹操自然会举兵投降，这样既可以消除曹操集团的威胁，又可以保全"兄弟之情"，而如果采纳许攸的建议，固然可以占领许都，但是曹军很有可能采取游击战作为反制手段，战争会久拖不决，这是急于保全"兄弟之情"的袁绍绝对无法接受的。

另一方面，从袁绍对待反叛自己的臧洪的态度不难推断出在官渡之战前其内心对曹操的真实想法。

臧洪字子源，广陵郡射阳县（今江苏射阳）人，太原太守臧旻之子，为人豪迈大气，一诺千金，举孝廉出身，初授议郎，迁广陵功曹，曾为关东联军设坛盟誓，共同讨伐董卓，深得盟主袁绍器重，荐为青州刺史，转东郡太守。臧洪施政有方，政绩卓越，深得百姓拥护，但是由于袁绍拒绝救援对自身有知遇之恩，却叛变曹操的张邈之弟张超，导致后者被曹军所杀，臧洪因此怨恨袁绍，脱离其阵营，迫使袁绍派兵围剿。《三国志·魏书·臧洪传》记载："绍兴兵围之，历年不下。绍令洪邑人陈琳书与洪，喻以祸福，责以恩义。……城陷，绍生执洪。绍素亲洪，盛施帏幔，大会诸将见洪，谓曰：'臧洪，何相负若此！今日服未？'洪据地瞋目曰：'诸袁事汉，四世五公，可谓受恩。今王室衰弱，无扶翼之意，欲因际会，希冀非望，多杀忠良以立奸威。洪亲见呼张陈留为兄，则洪府君亦宜为弟，……惜洪力劣，不能推刃为天下报仇，何谓服乎！'绍本爱洪，意欲令屈服，原之；见洪辞切，知终不为己用，乃杀之。"

这段记载有利于我们了解袁绍发动官渡之战的真实目的，就常理而言，袁绍对于背叛自己的昔日部属应该恨不得将其碎尸万段才对，可他倒好，不仅派陈琳修书与臧洪，"喻以祸福，责以恩义"，而且在城陷生执之后，大会诸将见臧洪，试图亲自说服其投降。我们不难猜测，如果当时臧洪认个错，肯定会获得袁绍的谅解，搞不好过段时间又会被委以重任。

分析到这里，我们应该思考这么一个问题，论与袁绍的关系，曹操与臧洪谁更加亲近？毫无疑问是曹操，袁绍与臧洪是由于组建关东联军讨伐董卓而相识相交，袁绍与曹操则是从小一起长大的"手足兄弟"，袁绍在处理相交仅仅数年的臧洪的叛乱尚且秉持"惩前毖后，治病救人"的原则，他又怎么可能对与自己拥有三十多年"兄弟之情"的曹操赶尽杀绝呢？更何况在袁绍心目中，曹操与其离心背德，彻底决裂，自己也要承担部分责任，如果不是自己派荀彧这个"白眼狼"去曹操身边，兄弟俩未必会走到兵戎相见的地步。因此按照袁绍的最初设想，官渡之战最理想的结局应该是这样的：曹操举兵投降，荀彧就地正法，曹操妻儿留在袁绍身边作为人质，兄弟俩冰释前嫌之后继续一起打天下。

为了保护曹操的性命，袁绍还很可能下达过在战场上不能伤害曹操的命令。

《三国志·魏书·武帝纪》裴注引《汉晋春秋》记载："许攸说绍曰：'公无与操相攻也。急分诸军持之，而径从他道迎天子，则事立济矣。'绍不从，曰：'吾要当先围取之。'"注意这个"取"字显然也可以理解为活捉的之意。

熟悉三国历史的读者朋友对于曹操在官渡之战中身先士卒、骁勇善战的英姿应该十分熟悉，凡是曹操出现的地方，袁军将领或士兵不是被斩于马下，便是纷纷溃败，但令人奇怪的是，经过这么多次厮杀，曹操似乎毫发无伤，否则曹操就不能在最后关头亲自率军偷袭乌巢,要知道这是每天十几万人相互厮杀的血腥战场,每日伤亡的人数估计要用万来衡量,而曹操在之前征讨董卓、吕布时便留下过作战负伤的记载,对于这种反常的现象比较合理的解释便是由于袁绍很可能曾经下令在战场上不能伤害曹操,所以看见曹操的袁军将领和士兵自然不敢痛下狠手或干脆溃败,否则一旦曹操被自己所伤害,不仅没有功劳可言,反而小命难保。

客观而言,虽然袁绍的"以战逼降"的策略出发点是为了保全"兄弟之情",但是也并非没有成效,官渡之战后期,曹军一度被逼得弹尽粮绝便是这种策略发挥效果的体现,然而尽管袁绍的"以战逼降"的策略从表面上看可以说是天衣无缝,但是由于其自身阵营内存在的一个极易被忽视的"严重隐患"而最终导致满盘皆输的结局。

在具体介绍这个极易被忽视的"严重隐患"之前,我们有必要回顾一下前文提及的官渡之战从爆发到结束过程中出现的若干谜团,第一个谜团是作为袁绍核心谋士的许攸为什么能像到邻居家串门那样轻而易举地到达曹操的中军大营;第二个谜团是当曹操率军偷袭乌巢之后,张郃向曹军投降时,荀攸凭什么就敢认定张郃是真投降而不是假投降。这里先解答第二个谜团,荀攸劝说曹洪接受张辽投降时说的那句"郃计不用,怒而来,君何疑?"说明其事先很可能已经知道了袁绍阵营军事决策的内容,换句话说,当袁绍得知曹操率军偷袭乌巢,没有采纳张郃调动主力回援乌巢的建议,相反强迫其攻打曹营这一核心情报很可能第一时间就被荀攸掌握,所以他才会毫不迟疑地要求接受张郃的投降。

那么为什么袁绍阵营的军事情报能够第一时间就被荀攸掌握呢?答案便是在当时袁绍阵营内部很可能潜伏着不少曹营的"余则成",而且这些曹营的"余则成"能够参加袁绍的帐前军事会议级别还不低,考虑到袁绍和曹操以往长期亲密无间的关系以及部分荀彧族人依然在袁绍身边任职的客观现实,曹操和荀彧要在袁绍身边广布眼线绝非天方夜谭。分析到这里,大家可能会提出一个疑问,既然你说袁绍阵营内部事实上潜伏着曹操的谍报网,那曹洪怎么就不知道呢?这个问题也不难解答,曹洪性格粗犷,可能几杯酒下去就会把这些机密泄露出去，曹操自然不会让其负责情报工作，反观荀攸"深密有智防，自从太祖征伐，常谋谟帷幄，时人及子弟莫知其所言"（《三国志·魏书·荀攸传》），的确是曹魏政权"军统局局长"的最佳人选。

解开了第二个谜团，第一个谜团的答案也就昭然若揭了，许攸早年便追随袁绍，属于心腹中的心腹，审配敢关押许攸妻子，说明许攸家人犯下的绝对不是小案子，那么究竟是什么不法之事？史书非常奇怪没有提及。笔者认为，许攸家人所涉及的不法之事，一种可能是贪污公款或者草菅人命等重大案件，另一种可能是贩卖情报给曹营，而许攸家人贩卖情报不可能直接跑到曹营进行交易，应该是将情报交给潜伏在袁绍阵营的曹营的"余则成"来换取财物，但是不管哪种罪行，都应该非常严重，严重到许攸只有离开袁绍，投靠曹操才能保全自己。

另外，许攸家人犯法曝光的时间点也很蹊跷，偏偏赶在这个时候，好像算好时间那样，结合官渡之战前期，荀彧在和孔融围绕袁绍和曹操展开谁能获胜的争论之时所提出的"绍兵虽多而法不整。田丰刚而犯上，许攸贪而不治。审配专而无谋，逢纪果而自用，此二人留知后事，若攸家犯其法，必不能纵也，不纵，攸必为变"（《三国志·魏书·荀彧传》），以及荀彧在官渡之战后期劝阻曹操退兵的书信中所说"情见势竭，必将有变，此用奇之时，不可失也"（《三国志·魏书·荀彧传》），我们可以做一个大胆的推测，许攸家人犯法的线索很可能是潜伏在袁绍阵营的曹营的"余则成"根据曹操和荀彧的指示故意泄露给与许攸水火不容，留守邺城的审配，目的便是激化袁绍和许攸的矛盾。

结果，曹操和荀彧的离间计达到了预期的目的：一向与许攸不和的审配得到许攸家人犯法的线索如获至宝，马上将许攸家人收监审问，得到证据之后，写信告知袁绍，袁绍得知此事怒不可遏，狠狠地将许攸训斥了一顿；在许攸惶惶不可终日的时候，曹营的"余则成"适时出现，说服许攸投靠曹操并安排其出逃事宜，曹操从许攸口中得知袁绍的粮草集中在乌巢，孤注一掷，亲率主力偷袭乌巢，焚烧袁军粮草；袁军得知粮草被焚烧，纷纷溃逃，官渡之战的结局发生了戏剧性的变化。

从某种程度而言，当袁绍在邺城起兵之初决定凭借强大的军事优势逼迫曹操举兵投降，以达到既消除曹操集团的威胁，又保全"兄弟之情"的双重目的时，战争的结局就已经注定，两军厮杀绝非小孩子玩家家，不是你死便是我亡，稍有差池胜负就将易手，更何况，尽管曹营的士兵数量和粮草供应远远不如袁营，但是曹操率领的军队毕竟也是百战之师，加之有一流谋士荀彧等人出谋划策，曹营的军事实力不容小觑；反观袁军虽然先后平定了公孙瓒和黑山军，但是由于袁绍"以战逼降"的策略的制约，必然畏首畏尾，难以施展全力，只能与曹军在官渡打一场毫无谋略可言的消耗战，加之袁绍很可能下达过在战场上不能伤害曹操的命令以及潜伏在袁绍阵营的众多曹营的"余则成"关键时刻四两拨千斤，立下奇功，袁绍在官渡之战全军覆没并不令人感到意外。

此外，必须指出的是，袁绍在官渡之战之后没有像《三国演义》所渲染的那样萎靡不振，一蹶不起，袁绍一生屡遭挫折，却能越挫越勇，不是一个轻易向命运低头的人，事实上，逃回邺城之后，袁绍很快平定发生在北方四州的叛乱，换而言之，虽然袁绍在官渡之战中遭遇灭顶之灾，可是依然保有北方四州。然而官渡之战还是在袁绍心中留下了难以愈合的伤口，临终前的袁绍既对自己在官渡之战前夕制定的"以战逼降"的策略所表现出的幼稚天真深感羞愧，又为难以修补与曹操三十多年的"兄弟之情"郁郁寡欢，尤其是想到那些在官渡阵亡的士兵更是寝食难安。明白了这一点，我们就不难理解袁绍为什么在官渡之战一年多后郁郁而终，归根结底，试图千方百计地保全"兄弟之情"才是导致袁绍官渡惨败乃至丧失统一天下良机和最终死不瞑目的深层根源。

六、曹操的犹豫和忏悔

人性往往不能简单地用非善即恶来划分，尽管背叛"兄长"袁绍是曹操一生都难以抹灭的道德污点，但是从相关史书的记载来看，曹操对于是否最终与袁绍决战到底，事实上也一度犹豫不决。

《三国志·魏书·荀彧传》记载：

（建安）五年，与绍连战。太祖保官渡，绍围之。太祖军粮方尽，书与彧，议欲还许以引绍。彧曰："今军食虽少，未若楚、汉在荥阳、成皋间也。是时刘、项莫肯先退，先退者势屈也。公以十分居一之众，画地而守之，扼其喉而不得进，已半年矣。情见势竭，必将有变，此用奇之时，不可失也。"太祖乃住。

从当时的战场形势来看，驻守官渡的曹军已经"军粮方尽"，岌岌可危，曹操写信给荀彧，要求退守许都，实际上是准备投降袁绍的委婉说法，道理也很简单，如果作为战略要地的官渡都将沦陷，又如何能守得住一马平川的许都呢？而曹操之所以主张投降袁绍，显然是因为与后者拥有三十多年"兄弟之情"的曹操非常清楚只要自己向"兄长"袁绍认个错一定会安然无恙，尽管由于荀彧的坚决反对，"太祖乃住"，但是从中我们也不难看到在官渡战场中面对"兄长"袁绍的曹操内心曾经的挣扎和彷徨。

除此之外，曹操在官渡之战中坐视关羽重新回到刘备身边也从侧面显示出其对"兄长"袁绍的愧疚感。《三国志·蜀书·关羽传》记载：

建安五年，曹公东征，先主奔袁绍。曹公禽羽以归，拜为偏将军，礼之甚厚。绍遣大将颜良攻东郡太守刘延于白马，曹公使张辽及羽为先锋击之。羽望见良麾盖，策马刺良于万众之中，斩其首还，绍诸将莫能当者，遂解白马围。曹公即表封羽为汉寿亭侯。初，曹公壮羽为人，而察其心神无久留之意，谓张辽曰："卿试以情问之。"既而辽以问羽，羽叹曰："吾极知曹公待我厚，然吾受刘将军厚恩，誓以共死，不可背之。吾终不留，吾要当立效以报曹公乃去。"辽以羽言报曹公，曹公义之。及羽杀颜良，曹公知其必去，重加赏赐。羽尽封其所赐，拜书告辞，而奔先主于袁军。左右欲追之，曹公曰："彼各为其主，勿追也。"

长期以来，对于这段关羽先投降曹操然后重新投奔刘备的历史，我们往往关注的是前者如何忠肝义胆，后者如何求贤若渴，以及两者之间如何惺惺相惜，往往忽视了重要的一点，袁绍、曹操、关羽从性格特点来看都属于渴望纵横驰骋、建立盖世功业的英雄豪杰,因此在日常生活和兴趣爱好方面具有相当高的相似性,关羽投降曹操之后,曹操为了笼络关羽而经常邀请其一起射猎、饮酒以及谈论天下大势,我们有理由相信,作为昔日贵族公子的袁绍和曹操青年时期也过着类似的生活,曹操和关羽相处越融洽,曹操就越会容易想起青少年时与"兄长"袁绍在一起的欢乐时光,而越想起青少年时与"兄长"袁绍在一起的欢乐时光,即将和袁绍进行最终决战的曹操就越会觉得惶恐和内疚。

理解了这些,我们就会明白曹操为什么在官渡之战中坐视关羽重新回到刘备身边,不要忘了,此时刘备已经投靠了袁绍,《三国志·蜀书·关羽传》也明确记载关羽"而奔先主于袁军",关羽重新回到刘备身边意味着他很可能会成为与曹军对峙的袁军大将,而曹操对此毫不在意,最主要的原因还在于关羽的出走在某种程度上有利于减轻曹操内心的愧疚感,否则曹操完全可以与关羽事先约定,你先帮我打败袁绍,然后我让你回到刘备身边,如此不是既可以彻底击败袁绍集团,又能保全曹操与关羽的情谊吗?

知道了曹操在官渡之战中曾经产生过投降的想法以及关羽的出走某种程度上有利于减轻曹操内心的愧疚感,我们对于官渡之战后曹操除了在仓亭再度击败袁军之外,便停止了追击的步伐这个匪夷所思的举动就不会感到迷惑不解。常理而言,在官渡之战和仓亭之战之后,由于袁绍占据的北方四州内部叛乱四起,此时无疑是曹操消灭袁绍集团,统一北方的最佳时机,但是曹操仿佛忘记了袁绍的存在一样,停止了追击的步伐,那么是不是曹军在官渡之战和仓亭之战中损失惨重,需要时间休整呢?

要想回答这个问题,不妨先看看《三国志·魏书·荀彧传》里的一段记载:

(建安)六年,太祖就谷东平之安民,粮少,不足与河北相支,欲因绍新破,以其间击讨刘表。彧曰:"今绍败,其众离心,宜乘其困,遂定之;而背兖、豫,远师江、汉,若绍收其馀烬,承虚以出人后,则公事去矣。"太祖复次于河上。

这段历史记载非常值得研究，从表面上看，曹操停止追击袁绍的步伐是因为"粮少，不足与河北相支"，但是问题在于如果曹军真的缺乏粮草，不要说去讨伐袁绍，同样也没有能力进攻此时正处于鼎盛时期的荆州刘表，而从荀彧"今绍败，其众离心，宜乘其困，遂定之"来看，曹军即使粮草有困难，也不至于影响到消灭袁绍的武力征伐，不然作为一流谋士的荀彧就应该大谈特谈休养生息的重要性。

曹操停下了追击的步伐不太可能是需要休整的缘故，既然不是因为需要休整，那么比较合理的解释便是曹操对于"兄长"袁绍的羞愧之情阻止了曹军追击的步伐，或许是袁绍在官渡惨败后的仓皇出逃唤醒了曹操内心压抑已久的"兄弟之情"，或许是曹操从俘获的袁军将领或士兵口中得知袁绍曾经下达过不得在战场上伤害其的命令让其泪流满面，但是无论是什么原因，显然都与曹操对于"兄长"袁绍的羞愧之情息息相关，因此我们有理由相信，当袁绍郁郁而终的消息传到曹操阵营，相对于他人的举杯同庆，曹操内心更多的是愧疚和痛苦，对于曹操而言，袁绍之死意味着拥有三十多年"兄弟之情"的袁曹两人丧失了修补关系的最后机会。

分析到这里，许多读者很可能会觉得，这些只是你的一家之言，不足为信，那好吧，为了证明这些论点，我们不妨看看曹操对于三个人物的重用。

第一个便是曹魏大臣袁涣。《三国志·魏书·袁涣传》记载：

> 袁涣字曜卿，陈郡扶乐人也。父滂，为汉司徒。当时诸公子多越法度，而涣清静，举动必以礼。……魏国初建，为郎中令，行御史大夫事。……居官数年卒，太祖为之流涕，赐谷二千斛，一教"以太仓谷千斛赐郎中令之家"，一教"以垣下谷千斛与曜卿家"，外不解其意。教曰："以太仓谷者，官法也。以垣下谷者，亲旧也。"

第二个是后来成为曹魏文臣领袖的崔琰。《三国志·魏书·崔琰传》记载：

崔琰字季珪，清河东武城人也。少朴讷，好击剑，尚武事。年二十三，乡移为正，始感激，读《论语》《韩诗》。至年二十九，乃结公孙方等就郑玄受学……

大将军袁绍闻而辟之。时士卒横暴，掘发丘陇，琰谏曰："昔孙卿有言：'士不素教，甲兵不利，虽汤武不能以战胜。'今道路暴骨，民未见德，宜敕郡县掩骼埋胔，示憯怛之爱，追文王之仁。"绍以为骑都尉……

太祖破袁氏，领冀州牧，辟琰为别驾从事。……太祖为丞相，琰复为东西曹掾属征事，初授东曹时，教曰："君有伯夷之风，史鱼之直，贪夫慕名而清，壮士尚称而厉，斯可以率时者已。故授东曹，往践厥职。"魏国初建，拜尚书。时未立太子，临菑侯植有才而爱。太祖狐疑，以函令密访于外。唯琰露板答曰："盖闻《春秋》之义，立子以长，加五官将仁孝聪明，宜承正统。琰以死守之。"植，琰之兄女婿也。太祖贵其公亮，喟然叹息，迁中尉。琰声姿高畅，眉目疏朗，须长四尺，甚有威重，朝士瞻望，而太祖亦敬惮焉。

第三个便是我们熟悉的不能再熟悉的大才子杨修。《三国志·魏书·陈思王传》裴注引《典略》记载：

杨修字德祖，太尉彪子也。谦恭才博。建安中，举孝廉，除郎中，丞相请署仓曹属主簿。是时，军国多事，修总知外内，事皆称意。自魏太子已下，并争与交好。

尽管从表面上看，曹操重用袁涣、崔琰、杨修似乎并没有什么不妥之处，但是如果认真研究这三个人的家世背景和早年经历，我们会有惊人的发现。先说袁涣，袁涣的祖父袁璋是袁绍高祖袁安的叔父，虽然到袁涣、袁绍这一辈时，袁氏家族早已分成汝南袁氏和陈郡袁氏，但是两者毕竟血脉相连，而且从《三国志·魏书·袁涣传》的相关记载来看，袁涣即使在汝南袁氏中也有极高的威望。对于这样一个来自敌对阵营的重量级人物，按常理来说，曹操即使不赶尽杀绝，而是考虑到袁氏家族势力庞大，需要安抚，完全可以授予地位显赫但是毫无实权的清要之职，但是曹操不仅没有对其严加防范，反而毫不避嫌，委以重任，在其死后竟潸然泪下，你说奇怪不奇怪？

再说崔琰和杨修，崔琰固然学识渊博，尽忠职守，敢于直言，气宇非凡，但是其早年曾经是袁氏故吏，深受袁绍的器重，而杨修的父亲杨彪在汉献帝时期官拜太尉，一心匡扶汉室，是天下无人不知的曹操的死对头，杨修的生母则是袁术的姐妹，这意味着杨修既是袁术也是袁绍的外甥，以曹操的赫赫权势，只要他愿意，有的是人才可供选拔；可他选谁不好，偏偏起用一个袁氏故吏，一个袁绍外甥。更有意思的是，曹操不仅选拔崔琰和杨修，而且还委以重任，崔琰先后出任冀州别驾从事、东西曹掾属征事、尚书、中尉，杨修则官拜丞相主簿，相当于曹操的"丞相办公室主任"，由于曹操对杨修宠信有加，造成"修总知外内，事皆称意。自魏太子已下，并争与交好"，可以说是亲信中的亲信，心腹中的心腹。

也许有些读者朋友会认为曹操选拔重用袁涣、崔琰、杨修等"袁氏故人"的目的是安抚那些原本支持袁绍的政治集团，以维护曹魏的政局稳定，对此，笔者认为，曹操选拔重用这些"袁氏故人"固然有这方面的考虑，但是主要原因还在于官渡之战之后，尤其是袁绍郁郁而终之后，饱受良心谴责的曹操试图借此来减轻内心的负罪感，否则他完全可以授予这些"袁氏故人"一些不掌握实权的清要之职；要知道，袁涣被委任的"行御史大夫事"负责的是监察朝中的文武百官，崔琰出任的"东西曹掾属征事"则是主管曹魏官员的人事变动，杨修成为"丞相主簿"之后，更是权倾天下，都是妥妥的"实权派"，对于这些"袁氏故人"潜在的政治威胁，曹操又不是三岁小孩，岂会不知？然而尽管如此，这些人依然被曹操委以重任。对于这种反常现象，一个能够自圆其说的解释便是曹操内心强烈的赎罪意识才是袁涣、崔琰、杨修等"袁氏故人"在曹魏政坛平步青云、步步高升的深层根源。

七、袁氏兄弟败逃辽东和曹丕强娶甄宓背后的玄机

事实上，只要我们认真阅读《三国志》以及相关史书，可以发现更多能够说明曹操内疚心理的一些记载。

《三国志·魏书·武帝纪》记载，建安九年（204），攻占邺城之后，"公（曹操）临祀绍墓，哭之流涕；慰劳绍妻，还其家人宝物，赐杂缯絮，廪食之"。对于曹操的这番表现，大家肯定会不以为然，挥挥手说，这不过是政治表演，收买人心罢了。然而笔者却认为，曹操之所以如此行事，根本原因还在于对"兄长"袁绍深怀愧疚的前者，以胜利者的姿态进入处处充满袁绍痕迹的邺城时触景生情，百感交集，很快就沉浸在对"兄长"袁绍的思念和内疚之中，"公临祀绍墓，哭之流涕；慰劳绍妻，还其家人宝物，赐杂缯絮，廪食之"就是这种交织着思念和内疚的特殊情绪的生动体现。

另外，《三国志·魏书·文聘传》记载：

太祖征荆州，琮举州降，呼聘欲与俱，聘曰："聘不能全州，当待罪而已。"太祖济汉，聘乃诣太祖，太祖问曰："来何迟邪？"聘曰："先日不能辅弼刘荆州以奉国家，荆州虽没，常愿据守汉川，保全土境，生不负于孤弱，死无愧于地下，而计不得已，以至于此。实怀悲惭，无颜早见耳。"遂歔欷流涕。太祖为之怆然，曰："仲业，卿真忠臣也。"厚礼待之。

《三国志·魏书·高柔传》记载：

高柔字文惠，陈留圉人也。父靖，为蜀郡都尉。柔留乡里，谓邑中曰："今者英雄并起，陈留四战之地也。曹将军虽据兖州，本有四方之图，未得安坐守也。而张府君先得志于陈留，吾恐变乘间作也，欲与诸君避之。"众人皆以张邈与太祖善，柔又年少，不然其言。柔从兄干，袁绍甥也，在河北呼柔，柔举宗从之。会靖卒于西州，时道路艰涩，兵寇纵横，而柔冒艰险诣蜀迎丧，辛苦荼毒，无所不尝，三年乃还。

太祖平袁氏，以柔为菅长。县中素闻其名，奸吏数人，皆自引去。柔教曰："昔邴吉临政，吏尝有非，犹尚容之。况此诸吏，于吾未有失乎！其召复之。"咸还，皆自励，咸为佳吏。高干既降，顷之以并州叛。柔自归太祖，太祖欲因事诛之，以为刺奸令史；处法允当，狱无留滞，辟为丞相仓曹属。

《三国志·魏书·高柔传》裴注引《魏氏春秋》记载：

> 柔既处法平允，又夙夜匪懈，至拥膝抱文书而寝。太祖尝夜微出，观察诸吏，见柔，哀之，徐解裘覆柔而去。自是辟焉。

这些记载非常耐人寻味，先说《三国志·魏书·文聘传》相关内容，文聘字仲业，南阳宛（今河南南阳）人，原为刘表麾下负责抵御曹军的大将。刘琮投降后，面对曹操"来何迟邪？"的质问，虽然文聘的回答慷慨激昂，表达了不忘旧主之恩的忠肝义胆，但是总体而言也在情理之中，听了文聘的回答，如果曹操的反应是"叹之良久"或者"善之"，都是非常正常的，但是曹操却"为之怆然"也就是为之悲伤难过，是非常不正常的。这说明文聘的回答很可能勾起了曹操的悲伤往事，即让曹操想起了昔日"兄长"袁绍待自己恩重如山，自己却倒戈相向的悲伤往事。估计曹操此时内心肯定在想，相比忠肝义胆的文聘，我真是愧对"兄长"呀！正是因为内心感到惭愧，曹操才会表现出"为之怆然"的有悖常理的激烈反应。

至于《三国志·魏书·高柔传》相关内容则更令人费解，按理说，像高柔这样品德高尚、尽忠职守的"青年才俊"，无论哪位君主都会对其青睐有加，委以重任，但是曹操却想寻找借口杀掉他。更令人感到奇怪的是，《三国志·魏书·高柔传》在记载此事时却没有交代曹操为什么想除掉高柔，这种情况与《三国志·魏书·于禁传》中曹操派于禁夺朱灵的兵权却没有交代原因如出一辙。破解这些谜团的关键在于，高柔的从兄是高干，高干则是袁绍的外甥，换而言之，高柔也是一个"袁氏故人"，因此曹操面对高柔这样的"袁氏故人"事实上处于既极度猜忌（害怕高柔替袁绍报仇）又极度内疚的矛盾心理，"太祖欲因事诛之"实际上正是这种极度猜忌心理的体现。然而当曹操看到高柔"至拥膝抱文书而寝"之时，良心遭到严重的谴责，内疚心理最终战胜猜忌心理，高柔此后在曹魏政坛平步青云、步步高升便是这种内疚心理的产物。

由于对"兄长"的愧疚和悔恨，曹操不仅慰问袁绍妻子和在袁绍墓前痛哭流涕，庇护起用袁涣、崔琰、杨修等"袁氏故人"，重用文聘等忠贞之士，而且千方百计地保护袁绍后人，最能体现这点的莫过于曹操原本想保住袁尚、袁熙兄弟的性命。

《三国志·魏书·武帝纪》记载，建安十二年（207），曹操率军讨伐收留袁尚、袁熙的辽西乌丸，大获全胜，"斩蹋顿及名王已下，胡、汉降者二十馀万口。辽东单于速仆丸及辽西、北平诸豪，弃其种人，与尚、熙奔辽东，众尚有数千骑。初，辽东太守公孙康恃远不服。及公破乌丸，或说公遂征之，尚兄弟可禽也。公曰：'吾方使康斩送尚、熙首，不烦兵矣。'九月，公引兵自柳城还，康即斩尚、熙及速仆丸等，传其首。诸将或问：'公还而康斩送尚、熙，何也？'公曰：'彼素畏尚等，吾急之则并力，缓之则自相图，其势然也'"。

这则记载事实上另有乾坤，通常而言，既然曹操已经在讨伐辽西乌丸一战中取得了"斩蹋顿及名王已下，胡、汉降者二十馀万口"的显赫战绩，为了斩草除根，曹操完全可以派一员猛将率领骑兵一路追赶，在袁氏兄弟到达辽东之前将其截杀或活捉，但是曹操并没有这样做，这是疑点一；等到袁尚、袁熙奔辽东之后，曹操其实还可以借大胜之余威，兵临辽东，逼迫公孙康交出袁氏兄弟，此时曹操的军队距离辽东也并不遥远，但是曹操也没有这样做，这是疑点二；如果嫌兵临辽东动静闹得太大，还有一个最简便的方法，那就是派一个使者到辽东或者干脆给公孙康写一封信，要他交出袁氏兄弟，考虑到此时曹操已经统一北方以及本人赫赫战功，借公孙康一百个胆估计也不敢收留袁氏兄弟，但是曹操同样没有这样做，这是疑点三。

除此之外，当时"或说公遂征之，尚兄弟可禽也"，曹操回答"吾方使康斩送尚、熙首，不烦兵矣"也令人困惑，如果曹操兵临城下，公孙康自然会"斩送尚、熙首"，但是在当时曹操已经决定撤兵的情况下，公孙康既有可能"斩送尚、熙首"，也有可能与袁氏兄弟相互勾结，两种可能都存在，如果是后者，袁氏兄弟无疑将成为曹魏北部边境的巨大隐患，对此，曹操身边的谋士郭嘉在出征之前就曾经指出："袁绍有恩于民夷，而尚兄弟生存。今四州之民，徒以威附，德施未加，舍而南征，尚因乌丸之资，招其死主之臣，胡人一动,民夷惧应,以生蹹顿之心,成觊觎之计,恐青、冀非己之有也。"(《三国志·魏书·郭嘉传》)但是曹操却对此置之不理、无动于衷。

这些匪夷所思的现象的出现只能说明一件事,那就是曹操原本不想要袁氏兄弟的性命,其中的道理也不复杂,袁绍郁郁而终之后,作为"弟弟"的曹操一直深陷悔恨和内疚之中,尽管作为曹魏政权的当家人,曹操利用袁尚和袁谭的兄弟阋墙最终占领了北方四州,但是内心的悔恨和内疚驱使曹操努力保住袁尚、袁熙的性命,以减轻内心的负罪感。按照曹操的计划,先让袁氏兄弟在辽东待上几年,等曹魏江山稳固下来后,曹操就可以以安抚人心为由,允许袁尚、袁熙重新返回中原,然后给他们高官厚禄以慰"兄长"袁绍的在天之灵。然而"人算不如天算",曹操万万没有想到袁尚、袁熙竟然愚蠢到想铲除公孙康,更没有想到公孙康也有意斩杀袁尚、袁熙来取悦曹操,因此当袁尚、袁熙的首级被送到曹操面前时,不管曹操外在表现得如何喜悦,但是其内心可能肝肠寸断、痛不欲生,袁尚、袁熙之死使得曹操试图通过保护前者性命来实现与袁绍家族和解的努力前功尽弃、付之东流。

然而尽管由于他们本人的愚蠢和公孙康有意取悦曹操,袁尚、袁熙最终死于非命,但是曹操很可能保住了袁家的第三代的性命。大家肯定觉得很奇怪,你为什么认定曹操保住了袁家的第三代的性命呢?回答这个问题,笔者先给大家介绍一个历史人物,那就是唐中宗时期的宰相袁恕己。根据《新唐书·袁恕己传》记载,袁恕己早年曾任司刑少卿、相王府司马,后与桓彦范、敬晖、张柬之一同发动神龙政变,拥立唐中宗复辟,被任命为中书令。神龙二年(706),武三思以张柬之等人诬陷韦后为由,通过唐中宗颁布诏令使袁恕己流放环州,后被周利贞虐杀。这个袁恕己还有个身份大家绝对想不到,根据《新唐书·宰相世系表》记载,袁恕己便是袁熙的后人,袁熙为东光袁氏始祖。另外,根据《立周注:钱塘袁氏谱载》记载,袁尚也有子孙存世(有兴趣的读者可以百度一下"袁尚"和"东光世系")。

虽然在我国古代社会存在冒认名人祖先的习俗,但是考虑到《新唐书》官修史书的权威性以及《立周注:钱塘袁氏谱载》等书籍对袁尚六世子孙的详细记载,再结合《三国志·魏书·袁绍传》没有交代袁家第三代的下落来看,在袁绍集团覆灭之后，袁家的第三代很可能没有被赶尽杀绝，这样就带出了一个新的问题，袁家的第三代为什么并没有被赶尽杀绝？袁家的第三代能够活下来显然是有人庇护的缘故，而环顾曹魏政坛除了曹操之外，试想还有谁有能力庇护袁家的第三代呢？

虽然曹操有心庇护袁绍后代，但是考虑到袁曹两大政治集团多年战场厮杀，互有伤亡导致曹操身边的亲信、谋士、将领形成的强烈报复心理，曹操还很有可能通过一项特殊的安排来达到保护袁绍家人的目的。那么是什么特殊的安排呢？为了回答这个问题，我们要先从三国历史上一件无人不晓的桃色事件讲起。《三国志·魏书·后妃传》注引《魏略》记载："熙出在幽州，后留侍姑。及邺城破，绍妻及后共坐皇堂上。文帝入绍舍，见绍妻及后，后怖，以头伏姑膝上，绍妻两手自搏。文帝谓曰：'刘夫人云何如此？令新妇举头！'姑乃捧后令仰，文帝就视，见其颜色非凡，称叹之。太祖闻其意，遂为迎取。"

这便是著名的曹丕强娶甄宓事件。从表面上看，这段记载似乎看不出什么问题，但是如果我们认真分析，不难发现其中存在许多有悖常理的地方。

一是好色的曹操似乎更有理由霸占作为绝色美女的甄宓。众所周知，他曹操是三国群雄中的头号大色狼，还是喜欢少妇的大色狼，而袁熙妻子的甄宓便是一位天下公认的大美女，既然一个是喜欢少妇的大色狼，一个是绝色少妇，那么按照正常逻辑推演，曹操应该在攻打邺城时下一道命令，要求手下士兵必须活捉甄宓，对于任何试图侵犯甄宓的人格杀勿论，如果曹操下过这道命令的话，曹丕再好色估计也不敢去霸占父亲喜欢的女人，但是显然曹操并没有下过这道命令，这又是怎么回事呢？难道是曹操浪子回头，转变性情了吗？

二是在我国古代上层社会，像曹操这样喜欢人妻和将倡优扶为正妻的即使不能说绝无仅有，也是极少数的特例。在大多数情况下，王公大臣往往倾向于迎娶门当户对的大家闺秀作为正妻，至于纳妾则完全按照个人的意愿，没有太多的讲究，以曹丕的地位和身份即使真的被事实上已是战俘的甄宓所吸引，更有可能将其纳为侍妾，绝非强娶为正妻。

三是曹丕强娶甄宓的时机也有问题。曹操攻打邺城之时，尚未正式确立世子，由于年龄的优势，曹丕在嫡位之争中已经处于领跑的位置。在这种情况下，以曹丕"矫情自饰"的性格，难道不应该有意树立清心寡欲、不近女色的良好形象吗？可他倒好，强娶战场女俘为妻，弄得天下无人不知、无人不晓，当时的大儒孔融不就因为此事对曹操极尽嘲讽之能事吗？

四是曹丕强娶甄宓并没有引发曹操不满。好色的君主未必喜欢自己的继承人也好色。人性的弱点便是宽于待己，严于律人，同样以好色闻名的宋高宗晚年由于膝下无子，被迫接受大臣的建议，选择两位宋太祖的后裔赵瑗和赵璩作为养子。为了测试两位的品行，宋高宗曾各派十名妙龄宫女到其身边服侍，过了一段时间之后，将这些宫女重新接回宫中检查，结果发现服侍赵璩的已经不是少女之身，服侍赵瑗的依然是完璧之身。不近女色的赵瑗最终脱颖而出，被确立为太子，即后来的宋孝宗。宋高宗挑选太子的过程说明不管君主自己是否好色，在其挑选皇位继承人时往往会将不近女色作为重要指标。曹操自己好色不假，但是这并不等同于其喜欢自己的继承人也好色，但令人感到奇怪的是，从现有的历史记载来看，曹丕强娶甄宓并没有导致曹操的不满，至少没有对其争夺储位造成不利的影响，甚至我们还可以感觉到某种程度的赞许，这又是为什么呢？

五是既然曹丕罔顾传统礼法和社会舆论强娶甄宓为正妻，那么曹丕是否很珍惜甄宓呢？答案是否定的。《三国志·魏书·王粲传》注引《典略》记载："其后太子尝请诸文学，酒酣坐欢，命夫人甄氏出拜。坐中众人咸伏，而桢独平视。太祖闻之，乃收桢，减死输作。"此处的"桢"便是"建安七子"之一、曹丕好友刘桢，或许这则记载是为了展现刘桢的放荡不羁和曹丕与刘桢两者之间的亲密无间，但是也不经意间暴露了曹丕与甄宓之间并不和睦的夫妻关系。道理也很简单，在极其讲究礼法的汉末，刘桢的做法近乎猥亵主母，曹丕坐视自己的妻子被其好友羞辱而置之不理可以从侧面说明两人绝非恩爱的夫妻。

更令人不可思议的还在后面，曹丕逼迫汉献帝禅位登基称帝之后，甄宓不仅没有成为新王朝母仪天下的皇后，反而迎来了曹丕逼其自尽的诏书，一代佳人香消玉殒。尽管根据《三国志·魏书·后妃传》记载，曹丕逼其自尽是因为"山阳公奉二女以嫔于魏，郭后、李、阴贵人并爱幸，后愈失意，有怨言"，但是曹丕仅仅因为后宫争宠，在即位后不久，就不顾社会观感逼死结发妻子，不正好说明两人恶劣的夫妻关系吗？

所有的这些疑问事实上都指向了一种可能，那就是曹丕强娶甄宓并非因其贪恋美色，而是迫于某种巨大的压力的结果，而这种压力很可能就是来自曹操。简单地讲就是曹操命令曹丕迎娶甄宓，曹丕不得不服从，这样就可以解释好色的曹操为什么自己不霸占甄宓和曹丕为何无视社会观感，强娶甄宓，以及其为何刚登基就赐死结发妻子等众多疑问，而曹操之所以强迫曹丕迎娶甄宓，则与其试图保护袁绍家人密切相关，对于曹操而言，强迫曹丕迎娶甄宓，可以到达以下目的：

一方面，甄宓可以成为曹操拒绝将袁绍家人赶尽杀绝最好的挡箭牌。一旦有曹操的亲信、谋士、武将向其进言，要求将袁绍家族满门抄斩，曹操完全可以叹息一声说："我也想呀，但是谁让丕儿这么喜欢甄宓，还将她迎娶为正妻呀，现在她每天在我面前哭泣要求我饶过袁家后代，你叫我怎么下得了手呀？你们心里想什么我也知道，无非担心他们长大报仇，这点你们大可不必担心，我会派人监视他们，如果他们长大后有什么不轨行为，我们就将他们一网打尽。"

另一方面，由于年龄的优势，曹丕在储位之争中已经处于领跑的位置，成为曹丕正妻意味着未来她很可能成为曹魏政权的太子妃，这种特殊的政治身份为其保护和照顾袁绍家人提供了有利的条件，任何试图铲除袁绍家人的曹魏大臣都必须掂量掂量得罪太子妃可能带来的巨大政治风险。

虽然曹操的这个特殊安排达到了保护袁绍家人的目的，但是也带来一个意想不到的后果。由于强烈的内疚心理，曹操很可能会经常召见甄宓了解袁绍家人的状况，考虑到内容的敏感性，必然会屏退左右，这种情况无疑会为曹操和儿媳有染的传闻的产生和传播孕育温床；而原本勉强迎娶甄宓的曹丕获悉这些传闻，内心的愤怒也可想而知，曹丕坐视甄宓被其好友羞辱以及刚即位就赐死结发妻子便是这种愤怒和不满的集中体现，一代佳人香消玉殒的背后隐藏着的却是曹操千方百计保护袁绍家人的良苦用心！

八、谁才是魏明帝曹叡的生父

相信读者朋友得知曹丕娶甄宓为妻很可能是曹操为了保护袁绍家人授意前者的结果一定会感到震惊，这里笔者还要告诉大家一个更令人咋舌的历史真相，那就是良心备受谴责的曹操为了弥补自己背叛"兄长"袁绍的"罪过"，还想方设法让袁绍的直系后人成为曹魏政权的第三代君主。为了更好地说明这个问题，我们不妨先从三国后期一桩著名的历史谜案说起。

景初三年（239），在位十二年的魏明帝曹叡在将太子曹芳托孤给曹爽和司马懿之后，"崩于嘉福殿，时年三十六岁"（《三国志·魏书·明帝纪》），这个"时年三十六"的记载引起了后世学者和历史学家的关注。刘宋史学家裴松之在给《三国志·魏书·明帝纪》作注时，针对魏明帝驾崩时年龄问题专门指出："魏武以建安九年八月定邺，文帝始纳甄后，明帝应以十年生，计至此年正月，整三十四年耳。时改正朔，以故年十二月为今年正月，可强名三十五年，不得三十六也。"晚清民国时期的学者卢弼在《三国志集解·魏书·明帝纪》中指出："窃谓承祚（陈寿）此文，实为曲笔，读史者逆推年月，证以甄夫人之赐死，魏明之久不得立为嗣，则元仲（曹叡之字）究为谁氏之子，可不言而喻矣。"卢弼的意思是说，陈寿原是知道应作时年三十五的，如今偏写上"时年三十六"，这就是故意给读者以暗示：明帝是袁家血脉。

那么魏明帝是否真有可能是袁绍的血脉呢？显然对于这个问题，最有发言权的莫过于《三国志》作者陈寿，陈寿出生于蜀汉建兴十一年（233），逝世于西晋元康七年（297），他撰写《三国志》的时期距离魏明帝驾崩还不到五十年，应该能看到大量与魏明帝相关的第一手的历史资料。另外，曹魏与蜀汉长期处于你死我活的敌对状态，在蜀汉疆域内部很可能流传众多披露曹魏皇族丑事和内幕的类似东吴学者编写的《曹瞒传》等书籍，陈寿早年在蜀汉政权内部担任过观阁令史等官职，很可能阅读过这些书籍，自然会知晓围绕魏明帝的身世的争议，等到蜀汉灭亡，重新在西晋朝廷出仕的陈寿在撰写《三国志》的过程中，出于史学家的敏感性，通过多方考证，确认了魏明帝的真正身世也不足为奇。

然而尽管陈寿很可能已经掌握了魏明帝是袁氏血脉的确凿证据，但是这并不意味着其就可以在《三国志》中直接披露魏明帝的真实身份，鉴于曹魏政权的合法性与西晋王朝的合法性息息相关，以及西晋王朝事实上的"开国之君"司马懿正是由于深受魏明帝信赖，由文转武，南征北战，逐步掌握了曹魏的军权，奠定了司马家族篡夺曹魏天下的基础，因此如果魏明帝的身世被披露，西晋王朝的合法性也会受到波及。在这种情况下，假如陈寿秉笔直书，恐怕会有杀身之祸，但是作为有良知的史学家，陈寿又不甘心让历史的真相完全淹没，权衡利弊之后，陈寿就用"（魏明帝）崩于嘉福殿，时年三十六岁"这样明显有漏洞的曲笔为后人寻找历史真相留下蛛丝马迹。

除了陈寿留下的线索之外，我国史书中的若干记载也间接显示出魏明帝身世的可疑之处。

一是曹丕为什么临终前才立曹叡为太子。在我国古代社会，为了确保王朝的长治久安，君主即位之后，册立太子便会纳入议事日程，尽管有些君主由于各种因素迟迟不确定太子人选，但是很少有像曹丕那样在临终前才立曹叡为太子。曹丕之所以迟迟不立太子，主要原因还在于其并不喜欢曹叡，甚至可以说是厌恶曹叡。《三国志·魏书·明帝纪》记载："（魏文帝）以其母诛，故未建为嗣。"同传裴注引《魏略》记载："文帝以郭后无子，诏使子养帝。帝以母不以道终，意甚不平。后不获已，乃敬事郭后，旦夕因长御问起居，郭后亦自以无子，遂加慈爱。文帝始以帝不悦，有意欲以他姬子京兆王为嗣，故久不拜太子。"这样问题就来了，曹丕为什么不喜欢曹叡，难道真的是因为其母甄宓被曹丕赐死的缘故吗？既然曹丕如此不喜欢，甚至厌恶曹叡，作为"九五之尊"，他干脆重新另立一个皇子为太子不是轻而易举吗？但是看起来，虽然曹丕贵为帝王，但是却难以根据自己的意愿挑选接班人，以至于临终前不得不册立曹叡为太子，让其继承大统。曹丕究竟有什么难言之隐呢？

二是曹叡字元仲的谐音之谜。我国从周代开始，古人在姓名之外还有取字的习惯。《礼记·檀弓》记载："幼名，冠字。"孔颖达注疏曰："始生三月而加名，故云幼名，年二十有为父之道，朋友等类不可复称其名，故冠而加字。"也就是说，古人在刚出生三月会取姓名，到了二十岁举行加冠礼，便请有威望的长辈来取字，作为朋友称呼来使用。另外，《颜氏家训·风操》记载："古者，名以正体，字以表德。"意思是说名有明确宗族的作用，字则有表彰美德的含义。了解了这些，我们便会明白字是古人的第二个名字，古人取字往往会非常慎重，因此魏明帝曹叡字元仲就非常值得怀疑，为什么这么说呢？正如有些学者所说的，元仲的谐音恰恰是"袁种"，也就是袁家血脉的意思，考虑到魏明帝的生母曾经是袁绍之子袁熙之妻，在正常情况下，曹叡的字不应该取"元仲"两字。

三是从相貌和性格上来看，魏明帝曹叡更接近袁绍而非曹操。从遗传的角度来看，个体与其后代在相貌和性格上往往存在较高概率的相似性。如果我们把曹叡的外貌和性格与袁绍、曹操进行对比的话，可以发现一个非常有趣的现象。先就外貌而言，《三国志·魏书·明帝纪》裴注引《魏书》记载："帝容止可观，望之俨然。"简单地讲，就是个帅哥，巧的是，袁绍也是个帅哥，根据《三国志·魏书·袁绍传》记载："绍有姿貌威容。"而曹操的相貌则相形见绌，《世说新语·容止》记载："魏武将见匈奴使，自以形陋，不足雄远国。"在性格方面，魏明帝是三国时期公认的仁慈之君，陈寿评价："明帝沉毅断识，任心而行，盖有君人之至概焉。"（《三国志·魏书·明帝纪》）东晋著名史学家孙盛评价："（明帝）优礼大臣，开容善直，虽犯颜极谏，无所摧戮，其君人之量如此之伟也。"（《三国志·魏书·明帝纪》裴注引孙盛评论）袁绍同样"能折节下士，士多附之"（《三国志·魏书·袁绍传》）。相比之下，曹操则是典型的马上皇帝和雄猜之君，果于杀戮，崇尚暴力，并且对于手下群臣具有极强的猜忌之心，因此从"龙生龙，凤生凤，老鼠的儿子会打洞"这个角度来看，魏明帝曹叡更像是袁绍后代而非曹操子孙。

另外，还有一些疑点也值得关注。黄初三年（222），魏文帝曹丕将首阳山东作为自己的陵墓所在地，并作终制曰："礼，国君即位为椑，存不忘亡也。昔尧葬谷林，通树之，禹葬会稽，农不易亩，故葬于山林，则合乎山林。……自古及今，未有不亡之国，亦无不掘之墓也。丧乱以来，汉氏诸陵无不发掘，至乃烧取玉匣金缕，骸骨并尽，是焚如之刑，岂不重痛哉！"（《三国志·魏书·文帝纪》）

各位读者朋友需要思考这么一个问题，黄初三年（222），作为曹魏名义上的"开国之君"的曹丕在交代后事，并且在公告全国的终制中写道"自古及今，未有不亡之国"，这难道不是一件犯忌讳的事情吗？曹丕强调"自古及今，未有不亡之国"有没有可能是在暗示自己既是曹魏的"开国之君"，同时也是曹魏的"亡国之君"呢？

景初元年（237），"有司奏：武皇帝拨乱反正，为魏太祖，乐用武始之舞。文皇帝应天受命，为魏高祖，乐用咸熙之舞。帝制作兴治，为魏烈祖，乐用章斌之舞。三祖之庙，万世不毁。其馀四庙，亲尽迭毁，如周后稷、文、武庙祧之制"（《三国志·魏书·明帝纪》）。通常来说，像帝王庙号往往是其驾崩后群臣商议后追加，魏明帝时期，有司在曹叡生前就将其庙号确定魏烈祖，并且特意强调三祖之庙，万世不毁，如果不是魏明帝授意便应该是有司揣摩圣意的结果。这样疑问又来了，魏明帝为什么在生前就要确定庙号，而且很在乎"三祖之庙，万世不毁"，他是不是担心万一哪天驾崩后，因为某些特殊的原因，群臣不给自己确定庙号，自己的牌位会被移出曹魏太庙呢？

围绕魏明帝身世的疑点如果只有一处或者两处，很可能是偶然的，像在相貌和性格方面，子孙和先辈截然不同在我国历史上也不乏其例，但是围绕魏明帝的身世的疑点如此之多，显然用偶然是无法解释的，因此我们需要思考这么一种可能，即当年曹军攻陷邺城，曹丕娶甄宓为妻时，甄宓很可能已拥有袁熙的骨肉——曹叡，曹叡出生之后，曹操对外宣称曹叡是曹丕的骨肉，随着曹叡日渐长大，越来越显示出与袁绍相似的一面，饱受良心谴责的曹操为了弥补昔日自己背叛"兄长"的"罪过"，毅然决定让曹叡继曹丕之后成为曹魏政权的第三任君主，也就是把自己南征北讨、浴血奋战打下的江山重新交还给"兄长"袁绍的直系后人。

这样上述种种疑点就可以得到合理解释，曹丕迟迟不立身为长子的曹叡为太子是因为他不是自己的亲生骨肉，在终制中写道"自古及今，未有不亡之国"是因为尽管曹丕不喜欢曹叡，但是却面临不得不传位曹叡的巨大压力，对于曹丕而言，一旦自己传位给曹叡，曹魏政权事实上已经灭亡了，在这种情况下，曹丕内心的郁闷和痛苦可想而知，自然难以长寿，及早选择陵墓也就不足为奇了。至于曹叡的字被命名为元仲，目的是提醒曹叡他是袁绍的后人，曹叡与袁绍在相貌和性格上具有高度的相似性也是由于他们是祖孙关系，魏明帝曹叡生前就要确定庙号，而且很在乎"三祖之庙，万世不毁"也是因为他担心自己驾崩后，如果其真实身世被披露，群臣很可能拒绝给他确定庙号，自己的牌位会被移出曹魏太庙。

也许有些读者朋友会提出质疑，认为即使曹操有心让曹叡这个袁绍的亲孙子在曹丕之后成为曹魏政权的第三任君主来为自己赎罪，但是这个计划实现的关键还在于曹丕即位之后能否按照曹操生前意愿册封曹叡为太子，让其继承大统，不排除曹操在世时曹丕曾作过让曹叡成为自己接班人的政治承诺，但是在曹操逝世，曹丕登基称帝之后，很难想象作为"九五之尊"的曹丕真的会甘心将曹家的皇位传给并非自己亲生骨肉的曹叡。对于这个问题，笔者认为，曹丕当然不甘心，迟迟不立太子就是这种不甘心的具体体现，但是由于各种特殊因素的制约，即使贵为帝王的曹丕心不甘情不愿，但是临终前依然不得不册立曹叡为太子，让其继承大统，这些特殊的因素包括以下几方面内容：

一是曹操生前便公开确立了曹叡的继承人地位。对于曹操这样一个在汉末三国大乱世摸爬滚打了一辈子的政治枭雄而言，一旦其决定将曹魏江山重新交还给"兄长"袁绍直系后人，必然会想方设法排除未来可能影响曹叡即位的障碍。《三国志·魏书·明帝纪》记载："（曹叡）生而太祖爱之，常令在左右。"同传裴注引《魏书》记载："帝生数岁而有岐嶷之姿，武皇帝异之，曰：'我基于尔三世矣。'每朝宴会同，与侍中近臣并列帷幄。好学多识，特留意于法理。"这些记载说明为了确保曹叡未来能即位，曹操在生前就已经公开确立曹叡的继承人地位，这样曹丕登基称帝后，就面临这样一个难题，如果他要废长立幼，很可能要背上违背先帝遗愿的骂名，也会遭到忠于曹操的元老重臣的反对。

曹丕也不是不能废除曹叡的继承人地位，但是他显然需要拿得出手的合法理由，对于曹丕而言，合法的理由无非两条：一是昭告天下曹叡不是自己的亲生骨肉，但是事实上曹丕绝对不可能这样做；二是曹叡长大后荒淫无度，昏庸无能难当大任，但是魏文帝时期的曹叡"自在东宫，不交朝臣，不问政事，唯潜思书籍而已"(《三国志·魏书·明帝纪》裴注引《魏书》),曹丕找不到废除其继承权的合法理由。

二是曹叡的继承权获得了曹魏元老重臣的拥护。在魏晋时期,君主册立哪位皇子为太子不能仅仅依靠自己的喜好,还要看能否获得元老重臣的支持,即使像魏武帝曹操这样强势的君主在挑选接班人时,也必须事先征求像贾诩、崔琰等元老重臣的意见。曹丕登基称帝之后,哪位皇子会成为太子自然也会受到曹魏元老重臣的高度关注。相对于曹丕其他皇子,曹叡不仅具有长子的先天优势和曹操生前选定"接班人"的法统优势,而且拥有高超的政治手腕,《三国志·魏书·明帝纪》裴注引《世语》记载:"帝与朝士素不接,即位之后,群下想闻风采。居数日,独见侍中刘晔,语尽日。众人侧听,晔既出,问:'何如?'晔曰:'秦始皇、汉孝武之俦,才具微不及耳。'"尽管曹叡"自在东宫,不交朝臣,不问政事,唯潜思书籍而已",但是从小看着曹叡长大的曹魏元老重臣对于其的政治才能不可能一无所知。另外,对于曹魏元老重臣而言,由于曹叡并非曹丕的亲生骨肉,在其即位之后,在政治上必然更加依赖曹魏元老重臣,在治国政策上也只能萧规曹随,维护他们的特权才能坐稳皇位,在这种情况下,曹叡的继承权自然会受到曹魏元老重臣的拥护。

三是天下尚未统一,曹魏需要"长君"。曹丕逼迫汉献帝禅位,登基称帝之后,尽管曹魏在土地、人口、军队、经济等方面实力完全碾压蜀汉和东吴,明眼人都看得出来,未来曹魏最有可能统一天下,但是在魏文帝曹丕在位期间,曹魏政权依然深陷内忧外患的种种困境之中。

黄初元年(220),曹操尸骨未寒,"青州兵擅击鼓相引去",如果不是谏议大夫贾逵处置得当,险些造成一场内乱。同年五月,"(曹丕)王以安定太守邹岐为凉州刺史,西平麹演结旁郡作乱以拒岐。张掖张进执太守杜通,酒泉黄华不受太守辛机,皆自称太守以应演。武威三种胡复叛"(《资治通鉴·魏纪一》)。

在北部边疆,"鲜卑大人轲比能复制御群狄,尽收匈奴故地,自云中、五原以东抵辽水,皆为鲜卑庭。数犯塞寇边,幽、并苦之。……比能众遂强盛,控弦十余万骑"(《三国志·魏书·乌丸鲜卑东夷传》)。

在东南方向，孙权在夷陵一战大败刘备后没有了后顾之忧，撕下臣服曹魏的假面具，拒绝质任，与曹魏再度开战。

在西南方向，尽管蜀汉在刘备逝世后，国力虚耗，叛乱四起，但是由于诸葛亮在执政初期推行"务农殖谷，闭关息民"的治国方略，国力日渐恢复，蜀汉国力的恢复和诸葛亮平定南中叛乱对于曹魏而言，意味着来自西南方向的军事威胁再度浮现。

在这种内忧外患的情况下，曹魏高层非常容易达成共识，那就是曹丕驾崩之后，继承帝位的必须是一位"长君"，而曹叡恰恰就是曹丕的"长子"，又有贤名，不立他又立谁呢？

四是曹叡获得了魏文帝曹丕皇后郭照的庇护。无论是当前热播的三国影视作品，还是相关民间文学，都将甄宓之死归咎于郭照为了争宠而在魏文帝曹丕面前挑拨离间，栽赃陷害。魏明帝即位后，为了替母亲报仇，杀死了郭照。《三国志·魏书·后妃传》裴注引《汉晋春秋》记载："初，甄后之诛，由郭后之宠，及殡，令被发覆面，以糠塞口，遂立郭后，使养明帝。帝知之，心常怀忿，数泣问甄后死状。郭后曰：'先帝自杀，何以责问我？且汝为人子，可追仇死父，为前母枉杀后母邪？'明帝怒，遂逼杀之，敕殡者使如甄后故事。"

然而尽管这些记载满足了普罗大众对宫廷争斗的猎奇心理，但是却非历史事实。郭照死于曹魏青龙三年（235），此时曹叡已经在位八年，假如曹叡果真痛恨郭照，怎么可能等这么久？另外，从《三国志·魏书·后妃传》裴注引《魏书》哀策中"哀子皇帝叡亲奉册祖载，遂亲遣奠，叩心擗踊，号咷仰诉，痛灵魂之迁幸"等内容以及郭照去世后，曹叡不断加封郭照家人来看，前者对于后者有着强烈的依恋之情。事实上，甄宓被逼自尽后，曹叡便由郭照抚养，而一旦拥有了郭照这个养母之后，魏文帝曹丕便很难废除曹叡的继承权。道理也并不复杂，由于郭照无子，曹叡这个养子便成为其唯一的儿子，未来如果曹叡即位，她便会成为太后，相反如果曹丕的其他皇子即位，一定会尊其生母为太后，为了维护自己的政治利益，郭照必然千方百计地庇护曹叡，考虑到曹丕与郭照之间夫妻情深（曹丕不顾大臣反对册立郭照为后显示了两人之间的深厚感情），在郭照的庇护下，曹丕要想废除曹叡的继承权几乎成为不可能完成的任务。

黄初七年（226），魏文帝曹丕身染重疾，一病不起，自知大限将至的曹丕尽管万般无奈，却还是不得不册立曹叡这个袁绍的亲孙子为太子，让其继承大统。然而必须指出的是，曹操由于赎罪的需要而决定借曹丕之手将曹家天下还给袁氏直系后人的计划只成功了一半，虽然曹叡顺利即位，曹氏天下至此转为袁氏天下，但是由于曹叡的三个皇子先后夭折，魏明帝无奈之下被迫重新从曹氏宗亲中选择太子。景初三年（239），魏明帝驾崩之后，袁氏天下又重新回到曹氏天下。考虑到曹魏皇室的医疗护理条件不用说也知道在全国范围内肯定是数一数二，魏明帝三个皇子先后夭折是自然死亡，还是因为曹氏宗亲不甘心自己辛苦打下的江山被袁氏后人篡夺而除之而后快，恐怕将成为一个永远也难以破解的历史谜案。

九、《让县自明本志令》疑云和曹操晚年夜不能寐的背后玄机

"天网恢恢，疏而不漏"，尽管经过曹魏史官人为系统性的篡改以及《三国志》作者陈寿迫于政治压力在撰写相关篇章时不得不遵从"为尊者讳"的原则，作为后人的我们今天看到的能够展现曹操和袁绍真实关系的内容只有《三国志·魏书·袁绍传》中所披露的"太祖少与之交焉"，以及相关人物传记的一些只言片语，但是如果我们能够在研究曹操和袁绍真实关系时，暂时摆脱由于《三国演义》等民间文学的广泛流传所造成的先入为主的思想和观念，客观全面分析汉末三国时期的史料和文章，还是能发现不少可以反映历史真相的证据，而最能反映曹操与袁绍真实关系的莫过于曹操亲自操刀完成的在我国文学史上赫赫有名的《让县自明本志令》一文中所隐藏的重要信息。

建安十五年（210），汉献帝册封曹操为武平侯，封地增加阳夏、柘、苦三县。当时，曹操已经位极人臣，"拥汉派"官员怀疑曹操包藏祸心，谋朝篡位，刘备和孙权责骂曹操，"托名汉相，实为汉贼"。在这种政治形势下，曹操发布了这篇《让县自明本志令》，借退还汉献帝加封三县之名，表明自己的政治志向，反击朝野谤议。

三国的暗线

《三国志·魏书·武帝纪》裴注引《魏武故事》所录的《十二月已亥令》（即《让县自明本志令》）记载：

孤始举孝廉，年少，自以本非岩穴知名之士，恐为海内人之所见凡愚，欲为一郡守，好作政教，以建立名誉，使世士明知之；故在济南，始除残去秽，平心选举，违迕诸常侍。以为强豪所忿，恐致家祸，故以病还。

去官之后，年纪尚少，顾视同岁中，年有五十，未名为老，内自图之，从此却去二十年，待天下清，乃与同岁中始举者等耳。故以四时归乡里，于谯东五十里筑精舍，欲秋夏读书，冬春射猎，求底下之地，欲以泥水自蔽，绝宾客往来之望，然不能得如意。

后征为都尉，迁典军校尉，意遂更欲为国家讨贼立功，欲望封侯作征西将军，然后题墓道言"汉故征西将军曹侯之墓"，此其志也。而遭值董卓之难，兴举义兵。是时合兵能多得耳，然常自损，不欲多之；所以然者，多兵意盛，与强敌争，倘更为祸始。故汴水之战数千，后还到扬州更募，亦复不过三千人，此其本志有限也。

后领兖州，破降黄巾三十万众。又袁术僭号于九江，下皆称臣，名门曰建号门，衣被皆为天子之制，两妇预争为皇后。志计已定，人有劝术使遂即帝位，露布天下，答言"曹公尚在，未可也"。后孤讨禽其四将，获其人众，遂使术穷亡解沮，发病而死。及至袁绍据河北，兵势强盛，孤自度势，实不敌之，但计投死为国，以义灭身，足垂于后。幸而破绍，枭其二子。又刘表自以为宗室，包藏奸心，乍前乍却，以观世事，据有当州，孤复定之，遂平天下。身为宰相，人臣之贵已极，意望已过矣。

今孤言此，若为自大，欲人言尽，故无讳耳。设使国家无有孤，不知当几人称帝，几人称王。或者人见孤强盛，又性不信天命之事，恐私心相评，言有不逊之志，妄相忖度，每用耿耿。齐桓、晋文所以垂称至今日者，以其兵势广大，犹能奉事周室也。论语云"三分天下有其二，以服事殷，周之德可谓至德矣"，夫能以大事小也。昔乐毅走赵，赵王欲与之图燕，乐毅伏而垂泣，对曰："臣事昭王，犹事大王；臣若获戾，放在他国，没世然后已，不忍谋赵之徒隶，况燕后嗣乎！"胡亥之杀蒙恬也，恬曰："自吾先人及至子孙，积信于秦三世矣；今臣将兵三十余万，其势足以背叛，然自知必死而守义者，不敢辱先人之教以忘先王也。"孤每读此二人书，未尝不怆然流涕也。孤祖父以至孤身，皆当亲重之任，可谓见信者矣，以及子桓兄弟，过于三世矣。孤非徒对诸君说此也，常以语妻妾，皆令深知此意。孤谓之言："顾我万年之后，汝曹皆当出嫁，欲令传道我心，使他人皆知之。"孤此言皆肝鬲之要也。所以勤勤恳恳叙心腹者，见周公有金縢之书以自明，恐人不信之故。

然欲孤便尔委捐所典兵众以还执事，归就武平侯国，实不可也。何者？诚恐己离兵为人所祸也。既为子孙计，又己败则国家倾危，是以不得慕虚名而处实祸，此所不得为也。前朝恩封三子为侯，固辞不受，今更欲受之，非欲复以为荣，欲以为外援，为万安计。

孤闻介推之避晋封。申胥之逃楚赏，未尝不舍书而叹，有以自省也。奉国威灵，仗钺征伐，推弱以克强，处小而禽大，意之所图，动无违事，心之所虑，何向不济，遂荡平天下，不辱主命，可谓天助汉室，非人力也。然封兼四县，食户三万，何德堪之！江湖未静，不可让位；至于邑土，可得而辞。今上还阳夏、柘、苦三县户二万，但食武平万户，且以分损谤议，少减孤之责也。

《让县自明本志令》一文中存在两个容易被忽视的疑点。

第一个疑点便是曹操"意遂更欲为国家讨贼立功，欲望封侯作征西将军，然后题墓道言'汉故征西将军曹侯之墓'，此其志也"，这说明曹操非常渴望成为征西将军，甚至死后都想在墓道题上"汉故征西将军曹侯之墓"。那么曹操为什么如此渴望成为征西将军呢？按照汉朝的军制，地位最高的军事将领是大将军，其次便是骠骑将军、车骑将军、卫将军，征西将军位列这些将军之后，与其级别相同的将军还有不少，考虑到其自身显赫的家族背景，曹操如此渴望成为征西将军并非什么遥不可及的目标，但必须提醒读者朋友的是，在东汉时期，征西将军不仅仅是高级将领的头衔，而且还是杰出军事统帅的代名词，蕴含着巨大的荣誉，而要想了解这点，我们必须先要知道东汉开国时期的一位赫赫有名的将领——汉光武帝时期的征西将军冯异。

三国的暗线

冯异字公孙，颍川父城（今河南宝丰）人，东汉开国名将、军事家，云台二十八将第七位，素好读书，精通《左氏春秋》《孙子兵法》，原为新朝颍川郡掾，后归顺刘秀，随之征战。冯异骁勇善战，谋略出众，光武中兴，其功甚伟，最能体现冯异军事统帅才能的莫过于灭赤眉、平关中一战。

建武三年（27）春，刘秀遣使者即拜冯异为征西大将军，主持关陇地区军事。此时由于大司徒邓禹与车骑将军邓弘拒绝冯异的建议，盲目进攻赤眉军，中了对方诱敌深入的计谋，汉军一度岌岌可危，"（冯异）复坚壁，收其散卒，招集诸营保数万人，与贼约期会战。使壮士变服与赤眉同，伏于道侧。旦日，赤眉使万人攻异前部，异裁出兵以救之。贼见势弱，遂悉众攻异，异乃纵兵大战。日昃，贼气衰，伏兵卒起，衣服相乱，赤眉不复识别，众遂惊溃。追击，大破于崤底，降男女八万人。馀众尚十馀万，东走宜阳降。玺书劳异曰：'赤眉破平，士吏劳苦，始虽垂翅回谿，终能奋翼黾池，可谓失之东隅，收之桑榆。方论功赏，以答大勋。'……中兴将帅立功名者众矣，惟岑彭、冯异建方面之号，自函谷以西，方城以南，两将之功，实为大焉"（《后汉书·冯异传》）。

冯异与光武帝刘秀的君臣之谊也备受后人推崇。《后汉书·冯异传》记载：

异自以久在外，不自安，上书思慕阙廷，愿亲帷幄，帝不许。后人有章言异专制关中，斩长安令，威权至重，百姓归心，号为"咸阳王"。帝使以章示异。异惶惧，上书谢曰："臣本诸生，遭遇受命之会，充备行伍，过蒙恩私，位大将，爵通侯，受任方面，以立微功，皆自国家谋虑，愚臣无所能及。臣伏自思惟：以诏敕战攻，每辄如意；时以私心断决，未尝不有悔。国家独见之明，久而益远，乃知'性与天道，不可得而闻也'。当兵革始起，扰攘之时，豪杰竞逐，迷惑千数。臣以遭遇，托身圣明，在倾危混淆之中，尚不敢过差，而况天下平定，上尊下卑，而臣爵位所蒙，巍巍不测乎？诚冀以谨敕，遂自终始。见所示臣章，战栗怖惧。伏念明主知臣愚性，固敢因缘自陈。"诏报曰："将军之于国家，义为君臣，恩犹父子。何嫌何疑，而有惧意？"六年春，异朝京师。引见，帝谓公卿曰："是我起兵时主簿也。为吾披荆棘，定关中。"既罢，使中黄门赐以珍宝、衣服、钱、帛。……后数引宴见，定议图蜀，留十馀日，令异妻子随异还西。

知道了冯异一生的丰功伟绩和光武帝之间的君臣之谊，我们对于曹操为什么选择征西将军作为人生的奋斗目标就不会感到困惑不已。冯异骁勇善战，戎马一生，收河南，破赤眉，定关中，为东汉王朝的建立立下了汗马功劳，曹操渴望成为征西将军说明他很可能想成为汉末三国时期的"冯异"。

冯异与光武帝刘秀的关系几乎就是曹操与袁绍早期关系的翻版：冯异与光武帝刘秀"义为君臣，恩如父子"，由于高度信任，刘秀曾让作为人质的冯异妻儿随同冯异一同返回驻地。曹操与袁绍幼年相识，情同手足，因为感情深厚，袁绍在曹操出征时没有按照惯例让其妻儿留下作为人质；冯异与刘秀在遭遇王郎追杀时一度饥寒交迫，险些身首异处，共同经历过血与火的考验。曹操与袁绍面临董卓通缉时同样颠沛流离，差点人头落地，有着一起出生入死的情谊；冯异在刘秀平定河北之后多次领兵平叛，南征北讨，屡立战功，辅佐刘秀一统天下。曹操在袁绍占据冀州之后率军挺进东郡，攻城略地，高唱凯歌，帮助袁绍稳定后方。

尽管令人惋惜的是，由于各种因素的影响，汉末三国时期的"冯异"（曹操）并没有像东汉初年的冯异终身对刘秀保持忠诚那样让自己与汉末三国时期的"刘秀"（袁绍）的关系能够善始善终，曹操与袁绍"兄弟"二人最终兵戎相见，但是曹操的无心之语还是不经意间暴露了历史的真相。

《让县自明本志令》另一个疑点是曹操在描述为什么讨伐袁术、袁绍、刘表之时评论语言存在明显的差异：提到袁术之时，说"袁术僭号于九江，下皆称臣，名门曰建号门，衣被皆为天子之制，两妇预争为皇后。志计已定，人有劝术使遂即帝位，露布天下，答言'曹公尚在，未可也'。后孤讨禽其四将，获其人众，遂使术穷亡解沮，发病而死"；提到刘表之时，说"刘表自以为宗室，包藏奸心，乍前乍却，以观世事，据有当州，孤复定之，遂平天下"；提及袁绍之时，却仅仅说"袁绍据河北，兵势强盛，孤自度势，实不敌之，但计投死为国,以义灭身,足垂于后。幸而破绍,枭其二子"。

这样问题来了,相对于曹操对袁术、刘表的近乎妖魔化的评论,前者对于袁绍的评论显然太过客气,按照正常的行文习惯,曹操至少应该在"袁绍据河北,兵势强盛"后面加上"觊觎神器",这样讨伐袁绍就有了正当性的理由,否则后人会质疑如果袁绍据河北,兵势强盛,又能广施仁政,你曹操干脆投降袁绍,那不是更有利于天下太平吗?不要忘了,魏武帝曹操可是一代文学大家,他撰写的许多文章都是经典名篇,在正常情况下,曹操不可能不会注意到这个行文纰漏,退一步讲,假设曹操没有注意到这个行文纰漏,他旁边的幕僚也会加以提醒,毕竟《让县自明本志令》是要公之于众,传之后世的。那么为什么会出现这种反常的情况呢?一个比较合理的解释便是晚年的曹操在回顾自己波澜壮阔的一生时,对于自己经不起权力的诱惑,背叛对自己恩重如山的"兄长"深感羞愧和内疚,但是在撰写《让县自明本志令》之时又不可能不涉及袁绍,否则便是此地无银三百两,由于羞愧和内疚,曹操在涉及袁绍时不可能像对待袁术和刘表那样极尽妖魔化之能事,因此只能描写"袁绍据河北,兵势强盛",绝对不敢加上"觊觎神器"等负面语言,《让县自明本志令》的行文纰漏隐藏着反映曹操和袁绍真实关系的密码。

古代中国和现代中国的一个重要区别是,古人往往认为,人死亡之后,灵魂依然存在,会在另外一个世界继续生活,一个人如果生前干尽坏事,死后就会受尽折磨。由于这种思想观念的影响,在我国古代社会,不少早年做过有悖良心之事的历史人物在晚年或临终前表现出压抑、焦虑、痛苦、恐惧等精神异常心理现象。

东晋十六国时期,后秦武昭皇帝姚苌乘淝水之战前秦大败之机起兵,缢杀前秦昭宣帝符坚,但是由于符坚早年曾厚待姚苌,对其有知遇之恩,杀死恩人的姚苌晚年备受良心的谴责,"梦符坚将天官使者、鬼兵数百突入营中,苌惧,走入宫,宫人迎苌刺鬼,误中苌阴,鬼相谓曰:'正中死处。'拔矛,出血石馀。寤而惊悸,遂患阴肿,医刺之,出血如梦。苌遂狂言,或称'臣苌,杀陛下者兄襄,非臣之罪,愿不枉臣'"(《晋书·姚苌传》)。

唐宪宗时期,卢龙节度使刘济次子刘总设计毒父弑兄,在亲信的拥戴下成为卢龙新任节度使,然而尽管刘总顺利上位,大权在握,但是毒父弑兄的阴影却使其寝食难安,夜不能寐,"数见父兄为祟,乃衣食浮屠数百人,昼夜祈禳,而总憩祠场则暂安,或居卧内,辄惊不能寐。晚年益惨悸,请剔发,衣浮屠服,欲被除之"(《新唐书·刘济传》)。

曹操晚年睡不安枕、噩梦连连的精神状态和对群臣的猜忌之心显示出其很可能对自己早年犯下的"罪过"深感后悔和痛苦,这里的"罪过"不排除是建安二年(197)曹操招降张绣后由于霸占其婶娘导致后者再度起兵叛乱,造成长子曹昂和爱将典韦死于非命,或者是初平四年(193)曹操以替父报仇为名讨伐徐州不利,撤退之时,"杀男女数十万人,鸡犬无馀,泗水为之不流,自是五县城保,无复行迹"(《后汉书·陶谦传》),但是从各种证据、线索、迹象来看,晚年曹操是不是更有可能因为自己背叛待其恩重如山的"兄长"袁绍而懊恼和焦虑,担心自己去世后到了另一个世界无颜面对"兄长"袁绍呢?

十、荀彧、崔琰和杨修为什么非死不可

或许有些读者朋友对于笔者的这些观点不以为然,认为,既然你口口声称曹操是因为对"兄长"袁绍内疚和悔恨,所以提拔这些"袁氏故人",那又为什么在晚年时千方百计铲除这些"袁氏故人"呢?这不是自相矛盾吗?要想回答这个问题,我们必须从曹操晚年既渴望减轻内心的负罪感又由于背叛"兄长"而对手下极度猜忌的特殊心理说起。

正如前文所述,由于强烈的赎罪意识,曹操原本有意放袁氏兄弟一马,通过安排曹丕迎娶甄宓保护袁绍家人以及选拔袁涣、崔琰、杨修等"袁氏故人",但是我们如果就此认为曹操会像周处那样痛改前非,洗心革面未免太低估人性的复杂性,曹操的各种赎罪行为事实上遵守着这样一个前提,即这些赎罪行为绝不能给曹魏政权的稳固带来隐患,理解这一点我们就会明白为什么曹操在建安十年(205)起兵讨伐袁谭,并将其斩于马下,因为此时袁谭已经在袁氏兄弟的内战之中占据上风,即将占领袁绍原有的根据地,这无疑将会对曹操集团构成严重威胁,而袁尚、袁熙兄弟在丧失了原有的根据地,逃亡辽东之后对曹操集团的威胁大大降低,虽然这种威胁不能说已经自动消除了,但是可以

通过其他措施加以预防，曹操自然不会赶尽杀绝。

曹操背叛"兄长"袁绍对其自身性格也产生了微妙的影响。熟读《三国演义》或《三国志》的读者朋友应该很容易发现，如果说青年时期的曹操是慷慨激扬的英雄豪杰的话，晚年的曹操可以算是典型的雄猜之主，一天到晚不是害怕手下人行刺，便是担心朝臣要造反。《世说新语·假谲》记载过这么一个故事："魏武常云：'我眠中不可妄近，近便斫人，亦不自觉。左右宜深慎此。'后阳眠，所幸人窃以被覆之，因便斫杀。自后安眠，人莫敢近者。"曹操的猜忌之心可见一斑！

如果说《世说新语·假谲》中的曹操假眠杀人的故事不排除有艺术加工的成分，那么正史的相关内容显然更具有说服力。《三国志·魏书·许褚传》记载："褚性谨慎奉法，质重少言。曹仁自荆州来朝谒，太祖未出，入与褚相见于殿外。仁呼褚入便坐语，褚曰：'王将出。'便还入殿，仁意恨之。或以责褚曰：'征南宗室重臣，降意呼君，君何故辞？'褚曰：'彼虽亲重，外藩也。褚备内臣，众谈足矣，入室何私乎？'太祖闻，愈爱待之，迁中坚将军。"

从表面上看，这段记载是赞扬许褚个性谨慎，处事稳重，但是事实上却是"话中有话"，许褚是负责曹操人身安全，与其朝夕相处的曹魏政权的"中央警卫局局长"，论对曹操秉性脾气的了解没有谁能比得上许褚，而征南将军曹仁则是曹操最器重的曹魏宗室，按理说，许褚与曹仁在殿外"坐语"是一件非常普通的事，但是在许褚看来，如果他真的与曹仁在殿外"坐语"，一旦被人向曹操告发，他和曹仁很可能都会背上谋逆的嫌疑，轻者罢官，重则丢命，曹操连自己身边原本最不应该怀疑的"中央警卫局局长"和曹魏宗室都无法真正信任，不是其猜忌之心有悖常理的最好证明吗？

与此同时，校事一职的设立也可以显示出曹操的猜忌之心有多么严重。作为曹操刺探臣民言行的耳目，校事由曹操亲自委任，并独立于传统的监察系统之外。由于主政者的信任，校事的权力越来越大，上察宫庙，下摄众司，臣民对他们又恨又怕。第一任校事的头目是卢洪、赵达。虽然由于年代久远，关于他们如何为所欲为，陷害忠良，现有的史书对此着墨不多，但从当时流传的谚语:"不畏曹公,但畏卢洪,卢洪尚可,赵达杀我。"不难看到群臣的恐惧。法曹椽高柔,曾就校事严重破坏朝政与体制向曹操进谏:"设法分职,各有所司。今置校事,既非居上信下之旨,又达等数以憎爱擅作威福,宜检治之。"曹操却回答:"卿知达等,恐不如吾也。要能刺举而辨众事,使贤人君之为之,则不能也。"(《三国志·魏书·高柔传》)

曹操晚年猜忌之心的形成归根到底还是其背叛"兄长"袁绍的产物。古往今来,以己度人是人类的天性。对于曹操而言,既然自己可以在权力和利益的巨大诱惑下置三十多年的"兄弟之情"于不顾,在战场上率军亲自击败对自己恩重如山的"兄长"袁绍,那么等他统一北方,成为大汉王朝事实上的主宰者,可以决定无数人的性命、地位、富贵、权力时,身边的大臣也同样有可能为了自身的利益隐瞒、欺骗、甚至背叛他,为了防患于未然,广布耳目,获取各方面的情报就成为必然选择。通过"靖难之役"上台的明成祖朱棣不也是整天担心"建文"余党谋逆而喜欢重用纪纲等奸诈小人监视百官的一举一动吗?

另外,尽管曹操努力修补与袁绍家族的关系,但是始终难以改变其背叛"兄长"的事实,大家不要忘记,东汉时期的中国是一个典型的礼教社会,推崇的是礼义廉耻,关羽能够名满天下显然不仅仅是由于其有"万夫不当之勇",更关键的是前者宁肯放弃归顺曹操时获得的荣华富贵,也要千里走单骑,回到大哥刘备身边的忠肝义胆。尽管在曹操面前,曹魏的朝臣、谋士、武将未必敢提袁绍与曹操的往昔历史,但是在民间社会和群臣的家中对于袁绍的同情和对曹操的不满却绝非依靠权力所能禁止的,一旦曹操通过手下得知外界对其的不满,内心的苦楚可想而知,这种难以言说的痛苦积累到一定程度,也容易转化为对身边大臣的猜忌之心。

何况袁绍与曹操的恩怨情仇涉及的不仅仅是曹操个人的声誉,对于曹魏政权的稳定和曹氏子孙后代的身家性命也有莫大的关系,如果曹操在世时不把与袁绍的纠葛做个了断,那么在曹操身后,如果其政敌打着为袁绍复仇的旗帜举兵造反,后果不堪设想。无论基于维护个人的后世评价,还是确保曹魏政局的稳定,曹操必然下令在自己的统治区内彻底查禁或焚烧披露袁曹关系真相的书籍或文章。与此同时,为了强化曹魏政权的合法性,曹魏史官也很可能在曹操的授意下对于汉末三国的历史和袁曹关系进行了系统的篡改，这也是我们今日看不到能够披露真实反映袁曹关系的书籍和文章的根本原因。

对于曹操而言，尽管以其地位和权势，完全可以轻而易举地查禁或焚烧大量披露袁曹关系真相的书籍或文章，但是袁曹之间的恩怨情仇是否会在曹操身后给曹氏子孙带来隐患和威胁，依然是晚年曹操难以释怀的一块心病。理解了这些，我们对于荀彧、崔琰、杨修等"袁氏故人"为什么不得善终就不会迷惑不解。

先说荀彧之死。《三国志·魏书·荀彧传》记载，建安十七年（212），"太祖军至濡须，彧疾留寿春，以忧薨，时年五十"。同传裴注引《魏氏春秋》记载，由于反对曹操被册封为魏公，"太祖馈彧食，发之乃空器也，于是饮药而卒"。两则记载其实大意都差不多，即荀彧是因为心向汉室反对册封曹操为魏公而被后者暗示自尽，但是这个理由只能骗骗三岁小孩，在我国古代社会，通常而言，谋士和主公存在"一荣俱荣，一损俱损"的关系，主公的政治地位越高，谋士所获得的政治利益就越大，说荀彧是心向汉室反对册封曹操为魏公就好像诸葛亮、鲁肃反对刘备、孙权登基称帝那样可笑，更何况就当时的政治环境而言，恐怕是连普通百姓都知道曹魏政权取代大汉王朝只是时间的问题，荀彧反对册封曹操为魏公不仅本人有性命之忧，更有可能给荀彧家族带来祸害，与曹操相知多年的荀彧会如此愚蠢吗？

荀彧真正的死因事实上与曹操对其的猜忌之心密切相关。前文已经论述，官渡之战后，尤其是袁绍郁郁而终之后，曹操余生都深陷入对袁绍的思念和悔恨之中，而这种思念和悔恨很可能会导致曹操将袁曹"兄弟反目"的祸魁元凶归罪于荀彧，道理很简单，给自己的过错寻找借口是人类的天性，在曹操的心目中，如果不是荀彧挑拨离间，兄弟两人就不会兵戎相见，可以说曹操对袁绍越思念，对荀彧就越痛恨。另外，曹操对于荀彧的忠诚度也保持怀疑态度。假如说曹操是曹魏政权事实上的"开国之君"的话，荀彧则是"首席开国元勋"，没有荀彧，曹魏政权能否最终建立还要打上一个巨大的问号，然而尽管荀彧为曹魏的崛起和建立立下汗马功劳，但是曹操内心对于荀彧却并不非常信任，对于曹操来说，既然当年你为了利益挑拨自己与袁绍的关系，那么未来就有可能为了更大的利益背叛自己，或者在身后篡夺曹操历经无数磨难和挫折建立的曹魏江山，而荀彧的"王佐之才"以及其在天下士林中的巨大威望只会加深对前者的猜忌之心，这种痛恨和猜忌发展到极致必然是"君要臣死，臣不得不死"。

相对于荀彧死于非命背后的复杂的内情，崔琰被曹操赐死则根源于后者怀疑前者未来在袁绍的亲孙子曹叡成为曹魏第三任君主后会千方百计重新复辟袁氏王朝，而曹操之所以有如此看法则与崔琰自归顺之日起并没有真正臣服曹操和支持曹丕继位有着密切的关系，在这方面，我们不妨看两个例子。

一是批评曹操消灭袁绍集团之后没有及时安抚人心。《三国志·魏书·崔琰传》记载："太祖破袁氏，领冀州牧，辟琰为别驾从事，谓琰曰：'昨案户籍，可得三十万众，故为大州也。'琰对曰：'今天下分崩，九州幅裂，二袁兄弟亲寻干戈，冀方蒸庶暴骨原野。未闻王师仁声先路，存问风俗，救其涂炭，而校计甲兵，唯此为先，斯岂鄙州士女所望于明公哉！'太祖改容谢之。于时宾客皆伏失色。"崔琰对曹操精神上的蔑视可见一斑！

二是露板答复曹操征求立储的意见。魏国建立之后，尚未立太子，曹操表面上对于选择曹丕还是曹植举棋未定，"以函令密访于外。唯琰露板答曰：'盖闻《春秋》之义，立子以长，加五官将仁孝聪明，宜承正统。琰以死守之。'植，琰之兄女婿也。太祖贵其公亮，喟然叹息，迁中尉"（《三国志·魏书·崔琰传》）。

客观而言，曹操为人固然存在好大喜功等我国古代帝王常见的缺点，但是也并非听不见不同的意见，《三国志》里便有许多曹操虚心纳谏的事例，然而在曹操眼中，崔琰的以上举动与其说是臣子对君主的犯颜直谏，不如说是其内心没有真正臣服的生动体现，尤其露板答复曹操征求立储的意见，毫不顾及曹操征求立储意见的消息走漏之后可能引发的政治风波，是可忍，孰不可忍。

尽管饱受良心谴责的曹操在生前就安排袁绍的亲孙子曹叡成为曹魏政权的第三任君主，但是曹操的自我救赎也并非没有底线，那就是曹叡即位巩固权力之后，绝对不能公开自己的真实身份，重新认祖归宗，如果出现这种情况，不仅曹操会被钉上历史的耻辱柱，而且其后代很可能面临杀身之祸。在曹操看来，崔琰支持曹丕继位的根本目的是希望未来作为曹丕名义上长子的曹叡能够顺利成为曹魏的第三任君主，一旦曹叡继位，最有可能推动曹叡认祖归宗，诛杀曹氏子孙的便是这个没有真正臣服曹魏政权但是"甚有威重，朝士瞻望"的文臣领袖兼袁氏故吏——崔琰，至于崔琰在写给自己曾经推荐的杨训的书信中所说的"省表，事佳耳！时乎时乎，会当有变时"（《三国志·魏书·崔琰传》）只会更加触动晚年曹操的敏感神经，为了自己的个人声誉和曹操子孙后代的安危，捏造罪名，赐死崔琰以绝后患便成为晚年曹操的必然选择。

假如说崔琰之死还在于其强势的个性触动了曹操的敏感神经，那么杨修之死则是其特殊政治身份衍生的产物。

在《三国演义》中，杨修是因为在汉中之战中揣测曹操"鸡肋"一词的含义而引来杀身之祸，许多三国史学者则认为杨修被杀是源于其恃才傲物的性格和试图帮助曹植夺得储君之位，《三国志·魏书·陈思王传》则记载："太祖既虑终始之变，以杨修颇有才策，而又袁氏之甥，于是以罪诛修。"

杨修由于"鸡肋事件"而死于非命完全是艺术加工的结果，不值一提，而杨修卖弄小聪明导致曹操不满最终被杀也值得怀疑。人的性格具有极强的稳定性，杨修才华横溢，喜欢自我展现也不是一天两天的事，假如曹操对他不满早就把他给杀了，还有必要等这么久时间吗？

对于杨修死因最权威的解释显然是《三国志·魏书·陈思王传》中的记载，杨修参与储位之争，本人"颇有才策"，又是袁绍外甥，所以晚年曹操就安了个罪名将其诛杀。毋庸置疑，杨修是袁绍外甥这一特殊身份才是其死于非命的主要原因。尽管出于强烈的赎罪意识，曹操对于杨修委以重任，但是随着曹操逐步进入老年，曹操对于袁曹两人的恩怨情仇的潜在政治风险的担忧也与日俱增，杨修身兼杨彪之子和袁绍外甥的双重特殊政治身份也容易引发曹操对于其在曹叡即位巩固权力之后可能劝说后者重新认祖归宗和诛杀曹操子孙以获取更多政治利益的猜忌之心。

另一方面，曹操对于杨修宠信有加必然引起其他朝臣的嫉恨，这些不满的群臣肯定会经常提醒曹操杨修特殊政治身份对曹魏政权的巨大隐患，而杨修参与立储之争及其显赫权势则为他们提供了口实。也许是群臣的进言触动了晚年曹操的敏感神经，也许是杨修拥有了显赫权势之后，确有不轨之心导致曹操最终痛下杀手，但是杨修之死最根本的诱因还是其袁绍外甥的特殊身份。

为了更好地证明荀彧、崔琰、杨修死于非命的根源在于前者与袁绍之间的特殊的渊源。我们不妨看看两位同样是得罪晚年的曹操，但是命运截然不同的曹魏大臣。第一位是便是那位提出"夫兵义者胜，守位以财，宜奉天子以令不臣，修耕植，畜军资，如此则霸王之业可成也"的毛玠。由于毛玠"雅亮公正，在官清恪"（《三国志·魏书·毛玠传》裴注引《先贤行状》），因此被曹操提拔为东曹掾，"与崔琰并典选举"，然而"崔琰既死，玠内不悦。后有白玠者：'出见黥面反者，其妻子没为官奴婢。'玠言曰：'使天不雨者盖此也。'太祖大怒，收玠付狱。……时桓阶、和洽进言救玠。玠遂免黜，卒于家。太祖赐棺器钱帛，拜子机郎中"（《三国志·魏书·毛玠传》）。

第二位便是前文提及的劝阻曹操向袁绍质任的程昱。尽管程昱多谋善断、勇于任事，深受曹操器重，但是"性刚戾，与人多忤。人有告昱谋反，太祖赐待益厚。魏国既建，为卫尉，与中尉邢贞争威仪，免"（《三国志·魏书·程昱传》）。

这两位重臣的命运非常有意思，毛玠是因为对于崔琰死于非命感到不满，加上被人诬告，所以锒铛入狱，尽管表面上看其幸免于难是因为"桓阶、和洽进言救玠"，但是如果没有曹操的默许，毛玠又如何能够活着走出大狱。至于程昱则更夸张，被人告发谋反，但是曹操不仅没有相信，反而"赐待益厚"，担任卫尉后又由于与中尉邢贞"争威仪"而再度得罪曹操，但是处置的结果也仅仅是免官而已，爵位还在。

按照曹操晚年猜忌又嗜杀的性格特点，虽然毛玠和程昱被先后罢官，但是能保住性命显然已经是最好的结果。这样问题就来了，同样是得罪曹操，结果为什么会有天壤之别呢？其实我们只有翻阅一下《三国志·魏书·毛玠传》和《三国志·魏书·程昱传》便不难发现这方面的蛛丝马迹，那就是这两位重臣跟袁绍扯不上任何关系，跟袁绍有渊源的重臣就得死于非命，扯不上任何关系就算得罪曹操也能活命，这难道仅仅是偶然吗？

从某种程度而言，曹操除掉荀彧、崔琰、杨修也是对曹魏未来的第三任君主曹叡的一种含蓄的告诫，那就是我曹操可以把南征北战、戎马一生打下的江山还给"兄长"袁绍的后人，但是随着江山"回归"袁氏后人，曹操与袁绍之间的恩怨情仇应该画上句号，你曹叡即位之后不能认祖归宗，也不能公开曹操与袁绍之间的历史真相，同时要善待曹氏子孙，这便是曹操晚年处理曹袁两家纠葛和保护曹氏子孙的最后政治布局。

然而尽管曹操绞尽脑汁，通过各种手段和方式顺利铲除了荀彧、崔琰、杨修等"袁氏故人"，但是其内心未必充满了胜利者的喜悦，晚年的曹操事实上处于一种典型的精神分裂状态：作为曹魏事实上的"开国之君"，曹操不得不考虑曹袁之间的恩怨情仇在自己过世之后蕴藏的政治风险，曹操逼死和诛杀荀彧、崔琰、杨修等"袁氏故人"其实是向他的政敌们发出的明确的信号，即如果你们胆敢利用袁曹两人过去的关系大做文章，那就不要怪我曹操翻脸不认人，但是作为袁绍的"手足兄弟"，曹操则面临必须善待除荀彧之外的其他"袁氏故人"以赎罪的巨大心理压力。

在这三人之中，杨修之死最可能使曹操内心崩溃，不要忘了，曹操是因为强烈的赎罪意识而破格提拔杨修，但是杨修能成为曹操身边的"和珅"，实际上也与另一个因素即杨修本人才华横溢，思维敏捷让曹操看到了青少年时期的自己的影子，因此对其格外赏识息息相关，否则曹操完全可以选拔与袁氏家族有关的其他成员，关于这点我们可以从相关历史记载中得到证明，假如读者朋友有兴趣不妨把《三国志·魏书·武帝纪》里曹操青少年时期的记载和《世说新语》中涉及杨修的相关内容作一个对比，看看两个人像不像？

曹操对于杨修真实的态度与其说是"宠爱"，不如说是"溺爱"更合适，也就是说由于强烈的赎罪意识以及两人性格投缘，杨修在某种程度上来说其实已经被曹操视为自己的"养子"，因此杨修才能在曹魏政坛有恃无恐，得意忘形，理解了这一点，我们就会明白尽管曹操可能由于群臣的进言或者杨修有可能在拥有赫赫权势之后政治野心进一步膨胀，被抓住了把柄，为了防患于未然，曹操亲自下令处死了杨修，但是在他发布这条命令时内心却很可能在流血，毕竟杨修不是别人，而是自己朝夕相处多年的"养子"呀！大家可以想象一下，如果乾隆皇帝晚年出于某种考虑被迫杀死和珅，你说他难过不难过？

荀彧、崔琰、杨修等"袁氏故人"的死于非命说明经过长期的心理斗争，作为曹魏事实上的"开国之君"的曹操战胜了作为袁绍"手足兄弟"的曹操，尽管为了防患于未然，曹操先后铲除荀彧、崔琰、杨修，但是其很可能身陷更大的痛苦之中，从此之后，内心崩溃的曹操进入生命的最后时刻，在杨修死后不久，曹操便怀着对"兄长"袁绍的无限思念和悔恨撒手人寰，袁绍和曹操持续半个多世纪的恩怨情仇至此落下帷幕！

十一、袁绍和曹操是汉末三国的"宋太祖"和"宋太宗"

　　看完笔者关于袁曹两人关系真相、官渡之战背后的隐情和曹操由于对背叛"兄长"袁绍感到悔恨和内疚，提拔重用袁涣、崔琰、杨修等"袁氏故人"以及最后为了防患于未然又亲自除掉荀彧、崔琰、杨修等"袁氏故人"等相关分析之后，相信许多读者朋友在震惊之余肯定会产生这样一个疑问，在官渡之战前，只要袁绍击败曹操就可以拥有当时作为全国政治、经济、文化中心的中原地区，一旦已经手握北方四州之地的袁绍掌控了经济繁荣、人口稠密的中原地区，收复马腾、韩遂的关中、张鲁的汉中、刘璋的益州、刘表的荆州也是指日可待，占领了上述地区之后，消灭孙策、孙权兄弟的东吴政权显然也不会是什么难题，等袁绍将全国各地都收入囊中，按照中国古代政治的演变逻辑，袁绍便可以通过逼迫汉献帝禅让，登基称帝，成为新的大一统王朝的"开国之君"，换句话说，这个世界真的存在像袁绍那样为了顾全所谓的"兄弟之情"几乎拱手交出了即将到手的新王朝"开国之君"的皇位的"傻瓜"吗？要想准确回答这个问题，我们不妨看看发生在北宋初年涉及宋太祖和宋太宗之间皇位传承的相似事例。

　　作为北宋的"开国之君"和我国古代能够与秦始皇、汉武帝、唐太宗相提并论的杰出帝王，宋太祖的智商和情商应该是无可挑剔的，《宋史·太祖本纪》称赞宋太祖："建隆以来，释藩镇兵权，绳赃吏重法，以塞浊乱之源。州郡司牧，下至令录、幕职，躬自引对。务农兴学，慎罚薄敛，与世休息，迄于丕平。治定功成，制礼作乐。在位十有七年之间，而三百馀载之基，传之子孙，世有典则。遂使三代而降，考论声明文物之治，道德仁义之风，宋于汉、唐，盖无让焉。"

后世的历史学家不仅高度肯定了宋太祖结束五代战乱、统一华夏的丰功伟绩，而且对其崇文抑武，礼遇士大夫赞赏有加，但是恰恰是这位大家公认的杰出帝王却犯下了一个养虎为患的致命错误，那就是不遗余力扶持二弟赵光义使其成为位列宰相之上，党羽遍布朝堂的晋王，忽视了后者地位权势上升之后政治野心膨胀对自身皇位的觊觎之心。尽管在大宋开宝九年（976），那件著名的"烛光斧影"的历史谜案中，宋太祖是自己突发疾病暴毙，还是被宋太宗赵光义亲手所杀，千百年来众说纷纭，但是从宋太宗赵光义第二日就急不可待地即位和马上修改年号等行为来看，赵光义至少难逃乘机谋朝篡位的骂名。而最令后人扼腕叹息的是，宋太祖身边以丞相赵普为代表的众多大臣并非没有提醒过赵光义政治地位上升之后的潜在政治风险，但是却没有引起宋太祖应有的重视。显然在宋太祖心目中，朝夕相处的同胞兄弟比其他大臣更值得信赖，换句话说，兄弟之情影响了宋太祖的正常判断力，最终造成北宋的帝位被赵光义一系篡夺的历史悲剧。

通常而言，趋利避害，追求自身利益最大化是人类的本质特性，尤其是涉及最高权力的争夺时，人性的丑陋面就会暴露无疑，我国古代数千年的王朝政治也是一部权力争斗史。但是如果我们因此认为追逐权力和利益是人类行为处事的唯一准则，就可能低估情感对历史人物的思维方式的潜在制约，就拿宋太祖来说，赵光义能够在北宋政坛青云直上，步步高升显然是宋太祖鉴于五代时期朝代频繁更替，为了巩固皇权而精心扶持的结果。而宋太祖对于丞相赵普等人关于赵光义权势和地位上升后的潜在政治风险的提醒缺乏应有的重视只能说明两人的兄弟之情蒙蔽了宋太祖的双眼，致使后者亲自培养了自己的"掘墓人"。

袁绍和曹操两人的关系除了没有血缘关系之外几乎就是宋太祖和宋太宗的翻版，由于"手足情深"，袁绍不仅在大将军何进面前美言为曹操谋得典军校尉一职，成为其政治上的引路人，而且在自己深陷苦战时依然不忘派一流谋士荀彧和骁勇善战的朱灵督三营精兵去辅佐和援助曹操。尽管随着曹操"反袁自立"的迹象越发明显，身边的谋士不断提醒坐视曹操势力不断扩大的严重后果，但是希望顾全"兄弟之情"的袁绍对于如何处理曹操依然犹豫不决，昏招迭出，埋下了官渡惨败和一年之后郁郁而终的伏笔；而曹操在官渡之战和仓亭之战之后不仅很快停止了追击的脚步，而且原本有意放袁氏兄弟一马，强迫曹丕迎娶甄宓以保护袁绍家人，甚至选拔重用袁涣、崔琰、杨修等"袁氏故人"也从侧面反映出官渡之战之前，袁绍与曹操是拥有三十多年深厚情谊，堪比刘关张的异姓"手足兄弟"。

探索袁曹关系的真相对于解开汉末三国时期的许多历史谜案都具有重要的意义，以曹操生前为什么不称帝来说，不同的学者往往有不同的看法，然而总体上离不开"害怕背上乱臣贼子的骂名""天下还没有统一""曹操不重虚名"等解释和分析，但是笔者个人认为曹操生前为什么不称帝的一个重要原因还在于前者背叛"兄长"袁绍之后，产生的强烈的负罪感，这种强烈的负罪感对于曹操性格的变化和曹魏政治的演变都产生了深远的影响，因此曹操有生之年最大的愿望显然不是登基称帝，而是千方百计地防范袁曹关系的真相流传后世以及消除其背叛"兄长"所衍生的各种政治风险，至于改朝换代的事情就留给自己的子孙去做吧！

另外，曹操为什么选择邺城作为曹魏的都城的疑问也可以得到合理解释。本文开头已经提及，从各方面尤其从军事角度上看，邺城非常不适合作为曹魏的都城。曹操定都邺城并非出于政治军事上的因素，而是情感的因素，那就是攻下邺城之后，深感惭愧的曹操希望能经常去袁绍的陵墓祭奠"兄长"，陪伴地下的"兄长"，聊聊天，讲讲话，共同回忆一下青少年的快乐生活，告诉"兄长"，未来江山还是会由你的孙子曹叡继承。对于晚年的曹操而言，去祭奠"兄长"袁绍事实上已经成为其最主要的感情和精神慰藉，关于这点在曹操最终自己选定的陵墓的位置也可以得以体现，尽管曹操的陵墓和袁绍的陵墓现在分属河南和河北两省，但是在当时却同属于邺城的范围，毕竟由于身份敏感，曹操不可能直接要求将自己的陵墓位置选择在袁绍陵墓的旁边，因为这样必然会引发后人的怀疑，容易猜测出曹操与袁绍两人关系的真相，有可能给曹氏后人带来杀身之祸，但是选择邺城这个袁绍陵墓所在的城市作为自己的长眠之地，难道不是曹操希望能够死后与兄长常伴左右的最好证明吗？

三国的暗线

尽管曹操"反袁自立"的事实不容否认，但是我们假如因此将曹操看作是忘恩负义的奸诈小人可能过于偏颇，袁曹兄弟两人从亲密无间到兵戎相见，主要原因固然在于曹操本人不甘心久居人下，试图依靠自己的实力平定乱世，建立盖世功业的政治雄心，但是也与此时的曹操不认同袁绍试图篡夺大汉天下、荀彧的挑拨离间、曹操身边的亲信、武将、谋士不甘心为袁绍打天下，希望成为新王朝的开国元勋，以谋求更大的政治利益以及袁绍与曹操天各一方，昔日的"兄弟之情"日渐淡薄等因素有着密切的关系，如果说荀彧的意见，曹操可以置之不理，那么曹操身边的亲信、武将、谋士的主张，曹操不可能不去倾听，否则一旦曹操身边的亲信、武将、谋士离其而去，曹操就会成为孤家寡人。

另一方面，在官渡之战和仓亭之战之后，良心遭到谴责的曹操的各种自我救赎行为包括放弃追击袁绍、坐视后者平定内部叛乱、原本有意放袁氏兄弟一马、强迫曹丕迎娶甄宓以保护袁绍家人、安排曹叡这个袁绍的亲孙子继曹丕之后成为曹魏政权的第三任君主以及重用"袁氏故人"等事实上也蕴含着不小的政治隐患。如果回到邺城的袁绍在平定内部叛乱之后，学习越王勾践忍辱负重，卧薪尝胆，鹿死谁手还很难说；假如袁氏兄弟逃到辽东之后不是愚蠢到要想除去公孙康而是与其相互勾结，将成为曹魏北部边疆的巨大隐患；如果曹叡即位巩固权力之后，为了给爷爷报仇雪恨，与尚在世的"袁氏故人"和同情袁绍的北方士族联手，并且公布当年的历史真相，正式建立袁氏天下，那么曹操将难逃历史骂名，曹操的子孙后代依然会有可能面临杀身之祸。

但是曹操除了将铲除荀彧、崔琰、杨修作为预防措施之外对于其他政治隐患置之不理可以从侧面显示出曹操对背叛"兄长"一事的悔恨和内疚，这点与唐太宗李世民通过玄武门之变杀掉自己的同胞兄弟李建成和李元吉之外还将后者的十个儿子赶尽杀绝甚至霸占弟媳杨氏形成了鲜明的对比，因此如何正确评价曹操的历史功过和其背叛"兄长"袁绍一事无疑将成为摆在三国史学界面前难以回避的严峻挑战。

最后，非常感激各位读者朋友耐着性子把我这篇充满个人推论的翻案之作读完，为了帮助大家更加深刻地了解晚年曹操思念"兄长"袁绍时悔恨内疚的特殊心境，这里介绍一首西晋时期辽东鲜卑首领慕容廆为思念由于与其存在利益之争而不愿手足相残因此远走他乡的兄长吐谷浑所作的《阿干歌》（阿干，鲜卑语为哥哥之意）作为本文的结束。

阿干歌

阿干西，我心悲，
阿干欲归马不归。
为我谓马何太苦？
我阿干为阿干西。
阿干身苦寒，
辞我大棘住白兰。
我见落日不见阿干，
嗟嗟！人生能有几阿干。

再谈魏明帝身世疑云

魏明帝曹叡字元仲，魏文帝曹丕长子，生母为文昭甄皇后。黄初七年（226）五月，魏文帝病重，临终之前，立曹叡为太子，任命曹休、曹真、陈群和司马懿为顾命大臣。曹叡登基继位之后，深谙帝王之术，不久便借战事之名将曹休、曹真与司马懿调往边境，只留下陈群辅佐朝政。在位的十二年期间，魏明帝成功抵御了吴蜀的多次进攻，平定鲜卑之乱，消灭辽东公孙政权，重视狱讼审理，在军事、政治和文化方面都颇有建树，但在统治后期大兴宫殿，沉迷女色，因此多次受到元老重臣的批评，总体而言，魏明帝不失为守成之君。

笔者在《曹操与袁绍：敌人还是"手足"》一文中曾提出如下观点：曹操与袁绍早年是与刘关张类似、拥有深厚感情的异姓"手足兄弟"，曹操在汉末乱世的崛起是袁绍极力扶持的结果，但是羽翼丰满的曹操却试图摆脱袁绍的掌控，自立门户，引发后者不满，导致官渡之战的爆发。尽管曹操在官渡之战中击败袁绍，并且利用袁绍郁郁而终之后，袁谭、袁尚兄弟同室操戈，各个击破，消灭袁绍集团，统一了中国北方地区，但是前者对"兄长"袁绍倒戈相向却在其内心留下巨大的阴影。深感愧疚的曹操强迫曹丕迎娶已怀有袁熙之子曹叡的袁绍儿媳甄宓，在曹叡出生之后，更是精心栽培，准备让其成为曹魏的第三代君主，为了证明自己的观点，笔者进行了充分的论证。

近日来，笔者重新阅读《三国志》相关篇章，发现更多与魏明帝身世有关的疑点，这些疑点进一步凸显了魏明帝是袁氏后人的可能性。

一、"君弱臣强"格局的形成

在三国众多君主之中，魏明帝曹叡是少有的被当时和后世公认的"贤明仁义"之君。东晋史学家孙盛曾赞扬道："（魏明帝）优礼大臣，开容善直，虽犯颜极谏，无所摧戮，其君人之量如此之伟也。"（《三国志·魏书·明帝纪》裴注引孙盛评论）北宋赫赫有名的史学大家司马光也被曹叡的"仁君"风采所折服，感叹道："帝沈毅明敏，任心而行，料简功能，屏绝浮伪。行师动众，论决大事，谋臣将相，咸服帝之大略。性特强识，虽左右小臣，官簿性行，名迹所履，及其父兄子弟，一经耳目，终不遗忘。"（《资治通鉴·魏纪六》）

魏明帝之所以能获得如此高的评价很大程度上是由于在他统治曹魏的十二年时间里，心胸宽广，温文尔雅，礼贤下士，广开言路，对于上疏批评自己的大臣即使不认可，亦不会轻易杀戮，依然礼遇有加。

《三国志·魏书·明帝纪》记载：

是时，大治洛阳宫，起昭阳、太极殿，筑总章观。百姓失农时，直臣杨阜、高堂隆等各数切谏，虽不能听，常优容之。

《三国志·魏书·蒋济传》记载：

景初中，外勤征役，内务宫室，怨旷者多，而年谷饥俭。济上疏曰："陛下方当恢崇前绪，光济遗业，诚未得高枕而治也。今虽有十二州，至于民数，不过汉时一大郡。二贼未诛，宿兵边陲，且耕且战，怨旷积年。宗庙宫室，百事草创，农桑者少，衣食者多，今其所急，唯当息耗百姓，不至甚弊。弊竭之民，傥有水旱，百万之众，不为国用。凡使民必须农隙，不夺其时。夫欲大兴功之君，先料其民力而燠休之。勾践养胎以待用，昭王恤病以雪仇，故能以弱燕服强齐，羸越灭劲吴。今二敌不攻不灭，不事即侵，当身不除，百世之责也。以陛下圣明神武之略，舍其缓者，专心讨贼，臣以为无难矣。又欢娱之耽，害于精爽；神太用则竭，形太劳则弊。愿大简贤妙，足以充'百斯男'者。其冗散未齿，且悉分出，务在清静。"诏曰："微护军，吾弗闻斯言也。"

相比古代有些暴君对于犯言直谏的大臣动辄满门抄斩的做法，魏明帝的宽仁大度令人赞叹和感动，但同样是在魏明帝时期，曹叡与元老重臣的互动也似乎出现了"君权旁落"的趋势，这里试举几例。

《三国志·魏书·陈矫传》记载：

明帝即位，进爵东乡侯，邑六百户。车驾尝卒至尚书门，矫跪问帝曰："陛下欲何之？"帝曰："欲案行文书耳。"矫曰："此自臣职分，非陛下所宜临也。若臣不称其职，则请就黜退。陛下宜还。"帝惭，回车而反。

《三国志·魏书·徐宣传》记载：

帝遂以宣为左仆射，后加侍中光禄大夫。车驾幸许昌，总统留事。帝还，主者奏呈文书。诏曰："吾省与仆射何异？"竟不视。

《三国志·魏书·杨阜传》记载：

阜又上疏欲省宫人诸不见幸者，乃召御府吏问后宫人数。吏守旧令，对曰："禁密，不得宣露。"阜怒，杖吏一百，数之曰："国家不与九卿为密，反与小吏为密乎？"帝闻而愈敬惮阜。

按照常理而言，作为曹魏的"九五之尊"，魏明帝希望案行文书并非什么出格的要求，但是这样的一个普通的要求却遭到陈矫的断然拒绝，而从《三国志·魏书·徐宣传》的相关记载来看，君主不能直接而必须委托元老重臣案行文书似乎已经成为惯例，至于杨阜插手后宫之事则显示曹魏元老重臣权势的上升和君主对于前者的忌惮。

魏明帝时期，另一个令人心生困惑的现象便是军事将领兼领内地刺史的现象开始出现。

通常而言，在我国古代帝制时期，手握重兵的军事将领既是君主倚重的对象，也是其防范的重点。魏明帝即位以后，天下尚未统一，曹魏与西南的蜀汉、东南的东吴处于频繁的战事之中。由于这些战事主要发生在边境地区，为了事权统一，军事将领兼领边境地方长官十分普遍，但是在内地依然采取武将统兵、刺史理政的管理方式。必须指出的是，在曹魏时期，各州的刺史绝非虚职，陈寿在《三国志·魏书·刘司马梁张温贾传》末尾指出："自汉季以来，刺史总统诸郡，赋政于外，非若曩时司察之而已。"但是尽管如此，魏明帝登基之后，却不惜打破惯例，允许军事将领兼领内地刺史。这种现象引起了一些忠于曹魏的大臣的忧虑。太和年间，黄门侍郎杜恕针对镇北将军吕昭兼领冀州刺史一事，上疏朝廷：

> 臣前以州郡典兵，则专心军功，不勤民事，宜别置将守，以尽治理之务；而陛下复以冀州宠秩吕昭。冀州户口最多，田多垦辟，又有桑枣之饶，国家征求之府，诚不当复任以兵事也。若以北方当须镇守，自可专置大将以镇安之。……今兖、豫、司、冀亦天下之腹心也。……实愿四州之牧守，独修务本之业，以堪四支之重。（《三国志·魏书·杜恕传》）

事实上，稍有政治常识的人都会明白允许军事将领兼领内地刺史非常容易导致地方割据，黄巾起义之后，汉灵帝接受刘焉的建议，设置州牧，让后者独揽军政大权，为后来天下大乱、群雄争霸孕育了温床。按照常理而言，以"贤明"闻名的魏明帝不可能没有意识到军事将领兼领内地刺史的弊端，那么魏明帝为什么同意推行这项后患无穷的政策措施呢？

值得注意的是，以往的史书赞赏魏明帝宽仁大度，礼遇群臣之时往往喜欢归结于其个人道德品质，但是历史的真相绝非如此简单。如果魏明帝以袁氏血脉继承曹魏的皇位，在统治的合法性上自然存在先天的不足，为了获得文武百官的拥护，巩固权力基础，魏明帝不仅需要表现出"仁君"的肚量，而且必须通过向元老重臣让出部分权力和允许军事将领兼领内地刺史即赐予更多政治利益的方式来取悦群臣。在我国历朝历代，像魏明帝这样由于继承皇位合法性先天不足而优待大臣的帝王不乏其例。

西汉初期，吕后病逝，当年跟随刘邦一起打天下的开国元勋周勃、陈平等人发动宫廷政变，诛杀诸吕，拥戴代王刘恒即位，是为汉文帝，由于汉文帝的皇位来自群臣的推荐，而非正常的"父死子继"，因此汉文帝执政期间广开言路，礼遇群臣，同时维护周勃、陈平等"元老派"的政治利益，以确保皇位的稳固。唐朝武德九年（626），秦王李世民发动玄武门之变，弑兄囚父，登基称帝，是为唐太宗，因为唐太宗是通过政变来夺取皇位，为了巩固权力根基，李世民同样喜欢鼓励群臣犯言直谏，以展现其仁君风采，同时重用房玄龄、李靖等能臣名将。看了这些例子，我们便会明白，魏明帝名为曹氏子弟实为袁氏后人的特殊身份所导致的统治合法性先天不足极有可能是其宽仁大度、礼遇群臣，甚至允许军事将领兼领内地刺史的真正根源。

二、排斥曹魏宗室

在汉末三国时期，世家大族已经崛起成为左右政局的关键力量。魏蜀吴三国"开国之君"曹操、刘备和孙权对待世家大族的原则是既重用又防范，简而言之，便是允许世家大族在文官体系和地方州郡任职，但是防范其在军队内部坐大。

以曹魏为例，曹操时期，荀彧等人只能出任文臣，军权则牢牢控制在诸曹夏侯和忠于曹魏出身寒族的"五子良将"手中。曹丕登基称帝之后，虽然采纳陈群的建议，建立九品中正制向世家大族示好，但是军权依然掌握在旁系曹魏宗室手中，曹丕临终之前任命的四位顾命大臣，代表曹魏宗室的曹休、曹真负责军事，代表世家大族的陈群、司马懿负责政务，正是这种文武分途、相互制衡的统治策略的生动体现。然而在魏明帝时期，曹魏宗亲逐步失去了对于军队的主导权，负责长江防线的曹休病逝之后，接替他的是满宠，负责西北防线的曹真过世之后，接替他的是司马懿，曹氏宗亲第二代虽然还有不少仍在军中任职,但是失去了父辈昔日的辉煌,换而言之,在魏明帝时期,各地的军权开始逐步被世家大族渗透和掌握。

除了在军中压制曹氏宗亲之外,更加不可思议的是魏明帝还利用"浮华案"对于曹氏宗亲子弟进行全面封杀。

《三国志·魏书·董昭传》记载:

太和四年,行司徒事,六年,拜真。昭上疏陈末流之弊曰:"凡有天下者,莫不贵尚敦朴忠信之士,深疾虚伪不真之人者,以其毁教乱治,败俗伤化也。近魏讽则伏诛建安之末,曹伟则斩戮黄初之始。伏惟前后圣诏,深疾浮伪,欲以破散邪党,常用切齿;而执法之吏皆畏其权势,莫能纠擿,毁坏风俗,侵欲滋甚。窃见当今年少,不复以学问为本,专更以交游为业;国士不以孝悌清修为首,乃以趋势游利为先。合党连群,互相褒叹,以毁誉为罚戮,用党誉为爵赏,附己者则叹之盈言,不附者则为作瑕衅。至乃相谓'今世何忧不度邪,但求人道不勤,罗之不博耳;又何患其不知己矣,但当吞之以药而柔调耳'。又闻或有使奴客名作在职家人,冒之出入,往来禁奥,交通书疏,有所探问。凡此诸事,皆法之所不取,刑之所不赦,虽讽、伟之罪,无以加也。"帝于是发切诏,斥免诸葛诞、邓飏等。

客观而言,诸葛诞、邓飏等人身上确实存在上述毛病和缺点,但是如果读者朋友有兴趣阅读反映魏晋时期统治阶层生活百态的《世说新语》,不难发现所谓"浮华"是当时贵族公子的普遍特征,但是魏明帝的打击重点却是夏侯玄、何晏、诸葛诞、邓飏等曹氏宗亲及其党羽。如果考虑前者在军中同样压制排斥后者,魏明帝似乎对于曹氏宗亲存在很深的猜忌之心,这点更加令人困惑不解,如果说曹植、曹彪等诸侯王由于存在篡位的威胁必须严加防范,还情有可原的话,那么其他曹氏宗亲应该是魏明帝笼络的对象,否则,魏明帝将会被世家大族出身的元老重臣架空,魏明帝打击他们就是打击自己呀!

如果魏明帝是曹氏子弟的话,这种反常的现象无法得到合理解释,相反如果其是袁氏子弟,则不难理解,即魏明帝不是"血统纯正"的曹氏子弟,所以与曹氏宗亲存在天然的隔阂。在魏明帝心目中，由于自己的袁氏后人身份，因此即使顺利登上皇位，能不能坐稳皇位依然是一个未知数，如果他继续重用曹氏宗亲，万一未来有朝一日，羽翼已经丰满的后者昭告天下魏明帝不是曹氏子弟，而是袁氏后人，然后拥立曹植或曹彪等诸侯王，他的皇位存在得而复失的威胁。

关于魏明帝的这点忧虑，史书中也有隐晦的记录。《三国志·魏书·夏侯玄传》记载："玄字太初。少知名，弱冠为散骑黄门侍郎。尝进见，与皇后弟毛曾并坐，玄耻之，不悦形之于色。明帝恨之，左迁为羽林监。"以宽厚闻名的魏明帝仅仅因为这点小事就左迁夏侯玄，根本原因还在于前者认为夏侯玄"不悦形之于色"表面上是针对皇后之弟毛曾，实际上却是表达对自己的不屑和蔑视，那么魏明帝为什么会如此敏感呢？答案是他不是"血统纯正"的曹氏子孙，所以特别敏感，特别在乎其他曹氏宗亲对于自己的态度，由此我们不难看出以袁氏后人身份成为曹魏"九五之尊"的魏明帝所承受的巨大的心理压力。

三、魏明帝为什么执意讨伐辽东公孙政权

魏明帝统治时期另一个难解之谜便是其为什么执意要在有生之年消灭辽东公孙政权。

《三国志·魏书·明帝纪》记载：

（景初）二年春正月，诏太尉司马宣王帅众讨辽东……

丙寅，司马宣王围公孙渊于襄平，大破之，传渊首于京都，海东诸郡平。冬十一月，录讨渊功，太尉宣王以下增邑封爵各有差。初，帝议遣宣王讨渊，发卒四万人。议臣皆以为四万兵多，役费难供。帝曰："四千里征伐，虽云用奇，亦当任力，不当稍计役费。"遂以四万人行。及宣王至辽东，霖雨不得时攻，群臣或以为渊未可卒破，宜诏宣王还。帝曰："司马懿临危制变，擒渊可计日待也。"卒皆如所策。

对于魏明帝执意讨伐辽东公孙政权原因，史书的解释是公孙渊勾结东吴，又妄自尊大，桀骜不驯，甚至骚扰曹魏北部边疆。

《三国志·魏书·公孙渊传》记载：

明帝即位拜渊扬烈将军、辽东太守。渊遣使南通孙权，往来赂遗。权遣使张弥、许晏等，赍金玉珍宝，立渊为燕王。渊亦恐权远不可恃，且贪货物，诱致其使，悉斩送弥、晏等首，明帝于是拜渊大司马，封乐浪公，持节、领郡如故。……景初元年，乃遣幽州刺史毌丘俭等赍玺书征渊。渊遂发兵，逆于辽隧，与俭等战。俭等不利而还。渊遂自立为燕王，置百官有司。遣使者持节，假鲜卑单于玺，封拜边民，诱呼鲜卑，侵扰北方。

从这些记载来看，曹魏完全有理由讨伐辽东公孙政权，但是如果我们认真分析当时的形势和曹魏与辽东公孙政权的渊源，便会发现不少疑点。

一是曹魏的首要威胁是蜀汉和东吴。自建安十三年（208）曹操在赤壁被孙刘联军击败，逃回北方之后，曹魏的主要敌人便是蜀汉和东吴。魏明帝即位不久，蜀汉丞相诸葛亮率军发动第一次北伐，曹魏险些失去凉州，同年，东吴利用诈降计在石亭之战击败曹休率领的曹魏大军，在此之后，曹魏与蜀汉、东吴之间的战争就几乎没有停止过。显然对于魏明帝而言，如果曹魏能消灭蜀汉、东吴，统一天下，偏居一隅的辽东公孙政权自然不在话下，而在蜀汉、东吴没有灭亡之前，派遣司马懿率领四万精锐部队去讨伐辽东公孙政权，魏明帝难道不怕蜀汉、东吴在此时偷袭曹魏吗？

二是辽东公孙政权长期以来与曹魏的关系一直处于"面和心不和"的微妙状态。自汉末皇纲解纽，天下大乱，公孙渊的祖父辽东太守公孙度乘机自立为辽东侯、平州牧，东伐高句丽，西击乌桓，南取辽东半岛，开疆拓土，又招贤纳士，设馆开学，广招流民，威行海外，俨然以辽东王自居。疆土的扩大和实力的增强导致公孙度野心勃勃，一度试图讨伐曹魏。

《三国志·魏书·凉茂传》记载：

公孙度在辽东，擅留茂，不遣之官，然茂终不为屈。度谓茂及诸将曰："闻曹公远征，邺无守备，今吾欲以步卒三万，骑万匹，直指邺，谁能御之？"诸将皆曰："然。"又顾谓茂曰："于君意何如？"茂答曰："比者海内大乱，社稷将倾，将军拥十万之众，安坐而观成败，夫为人臣者，固若是邪！曹公忧国家之危败，愍百姓之苦毒，率义兵为天下诛残贼，功高而德广，可谓无二矣。以海内初定，民始安集，故未责将军之罪耳！而将军乃欲称兵西向，则存亡之效，不崇朝而决。将军其勉之！"诸将闻茂言，皆震动。良久，度曰："凉君言是也。"

如果不是凉茂极力劝阻，辽东与曹魏将爆发一场大战。建安九年（204），公孙度病逝，长子公孙康继位之后，依然游离于各大政治势力之间，既与袁氏集团交好，又不得罪曹操集团，在曹操统一北方之后，继续与东吴暗中勾结，换而言之，公孙渊在曹魏与东吴之间首鼠两端，立场多变是承继了祖父辈的传统。魏明帝早不讨伐辽东，晚不讨伐辽东，偏偏在自己统治后期执意讨伐辽东，这点难道不值得怀疑吗？

三是曹魏朝廷之中对于是否讨伐公孙渊存在严重分歧。魏明帝时期的曹魏政治具有典型的"弱主强臣"的特点，在重大事项上，魏明帝曹叡通常需要征求元老重臣的意见，而在曹魏的元老重臣之中，除了司马懿之外，以蒋济为代表的群臣反对讨伐辽东公孙政权。

《三国志·魏书·蒋济传》裴注引司马彪《战略》记载：

太和六年，明帝遣平州刺史田豫乘海渡，幽州刺史王雄陆道，并攻辽东。蒋济谏曰："凡非相吞之国，不侵叛之臣，不宜轻伐。伐之而不制，是驱使为贼。故曰'虎狼当路，不治狐狸。先除大害，小害自已'。今海表之地，累世委质，岁选计考，不乏职贡。议者先之，正使一举便克，得其民不足益国，得其财不足为富；傥不如意，是为结怨失信也。"帝不听，豫行竟无成而还。

另外，《三国志·魏书·明帝纪》所记载的"议臣皆以为四万兵多，役费难供"和"及宣王至辽东,霖雨不得时攻,群臣或以为渊未可卒破,宜诏宣王还"都说明当时大多数大臣都不愿意讨伐辽东公孙政权,但是魏明帝却一反常态,力排众议,坚持讨伐辽东公孙政权。

四是在辽东公孙政权灭亡之后,魏明帝坐视司马懿滥杀无辜和对公孙晃一家人所表现出的冷酷无情与其宽厚仁义的性格特点形成了鲜明的对比。

《晋书·宣帝纪》记载:

(司马懿)既入城,立两标以别新旧焉。男子年十五已上七千馀人皆杀之,以为京观。伪公卿已下皆伏诛,戮其将军毕盛等二千馀人。

尽管司马懿作为前军统帅拥有在战场上临机处置的权力,但是在魏晋时期,以正统自居的中原政权对于要讨伐的割据势力往往采取"首恶必办,胁从不问"的原则,司马懿这样滥杀无辜、血流成河,从事后"天子(魏明帝)遣使者劳军于蓟,增封食昆阳,并前二县"(《晋书·宣帝纪》)来看应该不是自己的意思,很可能是魏明帝授意的结果。

与此同时,根据《三国志·魏书·高柔传》记载:

初,公孙渊兄晃,为叔父恭任内侍,先渊未反,数陈其变。及渊谋逆,帝不忍市斩,欲就狱杀之。柔上疏曰:"书称'用罪伐厥死,用德彰厥善',此王制之明典也。晃及妻子,叛逆之类,诚应枭县,勿使遗育。而臣窃闻晃先数自归,陈渊祸萌,虽为凶族,原心可恕。夫仲尼亮司马牛之忧,祁奚明叔向之过,在昔之美义也。臣以为晃信有言,宜贷其死;苟自无言,便当市斩。今进不赦其命,退不彰其罪,闭著囹圄,使自引分,四方观国,或疑此举也。"帝不听,竟遣使赍金屑饮晃及其妻子,赐以棺、衣,殡敛于宅。

高柔在曹魏政权内长期担任执掌司法的廷尉,以执法公允闻名,在是否应该处死公孙晃一家上,没有谁比高柔更具发言权,但是魏明帝断然拒绝了高柔的建议,赐死公孙晃一家。一向温文尔雅、宽容大度的魏明帝对于辽东公孙政权的善后处理和公孙晃一家人所表现出的冷酷无情令人震惊，魏明帝为什么对于辽东公孙政权如此仇视呢？难道两者之间还隐藏着什么后人没有掌握的内情吗？

这些疑点都在提醒我们，魏明帝执意要讨伐辽东公孙政权的根源很可能并非史书中记载的那样简单。显然如果魏明帝是曹氏子弟的话，这些疑点无法得到合理解释，相反假如其是披着曹氏子弟外衣的袁氏后人，这些疑点便会迎刃而解。罗三洋先生在《袁本初密码》（台海出版社，2017）一书末尾指出，魏明帝执意要讨伐辽东公孙政权是要为亲生父亲袁熙报仇雪恨。建安十二年（207），曹操率军讨伐乌桓，袁尚与袁熙带领数千亲兵投奔辽东公孙康，被公孙康所杀，首级送至曹操处。俗话说得好，"父仇不共戴天"，作为袁熙之子，魏明帝唯一能做的便是要公孙渊"父债子偿，血债血偿"，理解了这一点，我们便会明白为什么魏明帝会不顾蜀汉、东吴的军事威胁和群臣的反对执意讨伐辽东，并且在公孙渊死于非命之后，还要司马懿大肆杀戮并赐死公孙晃一家，归根结底还在于其要用他们的鲜血来祭奠生父的在天之灵。

四、魏明帝临终之前为什么改变顾命大臣的人选

司马懿率军千里奔袭，讨伐辽东公孙政权之时，魏明帝已经身染重病，由于其选定的接班人养子曹芳只有八岁，自知大限将至的魏明帝开始着手为幼主曹芳挑选顾命大臣，经过反复思考和朝堂之上各种政治势力的相互博弈，曹爽和司马懿脱颖而出，对于这一过程，《三国志·魏书·刘放传》有着详细的记载：

> 其年，帝寝疾，欲以燕王宇为大将军，及领军将军夏侯献、武卫将军曹爽、屯骑校尉曹肇、骁骑将军秦朗共辅政。宇性恭良，陈诚固辞。帝引见放、资，入卧内，问曰："燕王正尔为？"放、资对曰："燕王实自知不堪大任故耳。"帝曰："曹爽可代宇不？"放、资因赞成之。又深陈宜速召太尉司马宣王，以纲维皇室。帝纳其言，即以黄纸授放作诏。放、资既出，帝意复变，诏止宣王勿使来。寻更见放、资曰："我自召太尉，而曹肇等反使吾止之，几败

吾事！"命更为诏，帝独召爽与放、资俱受诏命，遂免宇、献、肇、朗官。太尉亦至，登床受诏，然后帝崩。

同传裴注引《世语》记载：

放、资久典机任，献、肇心内不平。殿中有鸡栖树，二人相谓："此亦久矣，其能复几？"指谓放、资。放、资惧，乃劝帝召宣王。帝作手诏，令给使辟邪至，以授宣王。宣王在汲，献等先诏令于轵关西还长安，辟邪又至，宣王疑有变，呼辟邪具问，乃乘追锋车驰至京师。帝问放、资："谁可与太尉对者？"放曰："曹爽。"帝曰："堪其事不？"爽在左右，流汗不能对。放蹑其足，耳之曰："臣以死奉社稷。"曹肇弟纂为大将军司马，燕王颇失指。肇出，纂见，惊曰："上不安，云何悉共出？宜还。"已暮，放、资宣诏宫门，不得复内肇等，罢燕王。肇明日至门，不得入，惧，诣廷尉，以处事失宜免。帝谓献曰："吾已差，便出。"献流涕而出，亦免。

从这两则记载来看，魏明帝最初选定的顾命大臣是燕王曹宇、领军将军夏侯献、武卫将军曹爽、屯骑校尉曹肇、骁骑将军秦朗，这些人有个共同的特点，即都是曹氏宗亲，但是魏明帝在刘放、孙资的劝说下，改变心意，选择曹爽和司马懿为顾命大臣的最终人选。然而这则记载在逻辑上存在一个不合理之处，在曹魏时期，士族阶层已经崛起成为连"九五之尊"都必须看其脸色的强大政治集团，因此曹魏君主在安排顾命大臣之时，既有宗室又有士族，像魏文帝临终前安排的四名顾命大臣，宗室和士族各占一半，魏明帝绝非无道昏君，而且从身染重病到驾崩持续多日，有足够的时间思考顾命大臣的人选，他又怎么会只从曹魏宗亲中挑选顾命大臣呢？《三国志·魏书·刘放传》和《世语》之所以如此记载很可能是后世司马家族篡夺曹家天下之后有意伪造以凸显曹魏皇室对司马懿的猜忌从而为魏晋易代寻找合理化借口。从各种迹象来看，魏明帝最初选定的顾命大臣的名单中很有可能既有自己信任的曹魏宗亲，又有司马懿等来自士族阶层的元老重臣。

三国的暗线

那么，魏明帝为什么在刘放、孙资的劝说下，又改变了最初选定的顾命大臣的人选，只保留曹爽和司马懿两人呢？要想回答这个问题，还必须从刘放、孙资在魏明帝心目中的地位说起。

《三国志·魏书·刘放传》记载：

> 刘放字子弃，涿郡人，汉广阳顺王子西乡侯宏后也。历郡纲纪，举孝廉。……魏国既建，与太原孙资俱为秘书郎。先是，资亦历县令，参丞相军事。文帝即位，放、资转为左右丞。数月，放徙为令。黄初初，改秘书为中书，以放为监，资为令，各加给事中；放赐爵关内侯，资为关中侯，遂掌机密。三年，放进爵魏寿亭侯，资关内侯。明帝即位，尤见宠任，同加散骑常侍；进放爵西乡侯，资乐阳亭侯。

也就是说，刘放、孙资在魏明帝时期扮演的是类似今天中央办公厅主任的角色。由于朝夕相处，日夜相对，他们非常清楚魏明帝的喜怒哀乐，对于临终之前的魏明帝而言，最害怕的莫过于其驾崩之后，自己的特殊身世被披露出来，这样不仅魏明帝的牌位会被踢出曹魏太庙，而且其将成为天下人的笑柄，尽管曹魏皇室有意掩盖魏明帝身世真相，但是这在曹魏上层社会却很有可能是一个公开的秘密。作为魏明帝的亲信和心腹，刘放、孙资不可能不知道魏明帝的这种微妙心理。由于与夏侯献、曹肇等曹魏宗亲存在严重的矛盾，为了自保，刘放、孙资很可能会告诉魏明帝，假如曹宇、夏侯献等曹魏宗亲成为顾命大臣，未来很有可能为了更大的政治利益，对外披露魏明帝身世真相，废除幼主曹芳，拥立新君，这样魏明帝生前最担心的事将会变成现实，相反如果选择曹爽和司马懿，他们一个是旁系宗室，另一个是士族代表，由于魏明帝对于他们都有知遇之恩，他们在曹魏政坛所拥有的荣华富贵都是魏明帝宠信的结果，其政治利益与魏明帝存在"一荣俱荣，一损俱损"的共生关系，他们成为顾命大臣之后，不仅不可能行废立之事，而且还会采取各项措施防止魏明帝的身世真相流传至民间。在这番言辞面前，对于身后之事忧心忡忡的魏明帝权衡利弊，反复思考之后，为了防患于未然，接受刘放、孙资的建议，在顾命大臣的人选上只保留曹爽和司马懿也就不足为奇了。

然而顾命大臣人选的变化固然有利于维护魏明帝身世真相和历史评价，但是客观上也给曹魏江山投下了沉重的阴影。魏明帝驾崩之后，曹爽和司马懿共受遗诏，辅佐幼主曹芳，尽管曹芳即位初期，曹爽凡事皆与司马懿商议，不敢专行，但是随着权力的稳固，曹爽听从亲信丁谧的建议，以幼主的名义尊司马懿为太傅，又任命其弟曹羲和曹训为中领军及武卫将军，掌握禁军，同时重用何晏、邓飏、李胜、毕轨等亲信故旧。由于曹爽兄弟专擅朝政，权倾天下，司马懿以退为进，称病在家，不理政事，暗地里却联络其他被曹爽排斥的元老重臣，在正始十年（249）趁曹爽等人离开京师祭拜高平陵（魏明帝陵墓）之时，发动政变，处死曹爽兄弟，夺取曹魏军政大权。在此之后，忠于曹魏的政治势力发动"淮南三叛"被先后平定，曹魏君主曹髦试图铲除司马昭却死于非命，司马家族篡夺曹家天下已经是大势所趋，无法逆转。泰始元年（265），司马炎逼迫曹魏最后一位君主曹奂禅位，建立西晋王朝。回顾曹魏的灭亡过程，魏明帝时期重用以司马懿为首的世家大族，排斥曹魏宗亲以及临终之前所托非人事实上已经埋下了江山易代的导火线，换而言之，魏明帝的私心才是曹魏灭亡的真正诱因。

诸袁叛乱：一段被曹魏史官刻意隐匿的三国往事

建安七年（202），在官渡之战惨败的袁绍郁郁而终，审配等人拥戴袁尚作为继承人，袁绍长子袁谭自号车骑将军，兄弟二人渐生嫌隙，互相残杀，袁谭派遣辛毗向曹操求援。建安九年（204），曹操率领大军进攻邺城，袁尚立即退兵回救邺城。曹操围邺期间，袁谭攻占甘陵、安平、勃海、河间，袁尚败走，投靠袁熙。袁谭吞并袁尚部众后，势力大振。建安十年（205），曹操率军讨伐袁谭，袁谭奋力抵抗，战败逃跑，被曹操麾下虎豹骑枭首示众。袁熙部下焦触、张南叛变，袁熙和袁尚逃至乌桓。

建安十二年（207），曹操率军千里偷袭柳城，袁熙、袁尚联合乌桓单于蹋顿、辽西单于楼班、右北平单于能臣率数万骑兵在白狼山与曹军激战，曹操大将张辽斩蹋顿，袁尚与袁熙带领数千亲兵投奔辽东公孙康，被公孙康所杀，首级送至曹操处，称雄一时的袁绍家族至此画上句号。

从表面上看，袁尚、袁熙之死标志着曹操与袁氏家族多年的恩怨情仇正式落下帷幕，可令人感到困惑不解的是，在数年之后，东吴将领吕蒙与吴主孙权的谈话中再次提及曹操与袁氏家族之间的争斗："今操远在河北，新破诸袁。"（《三国志·吴书·吕蒙传》）这个新破的"诸袁"究竟是哪个"诸袁"耐人寻味，后世的许多学者认为是袁氏兄弟，但是由于吕蒙与孙权谈话发生在鲁肃接替周瑜成为东吴长江防线最高指挥官到其病逝之前的那段时期，此时距离袁尚、袁熙之死已经有数年之久，说曹操"新破"袁氏兄弟，在逻辑上讲不通，因此后世的学者普遍认为这是由于年代久远，《三国志》在流传和传抄过程中难免出现的笔误，那么"新破诸袁"果真是笔误吗？

另外，值得一提的是，尽管在《三国志·魏书》的相关篇章里找不到"新破诸袁"的相关记载，但是在同一时期，曹魏却发生了另一场记载于《三国志·魏书》相关篇章的叛乱——"田银、苏伯之乱"，更加吊诡的是，尽管从《三国志·魏书·常林传》的记载来看，"田银、苏伯之乱"是一场小规模叛乱，但是从《三国志·魏书·曹仁传》和《三国志·魏书·杨阜传》的相关内容来看，"田银、苏伯之乱"绝对不可能是一场小规模叛乱，而是一场席卷幽、冀两州，社会各阶层广泛参与的大规模叛乱，那么"田银、苏伯之乱"与"今操远在河北，新破诸袁"是否存在某种关联呢？从吕蒙与吴主孙权的谈话可以推断，当时河北（即黄河以北地区）应该发生了一场"诸袁"领导的大型叛乱，所以才会出现"今操远在河北，新破诸袁"的情况，那么"田银、苏伯之乱"是不是就是"诸袁叛乱"呢？要想回答这个问题，我们必须重新回到东吴将领吕蒙与吴主孙权之间的那场著名谈话。

一、为什么说"新破诸袁"中的"诸袁"不可能是袁氏兄弟

建安十三年（208），赤壁之战之后，原本如丧家之犬的刘备集团转危为安，趁机抢地盘，"（刘备）表刘琦为荆州刺史，引兵南徇四郡，武陵太守金旋、长沙太守韩玄、桂阳太守赵范、零陵太守刘度皆降。庐江营帅雷绪率部曲数万口归备"（《资治通鉴·汉纪五十七》）。为了拉拢刘备，"权以备领荆州牧，周瑜分南岸地以给备。备立营于油口，改名公安"。由于"刘表故吏士多归刘备"，"备以周瑜所给地少，不足以容其众，乃自诣京见孙权，求都督荆州"（《资治通鉴·汉纪五十八》）。

尽管刘备的这一要求最初由于周瑜的反对而没有下文，但是随着周瑜的病逝，东吴内部主张强化孙刘联盟的声音开始占上风，在接替周瑜成为东吴长江防线最高指挥官的鲁肃的力主和斡旋下，为了共同抗曹，孙权同意割让荆州给刘备。

然而孙权割让荆州给刘备却引起了东吴将领吕蒙的不满。《三国志·吴书·吕蒙传》记载：

三国的暗线

鲁肃卒，蒙西屯陆口，肃军人马万馀尽以属蒙。又拜汉昌太守，……与关羽分土接境，知羽骁雄，有并兼心，且居国上流，其势难久。初，鲁肃等以为曹公尚存，祸难始构，宜相辅协，与之同仇，不可失也，蒙乃密陈计策曰："令征虏守南郡，潘璋住白帝，蒋钦将游兵万人，循江上下，应敌所在，蒙为国家前据襄阳，如此，何忧于操，何赖于羽？且羽君臣，矜其诈力，所在反覆，不可以腹心待也。今羽所以未便东向者，以至尊圣明，蒙等尚存也。今不于强壮时图之，一旦僵仆，欲复陈力，其可得邪？"权深纳其策，又聊复与论取徐州意，蒙对曰："今操远在河北，新破诸袁，抚集幽、冀，未暇东顾。徐土守兵，闻不足言，往自可克。然地势陆通，骁骑所骋，至尊今日得徐州，操后旬必来争，虽以七八万人守之，犹当怀忧。不如取羽，全据长江，形势益张。"权尤以此言为当。及蒙代肃，初至陆口，外倍修恩厚，与羽结好。

吕蒙与孙权谈话中所提及的"今操远在河北，新破诸袁"中的"诸袁"引发了后世学者的关注。清代史学家赵翼认为："按操破诸袁在建安九年、十年间，至关壮缪镇荆州则在十八年，是时操定幽、冀已久，安得尚有'新破诸袁，未暇东顾'之语？此更不待辨而见其牴牾者也。"（《陔余丛考·卷六》）

值得注意的是，《资治通鉴·汉纪六十》在载录吕蒙与孙权之间的这场著名对话时，其他内容都一样，唯独少了"新破诸袁"：

初，鲁肃尝劝孙权以曹操尚存，宜且抚辑关羽，与之同仇，不可失也。及吕蒙代肃屯陆口，以为羽素骁雄，有兼并之心，且居国上流，其势难久，密言于权曰："今令征虏守南郡，潘璋住白帝，蒋钦将游兵万人循江上下，应敌所在，蒙为国家前据襄阳，如此，何忧于操，何赖于羽！且羽君臣矜其诈力，所在反覆，不可以腹心待也。今羽所以未便东向者，以至尊圣明，蒙等尚存也。今不于强壮时图之，一旦僵仆，欲复陈力，其可得邪！"权曰："今欲先取徐州，然后取羽，何如？"对曰："今操远在河北，抚集幽、冀，未暇东顾，徐土守兵，闻不足言，往自可克。然地势陆通，骁骑所骋，至尊今日取徐州，操后旬必来争，虽以七八万人守之，犹当怀忧。不如取羽，全据长江，形势益张，易为守也。"权善之。

这则记载说明《资治通鉴》编者的看法应该与赵翼的观点不谋而合，即认为"新破诸袁"中的"诸袁"是指袁谭、袁尚和袁熙兄弟，放在这里属于笔误，因此在载录之时，删去"新破诸袁"。

然而尽管赵翼在我国古代史学界以知识渊博、博览群书而闻名后世，《资治通鉴》也以考订严谨而享有盛誉，但是在"新破诸袁"是不是笔误问题上，他们都犯了几个显著的错误。

首先，《三国志·吴书·吕蒙传》所记载的吕蒙与孙权的谈话之前明确写有"初，鲁肃等以为曹公尚存，祸难始构，宜相辅协，与之同仇，不可失也"，这说明吕蒙与孙权的对话发生在鲁肃接替周瑜成为东吴长江防线最高指挥官到其病逝之间，也就是建安十五年（210）至建安二十二年（217），这时距离袁尚和袁熙被杀至少已经过了三年，说"新破诸袁"显然不符合逻辑。

其次，诸就是多的意思。袁谭死于建安十年（205），袁尚、袁熙死于建安十二年（207），假设"新破诸袁"真的是说袁氏兄弟，最有可能是指建安十二年（207）曹操率军千里偷袭柳城，在白狼山击败袁熙、袁尚与乌桓单于蹋顿、辽西单于楼班、右北平单于能臣等人的联军以及随后袁熙、袁尚被公孙康诛杀一事，如果是这样的话，吕蒙应该称之为"新破二袁"，绝非"新破诸袁"，显然这里所说的应该不是袁氏兄弟。

最后，从行文习惯和语言逻辑角度来看，《资治通鉴·汉纪六十》所记载的"今操远在河北，抚集幽、冀，未暇东顾"显然存在明显漏洞，"抚集"就是安抚的意思，在我国古代史书中，"抚"通常与"叛"相对应，往往先有叛乱才会有安抚，在这方面，蜀汉重臣张翼的祖父张纲不费一兵一卒就平定广陵张婴之乱就是典型的事例。

《三国志·蜀书·张翼传》裴注引《续汉书》记载：

会广陵贼张婴等众数万人杀刺史二千石，冀欲陷纲，乃讽尚书以纲为广陵太守；若不为婴所杀，则欲以法中之。前太守往，辄多请兵，及纲受拜，诏问当得兵马几何，纲对曰无用兵马，遂单车之官，径诣婴垒门，示以祸福。婴大惊惧，走欲闭门。纲又于门外罢遣吏兵，留所亲者十余人，以书语其长老素为婴所信者，请与相见，问以本变，因示以诏恩，使还请婴。婴见纲意诚，即出见纲。纲延置上坐，问其疾苦，……婴虽为大贼，起于狂暴，自以为必死，及得纲言，旷然开明，乃辞还营。明日，遂将所部万余人，与妻子面缚诣纲降。纲悉释缚慰纳，谓婴曰："卿诸人一旦解散，方垂荡然，当条名上之，必受封赏。"婴曰："乞归故业，不愿以秽名污明时也。"纲以其至诚，乃各从其意，亲为安处居宅。子弟欲为吏者，随才任职，欲为民者，劝以农桑，田业并丰，南州晏然。

张纲采用安抚手段平定广陵张婴之乱是我国古代社会处理百姓叛乱的主要方式之一（另一种方式是军事镇压），以曹操大汉王朝实质上的当家人的身份，平时必然要处理众多军政事务，如果冀、幽两州太平无事，"日理万机"的曹操怎么可能吃饱了没事干，跑到那里去安抚民众，比较符合逻辑的历史真相是，当时在冀、幽两州发生了"诸袁"领导的叛乱，曹操调兵遣将，镇压了这次叛乱，又采取一系列怀柔政策安抚百姓，由于这次叛乱影响极大，曹操必须亲自处理善后，所以才无暇东顾。

二、"诸袁叛乱"还是"田银、苏伯之乱"

然而令人感到奇怪的是，尽管从各种迹象来看，当时在冀、幽两州很有可能发生过"诸袁"领导的大规模叛乱，但是在《三国志·魏书》相关篇章却找不到关于"诸袁叛乱"的任何信息，以《三国志·魏书·武帝纪》为例：

十六年春正月，天子命公世子丕为五官中郎将，置官属，为丞相副。太原商曜等以大陵叛，遣夏侯渊、徐晃围破之。张鲁据汉中，三月，遣钟繇讨之。公使渊等出河东与繇会。

是时关中诸将疑繇欲自袭，马超遂与韩遂、杨秋、李堪、成宜等叛。遣曹仁计之。……贼破之后，诸将问其故。公答曰："关中长远，若贼各依险阻，征之，不一二年不可定也。今皆来集，其众虽多，莫相归服，军无适主，一举可灭，为功差易，吾是以喜。"

冬十月，军自长安北征杨秋，围安定。秋降，复其爵位，使留抚其民人。十二月，自安定还，留夏侯渊屯长安。

十七年春正月，公还邺。天子命公赞拜不名，入朝不趋，剑履上殿，如萧何故事。马超馀众梁兴等屯蓝田，使夏侯渊击平之……

从建安十六年（211）正月到建安十七年（212）正月，我们在《三国志·魏书·武帝纪》里看不到任何关于"诸袁叛乱"的相关内容，但同一时期，另一场赫赫有名的叛乱却白纸黑字地记载于史书，那就是建安十六年（211）爆发的"田银、苏伯之乱"，而提到"田银、苏伯之乱"就必须从曹操西征马超、韩遂说起。

建安十六年（211）三月，"操遣司隶校尉钟繇讨张鲁，使征西护军夏侯渊等将兵出河东，与繇会。仓曹属高柔谏曰：'大兵西出，韩遂、马超疑为袭己，必相扇动。宜先招集三辅，三辅苟平，汉中可传檄而定也。'操不从。关中诸将果疑之，马超、韩遂、侯选、程银、杨秋、李堪、张横、梁兴、成宜、马玩等十部皆反，其众十万，屯据潼关；操遣安西将军曹仁督诸将拒之，敕令坚壁勿与战。命五官将丕留守邺，以奋武将军程昱参丕军事，门下督广陵徐宣为左护军，留统诸军，乐安国渊为居府长史，统留事"（《资治通鉴·汉纪五十八》）。

尽管曹军初战不利，但是由于原本相互猜忌的韩遂、马超被曹操用反间计分化，"操乃与克日会战，先以轻兵挑之，战良久，乃纵虎骑夹击，大破之，斩成宜、李堪等。遂、超奔凉州，杨秋奔安定"（《资治通鉴·汉纪五十八》）。

但正当曹操准备乘胜追击的时候，后方却传来"田银、苏伯之乱"的消息。

《三国志·魏书·常林传》记载：

三国的暗线

太祖西征，田银、苏伯反，幽、冀扇动。文帝欲亲自讨之，林曰："昔忝博陵，又在幽州，贼之形势，可料度也。北方吏民，乐安厌乱，服化已久，守善者多。银、伯犬羊相聚，智小谋大，不能为害。方今大军在远，外有强敌，将军为天下之镇也，轻动远举，虽克不武。"文帝从之，遣将往伐，应时克灭。

如果从表面上看，"田银、苏伯之乱"似乎是一场规模很小，近乎民变的叛乱，而且很快就被坐镇邺城的曹丕调兵遣将给镇压了，但是事实却绝非如此简单。

《三国志·魏书·曹仁传》记载：

太祖讨马超，以仁行安西将军，督诸将拒潼关，破超渭南，苏伯、田银反，以仁行骁骑将军，都督七军讨银等，破之。

喜欢三国的读者朋友对于曹仁的名字应该如雷贯耳，曹仁是曹操麾下最骁勇善战的曹氏将领，在曹操南征北战、逐鹿中原的过程中，越是险恶的战役，曹操越喜欢派曹仁出征，曹仁督七军讨伐田银、苏伯也耐人寻味，按照曹魏军制，一军大概是三千两百人（另一种说法是一军是一万人），七军大概是两万二千四百人。建安二十四年（219），为了解救被关羽包围于樊城的曹仁，曹操同样派于禁督七军前去解救，显然在曹操看来，"田银、苏伯之乱"对于曹魏政权的威胁不会比蜀汉的关羽兵团低，这样问题来了，既然曹操派手下最骁勇的曹氏将领率领七军如此众多同时又是最精锐的部队（曹仁率领的是曹军最精锐的部队）去镇压"田银、苏伯之乱"，这场叛乱规模能小吗？

《三国志·魏书·常林传》的记载也不乏相互矛盾之处，如果真的像常林所说的"北方吏民，乐安厌乱"，作为普通百姓的"苏伯、田银"在煽动大家造反之时，几个衙役过来就可以把他们抓起来，关进监狱，又怎么会造成"幽、冀扇动"即幽州、冀州动荡不安的局面出现呢？如果"田银、苏伯之乱"仅仅是一场小规模叛乱，凭借叛乱发生的州郡的地方部队就可以镇压，根本无需当时坐镇邺城的曹丕亲自讨伐，常林劝阻曹丕讨伐会不会是因为这次叛乱声势浩大，甚至可能已经包围邺城，加之"方今大军在远，外有强敌"，如果曹丕亲自讨伐，万一被俘虏，将造成不可收拾的局面呢？

除此之外，为了阻止曹操撤军，关中名士杨阜所说的话也非常值得关注。《三国志·魏书·杨阜传》记载：

马超之战败渭南也，走保诸戎。太祖追至安定，而苏伯反河间，将引军东还。阜时奉使，言于太祖曰："超有信、布之勇，甚得羌、胡心，西州畏之。若大军还，不严为之备，陇上诸郡非国家之有也。"太祖善之，而军还仓卒，为备不周。超率诸戎渠帅以击陇上郡县，陇上郡县皆应之，惟冀城奉州郡以固守。超尽兼陇右之众，而张鲁又遣大将杨昂以助之，凡万馀人，攻城。

这则记载说明曹操对"田银、苏伯之乱"有多么恐惧！在"田银、苏伯之乱"爆发之时，曹操已经利用反间计分化关中群雄，击败马超，使其"走保诸戎"，如果曹操继续率军追击，剿灭马超、韩遂，平定关中指日可待，但是当"田银、苏伯之乱"的消息传来，曹操却惊慌失措到立即部署"引军东还"，关中名士杨阜为此面见曹操指出："超有信、布之勇，甚得羌、胡心，西州畏之。若大军还，不严为之备，陇上诸郡非国家之有也。"对于这点，长年征战的曹操岂会不知，否则也不会"善之"，但是尽管如此，曹操还是"而军还仓卒，为备不周"，影响所及，"超率诸戎渠帅以击陇上郡县，陇上郡县皆应之，惟冀城奉州郡以固守。超尽兼陇右之众，而张鲁又遣大将杨昂以助之，凡万馀人，攻城"，不仅使得前面的胜利毁于一旦，而且导致马超死灰复燃，后患无穷。能够让戎马一生、南征北战的曹操不惜放弃彻底消灭马超、韩遂，平定关中的大好机会也要撤军回去平定的"田银、苏伯之乱"又怎么可能是一场小规模的叛乱呢？

从上述分析来看，"田银、苏伯之乱"应该是一场席卷幽、冀两州，人多势众并且获得广泛支持的大规模"叛乱"，而"田银、苏伯之乱"很可能就是吕蒙与孙权对话中提及的"新破诸袁"背后的"诸袁叛乱"，理由如下：

一是从时间上来看，"田银、苏伯之乱"爆发于建安十六年（211），上文提及吕蒙与孙权的对话发生于鲁肃接替周瑜成为东吴长江防线最高指挥官到其病逝之间，而"田银、苏伯之乱"爆发的建安十六年（211）恰恰便是鲁肃接替周瑜成为东吴长江防线最高指挥官之后，成功劝说孙权"借荆州"给刘备的同一年，此时距离鲁肃病逝还有六年，也与吕蒙所说的内容相符合。

二是从叛乱发生的地域来看，吕蒙所说的"今操远在河北，抚集幽、冀"显示叛乱发生在幽、冀两州，而《三国志·魏书·常林传》的相关记载说明田银、苏伯之乱也同样发生在幽、冀两州，地域上也符合。

三是在叛乱规模上，吕蒙所言显示这次叛乱蔓延幽、冀两州，严重到必须曹操亲自处理，而从《三国志·魏书·曹仁传》和《三国志·魏书·杨阜传》的记载来看，"田银、苏伯之乱"同样是一场足以颠覆曹魏政权的大规模叛乱。

四是从领导阶层来看，作为河间百姓的苏伯、田银很难想象有足够的威望和权威领导这样一场大规模的叛乱，但是"诸袁"也就是袁氏家族的成员则不同，袁绍三子虽然在数年前已经死于非命，但是从汉明帝开始到汉献帝时期，袁氏家族逐步繁衍至数百人的大家族，在袁绍攻占幽、冀、并、青四州之时，势力达到全盛，投靠其的袁氏家族成员肯定不在少数，曹操消灭袁绍集团之后，出于政治安抚的需要，很可能会继续任用这些袁氏家族成员，这些表面归顺实则不满的袁氏家族成员，趁曹操率主力西征马超、韩遂，利用幽、冀士族和百姓对"故主"袁绍的怀念，以自己的部曲、亲信、故交为核心，以反曹拥袁为旗号，正式起兵，自然能达到一呼百应的声势和效果。

因此，从爆发时间、影响地域、叛乱规模和领导阶层等各种因素来看，"田银、苏伯之乱"十有八九就是"诸袁叛乱"！

三、"幽、冀扇动"对于曹魏政权意味着什么

或许有些读者朋友会质疑，就算"诸袁叛乱"是一场席卷幽、冀两州，获得广泛支持的大规模叛乱，但是毕竟不是军队叛乱，充其量也就是一场"民变"，参与叛乱的民众战斗力有限，像初平三年（192），"青州黄巾百万入兖

州",兖州牧刘岱战死,曹操继任兖州牧,率领规模远远不及青州黄巾的军队很快就"追黄巾至济北。乞降。冬,受降卒三十馀万,男女百馀万口,收其精锐者,号为青州兵"(《三国志·魏书·武帝纪》),因此曹操只需要派曹仁率领部分军队前去平定叛乱就可以了,完全没有必要亲自率领曹军主力撤退,导致西征马超、韩遂功败垂成,付之东流,要想回答这个问题,还必须从幽、冀两州在曹魏政权中的特殊地位和作用说起。

幽州,包括现在的河北北部、北京、天津、辽宁南部,地势险要,易守难攻,具有重要的地缘政治和军事价值,北宋文学家范镇在《幽州赋》中写道:"幽州之地,左环沧海,右拥太行,北枕居庸,南襟河济,诚天府之国。"自古以来,幽州地区便以民风彪悍而闻名。

《史记·货殖列传》记载:

中山地薄人众,犹有沙丘纣淫地馀民,民俗懁急,仰机利而食。丈夫相聚游戏,悲歌慷慨,起则相随椎剽,休则掘冢作巧奸冶。

《隋书·地理志》记载:

自古言勇敢者,皆出幽燕。

幽州在汉末三国地缘政治中最突出的特点便是地处边陲,与辽东公孙政权和鲜卑等游牧民族相邻。汉末时期,天下大乱,辽东太守公孙度乘机自立,东伐高句丽,西击乌桓,南取辽东半岛,越海占领胶东半岛北部东莱诸县,俨然以辽东王自居,对于曹魏政权虎视眈眈。

《三国志·魏书·凉茂传》记载:

公孙度在辽东,擅留茂,不遣之官,然茂终不为屈。度谓茂及诸将曰:"闻曹公远征,邺无守备,今吾欲以步卒三万,骑万匹,直指邺,谁能御之?"诸将皆曰:"然。"又顾谓茂曰:"于君意何如?"茂答曰:"比者海

三国的暗线

内大乱,社稷将倾,将军拥十万之众,安坐而观成败,夫为人臣者,固若是邪!曹公忧国家之危败,愍百姓之苦毒,率义兵为天下诛残贼,功高而德广,可谓无二矣。以海内初定,民始安集,故未责将军之罪耳!而将军乃欲称兵西向,则存亡之效,不崇朝而决。将军其勉之!"诸将闻茂言,皆震动。良久,度曰:"凉君言是也。"

如果不是凉茂极力劝阻,公孙度搞不好真的率军直指邺城。

另外,驰骋于北疆的游牧民族也是高悬曹魏政权头上的一把"达摩克利斯之剑"。

《三国志·魏书·乌丸鲜卑东夷传》记载:

然乌丸、鲜卑稍更强盛,亦因汉末之乱,中国多事,不遑外讨,故得擅漠南之地,寇暴城邑,杀略人民,北边仍受其困。……后鲜卑大人轲比能复制御群狄,尽收匈奴故地,自云中、五原以东抵辽水,皆为鲜卑庭。数犯塞寇边,幽、并苦之。

冀州,包括现在的河北中部和南部、河南北部、山东西部,在汉末三国时期,冀州以地域辽阔、人口稠密、粮草充足而闻名天下。

《三国志·魏书·武帝纪》引《英雄记》记载:

于时冀州民乐殷盛,兵粮优足。

《三国志·魏书·袁绍传》记载:

冀州虽鄙,带甲百万,谷支十年。

《三国志·魏书·杜恕传》记载:

今大魏奄有十二州之地，而承丧乱之弊，计其户口不如往昔一州之民，然而二方僭逆，北虏未宾，三边遘难，绕天略匝；所以统一州之民，经营九州之地，其为艰难，譬策羸马以取道里，岂可不加意爱惜其力哉？以武皇帝之节俭，府藏充实，犹不能十州拥兵；郡且二十也。今荆、扬、青、徐、幽、并、雍、凉缘边诸州皆有兵矣，其所恃内充府库外制四夷者，惟兖、豫、司、冀而已。……冀州户口最多，田多垦辟，又有桑枣之饶，国家征求之府，诚不当复任以兵事也。若以北方当须镇守，自可专置大将以镇安之。……夫天下犹人之体，腹心充实，四支虽病，终无大患；今兖、豫、司、冀亦天下之腹心也。

从这些记载来看，冀州几乎可以称得上是整个曹魏政权和军队的粮草基地和赋税重地。

幽、冀两州在曹魏政权的特殊地位和作用使得曹操对于这次"诸袁"发动的叛乱绝对不敢掉以轻心。幽州不仅民风彪悍，而且还是曹魏的边疆重镇，如果这里的叛乱持续蔓延，不仅意味着未来很可能有更多彪悍的燕赵勇士加入叛军，而且无疑为辽东公孙政权和鲜卑进入中原打开通道，曹魏将有灭顶之灾。冀州则是整个曹魏政权和军队的粮草基地和赋税重地，如果叛乱迟迟无法平定，曹魏军队的军粮供应就会被切断，曹军将不战自溃。明白了这些，我们便会理解为什么曹操一听到"诸袁叛乱"的消息，马上从关中撤军，率领军队主力日夜兼程地赶回大后方去平定叛乱。

四、"诸袁叛乱"一呼百应、声势浩大的深层根源

从利用曹军西征，后方空虚，乘机起事，到一呼百应，声势浩大，席卷幽、冀，直至曹操闻讯调兵遣将返回平叛，这场叛乱组织之严密，声势之浩大也同样令人困惑。幽州是曹魏政权的边疆重镇，冀州是曹魏政权的大后方，即使曹操率主力西征关中马超、韩遂，在幽、冀两州也会驻扎必要的留守部队。另外，幽、冀两州早年是袁绍的统治区域，为了防止亲袁的政治势力死灰复燃，曹魏在地方武装设置上也必然是最完备的。在这种情况下，幽、冀两州依然会爆发如此大规模的叛乱则是多种因素共同作用的产物。

三国的暗线

一是曹操残忍嗜杀，推崇"严刑峻法"。与汉末其他枭雄相比，曹操最令人诟病的便是其残忍嗜杀。《后汉书·陶谦传》记载：

初平四年，曹操击谦，破彭城傅阳。谦退保郯，操攻之不能克，乃还。过拔取虑、睢陵、夏丘，皆屠之。凡杀男女数十万人，鸡犬无余，泗水为之不流，自是五县城保，无复行迹。

曹操这种残忍嗜杀的性格反映在军事方针和治国理政上便是推崇"严刑峻法"，最能体现这点的便是"围而后降者不赦"的法令。

《三国志·魏书·曹仁传》记载：

河北既定，从围壶关。太祖令曰："城拔，皆坑之。"连月不下。仁言于太祖曰："围城必示之活门，所以开其生路也。今公告之必死，将人自为守。且城固而粮多，攻之则士卒伤，守之则引日久；今顿兵坚城之下，以攻必死之虏，非良计也。"太祖从之，城降。于是录仁前后功，封都亭侯。

《三国志·魏书·于禁传》记载：

昌豨复叛，遣禁征之。禁急进攻豨；豨与禁有旧，诣禁降。诸将皆以为豨已降，当送诣太祖，禁曰："诸君不知公常令乎！围而后降者不赦。夫奉法行令，事上之节也。豨虽旧友，禁可失节乎！"自临与豨决，陨涕而斩之。

这些记载说明"围而后降者不赦"并不是一个吓人的摆设，死于这个法令之下的敌方士兵和百姓不计其数，难以估算，只有某些特定时期比如由于曹仁的劝谏而停止实施。

除此之外，为了防止己方的士兵逃亡，曹操还颁布了连坐的法令。

《三国志·魏书·高柔传》记载：

魏国初建，为尚书郎。转拜丞相理曹掾，令曰："夫治定之化，以礼为首。拨乱之政，以刑为先。是以舜流四凶族，皋陶作士。汉祖除秦苛法，萧何定律。掾清识平当，明于宪典，勉恤之哉！"鼓吹宋金等在合肥亡逃。旧法，军征士亡，考竟其妻子。太祖患犹不息，更重其刑。金有母妻及二弟皆给官，主者奏尽杀之。柔启曰："士卒亡军，诚在可疾，然窃闻其中时有悔者。愚谓乃宜贷其妻子，一可使贼中不信，二可使诱其还心。正如前科，固已绝其意望，而猥复重之，柔恐自今在军之士，见一人亡逃，诛将及己，亦且相随而走，不可复得杀也。此重刑非所以止亡，乃所以益走耳。"太祖曰："善。"即止不杀金母、弟，蒙活者甚众。

尽管由于高柔的进言，鼓吹宋金母妻及二弟保全了性命，但是在这此之前，受牵连的逃亡士兵的妻儿老小无疑难逃人头落地的命运。

二是百姓负担沉重。东汉末年，战争频仍，人口锐减，经济凋敝，土地荒芜。

《三国志·魏书·武帝纪》裴注引《魏书》记载：

自遭荒乱，率乏粮谷。诸军并起，无终岁之计，饥则寇略，饱则弃馀，瓦解流离，无敌自破者不可胜数。袁绍之在河北，军人仰食桑椹。袁术在江、淮，取给蒲蠃。民人相食，州里萧条。

为了解决军队的粮草问题，曹操采纳枣祗、任峻的建议，在许昌招募农民屯田，当年得谷百万斛，后推广到各州郡，由典农官募民耕种。曹魏时期，从事屯田的百姓除了缴纳粮食一半以上作为地租之外还有其他负担，在《晋书·食货志》中应詹给晋元帝上书之时就指出：

近魏武皇帝用枣祗、韩浩之议，广建屯田，又于征伐之中，分带甲之士，随宜开垦，故下不甚劳，而大功克举也。间者流人奔东吴，东吴今俭，皆已还反。江西良田，旷废未久，火耕水耨，为功差易。宜简流人，兴复农官，功劳报赏，皆如魏氏故事。一年中与百姓，二年分税，三年计赋税以使之，公私兼济，则仓盈庾亿，可计日而待也。

所谓"一年中与百姓"，即农民开始从事屯田生产第一年，统治者为了调动农民的积极性，暂时免收赋税。所谓"二年分税"，是指到了第二年，收取部分租税。所谓"三年计赋税以使之"，指到了第三个年头，征收全税，同时还让农民承担一定的劳役。

另外，《三国志·魏书·赵俨传》记载：

时袁绍举兵南侵，遣使招诱豫州诸郡，诸郡多受其命。惟阳安郡不动，而都尉李通急录户调。

所谓"户调"就是缴纳绵绢，这则记载说明当时在曹操统治的各州郡，百姓需要缴纳绵绢作为赋税。

与此同时，持续不断的战争造成的频繁的徭役使得百姓不堪重负。《三国志·魏书·武帝纪》记载：

初讨谭时，民亡椎冰，令不得降。顷之，亡民有诣门首者，公（曹操）谓曰："听汝则违令，杀汝则诛首，归深自藏，无为吏所获。"民垂泣而去；后竟捕得。

建安十三年（208），曹操兵不血刃攻占荆州，为了劝阻孙权从兄、豫章太守孙贲投降曹操，东吴将领朱治指出："今曹公阻兵，倾覆汉室，幼帝流离，百姓元元未知所归。而中国萧条，或百里无烟，城邑空虚，道殣相望，士叹于外，妇怨乎室，加之以师旅，因之以饥馑，以此料之，岂能越长江与我争利哉？"（《三国志·吴书·朱治传》裴注引《江表传》）

朱治所说的"士叹于外，妇怨乎室"是当时曹魏社会的真实写照。

三是幽、冀两州士族和百姓感念袁绍的恩惠。初平二年（191），袁绍接受谋士的建议，设计逼迫韩馥拱手交出冀州。建安四年（199），经过多年苦战，袁绍战胜公孙瓒，占据幽州，加上此前攻占的并州、青州，袁绍共拥有冀、幽、并、青四州之地，在统治河北之地时，袁绍以"轻徭薄赋，广施仁政"为统治方针。《三国志·魏书·武帝纪》裴注引《魏书》记载："袁绍之在河北，军人仰食桑椹。"考虑到冀州在汉末三国一直是富饶之地，粮草充足，在官渡之战中，袁绍就在乌巢囤积了大量的粮食，换句话说，在正常情况下，袁绍的军队不会面临缺粮的问题，"袁绍之在河北，军人仰食桑椹"只能说明袁绍在刚刚占领河北之时，不想过多地征用本地士族和百姓的粮食作为军粮，袁绍在战乱时期依然善待本地士族和百姓使其获得后者的拥护和爱戴。

根据《后汉书·袁绍传》注引《献帝春秋》记载，在袁绍病逝之后，由于"绍为人政宽"，"庶民德之。河北士女莫不伤怨，市巷洒泪，如或丧亲"。《后汉书·乌桓传》记载："及绍子尚败，奔蹋顿时，幽、冀吏人奔乌桓者十万馀户，尚欲凭其军力，复图中国。"曹操最器重的谋士郭嘉曾经指出："公虽威震天下，胡恃其远，必不设备。因其无备，卒然击之，可破灭也。且袁绍有恩于民夷，而尚兄弟生存。今四州之民，徒以威附，德施未加，舍而南征，尚因乌丸之资，招其死主之臣，胡人一动，民夷俱应，以生蹋顿之心，成觊觎之计，恐青、冀非己之有也。"（《三国志·魏书·郭嘉传》）"河北士女"对于袁绍的感念可见一斑！

俗话说得好，"没有比较就没有差距"，尽管生活在汉末三国这样的大乱世，但是在袁绍统治时期，幽、冀两州士族和百姓生活富足，社会太平，然而在袁绍病逝，曹操利用袁谭、袁尚兄弟阋墙，攻占原属袁绍的河北之地后，不仅没有"仁声先路，存问风俗，救其涂炭"，反而"校计甲兵，唯此为先"（《三国志·魏书·崔琰传》），谁更体恤百姓不言而喻！之后为了实现曹操剿灭群雄、一统天下的政治目标，幽、冀两州的士族和百姓既要被迫将自己的子弟送上战场，又要承担沉重的赋税和徭役，不满之情可想而知。

《三国志·魏书·赵俨传》记载：

> 时被书差千二百兵往助汉中守，署督送之。行者卒与室家别，皆有忧色。

署发后一日,俨虑其有变,乃自追至斜谷口,人人慰劳,又深戒署。还宿雍州刺史张既舍。署军复前四十里,兵果叛乱,未知署吉凶。而俨自随步骑百五十人,皆与叛者同部曲,或婚姻,得此问,各惊,被甲持兵,不复自安。……俨密白:"宜遣将诣大营,请旧兵镇守关中。"太祖遣将军刘柱将二千人,当须到乃发遣,而事露,诸营大骇,不可安喻。俨谓诸将曰:"旧兵既少,东兵未到,是以诸营图为邪谋。若或成变,为难不测。因其狐疑,当令早决。"遂宣言当差留新兵之温厚者千人镇守关中,其馀悉遣东。便见主者,内诸营兵名籍,案累重,立差别之。留者意定,与俨同心。其当去者亦不敢动,俨一日尽遣上道,因使所留千人,分布罗落之。东兵寻至,乃复胁喻,并徙千人,令相及共东,凡所全致二万馀口。

尽管这些哗变的士兵来自关中,但是我们有足够理由相信,在战争频仍的时代背景下,应该也有成千上万的幽、冀两州子弟由于不愿上战场送死或叛变或逃亡,而按照当时曹魏的法律,这些士兵的家庭也会受到牵连,长此以往,必然导致民怨沸腾,因此当曹操率领军队主力西征马超、韩遂之时,以当时依然健在的某些袁氏家族成员为首的叛乱团体歃血为盟,举起反旗,感念袁绍恩惠的士族和百姓纷纷拿起武器,诛杀留守的曹军,攻占城池,占领官衙,如燎原大火席卷幽、冀大地。

五、曹魏史官为什么把"诸袁叛乱"篡改为"田银、苏伯之乱"

分析到这里,读者朋友一定会产生一个困惑不解的问题,明明是"诸袁叛乱",曹魏史官为什么指鹿为马,颠倒黑白,在曹魏官方史书上把这场席卷幽、冀两州的大规模叛乱篡改为参与人数只有一千多人规模的"田银、苏伯之乱"?而要解开这个谜团,我们需要先了解曹魏为什么一反常态,宽大处理被俘的叛军。

《三国志·魏书·程昱传》裴注引《魏书》记载:

太祖征马超,文帝留守,使昱参军事。田银、苏伯等反河间,遣将军贾信讨之。贼有千馀人请降，议者皆以为宜如旧法，昱曰："诛降者，谓在扰攘之时，天下云起，故围而后降者不赦，以示威天下，开其利路，使不至于围也。今天下略定，且在邦域之中，此必降之贼，杀之无所威惧，非前日诛降之意。臣以为不可诛也；纵诛之，宜先启闻。"众议者曰："军事有专，无请。"昱不答。文帝起入，特引见昱曰："君有所不尽邪？"昱曰："凡专命者，谓有临时之急，呼吸之间者耳。今此贼制在贾信之手，无朝夕之变。故老臣不愿将军行之也。"文帝曰："君虑之善。"即白太祖，太祖果不诛。太祖还，闻之甚说，谓昱曰："君非徒明于军计，又善处人父子之间。"

《三国志·魏书·国渊传》记载：

太祖征关中，以渊为居府长史，统留事。田银、苏伯反河间，银等既破，后有馀党，皆应伏法。渊以为非首恶，请不行刑。太祖从之，赖渊得生者千馀人。破贼文书，旧以一为十，及渊上首级，如其实数。太祖问其故，渊曰："夫征讨外寇，多其斩获之数者，欲以大武功，且示民听也。河间在封域之内，银等叛逆，虽克捷有功，渊窃耻之。"太祖大悦，迁魏郡太守。

曹魏政权凭借绝对的军事优势镇压了这场大规模叛乱之后，对于被俘的叛军一反常态，展现出少有的仁慈，这又是为什么呢？

曹魏政权没有对被俘的叛军赶尽杀绝毋庸置疑与幽、冀两州在曹魏政权的特殊地位和作用有着密切的关系，前文已经提及幽州是比邻辽东公孙政权和鲜卑的边疆重镇，冀州则是向曹魏政权提供粮食和赋税的大后方，幽、冀两州士族和百姓广泛参加"诸袁叛乱"，是由于曹魏政权法制严苛，赋税沉重，大量子弟被抽调至前线，战死沙场，加上对"故主"袁绍的怀念，因此这次叛乱很快一呼百应，应者云集，席卷幽、冀两州，换句话说，这是一场社会各阶层广泛参与的大规模叛乱，参与的广泛性给曹魏政权的事后处置带来了大难题。不要忘了此时曹操还没有统一天下，曹魏政权的周边依然强敌环伺：西南的刘备已经占据了荆州南四郡和南郡；东南的孙权借赤壁之战胜利的余威，多次出兵淮南；原本败退的马超死灰复燃，如果按照过去对于叛乱者株连三族的做法，考虑到参与的广泛性，整个幽、冀两州人口恐怕会消失殆尽，这样谁来种地提供军粮，谁来服徭役，谁来当士兵？如果没有人种地提供军粮，没有人来服徭役，没有人来当士兵，不用刘备、孙权、马超来进攻，曹魏政权会自动覆灭，在这种情况下，以宽大为怀作为平定"诸袁叛乱"之后的处置原则成为曹魏政权最现实的选择。

曹操对被俘的叛军宽大为怀除了幽、冀两州在曹魏政权的特殊地位和作用之外，还与曹操对于袁绍的羞愧心理息息相关。笔者在《曹操与袁绍：敌人还是"手足"》一文中曾提出如下观点：曹操与袁绍早年是与刘关张类似的拥有深厚感情的异姓"手足兄弟"，曹操在汉末乱世的崛起是袁绍极力扶持的结果，但是羽翼丰满的曹操试图摆脱袁绍的掌控，自立门户，引发后者不满，导致官渡之战的爆发。尽管曹操在官渡之战中击败袁绍，并且利用次年袁绍郁郁而终之后，袁谭、袁尚兄弟的同室操戈，各个击破，消灭袁绍集团，统一了中国北方地区，但是前者对"兄长"袁绍倒戈相向却在其内心留下巨大的阴影。

建安九年（204），曹操攻下邺城之后，不仅没有体会到胜利者的荣耀，反而"临祀绍墓，哭之流涕；慰劳绍妻，还其家人宝物，赐杂缯絮，廪食之"（《三国志·魏书·武帝纪》），这些都是曹操对自己忘恩负义而感到自责的体现。为了自我救赎，曹操不仅大力提拔众多"袁氏故人"，而且强迫曹丕迎娶已经怀有身孕的甄宓，甄宓生下袁绍的亲孙子曹叡，后者又被曹操提前确立为曹魏政权未来的第三代君主。领导这次大规模叛乱的"诸袁"在当初曹操打败袁氏兄弟占领河北之地时没有被赶尽杀绝，相反还很可能被委以官职，便是曹操这种赎罪心理的产物。

因此当西征马超、韩遂的曹操得知席卷幽、冀的"诸袁叛乱"爆发之时，既感到震惊，又觉得惭愧。现在这些由于曹操庇护才得以保住性命的"诸袁"举起反曹大旗，曹操又岂能不百感交集呢？正是因为曹操内心深处这种羞愧心理，所以在其调兵遣将彻底镇压这次大规模叛乱之后，对于被俘的叛军很可能会实行宽大政策，程昱之所以提出赦免这些被俘的叛军，便是由于其长期跟随曹操，非常清楚曹操对于袁绍家族的特殊心理，假如曹丕不分青红皂白，把这些叛军全面诛杀，必然会触怒曹操，所以曹操才会称赞程昱"君非徒明于军计，又善处人父子之间"。至于国渊之所以主张"非首恶，请不行刑"以及"破贼文书，旧以一为十，及渊上首级，如其实数"也是因为其了解其中的内情，所以才建议宽大处理。

但是曹操这种一反常态的宽大政策却给曹魏史官出了一个大难题，如果后者将"诸袁叛乱"的过程以及曹操不同寻常的处置方式完整地记录于史书，后世的人们不难推测出曹操与袁绍之间的真实关系，为了防止这种情况出现，不排除是在曹操亲自授意下，曹魏史官将一场席卷幽、冀，社会各阶层广泛参与，险些颠覆曹魏政权的大规模叛乱——"诸袁叛乱"篡改为只有千人的小规模叛乱——"田银、苏伯之乱"。

笔者个人认为，田银、苏伯有可能是"诸袁叛乱"中承担领导核心作用的两名袁氏家族成员的字，也有可能是受"诸袁叛乱"影响爆发于河间的小规模叛乱领导者的名字，也有可能是当时根本没有田银、苏伯这两个人，这两个名字是曹魏史官凭空捏造的结果。

然而尽管曹魏史官可以指鹿为马，颠倒黑白，在曹魏正统史书中将大规模的"诸袁叛乱"改为小规模的"田银、苏伯之乱"，但是他们却管不了东吴的史官，在我国古代社会，相互敌对的割据政权为了证明自身政权的合法性，往往喜欢在本国史书记录敌国见不得光的负面历史。"诸袁叛乱"是一场持续数月、社会广泛参与、差点颠覆曹魏政权的大规模叛乱，即使曹魏政权有心封锁消息，时刻关注曹魏一举一动并且在曹魏内部拥有自己情报网络（三国期间，魏蜀吴相互之间都派有间谍）的东吴不可能不知道，再说"诸袁叛乱"失败后，必然会有不愿投降曹操的幽、冀两州士族和百姓逃到东吴，告之此事，身为东吴高级将领的吕蒙很可能第一时间掌握了"诸袁叛乱"的完整信息，所以才会在与吴主孙权的谈话中提及"今操远在河北，新破诸袁"。

必须指出的是，"诸袁叛乱"能够以间接的方式记载于史书，跟某些特殊原因有关，即《三国志》作者陈寿为了避免让"诸袁叛乱"淹没于历史的长河之中，让后世的读者也能够知晓这一重大历史事件，有意留下了各种蛛丝马迹。陈寿在撰写《三国志》之时，尽管三国已经灭亡，但是由于统一天下的西

三国的暗线

晋王朝的皇室和元老重臣大多是跟随曹操南征北战的曹魏开国元勋的子孙，曹袁的历史恩怨涉及曹魏政权的合法性。如果陈寿秉笔直书，在《三国志·魏书》中正面记载"诸袁叛乱"的前因后果，容易让后世猜测出曹袁之间的历史恩怨，曹操就会从"战功赫赫"的"太祖皇帝"变成"忘恩负义"的"奸诈小人"，西晋王朝的皇室和元老重臣就会变成跟随"奸诈小人"的"乱臣贼子"的后代，陈寿恐怕有杀身之祸。但是作为"一代良史"，陈寿同样不甘心掩埋历史的真相，因此有意在一些细微之处留下了若干线索，比如在吕蒙与孙权谈话之前，加上"初，鲁肃等以为曹公尚存，祸难始构，宜相辅协，与之同仇，不可失也"，让读者朋友知道"诸袁叛乱"发生于建安十六年（211）前后，在《三国·魏书·常林传》中刻意强调"田银、苏伯之乱"导致"幽、冀扇动"与吕蒙所说的"抚集幽、冀"相对应；在《三国·魏书·杨阜传》中利用杨阜的进言和曹操的仓皇撤军间接证明"田银、苏伯之乱"绝非是一场小规模叛乱，希望能够引起后世读者的注意。然而可惜的是，由于其他可能记载"诸袁叛乱"的史书在历史长河中或销毁或消亡，陈寿借吕蒙之口所披露的"诸袁叛乱"就成了孤证，以至于后世学者认为吕蒙所说的"新破诸袁"中的"诸袁"是指袁氏兄弟，是典型的笔误，导致历史的真相隐藏了一千八百多年，当今天的我们重新回顾这段错综复杂的三国往事时，应该要感谢和体谅在重重政治压力下作为"一代良史"的陈寿保护历史真相的良苦用心和精巧布局。

从曹魏的储位之争看曹操的帝王心机

在当前热播的宫廷剧之中,储位之争往往都是浓墨重彩的核心内容,像《雍正王朝》便由于生动刻画清朝康熙末年众多皇子为争夺太子之位明争暗斗、纵横捭阖而成为电视台反复重播的经典影视作品。

曹魏的储位之争的精彩程度同样不亚于康熙时期的"九王夺嫡"。随着曹操凭借"挟天子以令诸侯"的政治优势和杰出的军事指挥艺术,统一北方,"三分天下有其二",与东吴、蜀汉形成鼎立之势,谁是曹操未来的接班人也成为曹魏政坛的热点话题。由于长子曹昂在张绣降而复叛之时死于非命,按照中国古代宗法制度,次子曹丕应成为太子人选,但是曹操却一度有意越过曹丕改立四子曹植,关于这点,史书也有明确提及:

陈思王植字子建。年十岁馀,诵读《诗》《论》及辞赋数十万言,善属文。太祖尝视其文,谓植曰:"汝倩人邪?"植跪曰:"言出为论,下笔成章,顾当面试,奈何倩人?"时邺铜爵台新成,太祖悉将诸子登台,使各为赋。植援笔立成,可观,太祖甚异之,性简易,不治威仪。舆马服饰,不尚华丽。每进见难问,应声而对,特见宠爱。

建安十六年,封平原侯。十九年,徙封临菑侯。太祖征孙权,使植留守邺,戒之曰:"吾昔为顿邱令,年二十三。思此时所行,无悔于今。今汝年亦二十三矣,可不勉与!"

植既以才见异,而丁仪、丁廙、杨修等为之羽翼。太祖狐疑,几为太子者数矣。而植任性而行，不自雕励，饮酒不节。文帝御之以术，矫情自饰，宫人左右，并为之说，故遂定为嗣。（《三国志·魏书·陈思王传》）

从这则记载来看，曹操确实曾经产生过"废长立幼"，立曹植为太子的念头，可由于曹植本人性格放荡不羁，屡屡犯错，以及"宫人左右"支持曹丕，不得不重新选择曹丕为曹魏太子，然而历史的真相果真是这样吗？

根据《三国志·魏书·陈思王传》记载，曹操之所以器重曹植，是因为曹植不仅才华横溢，文采飞扬，而且生活简朴，不尚华丽。曹植拥有这两大长处，当然值得肯定，但是曹操挑选的是未来需要承担起改朝换代，治理天下重任的政治接班人，不是曹魏的文联主席和首席劳模。

作为曹魏的太子，首先必须具有驾驭文武百官的政治权威，然而曹植"任性而行，不自雕励，饮酒不节"和屡屡犯错的行事作风意味着其难以在文武百官面前树立起自己的政治权威，难以树立政治权威自然无法驾驭文武百官。必须指出的是，曹植放荡不羁的性格特点和屡屡犯错的行事作风显然不是一两天内形成的，而应该是青少年时期便培养而成，所谓"知子莫若父"，曹操对于曹植这种性格特点和行事风格不可能不了解，曹操明知曹植不适合成为曹魏太子，却在公共场合表现出对其的偏爱，还经常委以重任，如此反常的现象，难道不值得怀疑吗？

除此之外，曹植还缺少作为曹魏未来"九五之尊"应有的政治判断力，最能体现这点便是其在魏明帝时期的政治表现。曹丕登基称帝之后，尽管封曹植、曹彰等手足兄弟为诸侯王，但是鉴于昔日储位之争的教训，对于他们严加防范，这些诸侯王在自己的封地形同囚徒，陈寿在《三国志·魏书·武文世王公传》末尾感慨："魏氏王公，既徒有国土之名，而无社稷之实，又禁防壅隔，同于囹圄；位号靡定，大小岁易；骨肉之恩乖，《常棣》之义废。为法之弊，一至于此乎！"在这种情况下，曹植却依然幻想有朝一日，朝廷能够重新起用他们。

太和二年（228），曹植上书自己的侄子、魏明帝曹叡，要求重新上战场，"效臣锥刀之用，使得西属大将军，当一校之队，若东属大司马，统偏舟之任，必乘危蹈险，骋舟奋骊，突刃触锋，为士卒先。虽未能禽权馘亮，庶将虏其雄率，歼其丑类，必效须臾之捷，以灭终身之愧，使名挂史笔，事列朝策。虽身分蜀境，首县吴阙，犹生之年也"（《三国志·魏书·陈思王传》）。在天下无人不知曹魏君主对于近支宗室的猜忌之心的情况下，曹植依然幻想复出任职，政治上的幼稚可见一斑，在储位之争落幕多年之后，曹植的眼光尚且如此，其早年的政治判断力不难想象。

与曹植相比，曹丕则拥有成为太子的众多显著优势，这些优势体现在：

一是身为嫡长子先天具备继承王位的合法性。在我国古代社会，嫡长子继承制是宗法制度最基本的原则之一。嫡即正妻，正妻所生长子为嫡长子，在先王逝世之后，嫡长子在权位和财产上享有继承优先权，如果嫡妻无子，则立地位最尊贵的庶妻之长子。制定嫡长子继承制的目的是为解决权位和财产继承与分配确立基本原则，稳定社会的统治秩序。曹操的嫡长子原是曹昂，但是其在建安二年（197）张绣降而复叛的过程中为保卫父亲而死于非命，曹操嫡妻丁夫人因此与前者决裂，恩断义绝，曹操便将曹丕生母卞夫人提为正室，曹丕凭借年龄优势自动成为曹操的嫡长子，所以在王位继承上享有优先权。

二是文武双全。曹丕自幼天资聪颖，在曹操严厉督促下，刻苦学习《五经》《史记》《汉书》以及诸子百家，长大之后，满腹经纶、出口成章，虽然在诗歌、散文、词赋上的成就逊于曹植，但是在我国古代文学史中依然占据重要的地位，其创造的七言诗《燕歌行》深受后世文学评论家的肯定，陈寿便赞扬曹丕"天资文藻，下笔成章，博闻强识，才艺兼该"（《三国志·魏书·文帝纪》）。至于军事才能，根据其撰写的《典论·自序》记载，曹丕六岁便会射箭，八岁便会骑马，并且多次追随曹操征战四方，在汉末三国这样的大乱世，曹丕具有军事才能对于其继承王位无疑有加分的作用。

三是获得了世家大族的拥戴。汉末三国是世家大族逐步兴起的时期，世家大族不仅拥有雄厚的经济实力和众多门生部曲，而且通过地缘、血缘、姻亲形成了具有强大社会影响力的政治集团，任何割据一方的乱世枭雄都必须争取本地世族大家的支持才能维持统治。曹魏的大多数世家大族基于维护嫡长子继承制和家族的利益都普遍支持曹丕成为曹操的接班人。

三国的暗线

四是"矫情自饰"。《三国志·魏书·陈思王传》记载:"文帝御之以术,矫情自饰,宫人左右,并为之说,故遂定为嗣。"对于个人而言,"矫情自饰"是缺点,但是对于帝王而言,却是优点。西方政治学家马基雅维利在其赫赫有名的代表作《君主论》中指出,政治就是人与人之间的控制与被控制,君主要维持统治,在臣民面前必须保持自己的神秘感,不能让旁人知道自己的底细。无独有偶,我国春秋时期,集法家思想精华的《韩非子》一书中也认为,君主在大臣的心目中,必须保持一种深藏不露的神秘形象,其意志与判断,绝不能让大臣事先猜测揣摩。魏武帝曹操自己就是一个在朝堂之上,时而和颜悦色,时而雷霆震怒,"矫情自饰"的君主,曹魏文武百官很难真正猜透其心思,因此面对曹操往往战战兢兢,如履薄冰,曹丕"矫情自饰"的性格特点显示其具有成为曹操接班人,驾驭群臣的政治手腕。

对比曹丕和曹植的优缺点之后,不难发现,尽管曹丕也存在心胸狭隘、睚眦必报的缺点,但是相较于"文艺青年"曹植,前者显然更适合成为曹操的接班人。如果曹操强行"废长立幼",传位于曹植,不仅将给曹魏的政局稳定投下沉重的阴影,而且曹魏政权很可能会面临"二世而亡"的危机,对于这些,估计连曹魏的一个普通大臣都能够看得一清二楚,在汉末三国大乱世摸爬滚打一辈子,目光如炬、善于识人的魏武帝曹操又怎么可能意识不到呢?

因此,很难想象曹操是由于曹植文采飞扬和生活简朴便有意立其为曹魏太子。

既然曹操不太可能是由于个人喜好而"废长立幼",改立曹植,那么对于曹操在公开场合表现出对曹植的器重和赞赏,甚至暗示可能传位于后者这种反常现象比较合理的解释便是曹操为了防止大权旁落而有意为之。

作为一国储君,太子是未来的"九五之尊",一旦某位皇子被册立为太子,文武百官为了自身和家族的政治利益,通常会或明或暗地向太子靠拢,在朝堂议事之时,也不敢拂逆太子的意志,长此以往必然会形成一个以太子为核心的权势熏天的政治集团,在世的君主如果不加以防范,容易出现"两个中央"的问题。在曹魏之前的历朝历代,君主与自己册立的太子由于权力之争善始难善终的例子比比皆是。春秋时期,楚成王想废黜太子商臣,商臣闻讯之后在师傅潘崇的支持下，率兵包围宫廷，逼迫楚成王自杀，楚成王请求吃了熊掌以后再死，企图拖延时间，遭到拒绝后不得不上吊自杀，商臣即位，是为楚穆王。西汉时期，汉武帝晚年经常将国事交付太子刘据处置，后者为政宽厚，屡屡平反冤案，深得民心。太子声名鹊起，使得汉武帝产生大权旁落的危机感。为了消除隐患，汉武帝利用江充炮制巫蛊之祸，逼迫太子刘据起兵造反，借机将太子党集团赶尽杀绝，刘据被迫自杀。知道了这些，我们便会理解，曹操之所以明知曹丕更适合成为自己的接班人却有意表现出对曹植的偏爱，很可能是为了防止"太子党"过早形成对自身权力的潜在威胁。

另一方面，曹操迟迟不立曹丕为太子也与前者希望对后者多加磨砺有着密切关系。魏武帝曹操一生南征北战，武功盖世，但是无法一统天下始终是其一生最大的遗憾。如果说消灭袁绍集团是曹魏政权走向全面崛起的象征，那么赤壁惨败则是曹魏政权步入内忧外患的标志。在长江防线，东吴孙权多次率军进攻淮南；在西南防线，尽管曹魏攻占汉中，但是四年之后汉中却被蜀汉刘备攻占，与曹操亲如兄弟的夏侯渊战死沙场。建安二十四年（219），蜀汉关羽兵团北伐中原，气势如虹，吓得曹操差点迁都，如果不是孙权背后突袭荆州，曹魏恐怕有亡国的威胁。在曹魏内部，由于赋税沉重，执法严苛，农民起义此起彼伏，"拥汉派"发动的政变更是屡见不鲜，在这样内忧外患的多事之秋，曹操迫切地需要自己未来的接班人不仅拥有治国安邦的才能，还要具备运筹帷幄、决胜千里的谋略和"泰山崩于前而色不变"的胆量，如果曹操在曹丕青年时期便册立其为太子，曹丕会认为父亲的王位早晚是自己的，容易志得意满，安于享乐，再加上周边亲信阿谀奉承，很可能会沦为纨绔子弟；相反假如曹操有意表现出对于曹植的偏爱，必然会激发曹丕的危机感，迫使其勤学苦读，礼贤下士，在这一过程中，只要曹操再选派名臣大儒辅佐曹丕，一个合格的政治接班人必然呼之欲出，孟子不是有句名言："故天将降大任于是人也，必先苦其心志，劳其筋骨，饿其体肤，空乏其身，行拂乱其所为，所以动心忍性，曾益其所不能。"

事实证明，曹操基本上达到了自己的预期目的。由于曹操经常流露出对于曹植的偏爱，曹魏文武百官投鼠忌器，害怕站错队，曹操生前，曹魏政坛始终没有形成一个以曹丕为核心、政治实力雄厚到能够威胁曹操"乾纲独断"的"太子党",直到临终之前,曹操依然牢牢掌控着曹魏的军政大权。

更为关键的是,曹丕继任魏王之后的所作所为显示其是一位合格的政治接班人。建安二十五年(220),曹操病逝,新任魏王曹丕在群臣的拥戴下,妥善处理青州兵骚动、曹彰率军逼宫等问题之后,逼迫汉献帝禅位,登基称帝。曹丕执政期间,在政治上,采纳陈群建议,实行九品中正制,笼络世家大族;在军事上,重用曹休、曹真和夏侯尚等人,建立旁系宗室掌兵的制度,以制衡世家大族;在经济上,曹丕继续发展屯田制,恢复生产,兴修水利,轻徭薄赋,休养生息,提倡节俭,禁止厚葬,使北方地区重现安定繁荣局面;在对外扩张上,派遣夏侯尚、徐晃招降蜀汉宜都太守孟达,收复房陵、上庸、西城,命令曹真督军大破羌胡联军,平定河西,遣使西域,恢复了中原王朝在西域的统治,并设置了西域长史府;在文化上,恢复太学,传播儒家经典,在各地大兴儒学,置五经课试之法,设立春秋谷梁博士。总体来看,魏文帝曹丕不失为一个"守成之君"。

在曹魏储位之争中,最值得同情的是一代才子曹植,可怜的曹植可能临死之前都没有意识到,自己不过是父亲魏武帝曹操手里的一枚棋子,一枚防止大权旁落和磨砺兄长曹丕的棋子!

消灭张鲁集团凸显了曹操战略上的短视

建安二十年（215），魏武帝曹操亲率十万大军西征"雄据巴、汉垂三十年"的张鲁集团，由于张鲁原本便有心归附，在一番激战之后，张鲁主动向曹操投降。占领汉中之后，曹操返回邺城，派夏侯渊留守。得知汉中落入曹操手中，刚刚平定益州的刘备在黄权和法正的劝说下，率领精兵强将北伐汉中，诛杀夏侯渊，击溃曹军，成为汉中的新主人。

汉中的"得而复失"客观上凸显了曹操重武力讨伐，轻怀柔远人导致的战略思维的缺失。事实上，曹操在处理张鲁集团时可以有更高明的策略，但是曹操却执意用武力解决张鲁集团，并且在张鲁投降之后，将其与家眷以及部属迁移至邺城，导致善于平原作战的曹魏军队在地势崎岖的汉中地区难以发挥优势，处处被动挨打，最终不得不将汉中拱手相让。

一、张鲁其人其事

张鲁字公祺，沛国丰县（今江苏丰县）人，汉高祖刘邦的老乡。祖父张陵客居巴蜀之时，学道鹄鸣山，制作道书招揽信徒，信徒必须出五斗米，世称五斗米道。张陵死后，其子张衡继位，张衡死后，其子张鲁继位，成为五斗米道首领。

初平二年（191），益州牧刘焉任命张鲁为督义司马，与别部司马张修带兵同击汉中太守苏固。除掉苏固之后，张鲁又趁机诛杀张修，夺其兵众，并截断斜谷道，在刘焉授意下，杀害朝廷使者。兴平元年（194），刘焉病逝，其子刘璋继任，刘璋以张鲁不顺从调遣为由，尽杀张鲁之母及其家室，又遣其将庞羲等人攻张鲁，多次为张鲁所破，张鲁袭取巴郡，以五斗米道为依托割据汉中。对于五斗米道以及张鲁建立的汉中政权，陈寿的《三国志·魏书·张鲁传》有着详细的介绍：

鲁遂据汉中，以鬼道教民，自号"师君"。其来学道者，初皆名"鬼卒"。受本道已信，号"祭酒"。各领部众，多者为治头大祭酒。皆教以诚信不欺诈，有病自首其过，大都与黄巾相似。诸祭酒皆作义舍，如今之亭传。又置义米肉，县于义舍，行路者量腹取足；若过多，鬼道辄病之。犯法者，三原，然后乃行刑。不置长吏，皆以祭酒为治，民夷便乐之。雄据巴、汉垂三十年。

由于此时天下大乱，群雄争霸，徒有其表的汉室无暇顾及汉中，遂拜张鲁为镇民中郎将，领汉宁太守。后来，有人在地下挖到了玉印，众人都想要尊张鲁为汉宁王，张鲁的功曹阎圃劝谏道："汉川之民，户出十万，财富土沃，四面险固；上匡天子，则为桓、文，次及窦融，不失富贵。今承制署置，势足斩断，不烦于王。愿且不称，勿为祸先。"（《三国志·魏书·张鲁传》）张鲁听从了阎圃的意见，放弃称王。

建安二十年（215），曹操亲率十万大军西征汉中，抵达阳平关，张鲁想要投降曹操，但是其弟张卫不听，率数万人马坚守阳平关，为曹操所破。张鲁闻讯，准备向曹操投降，功曹阎圃却认为，如果此时投降曹操，肯定不能得到重用，不如先到巴中去抵抗，然后再归附曹操，必然能得到礼遇。张鲁于是率军前往巴中。临行前，部属想将仓库里的财富珍宝全部焚毁，张鲁却表示："本欲归命国家，而意未达。今之走，避锐锋，非有恶意。宝货仓库，国家之有。"（《三国志·魏书·张鲁传》）

曹操到达南郑后，对张鲁的行为深加赞许，又因张鲁早有归顺之意，所以派人前去慰问。张鲁带着全家谒见曹操，曹操任命张鲁为镇南将军，礼遇有加，同时封其为阆中侯，食邑一万户，将张鲁和家属迁移至邺城，封张鲁的五个儿子及阎圃等人为列侯，让自己的儿子曹宇娶张鲁女儿为妻。

二、丢掉汉中使得曹魏损失惨重

然而曹操攻占汉中的喜悦并没有持续多久。在张鲁投降之后，曹操返回邺城，派夏侯渊率军留守汉中。得知汉中已经落入曹操之手，占据益州的刘备惶惶不安，如坐针毡，在法正和黄权的建议下，刘备率领精兵强将讨伐汉中，誓死一战。建安二十二年（217），刘备兵分两路，一路由张飞、马超等人讨伐下辩，截断曹操增援汉中的路径，而自己亲率黄忠、赵云等人直接攻打阳平关。驻守下辩的曹休认为张飞一路是"佯攻"，便率虎豹军奇袭，击溃蜀军，蜀将吴兰战死。刘备无奈，再派陈式攻打马鸣阁道，希望切断汉中与许都的联系，却被徐晃打得大败，但是刘备所率领的蜀军主力却进展顺利，次年（218）七月，占领阳平关，九月，曹操率军抵达长安，准备增援汉中。

建安二十四年（219），刘备由于阳平关易攻难守，扎营于定军山。夏侯渊、张郃率军攻打定军山，刘备派遣一万精兵猛攻张郃，血战之时夏侯渊领兵援助，却被居高临下的黄忠大军击败，夏侯渊战死，曹军遭到重创。三月，曹操率领援军赶到汉中，运粮于北山下，蜀军将领黄忠劫粮时被曹军埋伏包围，赵云领兵来救，在汉水大破曹军，刘备乘胜追击，曹军败退。五月，曹操领军撤回长安，汉中之地得而复失。

如果说汉中的得而复失让曹操黯然神伤的话，那么"情同手足"的夏侯渊战死沙场则令曹操心如刀绞。

夏侯渊字妙才，沛国谯（今安徽亳州）人，曹操在故乡时曾经犯法，面临入狱的威胁，夏侯渊代其承担罪名，后曹操设法营救，才得以免祸。中平六年（189），曹操在陈留起兵，夏侯渊以别部司马、骑都尉之职追随曹操。建安五年（200），曹操与袁绍在官渡激战，以夏侯渊行督军校尉，负责督运兖州、豫州、徐州军粮，当时军中粮乏，夏侯渊及时运输补给，有效维持了曹军的士气，确保了最终的胜利。官渡之战之后，夏侯渊又督诸将先后平定昌豨、徐和、雷绪、商曜等人叛乱。建安十七年（212），夏侯渊率军征伐关中与凉州，斩梁兴、逐马超、破韩遂、灭宋建，横扫羌、氐，虎步关右。

三国的暗线

作为擅长千里奔袭作战的三国名将，夏侯渊经常率军深入虎穴，实施斩首行动。《三国志·魏书·夏侯渊传》裴注引《魏书》记载："渊为将，赴急疾，常出敌之不意，故军中为之语曰：'典军校尉夏侯渊，三日五百，六日一千。'"针对夏侯渊这种作战特点，曹操曾经告诫他："为将当有怯弱时，不可但恃勇也。将当以勇为本，行之以智计；但知任勇，一匹夫敌耳。"（《三国志·魏书·夏侯渊传》）但是夏侯渊却无动于衷，以至于殒命定军山。

陈寿在《三国志·魏书·诸夏侯曹传》末尾评价夏侯家族与曹氏宗亲的关系时曾经指出："夏侯、曹氏，世为婚姻，故惇、渊、仁、洪、休、尚、真等并以亲旧肺腑，贵重于时，左右勋业，咸有效劳。"换而言之，夏侯渊属于广义上的曹氏宗亲，他的战死沙场不仅意味着曹军失去了一位能征善战的主将和曹操失去了自己的"手足兄弟"，更标志着曹氏宗亲对于西部战区曹军控制力的下降，最能体现这一点的便是在其死后直至夏侯玄之间的几十年时间内出任曹魏西部战区军事统帅的除了曹真之外都是非曹氏宗亲将领，这为后来司马懿在曹军内部崛起埋下了伏笔，试想如果夏侯渊没有经历汉中一战，能够活到曹魏正始年间，或者多活十几年然后利用这十几年为曹氏宗亲第二代在军队内部上位保驾护航，司马懿恐怕未必有胆量发动高平陵政变来夺取曹家天下。

除此之外，必须指出的是，曹操草率讨伐张鲁还使得自己丧失了一次难得的统一天下的良机。建安十九年（214），刘备攻占益州。孙权向刘备讨要荆州的南郡、零陵、武陵、长沙、桂阳五郡，却被后者以"须得凉州，当以荆州相与"为由加以拒绝，"权忿之，乃遣吕蒙袭夺长沙、零陵、桂阳三郡。先主引兵五万下公安，令关羽入益阳。是岁，曹公定汉中，张鲁遁走巴西。先主闻之，与权连和，分荆州江夏、长沙、桂阳东属，南郡、零陵、武陵西属，引军还江州"（《三国志·蜀书·先主传》）。显然刘备、孙权之所以握手言和是由于曹操此时讨伐张鲁让刘备担忧益州的安危，因此做出让步。如果曹操在刘备、孙权围绕荆州归属问题剑拔弩张，大动干戈之时，按兵不动，坐山观虎斗，等待蜀汉和东吴两败俱伤，玉石俱焚，再亲率大军挥戈南下，饮马长江，击败蜀汉和东吴，不仅能够洗刷赤壁之耻，而且很有可能因此取得战略主动，统一天下，但是曹操早不讨伐，晚不讨伐，偏偏选在刘备、孙权即将开战之时，讨伐张鲁，客观上成为调和刘备和孙权矛盾的最大功臣，彻底丧失了有生之年剿灭蜀汉和东吴的最后机会。

值得注意的是，曹操被迫退出汉中和夏侯渊战死沙场也与善于平原作战的曹军在汉中这样地势崎岖、高山纵横的地区难以发挥作战优势有着密切的关系。在魏蜀吴三国军队之中，曹魏骑兵的骁勇善战天下闻名，东吴水师则纵横长江无敌手，蜀汉军队除了关羽兵团能够在野战中与曹军大战三百回合，镇守益州的蜀军主力更善于山地战。对于曹军在平原地区所具有的摧枯拉朽的战斗力，东吴将领吕蒙有着清醒的认识。在襄樊之战爆发之前，针对吴主孙权企图攻占徐州的想法，久经沙场的吕蒙便指出："徐土守兵，闻不足言，往自可克。然地势陆通，骁骑所骋，至尊今日得徐州，操后旬必来争，虽以七八万人守之，犹当怀忧。"（《三国志·吴书·吕蒙传》）然而曹军的骁勇善战必须以平原作战为前提，一旦进入地势崎岖、高山纵横的汉中地区，便会英雄无用武之地，遭遇虎落平阳被犬欺的困境，反观刘备的蜀军士兵本身就出生在巴蜀大地，常年在山地作战，对于汉中所在的大巴山、秦岭地区的地理环境可谓知根知底，再加上由张飞、魏延、赵云等众多名将率领以及刘备倾全国之力决一死战的决心，能够战胜曹军、占领汉中自然不足为奇。

三、处理张鲁集团曹操原本有更好的选择

客观而言，从讨伐张鲁，占据汉中到放弃汉中，全面撤军，曹操的汉中一役并非一无所得，随同曹操一起撤退的众多汉中人口对于缓解曹魏地区劳动力紧缺、发展生产具有重要意义，但是从战略全局来看，对于曹操而言，这是一场失败的战争，不仅精锐部队损伤惨重，失去了一位骁勇善战的"手足兄弟"，而且在地缘政治上也面临空前恶化的局面。

事实上，如果曹操在处理张鲁集团时视野能够更开阔一些，多听取一些不同意见，其实还有更好的选择，即招抚而不是讨伐张鲁更有利于维护曹魏政权的战略利益。笔者之所以提出这个观点主要是由于张鲁在政治倾向上是一个"亲曹派"，曹操完全可以不战而屈人之兵。《华阳国志·卷二》记载：

三国的暗线

"(建安)二十年,魏武帝西征鲁,鲁走巴中。先主将迎之,而鲁功曹巴西阎圃说鲁北降归魏武:'赞以大事,宜附托;不然,西结刘备以归之。'鲁勃然曰:'宁为曹公作奴,不为刘备上客!'遂委质魏武。"

张鲁之所以在政治上倾向曹魏,愿意投靠曹操,除了曹操本身推崇道教学说,双方有着共同的信仰基础之外,还有以下两个主要原因:

一是在魏蜀吴三国之中,曹魏最有可能统一天下。在曹操讨伐汉中之前,天下十三州中,曹魏已经占据豫、兖、徐、青、司、凉、并、冀、幽九州和荆、扬两州部分区域,东吴拥有扬州大部分地区以及荆州的江夏、长沙、桂阳三郡和交州北部区域,蜀汉则拥有益州和荆州的南郡、零陵、武陵三郡。从编户人口总量来看,曹魏四百多万,东吴二百多万,蜀汉一百多万;从军队规模来看,曹魏兵力为五十万左右,东吴兵力二十万左右,蜀汉兵力十万左右。无论从国土面积还是从人口规模,甚至从军事实力来看,曹魏都是"三分天下有其二",当时天下的有识之士基本上都认为曹魏最终会统一天下,占据汉中近三十年的张鲁不可能看不到这种趋势。如果未来曹魏统一天下,身为五斗米道教主的张鲁,便可以将五斗米道推广至全国。

二是汉中是益州的门户,刘备一定会争夺。作为天然盆地的汉中被大巴山、秦岭包围,是巴蜀连接关中的咽喉,也是关中进入巴蜀的要隘,具有重要的战略地位。蜀汉大臣黄权就曾对刘备说:"若失汉中,则三巴不振,此为割蜀之股臂也。"(《三国志·蜀书·黄权传》)刘备宠信的法正也建议攻取汉中,认为如果蜀汉能够占领汉中,"上可以倾覆寇敌,尊奖王室,中可以蚕食雍、凉,广拓境土,下可以固守要害,为持久之计。此盖天以与我,时不可失也"(《三国志·蜀书·法正传》)。诸葛亮的从事杨洪也认为:"汉中,蜀之咽喉,存亡之机,若无汉中,则无蜀矣。此家门之祸。"(《三国志·蜀书·杨洪传》)考虑到汉中对于益州的重要性,如果张鲁不投靠曹操,迟早会被刘备集团消灭。

通过这些分析,我们不难发现,曹操在军事上讨伐张鲁属于重大失策,对其而言,正确的选择应该是派一位使者出使汉中,提醒张鲁刘备对汉中的野心,表达通过联姻彼此结盟的意愿,让汉中成为魏蜀之间的缓冲地带,这样进可以与张鲁联合讨伐蜀汉，退可以避免蜀汉对于曹魏的军事威胁。考虑到张鲁在汉中经营二十多年，又与刘璋交战多年，届时曹操再派一些能征善战的将领率军来帮助张鲁，汉中将会成为讨伐刘备集团的前沿阵地和阻挡蜀汉进攻的铜墙铁壁。未来假如曹魏一统天下，汉中还不是曹操的囊中之物吗？

然而历史没有如果，或许曹操想试图通过降服张鲁来震慑许都汉廷中那些"拥汉派"官员，或许曹操本身就是一个只有在驰骋沙场、浴血奋战之时才能获得满足感的乱世枭雄，当其于建安二十年（215），率领大军浩浩荡荡地杀向汉中时，由此引发的连锁反应使得曹魏深受其害，甚至影响未来的国运。

从某种程度而言，曹操虽然是一个杰出的军事指挥家，却不是一个杰出的"开国之君"。黄门侍郎刘廙针对曹操热衷于四处讨伐，却忽视内政建设曾指出：

自殿下起军以来，三十馀年，敌无不破，强无不服。今以海内之兵，百胜之威，而孙权负险于吴，刘备不宾于蜀。夫夷狄之臣，不当冀州之卒，权、备之籍，不比袁绍之业，然本初以亡，而二寇未捷，非暗弱于今而智武于昔也。斯自为计者，与欲自溃者异势耳。故文王伐崇，三驾不下，归而修德，然后服之。秦为诸侯，所征必服，及兼天下，东向称帝，匹夫大呼而社稷用隳。是力毙于外，而不恤民于内也。臣恐边寇非六国之敌，而世不乏才，土崩之势，此不可不察也。天下有重得，有重失：势可得而我勤之，此重得也；势不可得而我勤之，此重失也。于今之计，莫若料四方之险，择要害之处而守之，选天下之甲卒，随方面而岁更焉。殿下可高枕于广厦，潜思于治国；广农桑，事从节约，修之旬年，则国富民安矣。（《三国志·魏书·刘廙传》）

然而曹操对于这个建议的回答是"非但君当知臣，臣亦当知君。今欲使吾坐行西伯之德，恐非其人也"（《三国志·魏书·刘廙传》），显然曹操的人生目标不是成为像周文王那样勤于内政的"仁义之君"，而是成为能够与孙子、韩信比肩而立、流芳百世的"一代战神"。魏武帝曹操这种"重武轻文"的倾向也引起了后世帝王的注意。贞观十九年（645）二月，唐太宗李世民经过邺城，在亲自撰文祭奠曹操之时虽然肯定其"以雄武之姿，当艰难之运，栋梁之任，同乎曩时，匡正之功，异于往代"（李世民《祭魏太祖文》），同时也客观地指出曹操"一将之智有馀，万乘之才不足"（《资治通鉴·唐纪十三》）的缺点，如果作为后人的我们站在客观中立的角度来评价曹操一生的成败得失，应该承认，在包括讨伐张鲁等一系列问题上"一将之智有馀，万乘之才不足"是曹操不能剿灭群雄、一统天下的深层根源。

三顾茅庐：刘备集团与荆州"在野派"结盟的产物

回顾蜀汉的建国历史，刘备"三顾茅庐"邀请诸葛亮出山堪称具有里程碑意义的重大事件。官渡之战之后，刘备率领关羽、张飞等人避难荆州，获得荆州牧刘表的接纳，屯兵新野。驻守新野期间，刘备在徐庶和司马徽的推荐下，"三顾茅庐"，邀请隐居隆中的诸葛亮出山，辅佐自己，深受感动的诸葛亮毅然应允，为刘备集团的未来发展壮大提出了"三分天下"的《隆中对》战略。从表面上看，"三顾茅庐"描述的是刘备与诸葛亮志同道合、惺惺相惜的君臣情谊，但是其背后却隐藏着刘表时期荆州上层的权力斗争和蜀汉政权草创时期两大政治集团在共同的利益追求下，从相互靠拢到正式结盟的过程。

一、刘表时代荆州的权力分配

初平元年（190），由于荆州刺史王睿对于时任长沙太守的孙坚素来无礼，遭到后者偷袭，被迫吞金自杀，把持朝政的董卓以汉献帝的名义派因反抗宦官专权而闻名天下的刘表继任，但是此时的荆州由于黄巾起义的影响，处于一片混乱之中。

《三国志·魏书·刘表传》裴注引司马彪《战略》记载：

刘表之初为荆州也，江南宗贼盛，袁术屯鲁阳，尽有南阳之众。吴人苏代领长沙太守，贝羽为华容长，各阻兵作乱。

三国的暗线

局势的混乱使得单枪匹马上任的刘表只能停留在宜城（今湖北宜城），为了顺利赴任，刘表在好友蒯越的介绍下，决心与荆州本地庞、黄、蔡、蒯、马、习等豪门大族结成政治联盟，以维护后者政治经济特权为条件来换取其对自己的拥戴。在共同利益的驱使下，双方一拍即合，荆州的政治天平向有利于刘表和本地士族的方向发展。

同传裴注引司马彪《战略》记载：

（刘表）遂使越遣人诱宗贼，至者五十五人，皆斩之。袭取其众，或即授部曲。唯江夏贼张虎、陈生拥众据襄阳，表乃使越与庞季单骑往说降之，江南遂悉平。

《后汉书·刘表传》记载：

诸守令闻表威名，多解印绶去。表遂理兵襄阳，以观时变。……于是开土遂广，南接五领，北据汉川，地方数千里，带甲十馀万。……表招诱有方，威怀兼洽，其奸猾宿贼更为效用，万里肃清，大小咸悦而服之。

然而尽管在六大家族的拥戴下，刘表平定了荆州内部的叛乱，成为荆州的新主人，但是荆州上层由于权力分配不均同样矛盾重重。刘表早在京师便与蒯越相识，只身赴任时又是在后者穿针引线下才能获得荆州士族的支持，而蒯越家族与蔡瑁家族关系密切，是荆州势力最大的两大家族，因此站稳脚跟的刘表便将笼络和依赖蒯越、蔡瑁两大家族作为自己统治荆州的基本策略，蒯越和蔡瑁掌控荆州军政大权以及刘表迎娶蔡瑁之姐为后妻便是这种策略的具体体现。

相对于蒯越、蔡瑁两大家族的春风得意，庞、黄、马、习等四大家族在荆州上层的权力分配上却处于被排挤的尴尬处境，最能证明这点莫过于庞氏家族在刘表时期的命运。

《三国志·蜀书·庞统传》记载：

庞统字士元，襄阳人也。少时朴钝，未有识者。颍川司马徽清雅有知人鉴，统弱冠往见徽，徽采桑于树上，坐统在树下，共语自昼至夜。徽甚异之，称统当南州士之冠冕，由是渐显。后郡命为功曹。

同传裴注引《襄阳记》记载：

统，德公从子也，少未有识者，惟德公重之，年十八，使往见德操。德操与语，既而叹曰："德公诚知人，此实盛德也。"

庞统学富五车，才华横溢，是最受庞氏家族掌门人——庞德公器重的庞氏家族的后起之秀，但是即使拥有如此才华的荆州士族子弟也只能做到郡功曹的位置，庞德公的儿子庞山民，也就是诸葛亮的姐夫，根据《襄阳记》记载到了曹魏时期才获得了一个黄门吏部郎职务，这说明在刘表时期，庞山民连个像样的官职都没有，而压制庞氏家族的不太可能是刘表，作为外来户，刘表必须从众多荆州士族那里获得广泛支持才能巩固统治，否则也不用一度舟车劳顿亲自出马邀请庞德公出山（参见《后汉书·逸民传》），压制庞氏家族的很可能是蔡、蒯两大家族，道理也简单，他们不想与其他家族分享权力。另外，马良家族也是荆州本地的知名家族，但是从《三国志·蜀书·马良传》相关记载来看，在刘表时期，马良也没有担任过什么显赫的官职，蒯越和蔡瑁等荆州"当权派"对其他家族的排挤和防范可见一斑！

二、敌人的敌人便是朋友

值得注意的是，尽管刘表将倚重蒯越、蔡瑁两大家族作为自己统治荆州的基本策略，但是其对后者依然不乏戒备之心，两大家族支持刘表成为荆州的新主人根本原因在于借助其所代表的中央政府的权威和早年反抗宦官专权形成的政治威望平定内部叛乱，尽管两者对于"割据荆州、从容自保"达成高度一致，但是对于荆州未来何处去却存在根本分歧，刘表主张与袁绍集团结盟，共同对付曹操集团，蒯越和蔡瑁等人却主张亲近曹操集团，疏远袁绍集团。

为了避免被架空，刘表利用汉末大乱世群雄争霸的时代背景，引进外部势力，在强化对外防御的同时，在无形中起到制衡荆州"当权派"的作用。

建安元年（196），董卓余部、骠骑将军张济率军自关中出走南阳郡，因粮尽而攻打南阳郡的穰城，却中飞矢而死，其侄张绣收兵退出穰城，刘表派人招降张绣，在贾诩的说服下，张绣屯兵宛城与刘表联合，为其抵御曹操。

建安六年（201），曹操在官渡之战中击败袁绍，自南追击刘备集团，刘备派遣麋竺、孙乾出使荆州，准备投靠刘表，"表自郊迎，以上宾礼待之，益其兵，使屯新野"（《三国志·蜀书·先主传》）。

收留张绣和刘备并不是在家中吃饭多双筷子那么简单，张绣和刘备都是拥有军队和部属的乱世枭雄，荆州接纳他们必须提供城池、粮草、武器和后勤补给，这些归根结底来自荆州士族，由于张绣很快投降曹操，刘备集团的到来对于荆州政治生态的影响更为深远。刘备集团如果长期驻扎荆州，将成为荆州内部一股新兴的政治势力，这必然会损害蒯越和蔡瑁等"当权派"的政治利益，然而尽管如此，刘表不顾他们的反对，同意接纳刘备集团，除了刘备与曹操势不两立，将其安置在新野能够在曹操与荆州之间建立有效缓冲带之外，利用刘备集团牵制荆州"当权派"，防止后者尾大不掉也是刘表的主要考虑。

刘备集团的到来引发了蒯越和蔡瑁等人的高度警惕，为了防患于未然，后者不仅在粮草等后勤补给上处处刁难，而且经常在刘表面前打小报告，甚至预谋暗杀刘备。

《三国志·蜀书·先主传》裴注引《世语》记载：

备屯樊城，刘表礼焉，惮其为人，不甚信用。曾请备宴会，蒯越、蔡瑁欲因会取备，备觉之，伪如厕，潜遁出。所乘马名的卢，骑的卢走，堕襄阳城西檀溪水中，溺不得出。备急曰："的卢：今日厄矣，可努力！"的卢乃一踊三丈，遂得过，乘浮渡河，中流而追者至，以表意谢之，曰："何去之速乎！"

蒯越和蔡瑁等人独揽荆州军政大权和对于刘备的打压客观上成为了刘备集团与荆州"在野派"相互靠拢、抱团取暖的"催化剂"。作为荆州的外来户，刘备集团要想在荆州站稳脚跟，发展壮大必须获得本地士族的支持，在蒯越和蔡瑁等"当权派"对其高度敌视的情况下，只能把橄榄枝伸向荆州"在野派"。《三国志·蜀书·先主传》记载，刘备驻扎新野期间，"荆州豪杰归先主者日益多"，这里的"荆州豪杰"绝对不可能来自蒯越和蔡瑁家族和其所在的政治派系，只可能来自荆州"在野派"。而对于荆州"在野派"而言，由于在权力分配上受到蒯越和蔡瑁等人的排挤，同样存在与刘备集团相互结盟的需要，刘备本人天下闻名的政治声望，关羽、张飞等猛将万夫不当之勇以及麾下的精锐部队，意味着一旦与刘备集团联手，未来在荆州将形成一股足以与荆州"当权派"抗衡的政治联盟。

三、为什么是诸葛亮

然而刘备集团与荆州"在野派"相互靠拢，抱团取暖也面临一个现实困境，即他们之间的联盟只能在暗地里进行，刘表接纳刘备除了要抵御曹操对荆州的进攻，便是要制衡蒯越和蔡瑁两大家族，但是制衡并不等同于取代，由于各种因素的影响，刘表无意改变自己确立的将倚重两大家族作为统治荆州的基本策略，同时绝对不会允许刘备集团势力壮大到可以威胁自己统治的地步，漠视蒯越和蔡瑁等人对于刘备的打压便是这种心态的体现。如果刘表知道，刘备集团与荆州"在野派"相互勾结，试图取而代之，刘备集团将会被赶出荆州。为了避免刘表的猜忌之心，刘备不可能与荆州"在野派"频繁接触，两者之间需要一个合适的人选居中联络，协调各项事务，在与荆州"在野派"关系密切的徐庶和司马徽的推荐下，诸葛亮脱颖而出，成为刘备的军师以及刘备集团与荆州"在野派"之间的联络人。

诸葛亮字孔明，号卧龙，琅邪阳都（今山东沂南）人，先祖诸葛丰在西汉元帝时做过司隶校尉，父亲诸葛珪曾经担任过泰山郡丞。由于父母早逝，诸葛亮与弟弟诸葛均一起跟随叔父诸葛玄到豫章（今江西南昌）赴任，后由于战乱投奔荆州刘表，诸葛玄去世之后，诸葛亮就在隆中隐居，耕读持家。

诸葛亮之所以被选中，成为刘备的军师和荆州"在野派"之间的联络人主要在于其具有以下几点优势：

首先，诸葛亮才华横溢，满腹经纶。《三国志·蜀书·诸葛亮传》记载："玄卒，亮躬耕陇亩，好为《梁父吟》。身长八尺，每自比于管仲、乐毅，时人莫之许也。"同传裴注引《魏略》记载："亮在荆州，以建安初与颍川石广元、徐元直、汝南孟公威等俱游学，三人务于精熟，而亮独观其大略。"从当时荆州庞氏家族的掌门人庞德公评价诸葛亮为"卧龙"来看，诸葛亮的才能获得了当时荆州本地上层，尤其是"在野派"的认可。

其次，虽然诸葛亮具有"王佐之才"，但是却没有在荆州政权任职，刘备邀请他担任自己的军师不像延揽其他在荆州政权任职的"青年才俊"那样引人瞩目。

再次，诸葛亮与荆州世家大族大多存在姻亲关系。诸葛亮的大姐嫁给了蒯良之子蒯祺，二姐嫁给庞德公之子庞山民，诸葛亮的岳父黄承彦是荆州地区名士，黄承彦的岳父蔡讽有一女嫁给刘表为妻，另有一子便是荆州内部手握重兵的蔡瑁，因此诸葛亮与当时的荆州世家大族存在千丝万缕的联系，拥有丰富的政治社会资源。这种特殊的社会关系使得诸葛亮在成为刘备的军师后以及与荆州"在野派"相互联络时多了一层保护网。

最后，诸葛亮与刘备拥有相同的政治立场。"物以类聚，人以群分"，诸葛亮幼年时，其故乡徐州曾经爆发过一场曹操军队对徐州百姓的大屠杀。初平四年（193），曹操以为父报仇为名，率军讨伐占据徐州的陶谦，由于徐州久攻不下，曹军为了发泄不满，肆意屠杀，四处掠夺。《后汉书·陶谦传》记载："（曹军）攻之不能克，乃还。过拔取虑、睢陵、夏丘，皆屠之。凡杀男女数十万人，鸡犬无馀，泗水为之不流，自是五县城保，无复行迹。"这场大屠杀使得诸葛亮对于曹操深恶痛绝，将其视为"国贼"，欲除之而后快，而刘备则是天下无人不知、无人不晓的曹操死对头。另外，诸葛亮与刘备都以"北伐中原，兴复汉室"作为自己的政治目标，相同的政治立场意味着双方可以风雨同舟，共襄盛举。

正是由于诸葛亮具有这些优势，徐庶和司马徽才会向刘备极力推荐，刘备才会同意他们的推荐，"三顾茅庐"，邀请诸葛亮出山，辅佐自己，同时负责与荆州"在野派"的联系。从某种意义而言，刘备"三顾茅庐"固然是被诸葛亮的"王佐之才"所吸引，但是也与前者试图获得隐藏在诸葛亮背后与荆州"当权派"不和的"在野派"的支持和拥戴息息相关。

四、刘备集团与荆州"在野派"的结盟奠定了蜀汉立国的基础

刘备"三顾茅庐"邀请诸葛亮出山之后，不仅仅是增加了一位具有"王佐之才"的军师为其出谋划策，而且通过诸葛亮延揽了大量出身荆州"在野派"的"青年才俊"，两者结盟的作用和意义很快在随后发生的众多历史事件中得以有效展现。

建安十三年（208），统一北方的曹操率领大军讨伐荆州，统治荆州近二十年的刘表病逝，即位的刘琮不战而降，依附刘表、屯兵樊城的刘备得知刘琮投降，惊慌失措，弃城南逃。在关羽、刘琦的接应下，刘备、诸葛亮带领残兵败将避难夏口。刘备等人在曹操大军的追击下，还有机会躲到夏口获得喘气之机，是由于刘表的长子刘琦不久之前刚刚担任江夏太守，而刘琦之所以担任江夏太守则是诸葛亮提前谋划的结果。

《三国志·蜀书·诸葛亮传》记载：

刘表长子琦，亦深器亮。表受后妻之言，爱少子琮，不悦于琦。琦每欲与亮谋自安之术，亮辄拒塞，未与处画。琦乃将亮游观后园，共上高楼，饮宴之间，令人去梯，因谓亮曰："今日上不至天，下不至地，言出子口，入于吾耳，可以言未？"亮答曰："君不见申生在内而危，重耳在外而安乎？"琦意感悟，阴规出计。会黄祖死，得出，遂为江夏太守。

如果没有诸葛亮事先策划刘琦担任江夏太守，刘备等人恐怕早已经是曹军的刀下之鬼。

刘备等人逃到夏口之后，在东吴使者鲁肃的极力建议下，最终同意派诸葛亮前去游说孙权，共同抗曹，诸葛亮在东吴舌战群儒，说服了孙权与刘备联手，共同抵御曹操。

从当时的三方实力对比来看，曹操最强，孙权其次，刘备最弱，虽然就常

理而言，孙权与刘备联盟共同抗衡曹操对双方最有利，但是有一点，我们不应忽视，刘备当时的实力太弱了，满打满算也就两万兵马，占据的地盘也就只有江夏一处，反观孙权掌控江东六郡，东吴水军战斗力天下闻名，兵精粮足，即使选择抗曹，孙权也可以不理睬刘备，单独发动赤壁之战，但是孙权却同意与刘备联盟共同抗曹，以下几个因素不应忽视：

一是诸葛亮的胞兄诸葛瑾此时已经投靠东吴，是深受孙权信任的核心谋士之一，孙权对于诸葛亮自然爱屋及乌。

二是诸葛亮出身士族，满腹经纶、才华横溢，其风度翩翩、羽扇纶巾的名士风范使得此时"求贤若渴"的青年孙权对其一见倾心，赞赏有加。

三是诸葛亮不仅仅是刘备的军师，还代表荆州"在野派"，荆州"在野派"虽然没有在刘表时代担任高官，但是同样在本地长期经营，树大根深，拥有强大的实力，孙权一旦与刘备联手意味着也能够获得荆州"在野派"的支持，这对于觊觎荆州已久的孙权自然会产生巨大的吸引力。

诸葛亮事实上是依靠自身的人格魅力和滔滔雄辩以及其所代表的荆州"在野派"说服了孙权与刘备结盟抗曹。

另外，赤壁之战之后，刘备集团趁曹操大败之机，"表刘琦为荆州刺史，引兵南徇四郡，武陵太守金旋、长沙太守韩玄、桂阳太守赵范、零陵太守刘度皆降。庐江营帅雷绪率部曲数万口归备。备以诸葛亮为军师中郎将，使督零陵、桂阳、长沙三郡，调其赋税以充军实；以偏将军赵云领桂阳太守"（《资治通鉴·汉纪五十七》）。从表面上看，刘备能够占领荆州南四郡是因为其打着刘表长子刘琦的旗帜，但是事实上却没有这么简单，如果荆州南四郡太守真的顾念旧情，在赤壁之战前便不会投降曹操，直接跟着刘琦不是更好吗？既然之前荆州南四郡太守投降了曹操，那就说明刘备不可能仅凭打出刘琦的旗帜便迫使荆州南四郡太守投降，我们这里需要思考一个问题，当时的刘备兵力十分有限，根据诸葛亮对孙权所说，不过两万人，扣去防备曹军，能够参与进攻的兵力最多不过一万多人，而已经投靠曹操的荆州南四郡幅员辽阔，地形复杂，在这种情况下，荆州南四郡的太守为什么如此快速地投降呢？

因此，更符合历史真相的可能性是：一方面，刘备调兵遣将，派遣关羽、张飞、赵云等名将浩浩荡荡率军兵临荆州南四郡；另一方面，诸葛亮和其背后的荆州"在野派"利用自己在本地长期经营的人脉资源和社会关系，派遣与荆州南四郡太守相识的亲友故旧随军或直接修书一封晓以利害关系，招降南四郡太守，在军事威胁和政治招降的双重压力，南四郡太守选择投降，这点从事后的人事安排也可以得到证明，为什么刘备除了"以偏将军赵云领桂阳太守"之外，"以诸葛亮为军师中郎将，使督零陵、桂阳、长沙三郡，调其赋税以充军实"，因为只有诸葛亮才能凭借自身与荆州本地士族的深厚渊源替刘备集团掌控治理好这些地区，如果刘备派关羽或张飞管理这些地区，恐怕就达不到"调其赋税以充军实"的目的。

可以说，正是依靠诸葛亮和其背后的荆州"在野派"的力量，刘备集团才能在曹操铁骑的追击下，寻觅到夏口这个能够避免全军覆没的避难之所，以及与东吴联手击败曹操。

更为关键的是，赤壁之战结束不久，刘备立即发兵荆州南四郡，在诸葛亮的穿针引线下，荆州南四郡不战而降，刘备集团才能拥有了难得的立足之地。在此之后，刘备集团和以诸葛亮为代表的荆州"在野派"通力合作，励精图治，以荆州南四郡为根据地，南征北战，四处扩张，借南郡，占益州，夺汉中，最终与曹魏、东吴鼎足而立，因此从更深层意义而言，刘备集团与荆州"在野派"的政治联盟奠定了蜀汉立国的基础。

本文原载于《文史杂志》2023年第5期

刘备和诸葛亮：既相互依赖又彼此防范的"政治夫妻"

章武元年（221），蜀汉昭烈帝刘备以替关羽报仇为名亲率数万大军讨伐东吴，尽管战争初期，蜀军气势如虹，攻城略地，但是在夷陵却被当时名不见经传的东吴统帅陆逊一把火烧得丢盔弃甲，大败而归，"其舟船、器械，水步军资，一时略尽，尸骸漂流，塞江而下"（《三国志·吴书·陆逊传》）。虽然在部将的拼死保护下，年过花甲的刘备逃回白帝城，保住了一命，可是由于夷陵之战惨败的巨大刺激，刘备心力交瘁，一病不起，自知时日无多的刘备召见了留守成都的蜀汉丞相诸葛亮，嘱托后事。

《三国志·蜀书·诸葛亮传》记载：

章武三年春，先主于永安病笃，召亮于成都，属以后事，谓亮曰："君才十倍曹丕，必能安国，终定大事。若嗣子可辅，辅之；如其不才，君可自取。"亮涕泣曰："臣敢竭股肱之力，效忠贞之节，继之以死！"先主又为诏敕后主曰："汝与丞相从事，事之如父。"

《三国志·蜀书·李严传》记载：

章武二年，先主征严诣永安宫，拜尚书令。三年，先主疾病，严与诸葛亮并受遗诏辅少主；以严为中都护，统内外军事，留镇永安。

长期以来,后世史学界和三国历史爱好者对于白帝城托孤的研究和分析往往过分关注刘备对诸葛亮所说的"君可自取"一言究竟是真情流露还是语带玄机以及任命李严的意图等问题,忽视了刘备从夷陵之战败逃白帝城到告别人世这段时间发生的众多匪夷所思的事情和现象。

首先,刘备为什么不在白帝城稍加休息便马上动身返回成都?从章武二年(222)七月败逃白帝城之后直至第二年(223)四月告别人世,刘备在白帝城整整休养了九个月。如果说刘备刚到白帝城之时,由于夷陵之战惨败的巨大刺激因而一病不起,需要在白帝城修养一段时间还可以理解的话,那么随着时间的推移,蜀吴两国关系的改善,雍闿、黄元等地方豪强发动叛乱,难道不应该及早动身赶回成都主持大局?要知道这些地方豪强之所以敢发动叛乱,便是以刘备已经驾崩为借口,刘备回到成都对于安抚人心,平定叛乱具有的重要意义不言自明。

其次,刘备迟迟不回成都实际上使得蜀汉中央政府"一分为二",必然导致各项政务处理的延误,加之成都的医疗条件不用想也知道必然要优于白帝城,身为蜀汉皇帝的刘备在返程途中也根本无须担心没有名医照顾,但令人奇怪的是,在白帝城的刘备宁肯眼睁睁地看着政务处理的延误,也不愿早日返回医疗条件更好的成都,难道刘备有什么顾虑吗?

最后,喜欢三国的读者朋友应该都知道,以大汉王朝正统继承人自居的刘备为了抢占道德制高点,动辄声称要"北伐中原,兴复汉室",并一直将其作为蜀汉政权建国合法性的基础,但是刘备在向丞相诸葛亮和太子刘禅交代后事以及其驾崩后公布的遗诏却只字未提"北伐中原,兴复汉室",倒是诸葛亮在日后率军讨伐曹魏时又打扛起了"北伐中原,兴复汉室"的大旗,这些难道仅仅只是偶然吗?本文将对这些问题进行分析和探讨。

一、重用法正:刘备和诸葛亮从结盟到防范的转折点

笔者在《三顾茅庐:刘备集团与荆州"在野派"结盟的产物》一文中指出,刘备"三顾茅庐"邀请诸葛亮出山背后隐藏着深刻的历史背景。刘表统治荆州时期,将笼络和依赖蒯越、蔡瑁两大家族作为自己统治荆州的基本策略,

蒯越、蔡瑁等人在荆州上层权力分配中排斥庞、黄、马、习等其他荆州士族。刘备寄居荆州期间同样与蒯越、蔡瑁等"当权派"势不两立，面对共同的敌人，刘备集团与荆州"在野派"从相互靠拢到正式结盟，由于诸葛亮所具有的各种优势，因此被选为刘备的谋士以及两者之间的联系人，于是便出现了为后世所熟知的"三顾茅庐"的历史场景，刘备集团与荆州"在野派"的结盟奠定了蜀汉立国的基础。

然而在我国古代王朝政治中，没有永远的朋友，只有永远的利益。伴随着赤壁之战之后，刘备集团转危为安和所占据的州郡日渐增加，蜀汉政权内部也逐步形成了以刘备为核心的"元老派"和以诸葛亮为首脑的"荆州派"两大政治集团。

"元老派"指的是关羽、张飞、赵云等早期追随刘备的军事将领和谋士，尽管"元老派"对刘备忠心耿耿，但是由于人数稀少，加之"元老派"的大部分人必须常年征战，因此在蜀汉政权的荆州时期的文官体系和地方郡守中居于"少数派"的地位。

"荆州派"指的是在蜀汉政权任职的荆州本地士族，这些人名义上是刘备的臣子，但是由于地域、姻亲等关系以及他们能够在蜀汉政权任职通常是诸葛亮推荐的结果，所以他们唯诸葛亮马首是瞻，在蜀汉政权的文官和地方郡守体系中居于"多数派"的地位。

分析到这里，读者朋友可以思考这么一个问题，以诸葛亮为首脑的"荆州派"势力扩张如此之快，身为君主的刘备会作何感想呢？毫无疑问，刘备内心肯定不是滋味，但是形势比人强，没办法，谁让刘备集团在荆州地面上是外来户。另外，除了军事将领和少数谋士，刘备实在难以在"元老派"中挑选更多的人选填补蜀汉政权地盘扩大之后造成的职务空缺，既然无法改变现状，沉默不语显然是最好的选择。

但是蜀汉政权草创时期所形成的"荆州派"在文官和地方郡守体系独大的政治格局在刘备占领益州后产生了微妙的变化。建安十九年（214）夏，刘备包围成都数十日，刘璋被迫投降。"蜀中殷盛丰乐，先主置酒大飨士卒，取蜀城中金银分赐将士，还其谷帛。先主复领益州牧，诸葛亮为股肱，法正为谋主，关羽、张飞、马超为爪牙,许靖、麋竺、简雍为宾友。及董和、黄权、李严等本璋之所授用也,吴壹、费观等又璋之婚亲也,彭羕又璋之所排摈也,刘巴者宿昔之所忌恨也,皆处之显任,尽其器能。有志之士,无不竞劝。"(《三国志·蜀书·先主传》)

为了打破蜀汉政权内部文官和地方郡守体系中"荆州派"独大的政治格局,刘备有意识地扶持重用客居益州的"东州派"的代表性政治人物,法正、刘巴政治地位的直线飙升便是刘备确保各大派系"势力均衡"的产物。

法正字孝直,扶风郿人也。祖父真,有清节高名。建安初,天下饥荒,正与同郡孟达俱入蜀依刘璋,久之为新都令,后召署军议校尉。既不任用,又为其州邑俱侨客者所谤无行,志意不得。益州别驾张松与正相善,忖璋不足与有为,常窃叹息。松于荆州见曹公还,劝璋绝曹公而自结先主。璋曰:"谁可使者?"松乃举正,正辞让,不得已而往。正既还,为松称说先主有雄略,密谋协规,愿共戴奉,而未有缘。后因璋闻曹公欲遣将征张鲁之有惧心也,松遂说璋宜迎先主,使之讨鲁,复令正衔命。正既宣旨,阴献策于先主曰:"以明将军之英才,乘刘牧之懦弱;张松,州之股肱,以响应于内;然后资益州之殷富,冯天府之险阻,以此成业,犹反掌也。"先主然之,溯江而西,与璋会涪。北至葭萌,南还取璋……

十九年,进围成都,璋蜀郡太守许靖将逾城降,事觉,不果。璋以危亡在近,故不诛靖。璋既稽服,先主以此薄靖不用也。正说曰:"天下有获虚誉而无其实者,许靖是也。然今主公始创大业,天下之人不可户说,靖之浮称,播流四海,若其不礼,天下之人以是谓主公为贱贤也。宜加敬重,以眩远近,追昔燕王之待郭隗。"先主于是乃厚待靖。以正为蜀郡太守、扬武将军,外统都畿,内为谋主。一餐之德,睚眦之怨,无不报复,擅杀毁伤己者数人。或谓诸葛亮曰:"法正于蜀郡太纵横,将军宜启主公,抑其威福。"亮答曰:"主公之在公安也,北畏曹公之强,东惮孙权之逼,近则惧孙夫人生变于肘腋之下;当斯之时,进退狼跋,法孝直为之辅翼,令翻然翱翔,不可复制,如何禁止法正使不得行其意邪!"初,孙权以妹妻先主,妹才捷刚猛,有诸兄之风,侍婢百馀人，皆亲执刀侍立，先主每入，衷心常凛凛；亮又知先主雅爱信正，故言如此。

二十二年，正说先主曰："曹操一举而降张鲁，定汉中，不因此势以图巴、蜀，而留夏侯渊、张郃屯守，身遽北还，此非其智不逮而力不足也，必将内有忧逼故耳。今策渊、郃才略，不胜国之将帅，举众往讨，则必可克。克之日，广农积谷，观衅伺隙，上可以倾覆寇敌，尊奖王室，中可以蚕食雍、凉，广拓境土，下可以固守要害，为持久之计。此盖天以与我，时不可失也。"先主善其策，乃率诸将进兵汉中，正亦从行。二十四年，先主自阳平南渡沔水，缘山稍前，于定军兴势作营。渊将兵来争其地。正曰："可击矣。"先主命黄忠乘高鼓噪攻之，大破渊军，渊等授首……

先主立为汉中王，以正为尚书令、护军将军。明年卒，时年四十五。先主为之流涕者累日。谥曰翼侯。赐子邈爵关内侯，官至奉车都尉、汉阳太守。（《三国志·蜀书·法正传》）

作为刘备攻占益州之后"东州派"最大的受益者，法正扶摇直上，一步登天，其权势几乎达到了一人之下，万人之上的地位，而在法正所担任的众多官职中，最值得注意的是便是尚书令一职。东汉后期政论家仲长统在《昌言·法诫篇》一文中就曾指出："光武皇帝愠数世之失权，忿强臣之窃命，矫枉过直，政不任下，虽置三公，事归台阁。自此以来，三公之职，备员而已，然政有不理，犹加谴责。"（《后汉书·仲长统传》）蜀汉政权以东汉王朝的正统继承者自居，在官制上也全面复制东汉，也就是说，在蜀汉前期，三公更多的是荣誉头衔，朝政实权掌握在尚书令手上，尚书令相当于明朝时期的内阁大学士，论资格和政治实力，诸葛亮所代表的"荆州派"更有资格获得尚书令一职，但是刘备却把尚书令交给刚投靠不久的法正，其中所蕴含的政治信号不言而喻。

法正病逝后，刘备依然没有将尚书令一职授予"荆州派"，而是任命客居益州的刘巴接替法正。

刘巴字子初，零陵烝阳人也。少知名，荆州牧刘表连辟，及举茂才，皆不就。表卒，曹公征荆州。先主奔江南，荆、楚群士从之如云，而巴北诣曹公。曹公辟为掾，使招纳长沙、零陵、桂阳。会先主略有三郡，巴不得反使，遂远适交阯，先主深以为恨。巴复从交阯至蜀。俄而先主定益州，巴辞谢罪负，先主不责。而诸葛孔明数称荐之，先主辟为左将军西曹掾。建安二十四年，先主为汉中王，巴为尚书，后代法正为尚书令。躬履清俭，不治产业，又自以归附非素，惧见猜嫌，恭默守静，退无私交，非公事不言。先主称尊号，昭告于皇天上帝后土神祇，凡诸文诰策命，皆巴所作也。章武二年卒。卒后，魏尚书仆射陈群与丞相诸葛亮书，问巴消息，称曰刘君子初，甚敬重焉。（《三国志·蜀书·刘巴传》）

尽管刘巴在士族中享有盛誉，也备受诸葛亮推崇，但是却拥有一个致命的缺点，即刘巴在政治倾向上是一个"拥曹派"，而不是"拥汉派"。如果说重用法正尚可以用刚刚占据益州需要安抚人心作为借口，那么在法正病逝后，刘备宁可起用曾经的"拥曹派"刘巴也不愿把尚书令交给诸葛亮所代表的"荆州派"，前者担忧"荆州派"尾大不掉的意图已经昭然若揭了！

《三国志·蜀书·蒋琬传》的相关记载也可以间接证明刘备对"荆州派"势力扩张的警惕：

蒋琬字公琰，零陵湘乡人也。弱冠与外弟泉陵刘敏俱知名。琬以州书佐随先主入蜀，除广都长。先主尝因游观奄至广都，见琬众事不理，时又沈醉，先主大怒，将加罪戮。军师将军诸葛亮请曰："蒋琬，社稷之器，非百里之才也。其为政以安民为本，不以修饰为先，愿主公重加察之。"先主雅敬亮，乃不加罪，仓卒但免官而已。

或许读者朋友会感到困惑，这段记载只是描写刘备对蒋琬不满而已，并不能证明什么呀？事实上，这段记载并不像字面上看起来那样简单，像刘备这样级别的政治家即使对于"荆州派"势力的扩张有所不满，也不可能直接警告诸葛亮，而往往会采取借题发挥或语带双关的方式，蒋琬是"荆州派"内部诸葛亮最器重的"青年才俊"，诸葛亮临终之前将其推荐为自己的第一接班人选，两人关系的亲密程度可想而知。俗话说得好，"打狗还要看主人"，刘备以"琬众事不理，时又沈醉"为由"将加罪戮"，名义上是针对蒋琬，实质上却是向以诸葛亮为首脑的"荆州派"发出的含蓄的警告，那就是"荆州派"势力扩张太快，以后要收敛一下，这样蜀汉政权未来出现高级官员职位空缺时，对此心领神会的诸葛亮就会有意识地避免提出"荆州派"的人选。

二、刘备讨伐东吴的另一个目的

建安二十四年（219），镇守南郡的蜀汉大将关羽北伐中原，攻打襄樊。魏武帝曹操闻讯后从汉中匆匆赶回长安，派于禁、庞德率军增援。关羽水淹七军，降于禁，斩庞德。面对气势如虹的关羽大军，身染重病的曹操欲迁都避其锋芒，司马懿、蒋济等人苦苦劝阻，认为孙权必然不愿看到关羽得志，可以答应将"江南"封给孙权为条件让他从背后出兵偷袭荆州，曹操采纳了他们的建议，同时派遣徐晃、赵俨等人率军救援樊城，更准备亲自征讨关羽。

孙权得知蜀汉军队调离之后秘密派吕蒙担任统帅率军偷袭荆州，驻守江防的蜀军士兵被伪装为商人的吴军所骗，猝不及防，全部被俘虏，蜀将士仁、糜芳献城出迎，吕蒙遂率大军一举夺回蜀汉长期占据的荆州的南郡等地。进退失据、腹背受敌的关羽不得不西走麦城（今湖北当阳东南），同年十二月，关羽率少数骑兵从麦城突围，途中最终为吴将马忠擒获，拒绝投降的关羽被斩首示众，荆州除了曹魏占据的南阳郡和南郡、江夏郡部分地区之外，都纳入了东吴的版图。

荆州的沦陷对于刚刚立国不久的蜀汉政权而言无异于晴天霹雳，荆州的重要性，诸葛亮在著名的《隆中对》说得十分清楚："荆州北据汉、沔，利尽南海，东连吴会，西通巴、蜀，此用武之国……天下有变，则命一上将将荆州之军以向宛、洛，将军身率益州之众出于秦川，百姓孰敢不箪食壶浆，以迎将军者乎？诚如是，则霸业可成，汉室可兴矣。"现在荆州落入东吴之手，实质上断送了刘备北伐中原、统一天下的希望。

另外，刘备和关羽"名为君臣，实为手足"，两人拥有几十年的深厚情谊，得知关羽死讯之后，刘备悲痛欲绝，不顾诸葛亮、赵云等人的劝阻，决心率军讨伐东吴。

尽管关羽之死是刘备讨伐东吴的主要原因，但是刘备讨伐东吴事实上还有其他因素的考虑，即张飞之死对于后刘备时代权力分配格局的潜在影响。

张飞字益德，涿郡人也，少与关羽俱事先主。羽年长数岁，飞兄事之。先主从曹公破吕布，随还许，曹公拜飞为中郎将。先主背曹公依袁绍、刘表。表卒，曹公入荆州，先主奔江南。曹公追之，一日一夜，及于当阳之长阪。先主闻曹公卒至，弃妻子走，使飞将二十骑拒后。飞据水断桥，瞋目横矛曰："身是张益德也，可来共决死！"敌皆无敢近者，故遂得免。先主既定江南，以飞为宜都太守、征虏将军，封新亭侯，后转在南郡。先主入益州，还攻刘璋，飞与诸葛亮等溯流而上，分定郡县。至江州，破璋将巴郡太守严颜，生获颜。……飞所过战克，与先主会于成都。益州既平，赐诸葛亮、法正、飞及关羽金各五百斤，银千斤，钱五千万，锦千匹，其馀颁赐各有差，以飞领巴西太守。

曹公破张鲁，留夏侯渊、张郃守汉川。郃别督诸军下巴西，欲徙其民于汉中，进军宕渠、蒙头、荡石，与飞相拒五十馀日。飞率精卒万馀人，从他道邀郃军交战，山道迮狭，前后不得相救，飞遂破郃。郃弃马缘山，独与麾下十馀人从间道退，引军还南郑，巴土获安。先主为汉中王，拜飞为右将军、假节。章武元年，迁车骑将军，领司隶校尉，进封西乡侯，策曰："朕承天序，嗣奉洪业，除残靖乱，未烛厥理。今寇虏作害，民被荼毒，思汉之士，延颈鹤望。朕用恒然，坐不安席，食不甘味，整军诰誓，将行天罚。以君忠毅，侔踪召虎，名宣遐迩，故特显命，高墉进爵，兼司于京。其诞将天威，柔服以德，伐叛以刑，称朕意焉。《诗》不云乎，'匪疚匪棘，王国来极。肇敏戎功，用锡尔祉'。可不勉欤！"

初，飞雄壮威猛，亚于关羽，魏谋臣程昱等咸称羽、飞万人之敌也。羽善待卒伍而骄于士大夫，飞爱敬君子而不恤小人。先主常戒之曰："卿刑杀既过差,又曰鞭挝健儿,而令在左右,此取祸之道也。"飞犹不悛。先主伐吴,飞当率兵万人,自阆中会江州。临发,其帐下将张达、范强杀飞,持其首,顺流而奔孙权。飞营都督表报先主,先主闻飞都督之有表也,曰:"噫!飞死矣。"追谥飞曰桓侯。(《三国志·蜀书·张飞传》)

历史上真实的张飞绝非《三国演义》所渲染的李逵式的一介莽夫,而是武能领兵作战,文能安邦定国的全能型政治领袖。从刘备安排太子刘禅迎娶张飞之女来看,刘备与张飞关系比关羽更亲密,无论从资历、威望、战功,还是与刘氏皇族的关系上看,一旦年过花甲的刘备驾崩,张飞很可能会以当朝国丈的身份成为后刘备时代的首席顾命大臣,但是张飞死于非命完全打破了刘备的托孤计划,虽然当时"元老派"还有魏延、赵云等人,但是他们的资历、威望和政治实力显然难以与诸葛亮分庭抗礼。在"元老派"连续丧失关羽、张飞两大重臣之后,年事已高的刘备不可能不考虑自己将来告别人世,面对"荆州派"独大的政治格局,太子刘禅即位是否会成为"傀儡皇帝",而要避免太子刘禅即位后沦为"傀儡皇帝",必须削弱"荆州派"的政治实力,而要削弱"荆州派"的政治实力,刘备需要一个完美的借口,讨伐东吴则能够为刘备提供一个完美的借口。

说到这里,读者朋友可能丈二和尚摸不着头脑,讨伐东吴与削弱"荆州派"之间又有什么联系?要想回答这个问题,读者朋友必须明白刘备并不是真的想消灭东吴。不要忘了,当刘备率军直扑荆州之时,曹魏的大军此时正在长江沿岸虎视眈眈,正准备等待双方打得筋疲力尽的时候,坐收渔翁之利,这点刘备不可能不顾及。

此时的东吴正处于全盛时期,武有陆逊,文有诸葛瑾,东吴水师更是纵横天下无敌手,刘备即使能侥幸收复荆州,却未必能跨过长江占领江东六郡,但是即使面对如此多的困难,刘备也要作出一副非要灭亡东吴,为关羽、张飞报仇的样子,最能符合历史真相的可能性便是刘备希望率复仇之师占领荆州之后逼迫东吴签订城下之盟,然后退兵返回成都,借大胜之余威以清除内奸为借口削弱"荆州派"的政治实力,理由也不难找,东吴偷袭荆州之时,荆州的本地豪强纷纷投降，成为"带路党"，蜀汉政权内部的"荆州派"与这些"带路党"存在或姻亲或故旧的亲密关系，像蒋琬便是襄樊之战后期投降孙权的潘濬的"姨兄"（《三国志·吴书·潘濬传》裴注引《江表传》），只要刘备抓住这点不放，"荆州派"将难逃在政治上被打击的命运。

考虑到刘备和诸葛亮明君贤相的形象深入人心，一些读者朋友可能接受不了以上观点，为了让自己的观点更具说服力，笔者在这里举两个类似的事例。

一是王导、王敦兄弟与晋元帝从亲密无间到兵戎相见。

王导字茂弘，晋朝琅邪临沂（今山东临沂）人，王敦字处仲，王导堂兄。琅邪王氏，从王祥以来，一直是名门望族，王祥族孙王衍累任至司空，"少有风鉴，识量清远"的王导素和司马懿的曾孙、琅邪王司马睿交情深厚。永嘉元年（307），晋怀帝任命司马睿为安东将军，出镇建邺，王导相随南渡。由于司马睿南渡初期，"吴人不附。居月馀，士庶莫有至者"，为了提高司马睿的威望，王导和堂兄王敦策划在三月上巳节伴随司马睿去观看修禊仪式，到了上巳节当天，"帝亲观禊，乘肩舆，具威仪，敦、导及诸名胜皆骑从。吴人纪瞻、顾荣，皆江南之望，窃觇之，见其如此，咸惊惧，乃相率拜于道左。导因进计曰：'古之王者，莫不宾礼故老，存问风俗，虚己倾心，以招俊义。况天下丧乱，九州分裂，大业草创，急于得人者乎！顾荣、贺循，此土之望，未若引之以结人心。二子既至，则无不来矣。'帝乃使导躬造循、荣，二人皆应命而至，由是吴会风靡，百姓归心焉。自此之后，渐相崇奉，君臣之礼始定"（《晋书·王导传》）。

大兴元年（318），在王导、王敦等人的拥戴下，司马睿即皇帝位，建立东晋。司马睿受百官朝贺时，请王导同坐御床受贺，王导再三辞让不敢当，当时王导与堂兄王敦一内一外，分别负责朝政和军事，形成"王与马，共天下"的格局。然而晋元帝与王导、王敦兄弟的蜜月期并没有持续多久，由于王氏兄弟权倾天下，晋元帝形同"傀儡皇帝"，为了削弱王氏势力，重掌大权，他引用刘隗、刁协作心腹，疏远王导，并且暗中作军事布置，任命江东士族戴渊为征西将军，都督兖、豫等六州军事；刘隗为镇北将军，都督青、徐等四州军事，各率万人，分驻合肥、淮阴，名义上是北讨石勒，实际上是对付王敦。永昌元年（322），王敦以"清君侧"和替王导诉冤为借口自武昌举兵，攻入建康，杀戴渊、刁协等人，刘隗逃奔石勒，尽管因为王导的反对，王敦废黜晋元帝的企图没有得逞，但是被软禁在宫中的晋元帝在一年后依然郁郁而终。

二是李善长与明太祖朱元璋从君臣相知到被满门抄斩。

李善长字百室，安徽定远人。"少读书有智计，习法家言，策事多中"。明太祖朱元璋平定滁州的时候，李善长前往迎接拜见，自此追随朱元璋，留掌书记，朱元璋曾经问李善长："四方战斗，何时定乎？"李善长回答："秦乱，汉高起布衣，豁达大度，知人善任，不嗜杀人，五载成帝业。今元纲既紊，天下土崩瓦解。公濠产，距沛不远。山川王气，公当受之。法其所为，天下不足定也。"堪称元末明初的《隆中对》。在朱元璋南征北战的过程中，李善长"明习故事，裁决如流，又娴于辞命"，"太祖有所招纳，辄令为书。前后自将征讨，皆命居守，将吏帖服，居民安堵，转调兵饷无乏。尝请榷两淮盐，立茶法，皆斟酌元制，去其弊政。既复制钱法，开铁冶，定鱼税，国用益饶，而民不困"（《明史·李善长传》）。洪武三年（1370），李善长被授予左柱国、太师、中书左丞相，封韩国公，岁禄四千石，子孙世袭。

但是在朱元璋统一天下后，"飞鸟尽，良弓藏；狡兔死，走狗烹"的悲剧再度上演。洪武二十三年（1390），已经告老还乡多年的李善长想建造府宅，从信国公汤和那里借卫士三百人，汤和悄悄将此事上报朱元璋。四月，京城有百姓受株连而被发配到边疆，李善长屡次请求赦免其亲戚丁斌，太祖大怒，将丁斌治罪，丁斌以前在胡惟庸家做事，他供出李善长之弟李存义等人过去与胡惟庸互相交往的情况，供词牵连到李善长知晓胡惟庸谋反却隐匿不报。震怒之下的朱元璋将李善长本人连同其妻女弟侄等全家七十余人除长子、驸马李祺，孙子李芳、李茂三人之外全部处死。

王导和李善长与晋元帝和明太祖的关系同诸葛亮与刘备的关系如出一辙，没有王导和李善长，东晋和明朝能否建立都要打上一个巨大的问号。可是"共患难易，共富贵难"，一旦昔日礼贤下士的主公加冕成为乾纲独断的"九五之尊"，过去那个运筹帷幄、决胜千里的"王佐之才"很可能成为首先被铲除的对象。理解了这一点，读者朋友便会明白一旦刘备讨伐东吴大胜返回成都，削弱"荆州派"的政治实力并非没有可能，以刘备的政治智慧和宽厚的性格以及其与诸葛亮的君臣之谊，对于诸葛亮很可能会采用明升暗降的方式，比如晋升诸葛亮为太傅，但对其他"荆州派"要员恐怕就不会客气了，该贬的贬，该撤的撤，以消除"荆州派"对刘氏皇族的潜在威胁。

三、白帝城托孤疑云

然而"理想很丰满，现实很骨感"，虽然刘备在讨伐东吴初期一路凯歌，攻城略地，但是在夷陵却被当时名不见经传的东吴统帅陆逊一把火烧得丢盔弃甲，大败而归，"其舟船、器械，水、步军资，一时略尽，尸骸塞江而下"（《三国志·吴书·陆逊传》）。

逃回白帝城的刘备固然捡回了一条性命，但是更大的难题摆在他面前。夷陵之战的惨败不仅使得蜀汉政权丧失了最精锐的数万军队，元气大伤，而且诱发南中的大规模叛乱。除此之外，尾随而来的吴国军队依然驻扎在蜀吴边境，随时可能准备再度进攻，可以说此时的蜀汉政权已经到了亡国的边缘。由于刘备此次出征是不顾诸葛亮、赵云等重臣反对，一意孤行的结果，因此如果在白帝城稍加休养后马上动身返回成都，必须独立承担夷陵之战惨败的责任，按照我国古代政治伦理，回到成都的刘备必须下罪己诏，深刻地进行自我检讨，然后暂时将朝政大权转移到以诸葛亮为首的"荆州派"手中，这种情况在我国古代政坛屡见不鲜。

唐朝大历十四年（779），唐德宗李适即位后，严禁宦官干政，任用杨炎为相，废租庸调制，改行"两税法"，唐王朝一度呈现中兴的迹象。然而由于唐德宗急于终结安史之乱后形成的藩镇割据局面，不顾群臣的阻拦，盲目派将领率军讨伐成德节度使李惟岳，导致魏博节度使田悦、淄青节度使李正己、山南节度使梁崇义联手反唐，在调兵遣将的过程中，又因为赏赐不均，造成"泾师之变"，唐德宗不得不带领太子和群臣避难奉天（今陕西乾县），叛军多次围攻奉天，大唐王朝险些提前灭亡。为了避免成为"亡国之君"，唐德宗接受翰林学士陆贽的建议，向天下颁布罪己诏，检讨自己的失误，声称："小子惧德不嗣，罔敢怠荒，然以长于深宫之中，暗于经国之务，积习易溺，居安忘危，不知稼穑之艰难，不恤征戍之劳苦，泽靡下究，情未上通，事既拥隔，人怀疑阻。……天谴于上而朕不寤，人怨于下而朕不知，驯致乱阶，变兴都邑，万品失序，九庙震惊，上累于祖宗，下负于蒸庶，痛心靦貌，罪实在予，永言愧悼，若坠泉谷。自今中外所上书奏，不得更言'圣神文武'之号。"（《资治通鉴·唐纪四十五》）在这段时期，朝政实质上已经控制在陆贽等群臣手中，唐德宗的职责不过就是在已经草拟好的圣旨上盖上玉玺。

知道了这些，我们便会明白，刘备为什么不返回医疗条件更好的成都，因为一返回成都，他就将会被追究责任，很可能会沦为"傀儡皇帝"；相反假如刘备继续留在白帝城，坐视叛乱蔓延，蜀汉政权的当务之急便从追究"谁应该为夷陵之战的惨败负责"转移到"如何同舟共济，避免局势进一步恶化"，从后续发展来看，刘备成功地实现了避免被追究责任的目的。

然而尽管刘备通过在白帝城长期休养，成功地达到了避免被追究责任的目的，但是夷陵之战的惨败还是使这位年逾花甲的帝王身心俱疲，一病不起，自知来日无多的刘备开始考虑后事。

《资治通鉴·魏纪二》记载：

> 汉主（刘备）病笃，命丞相亮辅太子，以尚书令李严为副。汉主谓亮曰："君才十倍曹丕，必能安国，终定大事。若嗣子可辅，辅之；如其不才，君可自取。"亮涕泣曰："臣敢不竭股肱之力，效忠贞之节，继之以死！"汉主又为诏敕太子曰："人五十不称夭，吾年已六十有馀，何所复恨，但以卿兄弟为念耳。勉之，勉之！勿以恶小而为之，勿以善小而不为！惟贤惟德，可以服人。汝父德薄，不足效也。汝与丞相从事，事之如父。"夏，四月，癸巳，汉主殂于永安，谥曰昭烈。丞相亮奉丧还成都，以李严为中都护，留镇永安。

长期以来，我国的历代史学家对于刘备所说的"君才十倍曹丕，必能安国，终定大事。若嗣子可辅，辅之；如其不才，君可自取"究竟是真情流露还是话中有话存在两种近乎对立的看法。陈寿认为："（刘备）举国托孤于诸葛亮，而心神无贰，诚君臣之至公，古今之盛轨也。"（《三国志·蜀书·先

主传》)

东晋史学家孙盛则认为:"世或有谓备欲以固委付之诚,且以一蜀人之志。君子曰,不然;苟所寄忠贤,则不须若斯之诲,如非其人,不宜启篡逆之涂。是以古之顾命,必贻话言;诡伪之辞,非托孤之谓。幸值刘禅暗弱,无猜险之性,诸葛威略,足以检卫异端,故使异同之心无由自起耳。不然,殆生疑隙不逞之衅。谓之为权,不亦惑哉!"(《三国志·蜀书·诸葛亮传》裴注引孙盛评论)

虽然这些观点不无见地,但是往往忽视了刘备说这番话的历史背景,由于夷陵之战的惨败,蜀汉皇室政治权威一落千丈,加之战争之前关羽、张飞这两大"元老派"重臣死于非命,蜀汉政权内部"荆州派"独大的政治格局已经难以撼动,不管刘备愿不愿意,在刘备驾崩后,诸葛亮都会成为蜀汉政权事实上的当家人。刘备所说的"君才十倍曹丕,必能安国,终定大事。若嗣子可辅,辅之;如其不才,君可自取"既是对诸葛亮未来所承担"摄政王"的身份的承认,也隐含着对诸葛亮必须谨守臣节、不得觊觎皇位的警告。在刘备有言在先的情况下,假如有朝一日,诸葛亮真的想谋朝篡位,内心也必须掂量掂量未来是否会留下千古骂名。

除了将辅政大权授予诸葛亮之外,为了防范未来可能出现的权臣篡位的风险,刘备临终前还精心布局,周密筹划,千方百计地为太子刘禅构建了两道保护网。

第一道保护网是任命李严与诸葛亮同为顾命大臣。

李严字正方,南阳人也。少为郡职吏,以才干称。荆州牧刘表使历诸郡县。曹公入荆州时,严宰秭归,遂西诣蜀,刘璋以为成都令,复有能名。建安十八年,署严为护军,拒先主于绵竹。严率众降先主,先主拜严裨将军。成都既定,为犍为太守、兴业将军。二十三年,盗贼马秦、高胜等起事于郪,合聚部伍数万人,到资中县。时先主在汉中,严不更发兵,但率将郡士五千人讨之,斩秦、胜等首。枝党星散,悉复民籍。又越嶲夷率高定遣军围新道县,严驰往赴救,贼皆破走。加辅汉将军,领郡如故。章武二年,先主征严诣永安宫，拜尚书令。三年，先主疾病，严与诸葛亮并受遗诏辅少主；以严为中都护，统内外军事，留镇永安。（《三国志·蜀书·李严传》）

从《三国志·蜀书·李严传》的相关记载来看，李严是典型的文能治国、武能安邦的全能型政治人才，刘备让李严"与诸葛亮并受遗诏辅少主"，并且担任中都护，"统内外军事，留镇永安"，在安抚"东州派"的同时可以对以诸葛亮为首脑的"荆州派"形成有效牵制。

刘备为刘禅构建的第二道保护网便是确保蜀汉政权的军事将领对后者的忠心。在我国古代帝制时代，军权是皇权的基础，一个难以掌控军队的君主无异于"傀儡皇帝"。从镇压黄巾军到蜀汉正式建国，蜀汉政权的军权一直牢牢掌握在以刘备为核心的"元老派"手中，这也是为什么刘备面对"荆州派"势力在文官体系和地方郡守中占大多数时依然能够掌控朝政、乾纲独断，然而令刘备忧虑的是，太子刘禅自小生活安逸，长于妇人之手，虽然勤学苦读，但是缺乏未来即位之后能够执掌朝政、大权独揽的素质和威望。为了防患于未然，刘备努力在刘禅与蜀汉政权军事将领之间建立一种"一荣俱荣，一损俱损"的共生关系。

章武元年（221），刘备下令将车骑将军张飞长女选聘为太子妃。张飞一生追随刘备四处征战，既是刘备最信任的"手足兄弟"，更是蜀汉政权内部资历和威望仅次于刘备、关羽的军事统帅，在多年的领兵作战过程中，张飞必然选拔重用一大批军事将领，在军队内部自然是"门生故吏遍天下"，选择张飞长女为刘禅太子妃，不仅能够延续刘备和张飞之间的深厚情谊，而且可以帮助刘禅即位之后获得张飞一系军事将领的拥护。

另外，刘备迎娶刘瑁寡妻也有利于强化刘禅与蜀汉军事将领之间的联系。建安二十四年（219），在群臣的建议下，刘备迎娶刘焉之子刘瑁寡妻为夫人，即先主穆皇后，穆皇后之兄吴壹是当时公认的名将，后官至车骑将军，封济阳侯，也就是说刘备迎娶穆皇后之后，吴壹就成为刘备的大舅子和刘禅的舅舅，刘禅自然多了一个保护者。

尽管由于史料的匮乏，我们对于刘备在白帝城的最后岁月如何将刘禅托付给魏延、赵云等军事将领不得而知，但是我们有足够的理由相信，临终之前的刘备应该或召见或写信给这些军事将领，在与这些老伙计告别的同时，肯定不会忘记叮嘱他们保护好刘禅。鉴于这些将领与刘备的深厚感情及其和刘氏皇族之间存在"一荣俱荣，一损俱损"的共生关系，万一未来出现权臣篡位的威胁，这些军事将领必然会起兵勤王，诛杀元凶，保护刘氏皇族。

必须指出的是，为了替刘禅"保驾护航"，刘备在人生的最后时刻对蜀汉政权的立国根基进行了调整。长期以来，刘备集团一直以"北伐中原，兴复汉室"作为政治旗帜和自身合法性的基础，但是令人困惑不解的是，在白帝城期间，刘备向诸葛亮托孤和向太子刘禅交代后事之时只字未提"北伐中原，兴复汉室"。

除此之外，刘备的遗诏也非常奇怪。《三国志·蜀书·先主传》裴注引《诸葛亮集》中先主遗诏记载："朕初疾但下痢耳，后转杂他病，殆不自济。人五十不称夭，年已六十有余，何所复恨，不复自伤，但以卿兄弟为念。射君到，说丞相叹卿智量，甚大增修，过于所望，审能如此，吾复何忧！勉之，勉之！勿以恶小而为之，勿以善小而不为。惟贤惟德，能服于人。汝父德薄，勿效之。可读《汉书》《礼记》，间暇历观诸子及《六韬》《商君书》，益人意智。闻丞相为写《申》《韩》《管子》《六韬》一通已毕，未送，道亡，可自更求闻达。"

刘备遗诏只记载其对刘禅学习的督促，同时要求刘禅"勿以恶小而为之，勿以善小而不为"，同样也没有看见"北伐中原，兴复汉室"的交代，那么是刘备老糊涂了吗？从刘备安排后事的步骤来看，他的头脑非常清醒，因此刘备临终之前不提"北伐中原，兴复汉室"只有一个可能，即由于荆州的沦陷、关羽和张飞的死于非命、夷陵之战的惨败以及刘禅即位后缺乏驾驭群臣的手腕和威望，"北伐中原，兴复汉室"已经彻底失去了希望。如果刘备临终之前依然将"北伐中原，兴复汉室"作为蜀汉的立国根基，不仅使得蜀汉政权有亡国的危险，而且也容易为诸葛亮以北伐为名掌控军权提供合法性的依据，因此刘备在人生的最后岁月只字未提"北伐中原，兴复汉室"，相反留下"勿以恶小而为之，勿以善小而不为"的警句，即处事要沉稳慎重，来暗示后主刘禅即位之后应该将"割据巴蜀,保境安民"作为蜀汉政权未来的立国根基,既不北伐中原,也不找东吴复仇,以保证皇位在刘备子孙中代代相传。

刘备对于蜀汉立国根基的调整在其对诸葛亮临终交代中也有隐晦地体现。《三国志·蜀书·马谡传》记载:

良弟谡字幼常,以荆州从事随先主入蜀,除绵竹成都令、越嶲太守。才器过人,好论军计,丞相诸葛亮深加器异。先主临薨谓亮曰:"马谡言过其实,不可大用,君其察之!"

在这里,读者朋友其实需要思考一个问题,在临终托孤这么一个重要时刻,拥有丰富政治经验的刘备不谈其他问题,却偏偏告诫诸葛亮不要重用自己的亲信,这难道不值得怀疑吗?所谓"言过其实"就是能言善辩,不够稳重的意思,必须提醒读者的是,这里的马谡与其说是他本人,不如说是某个政治集团代名词更合适。汉高祖刘邦在临终时曾经说过,周勃厚重少文,然安刘氏天下者必勃也,周勃是武将,因此汉高祖评价其"厚重少文",而"言过其实"则是文臣的普遍特征,刘备口中的马谡事实上也是暗指唯诸葛亮马首是瞻的以文臣为主体的"荆州派"。

刘备评价马谡"言过其实"其实饱含深意:一是告诫诸葛亮,你能从一介布衣上升为蜀汉的当家人,政治地位已经到了位极人臣的程度,应该感到知足,以后当权,必须事事谨慎,好好当这个家,不要有什么非分之想;二是在"荆州派"掌控蜀汉朝政之后,应该要意识到蜀汉国力弱小,将"割据巴蜀,保境安民"作为立国的根基,不要轻易发动北伐战争。

刘备为了刘禅顺利即位和其生命安全构建的两道保护网与对蜀汉立国根基的调整正好对应了中国社会流传久远的一句俗话:可怜天下父母心。

四、诸葛亮的权相之路

后主刘禅即位之后蜀汉政局的演变证明刘备的担忧并非无的放矢,杞人忧天。在诸葛亮辅政初期,由于夷陵之战的后遗症,尤其是南中叛乱愈演愈烈,蜀汉政权正处于亡国边缘，"荆州派"和"东州派"没有分裂的本钱，只能相互抱团取暖，共度时艰。建兴元年（223），刚刚即位的后主刘禅，封诸葛亮为武乡侯，开府治事，后领益州牧，"政事无巨细，咸决于亮"，考虑到内忧外患的现实，诸葛亮推行"攘外必先安内"的策略，先派邓芝出使吴国，说服孙权重新恢复吴蜀联盟，同时劝课农桑，兴修水利，保境安民，对于南中叛乱，"皆抚而不讨"，"务农殖谷，闭关息民，民安食足而后用之"（《资治通鉴·魏纪二》）。

建兴三年（225），经过长期筹备，诸葛亮率军南征，"所在战捷，亮由越巂入，斩雍闿及高定。使庲降督益州李恢由益州入，门下督巴西马忠由牂柯入，击破诸县，复与亮合。孟获收闿馀众以拒亮。获素为夷、汉所服，亮募生致之，既得，使观于营陈之间，问曰：'此军何如？'获曰：'向者不知虚实，故败。今蒙赐观营陈，若只如此，即定易胜耳。'亮笑，纵使更战。七纵七禽而亮犹遣获，获止不去，曰：'公，天威也，南人不复反矣！'亮遂至滇池。益州、永昌、牂柯、越巂四郡皆平，亮即其渠率而用之。或以谏亮，亮曰：'若留外人，则当留兵，兵留则无所食，一不易也；加夷新伤破，父兄死丧，留外人而无兵者，必成祸患，二不易也；又，夷累有废杀之罪，自嫌衅重，若留外人，终不相信，三不易也。今吾欲使不留兵，不运粮，而纲纪粗定，夷、汉粗安故耳。'亮于是悉收其俊杰孟获等以为官属，出其金、银、丹、漆、耕牛、战马以给军国之用。自是终亮之世，夷不复反"（《资治通鉴·魏纪二》）。

李严在这一时期也积极配合，六次在永安修书雍闿陈述利害，劝其罢兵投降，虽然雍闿以"盖闻天无二日，土无二王，今天下鼎立，正朔有三，是以远人惶惑，不知所归也"（《三国志·蜀书·吕凯传》）为由加以拒绝，但从李严积极劝降雍闿来看，"荆州派"和"东州派"在共同的威胁下，暂时搁置分歧，共渡难关。

随着南中叛乱的平定，以诸葛亮为首的"荆州派"开始积极推动讨伐曹魏。

建兴六年（228）春，"（蜀军）扬声由斜谷道取郿，使赵云、邓芝为疑军,据箕谷,魏大将军曹真举众拒之。亮身率诸军攻祁山,戎陈整齐,赏罚肃而号令明,南安、天水、安定三郡叛魏应亮,关中响震。魏明帝西镇长安,命张郃拒亮,亮使马谡督诸军在前,与郃战于街亭。谡违亮节度,举动失宜,大为郃所破。亮拔西县千馀家,还于汉中,戮谡以谢众。上疏曰:'臣以弱才,叨窃非据,亲秉旄钺以厉三军,不能训章明法,临事而惧,至有街亭违命之阙,箕谷不戒之失,咎皆在臣授任无方。臣明不知人,恤事多暗,春秋责帅,臣职是当。请自贬三等,以督厥咎。'于是以亮为右将军,行丞相事,所总统如前。冬,亮复出散关,围陈仓,曹真拒之,亮粮尽而还。魏将王双率骑追亮,亮与战,破之,斩双"(《三国志·蜀书·诸葛亮传》)。

建兴七年(229),"亮遣陈式攻武都、阴平。魏雍州刺史郭淮率众欲击式,亮自出至建威,淮退还,遂平二郡。诏策亮曰:'街亭之役,咎由马谡,而君引愆,深自贬抑,重违君意,听顺所守。前年耀师,馘斩王双;今岁爰征,郭淮遁走;降集氐、羌,兴复二郡,威镇凶暴,功勋显然。方今天下骚扰,元恶未枭,君受大任,幹国之重,而久自挹损,非所以光扬洪烈矣。今复君丞相,君其勿辞。'"(《三国志·蜀书·诸葛亮传》)

建兴九年(231),"亮复出祁山,以木牛运,粮尽退军,与魏将张郃交战,射杀郃"(《三国志·蜀书·诸葛亮传》)。

建兴十二年(234)春,"亮悉大众由斜谷出,以流马运,据武功五丈原,与司马宣王对于渭南。亮每患粮不继,使己志不申,是以分兵屯田,为久驻之基。耕者杂于渭滨居民之间,而百姓安堵,军无私焉"(《三国志·蜀书·诸葛亮传》)。

诸葛亮率军多次北伐最终导致"荆州派"和"东州派"围绕应该继续"讨伐曹魏"还是"割据巴蜀"产生了严重的对立。前文已经提及,刘备临终之前已经将蜀汉政权的立国根基从"北伐中原,兴复汉室"转变为"割据巴蜀,保境安民",但是这种转变虽然符合现实,却拿不上台面,因此刘备只能私下交代群臣或以各种含糊其词的语言加以暗示,不可能以诏书的形式加以公开,刘备的难言之隐为诸葛亮堂而皇之以继承先帝遗志的名义挥师北伐提供了最佳的借口,诸葛亮在著名的《出师表》中言之凿凿地指出:

先帝创业未半而中道崩殂，今天下三分，益州疲弊，此诚危急存亡之秋也。然侍卫之臣不懈于内，忠志之士忘身于外者，盖追先帝之殊遇，欲报之于陛下也。诚宜开张圣听，以光先帝遗德，恢弘志士之气，不宜妄自菲薄，引喻失义，以塞忠谏之路也。宫中府中，俱为一体，陟罚臧否，不宜异同。若有作奸犯科及为忠善者，宜付有司论其刑赏，以昭陛下平明之理，不宜偏私，使内外异法也。侍中、侍郎郭攸之、费祎、董允等，此皆良实，志虑忠纯，是以先帝简拔以遗陛下。愚以为宫中之事，事无大小，悉以咨之，然后施行，必能裨补阙漏，有所广益。将军向宠，性行淑均，晓畅军事，试用于昔日，先帝称之曰能，是以众议举宠为督。愚以为营中之事，悉以咨之，必能使行陈和睦，优劣得所。亲贤臣，远小人，此先汉所以兴隆也；亲小人，远贤臣，此后汉所以倾颓也。先帝在时，每与臣论此事，未尝不叹息痛恨于桓、灵也。侍中、尚书、长史、参军，此悉贞良死节之臣，愿陛下亲之信之，则汉室之隆，可计日而待也。

臣本布衣，躬耕于南阳，苟全性命于乱世，不求闻达于诸侯。先帝不以臣卑鄙，猥自枉屈，三顾臣于草庐之中，谘臣以当世之事，由是感激，遂许先帝以驱驰。后值倾覆，受任于败军之际，奉命于危难之间，尔来二十有一年矣。先帝知臣谨慎，故临崩寄臣以大事也。受命以来，夙夜忧叹，恐托付不效，以伤先帝之明，故五月渡泸，深入不毛。今南方已定，兵甲已足，当奖率三军，北定中原，庶竭驽钝，攘除奸凶，兴复汉室，还于旧都。此臣所以报先帝，而忠陛下之职分也。

面对诸葛亮所占据的道德制高点，后主刘禅除了表示赞同之外不可能有其他选择。或许有读者可能会好奇，为什么诸葛亮非北伐不可呢？要回答这个问题，我们必须了解诸葛亮即使连续遭遇挫败，依然坚持北伐与其试图全面掌控军权息息相关。根据刘备临终前的安排，诸葛亮负责朝政，李严负责军事，一文一武共同辅佐刘禅，尽管诸葛亮以丞相的身份率军平定了南中叛乱，但是此时诸葛亮对军权的掌控只是权宜之计的结果，南中叛乱平定后，诸葛亮如果按照刘备的遗愿，将"割据巴蜀，保境安民"作为治国原则，他就必须将军权重新交出来，虽然诸葛亮的政治地位在李严之上，但是掌控军权的李严始终是其心腹之患，诸葛亮也很难称得上是真正的权臣，相反如果蜀汉政权继续坚持北伐，诸葛亮就可以以刘禅"监护人"和蜀汉丞相的身份名正言顺地代表君主掌控军队挥师北伐，成为货真价实的"摄政王"，诸葛亮以北伐为名掌控军队的重要性在建兴九年（231）罢黜李严事件中得到了有效展示。

九年春，亮军祁山，平（即李严）催督运事。秋夏之际，值天霖雨，运粮不继，平遣参军狐忠、督军成藩喻指，呼亮来还；亮承以退军。平闻军退，乃更阳惊，说"军粮饶足，何以便归"！欲以解己不办之责，显亮不进之愆也。又表后主，说"军伪退，欲以诱贼与战"。亮具出其前后手笔书疏本末，平违错章灼。平辞穷情竭，首谢罪负。于是亮表平曰："自先帝崩后，平所在治家，尚为小惠，安身求名，无忧国之事。臣当北出，欲得平兵以镇汉中，平穷难纵横，无有来意，而求以五郡为巴州刺史。去年臣欲西征，欲令平主督汉中，平说司马懿等开府辟召。臣知平鄙情，欲因行之际逼臣取利也，是以表平子丰督主江州，隆崇其遇，以取一时之务。平至之日，都委诸事，群臣上下皆怪臣待平之厚也。正以大事未定，汉室倾危，伐平之短，莫若褒之。然谓平情在于荣利而已，不意平心颠倒乃尔。若事稽留，将致祸败，是臣不敏，言多增咎。"乃废平为民，徙梓潼郡。（《三国志·蜀书·李严传》）

这段记载表面上看起来并没有什么问题，但是如果认真分析起来则疑点重重。李严不是普通的蜀汉官员，而是刘备精心提拔，与诸葛亮共同负责辅佐后主的顾命大臣，能被善于识人的刘备看中，说明他绝不是政治白痴。另外，从《三国志·蜀书·李严传》的相关记载来看，李严是一个处事干练、文武兼备的一代人杰，他要想阻拦诸葛亮北伐，作为蜀汉内部仅次于前者的元老重臣，办法比比皆是，但是他却蠢到伪造圣旨以及留下书信证据，这显然有悖常理。

因此，如果结合当时的历史环境和蜀汉各大派系对于北伐的政治态度，李严被罢黜的历史真相存在另外一种可能，那就是后主刘禅在李严的建议下，确实给诸葛亮下过撤兵的圣旨，而此时诸葛亮由于粮草耗尽不得不率领蜀军返回，返回之后的诸葛亮发现粮草并不匮乏，决心追究责任，感念刘备知遇之恩的李严为了保护后主刘禅最终选择独自扛下一切责任，于是便有了我们今天看到的李严阻拦北伐而被罢黜的一幕。

为了更加有效地掌控军权，诸葛亮在北伐时期还有意压制军队中的"元老派"，最能体现这点的莫过于蜀汉名将魏延在刘备和诸葛亮时期的不同遭遇。

魏延字文长，义阳人也。以部曲随先主入蜀，数有战功，迁牙门将军。先主为汉中王，迁治成都，当得重将以镇汉川，众论以为必在张飞，飞亦以心自许。先主乃拔延为督汉中镇远将军，领汉中太守，一军尽惊。先主大会群臣，问延曰："今委卿以重任，卿居之欲云何？"延对曰："若曹操举天下而来，请为大王拒之；偏将十万之众至，请为大王吞之。"先主称善，众咸壮其言。先主践尊号，进拜镇北将军。

建兴元年，封都亭侯。五年，诸葛亮驻汉中，更以延为督前部，领丞相司马、凉州刺史，八年，使延西入羌中，魏后将军费瑶、雍州刺史郭淮与延战于阳谿，延大破淮等，迁为前军师征西大将军，假节，进封南郑侯。

延每随亮出，辄欲请兵万人，与亮异道会于潼关，如韩信故事，亮制而不许。延常谓亮为怯，叹恨己才用之不尽。（《三国志·蜀书·魏延传》）

《三国志·蜀书·魏延传》裴注引《魏略》对于魏延的子午谷奇谋有过详细的描述："夏侯楙为安西将军，镇长安，亮于南郑与群下计议，延曰：'闻夏侯楙少，主婿也，怯而无谋。今假延精兵五千，负粮五千，直从褒中出，循秦岭而东，当子午而北，不过十日可到长安。楙闻延奄至，必乘船逃走。长安中惟有御史、京兆太守耳，横门邸阁与散民之谷足周食也。比东方相合聚，尚二十许日，而公从斜谷来，必足以达。如此，则一举而咸阳以西可定矣。'亮以为此县危，不如安从坦道，可以平取陇右，十全必克而无虞，故不用延计。"

后世的学者对于这段记载往往过多关注子午谷奇谋能否成功，容易忽视了诸葛亮拒绝子午谷奇谋的真实原因。作为长期镇守汉中的蜀汉名将，魏延对于秦岭和子午谷周边环境和曹魏的边境军事实力了如指掌，如果蜀汉真的按照"子午计"派魏延偷袭长安，考虑到魏军主帅缺乏军事统帅才能和曹魏此时毫无防备之心，魏延占领长安并非没有可能，但是对于诸葛亮而言，假如作为蜀汉"元老派"将领的魏延成功占领长安，将极大提升前者在军队和蜀汉政权内部的威望，这显然不利于诸葛亮实现通过北伐掌控军权的意图，相反如果"安从坦道，可以平取陇右，十全必克而无虞"，蜀军取得任何胜利功劳都可以算在诸葛亮身上。

与压制军队中的"元老派"形成鲜明的对比的是诸葛亮千方百计推动"荆州派"势力渗透至军队内部。"建兴六年，亮出军向祁山，时有宿将魏延、吴壹等，论者皆言以为宜令为先锋，而亮违众拔谡，统大众在前，与魏将张郃战于街亭，为郃所破，士卒离散。亮进无所据，退军还汉中。谡下狱物故，亮为之流涕。良死时年三十六，谡年三十九。"（《三国志·蜀书·马谡传》）

诸葛亮力排众议，置宿将魏延、吴壹于不顾，任命自己的头号亲信马谡防守街亭，显然是想为马谡制造立战功的机会，一旦马谡成功防守街亭，班师回朝后，马谡一定会被诸葛亮封侯拜将，成为与魏延、吴壹比肩的高级将领，诸葛亮也可以通过马谡更加牢靠地掌握蜀汉军权，但是"人算不如天算"，防守街亭的马谡拒绝了王平的正确建议，导致全军溃败，诸葛亮不得不挥泪斩马谡以防止引火烧身。

理解了马谡为什么会被诸葛亮派去防守街亭，我们对于诸葛亮重用曹魏降将姜维的原因就不会困惑不解了。

姜维字伯约，天水冀人也。少孤，与母居。好郑氏学。仕郡上计掾，州辟为从事。以父囧昔为郡功曹，值羌、戎叛乱，身卫郡将，没于战场，赐维官中郎，参本郡军事。建兴六年，丞相诸葛亮军向祁山，时天水太守适出案行，维及功曹梁绪、主簿尹赏、主记梁虔等从行。太守闻蜀军垂至，而诸县响应，疑维等皆有异心，于是夜亡保上邽。维等觉太守去，追迟，至城门，城门已闭，不纳。维等相率还冀，冀亦不入维。维等乃俱诣诸葛亮。会马谡败于街亭，亮拔将西县千馀家及维等还，故维遂与母相失。亮辟维为仓曹掾，加奉义将军，封当阳亭侯，时年二十七。亮与留府长史张裔、参军蒋琬书曰："姜伯约忠勤时事，思虑精密，考其所有，永南、季常诸人不如也。其人，凉州上士也。"又曰："须先教中虎步兵五六千人。姜伯约甚敏于军事，既有胆义，深解兵意。此人心存汉室，而才兼于人，毕教军事，当遣诣宫，觐见主上。"后迁中监军、征西将军。（《三国志·蜀书·姜维传》）

姜维在蜀军内部能够扶摇直上，平步青云，固然与蜀汉试图经营雍凉的战略背景有着密切关系，但是根本原因还在于马谡死后，诸葛亮可用的嫡系将领寥寥可数，而作为曹魏降将的姜维不仅骁勇善战，屡立战功，而且与蜀汉内部各大政治派系毫无渊源，被诸葛亮收归门下后，必然会对其言听计从，马首是瞻，诸葛亮可以通过重用姜维来制衡魏延、吴壹等"元老派"将领在军队的影响力。

然而尽管通过罢黜李严、压制魏延、重用姜维，诸葛亮成功掌控军权，成为蜀汉货真价实的"摄政王"，但是其依然没有笑到最后。由于既要在北伐期间考虑排兵布阵、后勤补给等军务，又要处理官员调动、赋税徭役等政务，诸葛亮被迫常年处于高强度的工作状态，最终导致身体不堪重负。

《三国志·蜀书·诸葛亮传》裴注引《魏氏春秋》记载：

亮使至，（司马懿）问其寝食及其事之烦简，不问戎事。使对曰："诸葛公夙兴夜寐，罚二十以上，皆亲揽焉；所啖食不至数升。"宣王曰："亮将死矣。"

以诸葛亮的聪明智慧，不会不知道这样事无大小都要自己处理对于身体健康的不利影响，主簿杨颙曾经劝谏诸葛亮，指出其事必躬亲的危害性："为治有体，上下不可相侵。请为明公以作家譬之。今有人，使奴执耕稼，婢典炊爨，鸡主司晨，犬主吠盗，牛负重载，马涉远路。私业无旷，所求皆足，雍容高枕，饮食而已。忽一旦尽欲以身亲其役，不复付任，劳其体力，为此碎务，形疲神困，终无一成。岂其智之不如奴婢鸡狗哉？失为家主之法也。是故古人称坐而论道谓之三公；作而行之谓之士大夫。故邴吉不问横道死人而忧牛喘，陈平不肯知钱谷之数，云'自有主者'，彼诚达于位分之体也。今明公为治，乃躬自校簿书，流汗竟日，不亦劳乎！"（《三国志·蜀书·杨戏传》裴注引《襄阳记》）

尽管诸葛亮对于杨颙的建议表示感谢，但是由于客观条件的限制却很难将之付诸实施。

诸葛亮不得不大小事务一把抓的根本原因还在于以往由于刘备的防范，"荆州派"在蜀军内部势力薄弱，如果自己不亲自领兵北伐，军权就会旁落他人。另外，诸葛亮多次北伐导致国力虚耗引发蜀汉政权内部的"东州派"和"益州派"的强烈不满，如果诸葛亮只专注于北伐，忽视了朝政，则容易为反对势力集结逼宫提供机会。

虽然诸葛亮将蜀汉军政实权牢牢掌握在自己手中，但是长年的忙碌工作使其只能像台机器一样不停地运转，直至最后油尽灯枯的日子才能解脱。建兴十二年（234）八月，诸葛亮积劳成疾，一病不起，在向后主刘禅推荐蒋琬和费祎作为自己的接班人选之后，带着无限的遗憾，在五丈原病逝，时年五十四岁。

长期以来，由于《三国演义》等民间文学的影响，刘备与诸葛亮一直被后世认为是亲密无间、如鱼得水的君臣相知的典范，但是民间文学毕竟不是真实历史，从三顾茅庐到白帝城托孤直至病逝五丈原，诸葛亮与刘备的关系就实质而言是既相互依赖又彼此防范的"政治夫妻"关系。没有诸葛亮的加盟，刘备集团恐怕早已经成为曹操大军的刀下之鬼，而如果没有刘备的器重，诸葛亮可能一辈子只能躬耕草庐，刘备和诸葛亮相互成就了对方的盖世功业，堪称蜀汉政权的"联合创始人"。

然而刘备与诸葛亮除了是"主公"和"军师"以及蜀汉的"开国之君"和"开国丞相"等我们所熟知的身份和关系之外，他们还分别是蜀汉内部两大政治派系——"元老派"和"荆州派"的首领，这些特殊的身份和关系决定了每当蜀汉面临生死存亡的关键时刻，诸葛亮与刘备和蜀汉皇室便会精诚团结，共渡难关，但是一旦生存危机消失，两者之间的分歧和博弈便会显现出来。

尽管诸葛亮与刘备和蜀汉皇室的关系不乏分歧和博弈，但是就总体而言，团结与合作依然是两者关系的主流，诸葛亮对蜀汉政权的忠诚也是不争的事实，正如三国史学者宋杰先生在《从"军府"到"霸府"——蜀汉前期最高军政机构的演变》（《三国军事地理与攻防战略》，中华书局，2022）一文所指出，在后主时期，诸葛亮架空刘禅，包揽国政，称呼他是权臣是合理的，不过诸葛亮仍属周公、霍光之类专权的忠臣，他对蜀汉政权尚无明显的篡逆之心，基本上恪守臣道，对刘禅以礼相待，与虐待献帝，残杀董妃、伏皇后及其儿子的曹操有根本的区别，从史书记载来看，当时蜀汉和邻国都没有人怀疑他要篡逆。诸葛亮为什么深受自己的老对手司马懿之孙——晋武帝司马炎的推崇和被后世赞誉为"千古贤相"也根源于此。

在现代社会，作为后人的我们在研究诸葛亮与刘备和刘禅的关系时必须严格区分民间三国文学和真实三国历史之间的区别，结合历史背景和人物性格，认真分析诸葛亮与刘备和刘禅之间错综复杂的关系，才能发现容易被忽视的历史真相！

诸葛玄之死真相和诸葛亮与刘表关系新论

尽管天下虎争、九州鼎沸的汉末三国时期豪杰蜂起，英雄辈出，文臣武将各领风骚，但是论及令人印象深刻的三国历史人物，除了集奸诈、冷酷、豪迈于一身的魏武帝曹操之外，恐怕便是蜀汉丞相——诸葛亮，千百年来，诸葛亮一直以其忠心事主、鞠躬尽瘁的"千古贤相"的形象为后人所推崇和敬仰。诗圣杜甫在千古名篇《蜀相》里感慨道："丞相祠堂何处寻，锦官城外柏森森。映阶碧草自春色，隔叶黄鹂空好音。三顾频烦天下计，两朝开济老臣心。出师未捷身先死，长使英雄泪满襟。"

值得注意的是，在诸葛亮的早年岁月中，由于父母双亡，叔父诸葛玄便承担起抚养诸葛亮及其姐弟的重任。为了躲避战乱，诸葛玄带领诸葛亮一家颠沛流离，历经艰辛，先到达扬州，接受袁术任命，署理豫章太守，后依附刘表，与诸葛亮及其姐弟寄居于荆州襄阳，但是对于诸葛玄的人生结局，不同史书有着不同的记载。

更令人不解的是，诸葛亮与刘表之间的关系，从常理而言，刘表对于诸葛亮一家有着收留之恩，两者又是姻亲，诸葛亮对于刘表应该心存感激，并且极力维护刘表对荆州的统治，但是事实却截然相反，诸葛亮不仅隐居隆中，刻意疏远刘表，而且在其为刘备规划统一天下的《隆中对》中认为："荆州北据汉、沔，利尽南海，东连吴会，西通巴、蜀，此用武之国，而其主不能守，此殆天所以资将军，将军岂有意乎？"从"其主不能守，此殆天所以资将军，将军岂有意乎"来看，诸葛亮对于刘表非常不满，不仅将其与昏庸的刘璋相提并论，而且建议刘备取而代之，那么诸葛亮为什么会如此看待刘表？这是否与诸葛亮叔父诸葛玄之死有关？诸葛玄之死背后是否存在被后人忽视的历史真相？本文将对这一问题进行探讨和分析。

一、关于诸葛玄之死的不同记载

东汉末年，王纲解纽，群雄争霸。初平四年（193），曹操以为父报仇为由亲率大军讨伐徐州，由于战事不利，愤怒之下的曹军烧杀抢掠，无恶不作，导致徐州众多地区血流成河，尸横遍野。

《后汉书·陶谦传》记载：

初平四年，曹操击谦，破彭城傅阳。谦退保郯，操攻之不能克，乃还。过拔取虑、睢陵、夏丘，皆屠之。凡杀男女数十万人，鸡犬无馀，泗水为之不流，自是五县城保，无复行迹。初三辅遭李傕乱，百姓流移依谦者皆歼。

为了躲避战乱，世居徐州琅邪郡的诸葛玄带领诸葛亮姐弟告别故乡，一路奔波，来到扬州，但是在此之后，诸葛玄的人生轨迹和最终结局，不同史书有着不同的记载。

《三国志·蜀书·诸葛亮传》记载：

亮早孤，从父玄为袁术所署豫章太守，玄将亮及亮弟均之官。会汉朝更选朱皓代玄。玄素与荆州牧刘表有旧，往依之。玄卒，亮躬耕陇亩，好为《梁父吟》。

同传裴注引《献帝春秋》记载：

初，豫章太守周术病卒，刘表上诸葛玄为豫章太守，治南昌。汉朝闻周术死，遣朱皓代玄。皓从扬州太守刘繇求兵击玄，玄退屯西城，皓入南昌。建安二年正月，西城民反，杀玄，送首诣繇。

《资治通鉴·汉纪五十三》记载：

刘繇使豫章太守朱皓攻袁术所用太守诸葛玄，玄退保西城。及繇溯江西上，驻于彭泽，使融助皓攻玄。

学者梁满仓在《诸葛玄死于西城考》(《湖北文理学院学报》2013年第9期)一文中认为《献帝春秋》关于诸葛玄的记载是可信的，理由如下：

一是《献帝春秋》的作者是三国孙吴人袁晔，是袁迪的孙子，袁迪在世时，与陆瑁的关系很好，陆氏与诸葛氏的关系又很密切，袁迪至袁晔在孙吴生活了九十多年，因此袁迪很可能通过陆氏了解诸葛瑾家族的事情，并将听来的事情告诉了袁晔。

二是《资治通鉴》在撰写三国部分时采取了不少《献帝春秋》的相关记载，众所周知，《资治通鉴》的主编司马光有很深的史学修养，很高的史学才能，很严谨的治学态度，他对《献帝春秋》的态度也说明了这本书的史料价值。

三是裴松之在为《三国志》作注时也大量引用《献帝春秋》。学者李万生在《关于诸葛玄之死地问题》(《南京晓庄学院学报》2014年第2期)一文中认可梁满仓的看法，认为《通鉴》虽未明言诸葛玄死于何地，但是诸葛玄死于西城之意，已隐含于文中。可见《通鉴》兼采诸葛亮、刘繇二传及《献帝春秋》之记载，对于理解诸葛玄之死地问题，实有意义。对于《献帝春秋》所记载，诸葛玄死于西城一事真伪问题，认为裴氏但言"此书所云，与本传不同"，实含轻描淡写之意，但是亦显示裴氏未否定《献帝春秋》记载之可信。《献帝春秋》作者袁晔当年长于陈寿，且其为吴人，其记诸葛玄事即是记吴国事，其可信度当在他书之上。故于诸葛玄事，吾人不可轻信陈寿《三国志》之记载，亦不可轻易否认《献帝春秋》之价值也。

二、诸葛玄之死真相和诸葛亮对刘表不满的根源

那么诸葛玄究竟是带领诸葛亮姐弟来到荆州，投靠刘表之后，在襄阳去

世，还是在西城死于乱民之手，从各种线索来看，诸葛玄更有可能在西城死于非命。

首先，从诸葛玄能够安排诸葛亮大姐二姐嫁入荆州两大豪门家族来看，诸葛玄投靠刘表之后，不太可能是一介布衣。史学大家唐长孺先生在《东汉末期的大姓名士》（《唐长孺文存》，上海古籍出版社，2006）一文中指出，到了东汉后期，大姓名士成为地方事实上的统治阶层，由于政治地位和文化修养的先天优势，大姓、冠族往往拥有巨大的声望。同时，由于在宗族、乡里组织里的作用和凭借自身的政治经济力量，大姓、冠族的代表人物又有能力组织武装部队，是各地割据政权极力笼络的对象。

我国古代社会是典型的身份社会，豪门大姓之间联姻必须遵守"门当户对"的原则，否则便会遭人耻笑，诸葛亮大姐嫁入的蒯家是荆州地区首屈一指的名门望族，正是由于出身蒯氏家族的蒯越带头拥戴和在其他荆州世家大族中穿针引线，刘表才能平定内部叛乱，统治荆州近二十年。在荆州站稳脚跟之后，刘表将笼络蒯家作为统治荆州的基本策略，让蒯越等人掌握荆州的军政实权，至于诸葛亮二姐嫁入的庞家也是荆州地区赫赫有名的世家大族，像这样的豪门家族在迎娶儿媳时只会在与自己地位、身份相近的家族中挑选，但是根据《三国志·蜀书·诸葛亮传》的记载，诸葛玄投靠刘表之后，并没有担任官职，只是一介布衣，诸葛家族此时早已没落，两大家族又怎么可能与其联姻呢？而《献帝春秋》的记载可以解答这个问题，根据此书记载，再结合此时荆州也只有南阳、江夏、长沙等七郡，诸葛玄能够担任扬州豫章太守，意味着其已经成为荆州政权内部的"一方诸侯"，在汉末，一郡太守集政治、军事、司法、民事大权于一身，而且可以向朝廷举荐人才，是公认的"封疆大吏"，加之其又是刘表的好友，诸葛家族自然便拥有了与两大豪门家族联姻的实力和资格。

其次，以荆州所面临的外部威胁来看，刘表完全有可能上表诸葛玄为豫章太守。在诸葛玄带领诸葛亮及其姐弟投靠刘表前后，尽管刘表在荆州本地世家大族的支持下，平定内部叛乱，初步站稳了脚跟，却始终面临来自外部势力的军事威胁。

初平二年（191），孙坚奉袁术之命攻打刘表，刘表派江夏太守黄祖在樊城、邓县一带迎战。孙坚击败黄祖，围困襄阳，如果不是孙坚麻痹大意，被黄祖手下用暗箭射死，刘表可能早已成为孙坚的阶下囚。

建安元年（196），董卓余部、骠骑将军张济率军自关中出走南阳郡，因粮尽而攻打南阳郡的穰城，却中飞矢而死，张济之侄张绣带领所部投降刘表，屯兵宛城。

建安二年（197），曹操南征，张绣率众投降。但因曹操纳张济的遗孀邹夫人，导致张绣不满，偷袭曹操，在追击失利后退防穰城，再次与刘表联盟。同年十一月，曹操亲征，攻下南阳湖阳、舞阴两县，生擒刘表部将邓济。

此时扬州豫章郡的得失对于确保荆州东部防线的安全具有重要的意义。

《读史方舆纪要·卷八十四·江西二》对于豫章郡在军事地理上的战略价值有着详细的记载：

自汉高建郡以来，常为控扼之地。后汉末，许劭谓刘繇曰："豫章北连豫壤，西接荆州，形胜之处也。"繇不能用，坐并于江东。……元末，陈友谅倾国以争洪都，太祖击灭之，而荆湖南北遂次第入版图。刘宋雷次宗曰："豫章水陆四通，山川特秀，南接五岭，北带九江，咽扼荆淮，翼蔽吴越。"唐王勃云："襟江带湖，控荆引越。"封敖曰："洪州当淮海之襟带，作吴楚之把握。"宋王应麟曰："南昌为钟陵奥区，楚泽全壤，信东南大藩矣。"

但是这一时期已经占据豫章郡大部分地区的刘繇在政治上亲近曹操，一旦刘繇占领豫章全境，再与曹操联手，荆州的江夏郡将面临严峻的军事威胁，在这种情况下，相较于刘表麾下众多与豫章郡毫无渊源的文臣武将，让曾经署理豫章太守的诸葛玄重新回到西城，再任太守，防止刘繇和曹操联手讨伐荆州江夏郡便成为刘表的最佳选择，而对于此时有求于刘表的诸葛玄而言，为了诸葛亮及其姐弟能够在乱世中能有一处衣食无忧的安身之所，即使明知有可能有去无回，也不得不冒着生命危险重新赶赴西城走马上任。

最后，从诸葛亮"好为《梁父吟》"来看，诸葛玄很可能是在西城死于非命。《三国志·蜀书·诸葛亮传》记载："玄卒,亮躬耕陇亩,好为《梁父吟》。"

《梁父吟》为《乐府诗》中的一首名典,全文如下:

步出齐城门,遥望荡阴里。
里中有三坟,累累正相似。
问是谁家墓,田疆古冶子。
力能排南山,又能绝地纪。
一朝被谗言,二桃杀三士。
谁能为此谋,国相齐晏子。

《梁父吟》描写的是我国古代著名的"二桃杀三士"的历史故事,相关故事最早记录于《晏子春秋·内篇谏下》。根据《晏子春秋·内篇谏下》记载,春秋时,公孙接、田开疆、古冶子三人是齐景公的臣子,勇武骄横。齐相晏婴想要除去这三人,便请景公将两个桃子赐予他们,让其论功取桃,结果三人都弃桃自杀,后用"二桃杀三士"比喻用计谋杀人。

学者王纲、刘清在《诸葛亮早年心志及行迹的历史考察》(《史学月刊》2017年第11期)一文引用音乐家郭茂倩关于《梁父吟》实为葬歌的观点认为,诸葛亮"好为《梁父吟》"其实是以咏唱流传于故乡的葬歌来思念叔父诸葛玄,理由如下:

一是在诸葛亮兄弟由少年至青年的人生历程中,诸葛玄是实际的抚养者,然而他在将他们由琅邪带入豫章及荆州后,却最终撒手人寰,留下兄弟二人,用故乡葬歌来追念这样一位父亲一般的叔叔是情理之中的事。

二是豫章之事是诸葛叔侄人生中极为惨痛的一页,对心理的巨大触动不言而喻。就现有史料,关于豫章,诸葛亮未下一言,但有理由相信,《梁父吟》与豫章存在密切的关系。首先,就字义而言,梁父与豫章可以相通,皆有大、美、佳等义,而且梁父是山,汉末的豫章,亦是"多山川鬼怪"之地。加之与《梁父吟》一样,流行于汉魏的古辞中也有同类的相和歌辞——《豫章行》,

其基调与《梁父吟》一致，抒发的是"伤离别，言寿短景驰，荣华不久"的情绪。诸葛亮的吟咏，是用《梁父吟》隐约其事，颇类后世《红楼梦》的"甄士隐去，贾雨村言"的手法。其次，更为重要的是，《梁父吟》所吟诵的"二桃杀三士"，正吻合诸葛玄的往事。

两人的观点为我们重新审视诸葛玄之死的谜团提供了新的思路，如果根据《三国志·蜀书·诸葛亮传》的记载，诸葛玄是在投靠刘表，来到荆州襄阳之后去世，从年龄上推算，很可能是因病去世，虽然从现代社会的观念来看，诸葛玄属于英年早逝，但是在"白骨露于野，千里无鸡鸣"的汉末三国大乱世，诸葛玄此时病逝也可以算是善终，对于叔父诸葛玄去世，诸葛亮即使心中再悲痛，也不至于悲痛到长年"好为《梁父吟》"这种地步，相反假如诸葛玄是在西城死于乱民之手，考虑到其名为诸葛亮叔父，实为养父的亲密关系，对于诸葛亮而言，无异于晴天霹雳，内心的痛苦绝非短期内可以排遣，长年"好为《梁父吟》"正是这种内心极度悲痛的集中体现。

另外，正如《诸葛亮早年心志及行迹的历史考察》所指出的，发生于春秋时期齐国的"二桃杀三士"与诸葛玄在西城的死亡经过也存在不少相似之处，根据《献帝春秋》相关记载，豫章郡和豫章太守可以被视为"二桃"，诸葛玄、朱皓、刘繇可以被视为"三士"，有意思的是，这"三士"为了"豫章郡和豫章太守"这二桃都不得善终，这些相似性也说明诸葛亮"好为《梁父吟》"很可能是为了悼念和缅怀在西城死于非命的叔父诸葛玄。

从以上几个方面的分析来看，诸葛玄投靠刘表之后，很可能被重新任命为豫章太守，最后在西城死于乱民之手。值得注意的是，如果诸葛玄被刘表重新任命为豫章太守，把守荆州的东大门的话，那么按照当时的惯例，诸葛亮及其姐弟固然会受到刘表的照顾，衣食无忧，但是也会被充当人质严加看管，汉末三国时期，各地割据一方的统治者往往会将在外征战的将领或者驻守边疆重地的官员的妻儿等家眷留在大后方，作为人质，一旦这些人叛变或者投降敌军，留下的妻儿等家眷便会被诛杀以示惩罚，即为质任制度。

古往今来，充当人质的经历对于当事人而言往往意味着屈辱、恐惧、痛苦，战国末期燕国太子丹正是由于不堪忍受在秦国当人质的羞辱，逃回燕国，不惜冒着亡国的危险，派荆轲行刺秦王政。尽管由于史料的匮乏，作为后人的我们并不了解诸葛亮充当人质的相关事迹，但是这段特殊的经历很可能带给诸葛亮类似太子丹那样的痛苦记忆，知道了这些，我们就不难理解为什么诸葛亮对于刘表会如此不满，对于诸葛亮而言，正是刘表派诸葛玄重新去豫章担任太守，他才会失去了自己的叔父，而在襄阳城内充当人质的屈辱岁月使得其在诸葛玄死于非命之后，不愿继续住在城内触景生情，悲伤难过，而宁可搬去襄阳郊外的隆中隐居，诸葛亮这些"反常"行为事实上可以从诸葛玄在西城死于非命一事中找到答案。

三、陈寿"为尊者讳"隐瞒了诸葛玄死亡真相

然而如果诸葛亮叔父诸葛玄确实是在西城死于乱民之手，那么陈寿为什么在《三国志·蜀书·诸葛亮传》中却记载："玄素与荆州牧刘表有旧，往依之。玄卒，亮躬耕陇亩，好为《梁父吟》。"有些学者认为可能是因为其没有阅读过《献帝春秋》，但是笔者认为，陈寿固然有可能没有阅读过《献帝春秋》，但是不可能不知道诸葛玄死亡真相：一是其早年便在蜀汉朝廷担任过观阁令史，可以接触和阅读蜀汉政权的历史档案和文献；二是陈寿在蜀汉出仕之时，诸葛亮的许多亲友或后代依然健在，加之其父曾经是诸葛亮部下，对于诸葛亮的早年历史和诸葛家族的家世自然不会陌生，但是了解诸葛玄死亡真相，并不等于要在《三国志·蜀书·诸葛亮传》里直接记载此事，由于以下两个因素的存在，陈寿不得不隐瞒了诸葛玄的死亡真相。

一是对诸葛亮推崇备至的晋武帝司马炎有意将其树立为"百官楷模"。

泰始元年（265），晋武帝司马炎逼迫魏元帝曹奂禅让，定国号为晋，史称"西晋"，尽管晋武帝司马炎凭借司马家族三代苦心经营所积累的雄厚政治实力改朝换代，建立晋朝，但是由于司马家族是通过权臣篡位的形式实现改朝换代，加之司马炎之父司马昭在其大权独揽期间坐视成济弑杀曹魏君主，造成自身一度声名狼藉，导致西晋王朝在建立之后，对其合法性的质疑始终存在。

为了摆脱不利的社会舆论，晋武帝司马炎即位之后，不仅对司马家族的老对手——忠心事主的蜀汉丞相诸葛亮推崇备至，而且有意将其树立为"百官

楷模"加以宣传推广，这样不仅可以展现司马炎心胸宽广、不念旧恶的明君形象，而且有利于减轻外界对西晋王朝合法性的批判。

《三国志·蜀书·诸葛亮传》裴注引《晋泰始起居注》所录晋武帝司马炎诏书记载：

诸葛亮在蜀，尽其心力，其子瞻临难而死义，天下之善一也。其孙京，随才署吏。

同传裴注引《汉晋春秋》记载：

樊建为给事中，晋武帝问诸葛亮之治国，建对曰："闻恶必改，而不矜过，赏罚之信，足感神明。"帝曰："善哉！使我得此人以自辅，岂有今日之劳乎！"

甚至陈寿本人在《三国志·蜀书·诸葛亮传》末尾在呈给晋武帝司马炎关于《诸葛氏集》说明时依然不忘强调：

伏惟陛下迈踪古圣，荡然无忌，故虽敌国诽谤之言，咸肆其辞而无所革讳，所以明大通之道也。谨录写上诣著作。臣寿诚惶诚恐，顿首顿首，死罪死罪。

在这种情况下，陈寿在撰写诸葛亮传记时，对于相关史料不得不有所取舍，有利于展现诸葛亮光辉形象的事迹和言行得到保留，反之则舍弃或淡化处理。诸葛玄之死就属于后者，在诸葛亮父母双亡之后，叔父诸葛玄承担起抚养诸葛亮姐弟的重任，诸葛玄名为叔父，实为养父，诸葛玄最终由于被刘表重新任命为豫章太守，死于乱民之手。至于西城乱民为什么作乱诛杀诸葛玄，原因也不难推测，当时为了保障军粮而有可能强征百姓粮食，或者为了防守西城，对于西城百姓实行严格的军法管制，除此之外，一旦西城被敌攻陷，百姓有可能被屠杀,西城的那些百姓无法忍受这些,便作乱诛杀诸葛玄,由于诸葛玄是死于不堪忍受的百姓之手,他的人生结局并不光彩,因此对于陈寿而言,如果直接在诸葛亮传记中记载此事,不仅会影响对诸葛玄的历史评价,而且由于诸葛玄和诸葛亮的特殊关系,也会影响到诸葛亮的历史形象,甚至很可能会触怒对诸葛亮推崇备至的晋武帝司马炎,陈寿将难逃杀身之祸。

二是由于诸葛亮治蜀多年形成的崇高威望也使得陈寿撰写相关内容时有所顾忌。

诸葛亮治蜀期间,尽管大权独揽,令行禁止,多次北伐曹魏,使得蜀汉进入战时体制,但是由于其赏罚分明,廉洁自律,同时善于治国,注重蜀汉经济的恢复,因此深得民心和当时社会各界的推崇。

诸葛亮病逝后,后主刘禅下诏,给予诸葛亮极高的评价:

惟君体资文武,明睿笃诚,受遗托孤,匡辅朕躬,继绝兴微,志存靖乱;爰整六师,无岁不征,神武赫然,威镇八荒,将建殊功于季汉,参伊、周之巨勋。如何不吊,事临垂克,遘疾陨丧!朕用伤悼,肝心若裂。夫崇德序功,纪行命谥,所以光昭将来,刊载不朽。今使使持节左中郎将杜琼,赠君丞相武乡侯印绶,谥君为忠武侯。魂而有灵,嘉兹宠荣。呜呼哀哉!呜呼哀哉!(《三国志·蜀书·诸葛亮传》)

《三国志·蜀书·诸葛亮传》裴注引《襄阳记》记载:

亮初亡,所在各求为立庙,朝议以礼秩不听,百姓遂因时节私祭之于道陌上。言事者或以为可听立庙于成都者,后主不从。步兵校尉习隆、中书郎向充等共上表曰:"臣闻周人怀召伯之德,甘棠为之不伐;越王思范蠡之功,铸金以存其像。自汉兴以来,小善小德而图形立庙者多矣。况亮德范遐迩,勋盖季世,王室之不坏,实斯人是赖,而蒸尝止于私门,庙像阙而莫立,使百姓巷祭,戎夷野祀,非所以存德念功,述追在昔者也。今若尽顺民心,则渎而无典,建之京师,又逼宗庙,此圣怀所以惟疑也。臣愚以为宜因近其墓,立之于沔阳，使所亲属以时赐祭，凡其臣故吏欲奉祠者，皆限至庙。断其私祀，以崇正礼。"于是始从之。

陈寿本人在《三国志·蜀书·诸葛亮传》末尾也赞叹道：

诸葛亮之为相国也，抚百姓，示仪轨，约官职，从权制，开诚心，布公道；尽忠益时者虽仇必赏，犯法怠慢者虽亲必罚，服罪输情者虽重必释，游辞巧饰者虽轻必戮；善无微而不赏，恶无纤而不贬；庶事精练，物理其本，循名责实，虚伪不齿；终于邦域之内，咸畏而爱之，刑政虽峻而无怨者，以其用心平而劝戒明也。可谓识治之良才，管、萧之亚匹矣。

尽管我国古代史书的撰写倡导"秉笔直书"的原则，但是生活在现实环境中的史学家却经常深陷不得不"为尊者讳"的无奈，由于诸葛亮叔父死于西城乱民之手是一件容易引发非议的"丑事"，如果陈寿毫无保留地将此事写入《三国志·蜀书·诸葛亮传》，不仅会导致诸葛亮后人的不满，而且很可能惹怒将诸葛亮视为骄傲的巴蜀士族阶层，在这种巨大的压力下，我们就不难理解陈寿为什么会有意隐藏诸葛玄的死亡真相。

尽管在各种压力下，陈寿没有直接将诸葛玄死于西城乱民之手写入《三国志·蜀书·诸葛亮传》，但是依然留下了能够披露诸葛玄死亡真相的蛛丝马迹。《梁父吟》是当时流传于齐鲁的一首葬歌，而《梁父吟》中所涉及的"二桃杀三士"的内容则与诸葛玄、朱皓、刘繇三方围绕豫章郡和豫章太守一职展开激烈争夺，最终都不得善终存在惊人的相似，如果我们多思考一下这些疑点，诸葛玄死亡真相便昭然若揭；至于袁晔撰写《献帝春秋》时，由于其身在东吴，此时西晋王朝很可能还没有建立，无须像陈寿那样承担如此大的压力，因此在书中毫无保留地记载诸葛玄死亡真相也就不足为奇了。

襄樊之战面对关羽兵团覆灭刘备、诸葛亮按兵不动最合理的解释

建安二十四年（219），关羽统率蜀汉荆州兵团北伐中原，攻打襄樊。刚刚历经汉中惨败的曹操闻讯后派于禁、庞德领兵增援，关羽水淹七军，降于禁，斩庞德，乘胜对襄樊发起猛攻，襄樊被围数重，外内断绝，众将都惶恐不安。面对气势如虹的关羽大军，身染重病的曹操欲迁都避其锋芒，司马懿、蒋济等人苦苦劝阻，建议联络孙权以答应割让"江南"之地为条件让其从背后出兵偷袭荆州，曹操采纳了他们的建议，同时派遣徐晃、赵俨等人率军救援樊城，并且准备亲自征讨关羽。

孙权得知蜀汉军队调离之后秘密派吕蒙担任统帅率军偷袭荆州，吕蒙白衣渡江，日夜兼程，直逼江陵，驻守江防的蜀军士兵纷纷被俘，蜀将士仁、糜芳献城出迎，东吴一举夺回蜀汉长期占据的荆州数郡。进退失据、腹背受敌的关羽不得不西走麦城，同年十二月，关羽率少数骑兵从麦城突围，途中为吴将马忠擒获，拒绝投降的关羽不久被斩首示众，襄樊之战以蜀汉全军覆没，精锐尽失落下帷幕。

由于襄樊之战对于魏蜀吴三国国运的深远影响，所以历来是后世三国史学者研究的热点话题，目前对襄樊之战的关注主要集中在两点：第一，关羽发动襄樊之战究竟是擅自行动，还是受刘备之命；第二，从襄樊之战爆发，到吕蒙白衣渡江，直至关羽兵团全军覆没，刘备和诸葛亮为何不发一兵一卒前去增援。对于这些问题，不同的学者有着截然不同的回答。

另外，值得注意的是，襄樊之战显然与当年诸葛亮为刘备规划统一天下的《隆中对》战略有着密不可分的关系，但是《隆中对》战略所确定的两路分兵，究竟是同时出兵，还是存在先后之别？蜀汉大臣廖立曾提及"昔先帝不取汉中，走与吴人争南三郡，卒以三郡与吴人，徒劳役吏士，无益而还。既亡汉中，使夏侯渊、张郃深入于巴，几丧一州。后至汉中，使关侯身死无孑遗，上庸覆败，徒失一方。是羽怙恃勇名，作军无法，直以意突耳，故前后数丧师众也"（《三国志·蜀书·廖立传》），从这段话来看，刘备来到汉中与关羽兵团覆灭似乎存在某种联系。只有破解这些谜团，我们才能了解襄樊之战背后的历史真相。

一、关羽很可能是奉刘备之命发动襄樊之战

当前围绕襄樊之战的众多谜团之中，最引人关注的莫过于关羽发动襄樊之战究竟是自作主张，还是奉刘备之命。

《三国志·蜀书·先主传》记载：

（建安二十四年）秋，群下上先主为汉中王，……时关羽攻曹公将曹仁，禽于禁于樊。俄而孙权袭杀羽，取荆州。

《三国志·蜀书·关羽传》记载：

（建安）二十四年，先主为汉中王，拜羽为前将军，假节钺。是岁，羽率众攻曹仁于樊。曹公遣于禁助仁。

由于根据现有史书记载依然难以判断关羽发动襄樊之战究竟是自作主张，还是奉刘备之命，因此针对这个问题，不同的学者往往有不同的判断。学者李兴斌在《荆襄之战诸问题考论》（《青山依旧——谈兵斋笔耕录》，齐鲁出版社，2017）一文中认为，关羽发动襄樊之战是受刘备之命；文史学者湛旭彬在《扑朔迷离：关羽覆败之谜》（《百家讲坛》杂志2007年第9期下）一文中

认为关羽发动襄樊之战是自作主张，因为在此之前，刘备已经授予关羽"假节钺"，可以代表君主亲征，拥有自行发动战争的权力。

笔者认为，根据各种迹象来看，关羽很可能是奉刘备之命，发动襄樊之战，理由如下：

一是关羽与刘备之间的深厚感情决定了关羽不可能不告诉刘备就发动襄樊之战。自追随刘备之后，刘备与关羽、张飞"寝则同床，恩若兄弟。而稠人广坐，侍立终日，随先主周旋，不避艰险"（《三国志·蜀书·关羽传》），三人之间的深厚感情一直保持到生命的最后一刻，刘备与关羽之间的深厚感情使得前者每到关键时刻，都会对后者委以重任。

建安十三年（208），刘表病逝，曹操占领荆州，"先主自樊将南渡江，别遣羽乘船数百艘会江陵"（《三国志·蜀书·关羽传》）。赤壁之战之后，刘备派关羽镇守江陵，成为蜀汉荆州地区军政一把手，关羽在襄樊之战中由于东吴背后偷袭而死于非命之后，刘备为了替关羽报仇，倾全国之力讨伐东吴，在夷陵被陆逊一把火烧得丢盔弃甲，大败而回，逃至白帝城郁郁而终。尽管关羽为人"强梁"，在官职和地位上也经常喜欢跟大哥刘备讨价还价，但是在关羽以往的历史中并没有擅自行动的先例，考虑到襄樊之战对于蜀汉国运和三国地缘政治的极端重要性，很难想象与刘备感情深厚的关羽会在没有告诉前者的情况下自作主张发动襄樊之战。

二是关羽对于大哥刘备存在极深的敬畏之情。由于《三国演义》等民间文学和影视作品的深远影响，后人对于关羽最深刻的印象除了骁勇善战之外便是居功自傲的性格特点，但是如果我们认真阅读《三国志》相关篇章会发现表面上居功自傲的关羽对于大哥刘备存在极深的敬畏之情。

《三国志·蜀书·费诗传》记载：

费诗字公举，犍为南安人也。刘璋时为绵竹令，先主攻绵竹时，诗先举城降。成都既定，先主领益州牧，以诗为督军从事，出为牂牁太守，还为州前部司马。先主为汉中王，遣诗拜关羽为前将军，羽闻黄忠为后将军，羽怒曰："大丈夫终不与老兵同列！"不肯受拜。诗谓羽曰："夫立王业者，所用非

三国的暗线

一。昔萧、曹与高祖少小亲旧,而陈、韩亡命后至,论其班列,韩最居上,未闻萧、曹以此为怨。今汉王以一时之功,隆崇于汉升,然意之轻重,宁当与君侯齐乎!且王与君侯,譬犹一体,同休等戚,祸福共之,愚为君侯,不宜计官号之高下,爵禄之多少为意也。仆一介之使,衔命之人,君侯不受拜,如是便还,但相为惜此举动,恐有后悔耳!"羽大感悟,遽即受拜。

长期以来,后世学者都喜欢以这则记载证明关羽居功自傲的性格特点,然而关羽居功自傲固然是事实,但是这则记载同样蕴含着另外一个重要的信息。费诗所说的"仆一介之使,衔命之人,君侯不受拜,如是便还,但相为惜此举动,恐有后悔耳",稍有社会阅历的读者朋友应该不难看出,这句话事实上是"话中有话""绵里藏针",关羽听后为什么"大感悟,遽即受拜",当然不是害怕费诗,而是敬畏费诗背后的人——大哥刘备,这说明在大是大非上,关羽不会违背刘备的意志。

三是在古代社会,除非紧急情况,否则大规模的军队的调动必须获得君主的许可。自古以来,军权是皇权的基础。一个无法掌控军权的君主将难逃"傀儡皇帝"的命运,为了防止将领拥兵自重,历朝历代的惯例是,除非紧急情况,否则大规模的军队调动必须获得君主的许可。关羽被刘备授予"假节钺"不假,但这是为了提升关羽的地位,并不代表其可以擅自调动蜀汉军队。事实上,相对于其他朝代,三国时期的君主对于军权的控制有过之无不及。

《三国志·魏书·夏侯渊传》记载:

(建安)十九年,赵衢、尹奉等谋讨超,姜叙起兵卤城以应之。衢等谲说超,使出击叙,于后尽杀超妻子。超奔汉中,还围祁山。叙等急求救,诸将议者欲须太祖节度。渊曰:"公在邺,反覆四千里,比报,叙等必败,非攻急也。"遂行,使张郃督步骑五千在前,从陈仓狭道入,渊自督粮在后。郃至渭水上,超将氐羌数千逆郃。

从这段记载来看,当时曹魏军队的调动必须获得曹操的批准,而夏侯渊之所以敢擅自调动军队，是由于其与曹操"亲如手足"的特殊关系和情况紧急，关羽和刘备的关系几乎就是夏侯渊与曹操的翻版，因此关羽只有在某种紧急情况下，比如曹仁率军讨伐荆州，由于来不及告知身处成都的刘备，关羽才能凭借"假节钺"的特权合法地率领蜀汉军队防守反击，但是我们翻遍这一时期的史书会发现，当时驻守樊城的曹仁并没有讨伐荆州的行动和计划，所以从军队调动的正常程序来看，关羽也不太可能擅自发动襄樊之战。

四是如果关羽自作主张发动襄樊之战，必然会遭到其他将领的抵制。退一步讲，即使关羽凭借自己"假节钺"的特权，为了建功立业，强迫其他驻守荆州的将领与他一同发动襄樊之战，也会遭到他们的抵制，道理也不复杂，由于刘备与关羽的特殊关系，即使关羽擅自发动襄樊之战，事后刘备只会将其训斥了事，但是其他跟随的将领就惨了，刘备很有可能会拿他们开刀以儆效尤，因此在没有刘备的命令的情况下，必然会遭到其他将领的抵制。另外，必须指出的是，假如关羽自作主张发动襄樊之战，当时担任南郡太守，同时也是刘备小舅子的糜芳一定会第一时间通知刘备，鉴于关羽兵团是蜀汉政权最精锐的部队，刘备必然会派使者阻拦关羽出征，但是从现有的史书记载来看，这些都没有发生，显然对此比较合理的解释便是关羽并没有自作主张，而是奉刘备之命发动襄樊之战。

综合各种因素来看，关羽发动襄樊之战应该是奉刘备之命。那么，为什么刘备此时要求关羽发动襄樊之战呢？答案是此时是蜀汉消灭曹魏的最佳时机。一方面，汉中之战之后，蜀军士气大振，蜀汉国力达到巅峰；另一方面，曹魏内部叛乱不断，建安二十三年（218）先后爆发吉本与侯音之乱。

更为关键的是，关羽兵团多年来养精蓄锐，士气旺盛，可堪一战。从东吴割让荆州给蜀汉到襄樊之战的十年时间内，除了和乐进、文聘等曹魏将领爆发过几次激战，以及在刘备占领益州之后，与东吴军队围绕荆州的归属问题一度剑拔弩张之外，关羽兵团大多时候处于"西线无战事"的状态之中，如此漫长的和平时间客观上为关羽训练士兵，提升战力提供了有利的时机，反观同一时期，曹魏军队频繁地参与众多战争，师老兵疲，士气低落，加之关羽又是三国时期公认的"一代名将"，在张飞、赵云等人屡克强敌的情况下，自身也存在着建功立业的强烈渴望,在刘备看来,派遣关羽率军发动襄樊之战必然能发挥"一战定乾坤"的作用。

二、诸葛亮和刘备利用襄樊之战"借刀杀人"的可能性有多大

襄樊之战另一个热议的话题便是诸葛亮和刘备是否有可能利用襄樊之战"借刀杀人",铲除关羽。近代国学大师章太炎先生在《訄书·正葛第三十六》(《章太炎全集》第三卷,上海人民出版社,1984)一文中针对襄樊之战中面对关羽兵团覆灭,刘备和诸葛亮没有派遣一兵一卒前来支援的奇怪现象,认为是诸葛亮试图"借刀杀人",理由如下:

关羽,世之虎臣,功多而无罪状,除之则不足以厌人心,不除则易世所不能御,席益厚而将掣扰吾(诸葛亮)大政,故不惜以荆州之全士,假手于吴人,以损关羽之命。

著名的三国史专家朱子彦教授在《走下圣坛的诸葛亮》一文中(《走下圣坛的诸葛亮——三国史新论》,中国人民大学出版社,2006)认为,关羽和诸葛亮之间存在权力斗争,在诸葛亮眼中,关羽不仅是自己未来掌权的最大障碍,而且还破坏其为蜀汉制定的"联吴抗魏"的基本国策,因此在襄樊之战中故意误导刘备坐视关羽覆灭。另一位三国史专家方诗铭教授在《刘备与关羽》(《论三国人物》,北京出版社,2015)一文中认为,由于关羽手握重兵,又骄横跋扈,刘备担心易代之后难以驾驭,有意利用襄樊之战铲除关羽。

如果诸葛亮与刘备利用襄樊之战"借刀杀人"的观点仅仅是坊间的一些猜测,自然无须大惊小怪,但是有如此多的专家学者认可这种观点,那么我们自然有必要分析一下,诸葛亮和刘备利用襄樊之战铲除关羽的可能性究竟有多大?

首先,不妨看看诸葛亮"借刀杀人"即误导刘备拒绝救援关羽的可能性是否存在。由于受《三国演义》的影响,在后人心目中,刘备和诸葛亮历来是明君和贤相的典范,自"三顾茅庐"到"白帝城托孤",刘备对于诸葛亮几乎到了言听计从的地步，但是民间文学毕竟不是真实历史，如果我们认真翻阅《三国志》等史书，不难发现诸葛亮与刘备的关系经历过复杂多变的演变过程。从"三顾茅庐"到"平定益州"之前，由于诸葛亮对于蜀汉联吴抗曹和占据荆州南四郡立下了汗马功劳，刘备对诸葛亮信赖有加，任命其为军师中郎将，"使督零陵桂阳长沙三郡，调其赋税，以充军实"（《三国志·蜀书·诸葛亮传》），但是从平定益州之后，由于以诸葛亮为首的"荆州派"在蜀汉政权文官体系内呈现"一支独大"的趋势，刘备有意扶持法正以制衡诸葛亮。《三国志·蜀书·法正传》记载："（刘备）以正为蜀郡太守、扬武将军，外统都畿，内为谋主。"襄樊之战之后，刘备发兵讨伐东吴，却大败而归，临终前虽然考虑到当时蜀汉政坛各大派系政治实力此消彼长的客观现实，托孤于诸葛亮，但是同时以李严为中都护，"统内外军事，留镇永安"（《三国志·蜀书·李严传》），以防范未来权臣篡位的可能性。

了解诸葛亮与刘备复杂多变的君臣关系，我们便会明白在襄樊之战爆发之时，诸葛亮误导刘备的可能性几乎为零，因为刘备此时最信任的是法正，如果刘备想救援关羽，诸葛亮加以阻拦，在刘备看来，这是别有用心的体现，未必会听取其意见。另外，历史上真实的刘备绝非仅仅是《三国演义》所渲染的"仁义之君"，而是一个久经沙场的"乱世枭雄"，以他的政治谋略，在是否救援关羽兵团的问题上，除了诸葛亮的看法之外，应该还会广泛听取其他文武大臣的意见。

既然不太可能是诸葛亮借刀杀人，那会不会是方诗铭教授所说的是刘备想借刀杀人呢？对此，笔者认为这种可能性也微乎其微。毋庸置疑，在我国古代社会，一个王朝建立之后，由于"开国之君"对于武将重臣的猜忌之心，"狡兔死，走狗烹；飞鸟尽，良弓藏"的现象屡见不鲜。汉高祖刘邦依靠各路诸侯击败西楚霸王项羽，建立大汉王朝之后，"共富贵"的许诺还犹言在耳，便陆续铲除韩信、英布、彭越这些异姓诸侯王。明太祖朱元璋晚年担心接班人太软弱，为了防患于未然，不惜制造冤案诛杀傅友德、冯胜、蓝玉等立下赫赫战功的将领，连早已告老还乡的丞相李善长也难逃他的毒手。

但是任何历史现象都不能只满足于表面现象，还要研究其实质，由于历史时空的不同，刘备不太可能利用襄樊之战"借刀杀人"，除掉关羽。

首先，"狡兔死，走狗烹；飞鸟尽，良弓藏"的前提是"开国之君"已经统一天下，原先的武将失去了作用，而且对"开国之君"构成威胁，但是襄樊之战爆发之时，天下三分，刚刚建立的蜀汉政权只能算是地方割据政权，能否统一天下还是一个未知数，襄樊之战的胜败对于蜀汉国运将会有至关重要的影响。在这种情况下，很难想象刘备会利用襄樊之战除掉关羽这位蜀汉第一猛将，自毁长城。

其次，是否拥有荆州三郡是蜀汉能够与曹魏、东吴鼎足而立的关键所在。襄樊之战爆发之前，蜀汉占据荆州的南郡、武陵郡、零陵郡，这三郡地处三国交界地带，战略地位十分重要，向北可以兵锋直指曹魏占据的襄阳、樊城，向东可以顺流直下威胁东吴的长江防线，假如刘备真的有意利用襄樊之战"借刀杀人"，除掉关羽，实质上等同于其坐视敌人占领南郡、武陵、零陵三郡，对于蜀汉政权而言，丢掉南郡、武陵、零陵三郡，不仅意味着国土面积的萎缩，而且在地缘政治和军事防御上将失去重要屏障，刘备真的会如此愚蠢吗？

最后，刘备绝对不会利用襄樊之战除掉关羽还有一个容易被忽视的因素。汉末三国是典型的士族本位的社会，任何乱世枭雄要想割据一方或统一天下，必须获得士族阶层的支持，曹操重用中原士族，东吴依赖江东士族，刘备则与诸葛亮为代表的荆州士族政治结盟，但是三国的君主在争取士族阶层支持的同时，对于后者不乏防范之心，这种防范主要体现在严格限制士族阶层在军队内部的发展。

蜀汉建立之后，由于刘备没有像曹操和孙权那样拥有如此多能征善战的宗室将领，关羽和张飞客观上便扮演着拱卫蜀汉皇权的宗室将领的角色，刘备在群臣的拥戴下进位汉中王，为未来登基称帝做准备之时，已经是五十九岁，俗话说得好，"人活七十古来稀"，此时的刘备不可能不提前为后刘备时代的权力传承作出安排，由于太子刘禅缺乏必要政治军事历练，威望和谋略与刘备存在天壤之别，为了避免未来刘禅即位后沦为"傀儡皇帝"，刘备为刘禅迎娶张飞之女，让张飞成为未来的国丈，为刘禅保驾护航，从史书相关记载来看，刘备对于身后事很可能已经提前作出了安排：自己驾崩之后，在荆州手握重兵的关羽将成为首席顾命大臣，张飞会以国丈的身份担任次席顾命大臣，负责朝政，诸葛亮则成为排位第三的顾命大臣，李严很有可能代表"东州派"成为排位第四的顾命大臣，万一未来出现权臣篡位的威胁，关羽可以率军前来勤王，在这种情况下，刘禅就能够避免沦为"傀儡皇帝"的命运。理解了这些，我们便会明白刘备不仅不会在襄樊之战中借刀杀人，相反希望关羽能够大获全胜，提升关羽的威望，这样才能为后刘备时代的权力转移奠定良好的基础。

三、刘备、诸葛亮按兵不动的真实目的

既然关羽兵团北伐中原并不是擅自行动，而是根据刘备的命令行动，那么为什么从襄樊之战爆发，到吕蒙白衣渡江，占领荆州，直至关羽兵团全军覆没，刘备、诸葛亮没有派一兵一卒来救援呢？要想破解这个千古谜团，我们还必须从赫赫有名的《隆中对》战略谈起。

建安十二年（207），客居荆州的刘备"三顾茅庐"，邀请躬耕于南阳的诸葛亮出山，诸葛亮在为刘备谋划的统一天下的《隆中对》战略中指出：

自董卓已来，豪杰并起，跨州连郡者不可胜数。曹操比于袁绍，则名微而众寡，然操遂能克绍，以弱为强者，非惟天时，抑亦人谋也。今操已拥百万之众，挟天子而令诸侯，此诚不可与争锋。孙权据有江东，已历三世，国险而民附，贤能为之用，此可以为援而不可图也。荆州北据汉、沔，利尽南海，东连吴会，西通巴、蜀，此用武之国，而其主不能守，此殆天所以资将军，将军岂有意乎？益州险塞，沃野千里，天府之土，高祖因之以成帝业。刘璋暗弱，张鲁在北，民殷国富而不知存恤，智能之士思得明君。将军既帝室之胄，信义著于四海，总揽英雄，思贤如渴，若跨有荆、益，保其岩阻，西和诸戎，南抚夷越，外结好孙权，内修政理；天下有变，则命一上将将荆州之军以向宛、洛，将军身率益州之众出于秦川，百姓孰敢不箪食壶浆以迎将军者乎？诚如是，则霸业可成，汉室可兴矣。（《三国志·蜀书·诸葛亮传》）

尽管诸葛亮提出兵分两路北伐中原，讨伐曹魏的主张，但是他并没有说

清楚究竟是两路军队同时发动进攻，还是有先后之别，即先等一路军队取得战果，另一路军队再发动进攻，显然从字面上理解，两种可能性都有，那么刘备和诸葛亮究竟决定采用哪种方式兵分两路来讨伐曹魏呢？要想回答这个问题，我们必须了解同时兵分两路可行不可行，有没有什么弊端？

在襄樊之战前夕，蜀汉的军队主要分成两部分，一部分军队由关羽率领驻扎在南郡，军队主力由刘备和诸葛亮指挥分布在益州和汉中，假如蜀汉军队同时从荆州和巴蜀两个方向讨伐曹魏，考虑到关羽兵团在北伐中原初期气势如虹，高唱凯歌，曹魏必须从其他地区调派军队支援在襄樊深陷包围的曹仁等人，如果曹操得知刘备同时率领蜀汉军队主力强攻关中，那么我们可以肯定他一定不会从魏蜀边境调派军队，更有可能从幽燕和淮南前线抽调兵力，这样必然会造成两个后果：

一是巴蜀方向的蜀军主力很难突破曹魏的防线。蜀魏边境处于秦岭地区，这里处处都是悬崖峭壁，地势险要，道路阻塞，人迹罕至。这种山川险固的地理环境固然有利于占据巴蜀的乱世枭雄割据一方，称王称霸，但是却也使得任何试图越过秦岭，攻占关中的巴蜀政权面临重重阻碍。十几年之后，诸葛亮率领蜀军北伐祁山，魏军主帅司马懿据守险要，拒不出战，诸葛亮由于粮尽不得不撤兵，因此如果同时出兵，在曹军占据险要地势，严防死守的情况下，刘备率领的蜀汉军队主力很有可能由于粮草耗尽而被迫撤军。

二是孙权能收渔翁之利。《三国志·魏书·温恢传》记载："建安二十四年，孙权攻合肥，是时诸州皆屯戍。……于是有樊城之事。诏书召潜及豫州刺史吕贡等，潜等缓之。恢密语潜曰：'此必襄阳之急欲赴之也。所以不为急会者，不欲惊动远众。一二日必有密书促卿进道，张辽等又将被召。辽等素知王意，后召前至，卿受其责矣！'潜受其言，置辎重，更为轻装速发，果被促令。辽等寻各见召，如恢所策。"

这则记载说明在关羽包围樊城之时，曹操正准备派遣驻扎在合肥的曹魏名将张辽率军解救曹仁，关羽兵团战斗力再强也不过是一支偏师，对付一支偏师尚且需要调动如此多的兵马，如果曹操得知除了关羽兵团之外，刘备正率领蜀军主力强攻关中，他不仅不会从蜀魏边境撤军，相反还会从其他地区调兵加强那里的防守，从当时的现实环境来看，曹操最后可能从冀州、幽州抽调兵力支援关中，从合肥、淮南抽调兵力支援襄樊，这样必然会导致魏吴交界的长江防线防守空虚，客观上会为孙权越过长江，讨伐曹魏提供了可乘之机。假如吴军利用曹魏兵力空虚，越过长江，占领淮南、徐州、青州，考虑到曹魏其他地区的军队主力已经集中到关中和襄樊两地，吴军就可以在吕蒙、陆逊等名将的带领下，攻城略地，势如破竹，迅速占领曹魏其他地区，在这种情况下，曹魏将会由于腹背受敌而难逃灭亡的命运，而一旦东吴顺利占领了曹魏的大部分地区，下一个消灭的对象就是蜀汉，鉴于蜀军此时已经与魏军激战多日，士兵和将领早已疲惫不堪，很难是气势如虹的吴军的对手，也就是说，如果蜀汉同时从汉中和荆州兵分两路讨伐曹魏，不仅会让孙权坐收渔翁之利，而且自身也将面临亡国的威胁。

分析了同时出兵的弊端，我们便会明白，刘备、诸葛亮很可能采用先后出兵的策略来实现《隆中对》的部署，那么先后出兵又有什么好处呢？要想回答这个问题，我们必须从关羽北伐中原初期所造成的影响说起，由于关羽兵团在北伐中原初期一路凯歌，屡挫强敌，将襄樊包围得水泄不通，惊慌失措的曹操不得不从全国各地抽调军队支援襄樊，在这种情况下，如果刘备、诸葛亮有意放出风声，说蜀汉军队虽然在一年之前的汉中之战中击败曹军，但是自身也损失惨重，必须经过一年以上的休整，为了解救深陷包围的曹仁等人，信以为真的曹操很有可能会抽调魏蜀边境的军队，一旦魏蜀两国边境防守空虚，刘备和诸葛亮便会率领主力强渡关山，越过秦岭，一路攻城略地，势如破竹，占领长安、洛阳，然后再与关羽兵团在襄樊前后夹击，就可以消灭曹军主力，曹魏政权自然难逃覆灭的命运。

除此之外，诱使曹军主力集中于襄樊一带还有一个好处，这里距离淮南并不遥远，对于孙权而言，即使有机会趁机突破曹魏长江防线，也必须考虑此时集中在襄樊的曹军主力只需部分回援，就足以切断吴军后路的巨大风险，因此绝对不敢轻易出兵，换而言之，诱使曹军主力集中于襄樊一带能够对东吴产生巨大的震慑，避免出现为他人做嫁衣的情况。

然而这个军事战略要想成功，关羽兵团必须承担"佯攻"的任务，即关羽

三国的暗线

兵团一方面北伐中原之时，必须在初期高唱凯歌，势如破竹，展现令人恐怖的战斗力，这样才能迫使曹操从全国各地尤其从魏蜀边境抽调兵力，但是另一方面，关羽兵团对于襄樊这样具有战略价值的军事重镇必须"围而不攻"，即只能包围，绝对不能攻陷，因为假如关羽攻占襄樊，由于临近襄樊的许都地处一马平川、无险可守的平原地带，曹操必然会迁都洛阳或长安，军队主力也会向那里集结，由于这里距离关中并不遥远，一旦曹操发现刘备和诸葛亮率领蜀汉军队主力越过秦岭，强攻关中，可以随时派兵支援。理解了这点，我们便会明白，在襄樊之战中，关羽在水淹七军，降于禁，斩庞德之后，利用优势兵力将襄樊团团围住，却始终没有攻占襄樊，很可能是有意为之的结果，关于这点史书中也有隐晦地提及。

《三国志·魏书·曹仁传》记载：

关羽攻樊，时汉水暴溢，于禁等七军皆没，禁降羽。仁人马数千人守城，城不没者数板。羽乘船临城，围数重，外内断绝，粮食欲尽，救兵不至。

《三国志·魏书·满宠传》记载：

关羽围襄阳，宠助征南将军曹仁屯樊城拒之，而左将军于禁等军以霖雨水长为羽所没。羽急攻樊城，樊城得水，往往崩坏，众皆失色。

《资治通鉴·汉纪六十》记载：

城中人马才数千人，城不没者数板。羽乘船临城，立围数重，外内断绝。羽又遣别将围将军吕常于襄阳。

在当时的情况下，关羽攻陷襄樊是正常的，没有攻陷反而是不正常的，长久以来，我们一直以为是由于曹仁、满宠等人誓死防守才导致襄樊没有被关羽攻陷，却忽视了关羽奉刘备和诸葛亮之命有意对襄樊"围而不攻"的可能性。

另外，史书的相关记载也显示出刘备和诸葛亮利用关羽兵团将曹魏军队主力吸引至襄樊，然后率蜀军主力越过秦岭，强攻关中的可能性。

《三国志·蜀书·廖立传》记载：

廖立字公渊，武陵临沅人。先主领荆州牧，辟为从事，年未三十，擢为长沙太守。先主入蜀，诸葛亮镇荆土，孙权遣使通好于亮，因问士人皆谁相经纬者，亮答曰："庞统、廖立，楚之良才，当赞兴世业者也。"建安二十年，权遣吕蒙奄袭南三郡，立脱身走，自归先主。先主素识待之，不深责也，以为巴郡太守。二十四年，先主为汉中王，征立为侍中。后主袭位，徙长水校尉。

但是由于廖立自认为才能名气仅次于诸葛亮，可官职却处于在李严等人之下，所以经常郁郁寡欢，颇有怨言。后来丞相掾李邵、蒋琬到他治所来，廖立曾经不满地说道："昔先帝不取汉中，走与吴人争南三郡，卒以三郡与吴人，徒劳役吏士，无益而还。既亡汉中，使夏侯渊、张郃深入于巴，几丧一州。后至汉中，使关侯身死无孑遗，上庸覆败，徒失一方。是羽怙恃勇名，作军无法，直以意突耳，故前后数丧师众也。"（《三国志·蜀书·廖立传》）

这段话其他都非常好理解，唯独"后至汉中，使关侯身死无孑遗"令人费解，"后至汉中"的主语是"先帝"，也就是刘备，从字面上看，翻译过来便是刘备来到汉中，却导致关羽死无葬身之地，显然在廖立看来，在襄樊之战中，刘备来到汉中与关羽兵团的败亡存在某种程度的因果关系，结合"是羽怙恃勇名，作军无法，直以意突耳，故前后数丧师众也"，笔者认为，这句话正确的翻译应该是这样：襄樊之战的失败，一方面是由于先帝（刘备）率领蜀汉军队主力集结于汉中，（由于距离过于遥远）导致关羽兵团在腹背受敌之时无法及时救援，最终造成悲剧的发生，另一方面在于关羽自恃勇名，指挥失当，最终导致蜀军全军覆没。在这里，读者朋友需要思考一个问题，那就是刘备率领蜀汉军队主力集结于汉中，究竟想干什么呢？比较合理的解释便是，刘备希望利用关羽兵团讨伐襄樊迫使曹操抽调蜀魏边境的曹军，然后自己再率军越过秦岭，攻占关中。廖立所说的"（刘备）后至汉中，使关侯身死无孑遗"事实上隐藏着面对关羽兵团覆灭，刘备、诸葛亮为何按兵不动的历史真相。

四、秦汉三国时期其他类似的军事战例

《孙子兵法·虚实篇》曰："故善战者，致人而不致于人。能使敌人自至者，利之也；能使敌人不得至者，害之也，故敌佚能劳之，饱能饥之，安能动之。出其所不趋，趋其所不意。行千里而不劳者，行于无人之地也。攻而必取者，攻其所不守也；守而必固者，守其所不攻也。故善攻者，敌不知其所守；善守者，敌不知其所攻。……夫兵形象水，水之形，避高而趋下，兵之形，避实而击虚。水因地而制流，兵因敌而制胜。故兵无常势，水无常形，能因敌变化而取胜者，谓之神。"

在我国古代冷兵器时代，相互厮杀的军事政治集团战胜对手有时未必依靠军队人数的优势和武器的先进，更为关键还是在于能否充分调动敌人，攻其不备，出其不意，以达到胜利的目的。为了让读者朋友对于襄樊之战中刘备集团真实的战略和目的有所了解，这里举两个秦汉三国时期类似的军事战例。

秦朝末年，秦二世昏庸无道，穷奢极欲，赋税沉重，徭役频繁，百姓生活在水深火热之中。公元前209年，陈胜、吴广领导戍卒发动反秦起义，敲响了秦朝覆灭的丧钟。经过两年多艰苦卓绝的激战，项羽、刘邦领导义军攻占咸阳，秦朝灭亡。公元前206年，项羽自封西楚霸王，拥有梁楚九郡，都彭城，同时分封十八路诸侯，其中刘邦为汉王，辖汉中、巴、蜀之地，治南郑（今陕西汉中），秦朝降将章邯为雍王，司马欣为塞王，董翳为翟王，分辖关中，防备刘邦。刘邦听从谋臣张良的计策，从关中回汉中时，烧毁栈道，表明自己不再进关中。

同年十一月，刘邦趁项羽进攻齐地田荣之机，讨伐关中，与项羽争天下，楚汉战争爆发。刘邦拜韩信为大将，以曹参、樊哙为先锋，利用秦岭栈道已被汉军烧毁、三秦王松懈麻痹之机，采取明修栈道、暗度陈仓之计，派樊哙、周勃率军一万余人大张旗鼓地抢修栈道，吸引三秦王的注意力，自己则亲率军队潜出故道，翻越秦岭，袭击陈仓（项羽所封雍王章邯属地），章邯仓促率军驰援陈仓，被汉军击败，全军覆没，章邯羞愧自尽，汉军乘胜追击，分兵略地，

迅速占领关中地区，平定三秦之地。尽管在后来与西楚霸王项羽的战争中，汉军屡战屡败，但是凭借来自关中地区源源不断的士兵和粮草，以及韩信、张耳的配合，刘邦最终在垓下击败项羽，迫使其乌江自刎，统一天下。

东汉末年，群雄虎争，战乱频仍。兴平二年（195），"江东猛虎"孙坚长子孙策征得袁术同意，率领其父旧部渡过长江，先后击败樊能、于糜、张英，又以曲阿为据点，与扬州刺史刘繇进行决战，大败刘繇。建安元年（196），孙策率军进攻会稽王朗和吴郡严白虎。建安二年（197），孙策以袁术称帝为由与其决裂，曹操以汉献帝的名义下诏书给孙策，要孙策讨伐袁术，任命他为骑都尉，袭父爵乌程侯，兼任会稽太守，不久任命孙策为讨逆将军，封为吴侯。

作为三国时期的"一代名将"，孙策不仅英姿勃发，骁勇善战，而且熟读兵书，谋略出众。

建安四年（199），孙策欲向北推进，准备夺取江北的庐江郡，然而庐江郡南有长江之险，北有淮水阻隔，易守难攻，庐江太守刘勋手上又握有一只精锐部队，如果强攻，取胜的机会很小。针对刘勋贪财和自负的性格特点，孙策派人给刘勋送去一份厚礼，并在信中把刘勋大肆吹捧一番，还建议刘勋攻打上缭，表示"上缭宗民，数欺下国，忿之有年矣。击之，路不便，愿因大国伐之。上缭甚实，得之可以富国，请出兵为外援"，可孙策的建议遭到刘勋部下刘晔的反对，认为："缭虽小，城坚池深，攻难守易，不可旬日而举，则兵疲于外，而国内虚。策乘虚而袭我，则后不能独守。是将军进屈于敌，退无所归。若军必出，祸今至矣。"（《三国志·魏书·刘晔传》）但是早已被孙策吹捧得昏了头的刘勋断然拒绝了刘晔的劝谏，率军攻打上缭。

孙策见刘勋亲自率领军队去攻打上缭，立即领兵，水陆并进，袭击庐江，几乎没遇到顽强的抵抗，顺利地控制了庐江。刘勋猛攻上缭，一直不能取胜。突然得报，孙策已取庐江，情知中计，后悔已经来不及了，只得灰溜溜地投奔曹操。

在这两个类似的军事战役中，最值得关注的是汉军"明修栈道，暗度陈仓"，占领关中的例子，在我国古代，割据巴蜀的乱世枭雄最后能够剿灭群雄，一统天下的只有汉高祖刘邦，而汉高祖刘邦恰恰又是刘备的先祖，无论从相似处境还是从血缘情感来说，同样割据巴蜀，以"北伐中原，兴复汉室"为己任的刘备和诸葛亮对于当年韩信"明修栈道，暗度陈仓"的成功经验不可能不了然于胸，当然由于时空环境的不同，以及汉朝时秦岭频繁地震导致地理环境改变，再度上演"明修栈道，暗度陈仓"已经不具有可行性，但是这种"声东击西"的战略却是值得借鉴的。

对于当时刚刚取得汉中之战胜利的蜀汉政权而言，要想实现统一天下的愿望，就必须想方设法让魏蜀边境的曹军主力撤到其他地区，当时蜀汉军队主要分成两部分，主力由刘备和诸葛亮率领集中于益州和汉中，关羽兵团驻守荆州南郡，只有让关羽兵团攻打襄樊，对于曹魏构成致命威胁，才有可能迫使曹操从魏蜀边境抽调军队，等到曹军主力集中于襄樊一带，刘备和诸葛亮就可以趁曹魏防守空虚，强渡关山，越过秦岭，攻占关中，然后挥戈南下，与关羽兵团先后夹击，就能彻底消灭曹军主力，一旦曹军主力全军覆没，曹魏的灭亡便指日可待，等到曹魏灭亡，蜀汉就可以从荆州和淮南两路出兵讨伐东吴，考虑到此时蜀汉"三分天下有其二"，消灭东吴也只是时间的问题。如果一切进展顺利，刘备、诸葛亮和关羽不仅能够统一天下，而且都将由于开启第二次"光武中兴"的成功而流芳百世！

五、低估了东吴的潜在威胁和关羽临机处置失当是蜀汉在襄樊之战中惨败的深层根源

然而刘备和诸葛亮千算万算，却唯独漏算了一点，即东吴在襄樊之战过程中可能的立场转变造成的潜在威胁，而前者之所以如此麻痹大意，则与襄樊之战之前魏蜀吴三方在荆州地区势力的消长和蜀汉很可能给予东吴的一个承诺有着密切的关系。

一方面，赤壁之战之后，曹操退回北方，东吴军队在周瑜率领下经过数次激战，攻占曹仁防守的南郡，这样除了原来的江东六郡和荆州江夏郡之外，东吴又拥有荆州的南郡；另外一方面，原本几乎要成为曹操刀下之鬼的刘备集团乘机抢占地盘，"表刘琦为荆州刺史，引兵南徇四郡，武陵太守金旋、长沙太守韩玄、桂阳太守赵范、零陵太守刘度皆降。庐江营帅雷绪率部曲数万口归

备。备以诸葛亮为军师中郎将，使督零陵、桂阳、长沙三郡，调其赋税以充军实；以偏将军赵云领桂阳太守"（《资治通鉴·汉纪五十七》），占领了荆州南四郡。虽然由于大意轻敌，曹操在赤壁之战中被孙刘联盟打得丢盔弃甲，人仰马翻，但是论综合国力和军事实力，曹魏远远在东吴之上，假以时日，曹魏恢复元气，吸取教训，东吴依然面临巨大的威胁。为了制衡曹魏，在周瑜病逝之后接替其职务的鲁肃的建议下，东吴将荆州的南郡等地割让给蜀汉，这样驻扎在荆州的南郡等地的蜀军实质成为了高悬曹魏头上的一把随时可能落下的"达摩克利斯之剑"。

然而随着建安十九年（214）刘备攻取益州，以及曹魏将军事重心转移到西部，孙权和刘备围绕荆州各郡的归属问题一度兵戎相见，建安二十年（215），看到刘备拥有益州之后，势力如日中天，孙权派诸葛亮的大哥诸葛瑾出使蜀汉要求归还荆州诸郡，被刘备以日后占领凉州，再交还荆州为由加以拒绝，"权忿之，乃遣吕蒙袭夺长沙、零陵、桂阳三郡。先主引兵五万下公安，令关羽入益阳。是岁，曹公定汉中，张鲁遁走巴西。先主闻之，与权连和，分荆州江夏、长沙、桂阳东属，南郡、零陵、武陵西属，引军还江州"（《三国志·蜀书·先主传》）。

了解了东吴向蜀汉割让荆州的南郡等地以及建安二十年（215）双方平分荆州的过程，我们便会知晓蜀汉为什么在襄樊之战中对于东吴如此麻痹大意。在刘备看来，尽管从表面上看，蜀汉从东吴那里获得了荆州的南郡等地，占了大便宜，但是随着荆州的南郡等地被纳入蜀汉的版图，客观上也替东吴承担了长江中游的防守重任，使后者避免了直接面对曹魏军队的巨大压力。在关羽镇守南郡的数年期间，军事实力远远不如曹魏的东吴频繁越过长江防线，主动进攻，曹魏只能被动防守，仅有的几次对东吴进攻，到了长江边便裹足不前，所担心的除了长江天险之外便是即使越过长江防线，攻占了东吴的城池，但是如果镇守南郡的关羽率军顺流而下，曹军将由于后退无门难逃被吴蜀联军包围消灭的命运。

另外，建安二十年（215），吴蜀围绕荆州的归属问题一度剑拔弩张，但是由于此时曹操攻打汉中张鲁，担心后方有失的刘备主动和谈，将长沙和桂阳两郡割让给孙权，之后吴蜀两国恢复了联盟关系，孙权再度攻打合肥，显然在刘备心目中，随着长沙和桂阳两郡割让给东吴，蜀汉不再亏欠东吴，孙权没有资格再向刘备讨要荆州一寸土地。

除此之外，为了确保襄樊之战万无一失，刘备还可能对孙权作了某项承诺。《三国志·吴书·吕蒙传》记载：

权深纳其策，又聊复与论取徐州意，蒙对曰："今操远在河北，新破诸袁，抚集幽、冀，未暇东顾。徐土守兵，闻不足言，往自可克。然地势陆通，骁骑所骋，至尊今日得徐州，操后旬必来争，虽以七八万人守之，犹当怀忧。不如取羽，全据长江，形势益张。"权尤以此言为当。及蒙代肃，初至陆口，外倍修恩厚，与羽结好。

这则记载表面上看没什么问题，但是其实内有乾坤。徐州易攻难守，这点已经在位多年，并且多次率军出征的孙权怎么可能不知道，孙权就是否攻占徐州向吕蒙询问，实质上是指在关羽兵团攻打襄樊，吸引曹军主力之时，东吴是否应该与蜀汉配合攻占徐州向本国军事将领征求意见，换句话说，在襄樊之战爆发之前，刘备很可能已经与孙权约定，在蜀汉北伐中原之际，东吴应该配合前者，趁机攻打徐州，只要攻下徐州，徐州便归属东吴所有，考虑到徐州的面积、人口和战略地位，刘备的这个建议一度让孙权心动也不足为奇，但是在跟吕蒙交谈之后，孙权赫然发现，由于缺乏精锐的骑兵部队和野战能力不如曹军，即使东吴攻下徐州，也不能保住徐州。更为关键的是，假如蜀汉趁机消灭曹魏，一旦曹魏灭亡，恐怕连三岁小孩都知道下一个讨伐目标一定是东吴，到时面对"三分天下有其二"的蜀汉从荆州和淮南两路进攻，东吴将死无葬身之地！孙权权衡利弊之后，决心偷袭荆州，他当然绝对不会把这些核心机密告诉蜀汉，相反其很可能通过使者告诉刘备，自己同意蜀汉的建议，攻打徐州，但是筹备军队和粮草需要时间，你们只管放心大胆地去北伐中原吧！我们东吴在背后支持你们，在这种情况下，蜀汉上下自然对于东吴可能的立场转变造成的潜在威胁缺乏足够的警惕！

必须指出的是，蜀汉在襄樊之战中惨败也跟前线总指挥关羽临机处置失当有着密切的关系，前文已经提及，关羽兵团的主要任务是"佯攻"，即兵临襄樊城下，制造即将攻陷襄樊的假象，以吸引曹魏主力尤其是魏蜀边境曹军前来支援，为集重兵于汉中的刘备、诸葛亮强渡关山，占领关中，直至消灭曹魏提供可乘之机，但是形势的发展却大大超出了刘备、诸葛亮和关羽的意料，由于在襄樊之战初期，关羽兵团气势如虹，高唱凯歌，水淹七军，威震华夏，尽管关羽基本上遵守了刘备、诸葛亮的命令，没有攻陷襄樊，以吸引曹军的主力，但是随着俘虏的增加以及投靠的百姓数量的上升导致关羽军粮匮乏，不得不抢夺东吴军粮，触怒了孙权，加速了吴蜀两国的决裂，坚定了孙权偷袭荆州的决心。

与此同时，由于曹魏援军源源不断地赶来，深感兵力不足的关羽在接替吕蒙成为吴军统帅的陆逊的"阿谀奉承"下失去警惕，抽调原本防备对方的荆州留守部队，而负责后勤补给的士仁、糜芳不能及时供应粮草，震怒之下的关羽不惜扬言，等回师之日将严惩两人，使得后者在吕蒙白衣渡江，偷袭荆州之时，主动投降，这些无疑都为东吴占领荆州打开了方便之门。另外，在得知吕蒙偷袭荆州之后，关羽的正确选择是一旦确立消息的真实性，应该果断撤军，兵锋直指江陵，考虑到此时东吴在江陵立足未稳，江陵内部还有大量忠于蜀汉的士兵和百姓，在里应外合下，关羽兵团夺回南郡并非没有可能，但是关羽却不仅优柔寡断，白白浪费了一个多月的时间，而且还幼稚地派出使者责问吕蒙，结果使者返回之后，蜀军士兵从其口中得知家眷已经被控制在吕蒙手中，斗志涣散，纷纷溃逃，最终不仅导致荆州的彻底沦陷，而且还给关羽兵团带来了灭顶之灾。

关羽在襄樊之战关键时刻临机处置失当，在后主刘禅即位之后蜀汉政权赐其谥号上也有所体现。《三国志·蜀书·后主传》记载："（景耀）三年秋九月，追谥故将军关羽、张飞、马超、庞统、黄忠。"《三国志·蜀书·关张马黄赵传》记载："追谥羽曰壮缪侯。……初，先主时，惟法正见谥；后主时，诸葛亮功德盖世，蒋琬、费祎荷国之重，亦见谥；陈祗宠待，特加殊奖，夏侯霸远来归国，故复得谥；于是关羽、张飞、马超、庞统、黄忠及云乃追谥，时论以为荣。"

长久以来，后世的专家学者对于关羽的谥号究竟是美谥还是恶谥争论不休。在我国古代社会，壮与庄相通，根据《逸周书·谥法解》解释："甲冑作曰庄，澼圉克服曰庄，胜敌志强曰庄，死于原野曰庄，屡征杀伐曰庄，武而不遂曰庄。……名与实爽曰缪。"显然与庄相通的壮是美谥，指得是关羽一生征战，为蜀汉政权开疆辟土，最后战死沙场，但是隐含着"名不副实"之意的"缪"则是恶谥。尽管不少学者认为，"缪"与"穆"相通，可在《逸周书·谥法解》中，"穆"另有含义，两者并不相通。

对于关羽谥号中为什么出现"缪"这个恶谥，笔者个人认为，比较合理的解释便是，这个"缪"字隐含着后主刘禅对于关羽在襄樊之战关键时刻临机处置失当的惋惜，毕竟从字面上解读，"缪"也有错误的意思。在后主刘禅看来，如果当时关羽能够对于东吴多一份警惕和妥善处理与士仁、糜芳等人的矛盾，并且在东吴偷袭荆州消息传来之后，果断撤兵，与荆州内部的依然忠于蜀汉的势力里应外合，考虑到曹魏此时坐山观虎斗，虽然未必可以重新收复荆州三郡，但是还是有可能夺回南郡，然而由于关羽迟疑不决，加之误派使者事件的影响，最终造成蜀汉满盘皆输的结果，因此才将其追谥为"壮缪侯"。

或许有些读者朋友会质疑，如果刘备和诸葛亮派关羽率军北伐中原并不是真的想要攻占襄樊，而是另有目的，襄樊之战中蜀汉全军覆没跟关羽关键时刻临机处置失当也有密切关系，那么为什么魏蜀吴三国的史书对于这些内容讳莫如深呢？要想回答这个问题，我们必须了解魏蜀吴都不愿提及襄樊之战背后真相的难言之隐。

先说曹魏，襄樊之战初期，关羽兵团气势如虹，高唱凯歌，吓得曹操差点要迁都，假如曹魏史官真实记录这段历史让后世知道在襄樊之战爆发后，曹魏一度遭遇亡国威胁，襄樊没有被关羽攻陷不是由于曹军如何英勇，而是后者有意为之的结果，曹魏岂不是脸面扫地？

对于蜀汉而言，襄樊之战是刘备和诸葛亮经过多年策划，按照《隆中对》所确定的战略，最接近实现第二次"光武中兴"的最重要的战役，但是由于蜀汉对于东吴缺乏必要警惕之心，导致关羽兵团全军覆没，加之事后刘备为报仇雪恨，起兵讨伐东吴，在夷陵惨败，精锐尽失，原本最有希望统一天下的蜀汉只能龟缩于四川盆地，自然对于这段历史讳莫如深。

至于东吴，表面上看占了大便宜，占据了荆州，但是因为没有关羽兵团作为屏障，不得不在长江沿线独立面对综合实力远在自己之上的曹魏军队的巨大压力，考虑到襄樊之战导致东吴在地缘政治和军事防御上的恶化，以及诸葛亮执政之后，吴蜀重新结盟共同对抗曹魏，东吴史官不愿在史书中记载襄樊之战背后的真相也在情理之中。

最后，我们还需要感谢《三国志》的作者陈寿，尽管由于身兼蜀汉降臣和西晋官员的双重敏感身份所面临的巨大政治压力，使其在撰写相关篇章时无法秉笔直书，但是作为"一代良史"，陈寿又不甘心将襄樊之战的背后真相完全掩埋于历史的尘埃，所以有意在《三国志·蜀书·廖立传》中借廖立之口留下"昔先帝不取汉中，走与吴人争南三郡，卒以三郡与吴人，徒劳役吏士，无益而还。既亡汉中，使夏侯渊、张郃深入于巴，几丧一州。后至汉中，使关侯身死无孑遗，上庸覆败，徒失一方。是羽怙恃勇名，作军无法，直以意突耳，故前后数丧师众也"这些蕴含丰富信息的话语，为后人寻找问题的答案提供了最有价值的历史线索，没有陈寿留下的这句提示，很难想象我们能够破解襄樊之战背后的历史真相！

汉末三国时期究竟有几个蜀汉政权

太康元年（280），晋灭吴，结束了汉末近百年的分裂局面后，原蜀汉降臣，曾任晋著作郎、治书侍御史的陈寿历经十年，撰写完成了纪传体史学巨著《三国志》，完整地记叙了自汉末至晋初近百年间中国由分裂走向统一的历史全貌，与《史记》《汉书》《后汉书》并称"前四史"。《三国志》全书一共六十五卷，《魏书》三十卷，《蜀书》十五卷，《吴书》二十卷。自问世以来，《三国志》便受到当时和后世学者的高度赞赏，南朝文学理论家刘勰在《文心雕龙·史传》中评价："魏代三雄，记传互出，《阳秋》《魏略》之属，《江表》《吴录》之类，或激抗难征，或疏阔寡要。唯陈寿《三国志》，文质辨洽，荀（勖）、张（华）比之（司马）迁、（班）固，非妄誉也。"

然而令人感到奇怪的是，在陈寿撰写《三国志》之时，却将刘焉、刘璋父子的传记列为《蜀书》之首。通常而言，根据我国古代史书编排原则，每部史书卷首的位置应该留给本政权的"开国之君"或其父祖，如果陈寿个人喜欢按照历史次序安排传记，那么在曹操之前"挟天子以令诸侯"的董卓以及在孙策之前统治江东的刘繇也应该分列《魏书》和《吴书》之首，但是事实上，《魏书》和《吴书》开篇就是魏武帝曹操和孙坚、孙策父子，这完全符合我国古代史书编排原则。

另外，陈寿撰写《三国志》时将刘焉、刘璋父子的传记列为《蜀书》之首，如果这件事发生在蜀汉还没有灭亡时，他恐怕会人头落地，即使此时，蜀汉已经灭亡，拥有"一代良史"美誉的陈寿把历史上恶评如潮的刘焉、刘璋父子的传记放在原本应该属于蜀汉"开国之君"刘备的位置，难道不怕因为这个低级错误被天下读书人耻笑吗？而要解开这个谜团，还必须从刘焉、刘璋父子一生的经历谈起。

一、从割据巴蜀到二世而亡

刘焉字君郎，江夏竟陵（今湖北天门）人，汉鲁恭王后裔，东汉章帝元和年间，鲁恭王一部分后代因迁封竟陵而在那里安家落户，刘焉年轻时曾在州郡任职，因为宗室身份被授予郎中一职。延熹三年（160），由于老师祝恬（汉桓帝时司徒）去世而离职，在阳城山讲学授课，后被推举为贤良方正，在司徒幕府任职，历任雒阳令、冀州刺史、南阳太守、宗正、太常。中平五年（188），刘焉目睹汉灵帝统治下政治腐败、民不聊生的王朝末日，向朝廷建议说："刺史、太守，货赂为官，割剥百姓，以致离叛。可选清名重臣以为牧伯，镇安方夏。"（《三国志·蜀书·刘二牧传》）他本人自请充任交州牧，以躲避乱世，建议还未实施，侍中董扶私下告诉刘焉益州一带有天子之气，当时益州刺史郤俭大事聚敛，贪婪成风，恶名远扬，而且并州和凉州先后出现民众发动叛乱杀死刺史事件，刘焉的建议获得了朝廷的批准，汉灵帝下旨任命刘焉为监军使者，领益州牧，封阳城侯，收捕郤俭治罪，董扶也要求出任蜀郡西部属国都尉。

在刘焉入川之时，益州叛贼马相、赵祗在绵竹自号黄巾，纠集数千人，先杀绵竹县令李升，投靠的吏民合计超过万人，然后占领雒县，攻打益州，杀死郤俭，又流窜到蜀郡、犍为，数月之间，三郡震动，马相自称天子，部属数万。益州从事贾龙率领数百家兵驻扎犍为东界，安抚吏民，得千余人，攻打马相，马相败逃。贾龙派人迎接刘焉，刘焉将治所迁移到绵竹，"抚纳离叛，务行宽惠，阴图异计"（《三国志·蜀书·刘二牧传》）。此前，张鲁之母信仰鬼神邪说，又有容貌资色，常常往来于刘焉家，刘焉派遣张鲁为督义司马，驻扎汉中，截断道路，杀害汉朝的使者，刘焉上书朝廷说，五斗米道的强盗阻断了道路，道路不再通畅，又假托他事杀死了本地豪强王咸、李权等十多人，以立威信，犍为太守任岐和贾龙因此率军攻打刘焉，刘焉趁机剿灭任岐、贾龙。

大权在握的刘焉的不臣之心逐渐显露，为了展现权势，专门制作皇帝乘坐的车子千余辆，荆州牧刘表给朝廷上的奏文中指责刘焉在益州好像子夏在西河，以圣人自居。当时刘焉的儿子刘范担任左中郎将，刘诞担任治书御史，刘璋任奉车都尉，只有担任别部司马的刘瑁一直跟随刘焉，汉献帝派刘璋宣谕刘焉，刘焉留住刘璋不让他回长安。

兴平元年（194），刘焉在朝中的长子、左中郎将刘范与次子、治书侍御史刘诞、征西将军马腾策划进攻长安，但密谋败露，逃往槐里，刘范不久被杀，刘诞亦被抓获处死，议郎庞羲送刘焉的孙辈入蜀免受牵连。此时绵竹发生大火，刘焉的府第被焚烧，所造车乘也被烧得一干二净，四周民房亦受其害，刘焉不得已迁州治到成都，因为伤心两个儿子被杀，又担忧灾祸，不久便发背疮而死。

刘焉死后，益州官吏赵韪等人认为刘璋柔弱宽容，于是上书推举他继掌益州，朝廷下诏任命刘璋为监军使者、益州牧，同时任命赵韪为征东中郎将，率军讨伐刘表。

刘璋即位之后，原本依附于刘焉的汉中张鲁骄纵，不听刘璋号令，于是刘璋诛杀张鲁母弟，双方成为仇敌，刘璋派庞羲攻击张鲁，但多次被张鲁击败。当初南阳、三辅的几万家百姓流亡到益州，刘焉将他们全部收为部众，称为"东州兵"。刘璋性情柔弱宽容，缺乏威信谋略，东州兵四处掠夺百姓财物，成为巴蜀的祸害，刘璋没有能力制止，引发益州士族的不满，此时赵韪在巴中，深得百姓士兵的拥戴。建安五年（200），赵韪发动叛乱，蜀地多处响应，幸得刘焉之前收容荆州、三辅流民建立的"东州兵"拼力死战，才平息了叛乱，诛杀赵韪于江州。

建安十三年（208），曹操亲自率兵征讨荆州，刘璋于是派出河内阴溥为使者致以敬意，曹操加封刘璋为振威将军，封其兄刘瑁为平寇将军。不久，又派遣别驾从事蜀郡张肃送叟兵三百人和一些御用之物给曹操。曹操占领荆州之后，刘璋再度派遣别驾张松到曹操那里，但志得意满的曹操没有以礼相待，导致张松心怀怨恨，回来后劝说刘璋同曹操断绝关系，他对刘璋说："刘豫州，使君之肺腑，可与交通。"（《三国志·蜀书·刘二牧传》）刘璋深以为然，特意派法正前往与刘备结盟，随即又指示法正和孟达送去数千兵卒帮刘备抵御曹军。

建安十六年（211），刘璋听说曹操将派兵到汉中征讨张鲁，心中恐惧，张松又劝说刘璋："今州中诸将庞羲、李异等皆恃功骄豪，欲有外意，不得豫州，则敌攻其外，民攻其内，必败之道也。"（《三国志·蜀书·刘二牧传》）刘璋又听从了张松的建议，立刻派法正率部队迎接刘备。刘璋的主簿巴西人黄权劝阻说："左将军有骁名，今请到，欲以部曲遇之，则不满其心，欲以宾客礼待，则一国不容二君。若客有泰山之安，则主有累卵之危。可但闭境，以待河清。"（《三国志·蜀书·黄权传》）从事广汉人王累将自己倒吊在益州城门上劝阻刘璋，刘璋全都置之不理。

刘备从江陵率军赶到涪城，刘璋率领步、骑兵三万多人，车驾幔帐，光耀夺目，前往与刘备相会，刘璋提供大批武器物资给刘备，让他去讨伐张鲁。

建安十七年（212），刘备进驻葭萌，张松的哥哥广汉太守张肃害怕灾难临头，就把张松的图谋禀告了刘璋，刘璋将张松收捕处死，下令所有关隘的守卫部队封锁道路，刘备大怒，掉转兵力攻打刘璋。

双方的战争历时两年之久，其间刘璋所部杀死了刘备军师庞统，诸葛亮、张飞、赵云三路援军由荆州支援刘备。

建安十九年（214），刘备率领大军包围成都，并派简雍劝降刘璋。当时城中还有三万精锐部队，粮食够支持一年，官吏百姓都想抵抗，刘璋却说："父子在州二十馀年，无恩德以加百姓。百姓攻战三年，肌膏草野者，以璋故也，何心能安！"（《三国志·蜀书·刘二牧传》）于是打开城门，出城投降，部属无不痛哭流涕，刘备把刘璋迁至公安，并将财物归还于他，再佩振威将军印信。建安二十四年（219），东吴孙权偷袭荆州，以刘璋为益州牧，驻于秭归，但是后者不久病死。

二、刘璋统治的二十年是汉末三国时期益州百姓生活最幸福的时期

相比于其他汉末枭雄的杀伐决断、铁血恩仇，刘璋给人的感觉离不开懦弱无能、优柔寡断的昏君形象，尤其是他引狼入室，邀请刘备入川，导致父亲刘

焉创立的基业毁于一旦，显然是印证前者是纨绔子弟的最好证据。陈寿认为："璋才非人雄，而据土乱世，负乘致寇，自然之理，其见夺取，非不幸也。"（《三国志·蜀书·刘二牧传》）刘宋史学家范晔赞同陈寿的评价，认为："璋能闭隘养力，守案先图，尚可与时推移，而遽输利器，静受流斥，所谓羊质虎皮，见豹则恐，吁哉！"（《后汉书·刘璋传》）

然而可能令后世的读者意料不到的是，在汉末三国时期，刘璋统治的二十年却是益州经济最繁荣、社会最稳定、百姓生活最幸福的时期。

建安十二年（207），客居荆州的刘备邀请躬耕南阳的诸葛亮出山，诸葛亮在为刘备规划统一天下的战略即赫赫有名的《隆中对》中曾经指出："刘璋暗弱，张鲁在北，民殷国富而不知存恤，智能之士思得明君。"诸葛亮在这里所说的有一处是客观事实，有一处是污蔑之词，"民殷国富"是客观事实，但是说刘璋"不知存恤"，却是典型的"欲加之罪，何患无辞"，如果刘璋像袁术那样穷兵黩武，极尽享乐，盘剥百姓，益州又如何能达到"民殷国富"的地步，诸葛亮斥责刘璋不过是为建议刘备夺取益州提供合法化依据。

《三国志·蜀书·庞统传》裴注引《九州春秋》记载："统说备曰：'荆州荒残，人物殚尽，东有吴孙，北有曹氏，鼎足之计，难以得志。今益州国富民强，户口百万，四部兵马，所出必具，宝货无求于外，今可权借以定大事。'"这则记载说明当时益州的"国富民强"是外界公认的事实。

但是随着刘备攻占益州，巴蜀百姓的好日子算是到头了。《三国志·蜀书·先主传》记载："十九年夏，雒城破，进围成都数十日，璋出降。蜀中殷盛丰乐，先主置酒大飨士卒，取蜀城中金银分赐将士，还其谷帛。"刘备完全是以战胜者心态处置这些原本属于百姓的金银和谷帛。为了弥补战争导致的军用不足，刘备还采纳了刘巴的建议。《三国志·蜀书·刘巴传》裴注引《零陵先贤传》记载："及拔成都，士众皆舍干戈，赴诸藏竞取宝物。军用不足，备甚忧之。巴曰：'易耳，但当铸直百钱，平诸物贾，令吏为官市。'备从之，数月之间，府库充实。"刘备的府库充实了，百姓的口袋却空虚了！

在后主刘禅时期，巴蜀百姓同样过得不幸福。受刘备临终托孤而掌控朝政的诸葛亮在平定南中之乱后多次北伐曹魏，在蒋琬、费祎担任辅政大臣期间，由于前者采取"休养生息"的政策，巴蜀上下才获得喘息之机，然而随着费祎遇刺身亡，在军中崛起的姜维再次举起"北伐中原，兴复汉室"的大旗，频繁的战争使得蜀汉百姓赋税沉重，民不聊生。

《三国志·蜀书·李恢传》记载："南夷复叛，杀害守将。恢身往扑讨，锄尽恶类，徙其豪帅于成都，赋出叟、濮耕牛战马金银犀革，充继军资，于时费用不乏。"《三国志·吴书·薛珝传》裴注引《汉晋春秋》记载："孙休时，珝为五宫中郎将，遣至蜀求马。及还，休问蜀政得失，对曰：'主暗而不知其过，臣下容身以求免罪，入其朝不闻正言，经其野民皆菜色。'"

通过这些历史记载，巴蜀百姓在汉末三国，哪个时期更幸福，哪个时期更痛苦，难道不是一目了然吗？

三、刘璋是昏君还是明君

刘璋时期益州"民殷国富"与刘备父子时期"民不聊生"之间的鲜明对比使得我们不禁要问，刘璋和刘备谁是明君？谁是昏君？通常而言，所谓明君是指心胸开阔、善于纳谏的君主，所谓昏君是指是非不分、抗拒谏言的君主。显然与刘璋相比，在许多人眼中，刘备更有资格称得上明君，诸葛亮在《隆中对》中曾称赞刘备："将军既帝室之胄，信义著于四海，总揽英雄，思贤如渴。"曹操也在与刘备把酒言欢时赞叹道："今天下英雄，唯使君与操耳。本初之徒，不足数也。"陈寿本人也赞叹："先主之弘毅宽厚，知人待士，盖有高祖之风，英雄之器焉。及其举国托孤于诸葛亮，而心神无贰，诚君臣之至公，古今之盛轨也。"（《三国志·蜀书·先主传》）

然而对于巴蜀百姓而言，刘备入川却是噩梦的开始，不仅个人财富被洗劫一空，而且由于刘备志在"北伐中原，兴复汉室"，有很高的概率被抽中当士兵，赶往军事对峙的第一线，战死沙场，埋骨他乡。反观刘璋尽管懦弱无能，优柔寡断，并且所部军队经常被汉中张鲁集团击败，但是在其当家之时，益州经济繁荣，社会稳定，百姓富足，无疑站在巴蜀百姓的角度，刘璋更有资格称得上是明君。

在刘璋统治益州期间，其最值得肯定的便是能够知人善用，选贤任能。

三国的暗线

《三国志·蜀书·许靖传》裴注引《益州耆旧传》记载：

（王）商字文表，广汉人，以才学称，声问著于州里。刘璋辟为治中从事。是时王涂隔绝，州之牧伯犹七国之诸侯也，而璋懦弱多疑，不能党信大臣。商奏记谏璋，璋颇感悟。初，韩遂与马腾作乱关中，数与璋父焉交通信，至腾子超复与璋相闻，有连蜀之意。商谓璋曰："超勇而不仁，见得不思义，不可以为唇齿。老子曰：'国之利器，不可以示人。'今之益部，士美民丰，宝物所出，斯乃狡夫所欲倾覆，超等所以西望也。若引而近之，则由养虎，将自遗患矣。"璋从其言，乃拒绝之。荆州牧刘表及儒者宋忠咸闻其名，遗书与商叙致殷勤。许靖号为臧否，至蜀，见商而称之曰："设使商生于华夏，虽王景兴无以加也。"璋以商为蜀郡太守。成都禽坚有至孝之行，商表其墓，追赠孝廉。又与严君平、李弘立祠作铭，以旌先贤。修学广农，百姓便之。在郡十载，卒于官，许靖代之。

《三国志·蜀书·董和传》记载：

董和字幼宰，南郡枝江人也，其先本巴郡江州人。汉末，和率宗族西迁，益州牧刘璋以为牛鞞、江原长、成都令。蜀土富实，时俗奢侈，货殖之家，侯服玉食，婚姻葬送，倾家竭产。和躬率以俭，恶衣蔬食，防遏逾僭，为之轨制，所在皆移风变善，畏而不犯。然县界豪强惮和严法，说璋转和为巴东属国都尉。吏民老弱相携乞留和者数千人，璋听留二年，还迁益州太守，其清约如前。与蛮夷从事，务推诚心，南土爱而信之。

王商、董和是当时公认的贤臣，尽管"璋懦弱多疑，不能党信大臣"，但是"商奏记谏璋，璋颇感悟"，说明刘璋也是能够接受劝谏，听取不同意见。至于董和在担任成都令之时，"县界豪强惮和严法，说璋转和为巴东属国都尉"，然而在看到"吏民老弱相携乞留和者数千人"，刘璋"听留二年，还迁益州太守"，这显示出刘璋身上还具有体恤百姓、知错能改的优点。

另外，求贤若渴的刘璋还接纳了许多由于战乱而颠沛流离的中原名士，其中最具知名度的便是许靖和刘巴。

许靖字文休，汝南平舆（今河南平舆）人。"少与从弟劭俱知名，并有人伦臧否之称……灵帝崩，董卓秉政，以汉阳周毖为吏部尚书，与靖共谋议，进退天下之士，沙汰秽浊，显拔幽滞。进用颍川荀爽、韩融、陈纪等为公、卿、郡守，拜尚书韩馥为冀州牧，侍中刘岱为兖州刺史，颍川张咨为南阳太守，陈留孔伷为豫州刺史，东郡张邈为陈留太守，而迁靖巴郡太守，不就，补御史中丞。馥等到官，各举兵还向京都，欲以诛卓。"（《三国志·蜀书·许靖传》）由于害怕被董卓杀害，许靖先后投奔孔伷、陈祎、许贡、王朗等人，在孙策攻打王朗之前与家属避难交州，受到交趾太守士燮礼遇。后来在刘璋邀请下，相继担任巴郡、广汉、蜀郡太守。

刘巴字子初，零陵烝阳（今湖南邵东）人也，少知名，荆州牧刘表多次征用推举，刘巴都不应征。曹操征伐荆州，荆州士人多归刘备，刘巴却北上投靠曹操，之后受曹操命令招降荆南三郡，不料先为刘备所得，刘巴不能复命曹操，便逃到交州，又辗转进入益州。《三国志·蜀书·刘巴传》裴注引《零陵先贤传》记载："巴入交阯，更姓为张。与交阯太守士燮计议不合，乃由牂牁道去为益州郡所拘留，太守欲杀之。主簿曰：'此非常人，不可杀也。'主簿请自送至州，见益州牧刘璋，璋父焉昔为巴父祥所举孝廉，见巴惊喜，每大事辄以咨访。"

毋庸置疑，刘璋能够被拥立为益州的新主人是由于其"温仁"和"明断少而外言入故"，这种性格特点固然造成刘璋对于部属缺乏应有防范之心，但是客观上也存在着善于听取不同意见的优点。赵韪之乱平定之后，自知缺乏父亲刘焉的威望和胆略的刘璋最终以"割据巴蜀，保境安民"和放弃参与汉末三国的争霸战争作为统治方针，刘璋在王商的建议下拒绝与西凉马超联盟实质上是害怕触怒已经统一中国北方的曹魏政权，引火烧身。在这些贤臣名士的辅佐下，刘璋在统治益州时广施仁政，轻徭薄赋，鼓励农耕，大兴文教，使得巴蜀百姓过上了其他饱受战乱之苦地区民众羡慕不已的幸福生活，如果说此时益州的经济繁荣、社会稳定、百姓富足与统治巴蜀二十年的刘璋没有关系，那岂不是天大的笑话？

四、刘璋邀请刘备入川的原因

刘璋一生最令人惋惜的事莫过于中了张松的奸计，邀请刘备入川，引狼入室。对于刘璋为什么接受张松的建议，不同的史书有着不同的记载。

《三国志·蜀书·刘二牧传》记载：

会曹公军不利于赤壁，兼以疫死。松还，疵毁曹公，劝璋自绝，因说璋曰："刘豫州，使君之肺腑，可与交通。"璋皆然之，遣法正连好先主，寻又令正及孟达送兵数千助先主守御，正遂还。后松复说璋曰："今州中诸将庞羲、李异等皆恃功骄豪，欲有外意，不得豫州，则敌攻其外，民攻其内，必败之道也。"璋又从之，遣法正请先主。

《资治通鉴·汉纪五十八》记载：

会曹操遣钟繇向汉中，璋闻之，内怀恐惧。松因说璋曰："曹公兵无敌于天下，若因张鲁之资以取蜀土，谁能御之！刘豫州，使君之宗室而曹公之深仇也，善用兵。若使之讨鲁，鲁必破矣。鲁破，则益州强，曹公虽来，无能为也。今州中诸将庞羲、李异等，皆恃功骄豪，欲有外意。不得豫州，则敌攻其外，民攻其内，必败之道也。"璋然之，遣法正将四千人迎备。

相对于《三国志·蜀书·刘二牧传》，《资治通鉴》对于刘璋邀请刘备入川原因的记载显然更加全面和客观，即如果刘璋不邀请刘备入川，益州迟早会落入曹操之手，而要理解这点，我们还必须知晓刘璋父子与盘踞汉中的张鲁之间的恩怨和汉中作为益州门户的战略价值。

张鲁字公祺，沛国丰人也。祖父陵，客蜀，学道鹄鸣山中，造作道书以惑百姓，从受道者出五斗米，故世号米贼。陵死，子衡行其道。衡死，鲁复行之。益州牧刘焉以鲁为督义司马,与别部司马张修将兵击汉中太守苏固,鲁遂袭修杀之,夺其众。焉死,子璋代立,以鲁不顺,尽杀鲁母家室。鲁遂据汉中,以鬼道教民,自号"师君"。其来学道者,初皆名"鬼卒"。受本道已信,号"祭酒"。各领部众,多者为治头大祭酒。皆教以诚信不欺诈,有病自首其过,大都与黄巾相似。诸祭酒皆作义舍,如今之亭传。又置义米肉,县于义舍,行路者量腹取足;若过多,鬼道辄病之。犯法者,三原,然后乃行刑。不置长吏,皆以祭酒为治,民夷便乐之。雄据巴、汉垂三十年。(《三国志·魏书·张鲁传》)

张鲁之所以成为益州政权的"心腹之患"与汉中在汉末三国的地缘政治中的特殊作用有着密切的关系。作为天然盆地的汉中被秦岭和大巴山包围,是巴蜀连接关中的咽喉,也是关中进入巴蜀的要隘,具有重要的战略地位。

后来刘备初定益州,曹操即率大军入汉中讨张鲁。黄权恐曹操趁势侵蜀对刘备说:"若失汉中,则三巴不振,此割蜀人股臂也。"(《三国志·蜀书·黄权传》)刘备宠信的法正也建议攻取汉中,认为:"曹操一举而降张鲁,定汉中,不因此势以图巴、蜀,而留夏侯渊、张郃屯守,身遽北还,此非其智不逮,而力不足也,必将内有忧逼故耳。今策渊、郃才略不胜国之将帅,举众往讨,必可克也;克之日,广农积谷,观衅伺隙,上可以倾覆寇敌,尊奖王室;中可以蚕食雍、凉,广拓境土;下可以固守要害,为持久之计。此盖天以与我,时不可失也。"(《三国志·蜀书·法正传》)诸葛亮的从事杨洪也认为:"汉中则益州咽喉,存亡之机会,若无汉中则无蜀矣,此家门之祸也。"(《三国志·蜀书·杨洪传》)

更值得关注的是,张鲁在政治上是一个"亲曹派"。建安二十年(215),曹操亲率大军讨伐张鲁,鲁弟张卫抗曹战败被杀,张鲁逃奔巴中。刘备劝张鲁入蜀,张鲁却表示"宁为曹公作奴,不为刘备上客"(《华阳国志·卷二》)。《三国志·魏书·张鲁传》记载:"左右欲悉烧宝货仓库,鲁曰:'本欲归命国家,而意未达。今之走,避锐锋,非有恶意。宝货仓库,国家之有。'遂封藏而去。太祖入南郑,甚嘉之。又以鲁本有善意,遣人慰喻。鲁尽将家出,太祖逆拜鲁镇南将军,待以客礼,封阆中侯,邑万户。封鲁五子及阎圃等皆为列侯。"

对于张鲁亲曹的政治倾向,与其敌对多年的刘璋不可能不知道,一旦张鲁在曹军讨伐汉中之时主动投降,不仅其本人很有可能成为未来曹操讨伐刘璋的急先锋,而且汉中还将成为曹魏觊觎益州的跳板。

另一方面,刘璋与益州本地士族矛盾重重也使其希望寻找外援。益州士族之所以接纳刘璋之父刘焉与荆州士族拥戴刘表并无本质区别,都是希望作为政治强人的后者能够平定本区域内部的叛乱,维护他们的政治经济利益,但是刘焉站稳脚跟之后试图大权独揽导致与益州本地士族矛盾激化,原本迎接刘焉的益州从事贾龙因为刘焉寻找借口杀死了本地豪强王咸、李权等十多人,与犍为太守任岐联手反叛,攻打刘焉兵败被杀。刘璋与益州本地士族的矛盾依然根深蒂固,由于"东州兵"掠夺百姓财物,引发益州士族的不满,后者便转而支持在巴中的赵韪发动叛乱,蜀地多处响应,幸得"东州兵"拼力死战,才平息了这场叛乱。张松在建议迎刘备入川之时,主要理由便是:"今州中诸将庞羲、李异等皆恃功骄豪,欲有外意,不得豫州,则敌攻其外,民攻其内,必败之道也。"(《三国志·蜀书·刘二牧传》)

在这种情况下,刘璋接受张松建议邀请刘备入川就变得顺理成章了。在刘璋看来,刘备拥有仁义的美名,麾下的关羽、张飞和赵云是当世名将,又与自己同为大汉宗室,邀请其入川,不仅可以利用其来抵御曹操,而且能够震慑益州本地士族,一举两得,何乐而不为呢?

作为后来者的我们当然知道这种想法是非常幼稚的,但是这种做法并非没有先例可寻,刘璋邀请刘备入川实质上就是想复制当年刘表收留后者的成功经验,然而刘表能够驾驭刘备并不意味着刘璋也能够做同样的事情,论个人威望、政治手腕,刘璋连做刘表的学生都不够资格;论本地官僚和士族的支持度,荆州的官员和士族对刘表敬畏有加,可益州的不少官员像张松、法正却与刘备暗通款曲,相互勾结。最为关键的是,当年刘备投靠刘表时累累如丧家之犬,而刘璋邀请其入川之时,已经占据荆州五郡,兵强马壮,又有诸葛亮和庞统等一流谋士辅佐,自然不会甘心为刘璋守门户,反客为主、鸠占鹊巢是必然的结果。

五、陈寿为何将刘焉、刘璋父子传记列为《蜀书》之首

理解了这些，我们对于陈寿将刘焉、刘璋父子传记列为《蜀书》之首就不会感到困惑。按照我国传统史学的编排原则，刘焉、刘璋父子的传记应该放在先主刘备、后主刘禅之后，陈寿在撰写《魏书》和《吴书》之时，便是按照这个原则安排类似人物次序，像董卓在曹操之前便已经"挟天子以令诸侯"，成为东汉王朝事实的当家人，陈寿将其传记放在曹魏后妃之后；在《吴书》中也有一个与刘焉、刘璋父子相类似的人物，即在孙策之前控制江东的另一位汉室宗亲，官拜扬州牧、振武将军的刘繇，但是陈寿却将刘繇的传记放在三嗣主之后，如果陈寿将刘焉、刘璋父子传记列为《蜀书》之首，那么也应该将董卓和刘繇的传记放在《魏书》和《吴书》之首，但是这样做无疑会被天下读书人耻笑。从没有将董卓和刘繇的传记放在《魏书》和《吴书》之首来看，陈寿对于传统史书的编排原则并不陌生，那么应该如何解释这种反常的现象呢？

陈寿将刘焉、刘璋父子传记列为《蜀书》之首绝对不可能是疏忽大意，唯一合理的解释便是在陈寿看来，汉末三国时期的巴蜀地区事实上存在着两个蜀汉政权，刘焉、刘璋父子统治时期属于前蜀汉政权，刘备、刘禅父子统治时期属于后蜀汉政权，在前蜀汉政权的两位君主中，刘焉平定叛乱，统一巴蜀，是"开国之君"，刘璋选贤任能，无为而治，但是却引狼入室，是"守成之君"也是"亡国之君"。如果陈寿像《魏书》《吴书》那样在撰写《蜀书》之时把刘焉、刘璋父子传记安排至先主刘备和后主刘禅之后，容易让后世学者忽视前蜀汉政权的存在和刘焉、刘璋父子治理蜀地的功绩，这是有"一代良史"之称的陈寿绝对无法接受的。

几百年后，几乎相同的一幕在巴蜀大地再度上演。唐朝末年，军阀混战，天下大乱，大宦官田令孜义子、神策军将领王建利用东、西川相互之间攻伐不已之机，趁乱攻取了成都，被唐廷任命为西川节度使。此后，他又攻占了东川、汉中以及秦、凤、阶、成等州，天复三年（903），王建受封为蜀王。四年后唐朝灭亡，后梁建立，由于王建不承认后梁的正统地位，遂自立为帝，国

号蜀，年号武成，封授百官，史称"前蜀"，王建即为"前蜀"的"开国之君"。光天元年（918），王建病逝，其子王衍继位后奢侈荒淫，营建宫殿，导致上下离心，民怨沸腾。同光三年（925），后唐庄宗李存勖发兵攻打前蜀，王衍投降，前蜀灭亡。

前蜀灭亡后，平蜀主将郭崇韬含冤被杀，后唐庄宗李存勖也在兴教门之变中身亡，西川节度使副大使孟知祥窃取蜀中兵权，效仿王建割据一隅。长兴四年（933），后唐封孟知祥为蜀王，次年，孟知祥在成都建都称帝，年号明德，国号蜀，史称"后蜀"，孟知祥即为"后蜀"的"开国之君"。同年，孟知祥病逝，其子孟昶即位，选用了一批像王昭远那样的庸碌之辈，同时生活奢靡，好大喜功，轻率出兵关中，损耗国力。北宋乾德二年（964）十一月，宋太祖发兵攻伐后蜀，次年一月，孟昶向宋朝投降，后蜀灭亡。

毋庸置疑，"前蜀"和"后蜀"是两个相互承接的独立政权，如果欧阳修在撰写《新五代史》时把王建、王衍父子列在孟知祥、孟昶父子之后，肯定会被后世的读者笑话。同样的道理，在天下大乱、群雄虎争的汉末三国时期，自刘焉进入益州，平定叛乱，成为益州的主人之后，虽然没有正式建国称帝，但是前者实质上已经建立了一个独立的割据政权，刘璋向刘备投降标志着汉末三国时期前蜀汉政权的灭亡和后蜀汉政权的建立。陈寿将刘焉、刘璋父子的传记放在《蜀书》之首实质上是告诉后世读者在汉末三国时期的巴蜀地区开启与曹魏、东吴三分天下序幕的不是刘备开创的后蜀汉政权，而是由刘焉建立的前蜀汉政权。

陈寿认为汉末三国时期存在两个相互承接的蜀汉政权的另一个证据也隐藏在《三国志》的字里行间。唐朝史学家刘知几撰写的《史通·内篇·列传》记载："陈寿《国志》载孙、刘二帝，其实纪也，而呼之曰传。"值得注意的是，在《三国志》中，孙权父兄孙坚、孙策的传记与刘焉、刘璋父子传记有两点非常相似：一是分别位列《吴书》和《蜀书》之首，紧随其后的便是孙权和刘备的传记；二是两者的标题是《孙破虏讨逆传》和《刘二牧传》，同样是以官职称呼传主，这些相似性不仅显示作者对于传主的尊重，而且也向后世读者暗示，《刘二牧传》在《蜀书》中的地位等同于《孙破虏讨逆传》在《吴书》

中的地位，而众所周知，孙坚、孙策是吴主孙权的父兄，即孙权的先辈，也就是说，在陈寿看来，刘焉、刘璋父子也可以被看作是刘备的先辈，两者之间在政权的传承上是"先辈"和"后辈"的关系。理解了这些，我们就会明白陈寿之所以没有将《蜀书》命名为《汉书》，除了要尊曹魏为正统的需要之外，还在于《蜀书》在字面上本身隐含着记载汉末三国时期巴蜀地区先后出现的两个蜀汉政权历史之意，假如命名为《汉书》则会让人以为该书仅仅是介绍刘备开创的后蜀汉政权，而难以意识到在后蜀汉政权建立之前还存在一个由刘焉建立的前蜀汉政权。

除此之外，陈寿将刘焉、刘璋父子传记列为《蜀书》之首还与其痛恨战争、渴望和平的政治倾向有关。后蜀汉政权建立之后，当权者频繁发动对外战争导致国力衰弱，民不聊生，引发益州本地士族的不满和敌视，陈寿的老师、益州名士谯周就是后蜀汉政权"反战派"的代表人物。据《三国志·蜀书·谯周传》记载，谯周不仅撰写《仇国论》，制造反对北伐的社会舆论，而且在钟会、邓艾大军兵临城下的时候，亲自劝说后主刘禅投降。"物以类聚，人以群分"，陈寿既然拜谯周为师，说明他是认同后者的政治观点。

在刘璋统治益州二十年期间，以"保境安民，休养生息"为己任，将益州治理成了汉末三国大乱世的一片乐土，刘备入川后，刘璋为了维护百姓的利益，断然拒绝从事郑度"坚壁清野"的建议。另外，建安十九年（214），刘备进兵包围成都，在当时城中尚有三万精锐部队，粮食够支持一年，官吏百姓都想抵抗的情况下，刘璋不愿益州百姓再饱受战乱之苦，主动投降，这些对于饱读诗书，深受儒家思想影响的陈寿不可能没有触动。陈寿将刘焉、刘璋父子传记列为《蜀书》之首显示了其对刘焉、刘璋父子治理益州成就的肯定和赞赏刘璋为了百姓利益放弃个人权势，而《三国志·蜀书·刘二牧传》末尾所写的"其见夺取，非不幸也"也可以显示出陈寿对于丧失父亲基业的刘璋的同情和惋惜之意。

然而必须指出的是，一方面，尽管陈寿内心肯定刘焉、刘璋父子治理益州的成就和赞赏刘璋为了百姓利益放弃个人权势的做法，但是他终究曾是后蜀汉政权的官员，作为后蜀汉政权的官员，陈寿有义务证明后蜀汉政权的合法性，如果陈寿对刘焉、刘璋父子有太多溢美之词，直接描写在刘焉、刘璋父子统治下，巴蜀百姓生活多么幸福，那么消灭前蜀汉政权的刘备和诸葛亮便会变成"奸诈小人"，陈寿则会成为"奸诈小人"所建立政权的"伪官吏"，因此为了维护后蜀汉政权的合法性，陈寿在写《三国志·蜀书·刘二牧传》时，多有负面记载，像"焉意渐盛，造作乘舆车具千馀乘。荆州牧刘表表上焉有似子夏在西河疑圣人之论""后羲与璋情好携隙，赵韪称兵内向，众散见杀，皆由璋明断少而外言入故也"，最后评论刘焉、刘璋父子之时指出："昔魏豹闻许负之言则纳薄姬于室，刘歆见图谶之文则名字改易，终于不免其身，而庆钟二主。此则神明不可虚要，天命不可妄冀，必然之验也。而刘焉闻董扶之辞则心存益土，听相者之言则求婚吴氏，遽造舆服，图窃神器，其惑甚矣。璋才非人雄，而据土乱世，负乘致寇，自然之理，其见夺取，非不幸也。"（《三国志·蜀书·刘二牧》）

但是另一方面，作为"一代良史"，陈寿又不忍心将刘焉、刘璋父子治理益州的成就完全埋没，于是采取折中的方法，在《三国志·蜀书·刘二牧传》中对其多有负面描写的同时，将刘焉、刘璋父子传记列为《蜀书》之首以及在《蜀书》相关篇章中介绍刘焉平定益州叛乱和刘璋选贤任能，将益州治理成富庶之地的成就，利用这些篇章里的只言片语，向后世披露难以直言的历史真相。

刘焉、刘璋父子传记位列《蜀书》之首和他们传记内部的负面描写是陈寿作为"一代良史"和后蜀汉政权官员这两种不同身份相生相克的结果。

孟达的不白之冤及其死于非命背后被掩盖的历史真相

在汉末三国时期，提及朝秦暮楚、频换门庭的"三姓家奴"，除了赫赫有名的吕布之外，另一个便是本文的主人公孟达，从依附刘璋，投靠刘备，到叛蜀附魏，直至试图重新回归蜀汉，死于司马懿之手，孟达似乎难逃后世的骂名。

然而孟达复杂多变的一生之中也存在众多不解之谜，比如根据《三国志·蜀书·刘封传》记载，孟达叛蜀附魏主要原因在于襄樊之战后期，驻守房陵、上庸、西城的前者与刘封拒绝了腹背受敌的关羽的求援要求，后来怕刘备怪罪，所以叛逃曹魏，但是这个记载在逻辑上存在一个明显的漏洞，在当时，房陵、上庸、西城的军政一把手是刘封，孟达是刘封的副手，而且两人不和，从常理上说，救不救关羽应该由刘封说了算，轮不到孟达置喙。

孟达在投靠曹魏之时，曾经给刘备写过一封告别信，在信中列举了四个在历史中遭受过不白之冤的贤臣，认为自己现在也面临相同的遭遇，显然孟达认为自己受了不白之冤所以才被迫叛逃曹魏，如果孟达真的与刘封一起拒绝关羽的求援要求导致蜀汉在襄樊之战中损失惨重，刘备要责罚他，于情于理都是名正言顺，孟达即使要为自己寻找理由也应该另外编造一个借口，难道在拒绝关羽救援问题上，孟达真的遭受了不白之冤吗？

更奇怪的事情还在后面，根据《三国志·蜀书·费诗传》的记载，孟达叛逃后，刘备并没有按照当时的刑律将留在巴蜀作为人质的孟达的妻儿全部处死，孟达之子孟兴后来还在蜀汉政权担任过议督军。除此之外，七年之后，当孟达试图再度投靠蜀汉，遭到司马懿率军千里奔袭，导致其兵败被杀之时，蜀汉丞相诸葛亮并没有积极救援。不少观点认为，诸葛亮之所以坐视孟达覆灭是因为其攻打房陵时杀了自己的姐夫、曹魏房陵太守蒯祺，因此怀恨在心，借司马懿之手来报仇雪恨，以天下为己任的诸葛丞相心胸和气度会如此狭窄吗？要想解开这些谜团，我们必须先了解孟达复杂多变的一生。

一、孟达其人其事

孟达字子度，扶风郡郿县（今陕西眉县）人，其父孟佗曾官至凉州刺史，孟佗在我国史书留有一席之地并不是因为他是有名的忠臣或循吏，而是由于其是通过贿赂宦官来换取政治升迁的著名贪官。

《后汉书·宦者列传》记载：

灵帝时，让、忠并迁中常侍，封列侯，与曹节、王甫等相为表里。节死后，忠领大长秋。让有监奴典任家事，交通货赂，威形喧赫。扶风人孟佗，资产饶赡，与奴朋结，倾谒馈问，无所遗爱。奴咸德之，问佗曰："君何所欲？力能办也。"曰："吾望汝曹为我一拜耳。"时宾客求谒让者，车恒数百千两，佗时指让，后至，不得进，监奴乃率诸仓头迎拜于路，遂共舁车入门。宾客咸惊，谓佗善于让，皆争以珍玩赂之。佗分以遗让，让大喜，遂以佗为凉州刺史。

但是到了建安年间，群雄争霸，天下大乱，孟达由于家道中落与同郡法正一起入蜀依附刘璋，也许是由于父亲臭名远扬，孟达和法正一样并不受刘璋重用。建安十六年（211），刘璋邀请同为汉室宗亲的刘备入川之时，派法正和孟达去迎接刘备，孟达留驻江陵。蜀地平定之后，孟达出任蜀汉荆州宜都太守。

建安二十四年（219），孟达奉命从秭归北攻房陵，曹魏房陵太守，同时也是诸葛亮的姐夫蒯祺在抵御之时战死沙场。房陵被攻下后，孟达继续进攻上庸，刘备私下担心孟达难以独自承担重任，于是命养子刘封自汉中乘汉水而下，统领孟达的军队，与孟达会合于上庸。襄樊之战后期，根据《三国志·蜀书·刘封传》记载，深陷重围的关羽，曾要求刘封和孟达派兵援助，但被刘封和孟达拒绝，关羽战败被杀之后，孟达因畏惧被治罪，再加上跟刘封不和，常受到后者侵凌，于是率部曲四千余家投降曹魏。

魏文帝曹丕得知孟达前来投降，欣喜若狂，不仅对其宠信有加，而且委以重任。《三国志·魏书·明帝纪》裴注引《魏略》记载：

> 达以延康元年率部曲四千馀家归魏。文帝时初即王位，既宿知有达，闻其来，甚悦，令贵臣有识察者往观之，还曰"将帅之才也"，或曰"卿相之器也"，王益钦达。逆与达书曰："近日有命，未足达旨，何者？昔伊挚背商而归周，百里去虞而入秦，乐毅感鸱夷以蝉蜕，王遵识逆顺以去就，皆审兴废之符效，知成败之必然，故丹青画其形容，良史载其功勋。闻卿姿度纯茂，器量优绝，当骋能明时，收名传记。今者翻然濯鳞清流，甚相嘉乐，虚心西望，依依若旧，下笔属辞，欢心从之。昔虞卿入赵，再见取相，陈平就汉，一觐参乘，孤今于卿，情过于往，故致所御马物以昭忠爱。"……达既至谯，进见闲雅，才辨过人，众莫不属目。又王近出，乘小辇，执达手，抚其背戏之曰："卿得无为刘备刺客邪？"遂与同载。又加拜散骑常侍，领新城太守，委以西南之任。时众臣或以为待之太猥，又不宜委以方任。王闻之曰："吾保其无他，亦譬以蒿箭射蒿中耳。"

魏文帝曹丕将房陵、上庸、西城，也就是三国迷所熟知的东三郡，合并为新城郡，任命孟达为新城太守。房陵，治所位于今湖北房县；上庸，治所位于今湖北竹山；西城，治所位于今陕西安康。东三郡范围包括今天陕西的东南部，湖北的西北部一带，正好处于魏蜀吴三国交界地带，丛山环抱，四塞险要，长期处于封闭状态。

因为地理上的阻隔，东三郡无论与西边的汉中还是东边的荆州都处于相对独立的状态，所以也为乱世枭雄割据一方孕育了温床。盘踞上庸、西城一带数十年的申耽、申仪兄弟拥有数千家部曲和依附人口，是东三郡最大的地方豪强，他们依靠本地的险峻地势，对内过着土皇帝的生活，对外不断向周边的强大势力俯首称臣。汉中、荆州与东三郡的联系主要依靠汉水连通，汉水就像一条纽带把汉中、东三郡、荆州连在一条线上，从汉中到荆州走汉水的水路必须经过东三郡的辖境内。从军事地理而言，魏蜀吴三方任何一方控制东三郡都能对其他两方形成战略上的威慑，换而言之，魏文帝是将具有战略枢纽地位的边境重镇的防御守卫之责全面委托给孟达这个蜀汉降将，曹丕对于后者的信任可见一斑！

黄初七年（226），魏文帝曹丕驾崩，桓阶、夏侯尚等与孟达交好的元老重臣也已经过世，根据史书记载，感觉失宠威胁的孟达惴惴不安，在诸葛亮的引诱下，企图重新投靠蜀汉，但是孟达与魏兴太守申仪矛盾重重，后者将孟达计划泄漏，司马懿写信安抚孟达，声称"将军昔弃刘备，托身国家，国家委将军以疆场之任，任将军以图蜀之事，可谓心贯白日。蜀人愚智，莫不切齿于将军。诸葛亮欲相破，惟苦无路耳。模之所言，非小事也，亮岂轻之而令宣露，此殆易知耳"（《晋书·宣帝纪》），暗中却率军千里奔袭。孟达认为司马懿率军来讨，至少需要三十日方能抵达，谁知司马懿八日内，行军一千二百里赶来，完全打乱了孟达的部署。司马懿包围上庸十六天，孟达外甥邓贤、部将李辅开城投降，司马懿因而破城斩杀孟达，传首京师。

二、孟达拒绝救援关羽存在诸多疑点

今天三国迷心目中的孟达形象离不开唯利是图、朝秦暮楚的"叛将"范畴，而孟达形象之所以如此不堪，主要是由于其在襄樊之战后期先是与刘封一起拒绝关羽的救援要求，然后害怕刘备责罚，因此叛蜀附魏。《三国志·蜀书·刘封传》对此有过详细的描写：

自关羽围樊城、襄阳，连呼封、达，令发兵自助。封、达辞以山郡初附，未可动摇，不承羽命。会羽覆败，先主恨之。又封与达忿争不和，封寻夺达鼓吹。达既惧罪，又忿恚封，遂表辞先主，率所领降魏。

从表面上看，这段记载似乎看不出什么问题，但是在逻辑上却存在一个明显漏洞。在当时，房陵、上庸、西城的军政一把手是刘封，孟达是其副手，救不救关羽，孟达说了不算，必须由刘封拍板。另外，在当时救不救关羽都是一个烫手山芋，救援关羽，以刘封，孟达那点兵力很难与士气高昂的东吴大军相抗衡，一旦丢了房陵、上庸、西城三地，必然是死罪，如果不救援关羽，关羽死于非命，鉴于刘备和关羽的"兄弟之情"，孟达同样是吃不了兜着走，加之刘封曾抢夺孟达的鼓吹，两人矛盾重重，在这种情况下，只要孟达稍有头脑，一定会把是否救援关羽的决定权交给刘封，自己作为部属只要忠实执行刘封的命令就可以了，这样就能避免事后的追究，但是在三国时期以"头脑灵活"著称的孟达却和与自己矛盾重重的刘封共同决定拒绝关羽的求援，这难道不值得怀疑吗？

值得关注的是，对于自己为什么叛蜀附魏，孟达临走前写给刘备的告别信中所提及的理由与《三国志·蜀书·刘封传》的相关记载有着天壤之别。《三国志·蜀书·刘封传》裴注引《魏略》所录《孟达辞先主表》记载：

昔申生至孝见疑于亲，子胥至忠见诛于君，蒙恬拓境而被大刑，乐毅破齐而遭谗佞，臣每读其书，未尝不慷慨流涕，而亲当其事，益以伤绝。何者？荆州覆败，大臣失节，百无一还。惟臣寻事，自致房陵、上庸，而复乞身，自放于外。伏想殿下圣恩感悟，愍臣之心，悼臣之举。臣诚小人，不能始终，知而为之，敢谓非罪！臣每闻交绝无恶声，去臣无怨辞，臣过奉教于君子，愿君王勉之也。

这段记载第一句话很好理解，申生、伍子胥、蒙恬、乐毅都是历史上遭受过不白之冤的贤臣，但是"亲当其事，益以伤绝"也就是孟达自认为遭遇相同的事情，因此伤心欲绝，非常耐人寻味，显然孟达认为自己也遭受了不白之冤。更令人疑惑不解的是后面这句："荆州覆败，大臣失节，百无一还。惟臣寻事，自致房陵、上庸，而复乞身，自放于外。""荆州覆败，大臣失节，百无一还"不难理解，是指襄樊之战后期，由于东吴偷袭，荆州沦陷，糜芳、士仁投降，士兵一百人之中连一人生还都没有，但是"惟臣寻事，自致房陵、上庸，而复乞身，自放于外"所包含的信息却令人震惊，在关羽兵团即将覆灭的关键时刻，孟达跑到房陵、上庸干什么？当然不可能去那里旅游或巡视地方事务，联系上下文的语境，孟达很可能是率军来到房陵、上庸准备救援关羽，但是遭到了刘封的阻拦，导致这次救援没有成功，事后孟达听说刘封准备把拒绝救援的责任推卸到他身上，因此孟达不得不"而复乞身，自放于外"，即投靠曹魏以保全性命，这样才能解释，孟达为什么在给刘备的告别信中将自己与申生、伍子胥、蒙恬、乐毅相提并论，因为在孟达看来，自己对蜀汉忠心耿耿，但是却遭奸人陷害，投靠曹魏只是为了保命不得已而为之的结果。

那么孟达有没有可能真的曾经尝试率军去救援关羽呢？事实上，只要我们认真阅读史书，就会发现这种可能性是存在的。《三国志·蜀书·刘封传》记载：

初，刘璋遣扶风孟达副法正，各将兵二千人，使迎先主，先主因令达并领其众，留屯江陵。蜀平后，以达为宜都太守。建安二十四年，命达从秭归北攻房陵，房陵太守蒯祺为达兵所害。达将进攻上庸，先主阴恐达难独任，乃遣封自汉中乘沔水下统达军，与达会上庸。上庸太守申耽举众降，遣妻子及宗族诣成都。先主加耽征北将军，领上庸太守员乡侯如故，以耽弟仪为建信将军、西城太守，迁封为副军将军。

从孟达留屯江陵并没有什么官职以及其占领房陵之后，即将进攻上庸时"先主阴恐达难独任"来看，刘备对于孟达似乎没有什么好印象或者说存在一定的防备心理，这点跟前者重用宠信法正形成了鲜明的对比，但是在刘备占领益州之后，孟达却鲤鱼跳龙门，一下子就出任蜀汉荆州地区的宜都太守，宜都郡是地处荆州与益州交界的军事重镇，在此之前只有像张飞这样在蜀汉举足轻重的重量级人物才能出任宜都太守，同时鉴于蜀汉政权此时的疆土面积也并不太大，宜都太守也可算是一方诸侯，由于此时的宜都属于蜀汉的荆州管辖，这项任命很可能是当时"董督荆州"的关羽向刘备推荐的结果。考虑到关羽与刘备的"兄弟之情"以及此时其正担任蜀汉荆州地区军政一把手，刘备即使对于孟达印象不太好，但是"不看僧面看佛面"，认同关羽的推荐也不足为奇。那么关羽为什么要推荐孟达呢？这还要从两人的家庭背景和性格特点说起。

关羽出身社会底层，早年亡命天涯，文化素养难以与士大夫相提并论，史书记载"（关羽）骄于士大夫"（《三国志·蜀书·张飞传》）实质上是关羽面对士大夫自卑心理的扭曲反应，加上为人"强梁"，也就是既骄傲又固执，因此身上存在典型的喜欢他人赞扬和奉承的缺点和毛病。

《三国志·蜀书·关羽传》记载：

先主西定益州，拜羽董督荆州事。羽闻马超来降，旧非故人，羽书与诸葛亮，问超人才可谁比类。亮知羽护前，乃答之曰："孟起兼资文武，雄烈过人，一世之杰，黥、彭之徒，当与益德并驱争先，犹未及髯之绝伦逸群也。"羽美须髯，故亮谓之髯。羽省书大悦，以示宾客。

诸葛亮的一番夸奖，关羽马上"省书大悦，以示宾客"便是这种性格的集中体现。

与关羽形成鲜明对比的是，孟达则出身高官家庭，接受过完整系统的儒家教育，从他写给刘备和刘封的信件的内容不难看出其具有的深厚文化素养。除此之外，孟达另一个显著特点便是善于逢迎取悦上级，孟达投降曹魏之后，对于魏文帝曹丕极尽歌功颂德之能事，因此深得后者的宠信。我们有足够理由相信，当年孟达在江陵的时候肯定也会像对待曹丕那样极力逢迎自己的顶头上司关羽，由于善于迎合上级，加之自身文武双全，孟达最终获得了关羽的青睐和赏识，并在其推荐下出任宜都太守，知道了这一点，我们便会明白，为什么在关羽即将覆灭之时，孟达会主动率军至房陵、上庸，准备救援关羽，因为关羽对他不仅有知遇之恩，而且还是其在蜀汉政权的保护伞。

另外，从孟达叛蜀附魏之后，刘备并没有诛杀留在蜀汉后方的孟达的妻儿来看，孟达很可能真的遭受了不白之冤。《三国志·蜀书·费诗传》记载：

建兴三年，随诸葛亮南行，归至汉阳县，降人李鸿来诣亮，亮见鸿，时蒋琬与诗在坐。鸿曰:"间过孟达许,适见王冲从南来,言往者达之去就,明公切齿,欲诛达妻子,赖先主不听耳。"

在汉末三国时期,为了防止手下的大臣或将领叛逃,他们的家眷往往都会被送到各自政权的后方,作为人质,一旦前者叛逃,作为人质的家眷就会被诛杀以示惩罚,如果君主手下留情,往往是由于有特殊原因。夷陵之战后期,吴军统帅陆逊利用火攻,击溃刘备率领的蜀军,刘备逃至白帝城,一病不起,镇守江北的蜀军将领黄权由于退路被吴军截断,不得不率军向曹魏投降,蜀汉有关部门上报要抓捕黄权的妻儿,刘备却说:"孤负黄权,权不负孤也。"(《三国志·蜀书·黄权传》)下令赦免黄权的妻儿,待之如初。

看了黄权的例子,我们就会明白刘备对于孟达的妻儿手下留情很可能是因为当时刘备知道孟达叛逃有不得已的苦衷,即孟达原本要救援关羽但是被刘封阻拦,事后又得知刘封准备将其作为替罪羔羊,为了保命被迫叛蜀附魏,因此刘备才放过孟达的妻儿。

三、孟达试图再度投靠蜀汉的可信度有多高

围绕孟达身上的另一个不解之谜便是在叛逃曹魏七年之后,孟达试图再度投靠蜀汉,由于消息走漏,司马懿千里奔袭,孟达兵败被杀。由于其他史书对于这一事件描写过于分散,我们这里不妨看看《资治通鉴·魏纪二》和《资治通鉴·魏纪三》对于此事的记载:

初,孟达既为文帝所宠,又与桓阶、夏侯尚亲善;及文帝殂,阶、尚皆卒,达心不自安。诸葛亮闻而诱之,达数与通书,阴许归蜀。达与魏兴太守申仪有隙,仪密表告之。达闻之,惶惧,欲举兵叛。司马懿以书慰解之,达犹豫未决,懿乃潜军进讨。诸将言:"达与吴、汉交通,宜观望而后动。"懿曰:"达无信义,此其相疑之时也。当及其未定促决之。"乃倍道兼行,八日到其城下。吴、汉各遣偏将向西城安桥、木阑塞以救达,懿分诸将以拒之。初,达与亮书曰:"宛去洛八百里,去吾一千二百里。闻吾举事,当表上天子,比相

反复，一月间也，则吾城已固，诸军足办。吾所在深险，司马公必不自来；诸将来，吾无患矣。"及兵到，达又告亮曰："吾举事八日而兵至城下，何其神速也！"

（太和二年）春，正月，司马懿攻新城，旬有六日，拔之，斩孟达。申仪久在魏兴，擅承制刻印，多所假授；懿召而执之，归于洛阳。

从这段记载来看，孟达试图重作冯妇，再度投靠蜀汉是由于在曹魏内部失去靠山，但是这个理由也有无法自圆其说之处。

首先，魏文帝驾崩之后，孟达面临失宠的威胁是客观事实，但是这并不等于孟达便会因此想投靠蜀汉，原因也不复杂，经过襄樊之战和夷陵之战之后，蜀汉政权不仅先后丢失了荆州和东三郡，只剩益州一州之地，同时折损了关羽、张飞、冯习等当世名将，精锐部队损失殆尽，成为三国之中综合国力最弱小的一方，虽然经过诸葛亮执政初期的休养生息的政策，实力有所恢复，但是跟鼎盛时期已经不可同日而语，反观曹魏占据全中国最繁华的中原地区，天下十三州拥有九州之地，军队数十万，社会稳定，人口稠密，国力蒸蒸日上，当时的有识之士都已经意识到曹魏统一天下是大势所趋。对于这点，以"头脑灵活"著称的孟达不可能不考虑。

其次，假设孟达试图重新投靠蜀汉，未来将面临重重困境。如果其想继续占据东三郡，将马上面临曹魏大军的进攻，考虑到曹魏大军与孟达军队在战斗力上的巨大差距，即使有蜀军相助，东三郡沦陷将是大概率事件，一旦东三郡沦陷，孟达对于蜀汉政权将毫无价值可言，即使孟达侥幸逃回巴蜀，鉴于过去叛逃的经历，蜀汉政权对他也没有好脸色看，投闲置散是必然的结局。

最后，孟达并不是一个普通的地方郡守，而是一个拥有丰富作战经验的边境大将和汉末三国众多重大历史事件的亲历者，如果他真的想再度投靠蜀汉，不管其是否认为自己的意图已经被曹魏的"当权派"所识破，他都会在东三郡和曹魏接壤地带派出斥候（侦察兵）以防万一，但是事实上孟达却没有这样做。另外，除了宛城的司马懿所部之外，曹魏在与东三郡相邻的樊城、襄阳也驻有重兵，也就是说，孟达不仅需要防范宛城的司马懿，还必须留意樊城、襄阳的魏军的一举一动，但是从史书记载来看，孟达对于樊城、襄阳的魏军的动向同样置之不理。更为关键的是，由于当时盘踞东三郡的"土皇帝"申仪心向曹魏，反对再度归附蜀汉，而且与孟达矛盾重重，鉴于申仪在当地长期经营，孟达要想再度投靠蜀汉，对于申仪，需要采取必要的防范措施，但是《三国志·蜀书·刘封传》裴注引《魏略》却记载："太和中，仪与孟达不和，数上言达有贰心于蜀，及达反，仪绝蜀道，使救不到。"从"仪绝蜀道，使救不到"来看，孟达对于和自己矛盾重重的申仪毫无防备之心，难道孟达真的愚蠢到这个地步吗？

因此，从各方面来看，孟达缺乏由于失宠而重新投靠蜀汉的动机，但是从《晋书·宣帝纪》和《三国志》相关篇章来看，孟达派人与诸葛亮联系也是客观事实，那么应该如何解释这种反常现象呢？笔者认为要想解释这种反常行为，就必须了解当时三国边境将领所承担的刺探情报以及必要时以诈降来设计消灭敌人的职责所在，在这方面，孟达死于非命的同一年东吴鄱阳太守周鲂以诈降为诱饵在石亭之战中差一点全歼曹休大军就是典型的事例。

太和二年（228），孙权派遣鄱阳太守周鲂秘密求助已为北方所知名的山越宗帅，想让他们去诱骗曹魏扬州牧曹休，周鲂却认为，山民宗帅地位低贱，不足以依赖信任，事情如有泄露，不能使曹休上钩，要求让其本人诈降曹休，以周鲂受到孙权的责难，害怕被杀，打算归降北方为名，请求曹休派兵接应。在获得孙权同意之后，周鲂派亲人携带其书信联络曹休，声称：

鲂远在边隅，江汜分绝，恩泽教化，未蒙抚及，而于山谷之间，遥陈所怀，惧以大义，未见信纳。夫物有感激，计因变生，古今同揆。鲂仕东典郡，始愿已获，铭心立报，永矣无贰。岂图顷者中被横谴，祸在漏刻，危于投卵，进有离合去就之宜，退有诬罔枉死之咎，虽志行轻微，存没一节，顾非其所，能不怅然！敢缘古人，因知所归，拳拳输情，陈露肝膈。乞降春天之润，哀拯其急，不复猜疑，绝其委命。事之宣泄，受罪不测，一则伤慈损计，二则杜绝向化者心，惟明使君远览前世，矜而愍之，留神所质，速赐秘报。鲂当候望举动，俟须向应。（《三国志·吴书·周鲂传》）

为了让周鲂的诈降之计更具迷惑性，孙权不断派遣尚书郎到周鲂处查究各种事情，周鲂因而来到郡门之下，剪发谢罪，曹休得知之后，信以为真，率领步骑兵十万人向皖城进发接应周鲂，结果在石亭遭到陆逊、周鲂率领的吴军主力的包围合击，吴军斩杀、生擒一万余人，缴获牛马驴骡车辆上万，以及几乎全部的军资器械。

了解周鲂诈降计的经过，我们便会明白所谓孟达试图重新投靠蜀汉的真相可能是这样的：魏文帝驾崩之后，孟达面临失宠的威胁，为了重新获得新帝曹叡和曹魏元老重臣的赞赏和青睐，孟达便以蜀汉降将的身份派人与诸葛亮联系，一方面刺探情报，另一方面利用诈降"请君入瓮"，在孟达看来，如果自己能够通过诈降消灭蜀军有生力量或俘虏蜀军的重要将领，为曹魏立下大功，恢复昔日的宠信绝非天方夜谭。

那么，蜀汉丞相诸葛亮知不知道孟达是诈降呢？从史书记载来看，诸葛亮非常清楚孟达并不是真心想投降，最能体现这一点便是其有意将孟达投降的消息透露给司马懿，并且在孟达被偷袭的时候没有积极救援。对于诸葛亮"借刀杀人"，当前有不少学者认为是由于当年孟达杀了诸葛亮的姐夫蒯祺，诸葛亮想为姐夫报仇，然而孟达杀害诸葛亮的姐夫固然是事实，但是以诸葛亮"北伐中原，兴复汉室"的雄心壮志，很难想象他会以战略地位如此重要的东三郡为代价来解决个人恩怨问题，退一步讲，即使要报仇，诸葛亮也不需要急于一时，只要蜀汉重新占据东三郡，孟达成为自己的部属，以诸葛亮在蜀汉政权事实上的"摄政王"的身份未来寻找借口杀死孟达难道不是轻而易举吗？

既然个人恩怨的可能性不大，诸葛亮"借刀杀人"，难道仅仅是因为其对孟达故意诈降感到不满，因此借司马懿之手除去这个祸害吗？要想回答这个问题，还必须从诸葛亮筹备第一次北伐所面临的困境谈起。建兴元年（223），后主刘禅即位，诸葛亮以首席顾命大臣的身份掌握朝政之后，在外交上，派邓芝出使东吴，说服孙权，重新恢复吴蜀联盟；在内政上，劝课农桑，兴修水利，保境安民，休养生息，国力逐步恢复。建兴三年（225），诸葛亮亲自率军讨伐南中叛军，经过多次激战，平定了南中叛乱。

随着南中的平定，"北伐中原，兴复汉室"被诸葛亮提上议事日程，然而当诸葛亮积极筹备第一次北伐事宜之时，赫然发现占据东三郡的孟达已经成为其讨伐曹魏的最大隐患。前文已经提及，东三郡地处于三国交界之处，虽然杳无人烟，土地贫瘠，但是战略位置极其重要，特别是东三郡中的西城临近汉中与关中的交通要道——子午道，如果在孟达还没有被消灭之前，诸葛亮贸然率军北伐，曹魏除了在西北方向派兵抵御蜀军之外，必然会要求占据东三郡的孟达率军攻打蜀汉，考虑到当年孟达从巴蜀来到江陵，又从秭归攻打东三郡，对于三国交界的地理环境非常熟悉，同时又与蜀汉内部的文臣武将保持着千丝万缕的联系，由他从东三郡起兵攻打汉中，对蜀汉政权的威胁性要远远大于其他曹魏将领，届时不仅诸葛亮北伐很可能半途而废，蜀汉政权在两面夹击下搞不好有亡国之祸。

因此在诸葛亮第一次北伐之前，孟达是其必除之而后快的首要目标，在孟达没有被消灭之前，诸葛亮未必有胆量敢讨伐曹魏，理解了这点，我们就会明白诸葛亮为什么要故意将孟达即将投靠蜀汉的消息透露给司马懿，借其之手除掉自己的心腹大患。最终诸葛亮"借刀杀人"的计划大获成功，司马懿得到孟达即将投靠蜀汉的情报之后，信以为真（也不排除，司马懿早已识破诸葛亮的意图，但是为了给自己创造建功立业的机会，故意假戏真做），率军千里奔袭东三郡，诛杀孟达，同时还将在当地盘踞数十年的申仪家族迁移到洛阳。我们有理由相信，当孟达被杀，申仪家族迁移到洛阳的消息传到了成都，诸葛亮一定会开怀大笑，乐不可支。在孟达死于非命不到一年后，诸葛亮率领养精蓄锐多年的蜀汉军队学习司马懿偷袭陇右，惊慌失措的曹魏君臣很可能没有意识到正是由于自己中了诸葛亮的"奸计"，杀了曹魏的"大忠臣"孟达，诸葛亮才敢毫无顾忌地讨伐曹魏。

在此之后直至司马昭发动灭蜀之战，除了太和四年（230）司马懿奉命配合曹真讨伐蜀汉率军从东三郡出发进攻汉中，结果由于不熟悉当地的地理环境而迷路，不得不在魏明帝下令班师后撤军之外，曹魏再也不敢从自己占据的东三郡起兵攻打汉中，牵制蜀汉北伐，从这点来看，孟达之死对于曹魏而言无异于"自毁长城"。

孟达之所以留给后世"三姓家奴"的形象是多种因素作用的产物。首先，在我国古代社会，降将的忠诚度容易受到质疑。曹魏政权是一个以中原士族为核心的士族政权，中原士族对于试图分享权力的外来势力存在根深蒂固的排斥和猜忌。司马懿之所以相信孟达试图投靠蜀汉还在于其降将的身份难以获得前者的信任，更何况此时孟达的妻儿还在蜀汉那里，很难不引起怀疑。后世的我们在重新看待这段历史之时，由于降将的"道德污点"所带来的心理暗示作用，也会理所当然地认为既然孟达今日可以投降曹魏，明天自然可以投降蜀汉。

其次，由于魏明帝时期，司马懿深受君主宠信，权倾天下，以及后来司马家族篡夺曹魏江山，司马懿被孙子晋武帝司马炎尊封为"晋宣帝"，诛杀孟达成为西晋事实上的"开国之君"——司马懿"丰功伟绩"的重要内容。如果有人怀疑孟达投靠蜀汉消息的真实性，替孟达叫屈，实质上就是跟司马懿与西晋皇室叫板，这在当时显然有杀身之祸，魏晋时期没人敢替孟达叫屈也根源于此，等过了几十年，人们对于孟达之死已经有了思维定式之后，自然就很难更改过来。

最后，孟达的父亲是我国古代有名的贪官，这样的家庭背景很容易在当时以及后来的人们的心目中留下"既然是贪官之子，肯定也不是什么好东西"的心理暗示，刘备对于孟达存在防备之心也与此有关。

通过以上分析，我们可以洗刷笼罩在孟达身上的众多不白之冤：孟达出身贪官家庭不假，但是这并不等于他必然就会成为屡降屡叛的"三姓家奴"。孟达与法正相互勾结背叛刘璋，投靠刘备也是事实，但是在他投靠刘备之后，就一直谨守臣子的本分，由于关羽对他有知遇之恩，在襄樊之战后期，当关羽腹背受敌之时，孟达不顾危险，率军来到房陵、上庸，准备解救恩公，但是却被上司刘封阻拦，事后听说刘封准备拿自己做替罪羊，不得不含泪告别刘备，叛蜀附魏。投靠曹魏之后，孟达利用自身边境将领的身份替曹魏收集情报和利用诈降来消灭蜀汉军队，考虑到孟达此时已经是曹魏将领，这样做即使就道德层面而言，也并无不妥之处，却不料由于诸葛亮将计就计、借刀杀人的谋略和司马懿铲除异己、渴望功绩的心理等多种因素，最终死于非命，遗臭万年，这些才是我们作为后人需要真正了解的历史真相！

后主刘禅：司马昭潜伏蜀汉最高级别内应

景元四年（263），曹魏权臣司马昭不顾群臣的反对，决心讨伐蜀汉，"下诏使邓艾、诸葛绪各统诸军三万馀人，艾趣甘松、沓中连缀维，绪趣武街、桥头绝维归路。会统十馀万众，分从斜谷、骆谷入"（《三国志·魏书·钟会传》）。虽然钟会大军攻下汉中，却被摆脱诸葛绪的姜维率领的蜀军阻于剑阁之外，动弹不得，在这关键时刻，邓艾自率精锐部队偷渡阴平，越过数百里荒无人烟的崇山峻岭，凿山开路，奇袭江油（今四川江油），又在蜀汉腹地绵竹（今四川绵竹）大破诸葛瞻，攻占涪城（今四川绵阳），进逼成都。后主刘禅因邓艾兵临城下，无处可逃，便接受谯周等"投降派"的建议向魏军投降，蜀汉灭亡。

从表面上看，立国四十三年的蜀汉政权的灭亡似乎是水到渠成、顺理成章的事情。既然邓艾的军队马上要向成都进发，蜀军的主力此时正在姜维的率领下坚守剑阁抵御钟会的大军，远水解不了近渴，既然继续抵抗没有任何希望，那么不如干脆投降，至少还能保证后主刘禅和刘氏皇族的性命。

然而蜀汉的灭亡果真如此简单吗？答案是否定的，从司马昭决心讨伐蜀汉到蜀汉正式灭亡的过程中事实上发生了许多不可思议的现象：

一是后主刘禅拒绝姜维防守阳安关口及阴平之桥头的建议。《三国志·蜀书·姜维传》记载："（景耀）六年，维表后主：'闻钟会治兵关中，欲规进取，宜并遣左右车骑张翼、廖化，督诸军分护阳安关口及阴平之桥头以防未然。'皓征信巫鬼，谓敌终不自致，启汉主寝其事，而群臣莫知。"这段记载说明，当时把持蜀汉朝政的黄皓拒绝姜维加强防守阳安关口及阴平之桥头的建议事先获得了后主刘禅的首肯。这样问题来了，既然曹魏大军马上就要讨伐蜀汉，后主刘禅原本只要采纳姜维加强防守阳安关口及阴平之桥头的建议，便可以高枕无忧，但是其偏偏置之不理，难道后主刘禅真的昏庸到这种程度了吗？

二是偷渡阴平的邓艾军队如何解决粮草问题。兵法有云："兵马未动，粮草先行。"邓艾能够凭借三万的人马就灭亡了蜀汉关键还在于其在神不知鬼不觉的情况下成功偷渡阴平，由于阴平沿线都是地势险峻的群山峻岭，邓艾军队不太可能从后方及时获得粮草补给，他们是靠吃什么东西偷渡数百里杳无人烟的阴平道呢？《三国志·魏书·邓艾传》记载，当时"粮运将匮，濒于危殆"，换句话说，等邓艾军队走出阴平道之时，早已经是饥肠辘辘、筋疲力尽，恐怕连拿武器的力气都没有，又如何能攻得下有蜀军驻守的江油？

三是蜀汉朝廷为什么要选派诸葛瞻去抵抗邓艾。得知邓艾军队偷渡阴平和攻占江油之后，蜀汉朝野震惊，很快选派诸葛亮之子诸葛瞻率军去抵御邓艾，但是诸葛瞻虽然因为出身名门享有盛誉，也有军职在身，以往却没有领兵作战的经验，选派这样一个没有领兵作战经验的官二代抵御当时以能征善战而闻名三国的曹魏名将邓艾，这玩笑开得是不是有点大？

四是即使邓艾击败了诸葛瞻，兵临成都，蜀汉政权也并非只有投降一条路可走。比如后主刘禅可以与姜维约定在成都和剑阁中间的哪座城市会合，考虑到剑阁一夫当关，万夫莫开的险峻地势，姜维完全可以留下部分军队后率领主力与后主在约定的城市会合。如果后主刘禅觉得与姜维会合在时间上来不及，在成都坚守等待姜维回援也是一个选择，成都作为蜀汉的都城已经四十多年，在刘备、刘禅父子的长期经营下，城墙坚固，兵精粮足，防守一段时间等待姜维大军回援，然后里应外合将邓艾军队彻底消灭不是更好吗？

五是后主刘禅拒绝蜀汉将领霍弋主动承担防守成都的建议。诸葛瞻所部被邓艾消灭之后，尽管蜀军主力正在剑阁，但是还有部分蜀军在蜀汉将领霍弋、罗宪的率领下驻扎在南中。霍弋、罗宪不仅对后主刘禅忠心耿耿，而且是具有丰富领兵作战经验，以防守著称的军事将领，然而令人困惑不解的是，"霍弋闻魏军来，弋欲赴成都，后主以备敌既定，不听"（《三国志·蜀书·霍弋传》裴注引《汉晋春秋》），当霍弋得知邓艾侵入蜀汉腹地，向后主刘禅主动要求承担防守成都抵御邓艾的重任之时，却被后主刘禅以已有准备为由断然拒绝，国家都快灭亡了，却拒绝任用名将，后主刘禅的脑袋发高烧烧糊涂了吗？

"事出反常必有因"，如果说后主刘禅漠视姜维提出的加强防守的建议还可以用麻痹大意来解释，邓艾军队在无法及时获得粮草补给的情况下，成功偷渡阴平，并顺利攻占蜀军防守的江油也能够用运气好作为托词，那么派诸葛瞻这个毫无作战经验的官二代去抵御邓艾这个曹魏名将和后主刘禅拒绝与姜维会合或在成都固守待援，以及没有接受蜀汉将领霍弋主动承担防守成都的建议都显示蜀汉政权的灭亡绝非史书记载的那样简单，很可能存在我们所忽视的复杂内情，而要想揭开这些谜团背后的历史真相，我们还必须从《三国志·蜀书·后主传》这篇有悖常规的帝王传记谈起。

一、《三国志·蜀书·后主传》语焉不详背后的玄机

在《三国志》作者陈寿撰写的众多魏蜀吴帝王传记之中，《三国志·蜀书·后主传》是一篇简洁到极致，令人不得不心生困惑的非典型帝王传记。为了更好地帮助读者朋友清楚地了解这篇帝王传记的诡异之处，这里先介绍一下《三国志·蜀书·后主传》的大致内容。《三国志·蜀书·后主传》除了开头描述后主刘禅即位前的情况和最后司马昭派钟会、邓艾、诸葛绪讨伐蜀汉，后主兵败投降，举家迁移到洛阳之外，大致可以分成三个时期。

（一）诸葛亮辅政时期

建兴元年夏，牂柯太守朱褒拥郡反。先是，益州郡有大姓雍闿反，流太守张裔于吴，据郡不宾，越巂夷王高定亦背叛。是岁，立皇后张氏。遣尚书郎邓芝固好于吴，吴王孙权与蜀和亲使聘，是岁通好。

二年春，务农殖谷，闭关息民。

三年春三月，丞相亮南征四郡，四郡皆平。……十二月，亮还成都。

四年春，都护李严自永安还住江州，筑大城。

五年春，丞相亮出屯汉中，营沔北阳平石马。

六年春，亮出攻祁山，不克。冬，复出散关，围陈仓，粮尽退。魏将王双率军追亮，亮与战，破之，斩双，还汉中。

七年春，亮遣陈式攻武都、阴平，遂克定二郡。冬，亮徙从府营于南山下原上，筑汉、乐二城。是岁，孙权称帝，与蜀约盟，共交分天下。

八年秋，魏使司马懿由西城，张郃由子午，曹真由斜谷，欲攻汉中。丞相亮待之于城固、赤坂，大雨道绝，真等皆还。是岁，魏延破魏雍州刺史郭淮于阳溪。徙鲁王永为甘陵王，梁王理为安平王，皆以鲁、梁在吴分界故也。

九年春二月，亮复出军围祁山，始以木牛运。魏司马懿、张郃救祁山。夏六月，亮粮尽退军，郃追至青封，与亮交战，被箭死。秋八月，都护李严废徙梓潼郡。

十年，亮休士劝农于黄沙，作流马木牛毕，教兵讲武。

十一年冬，亮使诸军运米，集于斜谷口，治斜谷邸阁。是岁，南夷刘胄反，将军马忠破平之。

十二年春二月，亮由斜谷出，始以流马运。秋八月，亮卒渭滨。征西大将军魏延与丞相长史杨仪争权不和，举兵相攻，延败走。斩延首，仪率诸军还成都。大赦。以左将军吴壹为车骑将军，假节督汉中。以丞相留府长史蒋琬为尚书令，总统国事。

（二）蒋琬、费祎辅政时期

十三年春正月，中军师杨仪废徙汉嘉郡。夏四月，进蒋琬位为大将军。

十四年夏四月，后主至湔，登观坂，看汶水之流，旬日还成都。徙武都氐王苻健及氐民四百馀户于成都。

十五年夏六月，皇后张氏薨。

延熙元年春正月，立皇后张氏。大赦，改元。立子睿为太子，子瑶为安定王。冬十一月，大将军蒋琬出屯汉中。

二年春三月，进蒋琬位为大司马。

三年春，使越巂太守张嶷平定越巂郡。

四年冬十月，尚书令费祎至汉中，与蒋琬谘论事计，岁尽还。五年春正月，监军姜维督偏军，自汉中还屯涪县。

六年冬十月，大司马蒋琬自还汉中，住涪。十一月，大赦。以尚书令费祎为大将军。

七年闰月，魏大将军曹爽、夏侯玄等向汉中，镇北大将军王平拒兴势围，大将军费祎督诸军往赴救，魏军退。夏四月，安平王理卒。秋九月，祎还成都。

八年秋八月，皇太后薨。十二月，大将军费祎至汉中，行围守。

九年夏六月，费祎还成都。秋，大赦。冬十一月，大司马蒋琬卒。

十年，凉州胡王白虎文、治无戴等率众降，卫将军姜维迎逆安抚，居之于繁县。是岁，汶山平康夷反，维往讨，破平之。

十一年夏五月，大将军费祎出屯汉中。秋，涪陵属国民夷反，车骑将军邓芝往讨，皆破平之。

十二年春正月，魏诛大将军曹爽等，右将军夏侯霸来降。夏四月，大赦。秋，卫将军姜维出攻雍州，不克而还。将军句安、李韶降魏。

十三年，姜维复出西平，不克而还。

十四年夏，大将军费祎还成都。冬，复北驻汉寿。大赦。

十五年，吴王孙权薨。立子琮为西河王。

十六年春正月，大将军费祎为魏降人郭循所杀于汉寿。夏四月，卫将军姜维复率众围南安，不克而还。

(三) 姜维北伐、黄皓弄权时期

十七年春正月，姜维还成都。大赦。夏六月，维复率众出陇西。冬，拔狄道、河关、临洮三县民，居于绵竹、繁县。

十八年春，姜维还成都。夏，复率诸军出狄道，与魏雍州刺史王经战于洮西，大破之。经退保狄道城，维却住钟题。

十九年春，进姜维位为大将军，督戎马，与镇西将军胡济期会上邽，济失誓不至。秋八月，维为魏大将军邓艾所破于上邽。维退军还成都。是岁，立子瓒为新平王。大赦。

二十年，闻魏大将军诸葛诞据寿春以叛，姜维复率众出骆谷，至芒水。是岁大赦。

景耀元年，姜维还成都。史官言景星见，于是大赦，改年。宦人黄皓始专政。吴大将军孙綝废其主亮，立琅邪王休。

二年夏六月，立子谌为北地王，恂为新兴王，虔为上党王。

三年秋九月，追谥故将军关羽、张飞、马超、庞统、黄忠。

四年春三月，追谥故将军赵云。冬十月，大赦。

五年春正月，西河王琮卒。是岁，姜维复率众出侯和，为邓艾所破，还住沓中。

读完这些内容，读者朋友应该不难得出一个有趣的结论，那就是这篇传记与其说是描绘后主刘禅在位时期的所作所为，不如说是同一时期蜀国历史的流水账更合适。从刘禅即位之后到钟会、邓艾、诸葛绪讨伐蜀汉之前，与后主刘禅相关的内容只有"建兴元年夏……立皇后张氏""（建兴）八年徙鲁王永为甘陵王，梁王理为安平王""（建兴）十四年夏四月，后主至湔，登观坂，看汶水之流，旬日还成都""延熙元年春正月，立皇后张氏。大赦，改元。立子睿为太子，子瑶为安定王""（延熙）十九年立子瓒为新平王。大赦""（景耀）二年夏六月，立子谌为北地王，恂为新兴王，虔为上党王""（景耀）三年秋九月，追谥故将军关羽、张飞、马超、庞统、黄忠""（景耀）四年春三月，追谥故将军赵云。冬十月，大赦"，真正描绘后主刘禅活动的只有一条即"（建兴）十四年夏四月，后主至湔，登观坂，看汶水之流，旬日还成都"，除此之外，我们看不到刘禅本人在统治蜀国时期做了哪些事情，如何与朝中大臣商量国家大事，上述内容在《三国志·魏书·武帝纪》、《三国志·蜀书·先主传》和《三国·吴书·吴主传》等不同帝王传记中比比皆是。

这种反常现象非常值得关注。不要忘了，从建兴元年（223）到炎兴元年

（263），刘禅在位时间长达四十年，是三国时期正式在位时间最久的君主（孙权虽然统治东吴五十三年，但是从公元229年正式称帝位到公元252年驾崩，正式在位时间只有二十三年），如此漫长的统治时间，应该有许多内容可以撰写，但是陈寿却惜字如金，寥寥数笔就概括了后主刘禅的一生，这难道不令人怀疑吗？

或许有些三国迷会指出，这种反常的现象很可能是由于蜀汉政权不设史官，陈寿在《三国志·蜀书·后主传》中就曾经记载："又国不置史，注记无官，是以行事多遗，灾异靡书。诸葛亮虽达于为政，凡此之类，犹有未周焉。"但是即使蜀汉不设史官，可按照蜀汉的制度，尚书省内还存有朝廷图籍、秘记、文书，这些图籍、秘记、文书也同样具有史料价值。

另外，《晋书·陈寿传》记载："陈寿之父为马谡参军，谡为诸葛亮所诛，寿父受髡刑。"陈寿早年便由于才华横溢，名闻巴蜀而被蜀汉朝廷任用，先后出任东观秘书郎、观阁令史、散骑黄门侍郎等职，根据其生平，陈寿对刘禅在位时期蜀汉政权内部的风云变幻、政治内幕应该了如指掌，甚至是许多重大历史事件的见证者，陈寿光把自己了解的与后主刘禅有关的内容记载下来，就不会仅仅只有这些内容。

对于这种种反常现象，比较合理的解释便是尽管作为后主刘禅同时代的原蜀汉官员，陈寿十分熟悉后主刘禅统治时期蜀汉政权内部发生的大小事件，但是由于某些特殊原因，如果陈寿毫无顾忌，秉笔直书，很可能会惹祸上身，轻则遭人嫉恨，重则有杀身之祸，但是身为《三国志》作者的陈寿又不可能拒绝撰写《三国志·蜀书·后主传》，更不可能伪造历史，反复权衡之下，陈寿宁可冒着被天下人耻笑的风险，故意只用寥寥数笔勾勒后主刘禅的一生，这样既能够保全自己，又可以不违背良知，更关键的是还有利于引发后人对这一反常现象的关注，为未来解开历史谜团埋下伏笔。至于陈寿究竟有哪些难言之隐，只要我们认真审视从后主刘禅即位到投降的这四十年蜀魏两国的历史，不难发现这个问题的答案事实上与蜀汉政权内部激烈的权力斗争和司马昭为何力排众议派钟会、邓艾、诸葛绪率领大军讨伐蜀汉的背后真相息息相关。

二、后主刘禅原本拥有提前亲政的机会

章武三年（223），由于夷陵之战的惨败而逃至白帝城一病不起的蜀汉昭烈帝刘备在临终之前，考虑到蜀汉内部"荆州派"独大的政治格局已经是既成事实，为了后主刘禅能够顺利即位，最终确立了以诸葛亮为首，李严为次的辅政班子。尽管在后主刘禅即位初期，由于内忧外患的巨大威胁，诸葛亮与李严同舟共济，相互合作，平定了南中叛乱，但是在南中平定之后，两人围绕蜀汉政权未来应该"北伐中原，兴复汉室"还是"割据巴蜀，保境安民"之间的分歧和矛盾日渐恶化，最终导致建兴九年（231）诸葛亮以李严假传圣旨为由将其罢黜，李严政治生命的终结标志着"荆州派"独揽军政大权的时代的来临！

然而随着建兴十二年（234），事必躬亲、夙兴夜寐的诸葛亮在北伐途中积劳成疾，时日无多，"汉主（刘禅）使尚书仆射李福省侍，因咨以国家大计。福至，与亮语已，别去，数日复还。亮曰：'孤知君还意，近日言语虽弥日，有所不尽，更来亦决耳。公所问者，公琰其宜也。'福谢：'前实失不咨请，如公百年后谁可任大事者，故辄还耳。乞复请蒋琬之后，谁可任者？'亮曰：'文伟可以继之。'又问其次，亮不答"（《资治通鉴·魏纪四》）。不久之后，一代权相在五丈原溘然长逝。

诸葛亮病逝之后，蜀汉政权内部的权力斗争再度上演。

《三国志·蜀书·魏延传》记载：

秋，亮病困，密与长史杨仪、司马费祎、护军姜维等作身殁之后退军节度，令延断后，姜维次之；若延或不从命，军便自发。亮适卒，秘不发丧，仪令祎往揣延意指。延曰："丞相虽亡，吾自见在。府亲官属便可将丧还葬，吾自当率诸军击贼，云何以一人死废天下之事邪？且魏延何人，当为杨仪所部勒，作断后将乎！"因与祎共作行留部分，令祎手书与己连名，告下诸将。祎绐延曰："当为君还解杨长史，长史文吏，稀更军事，必不违命也。"祎出门驰马而去，延寻悔，追之已不及矣。

延遣人觇仪等，遂使欲案亮成规，诸营相次引军还。延大怒，……率所领

径先南归，所过烧绝阁道。延、仪各相表叛逆，一日之中，羽檄交至。后主以问侍中董允、留府长史蒋琬，琬、允咸保仪疑延。仪等槎山通道，昼夜兼行，亦继延后。延先至，据南谷口，遣兵逆击仪等，仪等令何平在前御延。平叱延先登曰："公亡，身尚未寒，汝辈何敢乃尔！"延士众知曲在延，莫为用命，军皆散。延独与其子数人逃亡，奔汉中。仪遣马岱追斩之，致首于仪，仪起自踏之，曰："庸奴！复能作恶不？"遂夷延三族。初，蒋琬率宿卫诸营赴难北行，行数十里，延死问至，乃旋。原延意不北降魏而南还者，但欲除杀仪等。平日诸将素不同，冀时论必当以代亮。本指如此。不便背叛。

魏延之死对于蜀汉政权而言不仅仅是失去一员能征善战的猛将那么简单，更关键的还在于使诸葛亮病逝之后的权力分配的天平向更有利于"荆州派"的方向倾斜，要想了解这点，我们必须明白，魏延是否在世对于后主刘禅有多么重要！

魏延字文长，义阳人也。以部曲随先主入蜀，数有战功，迁牙门将军。先主为汉中王，迁治成都，当得重将以镇汉川，众论以为必在张飞，飞亦以心自许。先主乃拔延为督汉中镇远将军，领汉中太守，一军尽惊。先主大会群臣，问延曰："今委卿以重任，卿居之欲云何？"延对曰："若曹操举天下而来，请为大王拒之；偏将十万之众至，请为大王吞之。"先主称善，众咸壮其言。先主践尊号，进拜镇北将军。建兴元年，封都亭侯。五年，诸葛亮驻汉中，更以延为督前部，领丞相司马、凉州刺史，八年，使延西入羌中，魏后将军费瑶、雍州刺史郭淮与延战于阳谿，延大破淮等，迁为前军师征西大将军，假节，进封南郑侯。（《三国志·蜀书·魏延传》）

作为典型的"元老派"将领，魏延长期驰骋于蜀魏对峙的第一线，屡立战功，威名远播，在蜀汉军队的地位和威望仅次于关羽和张飞。后主刘禅即位之后，在跟随诸葛亮北伐期间，魏延不仅提出了著名的子午谷奇谋，而且披坚执锐，亲冒矢石，多次击败魏军。分析到这里，我们不难得出一个结论，那就是魏延如果不是与杨仪闹翻，而是乖乖地遵照诸葛亮的遗言，班师回朝，以其资历、威望、战绩足以与毫无军功的"荆州派"鼎足而立，分庭抗礼，这显然是"荆州派"绝对无法接受的，因此诸葛亮死后，魏延就成为"荆州派"必须除之而后快的首要目标，而"荆州派"如何设计铲除魏延，从《三国志·蜀书·魏延传》的记载上也能找到一些蛛丝马迹。

诸葛亮逝世之后，杨仪派费祎去见魏延，从魏延勃然大怒和"率所领径先南归，所过烧绝阁道"等记载来看，费祎很可能讲了一些诸如"杨仪如何不把将军放在眼里，我很为将军不值"等语言来刺激魏延以挑拨其与杨仪的关系，在两人闹翻后，蒋琬又在后主刘禅面前污蔑魏延谋反，最终导致魏延身死族灭的个人悲剧。考虑到此时"元老派"将领赵云等人已经告别人世，魏延之死标志着原本能够为后主刘禅倚重的"元老派"将领失去了对蜀汉政坛的巨大影响。

另一方面，"荆州派"为了防患于未然，还很有可能毒死了蜀汉昔日的重臣——此时正处于流放状态的李严。尽管建兴九年（231），诸葛亮以伪造圣旨为由罢黜李严，但是从诸葛亮在罢黜李严的同时不得不任命李严之子李丰"督主江州，隆崇其遇"（《三国志·蜀书·李严传》），以及李严秉承刘备遗训，要求"割据巴蜀，保境安民"，反对"北伐中原，兴复汉室"的主张在蜀汉政权内部深受"东州派""益州派"的支持来看，李严的潜在政治实力不容小觑。与此同时，李严还是蜀汉政坛少有的文能安邦治国，武能领军作战的全能型的政治领袖，这样的全能型的政治领袖如果继续活在世上，"荆州派"必然会寝食难安。对于李严之死，《三国志·蜀书·李严传》的记载是由于"平闻亮卒，发病死。平常冀亮当自补复，策后人不能，故以激愤也"，但是这样的解释只能骗骗三岁小孩，李严和诸葛亮是你死我活、势不两立的政治对手，李严之所以从位高权重的顾命大臣沦为穷乡僻壤的卑微流囚完全是拜诸葛亮所赐，得知诸葛亮病逝于五丈原，李严的正常反应应该是窃喜才对。毕竟对于李严而言，诸葛亮之死意味着李严有可能在政治上重新复出，不要忘了，在蜀汉政权内部反对北伐、同情李严的官吏大有人在，由于作为"荆州派"二代的蒋琬和费祎在资历和威望方面难以与李严相提并论，在诸葛亮死后，后主刘禅完全可以"国家正处于多难时期,内部要团结"和"李严终究是先帝临终前托孤的顾命大臣"为由,重新起用李严。在这个微妙时刻,李严却在流放地因为一个拿不上台面的理由暴毙而亡,假如说李严不是被"荆州派"投毒害死,读者朋友们,你们会信吗?

值得注意的是,魏延和李严死于非命事实上也意味着诸葛亮病逝后主刘禅唯一一次提前亲政的机会被彻底断送。刘备临终之前固然授予诸葛亮后主刘禅"监护人"和蜀汉政权"摄政王"的特权,但是为了防范出现权臣篡位的威胁,刘备同时任命李严为诸葛亮的副手,负责军事和通过各种方式确保蜀汉主要军事将领对后主的忠心以及调整蜀汉的立国根基。显然按照刘备的如意算盘,在诸葛亮辅政期间,后主刘禅固然需要委曲求全,忍辱负重,不得不沦为"傀儡皇帝",但是在诸葛亮死后,政治经验日渐丰富的后主刘禅就可以在李严、魏延等文臣武将的拥戴下,扭转"荆州派"独大的政治格局,成为真正能够大权独揽、乾纲独断的"九五之尊"。

在我国古代,弱主借权臣死亡重新执掌大权不乏其例。

元平元年(前74),西汉权臣霍光废除荒淫无道在位仅二十七日的昌邑王刘贺之后,在群臣的建议下,拥立汉武帝"戾太子"之孙刘病已登基,即汉宣帝。面对权势熏天的霍光,汉宣帝战战兢兢,如芒在背,政务一概委托霍光处理。《资治通鉴·汉纪十六》记载:"大将军光稽首归政,上谦让不受;诸事皆先关白光,然后奏御。自昭帝时,光子禹及兄孙云皆为中郎将,云弟山奉车都尉、侍中,领胡、越兵,光两女婿为东、西宫卫尉,昆弟、诸婿、外孙皆奉朝请,为诸曹、大夫、骑都尉、给事中,党亲连体,根据于朝廷。及昌邑王废,光权益重,每朝见,上虚己敛容,礼下之已甚。"

但是在霍光病逝之后,富有谋略的汉宣帝一方面继续给予霍光家族成员高官厚禄,另一方面让自己所信任的许、史子弟担任禁军将领,同时积极笼络朝中元老重臣,经过充分准备,一举铲除霍氏家族,夺回大权。如果后主刘禅能够像汉宣帝那样深思熟虑,勇于决断,完全可以在诸葛亮临死之前,派人告知魏延,一切听从"荆州派"安排,等班师回朝,再委以重任,同时派人保护李严,避免其被"荆州派"害死,然后依靠忠于后主刘禅的军队将领和"东州派"及"益州派"官员的支持，夺回军政大权并非不可能，但是事实证明，后主并没有提前作出这些部署，再度沦为"傀儡皇帝"的命运自然就无法避免，说一千，道一万，后主刘禅的政治谋略跟父亲刘备相比真是有天壤之别！

三、后主刘禅依然大权旁落

诸葛亮病逝五丈原之后，由于魏延、李严先后死于非命，刘备晚年精心布局、周密部署的围绕后主刘禅的保护网被打开了一个巨大缺口，蜀汉军政大权再度落入以蒋琬、费祎为首的"荆州派"的手中，后主刘禅在丧失了这次难得的亲政机会之后，不得不继续忍辱负重，委曲求全，在蜀汉朝堂之上再度扮演大权旁落的"傀儡皇帝"的角色。

蒋琬字公琰，零陵湘乡人也。弱冠与外弟泉陵刘敏俱知名。琬以州书佐随先主入蜀，除广都长……

顷之，为什邡令。先主为汉中王，琬入为尚书郎。建兴元年，丞相亮开府，辟琬为东曹掾。……五年，亮住汉中，琬与长史张裔统留府事。八年，代裔为长史，加抚军将军。亮数外出，琬常足食足兵以相供给。亮每言："公琰托志忠雅，当与吾共赞王业者也。"密表后主曰："臣若不幸，后事宜以付琬。"

亮卒，以琬为尚书令，俄而加行都护，假节，领益州刺史，迁大将军，录尚书事，封安阳亭侯。时新丧元帅，远近危悚。琬出类拔萃，处群僚之右，既无戚容，又无喜色，神守举止，有如平日，由是众望渐服。延熙元年，诏琬曰："寇难未弭，曹叡骄凶，辽东三郡苦其暴虐，遂相纠结，与之离隔。叡大兴众役，还相攻伐。曩秦之亡，胜、广首难，今有此变，斯乃天时。君其治严，总帅诸军屯住汉中，须吴举动，东西掎角，以乘其衅。"又命琬开府，明年就加为大司马……

琬以为昔诸葛亮数窥秦川，道险运艰，竟不能克，不若乘水东下。乃多作舟船，欲由汉、沔袭魏兴、上庸。会旧疾连动，未时得行。而众论咸谓如不克捷，还路甚难，非长策也。于是遣尚书令费祎、中监军姜维等喻指。琬承命

三国的暗线

上疏曰："芟秽弭难，臣职是掌。自臣奉辞汉中，已经六年，臣既暗弱，加婴疾疢，规方无成，夙夜忧惨。今魏跨带九州，根蒂滋蔓，平除未易。若东西并力，首尾犄角，虽未能速得如志，且当分裂蚕食，先摧其支党。然吴期二三，连不克果，俯仰惟艰，实忘寝食。辄与费祎等议，以凉州胡塞之要，进退有资，贼之所惜；且羌、胡乃心思汉如渴，又昔偏军入羌，郭淮破走，算其长短，以为事首，宜以姜维为凉州刺史。若维征行，衔持河右，臣当帅军为维镇继。今涪水陆四通，惟急是应，若东北有虞，赴之不难。"由是琬遂还住涪。疾转增剧，至九年卒，谥曰恭。（《三国志·蜀书·蒋琬传》）

蒋琬病逝之后，按照诸葛亮生前安排，费祎接替蒋琬成为蜀汉政权的"内阁总理大臣"。

费祎字文伟，江夏鄳人也。少孤，依族父伯仁。伯仁姑，益州牧刘璋之母也。璋遣使迎仁，仁将祎游学入蜀。会先主定蜀，祎遂留益土，与汝南许叔龙、南郡董允齐名……

先主立太子，祎与允俱为舍人，迁庶子。后主践位，为黄门侍郎……

建兴八年，转为中护军，后又为司马。值军师魏延与长史杨仪相憎恶，每至并坐争论，延或举刃拟仪，仪泣涕横集。祎常入其坐间，谏喻分别，终亮之世，各尽延、仪之用者，祎匡救之力也。亮卒，祎为后军师。顷之，代蒋琬为尚书令。琬自汉中还涪，祎迁大将军，录尚书事。

延熙七年，魏军次于兴势，假祎节，率众往御之。光禄大夫来敏至祎许别，求共围棋。于时羽檄交驰，人马擐甲，严驾已讫，祎与敏留意对戏，色无厌倦。敏曰："向聊观试君耳！君信可人，必能办贼者也。"祎至，敌遂退，封成乡侯。琬固让州职，祎复领益州刺史。祎当国功名，略与琬比。十一年，出住汉中。自琬及祎，虽自身在外，庆赏刑威，皆遥先谘断，然后乃行，其推任如此。后十四年夏，还成都，成都望气者云都邑无宰相位，故冬复北屯汉寿。延熙十五年，命祎开府。十六年岁首大会，魏降人郭循在坐。祎欢饮沈醉，为循手刃所害，谥曰敬侯。（《三国志·蜀书·费祎传》）

在蒋琬、费祎先后辅政期间，后主刘禅不得不继续夹着尾巴做人。《三国志·蜀书·费祎传》记载："自琬及祎，虽自身在外，庆赏刑威，皆遥先谘断，然后乃行，其推任如此。"这说明军政大权依然掌握在以蒋琬、费祎为首的"荆州派"手中。

另外，《三国志·蜀书·董允传》记载："后主常欲采择以充后宫，允以为古者天子后妃之数不过十二，今嫔嫱已具，不宜增益，终执不听。后主益严惮之。……后主渐长大，爱宦人黄皓。皓便辟佞慧，欲自容入。允常上则正色匡主，下则数责于皓。皓畏允，不敢为非。终允之世，皓位不过黄门丞。"后主刘禅对董允的敬畏也从侧面显示出其大权旁落的尴尬处境，一个君主连增加后宫嫔妃和是否重用亲信宦官都要看手下大臣的眼色，你说过得惨不惨？

虽然在蒋琬、费祎先后辅政期间，后主刘禅必须夹着尾巴做人，但是相对来说，后主刘禅在费祎时代日子要好过一些，主要原因除了费祎早年担任过太子舍人，相比蒋琬，费祎与后主刘禅的关系更亲近一些之外，更关键还在于尽管费祎是诸葛亮生前选定的辅政大臣的接班人选，但是可能是由于其最早属于"东州派"，因为才华横溢，满腹经纶被诸葛亮招揽至"荆州派"，与其他"荆州派"要员关系相对疏远，加之费祎缺乏诸葛亮当年的威望和魄力，以及蜀汉长期北伐引发内部的反弹，所以上台执政后果断地终止"讨伐曹魏"的军事策略，推行"休养生息"的治国方针，这些政策举措与刘备临终前留下的"割据巴蜀，保境安民"的遗训不谋而合。

《三国志·蜀书·姜维传》记载：

（姜维）每欲兴军大举，费祎常裁制不从，与其兵不过万人。

同传裴注引《汉晋春秋》记载：

费祎谓维曰："吾等不如丞相亦已远矣；丞相犹不能定中夏，况吾等乎！且不如保国治民，敬守社稷，如其功业，以俟能者，无以为希冀徼幸而决成败于一举。若不如志，悔之无及。"

换句话说，费祎辅政期间，政治观点更接近后主刘禅、"东州派"和"益州派"，这一时期，后主刘禅的政治权威也有所恢复，蒋琬逝世之后，后主延迟六年才允许费祎开府治事和开始任用宦官黄皓便是这方面的最好证明，考虑到蒋琬、董允死后，跟随刘备入川的"荆州派"要员后继无人和蜀汉内部反对北伐的"东州派"和"益州派"官员大有人在，假以时日，在费祎过世之后，后主刘禅很可能会重新掌控军政大权。

四、为什么说姜维对后主刘禅的威胁远远大于诸葛亮

然而费祎遇刺身亡之后，姜维的崛起却打破了后主刘禅的美梦。

姜维字伯约，天水冀人也。少孤，与母居。好郑氏学。仕郡上计掾，州辟为从事。以父冏昔为郡功曹，值羌、戎叛乱，身卫郡将，没于战场，赐维官中郎，参本郡军事。建兴六年，丞相诸葛亮军向祁山，时天水太守适出案行，维及功曹梁绪、主簿尹赏、主记梁虔等从行。太守闻蜀军垂至，而诸县响应，疑维等皆有异心，于是夜亡保上邽。维等觉太守去，追迟，至城门，城门已闭，不纳。维等相率还冀，冀亦不入维。维等乃俱诣诸葛亮。会马谡败于街亭，亮拔将西县千馀家及维等还，故维遂与母相失。

亮辟维为仓曹掾，加奉义将军，封当阳亭侯，时年二十七。亮与留府长史张裔、参军蒋琬书曰："姜伯约忠勤时事，思虑精密，考其所有，永南、季常诸人不如也。其人，凉州上士也。"又曰："须先教中虎步兵五六千人。姜伯约甚敏于军事，既有胆义，深解兵意。此人心存汉室，而才兼于人，毕教军事，当遣诣宫，觐见主上。"后迁中监军、征西将军。

十二年，亮卒，维还成都，为右监军辅汉将军，统诸军，进封平襄侯。延熙元年，随大将军蒋琬住汉中。琬既迁大司马，以维为司马，数率偏军西入。六年，迁镇西大将军，领凉州刺史。十年，迁卫将军，与大将军费祎共录尚书事。是岁，汶山平康夷反，维率众讨定之。又出陇西、南安、金城界，与魏大将军郭淮、夏侯霸等战于洮西。胡王治无戴等举部落降，维将还安处之。十二年，假维节，复出西平，不克而还。维自以练西方风俗，兼负其才武，欲诱诸

羌、胡以为羽翼，谓自陇以西可断而有也。每欲兴军大举，费祎常裁制不从，与其兵不过万人。

十六年春，祎卒。夏，维率数万人出石营，经董亭，围南安，魏雍州刺史陈泰解围至洛门，维粮尽退还。明年，加督中外军事。复出陇西，守狄道长李简举城降。进围襄武，与魏将徐质交锋，斩首破敌，魏军败退。维乘胜多所降下，拔河关、狄道、临洮三县民还，后十八年，复与车骑将军夏侯霸等俱出狄道，大破魏雍州刺史王经于洮西，经众死者数万人。经退保狄道城，维围之。魏征西将军陈泰进兵解围，维却住钟题。

十九年春，就迁维为大将军。更整勒戎马，与镇西大将军胡济期会上邽，济失誓不至，故维为魏大将邓艾所破于段谷，星散流离，死者甚众。……而陇已西亦骚动不宁，维谢过引负，求自贬削。为后将军，行大将军事。

二十年，魏征东大将军诸葛诞反于淮南，分关中兵东下。维欲乘虚向秦川，复率数万人出骆谷，径至沈岭。时长城积谷甚多而守兵乃少，闻维方到，众皆惶惧。魏大将军司马望拒之，邓艾亦自陇右，皆军于长城。维前住芒水，皆倚山为营。望、艾傍渭坚围，维数下挑战，望、艾不应。景耀元年，维闻诞破败，乃还成都。复拜大将军。（《三国志·蜀书·姜维传》）

姜维多次兴兵北伐的目的与诸葛亮并无本质的不同，都是打着继承先帝遗志的幌子为掌控蜀汉军权提供合法性依据。作为来自曹魏的降将，姜维能够在蜀汉政权内部步步高升，既来自其能征善战的军事指挥才能，更是诸葛亮一手扶持的结果，但是在诸葛亮病逝五丈原之后，执政的蒋琬、费祎对于北伐中原的意愿日渐下降，蒋琬至少曾经准备"多作舟船，欲由汉、沔袭魏兴、上庸"（《三国志·蜀书·蒋琬传》），费祎干脆明确表示拒绝讨伐曹魏。

对于姜维而言，假如蜀汉放弃"北伐中原，兴复汉室"，将"割据巴蜀，保境安民"作为立国根基，身为昔日降将，并且与蜀汉各大政治派系无深厚渊源的姜维将难逃投闲置散的命运。理解了这点，我们就会明白掌控军权后的姜维为什么会不顾蜀汉国力弱小和群臣的强烈反对，以"北伐中原，兴复汉室"的名义再次开启与曹魏的战争。

三国的暗线

尽管从形式上看，姜维和诸葛亮都是通过"讨伐曹魏"掌控军权，但是姜维对于后主刘禅的威胁事实上要远远大于诸葛亮，这点似乎看上去有点不可思议，其实也不复杂。诸葛亮在世的时候，不仅是受刘备临终所托的后主刘禅的"监护人"，而且由于早年的重要贡献所形成的巨大威望以及"荆州派"独大的政治格局，是蜀汉政权名正言顺的"摄政王"，但是诸葛亮在其辅政期间，固然通过"平定南中"和"讨伐曹魏"成功地掌控了蜀汉的军权，然而领兵作战的大多是对蜀汉皇室忠心耿耿的"元老派"将领，这些"元老派"将领与后主刘禅存在"一荣俱荣，一损俱损"的共生关系，他们对诸葛亮的服从是以诸葛亮忠于后主为前提，简而言之，在诸葛亮辅政期间，后主虽然是一个"傀儡皇帝"，但是却不用担心权臣篡位的威胁。

然而到姜维掌控军权的时候，情况已经不可同日而语。

一方面，昔日对后主刘禅忠心不二的"元老派"将领不是死于非命，便是寿终正寝。建兴七年（229），赵云逝世；建兴十二年（234），魏延以谋反的罪名被诛杀，夷三族；建兴十五年（237），吴壹病逝，这些"元老派"将领告别人世，意味着刘备为儿子刘禅构建的军事保护网开始失效。

另一方面，姜维"据上将之重，处群臣之右，宅舍弊薄，资财无馀，侧室无妾媵之亵，后庭无声乐之娱，衣服取供，舆马取备，饮食节制，不奢不约，官给费用，随手消尽"（《三国志·蜀书·姜维传》），加之长期领兵作战，深受士兵拥戴，从某种程度而言，姜维对蜀汉军队的掌控并不亚于辅政时期的诸葛亮。

与此同时，姜维掌握军权之后的所作所为也容易令人怀疑其对蜀汉政权和后主刘禅的忠诚度，最能体现这点便是杨戏在蒋琬和姜维时期的不同遭遇。

杨戏字文然，犍为武阳人也。少与巴西程祁公弘、巴郡杨汰季儒、蜀郡张表伯达并知名。戏每推祁以为冠首，丞相亮深识之。戏年二十馀，从州书佐为督军从事，职典刑狱，论法决疑，号为平当，府辟为属主簿。亮卒，为尚书右选部郎，刺史蒋琬请为治中从事史。琬以大将军开府，又辟为东曹掾，迁南中郎参军，副贰庲降都督，领建宁太守。以疾征还成都，拜护军监军，出领梓潼太守，入为射声校尉，所在清约不烦。延熙二十年，随大将军姜维出军至芒水。戏素心不服维，酒后言笑，每有傲弄之辞。维外宽内忌，意不能堪，军还，有司承旨奏戏，免为庶人。后景耀四年卒。

戏性虽简惰省略，未尝以甘言加人，过情接物。书符指事，希有盈纸。然笃于旧故，居诚存厚。与巴西韩俨、黎韬童幼相亲厚，后俨痼疾废顿，韬无行见捐，戏经纪振恤，恩好如初。又时人谓谯周无当世才，少归敬者，唯戏重之，尝称曰："吾等后世，终自不如此长儿也。"有识以此贵戏。（《三国志·蜀书·杨戏传》）

从《三国志·蜀书·杨戏传》的记载来看，虽然杨戏桀骜不驯，口无遮拦，但是也算是难得的人才，对于这样自命不凡的人才，身为蜀汉重臣的姜维应该加以包容才是正确的处理方法。在蒋琬辅政时期，"杨戏素性简略，琬与言论，时不应答。或欲构戏于琬曰：'公与戏语而不见应，戏之慢上，不亦甚乎！'琬曰：'人心不同，各如其面；面从后言，古人之所诫也。戏欲赞吾是耶，则非其本心，欲反吾言，则显吾之非，是以默然，是戏之快也。'"（《三国志·蜀书·蒋琬传》）

蒋琬对于杨戏的无礼行为毫无介怀显示其"宰相肚里能撑船"的肚量，相比之下，姜维无法容忍杨戏"酒后言笑，每有傲弄之辞"，指使"有司承旨奏戏，免为庶人"显然令人诟病。姜维罢黜杨戏不仅说明其心胸度量难以与蒋琬相提并论，而且显示前者对于朝廷人事也拥有强大的影响力。

如果说杨戏被罢黜在某种程度上是咎由自取的结果，那么胁迫蜀汉重臣张翼共同出征则可以说是暴露出姜维的军阀本质。

张翼字伯恭，犍为武阳人也。高祖父司空浩，曾祖父广陵太守纲，皆有名迹。先主定益州，领牧，翼为书佐。建安末，举孝廉，为江阳长，徙涪陵令，迁梓潼太守，累迁至广汉、蜀郡太守。建兴九年，为庲降都督、绥南中郎将。翼性持法严，不得殊俗之欢心。耆率刘胄背叛作乱，翼举兵讨胄。胄未破，会被征当还，群下咸以为宜便驰骑即罪，翼曰："不然。吾以蛮夷蠢动，不称职

三国的暗线

故还耳,然代人未至,吾方临战场,当运粮积谷,为灭贼之资,岂可以黜退之故而废公家之务乎?"于是统摄不懈,代到乃发。马忠因其成基以破羿胄,丞相亮闻而善之。亮出武功,以翼为前军都督,领扶风太守。亮卒,拜前领军,追论讨刘胄功,赐爵关内侯。延熙元年,入为尚书,稍迁督建威,假节,进封都亭侯,征西大将军。

十八年,与卫将军姜维俱还成都。维议复出军,唯翼廷争,以为国小民劳,不宜黩武。维不听,将翼等行,进翼位镇南大将军。维至狄道,大破魏雍州刺史王经,经众死于洮水者以万计。翼曰:"可止矣,不宜复进,进或毁此大功。"维大怒。曰:"为蛇画足。"维竟围经于狄道,城不能克。自翼建异论,维心与翼不善,然常牵率同行,翼亦不得已而往。(《三国志·蜀书·张翼传》)

张翼出身益州士族,本人又历任江阳长、涪陵令、梓潼太守、广汉太守、蜀郡太守、庲降都督、绥南中郎将、征西大将军,可以说是深孚众望、文武兼备的蜀汉重臣。张翼反对北伐,认为"国小民劳,不宜黩武"以及在北伐途中建议姜维见好就收,及时撤退显然也是老成谋国之言,但是姜维仅仅因为政见不同就胆敢胁迫张翼这样的朝廷重臣,其骄横跋扈的作风可见一斑!

看了以上分析之后,读者朋友不难发现历史上真实的姜维绝非《三国演义》所渲染的蜀汉忠臣,倒是更像一个唯我独尊、排除异己的军阀,面对这样一个强势的大将军,后主刘禅内心压力之大可想而知,尽管后主刘禅尝试重用宦官黄皓、右大将军阎宇等人来制衡姜维,但是恐怕连其本人也不会天真到认为仅凭这几个人就可以消除在军中经营几十年,深受士兵爱戴的姜维所带来的隐患。

或许有些读者朋友会认为,如果后主刘禅认为姜维对于蜀汉皇室是一个巨大威胁,完全可以下旨解除其兵权,对于这个问题,笔者认为如果后主刘禅下旨解除其兵权,姜维未必会接旨,相反很可能会以这道旨意不是来自后主刘禅本人,而是其身边的"奸臣"的矫诏为由,以"清君侧"为名义,发动兵变,这是后主刘禅绝对不愿意看到的。

退一步讲，就算姜维接旨，交出兵权，鉴于姜维是当时唯一有能力抵御曹魏的蜀汉军事将领，一旦曹魏讨伐蜀汉，后主刘禅将面临如果重新起用姜维，原有的防范就付之东流，如果不起用姜维，蜀汉将难逃亡国的命运的两难处境。

必须指出的是，对于姜维放之任之，置之不理也绝非解决之道。如果说杨戏被罢黜还可以归咎其个人口无遮拦，那么挟持元老重臣张翼到前线说明姜维根本没有把蜀汉朝廷放在眼里，我们有理由相信，这样一个根本没有把蜀汉朝廷放在眼里，又深受士兵拥戴的军事统帅，未来一旦时机成熟，很有可能凭借自己手中的兵权，发动军事政变，逼迫后主刘禅退位，由于没有昔日"元老派"军事将领的保护，后主刘禅几乎毫无还手之力，一旦后主刘禅在姜维武力逼迫下成为"亡国之君"，蜀汉皇族将死无葬身之地。

鉴于当时蜀汉政权内部已经没有任何一个政治集团能够与手握重兵的姜维相互制衡，分庭抗礼，派遣心腹与魏国权臣司马昭联系，让其派大军讨伐蜀汉，后主刘禅再从中配合，以灭亡蜀汉政权为代价，铲除姜维，以保护自身和蜀汉皇族，便成为后主无奈而却也是最现实的选择。

五、司马昭力排众议讨伐蜀汉政权反衬出后主刘禅主动充当魏国内应的可能性

后主刘禅愿意充当曹魏的内应，灭亡蜀汉的可能性从曹魏权臣司马昭不顾群臣的反对，执意讨伐蜀汉中也可以看到一些端倪。

《资治通鉴·魏纪十》记载：

昭欲大举伐汉，朝臣多以为不可，独司隶校尉钟会劝之。昭谕众曰："自定寿春已来，息役六年，治兵缮甲，以拟二虏。今吴地广大而下湿，攻之用功差难，不如先定巴蜀，三年之后，因顺流之势，水陆并进，此灭虢取虞之势也。计蜀战士九万，居守成都及备他境不下四万，然则馀众不过五万。今绊姜维于沓中，使不得东顾，直指骆谷，出其空虚之地以袭汉中，以刘禅之暗，而边城外破，士女内震，其亡可知也。"乃以钟会为镇西将军，都督关中。征

西将军邓艾以为蜀未有衅,屡陈异议;昭使主簿师纂为艾司马以谕之,艾乃奉命。

  这些记载十分耐人寻味,从表面上看,司马昭讨伐蜀汉政权的理由很充分,但是事实上却绝非如此简单,论综合国力和军事实力,曹魏毫无疑问在蜀汉之上,当时天下共分十三州,曹魏独占九州,人口数百万,蜀汉只拥有益州和汉中地区,人口九十万;在军队方面。曹魏士兵不下五十万,蜀汉军队只有区区九万,但是在魏蜀多年的对峙过程中,蜀汉始终能够屹立不倒,关键还在于魏蜀边境地势险要,群山环绕导致"蜀道之难,难于上青天",正是由于"蜀道之难,难于上青天",从魏武帝曹操一直到司马昭当权之时,曹魏讨伐蜀汉的战争不是半途而废便是大败而回。

  建安二十年(215),曹操攻占汉中之后,派夏侯渊、张郃、徐晃等人驻守汉中,考虑到汉中得失对于蜀汉政权安危的深远影响,刘备采纳法正的建议,亲率大军讨伐汉中。"及渊与刘备相拒逾年,备自阳平南渡沔水,缘山稍前,营于定军山。渊引兵争之。法正曰:'可击矣。'备使讨虏将军黄忠乘高鼓噪攻之,渊军大败,斩渊及益州刺史赵颙。……三月,魏王操自长安出斜谷,军遮要以临汉中。刘备曰:'曹公虽来,无能为也,我必有汉川矣。'乃敛众拒险,终不交锋。……操与备相守积月,魏军士多亡。夏,五月,操悉引出汉中诸军还长安,刘备遂有汉中。"(《资治通鉴·汉纪六十》)

  太和四年(230),曹魏大司马曹真向魏明帝建议讨伐蜀汉,"帝从之,诏大将军司马懿溯汉水由西城入,与真会汉中,诸将或由子午谷、或由武威入。司空陈群谏曰:'太祖昔到阳平攻张鲁,多收豆麦以益军粮,鲁未下而食犹乏。今既无所因,且斜谷阻险,难以进退,转运必见钞截,多留兵守要,则损战士,不可不熟虑也。'帝从群议。真复表从子午道;群又陈其不便,并言军事用度之计。诏以群议下真,真据之遂行。……汉丞相亮闻魏兵至,次于成固赤坂以待之。召李严使将二万人赴汉中,表严子丰为江州都督,督军典严后事。会天大雨三十馀日,栈道断绝"(《资治通鉴·魏纪三》),加之太尉华歆、少府杨阜、散骑常侍王肃纷纷上疏要求撤兵,魏明帝下令曹真班师回朝。

正始五年（244），"胜及尚书邓飏欲令爽立威名于天下，劝使伐蜀；太傅懿止之，不能得。三月，爽西至长安，发卒十馀万人，与玄自骆谷入汉中。汉中守兵不满三万，诸将皆恐，欲守城不出以待涪兵。王平曰：'汉中去涪垂千里，贼若得关，便为深祸，今宜先遣刘护军据兴势，平为后拒；若贼分向黄金，平帅千人下自临之，比尔间涪军亦至，此计之上也。'诸将皆疑，惟护军刘敏与平意同，遂帅所领据兴势，多张旗帜，弥亘百馀里。……大将军爽兵距兴势不得进，关中及氐、羌转输不能供，牛马骡驴多死，民夷号泣道路，涪军及费祎兵继至。参军杨伟为爽陈形势，宜急还，不然，将败。邓飏、李胜与伟争于爽前。伟曰："飏、胜将败国家事，可斩也！"爽不悦。太傅懿与夏侯玄书曰：'《春秋》责大德重。昔武皇帝再入汉中，几至大败，君所知也。今兴势至险，蜀已先据，若进不获战，退见邀绝，覆军必矣，将何以任其责！'玄惧，言于爽；五月，引军还。费祎进据三岭以截爽，爽争险苦战，仅乃得过，失亡甚众，关中为之虚耗"（《资治通鉴·魏纪六》）。

看了这些，我们便会明白，在正常情况下，司马昭这次主动讨伐蜀汉无异是一场豪赌，而且还是一场成功率极低的豪赌，从各方面来看，司马昭此次力排众议讨伐蜀汉有悖常理。

一方面，讨伐蜀汉如果成功了，自然一切都好说，但是假如失败了，那后果就严重了，正始五年（244），执政的大将军曹爽不顾群臣的反对执意讨伐蜀汉，大败而回，导致曹魏元老重臣的强烈不满，埋下了几年后高平陵政变的诱因。另外，东吴建兴二年（253），执掌大权的诸葛恪一意孤行，率领吴军讨伐曹魏，损兵折将，很快在东吴宗室孙峻发动的宫廷政变中死于非命也殷鉴不远。

另一方面，此次讨伐蜀汉之前，邓艾态度的转变也同样值得怀疑。邓艾不仅是三国晚期公认的足智多谋、英勇善战的一代名将，而且长期驻守魏蜀边境，多次与姜维交手，对于此次讨伐蜀汉的胜算，在曹魏内部没有谁比邓艾更有发言权，但是司马昭不仅没有听取这位重量级人物的意见，反而派主簿师纂去劝说邓艾，邓艾与师纂会面之后也令人困惑不解地改变主意，这里之所以说"令人困惑不解"是因为以邓艾的地位和威望，司马昭不太可能简单地以势压人，那么师纂究竟对邓艾讲了什么内容让其改变主意呢？

　　司马昭之所以敢孤注一掷、讨伐蜀汉显然是因为其对这次出征的胜利深信不疑，这样问题又来了，司马昭为什么会如此自信这次讨伐蜀一定能取得胜利呢？如果我们认真分析当时曹魏、蜀汉两国的政治、军事形势，不难发现，对于这个问题比较能够自圆其说的解释应该是，司马昭在蜀汉内部很可能拥有一个能够接触蜀汉核心军事情报和重大军事部署的高级内应，这个高级内应可以及时告知其蜀军的布防和调动，而这个高级内应很可能就是后主刘禅，这样上述众多有悖常理的现象就能够得到合理解释，正是因为拥有后主刘禅这样一个能够接触蜀汉核心军事情报和重大军事部署的最高级别内应，司马昭才会力排众议，讨伐蜀汉，邓艾被师纂说服也很有可能是司马昭通过师纂告诉其后主刘禅是曹魏的内应这一核心机密，在这种情况下，邓艾转变态度就变得顺理成章。

　　司马昭宣布讨伐蜀汉之后，我国古代史书的相关记载也隐晦地暗示了后主刘禅充当魏国的内应的可能性。《资治通鉴·魏纪十》记载："或以问参相国军事平原刘寔曰：'钟、邓其平蜀乎？'寔曰：'破蜀必矣，而皆不还。'客问其故，寔笑而不答。"

　　这段记载非常值得关注，正如前文所述，在正常情况下，司马昭这次主动讨伐蜀汉是一场豪赌，而且还是一场成功率极低的豪赌，但是从"参相国军事"平原刘寔的回答来看，他已经笃定这次讨伐能够取得胜利，而刘寔之所以笃定这次讨伐能够取得胜利，比较合理的解释是其很可能知晓能够确保这次讨伐获胜的秘密，从当时的历史环境来看，这一秘密最大的可能便是司马昭这次主动讨伐蜀汉是应后主刘禅之邀，蜀汉的核心军事情报和重大军事部署会被第一时间送到司马昭和曹魏前线将领那里，因此这场战争的获胜几乎是十拿九稳，考虑到刘寔当时担任的是"参相国军事"，也就是司马昭核心军事参谋的角色，知道这一机密也就不足为奇了。

　　知道了蜀汉灭亡是后主刘禅"引狼入室"的结果，钟会、邓艾、诸葛绪率领大军讨伐蜀汉过程中出现的各种不可思议的谜团可以迎刃而解。邓艾率领的三万人马选择偷渡地势险峻、群山环绕的阴平道，很可能是后主刘禅与司马昭、邓艾事先商量好的，所以后主刘禅对于姜维加强防守阴平道的建议自然会熟视无睹，曹魏大军是他邀请而来的解救自己和蜀汉皇族的"义师"，他又怎么会增派兵力去阻击自己的"救命恩人"呢？而邓艾大军能够最终在粮草不足的情况下成功偷渡阴平道，不排除是因为后主刘禅派人提前在沿线某处地方事先埋下了粮草或者后主刘禅有意在江油囤积了大量粮草，然后要求忠于后主的蜀将马邈负责防守，等邓艾大军突然出现，马邈先假装抵抗，然后投降，这样粮草问题就可以得到解决。

至于诸葛瞻能够被选中率军去抵御邓艾，恰恰是因为他没有领兵作战的经验。如果蜀汉朝廷派一员能征善战的将领去，邓艾大军搞不好会被消灭。等到邓艾大军兵临成都城下，后主表面上可能流露出一副忧伤的样子，但是心里却可能乐开了花，魏军是自己请过来的，姜维则是蜀汉皇室的心腹大患，他怎么可能离开救命恩人，跑到心腹大患那里去呢？后主拒绝霍弋从南中返回成都抵御邓艾的建议也很好理解，一旦具有丰富作战经验的霍弋返回成都率军抵御邓艾，很可能会打败孤军远征的邓艾，到时等姜维班师回朝，一旦发现后主与曹魏勾结的证据，后主刘禅和蜀汉皇族恐怕将死无葬身之地。

六、后主刘禅更愿意向司马昭投降的深层根源

或许不少喜欢汉末三国历史的读者朋友看到上述关于蜀汉灭亡是由于后主刘禅主动充当司马昭内应的观点，一定会觉得十分震惊和不可思议，一个"九五之尊"放着好好的皇位不坐，引狼入室，灭亡自己的国家，甘心跑去当"亡国之君"，那不是天方夜谭，胡说八道吗？对于这个问题，笔者认为，读者朋友需要认识到后主刘禅在位的四十年的大部分时间里绝非真正意义上的"九五之尊"，只是一个大权旁落的"傀儡皇帝"罢了，诸葛亮执政时期，大小事"咸决于亮"，诸葛亮临终之前，还指定了自己的接班人，后主刘禅对此虽然不满，却无可奈何，只得感慨"政由葛氏，祭则寡人"（《三国志·蜀书·后主传》裴注引《魏略》），诸葛亮病逝之后，为了发泄不满，后主刘禅在为诸葛亮立庙问题上设置了重重障碍。蒋琬、费祎执政之时，后主刘禅只能继续夹着尾巴做人，连增加一个后宫嫔妃的权力都无法作主。等到费祎被刺

身亡之后，后主的好日子没过几天，又面临手握重兵的姜维的巨大威胁，由于姜维崛起之时，昔日能够保护刘禅的"元老派"将领不是死于非命便是寿终正寝，一旦姜维发动军事政变，后主刘禅只能束手就擒，乖乖退位。既然自己本身便是一个"傀儡皇帝"，而且又遇到了生命威胁，放弃这样的皇位对于后主刘禅而言不仅不会觉得痛苦，反而意味着解脱。

后主刘禅主动派心腹与司马昭联系，愿意充当曹魏的内应，灭亡蜀汉，甘当"亡国之君"显然并非一时兴起的结果，而是源于其经过反复思考，笃定投降司马昭之后一定能够得到善待，至少生命安全有充分保障，而后主刘禅笃定投降司马昭能够得到善待则与贵族社会的传统、有利于司马昭招降吴国将领和官吏、确保蜀地稳定的需要以及蜀汉灭亡为司马家族改朝换代奠定良好基础等因素息息相关。

（一）善待"亡国之君"是贵族社会的传统

我国古代社会以门阀士族的兴起和消亡以及科举制度产生导致官吏选拔制度的变革等因素作为衡量标准，以唐代为界大致可以划分为贵族社会和平民社会，先秦至唐代前期属于贵族社会，五代十国至清代属于平民社会，中晚唐可以算是过渡期，贵族社会对待"亡国之君"固然不乏项羽诛杀秦王子婴，隋文帝杨坚对北周皇族赶尽杀绝等极端例子，但是总体上还是遵照"亡其国，存其君"的原则，即灭亡一个国家之后，为了展现胜利者的宽宏大量，会有意留下"亡国之君"的性命，最典型的莫过于春秋时期吴越争霸的历史。

公元前496年，吴王阖闾率军攻越，双方主力战于檇李（今浙江嘉兴）。越以死罪刑徒阵前自刎，趁吴军注意力分散之时发动猛攻，大败吴军。阖闾负伤身死，夫差继位为王。两年之后，越以水军攻吴，战于夫椒（今江苏太湖中洞庭山），越军战败，主力被歼，吴军乘胜追击，占领越都会稽（今浙江绍兴），越王勾践率余部五千人被围于会稽山上。勾践投降，并且亲自到吴国宫廷为夫差"驾车养马"，执役三年，在此期间，吴国太师伍子胥多次主张杀死勾践以绝后患，但是都被夫差拒绝，夫差拒绝诛杀勾践这个杀父仇人，绝非中了美人计或听取了伯嚭的建议，而是遵循了贵族社会的传统。勾践回到越国之后，经过十几年的卧薪尝胆，发愤图强，趁吴军主力北伐之机，发兵讨伐，最终灭亡吴国。

值得注意的是，消灭吴国之后，越王勾践"欲迁吴王夫差于甬东，予百家居之"，夫差却说："孤老矣，不能事君王也。吾悔不用子胥之言，自令陷此。"（《史记·吴太伯世家》）自杀身亡。也就是说，就算是像勾践这样的心狠手辣的君主原本也想保住夫差的性命，只是夫差自己觉得无颜活在世上才自杀身亡，贵族社会的传统的约束力可见一斑！

汉末三国是我国古代社会知名的大乱世，但也是典型的以士族阶层为核心的贵族社会，曹操、刘备、孙权、司马昭这些乱世枭雄的行为举止也普遍受到贵族社会各种规则和传统的制约和影响，在这样的时代背景下，汉末三国的众多"亡国之君"们都获得了妥善的安置。

黄初元年（220），汉献帝禅位，"（曹丕）奉帝为山阳公，邑一万户，位在诸侯王上，奏事不称臣，受诏不拜，以天子车服郊祀天地，宗庙、祖、腊皆如汉制，都山阳之浊鹿城。……魏青龙二年三月庚寅，山阳公薨。自逊位至薨，十有四年，年五十四，谥孝献皇帝。八月壬申，以汉天子礼仪葬于禅陵，置园邑令丞"（《后汉书·孝献帝纪》）。

泰始元年（265），魏元帝禅位，"（司马炎）奉魏帝为陈留王，即宫于邺；优崇之礼，皆仿魏初故事。魏氏诸王皆降为侯"（《资治通鉴·晋纪一》）。

咸宁五年（279），晋武帝司马炎命杜预、王濬等人分兵伐吴，于次年灭吴，统一全国。东吴末帝孙皓被迫归降，晋武帝司马炎册封其为归命侯，"田三十顷，岁给谷五千斛，钱五十万，绢五百匹，绵五百斤"，"皓太子瑾拜中郎，诸子为王者，拜郎中"（《三国志·吴书·三嗣主传》）。

看了这些，读者朋友便会明白，按照贵族社会的传统，只要后主刘禅主动投降司马昭，不但可以保护自己和蜀汉皇族的性命，而且能够获得爵位、封邑、赏赐，从而实现安度晚年的愿望。

（二）善待后主刘禅有利于招降吴国将领和官吏

蜀汉灭亡之后，三国统一于把持曹魏朝政的司马家族已经是大势所趋，但是对于司马昭而言，消灭东吴的难度要远远大于征服蜀汉，主要原因在于：一是孙吴国土辽阔,拥有荆州、扬州大部和交州的全部,包括现在江苏、安徽、江西、浙江、湖北、湖南、福建、广东大部分地区;二是长江天险难以轻易跨越,作为我国第一大河流,长江水面宽、水量大、水流急,加之东吴水师纵横长江无敌手,跨越长江难度不容小觑;三是东吴将帅前有周瑜、鲁肃、吕蒙,后有陆逊、陆抗父子,无不足智多谋,骁勇善战;四是吴国内部虽然数年前刚刚经历孙权驾崩、诸葛恪在宫廷政变中死于非命、少帝孙亮被废、权臣孙綝被杀等一系列政治变故和宫廷政变,但是刚刚即位的孙休个性温和,推崇无为而治,极力安抚各大政治集团,君臣关系比较和谐,不像蜀汉君臣相互猜忌,因此在三国后期,司马昭对东吴采取的是攻心为上的政治诱降策略。

甘露二年(257),曹魏征东大将军诸葛诞征集淮南将士和一年粮食据守寿春发动叛乱,同时向东吴请求援兵,东吴派文钦、全怿、全端、唐咨和王祚等人领兵救援,趁包围圈未完成而领兵进入寿春城。司马昭亲自率军平定叛乱之后,对于东吴俘虏的处理,拒绝了手下"吴兵室家在江南的不可纵,宜悉坑之"的建议,认为"古之用兵,全国为上,戮其元恶而已。吴兵就得亡还,适可以示中国之大度耳","一无所杀,分布三河近郡以安处之。拜唐咨安远将军,其馀裨将,咸假位号,众皆悦服"(《资治通鉴·魏纪九》)。

后主刘禅投降曹魏之后,作为蜀汉的"亡国之君",他的安危会受到东吴上下的关注,所以投降后的后主刘禅的处境自动具有了对东吴将领和官吏进行政治诱降的"活广告"的重要作用和战略价值,司马昭越是善待后主刘禅,其给予的赏赐越丰厚,越能吸引东吴内部某些对本国统治者不满的吴国将领和官吏的渡江投奔,因此为了招降吴国将领和官吏,司马昭必须妥善保护后主刘禅。

(三)确保蜀地稳定的需要

尽管后主刘禅即位之后,在诸葛亮的压力下,多次发布讨伐曹魏的诏书,但是如果我们对后主刘禅统治四十年的历史进行详细考察,不难发现,后主内心其实非常认同刘备关于"割据巴蜀,保境安民"的遗训,后主刘禅这一立场与蜀汉政权内部的益州士族不谋而合。

诸葛亮、蒋琬、费祎执政期间,严厉打击和压制益州士族,导致"荆州派"与益州士族始终处于剑拔弩张、势不两立的敌对状态,共同的利益和敌人促使了后主与益州士族的政治联盟,后主刘禅决心"引狼入室",向曹魏投降的背后也隐藏着益州士族的影子。后主刘禅举家迁移到洛阳之后,如何对待这个蜀汉"亡国之君"和益州士族的"故主"已经不仅仅涉及后主本人,更是益州士族观察司马昭治蜀政策的风向标,谯周在代表益州士族劝降后主刘禅之时所说的"若陛下降魏,魏不裂土以封陛下者,周请身诣京都,以古义争之"(《三国志·蜀书·谯周传》)在某种程度上也是这种共生关系的生动体现,如果司马昭没有对后主刘禅以礼相待,益州士族很可能会认为司马昭会进一步推出损害益州士族的利益的治蜀政策,届时蜀国故地再度变得动荡不安并非没有可能。

另外,蜀汉灭亡之后,出于安定人心和抵御东吴的需要,司马昭继续任用许多原蜀汉将领,这些将领同样也十分关注迁移到洛阳的后主刘禅这个"故主"的安危。

《三国志·蜀书·霍弋传》裴注引《汉晋春秋》记载:

霍弋闻魏军来,弋欲赴成都,后主以备敌既定,不听。及成都不守,弋素服号哭,大临三日。诸将咸劝宜速降,弋曰:"今道路隔塞,未详主之安危,大故去就,不可苟也。若主上与魏和,见遇以礼,则保境而降,不晚也。若万一危辱,吾将以死拒之,何论迟速邪!"得后主东迁之问,始率六郡将守上表曰:"臣闻人生于三,事之如一,惟难所在,则致其命。今臣国败主附,守死无所,是以委质,不敢有贰。"晋文王善之,又拜南中都督,委以本任。后遣将兵救援吕兴,平交阯、日南、九真三郡,功封列侯,进号崇赏焉。弋孙彪,晋越巂太守。

《三国志·蜀书·霍弋传》裴注引《襄阳记》记载:

罗宪字令则。父蒙,避乱于蜀,官至广汉太守。宪少以才学知名,年十三能属文。后主立太子,为太子舍人,迁庶子、尚书吏部郎,以宣信校尉再使于吴，吴人称美焉。时黄皓预政，众多附之，宪独不与同，皓恚，左迁巴东太守。时右大将军阎宇都督巴东，为领军，后主拜宪为宇副贰。魏之伐蜀，召宇西还，留宇二千人，令宪守永安城。寻闻成都败，城中扰动，江边长吏皆弃城走，宪斩称成都乱者一人，百姓乃定。得后主委质问至，乃帅所统临于都亭三日。吴闻蜀败，起兵西上，外托救援，内欲袭宪。宪曰："本朝倾覆，吴为唇齿，不恤我难而徼其利，背盟违约。且汉已亡，吴何得久，宁能为吴降虏乎！"保城缮甲，告誓将士，厉以节义，莫不用命。吴闻钟、邓败，百城无主，有兼蜀之志，而巴东固守，兵不得过，使步协率众而西。宪临江拒射，不能御，遣参军杨宗突围北出，告急安东将军陈骞，又送文武印绶、任子诣晋王。协攻城，宪出与战，大破其军。孙休怒，复遣陆抗等帅众三万人增宪之围。被攻凡六月日而救援不到，城中疾病大半。或说宪奔走之计，宪曰："夫为人主，百姓所仰，危不能安，急而弃之，君子不为也，毕命于此矣。"陈骞言于晋王，遣荆州刺史胡烈救宪，抗等引退。晋王即委前任，拜宪凌江将军，封万年亭侯。

毋庸置疑，这些原蜀汉将领对于司马家族的忠心是以后者礼遇后主刘禅为前提条件的。

因此，无论是安抚益州士族，还是为了确保原蜀汉将领的忠心，司马昭都必须善待后主刘禅。

（四）后主"引狼入室"灭亡蜀汉为司马家族改朝换代立下大功

尽管高平陵政变之后，曹魏的军政大权落入了司马家族的手中，但是司马家族的权力根基在初期并不稳固，先后遭遇淮南三叛、曹髦被杀等重大政治事件的冲击，一时之间，曹魏政权内部人心惶惶，惊恐不安，在这种情况，司马昭急需建立盖世功业，在震慑政治反对派的同时提升自身和司马家族的政治权威，正在此时，由于担心手握重兵的姜维未来谋朝篡位，自身性命不保，后主刘禅主动派人与司马昭联系，要求充当曹魏的内应，灭亡蜀汉，后主刘禅的这一举动对于司马昭而言无异于天上掉馅饼。从建安四年（199）后主刘禅之父刘备害怕受衣带诏事件牵连，借故逃至徐州，杀死徐州刺史车胄，举起反曹大旗，到景元四年（263）蜀汉政权灭亡的六十多年的时间里，蜀汉从打不死的小强，逐步成为曹魏的心腹之患。

建安七年（202），刘备在博望坡把夏侯惇打得丢盔弃甲，人仰马翻。

建安十三年（208），刘备、诸葛亮联合孙权在赤壁一战大败曹军，粉碎了曹操统一天下的美梦。

建安二十年（215），魏武帝曹操亲率十万大军西征"雄据巴、汉垂三十年"的张鲁集团，在一番激战之后，张鲁主动向曹操投降。曹操返回邺城，派夏侯渊留守。得知汉中落入曹操手中，刚刚平定益州的刘备在黄权和法正的劝说下，率领精兵强将北伐汉中，诛杀夏侯渊，击溃曹军，成为汉中的新主人。

由于三国分立之后，东吴始终难以占领淮南，蜀汉就成为对曹魏军事威胁最大的国家，加之两国之间多年的相互征战，曹魏政权的许多将领和官吏死于蜀军的刀下，曹魏上下对于蜀汉充满刻骨仇恨，然而由于魏蜀边境地势险要，蜀汉将领英勇善战，在正常情况下，灭亡蜀汉对于曹魏而言几乎是一个难以完成的任务，现在好了，在英明的司马昭的亲自部署下，曹魏大军深入蜀汉腹地，攻城略地，屡战屡胜，逼得蜀汉后主刘禅出城投降，可以想象，当蜀汉灭亡的消息传来时，曹魏上下一定举国欢腾，到处都是载歌载舞，充满欢声笑语，在一片欢呼声中，力排众议，决定征蜀的司马昭的政治威望无疑会得到空前提高，未来改朝换代便是板上钉钉的事情了，因此从某种意义而言，后主刘禅不仅是司马昭灭蜀的有功之臣，而且对于司马家族篡夺曹魏江山也作出了重要贡献，对于这样的大功臣，司马昭于情于理都应该妥善保护和大加赏赐，又怎么会加以杀害呢？

咸熙元年（264），投降后的刘禅在经历钟会谋反事件和司马昭兑现承诺借机诛杀姜维之后，举家迁移至洛阳，司马昭以曹魏君主曹奂的名义封刘禅为安乐公，"食邑万户，赐绢万匹，奴婢百人，他物称是。子孙为三都尉封侯者五十馀人。尚书令樊建、侍中张绍、光禄大夫谯周、秘书令郤正、殿中督张通并封列侯"（《三国志·蜀书·后主传》），后主刘禅以亡国的代价实现了保护自身和蜀汉皇族性命的目的。

说到这里，可能有读者朋友会不屑一顾地反驳质疑道，你一再声称，刘禅主动"引狼入室",甘当"亡国之君"是因为其认为可以得到司马昭的善待,但是后主刘禅在洛阳还不是饱受凌辱?

《三国志·蜀书·后主传》裴注引《汉晋春秋》记载:

司马文王与禅宴,为之作故蜀技,旁人皆为之感怆,而禅喜笑自若。王谓贾充曰:"人之无情,乃可至于是乎!虽使诸葛亮在,不能辅之久全,而况姜维邪?"充曰:"不如是,殿下何由并之。"他日,王问禅曰:"颇思蜀否?"禅曰:"此间乐,不思蜀。"郤正闻之,求见禅曰:"若王后问,宜泣而答曰'先人坟墓远在陇、蜀,乃心西悲,无日不思',因闭其目。"会王复问,对如前,王曰:"何乃似郤正语邪!"禅惊视曰:"诚如尊命。"左右皆笑。

这便是著名的"乐不思蜀"的历史典故,长期以来,后主刘禅在这次宴会上的丑态一直为后世所诟病,然而必须指出的是,"乐不思蜀"事件绝非我们表面上看到的那样简单,而是后主刘禅和司马昭共同合作的一场政治表演。

一方面,后主刘禅在邓艾兵临城下,决心投降之时,并非得到蜀汉政权内部所有人的支持,刘禅之子北地王刘谌由于劝阻其父投降无效,先杀死妻儿,然后在昭烈庙里自尽,可以说,在当时的益州故地希望复辟蜀汉的将领和官吏大有人在,刘禅通过这种自污的形式向那些希望复辟蜀汉的将领和官吏传递一个明确的政治信号,那就是我刘禅是真心想投降司马昭,现在的日子我非常满意,你们不要再妄想搞复国运动。

另一方面,正如前文所论,由于魏蜀两国之间长达六十多年的相互征战,曹魏政权的许多将领和官吏死于蜀军的刀下,曹魏上下对于蜀汉充满刻骨仇恨,蜀汉灭亡之后,随军出征的庞德之子庞会为了替父亲报仇诛杀关羽子孙便是典型的例子。后主刘禅举家迁移到洛阳之后,想杀刘禅的同样不乏其人,一旦刘禅被暗杀,不仅司马昭跳进黄河也洗不清,而且将引发一系列的严重政治后果,因此为了保护后主刘禅,司马昭特意安排这场宴会,通过羞辱后主刘禅这种特殊的方式来替那些与蜀汉政权有着血海深仇的将领和官吏出口恶气,同时隐晦地警告后者,如果谁敢去杀害刘禅,别怪我司马昭翻脸不认人,从后续的历史发展来看,后主刘禅和司马昭都达到了自己的目的。

作为蜀汉的"亡国之君",后主刘禅的一生既令人感叹,也令人同情。或许青少年时期的后主刘禅也曾经憧憬有朝一日自己也能够成为像父亲刘备那样彪炳史册的伟大君主,但是由于夷陵之战的惨败导致蜀汉皇室政治权威一落千丈以及"荆州派"独大的权力格局难以撼动,后主刘禅从即位之日便注定难逃成为"傀儡皇帝"的命运,汉献帝有多痛苦,后主刘禅便有多痛苦,本来按照刘备临终前的布局,后主刘禅原本在诸葛亮病逝后有机会成为真正的"九五之尊",但是政治经验的缺乏造成魏延和李严死于非命粉碎了后主刘禅的美梦。蒋琬、费祎过世之后,掌握了军权的姜维对后主刘禅的威胁远远大于诸葛亮,为了保护自身和蜀汉皇族的性命,主动"引狼入室",充当司马昭的内应,灭亡蜀汉便成为后主刘禅最无奈也是最现实的选择。

了解了这些,我们便不难理解陈寿在撰写《三国志·蜀书·后主传》时对于传主后主刘禅语焉不详背后的难言之隐。如果陈寿秉笔直书,毫无隐瞒地将后主刘禅在位四十年的蜀汉政治内幕完全揭露出来,呈现在人们面前的便是一位饱受权臣欺凌的可怜的"傀儡皇帝"形象,这样不仅会使得依然健在的蜀汉皇室成员以及"荆州派"后代难堪不已,而且更为关键的是有可能让人们猜测出蜀汉灭亡是因为后主刘禅主动充当司马昭的内应,道理很简单,趋利避害是人的本性,既然继续当"傀儡皇帝"有生命危险,甘当"亡国之君"可以获得善待,是个人都会知道如何选择。一旦蜀汉灭亡的真相广为人知,司马昭的光辉形象便会自动褪色,考虑到陈寿撰写《三国志》时正是司马昭之子晋武帝司马炎统治时期,陈寿假如这样做恐怕会惹上杀身之祸,因此陈寿宁可冒着被天下人耻笑的风险,故意只用寥寥数笔勾勒后主刘禅的一生,留下了《三国志·蜀书·后主传》这篇看似杂乱无章实则包藏玄机的非典型帝王传记。

三国的暗线

谁是赤壁之战东吴决心抗曹的最终拍板者

建安十三年（208），以东吴军队为主力的孙刘联军由周瑜率领在长江赤壁击溃曹操大军，这便是历史上赫赫有名的赤壁之战。千百年来，后世的文人骚客对于当时年仅二十七岁的吴主孙权面对曹魏的虎狼之师毫无畏惧，誓死一战，最终以弱胜强的胆略和英姿一直佩服得五体投地。南宋时期，孙权的头号粉丝——亲身遭遇北方故土沦陷的大词人辛弃疾就曾经在著名的宋词《永遇乐·京口北固亭怀古》中感叹道："千古江山，英雄无觅孙仲谋处。舞榭歌台，风流总被雨打风吹去。斜阳草树，寻常巷陌，人道寄奴曾住。想当年，金戈铁马，气吞万里如虎。元嘉草草，封狼居胥，赢得仓皇北顾。四十三年，望中犹记，烽火扬州路。可堪回首，佛狸祠下，一片神鸦社鼓。凭谁问，廉颇老矣，尚能饭否？"

然而吴主孙权力排众议，乾纲独断，最终决心抗曹果真是其临危不惧、英姿勃发的个性使然吗？历史的真相绝非如此简单！从曹操兵不血刃占领荆州到赤壁之战孙刘联盟获胜，赤壁之战同样迷雾重重，比如为什么孙权在听取周瑜的意见后才下定最终抗曹的决心？为什么掌控荆州军权的本地士族蔡瑁、蒯越等人在曹操还没有兵临城下就主动投降，而以周瑜为首的东吴将领却坚决主张抗曹到底？另外，如果我们放宽历史的视线，认真观察孙权和东吴将领的互动时，可以发现一个十分有意思的现象，那就是孙权对东吴将领的众多"不轨之行"熟视无睹，对于他们的赏赐往往超过正常水平，这样就容易产生一个疑问，那就是孙权对于本国将领究竟是宠信还是敬畏？而要回答这些谜团，必须从赤壁之战的经过说起。

一、赤壁之战的经过

建安十三年（208）七月，曹操统一北方后，率领大军讨伐荆州。八月，统治荆州近二十年的刘表病逝，刘琮继任荆州牧。面对曹操大军即将兵临城下的严峻形势，章陵太守蒯越及东曹掾傅巽等人劝刘琮投降曹操，在荆州士族的巨大压力下，刚刚即位的刘琮无奈同意投降，曹操兵不血刃占领荆州。

屯兵樊城的刘备得知刘琮投降，惊慌失措，弃城南逃。曹操知道江陵储存大量军用物资，担心刘备先占据江陵，就留下辎重，轻装前进。到襄阳后，听说刘备已经过去，便亲自率领五千名精锐骑兵急速追赶，一天一夜跑了三百余里，在当阳的长坂追上刘备。刘备抛妻弃子，与诸葛亮、张飞、赵云等数十人骑马逃走。在关羽、刘琦的接应下，刘备和诸葛亮带领残兵败将避难夏口。

另一方面，为了应对刘表病逝，曹操南下的荆州乱局，东吴使臣鲁肃前去窥探虚实，与刘备相会，鲁肃询问刘备说："刘豫州，如今您打算到什么地方去？"刘备说："苍梧郡太守吴巨是我的老朋友，打算去投奔他。"鲁肃却表示："孙将军聪明仁惠，敬重与优待贤能之士，江南的英雄豪杰都归附于他。现在已占有六郡的土地，兵精粮多，足以成就一番事业。如今为您打算，最好是派遣心腹之人到江东去与孙权将军联系，可以共建大业。而您却想投奔吴巨，吴巨不过是个凡夫俗子，又在偏远的边郡，即将被别人吞并，怎么可以托身于他呢？"

在鲁肃的建议下，刘备派遣诸葛亮与其共同到东吴讨论孙刘联盟共同抗曹。诸葛亮拜见孙权后，劝说道："当今天下大乱，将军在长江以东起兵，刘豫州在汉水以南召集部众，与曹操共同争夺天下。现在，曹操基本已经消灭北方的主要强敌，接着南下攻破荆州，威震四海。在曹操大军面前，英雄无用武之地，所以刘豫州逃到这里，希望将军量力来加以安排。如果将军能以江东的人马，与占据中原的曹操相抗衡，不如及早与操断绝关系；如果不能，为什么不早点解除武装，向他称臣？现在，将军表面上服从朝廷，而心中犹豫不决，事情已到危急关头而不果断处理，大祸马上就要临头了。"孙权说："假如像你说的那样，刘豫州为什么不投降曹操？"诸葛亮说："田横，不过是齐国的壮士，还坚守节义，不肯屈辱投降。何况刘豫州是皇室后裔，英雄才略，举世无双，士大夫们对他的仰慕，如同流水归向大海。如果大事不成，这是天意，怎么能再居于曹操之下呢？"孙权勃然大怒，说："我不能把全部吴国土地和十万精兵拱手奉送，去受曹操的控制。我的主意已定！除刘豫州以外，没有能抵挡曹操的人，但刘豫州新近战败之后，怎么能担当这项重任呢？"诸葛亮说："刘豫州的军队虽然在长坂大败，但现在陆续回来的战士和关羽的水军加起来有一万精兵，刘琦集结江夏郡的战士，也不下一万人。曹操的军队远道而来，已经疲惫。听说在追赶刘豫州时，轻骑兵一天一夜奔驰三百余里，这正是所谓'强弩射出的箭，到了力量已尽的时候，连鲁国生产的薄绸都穿不透'。所以《兵法》以此为禁忌，说'必定会使上将军受挫'。何况，北方地区的人，不善于进行水战。另外，荆州地区的民众归附曹操，只是在他军队的威逼之下，并不是心悦诚服。如今，将军如能命令猛将统领数万大军，与刘豫州齐心协力，一定能打败曹军。曹操失败后，必然退回北方，这样荆州与东吴的势力就强大起来，可以形成鼎足三分的局势。成败的关键，就在于今天！"孙权听后非常高兴，就去与他的部属们商议如何应对当前局势。

　　此时，占领了荆州，志得意满的曹操写信给吴主孙权说："最近，我奉天子之命，讨伐有罪的叛逆，军旗指向南方，刘琮降服。如今，我统领水军八十万人，将要与将军在吴地一起会猎。"孙权把这封书信给部属们看，他们无不惊惶失色。

　　长史张昭等人表示："曹操是豺狼虎豹，挟持天子以征讨四方，动不动就用朝廷的名义来发布命令。今天我们如果进行抗拒，就更显得名不正而言不顺。况且将军可以抵抗曹操的，是依靠长江天险。现在，曹操占有荆州的土地，刘表所训练的水军，包括数以千计的蒙冲战船，已由曹操接管，曹操将全部船只沿长江而下，再加上步兵，水陆并进。这样，长江天险已由曹操与我们共有，而双方势力的众寡又不能相提并论。因此，依我们的愚见，最好迎接曹操，归顺朝廷。"只有鲁肃一言不发。

　　孙权起身解手，鲁肃追到房檐下，孙权知道鲁肃的意思，握着鲁肃的手说：“你想说什么？"鲁肃说："刚才，我观察众人的议论，只是想贻误将军，不足以与他们商议大事。现在，像我鲁肃这样的人可以迎降曹操，但将军却不可以。为什么这样说呢？现在我在迎接曹操，曹操一定会把我交给乡里父老去评议，以确定名位，还可以做一个下曹从事，能乘坐牛车，有吏卒跟随，与士大夫们结交，步步升官，也能当上州、郡的长官。可是将军迎接曹操，打算到哪里去安身呢？希望将军能早定大计，不要听那些人的意见。"孙权叹息说："这些人的说法，太让我失望了。如今，你所说的，正与我想的一样。"

东吴群臣投降的主张遭到东吴军事统帅周瑜的强烈反对，周瑜觐见孙权时表示："曹操虽然名义上是汉朝的丞相，但实际上是汉朝的贼臣。将军以神武英雄的才略，又凭借父、兄的基业，割据江东，统治的地区有几千里，精兵足够使用，英雄乐于效力，应当横行天下，为汉朝清除邪恶的贼臣。何况曹操自己前来送死，怎么可以去投降？请允许我为将军分析：如今北方尚未完全平定，马超、韩遂还驻兵函谷关以西，是曹操的后患。而曹操舍弃鞍马，改用船舰，与生长在水乡的江东人来决一胜负。现在正是严寒，战马缺乏草料。而且，驱使中原地区的士兵远道跋涉来到江湖地区，不服水土，必然会发生疾疫。这几方面是用兵的大患，而曹操都贸然行事。将军抓住曹操的时机，正在今天。我请求率领精兵数万人，进驻夏口，保证能为将军击破曹操。"孙权说："曹操老贼早就想要废掉当今天子，自己篡位了，只是顾忌袁绍、袁术、吕布、刘表与我。现在，那几个英雄都已被消灭，只剩下我还存在。我与老贼势不两立。你主张迎战曹军，正合我意，是上天把你授给了我！"

当天夜里，周瑜又去见孙权，说："众人只看到曹操信中说有水、陆军八十万而各自惊恐，不再去分析其中的虚实，就提出向曹操投降的意见，太不像话。现在据实计算一下，曹操所率领的中原部队不过十五六万人，而且长期征战，早已疲惫；新接收的刘表的部队，至多有七八万人，仍然心怀猜疑。以疲惫的士卒，驾驭心怀猜疑的部众，人数虽多，却并没有什么可怕的。我只要五万精兵，就足以制服敌军，望将军不要顾虑！"孙权拍着周瑜的背说："公瑾，你所说的，非常符合我的心意。张昭、秦松等人，各顾自己的妻子儿女，怀有私心，非常使我失望。只有你与鲁肃和我的看法相同，这是上天派你们两个人来辅佐我。五万精兵一时难以集结，已挑选了三万人，战船、粮草及武器装备都已备齐，你和鲁肃、程普率兵先行，我当继续调集人马，多运辎重、粮草，作为你的后援。你能战胜曹军，就当机立断；如果失利，就退回来，我来与曹操决一胜负。"

同年十一月，孙刘联军与曹操在长江赤壁对峙，当时曹军已遭瘟疫流行，而新编水军与投靠不久的荆州水军难以磨合，士气明显不足，初战被周瑜水军打败。曹操不得不把水军部署在江北。

周瑜部将黄盖说："如今敌众我寡，难以长期相持。曹军正把战船连在一起，首尾相接，可以用火攻，击败曹军。"周瑜认为可行，于是选取蒙冲战船十艘，装上干荻和枯柴，在里边浇上油，外面裹上帷幕，上边插上旌旗，预先备好快艇，系在船尾，命黄盖先派人送信给曹操，谎称打算投降。诈降之日，黄盖准备了几十艘蒙冲斗舰，满载薪草膏油，外用赤幔伪装，上插牙旗，在船后系上走舸。黄盖遂令燃点柴草，同时发火，着火的船队乘风快速向前飞驶，冲向曹营。当时东南风正急，火烈风猛，把曹军战船全部烧光，火势还蔓延到曹军设在陆地上的营寨。顷刻间，曹军人马烧死和淹死的不计其数。

周瑜等人率领轻装的精锐战士紧随在后，鼓声震天，奋勇向前，曹军大败。曹操率军从华容道步行撤退，遇到泥泞，道路不通，天又刮起大风。曹操让所有老弱残兵背草铺在路上，骑兵才勉强通过。周瑜、刘备军队水陆并进，一直尾随追击，曹操回到江陵后，恐赤壁失利而使后方不稳，立即自还北方，留曹仁、徐晃留守江陵，文聘守江夏，乐进守襄阳，孙刘联军取得了赤壁之战的胜利。

二、为什么孙权在听取周瑜的意见之后才下定最终抵抗曹军的决心

如果读者朋友认真阅读我国古代史书有关赤壁之战经过的记载，会发现一个有趣的现象，那就是孙权并不是在与诸葛亮和鲁肃会谈，而是在听取周瑜的意见之后才下定与曹操决一死战的决心，原因也很简单：

一是对于孙权来说，出访江东力主孙刘联盟的诸葛亮类似今日的外国使节，因此当诸葛亮名义上以"田横，齐之壮士耳，犹守义不辱；况刘豫州王室

之胄,英才盖世,众士慕仰,若水之归海!若事之不济,此乃天也,安能复为之下乎!"回答孙权"苟如君言,刘豫州何不遂事之乎?"(《三国志·蜀书·诸葛亮传》)的疑问,实质上采用激将法之时,无论是基于青年君主的自尊,还是维护东吴的脸面,孙权说出"吾不能举全吴之地,十万之众,受制于人。吾计决矣!"这样的话不足为奇,但是这跟真正决心抗曹是两回事。

二是诸葛亮毕竟是刘备的使者,为了促成孙刘联盟,不仅夸大了刘备军事实力,而且回避了曹魏军队综合实力远在孙刘两家之上的事实,这些即位已经八年的孙权不可能不知道。

三是作为孙权核心谋士的鲁肃虽然也主张抗曹到底,但是在群臣中毕竟属于少数派,声音太过于微弱,孙权也不可能仅仅听取他的意见就下定抗曹决心。

相对于刘备使者诸葛亮和核心谋士的鲁肃的看法和建议,东吴大都督周瑜是主张抗曹还是投降对于孙权的最终决策显然具有更加重要的影响和作用。

周瑜字公瑾,庐江舒人。从祖父景,景子忠,皆为汉太尉。父异,洛阳令。瑜长壮有姿貌。初,孙坚兴义兵讨董卓,徙家于舒。坚子策与瑜同年,独相友善,瑜推道南大宅以舍策,升堂拜母,有无通共。……会策将东渡,到历阳,驰书报瑜,瑜将兵迎策。策大喜曰:"吾得卿,谐也。"遂从攻横江、当利,皆拔之。乃渡江击秣陵,破笮融、薛礼,转下湖孰、江乘,进入曲阿……

(建安三年)策亲自迎瑜,授建威中郎将,即与兵二千人,骑五十匹。瑜时年二十四,吴中皆呼为周郎。以瑜恩信著于庐江,出备牛渚,后领春谷长。顷之,策欲取荆州,以瑜为中护军,领江夏太守,从攻皖,拔之。时得桥公两女,皆国色也。策自纳大桥,瑜纳小桥。复进寻阳,破刘勋,讨江夏,还定豫章、庐陵,留镇巴丘。

五年,策薨,孙权统事。瑜将兵赴丧,遂留吴,以中护军与长史张昭共掌众事。十一年,督孙瑜等讨麻、保二屯,枭其渠帅,囚俘万馀口,还备宫亭。江夏太守黄祖遣将邓龙将兵数千人入柴桑,瑜追讨击,生虏龙送吴。十三年春,权讨江夏,瑜为前部大督。(《三国志·吴书·周瑜传》)

从辅佐孙策起兵到赤壁之战前夕，周瑜在东吴军队和政坛的地位、作用、影响以及威望日渐上升，直至成为手握重兵的东吴长江防线最高指挥官，然而值得注意是，在孙权统治前期，周瑜与其说是战绩显赫的前线将领，不如说是深孚众望的顾命大臣更合适。

首先，从家庭背景来看，周瑜从祖父周景，周景之子周忠，都曾担任过太尉，父亲周异，官拜洛阳令，是典型的累代为官的贵族家庭。相比之下，孙权的出身就不如周瑜高贵，孙权之父孙坚"少为县吏"（《三国志·吴书·孙破虏讨逆传》），借乱世以军功起家，汉末三国时期的中国是典型的士族社会，出身士族就会受到社会各界的拥戴，反之就会受到鄙视，江东士族对东吴政权的长期敌视与孙权家族出身卑微有密切的关系。

其次，从军功来看，周瑜跟随孙策之后曾经先后"从攻横江、当利，皆拔之"，"击秣陵，破笮融、薛礼"，"从攻皖，拔之"，"破刘勋，讨江夏"，为夺取江东六郡和东吴的建立立下赫赫战功，论对东吴的贡献，周瑜仅次于孙策。

再次，论与孙策的关系，周瑜与孙策除了是连襟，还是生死之交。《三国志·吴书·周瑜传》记载："初，孙坚兴义兵讨董卓，徙家于舒。坚子策与瑜同年，独相友善，瑜推道南大宅以舍策，升堂拜母，有无通共。"《三国志·吴书·周瑜传》裴注引《江表传》记载："策又给瑜鼓吹，为治馆舍，赠赐莫与为比。策令曰：'周公瑾英俊异才，与孤有总角之好，骨肉之分。如前在丹杨，发众及船粮以济大事，论德酬功，此未足以报者也。'"建安五年（200），"以中护军与长史张昭共掌众事"也很可能是孙策临终前的安排。

最后，周瑜不仅心胸宽广，而且对东吴忠心耿耿。《三国志·吴书·周瑜传》裴注引《江表传》记载：

普颇以年长，数陵侮瑜。瑜折节容下，终不与校。普后自敬服而亲重之，乃告人曰："与周公瑾交，若饮醇醪，不觉自醉。"时人以其谦让服人如此。初曹公闻瑜年少有美才，谓可游说动也，乃密下扬州，遣九江蒋干往见瑜。干有仪容，以才辩见称，独步江、淮之间，莫与为对。乃布衣葛巾，自托私行诣瑜。瑜出迎之，立谓干曰："子翼良苦，远涉江湖为曹氏作说客邪？"干曰："吾与足下州里，中间别隔，遥闻芳烈，故来叙阔，并观雅规，而云说客，无乃逆诈乎？"瑜曰："吾虽不及夔、旷，闻弦赏音，足知雅曲也。"因延干入，为设酒食。毕，遣之曰："适吾有密事，且出就馆，事了，别自相请。"后三日，瑜请干与周观营中，行视仓库军资器仗讫，还宴饮，示之侍者服饰珍玩之物，因谓干曰："丈夫处世，遇知己之主，外托君臣之义，内结骨肉之恩，言行计从，祸福共之，假使苏张更生，郦叟复出，犹抚其背而折其辞，岂足下幼生所能移乎？"干但笑，终无所言。干还，称瑜雅量高致，非言辞所间。中州之士，亦以此多之。

为了避免内部失和，周瑜面对程普的羞辱，"终不与校"，使得"普后自敬服而亲重之"，同时拒绝曹操使者蒋干的拉拢显示了其对东吴的一片赤诚之心。

除此之外，周瑜对于东吴安然度过权力交接危机发挥了"中流砥柱"的作用。建安五年（200），孙策遇刺身亡后，孙权虽然顺利即位，但是东吴政权依然处于"风雨飘摇"之中。

《三国志·吴书·吴主传》记载：

是时惟有会稽、吴郡、丹杨、豫章、庐陵，然深险之地犹未尽从，而天下英豪布在州郡，宾旅寄寓之士以安危去就为意，未有君臣之固。

与此同时，"时权位将军，诸将宾客为礼尚简"（《三国志·吴书·周瑜传》）也说明孙权的权力基础也并不稳固。为了稳定东吴政局，同时提升孙权的政治权威，周瑜"独先尽敬，便执臣节"（《三国志·吴书·周瑜传》），并且多次领兵出征，确保东吴度过权力交接的危机。

因此，无论从出身、战功、威望来看，还是与孙策的关系以及权力交接时发挥的重要作用而言，周瑜在东吴政坛实质上承担着顾命大臣的角色和作用，孙权统治前期，不少大事都必须由周瑜发挥一锤定音的作用。

《三国志·吴书·周瑜传》裴注引《江表传》记载：

曹公新破袁绍，兵威日盛，建安七年，下书责权质任子。权召群臣会议，张昭、秦松等犹豫不能决，权意不欲遣质，乃独将瑜诣母前定议，瑜曰："昔楚国初封于荆山之侧，不满百里之地，继嗣贤能，广土开境，立基于郢，遂据荆杨，至于南海，传业延祚，九百馀年。今将军承父兄馀资，兼六郡之众，兵精粮多，将士用命，铸山为铜，煮海为盐，境内富饶，人不思乱，泛舟举帆，朝发夕到，士风劲勇，所向无敌，有何逼迫，而欲送质？质一入，不得不与曹氏相首尾，与相首尾，则命召不得不往，便见制于人也。极不过一侯印，仆从十馀人，车数乘，马数匹，岂与南面称孤同哉？不如勿遣，徐观其变。若曹氏能率义以正天下，将军事之未晚。若图为暴乱，兵犹火也，不戢将自焚。将军韬勇抗威，以待天命，何送质之有！"权母曰："公瑾议是也。公瑾与伯符同年，小一月耳，我视之如子也，汝其兄事之。"遂不送质。

孙权、张昭都决定不了的事情，周瑜几句话就能解决，恰恰证明了周瑜在东吴政坛所扮演的顾命大臣或者说孙权"监护人"的角色。

周瑜后代的遭遇也可以从侧面显示周瑜生前的崇高威望给青年君主孙权内心投下的沉重阴影。

《三国志·吴书·周瑜传》记载：

瑜两男一女。女配太子登。男循尚公主，拜骑都尉，有瑜风，早卒。循弟胤，初拜兴业都尉，妻以宗女，授兵千人，屯公安。黄龙元年，封都乡侯，后以罪徙庐陵郡。

赤乌二年，诸葛瑾、步骘连名上疏曰："故将军周瑜子胤，昔蒙粉饰，受封为将，不能养之以福，思立功效，至纵情欲，招速罪辟。臣窃以瑜昔见宠任，入作心膂，出为爪牙，衔命出征，身当矢石，尽节用命，视死如归，故能摧曹操于乌林，走曹仁于郢都，扬国威德，华夏是震，蠢尔蛮荆，莫不宾服，虽周之方叔，汉之信、布，诚无以尚也。夫折冲捍难之臣，自古帝王莫不贵重，故汉高帝封爵之誓曰'使黄河如带，太山如砺，国以永存，爰及苗裔'；申以丹书，重以盟诅，藏于宗庙，传于无穷，欲使功臣之后，世世相踵，非徒子孙，乃关苗裔，报德明功，勤勤恳恳，如此之至，欲以劝戒后人，用命之臣，死而无悔也。况于瑜身没未久，而其子胤降为匹夫，益可悼伤。窃惟陛下钦明稽古，隆于兴继，为胤归诉，乞匄馀罪，还兵复爵，使失旦之鸡，复得一鸣，抱罪之臣，展其后效。"

权答曰："腹心旧勋，与孤协事，公瑾有之，诚所不忘。昔胤年少，初无功劳，横受精兵，爵以侯将，盖念公瑾以及于胤也。而胤恃此，酗淫自恣，前后告喻，曾无悛改。孤于公瑾，义犹二君，乐胤成就，岂有已哉？迫胤罪恶，未宜便还，且欲苦之，使自知耳。今二君勤勤援引汉高河山之誓，孤用恧然。虽德非其畴，犹欲庶几，事亦如尔，故未顺旨。以公瑾之子，而二君在中间，苟使能改，亦何患乎！"瑾、骘表比上，朱然及全琮亦俱陈乞，权乃许之。会胤病死。

瑜兄子峻，亦以瑜元功为偏将军，领吏士千人。峻卒，全琮表峻子护为将。权曰："昔走曹操，拓有荆州，皆是公瑾，常不忘之。初闻峻亡，仍欲用护，闻护性行危险，用之适为作祸，故便止之。孤念公瑾，岂有已乎？"

从这些记载来看，孙权对于周瑜的后代十分忌惮，甚至有意打压，这点与鲁肃、吕蒙等人的后代世袭领兵，享受高官厚禄，颇得孙权照顾形成了鲜明的对比，正是由于孙权刻薄寡恩，不念旧情，赤乌二年（239），东吴两大重臣诸葛瑾、步骘才会联名上疏，为周瑜之子周胤鸣不平。孙权之所以如此防范周瑜后代，甚至全琮推荐周瑜外甥之子周护为将时也以"闻护性行危险，用之适为作祸"为由加以拒绝，根本原因还在于具有先天人格魅力的周瑜由于生前立下的盖世功业，在东吴军队和政坛所形成的近乎"一言九鼎"的威望和权威对于渴望独揽大权的青年君主孙权的巨大心理压力，俗话说得好，"一朝被蛇咬，十年怕井绳"，考虑到孙权与周瑜相处时的几乎不得不言听计从的不愉快经历，孙权千方百计防范周瑜的后代再度在东吴军队内部坐大也就不会令人感到奇怪了，在这里，读者朋友可以思考一个问题，在其病逝这么多年以后，孙权对于周瑜后代依然如此忌惮，不是正好可以说明周瑜生前的威望有多么高吗？

理解了这一点，我们就会明白，赤壁之战前夕，孙权就是否抗曹向周瑜征求意见，不仅仅是听取前线军事指挥官的看法，更是向一位在东吴政坛深孚众望的顾命大臣征求意见，在没有得知周瑜的真实态度之前，孙权不可能真正下定抗曹到底的决心，这里必须指出的是，周瑜极力主张抗曹不仅仅是其个人的看法，更代表东吴众多军事将领也就是军方的意见。

在曹操攻占荆州之后，在东吴军方内部同样德高望重、战功赫赫的元老重臣朱治为了劝阻孙权从兄、豫章太守孙贲向曹操质任投降之时便指出："今曹公阻兵，倾覆汉室，幼帝流离，百姓元元未知所归。而中国萧条，或百里无烟，城邑空虚，道殣相望，士叹于外，妇怨乎室，加之以师旅，因之以饥馑，以此料之，岂能越长江与我争利哉？"（《三国志·吴书·朱治传》裴注引《江表传》）从这段话，我们可以判断出，面对曹操的步步紧逼，朱治也是主张抵抗到底。

尽管由于史料的匮乏，我们对于其他东吴将领是否支持抗曹不得而知，但是从程普和周瑜分别为左右都督共同破曹和黄盖主动献上诈降计来看，东吴众多将领在抵抗还是投降上显然与周瑜保持相同立场。在身为顾命大臣的军事统帅周瑜和德高望重、战功赫赫的元老重臣朱治以及众多东吴将领强烈主战的情况下，年仅二十六岁，尚未确立政治权威的吴主孙权最终下定抗曹决心也就不足为奇了。

三、东吴将领不愿意投降背后的玄机

分析到这里，我们其实需要思考一个表面上看起来理所当然，但是事实上非常值得探讨的问题，那就是东吴将领为什么不愿投降曹操呢？大家或许会说，军人嘛，当然以保家卫国，战死沙场为己任，这有什么好奇怪呢？但是问题却没有我们想象的那样简单，既然这样，那为什么刘表病逝后，掌握荆州军权的蒯越、蔡瑁等人在曹操大军还没有兵临城下就主动投降呢？

蒯越、蔡瑁等人之所以主动投降，原因除了荆州军事实力远远弱于曹军，

抵抗没有取胜的可能性之外，很大程度上是由于前者认定投降之后能够获得更大的政治经济利益，这主要体现在以下几个方面：

一是"挟天子以令诸侯"的曹操的政治目标并不局限于攻占荆州，为了未来统一全国其他地区和吸引更多的割据势力前来归附，只要荆州士族投降，曹操必然会对其大加封赏，委以重任，以起到"活广告"的作用。《资治通鉴·汉纪五十七》记载："曹操进军江陵，以刘琮为青州刺史，封列侯，并蒯越等，侯者凡十五人。释韩嵩之囚，待以交友之礼，使条品州人优劣，皆擢而用之。以嵩为大鸿胪，蒯越为光禄勋，刘先为尚书，邓羲为侍中。"

二是蒯越、蔡瑁等人虽然掌握军权，但是本质上还是地方士族，俗话说得好，"强龙难压地头蛇"，为了荆州的稳定和进攻东吴的需要，曹操必然会极力笼络安抚在荆州地区世代经营的蒯越、蔡瑁等名门望族，绝对不可能伤害这些荆州地方士族的政治经济利益。

三是从当时的政治环境来看，曹操最有可能统一全国，取代东汉，建立新的大一统王朝，蒯越、蔡瑁等人此时主动劝刘琮投降，使得曹操兵不血刃占领荆州，可以说立下了大功，未来新的大一统王朝建立，论功行赏，他们便是开国功臣，极有可能在政治上百尺竿头，更进一步，到中央政府担任要职。

明白了蒯越、蔡瑁等人主动投降的原因，我们就不难理解周瑜、程普等人为什么坚决主张抗曹，尽管蒯越、蔡瑁等人在刘表时期也经常领兵作战，但是他们归根结底还是数代经营的地方士族，而周瑜、朱治等人虽然不乏士族出身，但是他们的最主要的社会身份还是在战场上讨生活的军事将领。东吴将领大多是长年跟随孙坚、孙策的旧部，与江东六郡的士族并无渊源。不仅没有渊源，对于江东士族而言，他们就是外来的入侵者，假如东吴投降曹操，江东士族将成为曹操笼络的对象，政治经济上的特权和利益也会受到保护，但是东吴将领们那就惨了，由于他们本身并不是江东士族出身，曹操无须安抚他们来稳定江东的局势，相反由于他们大多骁勇善战，足智多谋，而且深得士兵拥戴，是一批具有谋反能力的群体，加之他们在跟随孙策攻打江东六郡时与本地士族结下血海深仇，因此如果曹操占领江东，很可能为了政权的稳固或者应江东士族的要求将他们赶尽杀绝，即使侥幸活命，也容易成为曹魏政权的猜忌对象，终日活在惶惶不安之中，在这方面，北宋的杨业就是一个典型的例子。

在我国社会，说起北宋杨六郎之父杨业的威名可以说是无人不知，无人不晓，但是可能很少有人知道由于杨业原系北汉降将，因此始终难以获得宋廷的完全信任。

《宋史·杨业传》记载：

杨业，并州太原人。父信，为汉麟州刺史。业幼倜傥任侠，善骑射，好畋猎，所获倍于人。尝谓其徒曰："我他日为将用兵，亦犹用鹰犬逐雉兔尔。"弱冠事刘崇，为保卫指挥使，以骁勇闻。累迁至建雄军节度使，屡立战功，所向克捷，国人号为"无敌"。

太宗征太原，素闻其名，尝购求之。既而孤垒甚危，业劝其主继元降，以保生聚。继元既降，帝遣中使召见业，大喜，以为右领军卫大将军。师还，授郑州刺史。帝以业老于边事，复迁代州兼三交驻泊兵马都部署。会契丹入雁门，业领麾下数千骑自西陉而出，间至雁门北口，南向背击之，契丹大败。以功迁云州观察使，仍判郑州、代州。自是，契丹望见业旌旗即引去。主将戍边者多忌之，有潜上谤书斥言其短，帝览之皆不问，封其奏以付业。

雍熙三年，大兵北征，以忠武军节度使潘美为云、应路行营都部署，命业副之，然失利。未几，诏迁四州之民于内地，令美等以所部之兵护之。时契丹国母萧氏与其大臣耶律汉宁、南北皮室及五押惕隐领众十馀万，复陷寰州。业谓美等曰："今辽兵益盛，不可与战。"监军王侁曰："君侯素号无敌，今见敌逗挠不战，得非有他志乎？"业曰："业非避死，盖时有未利，徒令杀伤士卒而功不立。今君责业以不死，当为诸公先。"

将行，泣谓美曰："此行必不利。"因指陈家谷口曰："诸君于此张步兵强弩，为左右翼以援，俟业转战至此，即以步兵夹击救之，不然，无遗类矣。"美即与侁领麾下兵阵于谷口。自寅至巳，侁使人登托逻台望之，以为契丹败走，欲争其功，即领兵离谷口。美不能制，乃缘交河西南行二十里。俄闻业败，即麾兵却走。业力战，自午至暮，果至谷口。望见无人，即拊膺大恸，再率帐下士力战，身被数十创，士卒殆尽，业犹手刃数十百人。马重伤不能进，遂为契丹所擒，其子延玉亦没焉。业因太息曰："上遇我厚，期讨贼捍边以报，而反为奸臣所迫，致王师败绩，何面目求活耶！"乃不食，三日死。

尽管杨业投降北宋之后，对北宋忠心耿耿，并且在守卫边疆之时多次击败辽兵，"契丹望见业旌旗即引去"，但是宋廷对于杨业的忠诚度始终保持怀疑态度，作为宋太宗赵光义心腹的监军王侁污蔑杨业时所说的"君侯素号无敌，今见敌逗挠不战，得非有他志乎？"一语未尝不是以猜忌而闻名的宋太宗赵光义的意思，显然降将的尴尬身份才是杨业死于非命的根本原因。考虑到汉末三国这样的大乱世时期，武将叛乱对于政权稳定的巨大威胁，东吴将领投降曹魏之后，未来的命运未必比杨业好多少。

东吴特殊的建国历程使得军事将领在本国政坛实质上承担核心领导层角色而享受政治、军事、经济上的特权也导致其不愿投降。兴平二年（195），孙策率领从袁术要回的孙坚旧部，一路攻城略地，队伍不断扩大，很快占领江东六郡，但是由于孙策在占领江东六郡的过程大肆屠杀本地士族，因此东吴政权在建立初期并没有获得本地士族的拥戴和支持，双方长期处于剑拔弩张的对峙状态。为了稳定局面和震慑江东士族，东吴政权对所占领的州郡实行军事统治，东吴将领的地位和作用呈现水涨船高之势。

在政治方面，周瑜、鲁肃和吕蒙等人不仅仅短短数年实现从基层军官或一介平民到高级将领的飞跃，而且大多兼任地方官员，像周瑜任偏将军时还"领南郡太守"，鲁肃任偏将军时"拜汉昌太守"，吕蒙在鲁肃病逝后除了原来担任左护军、虎威将军之外，又"拜汉昌太守"。

在军事方面，东吴将领世袭领兵已经成为普遍现象。"肃遗腹子淑既壮，濡须督张承谓终当到至。永安中，为昭武将军、都亭侯、武昌督。建衡中，假节，迁夏口督。所在严整，有方干。凤皇三年卒。子睦袭爵，领兵马。"（《三国志·吴书·鲁肃传》）"（蒋钦）子壹封宣城侯，领兵拒刘备有功，还赴南郡，与魏交战，临陈卒。壹无子，弟休领兵，后有罪失业。"（《三国志·吴书·蒋钦传》）"（陈武）子修有武风，年十九，权召见奖厉，拜别部司马，授兵五百人。时诸新兵多有逃叛，而修抚循得意，不失一人。权奇之，

拜为校尉。建安末，追录功臣后，封修都亭侯，为解烦督。黄龙元年卒。"（《三国志·吴书·陈武传》）

在经济方面，为了确保东吴将领的忠心，孙权对于立下战功的将领不惜重赏。周瑜在赤壁之战中击败曹操后，孙权以汉昌等四县作为其奉邑。周瑜病逝后，鲁肃"代瑜领兵。瑜士众四千馀人，奉邑四县，皆属焉"（《三国志·吴书·鲁肃传》）。吕蒙攻占荆州之后，孙权"赐钱一亿，黄金五百斤"（《三国志·吴书·吕蒙传》）。

一旦投降曹操，东吴的将领恐怕连小命都难保，这些政治、军事、经济特权自然也会随风而逝，消失得无影无踪。在这种情况下，东吴军事将领们对投降坚决说不也就不足为奇了！

四、孙权究竟是宠信还是讨好东吴将领

明末清初著名思想家王夫之在其代表作《读通鉴论·卷十》中曾指出："蜀汉之义正，魏之势强，吴介其间，皆不敌也，而角立不相下，吴有人焉。"显然吴国人才济济与孙权知人善任，举贤任能有密切关系。黄初二年（221），东吴使臣赵咨在回答魏文帝"吴王何等主也？"时便指出："纳鲁肃于凡品，是其聪也；拔吕蒙于行陈，是其明也。"（《资治通鉴·魏纪一》）然而尽管孙权享有善于用人的美名，可其与东吴将领的关系事实上还存在不为人所知的秘密，为了更好地说明这个秘密，我们不妨先看看几段相关记载。

会（韩当）病卒，子综袭侯领兵。其年，权征石阳，以综有忧，使守武昌，而综淫乱不轨。权虽以父故不问，综内怀惧，载父丧，将母家属部曲男女数千人奔魏。魏以为将军，封广阳侯。数犯边境，杀害人民，权常切齿。东兴之役，综为前锋，军败身死，诸葛恪斩送其首，以白权庙。（《三国志·吴书·韩当传》）

璋为人粗猛，禁令肃然，好立功业，所领兵马不过数千，而其所在常如万人。征伐止顿，便立军市，他军所无，皆仰取足。然性奢泰，末年弥甚，服物僭拟。吏兵富者，或杀取其财物，数不奉法。监司举奏，权惜其功而辄原不

问。嘉禾三年卒。子平,以无行徙会稽。璋妻居建业,赐田宅,复客五十家。(《三国志·吴书·潘璋传》)

看了这些历史记载,我们会发现孙权与其说是对东吴将领宠信有加,不如说是刻意讨好更合适,像韩当之子韩综"淫乱不轨",潘璋"性奢泰,末年弥甚,服物僭拟。吏兵富者,或杀取其财物,数不奉法",孙权对于这些军事将领的"不轨之行"却装聋作哑,不敢处理是非常耐人寻味的。

通常而言,骄兵悍将历来是我国王朝政治的天敌,能否牢牢驾驭这些军事将领关系到一个王朝的兴衰成败。宋太祖就曾经说过,十个文官贪污都不如一个武将跋扈威胁大,明太祖晚年害怕子孙压不住自己手下的那批骄兵悍将,不顾旧情,将这些与自己一起出生入死、浴血奋战的老伙计满门抄斩,株连九族。同在汉末三国的曹操治军严整,令行禁止,手下大将见了曹操无不恭恭敬敬,敬畏有加,刘备虽然"弘毅宽厚知人待士",但是也懂得赏罚分明,将士攻入益州,"先主置酒大飨士卒,取蜀城中金银分赐将士,还其谷帛"(《三国志·蜀书·先主传》),但是养子刘封拒绝救援关羽和逼反孟达,刘备固然流涕,依然赐刘封自裁,这些都说明有所作为的君主都是不容许骄兵悍将存在的。

那么是不是孙权天性仁厚,对待手下文武官员一律以安抚怀柔为原则呢?答案是否定的,关于这点,我们不妨看看孙权如何对待张昭、虞翻这两位东吴名臣。

张昭字子布,彭城人也。少好学,善隶书,从白侯子安受《左氏春秋》,博览众书,与琅邪赵昱、东海王朗俱发名友善。弱冠察孝廉,不就,与朗共论旧君讳事,州里才士陈琳等皆称善之……

策临亡,以弟权托昭,昭率群僚立而辅之。上表汉室,下移属城,中外将校,各令奉职。权悲感未视事,昭谓权曰:"夫为人后者,贵能负荷先轨,克昌堂构,以成勋业也。方今天下鼎沸,群盗满山,孝廉何得寝伏哀戚,肆匹夫之情哉?"乃身自扶权上马,陈兵而出,然后众心知有所归。昭复为权长史,授任如前。后刘备表权行车骑将军，昭为军师。

权每田猎，常乘马射虎，虎常突前攀持马鞍。昭变色而前曰："将军何有当尔？夫为人君者，谓能驾御英雄，驱使群贤，岂谓驰逐于原野，校勇于猛兽者乎？如有一旦之患，奈天下笑何？"权谢昭曰："年少虑事不远，以此惭君。"然犹不能已，乃作射虎车，为方目，间不置盖，一人为御，自于中射之。时有逸群之兽，辄复犯车，而权每手击以为乐。昭虽谏争，常笑而不答……

昭每朝见，辞气壮厉，义形于色，曾以直言逆旨，中不进见。……权以公孙渊称藩，遣张弥、许晏至辽东拜渊为燕王，昭谏曰："渊背魏惧讨，远来求援，非本志也。若渊改图，欲自明于魏，两使不反，不亦取笑于天下乎？"权与相反覆，昭意弥切。权不能堪，案刀而怒曰："吴国士人入宫则拜孤，出宫则拜君，孤之敬君，亦为至矣，而数于众中折孤，孤常恐失计。"昭熟视权曰："臣虽知言不用，每竭愚忠者，诚以太后临崩，呼老臣于床下，遗诏顾命之言故在耳。"因涕泣横流。权掷刀致地，与昭对泣。然卒遣弥、晏往。昭忿言之不用，称疾不朝。权恨之，土塞其门，昭又于内以土封之。渊果杀弥、晏。权数慰谢昭，昭固不起，权因出过其门呼昭，昭辞疾笃。（《三国志·吴书·张昭传》）

虞翻字仲翔，会稽馀姚人也，太守王朗命为功曹。……翻既归，策复命为功曹，待以交友之礼，身诣翻第。

策好驰骋游猎，翻谏曰："明府用乌集之众，驱散附之士，皆得其死力，虽汉高帝不及也。至于轻出微行，从官不暇严，吏卒常苦之。夫君人者不重则不威，故白龙鱼服，困于豫且，白蛇自放，刘季害之，愿少留意。"策曰："君言是也。然时有所思，端坐悒悒，有神谮草创之计，是以行耳。"……

权既为吴王，欢宴之末。自起行酒，翻伏地阳醉，不持。权去，翻起坐。权于是大怒，手剑欲击之，侍坐者莫不惶遽。惟大司农刘基起抱权谏曰："大王以三爵之后杀善士，虽翻有罪，天下孰知之？且大王以能容贤畜众，故海内望风，今一朝弃之，可乎？"权曰："曹孟德尚杀孔文举，孤于虞翻何有哉！"基曰："孟德轻害士人，天下非之。大王躬行德义，欲与尧、舜比隆，何得自喻于彼乎？"翻由是得免。权因敕左右，自今酒后言杀，皆不得杀。……翻性疏直，数有酒失。权与张昭论及神仙，翻指昭曰："彼皆死人，而语神仙，世岂有仙人邪！"权积怒非一，遂徙翻交州。虽处罪放，而讲学不倦，门徒常数百人。又为《老子》《论语》《国语》训注，皆传于世。……在南十馀年，年七十卒。归葬旧墓，妻子得还。（《三国志·吴书·虞翻传》）

孙权对待张昭、虞翻的态度显然有失人君的风范。

张昭是孙策临终前托孤的顾命大臣，如果没有张昭"率群僚立而辅之。上表汉室，下移属城，中外将校，各令奉职"，孙权即位之后，能否控制局面需要打上一个巨大的问号，虽然纵观张昭一生也存在赤壁之战前夕主张对曹操"迎之"和喜欢倚老卖老等问题和缺点，但是总体而言其对东吴的忠心和贡献却是毫无疑问的，可孙权对于张昭却并没有礼遇有加，甚至多次羞辱这位顾命大臣。

作为天下仰慕的名士，虞翻原本应该受到孙权的倚重和提拔，但是孙权仅仅因为其"伏地阳醉"便要"手剑欲击之"，如果不是大司农刘基抱着孙权加以劝说，虞翻恐怕早已人头落地，最终由于虞翻多次犯言直谏而被孙权迁徙至当时还是蛮荒之地的交州，"在南十馀年，年七十卒"，死后才被允许"归葬旧墓，妻子得还"。

孙权对待文臣武将截然不同的态度只能说明一件事，那就是孙策被刺杀身亡后，十九岁即位的孙权对于周瑜、朱治等追随父兄打江山的东吴将领存在很深的敬畏感，由于敬畏东吴将领，因此不惜大肆封赏，极力笼络，对于他们的"不轨之行"也只能睁一眼闭一眼，以讨好这些骁勇善战的军事将领。

孙权之所以如此敬畏东吴将领很大程度上是因为前者是非常典型的文人皇帝。汉末三国是我国古代少有的大乱世，在大乱世中，只有拥有杰出的军事统帅才能的政治枭雄才有可能开疆拓土，打下一片锦绣江山，孙权之父孙坚"勇挚刚毅，孤微发迹，导温戮卓，山陵杜塞，有忠壮之烈"（《三国志·吴书·孙破虏讨逆传》），长兄孙策"英气杰济，猛锐冠世，览奇取异，志陵中夏"（《三国志·吴书·孙破虏讨逆传》），是天下公认的一代名将，加上多年的长官与部属的关系，自然能镇得住这些军事将领。

反观孙权，虽然孙策临终前承认"举贤任能，各尽其心，以保江东"，自己不如孙权，但是同时也认为"举江东之众，决机于两陈之间，与天下争衡"，孙权不如自己。而从孙权即位之后多次领军征战"败多胜少"的记录来看，孙权并非像曹操、刘备这样的马上皇帝，军队是一个以战功论英雄的地方，孙权缺乏像父兄那样杰出的军事统帅才能，在群雄争霸的大乱世面对东吴军事将领不仅难以树立应有的政治权威，反而容易产生敬畏感，刻意讨好以及大肆封赏自然在所难免。

另外，孙权对于跟随父兄的东吴将领们存在很深的敬畏感也与后者坐大之后，尾大不掉的政治格局有着密切的关系，在孙权统治时期，东吴将领不仅手握精兵，而且往往还是地方郡守，甚至还有封地，集军事、政治、经济、司法、财政大权于一身，而且这些特权，尤其是领兵权往往可以世袭继承，这样在东吴内部就形成了以这些军事将领为核心的独立王国，无论抵御外敌入侵，还是平定内部叛乱，孙权都必须依赖这些军事将领，假如孙权对于这些军事将领过于强势或想削弱其各种特权，很有可能驱使其投降敌国。

五、孙权何时才真正掌握东吴的军权

在魏蜀吴三位"开国之君"中，虽然从年龄上看，孙权实质上与曹操、刘备之子曹丕、刘禅才是同一辈人，但是后世的史学家都公认，无论从政治谋略，还是知人善用上，孙权都是能够与曹操、刘备相提并论的乱世枭雄，陈寿在《三国志·吴书·吴主传》中对其赞赏有加："孙权屈身忍辱，任才尚计，有勾践之奇，英人之杰矣。故能自擅江表，成鼎峙之业。"需要提醒读者朋友的是，这里的"屈身忍辱"，不仅指孙权在偷袭荆州前后向曹操、曹丕父子俯首称臣，其实也暗指孙权在统治前期面对跟随父兄的东吴将领不得不刻意讨好，委曲求全。

然而作为一位熟读史书，渴望流芳百世的"开国之君"，孙权显然不会甘心长期军权旁落，为了未来能够乾纲独断，令行禁止，孙权步步为营，精心策划，采取多项策略和方法试图掌控军权。

首先，推动与刘备集团政治结盟。赤壁之战后，刘备集团不仅摆脱了灭顶之灾，而且趁机占领荆州南四郡，面对刘备集团坐大可能带来的潜在风险，周瑜趁"备诣京见权"之机，上疏说："刘备以枭雄之姿，而有关羽、张飞熊虎之将，必非久屈为人用者。愚谓大计宜徙备置吴，盛为筑宫室，多其美女玩好，以娱其耳目，分此二人，各置一方，使如瑜者得挟与攻战，大事可定也。今猥割土地以资业之，聚此三人，俱在疆场，恐蛟龙得云雨，终非池中物也。"（《三国志·吴书·周瑜传》）但是一向对周瑜言听计从的孙权这次却以"曹公在北方，当广揽英雄，又恐备难卒制"为由拒绝周瑜的建议，反而"进妹固好"与刘备联姻。

孙权拒绝周瑜的建议表面上看是由于共同抗曹的需要，但是事实上却与孙权希望通过与刘备联姻使其充当外援制衡以周瑜为首的东吴军方势力有着密切的关系。周瑜在赤壁之战中击败曹操大军，挽狂澜于既倒，扶大厦之将倾，拯救了东吴，在东吴政权内部的威望达到了巅峰，尽管周瑜"独先尽敬，便执臣节"，对孙权毕恭毕敬，但是这种功高震主的情况不可能不引起尚未控制军权的孙权内心的焦虑，为了防患于未然，实现与刘备联姻，对外共同抗曹，对内制衡周瑜就成为孙权最现实的选择。

有关孙权对周瑜的猜忌之心，相关史书也有隐晦地描写。

《三国志·吴书·周瑜传》裴注引《江表传》记载：

刘备之自京还也，权乘飞云大船，与张昭、秦松、鲁肃等十馀人共追送之，大宴会叙别。昭、肃等先出，权独与备留语，因言次，叹瑜曰："公瑾文武筹略，万人之英，顾其器量广大，恐不久为人臣耳。"

刘备之所以敢在孙权面前挑拨其与周瑜的关系，很可能是刘备在与孙权见面交谈时发现后者内心对周瑜的猜忌，否则此时还仰赖东吴鼻息的刘备又怎么敢在东吴君主面前挑拨其与手下最重要的军事统帅的关系呢？

其次，提拔青年将领。建安十五年（210），周瑜伤重不治，临终前推荐鲁肃代替自己的职务，由于鲁肃既是周瑜的好友，又是孙权的心腹，加之"肃为人方严，寡于玩饰，内外节俭，不务俗好。治军整顿，禁令必行，虽在军陈，手不释卷。又善谈论，能属文辞，思度弘远，有过人之明。周瑜之后，肃为之冠"（《三国志·吴书·鲁肃传》裴注引《吴书》），深得东吴将领的敬重，这次交接十分顺利。

然而建安二十二年（217）鲁肃病逝后，孙权原本准备任命深受其器重的严畯接替鲁肃，尽管严畯担任过骑都尉等职，但是其"少耽学，善《诗》《书》《三礼》，又好《说文》。避乱江东，与诸葛瑾、步骘齐名友善。性质直纯厚，其于人物，忠告善道，志存补益"（《三国志·吴书·严畯传》），是典型的文臣，最终严畯本人以"朴素书生，不闲军事，非才而据，咎悔必至"（《三国志·吴书·严畯传》）为由主动推辞，让这次任命胎死腹中。孙权试图让严畯这样的文臣接管东吴最精锐的军队固然显示出了其政治上不成熟的一面，但是也充分说明了孙权对于自己掌控军权已经到了迫不及待的程度，然而残酷的事实迫使孙权只能在吴军将领中另外挑选人选，经过反复考虑，最终选择吕蒙担任东吴长江防线最高指挥官。

吕蒙字子明，汝南富陂人也。少南渡，依姊夫邓当。当为孙策将，数讨山越……

数岁，邓当死，张昭荐蒙代当，拜别部司马。权统事，料诸小将兵少而用薄者，欲并合之。蒙阴赊贳，为兵作绛衣行縢，及简日，陈列赫然，兵人练习，权见之大悦，增其兵。从讨丹杨，所向有功，拜平北都尉，领广德长。从征黄祖，祖令都督陈就逆以水军出战。蒙勒前锋，亲枭就首，将士乘胜，进攻其城。祖闻就死，委城走，兵追禽之。权曰："事之克，由陈就先获也。"以蒙为横野中郎将，赐钱千万。

是岁，又与周瑜、程普等西破曹公于乌林，围曹仁于南郡。益州将袭肃举军来附，瑜表以肃兵益蒙，蒙盛称肃有胆用。且慕化远来，于义宜益不宜夺也。权善其言，还肃兵。瑜使甘宁前据夷陵，曹仁分众围宁，宁困急，使使请救。诸将以兵少不足分，蒙谓瑜、普曰："留凌公绩，蒙与君行，解围释急，势亦不久，蒙保公绩能十日守也。"又说瑜分遣三百人柴断险道，贼走可得其马。瑜从之。军到夷陵，即日交战，所杀过半……

是时刘备令关羽镇守，专有荆士，权命蒙西取长沙、零、桂三郡。……即日引军赴益阳。刘备请盟，权乃归普等，割湘水，以零陵还之。以寻阳、阳新为蒙奉邑。

师还，遂征合肥，既彻兵，为张辽等所袭，蒙与凌统以死捍卫。后曹公又大出濡须，权以蒙为督，据前所立坞，置强弩万张于其上，以拒曹公。曹公前锋屯未就，蒙攻破之，曹公引退。拜蒙左护军、虎威将军。（《三国志·吴书·吕蒙传》）

吕蒙在孙策时期仅为别部司马，孙权上台后，吕蒙逐步受到了重用。
《三国志·吴书·吕蒙传》裴注引《江表传》记载：

初，权谓蒙及蒋钦曰："卿今并当涂掌事，宜学问以自开益。"蒙曰："在军中常苦多务，恐不容复读书。"权曰："孤岂欲卿治经为博士邪？但当令涉猎见往事耳。卿言多务孰若孤，孤少时历《诗》《书》《礼记》《左传》《国语》，惟不读易。至统事以来，省三史、诸家兵书，自以为大有所益。如卿二人，意性朗悟，学必得之，宁当不为乎？宜急读《孙子》《六韬》《左传》《国语》及三史。……光武当兵马之务，手不释卷。孟德亦自谓老而好学。卿何独不自勉勖邪？"蒙始就学，笃志不倦，其所览见，旧儒不胜。

从这段记载来看，孙权显然已经有意将吕蒙作为心腹亲信来培养，虽然从资历上看，在东吴军队内部，比吕蒙更适合的人选大有人在，但是由于吕蒙是孙策旧部出身，不仅战功赫赫，而且也深受孙权器重，是东吴军方和孙权都能接受的人选，这次任命没有在东吴军界引发反弹，吕蒙越过众多老将成为东吴长江防线最高指挥官，标志着孙权对东吴军权的初步掌控。

最后，多次亲自领兵出征。建安八年（203），"权西伐黄祖，破其舟军，惟城未克，而山寇复动。还过豫章，使吕范平鄱阳，程普讨乐安，太史慈领海昏，韩当、周泰、吕蒙等为剧县令长"（《三国志·吴书·吴主传》）。

建安十三年（208）春，"权复征黄祖，祖先遣舟兵拒军，都尉吕蒙破其前锋，而凌统、董袭等尽锐攻之，遂屠其城。祖挺身亡走，骑士冯则追枭其首，虏其男女数万口"（《三国志·吴书·吴主传》）。

建安十八年（213）正月，"曹公攻濡须，权与相拒月馀。曹公望权军，叹其齐肃，乃退"（《三国志·吴书·吴主传》）。

建安十九年（214），"权征皖城。……获庐江太守朱光及参军董和，男女数万口。……权反自陆口，遂征合肥。合肥未下，彻军还。兵皆就路，权与凌统、甘宁等在津北为魏将张辽所袭，统等以死捍权，权乘骏马越津桥得去"（《三国志·吴书·吴主传》）。

前文已经提及，就本质而言，孙权是一个典型的文人皇帝，而不是马上皇帝，但是在其即位之后，却多次亲自领兵出征，从这些出征记录来看，除了前期攻打李术、黄祖等不入流的地方军阀获得过胜利之外，孙权自己与曹魏的多次交手可以用"胜少败多"来形容，最惨的便是建安二十年（215）孙权指挥十万大军攻打张辽率领数千魏兵驻守的合肥，结果不但没有攻下合肥，而且撤退时差一点被张辽活捉。

孙权明知自己缺乏父兄那样杰出的军事指挥才能却依然硬着头皮亲自领兵作战，根本原因还在于在汉末三国这样的大乱世，"开国之君"只有亲冒矢石，披坚执锐，立下了赫赫战功才能在本国众多英勇善战的将领面前树立令人心悦诚服的政治威信，假如孙权只是坐镇后方，没有亲临一线，固然人身安全有了保障，但是却容易被东吴将领们所轻视，难以树立作为"开国之君"应有的政治威信。另外，孙权亲自领兵出征也有利于拉近与东吴将领的距离，毕竟在战场上经历过生与死、血与火考验的情谊比承平时期的君臣之谊显然更加牢靠。

为了收买人心，孙权还亲自调和东吴将领之间的矛盾。建安十八年（213），曹操从濡须撤退，东吴将领周泰"留督濡须，拜平虏将军"，但是"朱然、徐盛等皆在所部，并不伏也"，"权特为案行至濡须坞，因会诸将，大为酣乐。权自行酒到泰前，命泰解衣，权手自指其创痕，问以所起。泰辄记昔战斗处以对，毕，使复服，欢宴极夜。其明日，遣使者授以御盖"（《三国志·吴书·周泰传》），孙权的所作所为说一千，道一万，还是离不开掌控军权这个终极目的。

孙权真正实现对军权的掌控还要等到夷陵之战前夕，任命陆逊为抵御刘备的吴军统帅。

陆逊字伯言，吴郡吴人也。本名议，世江东大族。逊少孤，随从祖庐江太守康在官。袁术与康有隙，将攻康，康遣逊及亲戚还吴。逊年长于康子绩数岁，为之纲纪门户。

孙权为将军，逊年二十一，始仕幕府，历东西曹令史，出为海昌屯田都尉，并领县事。县连年亢旱，逊开仓谷以振贫民，劝督农桑，百姓蒙赖。时吴、会稽、丹杨多有伏匿，逊陈便宜，乞与募焉。会稽山贼大帅潘临，旧为所在毒害，历年不禽。逊以手下召兵，讨治深险，所向皆服，部曲已有二千余人。鄱阳贼帅尤突作乱，复往讨之，拜定威校尉，军屯利浦。

权以兄策女配逊，数访世务，逊建议曰："方今英雄棋跱，豺狼窥望，克敌宁乱，非众不济。而山寇旧恶，依阻深地。夫腹心未平，难以图远，可大部伍，取其精锐。"权纳其策，以为帐下右部督。会丹杨贼帅费栈受曹公印绶，扇动山越，为作内应，权遣逊讨栈。栈支党多而往兵少，逊乃益施牙幢，分布鼓角，夜潜山谷间，鼓噪而前，应时破散。遂部伍东三郡，强者为兵，赢者补户，得精卒数万人，宿恶荡除，所过肃清，还屯芜湖。（《三国志·吴书·陆逊传》）

在建安二十四年（219）东吴偷袭荆州一战中，当时名不见经传的陆逊替代吕蒙领军并其有意在关羽面前表现得谦卑胆怯，对于确保东吴趁关羽麻痹大意攻占南郡作出了特殊且重要的贡献。为了彻底剿灭从樊城回撤的关羽大军，"逊遣将军李异、谢旌等将三千人，攻蜀将詹晏、陈凤。异将水军，旌将步兵，断绝险要，即破晏等，生降得凤。又攻房陵太守邓辅、南乡太守郭睦，大破之。秭归大姓文布、邓凯等合夷兵数千人，首尾西方。逊复部旌讨破布、凯。布、凯脱走，蜀以为将。逊令人诱之，布帅众还降。前后斩获招纳，凡数万计。权以逊为右护军、镇西将军,进封娄侯"(《三国志·吴书·陆逊传》)。

尽管陆逊文武双全,足智多谋,并且立下了赫赫战功,但是孙权任命陆逊为抵御刘备的吴军统帅之时却并不受东吴将领欢迎,根源还在于陆逊不是孙坚、孙策旧部出身,而且来自与东吴将领有着血海深仇的江东士族陆家,东吴将领不服陆逊实质上隐含着对孙权的不满。

孙权坚持任命陆逊的根本原因是陆逊既出身江东士族,又曾经担任过其幕僚,是孙权一手提拔的心腹爱将,任命其为吴军统帅不但有利于孙权完全掌握东吴军权,而且能修补与江东士族的关系,是东吴政权江东化的重要标志。值得注意的是,尽管东吴将领对陆逊的任命有所不满,但是最终还是被迫接受,说明在周瑜病逝之后经过长期经营,孙权对于东吴军权的掌控已今非昔比,而随着夷陵之战陆逊用火攻击溃刘备大军,在众将面前树立了自己的威信,孙权实现了通过陆逊掌控军权的夙愿,成为真正乾纲独断、令行禁止的"九五之尊"。

了解了孙权从军权旁落到重掌军权的历程,我们就可以回答本文开头所提出的问题,即谁才是赤壁之战东吴决心抗曹的最终拍板者。赤壁之战前夕,孙权在位还只有八年,由于缺乏孙坚、孙策那样的杰出军事指挥才能,在汉末三国这样的大乱世,孙权还难以获得那些长期追随父兄的东吴将领的真心拥戴,而此时的周瑜由于身兼孙策好友和顾命大臣的双层身份以及长期征战所形成的崇高威望,在是否抗曹问题上,吴主孙权是主张抵抗还是投降并不重要,关键在于以周瑜为首的东吴军方将领的态度,因此与其说是孙权听取周瑜的意见下定了抵抗到底的决心,不如说是其迫于以周瑜为首的东吴军方将领的巨大压力而不得不与前者保持一致,而以周瑜为首的军事将领坚决主张抗曹,则与他们作为东吴核心领导层在政治、军事、经济上享有一系列特权,是东吴实质上的统治阶层和最大的既得利益集团息息相关。在这里,我们可以考虑这么一个问题,如果孙权在赤壁之战爆发前也认为东吴打不过曹操,不如干脆投降还能保住性命,那么接下来会发生什么?答案是孙权会被手握重兵的东吴将领罢黜,东吴将领很可能会重新拥立孙策还在世的儿子孙绍为东吴新的君主,在这种情况下，不管孙权内心如何考虑，他都必须表现出死战到底的决心。

因此，假如我们认真探索赤壁之战背后的历史真相，可以得出一个结论，那就是以周瑜为首的军方将领才是东吴决心抗曹的最终拍板者！

赤壁之战孙刘联军的主帅可能另有其人

建安十三年（208），统一北方的曹操率军南下，攻占荆州，刘备败退夏口，在东吴使者鲁肃的建议下，刘备派自己的军师诸葛亮出使江东，说服吴主孙权共同抗曹，东吴大都督周瑜率领孙刘联军火烧赤壁，大败曹军，曹操狼狈逃回中原，这便是我们所熟知的赤壁之战。

作为击溃曹军的孙刘联军的总指挥，时年仅三十多岁的周瑜周大都督在赤壁之战中指挥若定，英姿勃发，让后世的文人骚客佩服得五体投地，北宋大文学家苏东坡便在自己的经典名篇《念奴娇·赤壁怀古》中感慨道："大江东去，浪淘尽，千古风流人物。故垒西边，人道是，三国周郎赤壁。乱石穿空，惊涛拍岸，卷起千堆雪。江山如画，一时多少豪杰。遥想公瑾当年，小乔初嫁了，雄姿英发。羽扇纶巾，谈笑间，樯橹灰飞烟灭。故国神游，多情应笑我，早生华发。人生如梦，一尊还酹江月。"敬仰之情溢于言表！

近期，笔者在阅读《三国志·魏书·武帝纪》时，赫然发现其对赤壁之战的描写与我们对这场经典战役的了解有着显著的不同：

十二月，孙权为备攻合肥。公自江陵征备，至巴丘，遣张憙救合肥。权闻憙至，乃走。公至赤壁，与备战，不利。于是大疫，吏士多死者，乃引军还。备遂有荆州江南诸郡。

也就是说，《三国志·魏书·武帝纪》白纸黑字地记载着曹操在赤壁之战中是被刘备而不是周瑜击败。

值得注意的是，这不是我国古代书籍中关于曹操在赤壁之战中是被刘备而不是被周瑜击败的唯一记载，在同传中，裴松之注引《山阳公载记》曰：

> 公（即曹操）船舰为备所烧，引军从华容道步归，遇泥泞，道不通，天又大风，悉使羸兵负草填之，骑乃得过。

在《山阳公载记》之后，裴松之还引用了东晋著名史学家孙盛的《异同评》里的对赤壁之战的评论：

> 按《吴志》，刘备先破公军，然后权攻合肥，而此记云权先攻合肥，后有赤壁之事。二者不同，《吴志》为是。

这里的《吴志》不太可能是陈寿撰写的《三国志·吴书》，道理也很简单，《三国志·吴书》对赤壁之战的主基调是曹操是被周瑜击败，刘备在赤壁之战中纯粹只是起到了辅助的作用。

更有意思的是，在《三国志·蜀书·诸葛亮传》末尾，陈寿向晋武帝司马炎进献已经编写好的《诸葛氏集》，回顾诸葛亮的功绩时指出：

> 及魏武帝南征荆州，刘琮举州委质，而备失势众寡，无立锥之地。亮时年二十七，乃建奇策，身使孙权，求援吴会。权既宿服仰备，又睹亮奇雅，甚敬重之，即遣兵三万人以助备。备得用与武帝交战，大破其军，乘胜克捷，江南悉平。

从这则记载来看，赤壁之战前夕，孙权派遣三万精兵支援刘备，刘备凭借这三万精兵和自己的部队大败曹操，也就是说这三万人是归刘备指挥的，从字面意思解读，刘备很可能就是孙刘联军的主帅，鉴于陈寿是在向晋武帝司马炎上奏时提及此事，很难想象他会虚构事实，信口开河。

这样问题就来了，从这四则记载来看，在南朝刘宋时期即裴松之生活的时期，至少有三本史书认为曹操在赤壁之战中是被刘备而不是周瑜击败，而从裴松之和孙盛引用《山阳公载记》和《吴志》的相关记载却没有对其质疑来看，他们应该也是认可曹操在赤壁之战中是被刘备击败，考虑到裴松之和孙盛都是我国古代公认的史学大家，既然他们都认为在赤壁之战中是刘备击败了曹操，那么我们必须认真思考，为什么他们认为是刘备而不是周瑜在赤壁之战中击败曹操？

关于这个问题，笔者认为，《三国志·魏书·武帝纪》《山阳公载记》《吴志》《三国志·蜀书·诸葛亮传》之所以记载曹操在赤壁之战中是被刘备而不是周瑜击败，很可能是因为在赤壁之战中刘备是当时孙刘联军的主帅，至少是名义上的主帅，而周瑜则是前线指挥官，理由如下：

一是赤壁之战前夕，刘备的官职爵位和社会影响力远远高于周瑜。

作为汉室宗亲，刘备早年依靠镇压黄巾军进入仕途，最早担任的官职是安喜县尉，在此之后，尽管刘备转战南北，历经波折，但是其官职却节节攀升，历任下密县丞、高唐令、平原国相。

初平四年（193），曹操以为父报仇为名攻打徐州，徐州牧陶谦向青州刺史田楷求救。田楷与刘备一起前往救援，曹操由于后方叛乱不得不撤兵，陶谦表刘备为豫州刺史。陶谦病逝之后，刘备被陈登、麋竺拥戴为徐州牧。建安元年（196），曹操表刘备为镇东将军，封宜城亭侯，同年，由于吕布偷袭徐州，刘备不得不向吕布投降，被安置小沛，不久双方再度开战，刘备投靠曹操，曹操以朝廷的名义封刘备为豫州牧。建安三年（198），曹操率军讨伐吕布，攻占徐州，吕布被杀，朝廷封刘备为左将军，随后刘备参与衣带诏事件，与曹操决裂，投靠荆州牧刘表。由于刘备长期以来一直以"兴复汉室"作为自己的政治旗帜以及为人"弘毅宽厚，知人待士，盖有高祖之风，英雄之器焉"（《三国志·蜀书·先主传》），因此在全国范围内拥有极高的政治声誉。

与刘备相比，周瑜的仕途则起步于跟随孙策率军攻占江东。初平二年（191），孙策与周瑜协同作战，先克横江（今安徽和县东南长江北岸）、当利（今安徽和县东），接着挥师渡江，进攻秣陵（今南京江宁秣陵关），打败了笮融、薛礼,进入曲阿(今江苏丹阳)。兴平二年(195),逼走刘繇,随后周瑜率部回到丹阳,不久被袁术任命为居巢长。

建安三年(198),周瑜经居巢回到吴郡(今江苏苏州)。孙策闻周瑜归来,十分高兴,亲自出迎,授周瑜建威中郎将,由于周瑜在庐江一带有着极高的声望,于是孙策命他出守牛渚、兼任春谷长。不久,孙策要攻打荆州,拜周瑜为中护军,兼任江夏太守。建安五年(200)四月,孙策遇刺身亡,周瑜从外地带兵前来奔丧,留在孙权身边任中护军,同长史张昭共同掌管军政大事。建安十三年(208)春,孙权讨伐江夏,周瑜担任前部大督。由于周瑜英勇善战,足智多谋,为人又风流倜傥,心胸宽广,加之在孙策遇刺身亡之后,依然对孙权忠心耿耿,谨守臣节,因此深受东吴上下的推崇和赞许。

尽管在赤壁之战之前,刘备是一个避难江汉的失意政客,周瑜则是东吴手握重兵、深孚众望的军事统帅,但是论官职和爵位,刘备曾经是朝廷正式册封的左将军、宜城亭侯,周瑜则是东吴的中护军和前部大督,没有爵位,这个中护军还是东吴自行册封,含金量自然不如刘备;论社会影响力,刘备是在全国范围内公认能够与曹操抗衡,享有盛誉的政治枭雄,周瑜虽然骁勇善战,风度翩翩,但是知名度依然只局限于东吴内部,周瑜海内闻名是在赤壁之战以后。考虑到东汉晚期的中国社会是一个以官职爵位和社会影响力决定等级尊卑的身份社会,由刘备出任孙刘联军的主帅绝非天方夜谭。

二是东吴也存在拥戴刘备为孙刘联军的主帅的动机。

从东吴的角度来看,拥戴刘备为孙刘联军的统帅也有利于自身利益的最大化,而东吴愿意拥戴刘备为孙刘联军的统帅的根本原因还在于从现有的史书记载来看,孙权对于东吴军队能否战胜曹军很可能没有绝对把握,为了以防万一而预先布局。

在赤壁之战之前,曹魏不仅控制了汉献帝和朝廷,"挟天子以令诸侯",具有政治上的先天优势,而且占据了长江以北的九州以及荆州大部分地区和扬州部分地区,"三分天下有其二",同时拥有数十万的军队和众多猛将,综合国力和军事实力完全碾压东吴,而曹操本人自从镇压黄巾军起义开始,南征北战,屡败强敌,统一了中国北方地区,是当时公认的"一代战神",陈寿就曾

三国的暗线

经称赞曹操为"非常之人,超世之杰"(《三国志·魏书·武帝纪》)。

在当时的东吴内部,除了鲁肃、周瑜等少数人之外,大部分高官都认为吴军不是曹军的对手,主张投降曹操,就连吴主孙权本人对于能否战胜曹操也心存疑虑,最能体现这点的莫过于当周瑜要求五万军队抗曹,孙权却表示只能给予三万军队,从孙权在与诸葛亮交谈时曾经表示"吾不能举全吴之地,十万之众,受制于人"(《三国志·蜀书·诸葛亮传》)来看,东吴全部的兵力在十万左右,考虑到此时的周瑜是东吴威望最高的将领和长江防线最高指挥官,对于东吴能够调动多少军队来抗击曹操不可能信口开河,这五万军队应该是当时东吴除了镇守地方之外可调动军队数量的极限,但是孙权却只愿意交给周瑜三万军队,自己留下两万军队,孙权为什么会如此分配军队呢?一个比较合理的解释便是孙权很可能担心吴军未必能够战胜曹军,如果其将五万军队都交给周瑜,万一被曹军击败,东吴将会有亡国的危险,如果能够留下两万军队,再加上镇守地方的五万军队,即使周瑜战败,孙权还可以凭借这七万军队继续与曹操周旋或进行谈判。

在这种情况下,尽管孙权在鲁肃和周瑜的建议下,决心正面迎战曹操,但是为了以防万一,东吴同时很可能故意让刘备出任孙刘联军的主帅,作为未来假如战败的替罪羔羊。事实上,在我国古代社会,类似的事件也不乏其例。《史记·项羽本纪》曾记载这样一个故事:秦朝末年,陈胜、吴广起义之后,天下大乱,东阳本地豪杰杀死县令,拥护素有威望的陈婴为首领,等队伍扩大到两万多人,众人想推举陈婴为王,但是却遭到了陈婴之母的反对,陈婴之母曰:"自我为汝家妇,未尝闻汝先古之有贵者。今暴得大名,不祥。不如有所属,事成犹得封侯,事败易以亡,非世所指名也。"陈婴于是拒绝称王,率领众人先后投靠项梁和刘邦,最后成为西汉的开国元勋。

陈婴接受其母的建议拒绝称王和东吴让刘备出任孙刘联军的主帅本质上都是降低风险的理性选择。既然刘备是孙刘联军的主帅,那么在抗曹问题上刘备自然便是主犯,孙权充其量只是一个帮凶,假如孙刘联军在赤壁之战中败北,东吴可以派一个使者到曹操那里谢罪,以自己的主公孙权年幼无知,涉世未深,受奸人蛊惑为由,把责任全部推卸给刘备,同时表示东吴未来愿意向曹操称臣纳贡，如果曹操不接受孙权的称臣纳贡，执意要消灭东吴，东吴将凭借剩余的数万精兵依托水道纵横、丘陵起伏的江东地势与曹操决一死战。考虑到东吴政权已历三世，兵精粮足，江东地势又不利于曹魏骑兵发挥自己的军事优势，加上此时西北的马超、韩遂对曹魏军事威胁依然存在以及曹军主力在外旷日持久，许都内部的"反曹派"可能发动政变等因素，曹操接受东吴称臣纳贡，撤军北上的可能性依然存在，这样即使在赤壁之战中被曹军击败，孙权依然有机会度过亡国的危机。

三是相对于周瑜，刘备出任孙刘联军的统帅更能获得荆州内部的支持和拥戴。

在刘表时期，东吴与荆州激战多年的客观事实也决定了相对于周瑜，刘备出任孙刘联军统帅更能获得荆州内部的支持和拥戴。

在孙策占领江东六郡之后，刘表统治的荆州就成为东吴下一个军事讨伐的主要目标。

《三国志·吴书·孙破虏讨逆传》裴注引《江表传》记载：

勋走入楚江，从寻阳步上到置马亭，闻策等已克皖，乃投西塞。至沂，筑垒自守，告急于刘表，求救于黄祖。祖遣太子射船军五千人助勋。策复就攻，大破勋。勋与偕北归曹公，射亦遁走。策收得勋兵二千馀人，船千艘，遂前进夏口攻黄祖。时刘表遣从子虎、南阳韩晞将长矛五千，来为黄祖前锋。策与战，大破之。

《三国志·吴书·吴主传》记载：

八年，权西伐黄祖，破其舟军，惟城未克，而山寇复动。……十二年，西征黄祖，虏其人民而还。十三年春，权复征黄祖，祖先遣舟兵拒军，都尉吕蒙破其前锋，而凌统、董袭等尽锐攻之，遂屠其城。祖挺身亡走，骑士冯则追枭其首，虏其男女数万口。

三国的暗线

《三国志·吴书·周瑜传》记载：

十一年，督孙瑜等讨麻、保二屯，枭其渠帅，囚俘万馀口，还备宫亭。江夏太守黄祖遣将邓龙将兵数千人入柴桑，瑜追讨击，生虏龙送吴。十三年春，权讨江夏，瑜为前部大督。

由于双方长期激战，荆州内部众多的将领和士兵、百姓死于吴军的刀剑之下，换而言之，赤壁之战前夕，荆州与东吴存在"血海深仇"，在这种情况下，如果是由曾经长期与荆州作战的周瑜出任孙刘联军的统帅，必然会导致原本支持抗曹的荆州士族、豪杰、百姓的不满，甚至有可能驱使后者转而投靠曹操。

相对于昔日的敌人周瑜，由于自身的人格魅力以及与荆州众多豪门家族联姻的诸葛亮的穿针引线的作用，刘备深得荆州内部许多士族、豪杰、百姓的拥戴，早在驻扎新野之时，"荆州豪杰归先主者日益多"，曹操占领荆州后，刘备在逃亡过程中，"琮左右及荆州人多归先主。比到当阳，众十馀万，辎重数千两，日行十馀里，别遣关羽乘船数百艘，使会江陵"（《三国志·蜀书·先主传》）。在荆州期间，刘备还收"罗侯寇氏之子"为自己的养子，即刘封，刘封是"长沙刘氏之甥也"（《三国志·蜀书·刘封传》），这个罗侯寇氏即以长沙罗县为封邑，而长沙刘氏也应该是本地的世家大族，可见此时刘备与荆州南四郡的世家大族也存在密切的联系。对于东吴来说，同意刘备出任孙刘联军的统帅有利于在抗曹时能够获得荆州内部反曹的士族、豪杰、百姓的支持和拥戴。

四是从《三国志》类似记载可以反推出孙刘联军主帅是刘备的可能性确实存在。

建兴六年（228），在经历第一次北伐失利之后，诸葛亮趁魏军主力调往东线，抵御东吴的进攻，关中防守虚弱之有利时机，趁机发动第二次北伐，出兵散关（今陕西省宝鸡市西南），包围陈仓（今陕西省宝鸡市东），当时蜀汉攻城部队有数万人之多，而且拥有大量云梯、冲车等攻城器具，声势浩大，而陈仓守军只有一千多人，然而陈仓守将郝昭沉着冷静，身先士卒，多次击败蜀军，诸葛亮派人劝降不成，率军昼夜相攻二十多日后，被迫退军，撤回汉中。

关于陈仓之战，史书有明确记载：

真以亮惩于祁山，后出必从陈仓，乃使将军郝昭、王生守陈仓，治其城。明年春，亮果围陈仓，已有备而不能克。增邑，并前二千九百户。（《三国志·魏书·曹真传》）

十二月，亮引兵出散关，围陈仓，陈仓已有备，亮不能克。……亮自以有众数万，而昭兵才千馀人，又度东救未能便到，乃进兵攻昭，起云梯冲车以临城。昭于是以火箭逆射其梯，梯然，梯上人皆烧死；昭又以绳连石磨压其冲车，冲车折。亮乃更为井阑百尺以射城中，以土丸填堑，欲直攀城，昭又于内筑重墙。亮又为地突，欲踊出于城里，昭又于城内穿地横截之。昼夜相攻拒二十馀日，曹真遣将军费耀等救之。帝召张郃于方城，使击亮。帝自幸河南城，置酒送郃，问郃曰："迟将军到，亮得无已得陈仓乎？"郃知亮深入无谷，屈指计曰："比臣到，亮已走矣。"郃晨夜进道，未至，亮粮尽，引去。（《资治通鉴·魏纪三》）

然而有意思的是，到了《三国志·蜀书·诸葛亮传》里，诸葛亮第二次北伐包围陈仓时，遇到的曹魏将领竟然变成了曹真：

冬，亮复出散关，围陈仓，曹真拒之，亮粮尽而还。

从现有的史书记载来看，由于诸葛亮在包围陈仓时，曹真正坐镇后方，因此绝对不可能与诸葛亮率领的蜀军面对面地作战，那么应该如何解释这种反常现象呢？比较合理的解释便是此时的曹真是负责曹魏西部地区防御蜀汉的军事统帅，而郝昭正是曹真的部将，因此诸葛亮被郝昭逼退也同样可以认为是被曹真逼退。

从《三国志·魏书·曹真传》中，诸葛亮明明是被郝昭击败，到《三国志·蜀书·诸葛亮传》中变成前者是被曹真击败来看，《三国志·魏书·武帝纪》之所以记载在赤壁之战中,曹军是被刘备击败而不是被周瑜击败很可能是因为刘备是当时孙刘联军的主帅,周瑜则是前线指挥官。

通过以上各方面的分析,关于谁是赤壁之战的主帅这个问题上,我们可以得出这样一个结论:尽管在诸葛亮的游说,鲁肃的建议,周瑜的力主下,孙权同意联刘抗曹,但是由于赤壁之战前夕,刘备的官职爵位和社会影响力远远高于周瑜以及吸引荆州内部反曹势力加盟的需要,更为关键的是,考虑到曹魏综合国力和军事实力远在东吴之上,曹操又是公认的"一代战神",为了一旦出现战败,东吴能够最大限度推卸责任,东吴有意推荐刘备成为孙刘联军的主帅,这便是我们后人忽视的赤壁之战的真相。

那么为什么《三国志·吴书·周瑜传》和《三国志·蜀书·先主传》没有记载刘备是孙刘联军的主帅呢?关键还在于孙刘联军最后击败了曹军,而没有被曹军击败。对于东吴而言,推荐刘备为主帅的根本目的在于假如出现败局便将其推出作为替罪羔羊,但是赤壁之战最终的结果却是孙刘联军获胜,在这种情况下,如果东吴对外宣传刘备是孙刘联军的军事统帅,那么击败曹军的功劳便会被刘备拿走,这是作为抗曹主力的东吴绝对无法接受的,因此在本国的史书只强调周瑜率领吴军击败了曹军,刘备军队只是起到了辅助的作用,对于谁是主帅则是保持沉默。

对于蜀汉而言,尽管刘备很可能是孙刘联军的主帅,但是一则毕竟曹军是被吴军主力击败;二则刘备集团不可能不知道一旦战败,刘备将承担全部后果,所以对于谁是主帅同样含糊其词,也就是说,刘备担任孙刘联军主帅不是荣耀,搞不好还是屈辱的象征。

至于曹魏方面,在赤壁之战之后,曹操不可能不知道自己是被周瑜率领的吴军击败,但是尽管如此,曹魏的史书还是记载曹操是被刘备而不是周瑜击败,原因除了刘备是名义上的主帅之外,还在于刘备是当时天下公认唯一能够与曹操抗衡的政治枭雄,周瑜则是知名度仅局限于江东,初出茅庐的青年将领,被与自己相同政治级别的刘备击败虽然丢脸,但是至少还能接受,如果曹魏的史书记载在赤壁之战中身为三国"一代战神"的曹操是被周瑜这个初出茅庐的青年将领击败,你让曹操的老脸往哪里搁呀?

"借荆州"是借一郡还是借五郡

在三国历史中,"借荆州"一事的真伪历来是一个众说纷纭、争论不休的话题。根据《三国志·蜀书·先主传》记载,在曹操遭遇赤壁惨败,率主力返回北方,周瑜包围江陵之时,"先主表琦为荆州刺史,又南征四郡。武陵太守金旋、长沙太守韩玄、桂阳太守赵范、零陵太守刘度皆降"。《三国志·蜀书·诸葛亮传》记载:"先生遂收江南,以亮为军师中郎将,使督零陵、桂阳、长沙三郡,调其赋税,以充军实。"《三国志·吴书·鲁肃传》则云:"后备诣京见权,求都督荆州,惟肃劝权借之,共拒曹公。曹公闻权以土地业备,方作书,落笔于地。"

根据这些记载,目前的史学界的主流的看法是,赤壁之战后,刘备率军占领了荆州南四郡,周瑜经过一年多激战,攻占了江陵,东吴获得了以江陵为中心的南郡(南郡北部襄阳等地依然被曹魏占据)。周瑜病逝之后,为了共同抗衡曹操,在接替周瑜的鲁肃劝说下,吴主孙权同意将荆州的南郡借给刘备,也就是说"借荆州"确有其事,但是其实只是借了南郡这一郡。

另外一些学者则认为所谓"借荆州"完全是子虚乌有,像清代著名历史学家赵翼在《廿二史札记·卷七·借荆州之非》一文中认为:"借荆州之说,出自吴人事后之论,而非当日情事也。""迨其后三分之势已定,吴人追思赤壁之役,实藉吴兵力,遂谓荆州应为吴有,而备据之,始有借荆州之说。抑思合力拒操时,备固有资于权,权不亦有资于备乎?权是时但自救危亡,岂早有取荆州之志乎?""而吴君臣伺羽之北伐,袭荆州而有之,反捏一借荆州之说,以见其取所应得。此则吴君臣之狡词诡说，而借荆州之名遂传至今，并为一谈，牢不可破，转似其曲在蜀者，此耳食之论也。"

近期，笔者在阅读燕京晓林与土等民合著的《三国赤壁之战新解》（中国广播影视出版社，2008）一书时，发现燕京晓林提出极具颠覆性的第三种观点，即赤壁之战之后，刘备收复荆州南四郡，并没有占为己有，而是将荆州南四郡转交给孙权，纳入东吴版图，自己则率军重新回南郡驻扎。周瑜病逝之后，在鲁肃的劝说下，孙权将荆州的南郡和武陵、长沙、桂阳、零陵四郡一同借给刘备，所谓"借荆州"其实是借荆州的五个郡。为了证明自己的观点，燕京晓林提出了以下的几点看法：

1. 赤壁之战前夕，刘备在鲁肃的劝说下实质上投靠了孙权。

2. 赤壁之战后，刘备其实是以孙权部属身份率军收复荆州南四郡，然后转交给东吴。

3. 诸葛亮督三郡是事实，但是这里的督不是统率之意，而是监督之意，即由诸葛亮负责征收三郡的赋税，以供应刘备集团的军费和其他支出。

4. 《三国志》中黄盖和全琮的传记显示出东吴的将领黄盖和大臣全柔（全琮之父）在赤壁之战后到"借荆州"之前出任过武陵、桂阳太守，孙权曾经在赤壁之战后从长沙郡版图划出一个汉昌郡，以鲁肃为太守，这些都说明当时荆州南四郡属于东吴。

5. 刘备攻占益州之后，孙权曾派人讨要荆州，根据《三国志·蜀书·先主传》记载，刘备并不说不给，而是拖延，说是等打下凉州就给，这说明刘备以往承认借过荆州，也答应要还给孙权，只是希望自己地盘再大些以后还，或者说是找借口拖延不想还。

6. 如果刘备已经拥有荆州南四郡，以周瑜对刘备的猜忌，绝对不可能分南郡南岸地给刘备作为容身之地。

燕京晓林的观点无疑为我们重新审视"借荆州"一事的来龙去脉和赤壁之战后荆州南四郡的归属问题提供了新的视角，考虑到赤壁之战前后刘备集团实力弱小，难以与孙权讨价还价的客观现实和《三国志》中有关黄盖和全柔在赤壁之战后到"借荆州"之前出任过武陵、桂阳太守的相关记载，以及刘备攻占益州后，孙权派诸葛亮大哥诸葛瑾去讨要荆州诸郡，刘备只是找借口拖延还荆州诸郡的时间，却没有反驳东吴讨要的正当性来看，赤壁之战后，刘备很可能是在孙权援助下以孙权部属名义收复了荆州南四郡，在收复了荆州南四郡之后，刘备将其转交给东吴，自己率军返回南郡，后来在鲁肃劝说下，吴主孙权便将南郡和荆州南四郡一起借给刘备集团，换而言之，"借荆州"不仅是真实历史事件，而且还一口气借出了五个郡，这相对于将当前湖南全省和二分之一个湖北省的土地交给刘备，可谓是大手笔。

对于东吴为什么愿意将南郡和荆州南四郡借给刘备集团，燕京晓林认为主要是鲁肃个人的因素，而鲁肃之所以如此主张是由于以下两个原因：

一是接替周瑜成为东吴长江防线最高指挥官的鲁肃在此之前从没有指挥过实际作战，更没有带兵打过正规战役，更不要说大规模军团作战，因此他对自己能否胜任荆州的总负责人有极大的担忧，而希望找一个军事才能更强的人来担任这个重要的职务。

二是刘备是鲁肃亲自拉来投奔孙权的，当时鲁肃对刘备说投奔孙权会有更大的发展前途，借让荆州五郡，让刘备都督荆州便是鲁肃兑现当年的承诺。

然而尽管燕京晓林对于东吴为什么愿意将荆州五郡借给刘备集团进行了令人信服的论证，但是事实上除了上述这些因素之外，笔者个人认为，东吴愿意借出荆州五郡还与以下两个因素息息相关。

一方面，荆州南四郡归属东吴之后，叛乱四起，东吴对这一地区的统治很不稳固。

《三国志·吴书·黄盖传》记载："武陵蛮夷反乱，攻守城邑，乃以盖领太守。时郡兵才五百人，自以不敌，因开城门，贼半入，乃击之，斩首数百，馀皆奔走，尽归邑落。诛讨魁帅，附从者赦之。自春讫夏，寇乱尽平，诸幽邃巴、醴、由、诞邑侯君长，皆改操易节，奉礼请见，郡境遂清。后长沙益阳县为山贼所攻，盖又平讨。加偏将军，病卒于官。"

荆州南四郡为什么会频繁发生叛乱呢？一个比较合理的解释是在刘表时期，江东政权一直是荆州的"心腹大患"，双方经常发生激战，像长沙郡与东吴接壤，长沙本地士族、豪强和百姓在与东吴多年的交战过程中自然结下了

"血海深仇",荆州南四郡被划入东吴版图之后,过去的仇恨和不满不可能自动消失,对于荆州南四郡的本地士族、豪强和百姓而言,东吴无疑是一个侵略者和外来政权。除此之外,从东吴对江东本地的山越采取的强迫出山,强者入伍,弱者编户的政策来看,东吴很可能对武陵蛮采取了相同的措施,这自然会引起武陵蛮的强烈不满,在这种情况下,荆州南四郡频繁发生叛乱就不足为奇了。

荆州南四郡局势动荡给孙权出了一个大难题,当时为了抵御曹魏,东吴将军队主力布置在江陵和长江一线,另外,在孙权执政时期,遍布江东的山越发动的叛乱同样此起彼伏,绵绵不绝。为了平定山越叛乱,孙权先后派遣贺齐、全琮、吕岱等东吴名将率军爬山涉水,深入险境,历经艰难直至孙权晚年才将山越叛乱平定,因此不可能在荆州南四郡派驻重兵,黄盖担任太守的武陵郡郡兵只有区区五百人,便是这种兵力不足的生动体现,而长沙郡益阳发生叛乱,孙权没有从江东本土调兵镇压,却依赖驻守武陵郡的黄盖去平叛,则显示出此时的江东已经没有多余的机动兵力可供调遣。

根据燕京晓林的论证和推测,黄盖很可能是在赤壁之战之后的建安十四年(209)到十五年(210)武陵太守任上病逝。如果说以往荆州南四郡的叛乱,东吴还可以依靠骁勇善战的黄盖去平定,那么在黄盖病逝之后,孙权将面临在荆州南四郡无将可派的窘境,尽管此时东吴还有吕蒙、韩当等名将,但是他们毕竟不像黄盖那样出生在荆州南四郡。《三国志·吴书·黄盖传》记载:"黄盖字公覆,零陵泉陵人也。初为郡吏,察孝廉,辟公府。"作为荆州南四郡本地人,黄盖不仅了解和熟悉荆州南四郡民情风俗和地理环境,而且由于"初为郡吏,察孝廉,辟公府"的经历在本地拥有极高的社会威望,因此在作为东吴维系荆州南四郡统治的"擎天一柱"的黄盖寿终正寝之后,东吴其他将领将无法取代黄盖在荆州南四郡的角色和作用。

对于东吴而言,如果在黄盖病逝之后难以选出合适的继任人选,荆州南四郡将重回"叛乱四起"的局面,这样不仅无法获得更多的兵源、赋税、粮食,而且一旦曹魏大军再度讨伐东吴,同时派人潜伏至荆州南四郡勾结那些发动叛乱的本地士族、豪强和百姓,东吴将深陷腹背受敌的困境。

与东吴形成鲜明对比的是，此时的刘备却深受荆州南四郡的士族、豪强和百姓的拥戴。《三国志·蜀书·先主传》记载，早在驻扎新野期间，"荆州豪杰归先主者日益多"。与此同时，刘备还收"罗侯寇氏之子"为自己的养子，即刘封，刘封是"长沙刘氏之甥也"（《三国志·蜀书·刘封传》），这个罗侯寇氏即以长沙罗县为封邑，而长沙刘氏也应该是本地的世家大族，可见此时刘备与荆州南四郡的士族也存在密切的联系。赤壁之战之后，刘备南征四郡，从四郡太守没有抵抗，马上投降也说明荆州南四郡士族、豪强和百姓心向刘备。另外，作为刘备的核心谋士，同时与荆州庞、黄、蒯、蔡等荆州豪门世家存在姻亲关系的诸葛亮此时正承担着"使督零陵、桂阳、长沙三郡，调其赋税，以充军实"的重任，为了顺利完成使命，诸葛亮自然会通过自己的姻亲和社会关系争取荆州南四郡本地士族、豪强和百姓的认可和支持，而后者也会通过诸葛亮加强与刘备集团的交往和联系。

在这种情况下，东吴不得不慎重考虑是否暂时将荆州南四郡和南郡以借的名义转让给深得本地士族、豪强和百姓拥护的刘备和诸葛亮管理，自己摆脱这个烫手山芋之后，转而把重心集中在加强长江一线的防御和平定江东各地的山越叛乱。

另一方面，借让荆州五郡也是扶持刘备集团，保障东吴自身安全的必然选择。

东吴愿意将原本属于自己的荆州五郡借给刘备集团，鲁肃的意见起到决定性的作用，而鲁肃之所以如此主张源于其为东吴确立的发展战略以及对当时曹孙刘三方实力消长有着清醒的认识。

建安十三年（208），统治荆州近二十年的刘表死后，面对曹操大军兵锋直指荆州的严峻形势，洞察先机的鲁肃指出："夫荆楚与国邻接，水流顺北，外带江汉，内阻山陵，有金城之固，沃野万里，士民殷富，若据而有之，此帝王之资也。今表新亡，二子素不辑睦，军中诸将，各有彼此。加刘备天下枭雄，与操有隙，寄寓于表，表恶其能而不能用也。若备与彼协心，上下齐同，则宜抚安，与结盟好；如有离违，宜别图之，以济大事。肃请得奉命吊表二子，并慰劳其军中用事者，及说备使抚表众，同心一意，共治曹操，备必喜而从命。

如其克谐，天下可定也。今不速往，恐为操所先。"（《三国志·吴书·鲁肃传》）初步提出了孙刘联盟共同抵御曹操的战略构想。

赤壁之战之后，东吴军队在周瑜率领下进攻曹仁占据的江陵，经过一年多的进攻，曹仁率军撤退，东吴占领了以江陵为中心的南郡（北部襄阳等地依然被曹魏占领），这样加上刘备先收复后转交东吴的荆州南四郡，以及原有的江夏郡，东吴便拥有荆州六郡，然而伴随着东吴开疆拓土，攻城略地换来的却是自身地缘政治格局的恶化。

在赤壁之战之前，东吴只需要防守夏口以东的长江一线，便可高枕无忧，但是在周瑜攻占以江陵为中心的南郡之后，东吴不得不在江陵以及魏吴荆州边境地带派驻重兵，客观上导致夏口以东的长江一线防守兵力的下降和防守力量的削弱。

必须指出的是，尽管在赤壁之战遭遇惨败，曹魏综合国力和军事实力依然碾压东吴。在当时天下十三州中，曹魏已经占据豫、兖、徐、青、司、凉、并、冀、幽九州和荆、扬两州部分区域，东吴拥有扬州大部分地区以及荆州六郡，从人口总量来看，曹魏四百多万，东吴二百多万，从军队规模来看，曹魏兵力为四十多万，东吴兵力十多万，无论从国土面积，还是从人口规模，甚至从军事实力来看，曹魏都是"三分天下有其二"。

更值得关注的是，尽管东吴拥有一支强大的水师，但是在平原作战以及守城能力上却远远不如曹魏。襄樊之战之前，孙权对是否攻打徐州听取东吴将领吕蒙的意见，吕蒙便指出："徐土守兵，闻不足言，往自可克。然地势陆通，骁骑所骋，至尊今日得徐州，操后旬必来争，虽以七八万人守之，犹当怀忧。"（《三国志·吴书·吕蒙传》）所谓"虽以七八万人守之，犹当怀忧"其实就是东吴野战和守城能力不如曹魏的含蓄说法，因此，尽管东吴攻占了以江陵为中心的南郡地区，但是假以时日，如果曹魏卷土重来，集全国之力攻打南郡，东吴能否守得住南郡依然是一个未知数。

在这种情况下，扶持刘备集团便成为东吴的唯一选择。尽管在赤壁之战之后，刘备集团实力依然十分弱小，以至于不得不向周瑜乞求南郡长江南岸狭小地域作为容身之处，但是其发展潜力不容忽视，身为汉室宗亲的刘备本人

"弘毅宽厚，知人待士，盖有高祖之风，英雄之器"（《三国志·蜀书·先主传》），在政治上有着强大的号召力；关羽、张飞、赵云骁勇善战，有万夫不当之勇，是当世公认的名将；诸葛亮满腹经纶，善于治国，而且与荆州庞、黄、蒯、蔡等豪门家族存在姻亲关系，在荆州地区有着举足轻重的影响力。

刘备集团一旦拥有荆州的南郡和武陵、长沙、桂阳、零陵四郡，不仅可以获得充足的兵源、赋税、粮草，实力迅速膨胀，而且由于刘备军队以往与曹军长期作战，野战能力并不弱于曹军，在占据与曹军接壤的南郡之后，兵锋可以直指襄阳和樊城，曹操为了防范刘备集团，必须在襄阳和樊城驻扎精兵强将，而东吴也只需要防守长江下游防线，这样无形中会减轻东吴面对的军事压力，驻扎在南郡的刘备军队实质上成为了高悬曹魏头上的一把随时可能落下的"达摩克利斯之剑"，在没有消灭南郡的蜀军之前，曹魏大军将难以渡过长江讨伐东吴。

值得注意的是，尽管在权衡利弊之后，孙权在孙刘联盟的"总设计师"鲁肃的劝说下，顺水推舟，将自己手上的荆州五郡转让给刘备集团，但是这种转让并非将荆州五郡割让，而是暂时借给后者，荆州五郡的所有权至少在名义上依然属于东吴，而且双方很有可能约定在未来某个时间，比如刘备获得其他地方的土地就应该向东吴归还荆州五郡，为了防患于未然，孙权还事先从长沙郡划出一个汉昌郡，以鲁肃为太守，屯陆口，监视刘备集团的一举一动。

然而"人算不如天算"，刘备"借荆州"之后，孙刘联盟固然获得了对曹魏的战略主动权，可是随着刘备集团实力壮大以及在建安十九年（214）攻占益州，东吴向刘备讨要荆州遭到拒绝，孙刘两家的矛盾日渐激化，一度兵戎相见，虽然此时由于曹操出兵汉中，迫使刘备将长沙、桂阳两郡交还东吴，双方罢兵言和，但是孙刘联盟实质上已经名存实亡。建安二十四年（219），鲁肃病逝之后，接替鲁肃的吕蒙说服孙权趁驻守南郡的关羽率军北上，包围襄樊之时，白衣渡江，偷袭江陵，最终夺回原本属于自己的南郡以及武陵、零陵两郡。从某种意义而言，当建安十五年（210）孙权将荆州五郡借给刘备集团之时便已经埋下了后来东吴偷袭江陵，夺回荆州的诱因。

曹操为何如此痛恨张昭

赤壁之战之后，为了招降孙权，曹操授意"建安七子"之一的阮瑀为其撰写《为曹公作书与孙权》，《为曹公作书与孙权》不仅是我国古代文学史上的经典名篇，先后被收入《昭明文选》和《艺文类聚》，而且文中的相关内容给后世留下了一桩非常值得探讨的三国历史谜案，即曹操为何如此痛恨东吴元老重臣张昭？

在这篇劝降檄文中，曹操提出只要拿下张昭和刘备，就可以承认孙权割据"江南"，将张昭与自己一生的强敌刘备相提并论，并且以将其拿下作为承认孙权割据"江南"的交换条件之一，可见曹操对张昭的不满和痛恨。

众所周知，在赤壁之战前夕，张昭力主投降曹操，归附朝廷，也就是说，张昭属于"亲曹派"，从常理而言，曹操应该要求孙权重用而不是拿下张昭，但是事实却截然相反，那么曹操为什么如此痛恨张昭？另外，赤壁之战前夕，张昭主张对曹操"迎之"的建议是指像荆州刘琮那样纳土归降，还是另有含义？本文将对这些问题进行分析和探讨。

一、《为曹公作书与孙权》所披露的被忽视的三国历史

赤壁之战之后，曹操率领败军仓皇北撤，刘备表刘琦为荆州刺史，派关羽、张飞、赵云领兵攻占原本降曹的荆州南四郡，周瑜则率军包围曹仁据守的荆州重镇江陵，经过一年多苦战，迫使曹仁放弃江陵，东吴拥有了以江陵为中心的南郡的广大地区，兵锋直指依然被曹魏占据的襄樊，不久孙权嫁妹于刘备

以巩固孙刘联盟，孙刘合作，曹操在战略上陷入了不利的局面。为了离间孙刘，曹操授意"建安七子"之一的阮瑀为其撰写《为曹公作书与孙权》，试图诱降孙权。

在《为曹公作书与孙权》一文开篇，曹操先是强调："离绝以来，于今三年，无一日而忘前好。亦犹姻媾之义，恩情已深；违异之恨，中间尚浅也。孤怀此心，君岂同哉！每览古今所由改趣，因缘侵辱，或起瑕衅，心忿意危，用成大变。"同时认为："仁君年壮气盛，绪信所壁，既惧患至，兼怀忿恨，不能复远度孤心，近虑事势，遂赏见薄之决计，秉翻然之成议。加刘备相扇扬，事结衅连，推而行之。想畅本心，不愿于此也。"

然后，曹操为自己在赤壁之战的失败开脱："昔赤壁之役，遭离疫气，烧舡自还，以避恶地，非周瑜水军所能抑挫也。江陵之守，物尽谷殚，无所复据，徙民还师。又非瑜之所能败也。"同时，以放弃荆州来吸引孙权投靠自己："荆土本非己分，我尽与君，冀取其馀，非相侵肌肤，有所割损也。思计此变，无伤于孤，何必自遂于此，不复还之。"

除了以利诱之，曹操还不忘对孙权进行军事威胁："以君之明，观孤术数，量君所据，相计土地，岂势少力乏，不能远举，割江之表，宴安而已哉？甚未然也！若恃水战，临江塞要，欲令王师终不得渡，亦未必也。夫水战千里，情巧万端。越为三军，吴曾不御；汉潜夏阳，魏豹不意。江河虽广，其长难卫也。"

最后，曹操亮出了自己的底牌："若能内取子布，外击刘备，以效赤心，用复前好，则江表之任，长以相付，高位重爵，坦然可观。上令圣朝无东顾之劳，下令百姓保安全之福，君享其荣，孤受其利，岂不快哉！若忽至诚，以处侥幸，婉彼二人，不忍加罪，所谓小人之仁，大仁之贼，大雅之人，不肯为此也。若怜子布，愿言俱存，亦能倾心去恨，顺君之情，更与从事，取其后善。但禽刘备，亦足为效。开设二者，审处一焉。"

在这段文字中，"内取子布"引发了后世的争议。子布是东吴元老重臣张昭的字，有些学者认为，"内取子布"是指在东吴政权内部重用张昭，但是从后面"婉彼二人，不忍加罪"和"若怜子布，愿言俱存"来看，"内取子布"应该是指拿下张昭之意,尽管曹操随后假惺惺地表示,如果孙权不忍拿下张昭,只要张昭愿意悔改,"但禽刘备,亦足为效",可以给张昭一条活路,可是能够将张昭与自己一生的强敌刘备相提并论,可见曹操对张昭的不满和痛恨。

二、曹操为什么如此痛恨张昭

《为曹公作书与孙权》中所披露的曹操对张昭的不满和痛恨令人十分困惑,众所周知,身为东吴元老重臣的张昭在赤壁之战爆发前力主东吴向曹操妥协,归顺曹操。

从常理而言,既然张昭属于"亲曹派",曹操对于张昭应该极力笼络和拉拢,而不应该欲除之而后快。"事出反常必有因",笔者认为,根据魏吴两国的关系的演变和相关史书记载,曹操如此痛恨张昭很可能是因为此时的张昭已经放弃对曹操"迎之"的主张,转变成为东吴军事讨伐曹魏的坚定支持者和推动者。

建安十三年(208),曹操占据荆州,击败刘备,迫使其败逃夏口后,给吴主孙权修书一封,表示:"近者奉辞伐罪,旄麾南指,刘琮束手。今治水军八十万众,方与将军会猎于吴。"

孙权召集群臣商议对策,张昭等人认为:

曹公,豺虎也,挟天子以征四方,动以朝廷为辞;今日拒之,事更不顺。且将军大势可以拒操者,长江也。今操得荆州,奄有其地,刘表治水军,蒙冲斗舰乃以千数,操悉浮以沿江,兼有步兵,水陆俱下,此为长江之险已与我共之矣,而势力众寡又不可论。愚谓大计不如迎之。(《资治通鉴·汉纪五十七》)

张昭主要从三个方面阐述了对曹操"迎之"的理由:

一是曹操"挟天子以征四方",在政治上占据道德制高点。自汉武帝"罢黜百家,独尊儒术"以来,随着儒家学说的普及,天子的意志便具有最高权威性，尽管此时的汉献帝已经沦为曹操的傀儡，但是其依然是公认的"天下共主"，对于天下臣民而言，曹操以汉献帝名义发布的诏书同样具有至高无上的权威性，如果对抗以天子代言人自居的曹操，容易使自身陷入"乱臣贼子"的道德困境。

二是曹操已经占领荆州大部分地区，在地缘环境上已经拥有先天优势。在汉末三国的大乱世中，荆州是公认的战略要地。曹操占领荆州大部分地区后，既可以在长江航道上发起进攻，也可以从荆州长沙郡讨伐东吴，东吴在地缘环境上面临不利的局面。

三是曹军已经控制荆州地区的长江航道，收编了荆州水师，东吴的水师优势被削弱。在曹操占领荆州之前，东吴与曹魏军队的优势有所不同，曹魏更善于骑兵作战，曹魏骑兵可以凭借强大的机动性和作战力在平原地区冲锋陷阵，屡破强敌，而东吴则拥有一支精锐的水师，纵横长江无敌手，但是随着曹操控制了荆州和荆州地区的长江航道，收编了荆州水师，与东吴共有长江之险，东吴水师的优势无形中遭到削弱。

尽管从事后诸葛亮的角度来看，张昭显然夸大了曹魏的优势和威胁，但是客观而言，张昭对曹魏与东吴在政治、地理、军事等领域的对比分析，绝非无的放矢，杞人忧天。我们可以批评张昭在能否战胜曹军方面缺乏正确的判断，可由此认为张昭是卖主求荣之徒则有失公正。

如果说张昭在赤壁之战之前对于东吴能否抵御曹操的大军尚存疑虑的话，那么随着曹军的惨败，张昭马上意识到表面强大的曹军并非不可战胜，凭借长江天险和精锐水师，挟赤壁之战大胜的余威，吴军完全可以在正确军事策略的指导下在战场上击败曹军。在此之后，张昭成为东吴军事讨伐曹魏的坚定支持者和推动者，甚至多次亲自领兵出征，站在了军事讨伐曹魏的第一线。

《三国志·吴书·张昭传》裴注引《吴书》记载：

> 权征合肥，命昭别讨匡琦，又督领诸将，攻破豫章贼率周凤等于南城。自此希复将帅，常在左右，为谋谟臣。权以昭旧臣，待遇尤重。

《三国志·吴书·吴主传》记载：

权自率众围合肥，使张昭攻九江之当涂。

试想，如果此时的张昭依然坚持原有的妥协路线，主张归顺曹操，吴主孙权还会如此放心地让张昭领兵出征吗？而从"自此希复将帅，常在左右，为谋谟臣"来看，张昭同时还是东吴军事讨伐曹魏各项政策的主要制定者，知道了这点，我们就不难理解曹操为什么如此痛恨张昭，以拿下张昭作为承认孙权割据"江南"的交换条件之一。

另一方面，曹操在《为曹公作书与孙权》中将张昭与刘备相提并论，要求孙权将其撤换，客观上说明了此时张昭在东吴政坛的巨大影响力，如果张昭只是一个无足轻重的文臣，曹操又岂会以将其撤换作为承认孙权割据"江南"的交换条件之一？而张昭在东吴政坛举足轻重的地位和影响在史书中也有迹可寻。

《三国志·吴书·张昭传》记载：

孙策创业，命昭为长史、抚军中郎将，升堂拜母，如比肩之旧，文武之事，一以委昭……

策临亡，以弟权托昭，昭率群僚立而辅之。上表汉室，下移属城，中外将校，各令奉职。权悲感未视事，昭谓权曰："夫为人后者，贵能负荷先轨，克昌堂构，以成勋业也。方今天下鼎沸，群盗满山，孝廉何得寝伏哀戚，肆匹夫之情哉？"乃身自扶权上马，陈兵而出，然后众心知有所归。昭复为权长史，授任如前。

同传裴注引《吴书》记载：

是时天下分裂，擅命者众。孙策莅事日浅，恩泽未洽，一旦倾陨，士民狼狈，颇有同异。及昭辅权，绥抚百姓，诸侯宾旅寄寓之士，得用自安。权每出征，留昭镇守，领幕府事。

从某种程度而言，张昭此时在东吴政坛的地位和影响与蜀汉后主时期的诸葛亮十分相似。

首先，两者都被前任君主委以托孤重任。

孙策遇刺身亡，临终前将孙权托孤给张昭。《三国志·吴书·张昭传》记载：

策临亡，以弟权托昭，昭率群僚立而辅之。

刘备在夷陵之战惨败后，败逃永安，一病不起，临终前托孤诸葛亮。《三国志·蜀书·诸葛亮传》记载：

章武三年春，先主于永安病笃，召亮于成都，属以后事，谓亮曰："君才十倍曹丕，必能安国，终定大事。若嗣子可辅，辅之；如其不才，君可自取。"亮涕泣曰："臣敢竭股肱之力，效忠贞之节，继之以死！"先主又为诏敕后主曰："汝与丞相从事，事之如父。"

其次，在新旧交替过程中都发挥了稳定政局的"中流砥柱"的作用。

孙策身亡后，东吴内部深陷惊恐和不安之中。《三国志·吴书·张昭传》裴注引《吴书》记载："是时天下分裂，擅命者众。孙策莅事日浅，恩泽未洽，一旦倾陨，士民狼狈，颇有同异。及昭辅权，绥抚百姓，诸侯宾旅寄寓之士，得用自安。"

刘备驾崩后，后主即位，诸葛亮辅政，此时的蜀汉正处于内忧外患之中，内有南中叛乱，外有东吴虎视眈眈。《三国志·蜀书·诸葛亮传》记载："南中诸郡，并皆叛乱，亮以新遭大丧，故未便加兵，且遣使聘吴，因结和亲，遂为与国。"经过两年休养生息，诸葛亮亲自率军平定了南中叛乱，让蜀汉转危为安。

最后，都执掌军政大权多年。

孙权统治前期，张昭不仅依然担任长史，以托孤大臣和文臣领袖的身份辅佐孙权，执掌朝政，推荐任用了众多官吏和人才，并且多次领兵出征，是东吴政坛的一代帝师。

在蜀汉后主时期，诸葛亮集军政大权于一身。《三国志·蜀书·诸葛亮传》记载："建兴元年，封亮武乡侯，开府治事。顷之，又领益州牧。政事无巨细，咸决于亮。"平定南中叛乱后，诸葛亮又将军权牢牢掌握在手中，即使是在率军北伐时期，蜀汉的大小事务依然要请示诸葛亮，后主时期的诸葛亮是蜀汉事实上的统治者。

尽管随着统治日渐稳固，孙权逐步削弱张昭的权势和影响，但是毫无疑问，在孙权统治前期，其与张昭的关系几乎就是蜀汉后主刘禅和丞相诸葛亮关系的翻版。

必须指出的是，在《为曹公作书与孙权》一文中，曹操提及的"绪信所犟"不太可能是指自己一生的强敌——刘备，更有可能是指此时在东吴位高权重的张昭，像张昭这样对于孙权有着巨大影响力，又坚决主张抗曹的元老重臣，曹操自然想除之而后快。

三、张昭主张对曹操"迎之"的真正含义

千百年来，由于《三国演义》的影响，在赤壁之战前夕主张对曹操"迎之"的张昭总是难逃"投降派"的骂名。对于张昭为什么主张对曹操"迎之"，裴松之认为：

张昭劝迎曹公，所存岂不远乎？夫其扬休正色，委质孙氏，诚以厄运初遘，涂炭方始，自策及权，才略足辅，是以尽诚匡弼，以成其业，上藩汉室，下保民物；鼎峙之计，本非其志也。曹公仗顺而起，功以义立，冀以清一诸华，拓平荆郢，大定之机，在于此会。若使昭议获从，则六合为一，岂有兵连祸结，遂为战国之弊哉！虽无功于孙氏，有大当于天下矣。昔窦融归汉，与国升降；张鲁降魏，赏延于世。况权举全吴，望风顺服，宠灵之厚，其可测量

哉！然则昭为人谋，岂不忠且正乎！（《三国志·吴书·张昭传》裴注引《江表传》后评论）

尽管裴松之是从正面的角度评价张昭对曹操"迎之"的主张，但是从其评论来看，他显然与后世的众多学者一样都认为，张昭是主张像荆州的刘琮那样归顺曹操，纳土归降，然而事实果真如此吗？笔者认为，张昭固然提出了对曹操"迎之"的主张，但是其真实含义很可能并非纳土归降，而是像襄樊之战之后那样通过表面上向曹魏称臣纳贡来换取对东吴割据"江南"的承认，理由如下：

一是如果东吴真的向曹魏纳土归降，张昭同样是受害者。鲁肃在劝说吴主孙权不要向曹操投降时，曾经谈及自己假如投降曹操，"犹不失下曹从事，乘犊车，从吏卒，交游士林，累官故不失州郡也"（《三国志·吴书·鲁肃传》）。

那么，如果东吴向曹操纳土归降，张昭会获得什么样的政治好处呢？以张昭在东吴的地位和影响力，官职一定高于鲁肃，甚至有可能获得三公这样的高官，但是由于其是在曹操大军兵临城下被迫投降，曹操对其肯定不会放心，在许都担任高官的张昭必然会受严密监视，这点与原先在江东任职，后投靠曹魏的王郎、华歆不同，后者原本便是孙策的手下败将，在政治上亲近曹魏，并且以各种借口离开东吴，投靠曹魏，因此深得曹操器重，在曹魏政坛步步高升。由于张昭在东吴政坛深孚众望，深得朝野敬重，一旦东吴未来发生叛乱，以曹操"宁可错杀一千，也不可放过一个"的猜忌之心，张昭则很可能会受到牵连，性命难保！很难想象长期担任东吴百官之首，有着丰富政治经验的张昭会提出如此愚蠢的主张！

二是当时盛行的"二重君主观念"决定了如果张昭主张纳土归降将遭到社会舆论的批判和唾弃。钱穆先生曾在其名著《国史大纲》中提出从东汉到魏晋时期中国盛行"二重君主观念"，所谓"二重君主观念"简而言之，便是对于出仕地方的士人而言，作为"九五之尊"的天子是第一重君主，即名义上的君主，对于自己有举荐选拔之恩的地方郡守或"割据一方"的政治枭雄则是第二重君主，即事实上的君主。

对于张昭而言，汉献帝便是自己名义上的君主，而吴主孙权则是事实上的君主，如果张昭在赤壁之战前夕为了自己的利益主张纳土归降，那么其"卖主求荣"的建议就会遭到当时东吴内部社会舆论的批判和唾弃，可奇怪的是，在张昭提出对曹操"迎之"之后，尽管遭到了周瑜和鲁肃等人的反对，吴主孙权最终也没有采纳其建议，但是张昭在东吴内部依然受到朝野敬仰，魏晋时期的众多学者对张昭的道德品质也十分推崇，陈寿在《三国志·吴书·张昭传》末尾称赞道："张昭受遗辅佐，功勋克举，忠謇方直，动不为己。"如果张昭主张对曹操"迎之"的建议是指纳土归降，很难想象其会获得外界如此高的推崇和赞赏。

三是东吴特殊的政治体制决定了以周瑜为首的军事将领在是否投降曹操问题上具有"一票否决"的特权。兴平二年（195），孙策率领从袁术手中要回的孙坚旧部渡过长江，一路攻城略地、占领江东六郡后，为了稳定局面和震慑江东士族，东吴政权对所占领的州郡实行军事统治，东吴军事将领的地位和作用呈现水涨船高之势。许多东吴将领不仅身兼地方郡守，集地方军政大权于一身，而且拥有自己的封邑，同时世袭领兵，军事将领是东吴政权的核心统治阶层。

如果说孙策在世之时，还可以凭借自己的战功和威望驾驭这些军事将领，那么在孙权统治前期，由于缺乏兄长那样的权威，孙权不得不对以周瑜为首的军事将领极力拉拢和大加赏赐以获得后者的拥戴。鉴于东吴特殊的军政府体制，以周瑜为首的军事将领在是否投降曹操问题上具有"一票否决"的特权，而为了维护自身在东吴政权内部的特权地位，以周瑜为首的军事将领坚决反对向曹操纳土归降，因此即使张昭说服孙权向曹操纳土归降，同样无济于事，对此，作为孙权统治前期的首席顾命大臣，拥有丰富政治经验的张昭又岂会无动于衷，一意孤行呢？

四是孙权对于张昭"迎之"主张的批判另有目的。根据《三国志·吴书·周瑜传》裴注引《江表传》记载，赤壁之战前夕，孙权在与周瑜交谈时曾表示："公瑾，卿言至此，甚合孤心。子布、文表诸人，各顾妻子，挟持私虑，深失所望，独卿与子敬与孤同耳，此天以卿二人赞孤也。"《三国志·吴书·张昭传》裴注引《江表传》曰："权既即尊位，请会百官，归功周瑜。昭举笏欲褒赞功德，未及言，权曰：'如张公之计，今已乞食矣。'昭大惭，伏地流汗。"

如果光看这些记载，容易得出这样一个结论，即由于张昭等人"各顾妻子，挟持私虑"，主张纳土归降，因此孙权一直耿耿于怀，怀恨在心，但是孙权如此批判张昭对曹操"迎之"的主张其实另有原因。孙策遇刺身亡，在临终之前将孙权托付给张昭，尽管张昭忠心辅佐孙权，使其度过了政权交替的统治危机，可随着统治日渐稳固，孙权对于深孚众望的张昭的忌惮也不断显现，为了削弱张昭的权势和影响，孙权重用顾雍、陆逊等来自江东世家大族的心腹能臣，同时抓住张昭对曹操"迎之"的主张不放，在社会舆论上将其作为"投降派"加以批判，以打击其声望，孙权对于张昭"迎之"主张的批判隐含着深层的政治目的，并不意味着张昭在赤壁之战前夕主张对曹操纳土归降。

张昭所主张的向曹操表面上称臣纳贡换取实质上的割据独立的建议并非没有成功的可能。在赤壁之战前夕，尽管曹操占领了除江夏郡以外的荆州大部分地区，但是在政治军事上也面临不少不利的因素。周瑜为了说服孙权抗曹，曾经冷静地分析：

操虽托名汉相，其实汉贼也。将军以神武雄才，兼仗父兄之烈，割据江东，地方数千里，兵精足用，英雄乐业，尚当横行天下，为汉家除残去秽。况操自送死，而可迎之邪？请为将军筹之：今使北土已安，操无内忧，能旷日持久，来争疆场，又能与我校胜负于船楫间乎？今北土既未平安，加马超、韩遂尚在关西，为操后患。且舍鞍马，仗舟楫，与吴越争衡，本非中国所长。又今盛寒，马无藁草，驱中国士众远涉江湖之间，不习水土，必生疾病。此数四者，用兵之患也，而操皆冒行之。将军禽操，宜在今日。（《三国志·吴书·周瑜传》）

与此同时，曹操身边的谋士贾诩也反对军事上讨伐东吴，认为：

三国的暗线

> 明公昔破袁氏，今收汉南，威名远著，军势既大；若乘旧楚之饶，以飨吏士，抚安百姓，使安土乐业，则可不劳众而江东稽服矣。（《三国志·魏书·贾诩传》）

另外，张昭之所以幻想可以通过向曹魏表面上称臣纳贡来换取实质上的割据独立，也与在赤壁之战前相当长时期，曹魏与东吴在政治上相互结盟，同时结为姻亲有着密切的关系。孙策占领江东六郡之后，为了摆脱袁术的控制和获得朝廷对其占据江东的承认，多次派使者向曹操示好，曹操也借机拉拢孙策。"是时袁绍方强，而策并江东，曹公力未能逞，且欲抚之。乃以弟女配策小弟匡，又为子章取贲女，皆礼辟策弟权、翊，又命扬州刺史严象举权茂才。"（《三国志·吴书·孙破虏讨逆传》）孙策遇刺身亡后，双方的关系依然得到维系。"曹公闻策薨，欲因丧伐吴。纮谏，以为乘人之丧，既非古义，若其不克，成仇弃好，不如因而厚之。曹公从其言，即表权为讨虏将军，领会稽太守。"（《三国志·吴书·张纮传》）孙权讨伐占据庐江的李术时，曹操拒绝救援李术也与双方的盟友和姻亲关系有关。在这种情况下，赤壁之战前夕，张昭认为可以借助昔日的盟友和姻亲关系，通过表面上的称臣纳贡来让曹操撤兵也就不足为奇。

由于这些因素的存在，东吴如果派遣使者向曹操表示愿意称臣纳贡，同时晓以利害，不排除曹操撤兵返回中原的可能性。

然而值得注意的是，假如曹操接受了张昭的建议，不再讨伐东吴，后者固然短期内避免了与曹军兵戎相见，但是长期来看，亡国的威胁却依然存在。

首先，曹操有可能放东吴一马，但是绝对不会放过刘备集团，由于东吴已经决定向曹操称臣纳贡，因此就不可能支援刘备集团，一旦占据夏口的刘备集团被消灭，或逃亡投靠交州吴巨，东吴将失去一个能够牵制曹魏的盟友。

其次，回顾魏吴两国交往的历史，曹魏一直将质任作为制衡东吴的重要手段。《三国志·吴书·周瑜传》裴注引《江表传》记载："曹公新破袁绍，兵威日盛，建安七年，下书责权质任子。权召群臣会议，张昭、秦松等犹豫不能决。"由于周瑜的坚决反对，此事才作罢，如果东吴主动向曹魏称臣纳贡，曹魏必然会旧事重提，曹操很可能要求将孙权之子作为人质，带回中原，假如孙权之子成为曹操的人质，东吴必然受制于曹魏。

最后，假如曹操撤兵，返回中原，养精蓄锐，继续训练水师，假以时日，更加强大的曹魏军队可以从荆州和淮南两个方向讨伐东吴，东吴同样难逃灭顶之灾。

张昭的建议客观上显示了其在军事上缺乏周瑜那样的远见卓识和对敌我军事实力优劣的冷静判断！

作为孙策、孙权两朝最负盛名的元老重臣，张昭的一生见证了东吴从诞生、崛起，直至与魏蜀鼎足而立，三分天下的过程，尽管在赤壁之战前夕，由于角度和立场的不同，张昭的建议被证明是错误的，但是其绝非为子女计的卖主求荣之辈。另外，在赤壁之战后，张昭转变立场，成为孙权军事讨伐曹魏政策的坚定支持者，并且身体力行，多次领兵出征淮南。由于张昭特殊的作用和影响，曹操对张昭恨之入骨，将"内取子布"作为承认孙权割据"江南"的交换条件之一，能够让曹操如此痛恨，可以间接显示张昭对东吴的忠诚，事实证明张昭不愧为无负孙策托孤重任的东吴的"中流砥柱"和"一代帝师"！

偷袭荆州是东吴立国以来最大的战略失误

建安二十四年（219），镇守南郡的蜀汉大将关羽北伐中原，攻打襄樊。魏武帝曹操闻讯后从汉中匆匆赶回长安，派于禁、庞德率军增援。关羽水淹七军，降于禁、斩庞德。面对气势如虹的关羽大军，身染重病的曹操欲迁都避其锋芒，司马懿、蒋济等人苦苦劝阻，认为孙权必然不愿看到关羽得志，可以答应以将"江南"封给孙权为条件让他从背后出兵偷袭荆州，曹操采纳了他们的建议，同时派遣徐晃、赵俨等人率军救援樊城，更准备亲自征讨关羽。

孙权得知蜀汉军队调离之后秘密派吕蒙担任统帅率军偷袭荆州。吕蒙所部进至寻阳之后把精锐士卒埋伏在伪装好的商船中，令将士化装成商人，日夜兼程，直逼江陵。驻守江防的蜀军士兵被伪装的吴军所骗，猝不及防，全部被俘虏，蜀将士仁、糜芳献城出迎，吕蒙遂率大军一举夺回蜀汉长期占据的南郡。进退失据、腹背受敌的关羽不得不西走麦城，同年十二月，关羽率少数骑兵从麦城突围，途中为吴将马忠擒获，拒绝投降的关羽不久被斩首示众，荆州除了曹魏占据的南阳郡和南郡、江夏郡部分地区之外，都纳入了东吴的版图。

作为汉末三国的经典战役，东吴偷袭荆州一战不仅打破了刘备"北伐中原，兴复汉室"的美梦，而且对于魏蜀吴三国的国运都产生了深远的影响。然而尽管偷袭荆州一战历来是三国研究的热点，但是这次战役也存在一些未解之谜，比如建安二十四年（219），东吴大费周章，极尽阴险之能事，不惜瓦解孙刘联盟也要占领的荆州的南郡等地恰恰是孙权借给刘备的，而孙权之所以将荆州的南郡等地借给刘备是听从了鲁肃的建议，那么鲁肃为什么主张将荆州的南郡等地借给刘备？除了共同抗曹之外，他还有没有其他考虑？鲁肃病逝之后，接替其成为东吴长江防线最高指挥官的吕蒙向孙权提出的偷袭荆州的主张果真是为了维护东吴的国家战略利益吗？东吴偷袭荆州之后，从地缘政治的角度来看，对其国家利益而言究竟是得大于失还是得不偿失？要想回答这个问题，我们必须从赤壁之战后魏蜀吴三国地缘政治的变化谈起。

一、从"借荆州"到偷袭荆州

在汉末三国的大棋局中，荆州的得失对于魏蜀吴三国的势力消长具有至关重要的影响。诸葛亮在著名的《隆中对》中指出："荆州北据汉、沔，利尽南海，东连吴会，西通巴、蜀，此用武之国。"刘备未来北伐中原，除了"身率益州之众出于秦川"之外，还必须"命一上将将荆州之军以向宛、洛"，这样"霸业可成，汉室可兴矣"。鲁肃则认为："夫荆楚与国邻接，水流顺北，外带江汉，内阻山陵，有金城之固，沃野万里，士民殷富，若据而有之，此帝王之资也。"（《三国志·吴书·鲁肃传》）然而令人啧啧称奇的是，在魏蜀吴争夺荆州的最关键的建安十五年（210），东吴却将自己围攻一年多，损兵折将好不容易才得到的荆州的南郡等地借给刘备集团，那么东吴为什么将荆州的南郡等地借给刘备集团呢？

建安十三年（208），赤壁之战惨败之后，曹操留下征南将军曹仁、横野将军徐晃守江陵，折冲将军乐进守襄阳，自己逃之夭夭，东吴长江防线最高指挥官周瑜则发挥"宜将胜勇追穷寇，不可沽名学霸王"的精神，率军包围南郡首府江陵，"与仁相对，各隔大江。兵未交锋，瑜即遣甘宁前据夷陵。仁分兵骑别攻围宁。宁告急于瑜。瑜用吕蒙计，留凌统以守其后，身与蒙上救宁。宁围既解，乃渡屯北岸，克期大战。瑜亲跨马擽陈，会流矢中右肋，疮甚，便还。后仁闻瑜卧未起，勒兵就陈。瑜乃自兴，案行军营，激扬吏士，仁由是遂退"（《三国志·吴书·周瑜传》）。

与此同时，刘备表奏刘表长子刘琦为荆州刺史，又派关羽、张飞、赵云率军讨伐荆州南四郡，武陵太守金旋、长沙太守韩玄、桂阳太守赵范、零陵太守刘度全部投降，庐江雷绪率部曲数万口前来归附。另外，《三国志·蜀书·先主传》裴注引《江表传》记载："周瑜为南郡太守，分南岸地以给备。备别立营于油江口，改名为公安。刘表吏士见从北军，多叛来投备。备以瑜所给地少，不足以安民，复从权借荆州数郡。"

尽管刘备的这一要求最初由于周瑜的反对而没有下文，可随着周瑜的病逝，东吴内部主张强化孙刘联盟的声音开始占上风，在接替周瑜成为东吴长江防线最高指挥官的鲁肃的力主和斡旋下，为了共同抗曹，孙权同意将荆州的南郡等地借给刘备集团。

然而随着建安十九年（214），刘备攻占益州，孙刘联盟内部矛盾开始浮现。《资治通鉴·汉纪五十九》记载："权令中司马诸葛瑾以备求荆州诸郡。备不许，曰：'吾方图凉州，凉州定，乃尽以荆州相与耳。'权曰：'此假而不反，乃欲以虚辞引岁也。'遂置长沙、零陵、桂阳三郡长吏。关羽尽逐之。权大怒，遣吕蒙督兵二万以取三郡。蒙移书长沙、桂阳，皆望风归服，惟零陵太守郝普城守不降。刘备闻之，自蜀亲至公安，遣关羽争三郡。孙权进住陆口，为诸军节度；使鲁肃将万人屯曾阳以拒羽；……会闻魏公操将攻汉中，刘备惧失益州，使使求和于权。权令诸葛瑾报命，更寻盟好。遂分荆州，以湘水为界；长沙、江夏、桂阳以东属权，南郡、零陵、武陵以西属备。"

建安二十二年（217），孙刘联盟的"总设计师"鲁肃去世，主张对蜀汉持强硬立场的吕蒙被孙权任命为东吴长江防线最高指挥官，吴蜀关系再度生变。《三国志·吴书·吕蒙传》记载："初，鲁肃等以为曹公尚存，祸难始构，宜相辅协，与之同仇，不可失也，蒙乃密陈计策曰：'令征虏守南郡，潘璋住白帝，蒋钦将游兵万人，循江上下，应敌所在，蒙为国家前据襄阳，如此，何忧于操，何赖于羽？且羽君臣，矜其诈力，所在反覆，不可以腹心待也。今羽所以未便东向者，以至尊圣明，蒙等尚存也。今不于强壮时图之，一旦僵仆，欲复陈力，其可得邪？'权深纳其策，又聊复与论取徐州意，蒙对曰：'今操远在河北，新破诸袁，抚集幽、冀，未暇东顾。徐土守兵，闻不足言，往自可克。然地势陆通，骁骑所骋，至尊今日得徐州，操后旬必来争，虽以七八万人守之，犹当怀忧。不如取羽，全据长江，形势益张。'权尤以此言为当。及蒙代肃，初至陆口，外倍修恩厚，与羽结好。"

建安二十四年（219）六月，刘备取汉中后，派孟达、刘封攻占房陵、上庸等地。七月，孙权进攻合肥，魏军大部调往淮南防备吴军。镇守荆州的关羽，抓住战机，留南郡太守糜芳守江陵，将军士仁守公安，自率主力北攻襄樊。关羽兵团高唱凯歌，屡战屡胜，不仅襄樊岌岌可危，而且中原地区的反曹势力纷纷响应关羽。《三国志·魏书·曹仁传》记载："关羽攻樊，时汉水暴溢，于禁等七军皆没，禁降羽。仁人马数千人守城，城不没者数板。羽乘船临城，围数重，外内断绝，粮食欲尽，救兵不至。"《三国志·蜀书·关羽传》记载："梁、郏、陆浑群盗或遥受羽印号，为之支党，羽威震华夏。"

面对气势如虹的关羽大军，曹操欲迁都避其锋芒，司马懿、蒋济等人苦苦劝阻，认为孙权必然不愿看到关羽得志，可以答应以将"江南"封给孙权为条件让他从背后出兵攻击关羽，曹操采纳了他们的建议，同时派遣徐晃、赵俨等人率军救援樊城，更准备亲自征讨关羽。

南郡蜀汉军队的调离和曹操派人向孙权求援为东吴偷袭荆州提供了千载难逢的良机。吕蒙率领吴军秘密出发，赶至寻阳，为了掩人耳目，吕蒙把精锐士卒埋伏在伪装的商船中，令将士化装成商人，日夜兼程，溯江急驶，直扑江陵，"至羽所置江边屯候，尽收缚之，是故羽不闻知。遂到南郡，士仁、糜芳皆降。蒙入据城，尽得羽及将士家属，皆抚慰，约令军中不得干历人家，有所求取。蒙麾下士，是汝南人，取民家一笠，以覆官铠，官铠虽公，蒙犹以为犯军令，不可以乡里故而废法，遂垂涕斩之。于是军中震栗，道不拾遗。蒙旦暮使亲近存恤耆老，问所不足，疾病者给医药，饥寒者赐衣粮。羽府藏财宝，皆封闭以待权至。羽还，在道路，数使人与蒙相闻，蒙辄厚遇其使，周游城中，家家致问，或手书示信。羽人还，私相参讯，咸知家门无恙，见待过于平时，故羽吏士无斗心。会权寻至，羽自知孤穷，乃走麦城，西至漳乡，众皆委羽而降。权使朱然、潘璋断其径路，即父子俱获，荆州遂定"（《三国志·吴书·吕蒙传》）。

二、鲁肃为什么力主"借荆州"给刘备

尽管建安二十四年（219）东吴利用关羽的麻痹大意，成功偷袭荆州，可

三国的暗线

令人困惑不已的是,东吴这次占领的荆州的南郡等地是多年前东吴借给刘备集团的,从史书记载来看,尽管孙权"借荆州"源于刘备以周瑜所给地少,不足以容纳归顺他的刘表部属、士兵、百姓为由而提出"都督荆州"的要求,但是这一构想真正得以实现关键还在于周瑜病逝后接替其成为东吴长江防线最高指挥官的鲁肃劝说孙权同意刘备"借荆州"的要求,考虑到鲁肃此时手握重兵,又是孙权最赏识的核心谋士,他的建议的分量不言而喻,那么鲁肃为什么主张"借荆州"给刘备呢?

对于绝大多数喜欢读《三国演义》的读者而言,鲁肃虽然也是汉末三国最知名的谋士之一,可总体而言依然摆脱不了近乎老实可欺的谦谦君子的形象,但是演义毕竟不是正史,历史上真实的鲁肃与其说是谦谦君子,不如说是谋略大师更合适。

鲁肃字子敬,临淮东城人也。生而失父,与祖母居。家富于财,性好施与。尔时天下已乱,肃不治家事,大散财货,摽卖田地,以赈穷弊结士为务,甚得乡邑欢心。周瑜为居巢长,将数百人故过候肃,并求资粮。肃家有两囷米,各三千斛,肃乃指一囷与周瑜,瑜益知其奇也,遂相亲结,定侨、札之分。袁术闻其名,就署东城长。肃见术无纲纪,不足与立事,乃携老弱将轻侠少年百馀人,南到居巢就瑜。瑜之东渡,因与同行,留家曲阿。会祖母亡,还葬东城。……葬毕还曲阿,欲北行。会瑜已徙肃母到吴,肃具以状语瑜。时孙策已薨,权尚住吴,瑜谓肃曰:"昔马援答光武云'当今之世,非但君择臣,臣亦择君'。今主人亲贤贵士,纳奇录异,且吾闻先哲秘论,承运代刘氏者,必兴于东南,推步事势,当其历数。终构帝基,以协天符,是烈士攀龙附凤驰骛之秋。吾方达此,足下不须以子扬之言介意也。"肃从其言。瑜因荐肃才宜佐时,当广求其比,以成功业,不可令去也。(《三国志·吴书·鲁肃传》)

必须指出的是,鲁肃不仅是一位具有"王佐之才"的一流谋士,而且还是才兼文武的一代豪杰。《三国志·吴书·鲁肃传》裴注引《吴书》记载:

肃体貌魁奇，少有壮节，好为奇计。天下将乱，乃学击剑骑射，招聚少年，给其衣食，往来南山中射猎，阴相部勒，讲武习兵。父老咸曰："鲁氏世衰，乃生此狂儿！"后雄杰并起，中州扰乱，肃乃命其属曰："中国失纲，寇贼横暴，淮、泗间非遗种之地，吾闻江东沃野万里，民富兵强，可以避害，宁肯相随俱至乐土，以观时变乎？"其属皆从命。乃使细弱在前，强壮在后，男女三百余人行。州追骑至，肃等徐行，勒兵持满，谓之曰："卿等丈夫，当解大数。今日天下兵乱，有功弗赏，不追无罚，何为相逼乎？"又自植盾，引弓射之，矢皆洞贯。骑既嘉肃言，且度不能制，乃相率还。肃渡江往见策，策亦雅奇之。

在好友周瑜的极力推荐下，"权既见肃，与语甚悦之。众宾罢退，肃亦辞出，乃独引肃还，合榻对饮"，"张昭非肃谦下不足，颇訾毁之，云肃年少粗疏，未可用。权不以介意，益贵重之，赐肃母衣服帏帐，居处杂物，富拟其旧"（《三国志·吴书·鲁肃传》）。

深受孙权器重的鲁肃为了报答知遇之恩，在孙权接见其并说出内心"今汉室倾危，四方云扰，孤承父兄余业，思有桓、文之功。君既惠顾，何以佐之"的疑问之时，提出了著名的足以与诸葛亮《隆中对》相媲美的《吴宫对》：

昔高帝区区欲尊事义帝而不获者，以项羽为害也。今之曹操，犹昔项羽，将军何由得为桓、文乎？肃窃料之，汉室不可复兴，曹操不可卒除。为将军计，惟有鼎足江东，以观天下之衅。规模如此，亦自无嫌。何者？北方诚多务也。因其多务，剿除黄祖，进伐刘表，竟长江所极，据而有之，然后建号帝王以图天下，此高帝之业也。（《三国志·吴书·鲁肃传》）

建安十三年（208），统治荆州近二十年的刘表死后，面对曹操大军兵锋直指荆州的严峻形势，洞察先机的鲁肃指出："夫荆楚与国邻接，水流顺北，外带江汉，内阻山陵，有金城之固，沃野万里，士民殷富，若据而有之，此帝王之资也。今表新亡，二子素不辑睦，军中诸将，各有彼此。加刘备天下枭雄，与操有隙，寄寓于表，表恶其能而不能用也。若备与彼协心，上下齐同，则宜抚安，与结盟好；如有离违，宜别图之，以济大事。肃请得奉命吊表二子，并慰劳其军中用事者，及说备使抚表众，同心一意，共治曹操，备必喜而从命。如其克谐，天下可定也。今不速往，恐为操所先。"（《三国志·吴书·鲁肃传》）初步提出了孙刘联盟共同抵御曹操的战略构想。

从以上分析可以看出，作为当时最杰出的战略家，鲁肃对于汉末三国地缘政治格局、各大政治集团势力此消彼长和立足江东伊始的东吴如何发展壮大可以说是洞若观火，目光如炬，在鲁肃看来，孙权要想成就帝王霸业，必须先要满足两个要求：一是要在"鼎足江东，以观天下之衅"的基础上"剿除黄祖，进伐刘表，竟长江所极，据而有之，然后建号帝王以图天下，此高帝之业也"；二是"刘备天下枭雄，与操有隙"，东吴应该"说备使抚表众，同心一意，共治曹操"。

细心的读者不难发现这两点多多少少存在矛盾之处，刘备既然是天下枭雄，显然不会甘心久居孙权之下，也不是给点赏赐就能满足，如果双方共同击败曹操，在荆州客居多年的刘备肯定赖在荆襄大地不走了，这显然与第一点所说的"剿除黄祖，进伐刘表"的目标形成冲突。对于这个问题，必须看到鲁肃所提出的《吴宫对》和推动孙刘联盟共同抗曹的主张存在时间上的先后之分，鲁肃在提出《吴宫对》的时候，与孙权有杀父之仇的刘表还在世，而且荆州与东吴处于常年战争的敌对状态，考虑到"荆楚与国邻接，水流顺北，外带江汉，内阻山陵，有金城之固，沃野万里，士民殷富，若据而有之，此帝王之资也"，"剿除黄祖，进伐刘表"自然是东吴的最优先的战略目标，但是刘表病逝之后，曹操率大军挥戈南下，由于刘表两子不和，明眼人都能看得出，荆州即将落入曹操之手，在这种情况下，鲁肃对原有的战略进行调整，用"孙刘联盟共同抵御曹操"取代"剿除黄祖，进伐刘表"，换而言之，随着形势的变化，鲁肃在"鼎足江东，以观天下之衅"的基础上将孙刘联盟共同抵御曹操作为当时东吴的立国之基。

理解了这些，我们对于鲁肃为什么力主"借荆州"给刘备就不会感到困惑不解了。一方面，赤壁之战之后，东吴军队在周瑜率领下进攻曹仁占据的南郡，经过一年多的进攻，"所杀伤甚众，仁委城去，权以瑜领南郡太守，屯据江陵；程普领江夏太守，治沙羡；吕范领彭泽太守；吕蒙领寻阳令"（《资治通鉴·汉纪五十八》），这样除了原来的江东六郡和之前攻占的荆州江夏郡之外，东吴又拥有荆州的南郡。

另一方面，原本几乎要成为曹操刀下之鬼的刘备集团也趁机抢占地盘，"表刘琦为荆州刺史，引兵南徇四郡，武陵太守金旋、长沙太守韩玄、桂阳太守赵范、零陵太守刘度皆降。庐江营帅雷绪率部曲数万口归备。备以诸葛亮为军师中郎将，使督零陵、桂阳、长沙三郡，调其赋税以充军实；以偏将军赵云领桂阳太守"（《资治通鉴·汉纪五十七》）。

为了让读者朋友对当时的地缘政治能够有更深刻的了解，不妨打个比方，从当时实力对比上看，曹魏就类似泰森那样正值盛年的拳王，是当之无愧的老大；东吴就像二十多岁的青年人，虽然基本上已经发育成熟，并且利用老大的疏忽，通过偷袭成功先赢一局，可战斗力整体上还是弱于曹魏，只能扮演老二的角色；蜀汉尽管已经占领了荆州零陵、桂阳、长沙、武陵四郡，但是这些郡在当时的中国属于地广人稀、经济落后的"边远山区"，相当于一个十岁左右的小学生，是魏蜀吴三方博弈中实力最弱小的老三。

虽然由于大意轻敌，曹操在赤壁之战中被孙刘联盟打得丢盔弃甲，人仰马翻，但是论综合国力，曹魏远远在另外两家之上，假以时日，曹魏恢复元气，吸取教训，东吴依然面临巨大的威胁。对于东吴这个老二而言，能够抵御曹魏这个老大的最有效的方式，莫过于寻找一个强大的盟友，但是当时东吴的盟友——蜀汉充其量只能勉强自保，一旦曹军集中兵力进攻蜀汉，东吴恐怕还得派军队保护后者，因此只有扶持蜀汉，使之强大到成为东吴那样的二十多岁的青年人，才能实现分担曹魏军事威胁的战略目标，考虑到各方面因素，将荆州的南郡等地借给蜀汉，代替东吴防守长江中游防线，让东吴可以将军事重心集中到长江下游是当时确保东吴自身安全的最佳选择。

值得注意的是，鲁肃主张"借荆州"也与其敏锐地意识到东吴缺乏北伐中原、统一全国的实力密切相关。鲁肃的《吴宫对》与诸葛亮的《隆中对》的最大区别在于后者对于如何夺取荆州、益州，然后如何北伐中原、统一全国作出了明确的部署，前者只是提出以"鼎足江东，以观天下之衅"为基础，剿除黄祖，讨伐刘表，然后建号帝王，但是却没有对统一全国进行谋划，也就是说鲁肃提出的是一个割据战略，不是统一战略，而鲁肃之所以认为东吴缺乏北伐中原、统一全国的实力，除了孙权出身卑微，为天下士族所轻视，还有两个重要原因：

一是虽然东吴水师纵横长江无敌手，但是东吴军队的野战能力远逊于曹魏。如果我们仔细研究分析魏吴两国的交战史，不难发现东吴取胜的战役大多具有一定偶然性。建安十三年（208），赤壁之战东吴取胜是由于曹操刚刚占领荆州得意忘形，麻痹大意；建安十四年（209），周瑜攻取南郡很大程度上是源于赤壁之战后，南郡的曹军已经成为惊弓之鸟；太和二年（228），在石亭之战中，曹休被吴军击败是因其中了鄱阳太守周鲂的诈降计。如果魏吴两国硬碰硬进行野战，吴军并不能占多少便宜，吴军始终无法占领淮南便是这种战斗力低下的体现。

二是孙权缺乏逐鹿中原、平定天下的军事指挥才能。在魏蜀吴三位"开国之君"之中，曹操"行军用师，大较依孙、吴之法，而因事设奇，谲敌制胜，变化如神。自作兵书十万馀言，诸将征伐，皆以新书从事。临事又手为节度，从令者克捷，违教者负败。与虏对陈，意思安闲，如不欲战，然及至决机乘胜，气势盈溢，故每战必克，军无幸胜"（《三国志·魏书·武帝纪》裴注引《魏书》），是汉末三国公认的"一代战神"。刘备则依靠镇压黄巾起家，久经沙场，虽然有着多次流亡的惨痛经历，但也曾在博望坡和汉中两次战役中击败过曹军。反观孙权除了征李术、黄祖取胜之外，其亲自领兵作战的成绩可以用"败多胜少"来形容，特别是建安二十年（215），孙权指挥十万吴军攻不下张辽率领数千魏军驻守的合肥，撤退之时差一点被张辽活捉，成为其终身难以洗刷的耻辱。

既然无法统一全国，那么割据江东便成为东吴的最高战略目标，然而东吴要想世世代代割据江东，首要的前提便是解除来自北方曹魏的军事威胁，鉴于曹魏与东吴在国土、人口、经济、军队等方面的巨大差距，东吴必须扶持蜀汉成为对曹魏构成巨大威胁的强大盟友，将荆州的南郡等地借给蜀汉便是这一战略的核心内容,蜀汉拥有荆州的南郡等地之后,不仅实力大增,而且兵锋可以直指襄樊;曹魏为了防范蜀汉,必须在襄樊驻扎精兵强将,这样无形中会减轻东吴所面对的军事压力,驻扎在南郡的蜀军便成为高悬曹魏头上的一把随时可能落下的"达摩克利斯之剑";在没有消灭南郡的蜀军之前,曹魏大军绝对不敢大规模讨伐东吴,至于这样做的效果如何,从"曹公闻权以土地业备,方作书,落笔于地"(《三国志·吴书·鲁肃传》),到"借荆州"给蜀汉之后曹军在长江防线不敢主动讨伐东吴,倒是军事实力更弱小的东吴却频繁主动进攻曹魏,显然都是这种扶弱抑强战略成效的具体体现。

三、我国古代其他相类似的历史事件

或许有些读者朋友会对鲁肃的主张不以为然,认为在汉末三国这样的大乱世中,没有永久的敌人,也没有永久的朋友,依靠他人不如依靠自己,像刘备这样的政治枭雄既然可以不顾信誉,反客为主,抢占益州,攻打盛情邀请其入川,同为汉氏宗亲的刘璋,未来万一其坐大之后,搞不好会将攻击的矛头对准东吴,到时悔之晚矣。对于这个问题,笔者认为"借荆州"给刘备自然存在养虎为患的风险,但是考虑到曹魏综合国力远远大于东吴和蜀汉以及曹操与刘备势不两立的敌对关系等因素,东吴完全可以在防范风险的基础上争取获得最大战略利益。"他山之石,可以攻玉",为了更好地说明这点,不妨先看看我国古代其他相类似的历史事件。

(一)北周 北齐 陈

北魏末年,政治腐败,社会动荡,繁重的兵役和徭役造成农民起义此起彼伏,在朝堂之上,辅政的胡太后为了独揽大权,乾纲独断,毒死亲子孝明帝元诩,导致契胡部酋长尔朱荣率军攻占都城洛阳,将胡太后和众多官吏屠杀殆尽,但是随后不久,尔朱荣也被其所拥立的孝庄帝元子攸所杀,尔朱荣死后,经过长期内战,北魏分裂为高欢控制的东魏和宇文泰控制的西魏。

公元550年,高欢之子高洋逼迫东魏孝静帝禅位,登基称帝,建立北齐,领土包括三国时曹魏大部分疆域。公元557年,宇文泰之子宇文觉在权臣宇文护的拥立下,废黜西魏恭帝,建立北周,领土包括三国时蜀汉疆域和关中地区。同年，梁朝大将陈霸先废除梁敬帝，建立陈朝，自立为帝，领土基本包括三国时东吴疆域。虽然三国互有讨伐，但是战争主要还是发生在北周和北齐之间，尽管北齐国力在初期远胜于北周，掌握着战略上的主动权，但是随着北齐后来即位的君主一代不如一代，尤其后主高纬沉溺女色，宠信奸佞，杀害一代名将斛律光，自毁长城，两国对峙的局面逐步向有利于北周的方向转变。

公元577年，北周武帝杀死权臣宇文护之后，经过精心策划，率军讨伐北齐，经过一番苦战，击溃北齐军队主力，活捉后主，北齐灭亡。在北周灭北齐一战中，陈朝坐山观虎斗，眼睁睁地看着北周统一黄河流域，等到北齐灭亡后，陈宣帝才如梦初醒，派名将吴明彻讨伐徐州和兖州，被士气正旺的周军打得片甲不留，大败而回。

公元581年，北周外戚杨坚篡位自立，建立隋朝，是为隋文帝，经过八年的励精图治，苦心经营，公元589年，隋文帝派大军讨伐陈朝，隋军一路攻城略地，高奏凯歌，很快包围建康，陈后主投降，陈朝灭亡，中国在南北分裂二百多年后再次实现了统一。

（二）北宋 辽 金

在北宋一百六十多年的历史中，最令历代君主魂牵梦萦的莫过于收复被石敬瑭割让给辽国的燕云十六州，为了收复燕云十六州，宋太祖设立封桩库来储蓄钱财布匹，希望日后能从辽国手中赎买回燕云十六州，宋太宗更是亲自率军北伐，差一点成为辽军的刀下之鬼。

但是随着澶渊之盟的签订，让燕云十六州回归大宋几乎成了不可能完成的任务，然而到了辽国末年，收复燕云十六州却曙光初现。由于辽国天祚帝统治时期，对于东北女真族横征暴敛，大肆屠杀，导致后者在阿骨打率领下起兵反抗，多次击败辽军。公元1115年，阿骨打在会宁称帝，建立金朝。得知女真族在东北崛起之后，一心收复燕云十六州的宋徽宗派使臣渡海至东北与女真结盟，约定双方共同讨伐辽国，辽国灭亡之后，金国移交燕云十六州给北宋。

然而相对于女真军队屡战屡胜，北宋军队在进攻辽国之时，却多次被辽军打得丢盔弃甲，尽管辽国灭亡后，金国按照盟约将燕云十六州移交给北宋，却将人口、财富掠夺一空，北宋得到的实质上是几座空城，而宋军与辽军交战的败绩却使得金人洞悉宋军的真实战斗力。

公元1125年，金太宗以宋收留平州之变中的辽将张觉违反宋金双方前议为由，发动金灭北宋之战，分兵两路从山西、河北南下，最后会师北宋都城开封，在李纲死守开封的情况下，双方宣布议和。公元1126年，金太宗再以宋廷毁约为由，再派完颜宗望、完颜宗翰兵分二路攻破开封，俘虏宋徽宗、宋钦宗等宋朝皇室北归，史称"靖康之变"，北宋灭亡。宋徽宗之子康王赵构逃脱，在南方建立南宋。

（三）南宋 金 蒙古

历史总有惊人的相似，北宋灭亡近百年以后，一代天骄成吉思汗统一蒙古之后，发动灭金战争，此时的金朝已经进入了政治衰败、经济萧条的王朝末期，面对蒙古的百战之师，拥有数量优势的金军却节节败退，一溃千里，濒临亡国。

公元1232年，蒙古遣王檝来到京湖，商议宋蒙合作，夹击金朝。京湖制置使史嵩之上报朝廷，当朝大臣大多表示赞同，认为此举可以报靖康之仇，但是大臣赵范、乔行简不同意联蒙灭金，认为在蒙古人势力兴起的形势下，金朝已经由过去的仇敌转而为今天的缓冲国，只要金朝能抵御蒙古人的进攻，南宋应该继续向金输纳岁币，这样，南宋也有机会舒缓时间，组织力量，对抗蒙古人的南下。南宋名臣真德秀等人主张，金人和南宋有不共戴天之仇，应该趁金朝遭遇蒙古进攻之机，停止向金人输纳岁币，并出兵北上收复失地，以报君父之仇。

在社会舆论的巨大压力下，宋理宗决定联蒙灭金，公元1234年，宋蒙联军攻陷蔡州，金哀宗自尽，金朝灭亡，然而虽然南宋获得了河南之地，但是进入金国故地的宋军很快与蒙军兵戎相见，宋蒙战争爆发，经过三十多年的拉锯战，公元1268年，元世祖忽必烈发动灭宋之战，公元1274年，元军攻下襄阳，宋将吕文焕投降，元中书丞相史天泽和枢密院使伯颜率军顺汉水南下长江。

公元1276年，元军攻陷临安，谢太后与宋恭帝投降元军。陆秀夫等人拥立七岁的宋端宗在福州即位，文天祥、张世杰与陈宜中等大臣持续在江西、福建与广东等地抗元。元军陆续攻下华南各地，公元1278年，南宋朝廷退至广东崖山，次年，元军将领张弘范在崖山海战中消灭最后一支成建制的南宋军队，陆秀夫背上八岁的幼主赵昺投海而死，南宋灭亡，元朝统一中国。

这三个事例与汉末三国的形势十分相似，像北周、北齐、陈朝三方几乎就是曹魏、蜀汉、东吴的翻版，作为后人，我们今天看得非常清楚，陈朝避免亡国的唯一选择便是确保北周和北齐谁也吃不掉谁，只要北齐存在，陈朝就会高枕无忧，因此当周武帝率领大军讨伐北齐，陈朝应该派兵支援北齐。同样的道理，当女真、蒙古分别崛起于白山黑水和蒙古高原之时，辽和金实质上扮演着保护北宋和南宋安全的缓冲国的角色，只要辽和金不亡，北宋和南宋就不会亡，可令人惋惜的是，由于历史上的恩怨，北宋和南宋不但没有援助辽和金，反而落井下石，分别与女真和蒙古联手消灭辽和金，最终搬起石头砸自己的脚。这里最令人叹息的是南宋的灭亡，按理说，有了北宋灭亡的前车之鉴，南宋统治者面对金国在蒙古大军的进攻下岌岌可危的局面，应该懂得如何取舍，但是当时统治南宋的宋理宗却与蒙古联手消灭金国，失去了金国对蒙古的牵制，南宋的灭亡也只是时间的问题。了解了这些历史事件，我们便会明白，东吴将荆州的南郡等地借给蜀汉有其必要性和紧迫性，如果东吴继续占有荆州的南郡等地，不仅要在长江中下游防线独立面对曹魏的军事压力，而且客观上成为了蜀汉的保护伞，相反东吴将荆州的南郡等地借给蜀汉，不仅可以有效牵制曹魏，而且实质上使得蜀汉成为保卫东吴的屏障，东吴将处于进可攻、退可守的最有利的战略位置。

四、吕蒙建议偷袭荆州是基于维护东吴军方的利益

"天下熙熙，皆为利来；天下攘攘，皆为利往"，孙刘联盟的建立归根结底还是立足于相互依赖、相互利用的基础之上，这意味着一旦外部压力减轻，内部矛盾便马上浮现，建安二十年（215），东吴、蜀汉围绕荆州归属一度兵戎相见便显示了孙刘联盟先天的脆弱性。

随着建安二十二年（217），孙刘联盟的"总设计师"鲁肃去世，反对孙刘联盟的吕蒙被孙权任命为东吴长江防线最高指挥官，东吴内部主张重新夺回荆州的声音开始浮现。吕蒙在此之前便向孙权提出了占据荆州的建议，认为只要

让征房将军孙皎据守南郡，潘璋进驻白帝，由蒋钦带领一万人的机动部队，沿长江上下巡察，东吴就可以立于不败之地，并且提醒孙权，刘备、关羽君臣阴险狡诈，反复无常，不值得依赖，吕蒙的建议获得了孙权的认可。为了迷惑关羽，吕蒙上任之后对关羽倍加殷勤，广施恩义，建立了表面上的友好关系。

客观而言，作为当时能够与周瑜、鲁肃、陆逊相提并论的东吴四大都督之一，吕蒙所言并非没有道理。赤壁之战之后，蜀汉迈入了发展的快车道，建安十三年（208），占据荆州南四郡。建安十九年（214），攻占益州。建安二十四年（219），击败曹军，控制汉中。在关羽北伐中原之前，蜀汉已经拥有益州全部，荆州的南郡、零陵、武陵三郡和汉中地区，无论从土地、经济来看，还是就人口、军队而言，蜀汉的综合国力与东吴相比已经在伯仲之间，考虑到关羽北伐中原初期气势如虹，高唱凯歌，吓得曹操几乎要迁都，如果蜀汉因此消灭了曹魏，刘备将"三分天下有其二"，届时如果蜀汉从荆州和淮南两个方向向东吴大举进攻，东吴恐怕将有灭顶之灾。从这个角度而言，吕蒙的建议不失为确保东吴在汉末三国大乱世中屹立不倒的高明谋略。

但是凡事有利也有弊，吕蒙偷袭荆州的建议也存在容易被忽视的弊端，比如一旦吕蒙偷袭荆州成功，消灭关羽兵团，刘备会忍气吞声，善罢甘休吗？如果蜀汉、东吴再度重燃战火，会不会出现鹬蚌相争、渔翁得利的情况？另外，假如东吴从蜀汉手中夺走荆州的南郡、零陵和武陵三郡之后，固然削弱了蜀汉的实力，却也带来了必须在长江中游和下游独立面对曹魏军事威胁的后遗症，对于这些问题，长期征战的吕蒙不可能没有意识到，然而尽管如此，吕蒙依然提出偷袭荆州的建议，这又是为什么呢？对于这个疑问，最合理的回答是偷袭荆州的建议有利于维护东吴军方的利益。

从兴平二年（195），孙策带着父亲孙坚昔日部将和一千多名士兵渡过长江，势如破竹，连续攻陷江东六郡，到建安十三年（208），孙刘联军在赤壁大败曹军，由于东吴建国初期对于江东士族的大肆杀戮导致后者的对于孙策、孙权的敌视态度，东吴在所管辖的领土普遍实行军事将领兼领地方郡守的军政合一的军事统治体制，为了政权的稳定，孙权极力笼络东吴将领，使之享有一系列的政治、军事、经济上的特权，东吴将领逐步成为连孙权都要忌惮三分的本国实质上的统治阶层和最大的既得利益集团。

然而随着赤壁之战之后,在鲁肃的主导下,孙刘联盟从构想到变成现实,东吴将领的特权却面临削弱或取消的威胁。根据鲁肃的规划,东吴应该在"鼎足江东,以观天下之衅"的基础上将孙刘联盟共同抵御曹操作为当时东吴的立国之基,立足江东意味着孙权必须把治国重点转移到内政上,修补与江东士族的关系,巩固统治根基,孙刘联盟共同抵御曹操意味着东吴无须独立面对北方曹魏的军事压力。作为强化孙刘联盟的重要步骤,东吴将荆州的南郡等地借给蜀汉实质上是前者将长江中游的防务转交给后者,考虑到荆州的南郡等地独特的战略位置,在曹魏没有攻占其之前,不太会主动进攻东吴,曹魏与东吴发生战争的概率将下降。

无论是孙权把政权重心转移到内政,修补与江东士族的关系,还是吴魏两国交战次数的下降,都会损害东吴将领的利益和特权。东吴将领所享受的特权是以东吴常年处于战争状态为前提,假如有朝一日,吴魏两国只有对峙,没有战争,东吴将领将会因为刀枪入库、马放南山而失去建功立业的机会,像过去那样打一次胜仗就加官晋爵和获得大量赏赐就只能成为美好的回忆了。

另一方面,汉末三国是一个典型的士族社会,割据一方的统治者只有获得本地士族的支持和拥戴才能坐稳江山,相对于魏蜀两国任用本地士族担任地方官员,东吴将领以军领政,兼任地方官员毕竟是战争状态下的权宜之计,一旦孙权要修补与江东士族的关系,必然会让江东士族取代东吴将领出任地方郡守,一言以蔽之,在和平年代,东吴将领将英雄无用武之地,战争时代所享受的特权也会被削弱甚至取消。

了解了这些,我们就会知道为什么吕蒙明知存在弊端,但是也要建议孙权偷袭荆州,一旦东吴偷袭荆州,孙刘联盟将自动瓦解,刘备和孙权将由盟友变成敌人,两国之间的战争也将无可避免。与此同时,偷袭荆州之后,东吴将在长江中游和下游防线独立面对曹魏的军事威胁,没有蜀汉的牵制,吴魏两国再度兵戎相见也是意料中事,而随着东吴与周边邻国再度回归战争状态,东吴将领所享有的特权无异于自动获得一张强大的保护网。

在我国古代社会,一个王朝从战争时期迈入承平时期之后,原本作为倚重对象的军队将领往往会被逐步削权，直至成为防范对象。西汉建立伊始，原先为汉高祖刘邦打天下的手握重兵的异姓王韩信、彭越、英布先后被以各种借口赶尽杀绝，满门抄斩；大明王朝建立后，明太祖朱元璋怕太子朱标和太孙朱允炆性格太软弱，震慑不了那些战功赫赫的开国元勋，一不做二不休，捏造罪名，将众多与自己一起历经千辛万苦、九死一生的老伙计屠杀殆尽，斩草除根。

理解了这点，我们便不难明白吕蒙提出偷袭荆州的建议背后的玄机。如果由于孙刘联盟的存在，东吴与曹魏、蜀汉之间不再爆发战争，孙权将治国的重心转移到内政上，吕蒙等东吴将领将难逃投闲置散的结局！

五、东吴偷袭荆州埋下了自身灭亡的诱因

毫无疑问，东吴偷袭荆州给曹魏、蜀汉、东吴的国运和汉末三国的地缘政治格局带来了深远影响。

首先，曹魏显然是东吴偷袭荆州最大的赢家。可能是由于缺乏必要的防范，建安二十四年（219），关羽北伐中原使得曹魏接近亡国的边缘。据《资治通鉴·汉纪六十》记载，关羽消灭于禁大军，包围襄樊之后，曹魏举国震动，"陆浑民孙狼等作乱，杀县主簿，南附关羽。羽授狼印，给兵，还为寇贼，自许以南，往往遥应羽，羽威震华夏。魏王操议徙许都以避其锐"。

如果东吴没有偷袭荆州，一旦曹魏调集全国军队支援襄樊，刘备再率军越过秦岭，攻占关中，曹魏军队将面临腹背受敌的困境，加之魏武帝曹操此时已经重病在身，曹魏灭亡并非天方夜谭，但是东吴偷袭荆州却改变了一切，曹魏不但避免了亡国的危机，而且还有了意外的收获，由于孟达与刘封不和，以及害怕刘备追究其拒绝救援关羽的责任，主动投降曹魏，使得后者获得房陵、上庸、西城三处战略要地。更为重要的是，随着关羽兵团的灭亡，曹魏内部的权力传承也得以顺利进行。东吴偷袭荆州不久，魏武帝曹操去世，太子曹丕即位，但是曹丕的即位并不顺利，先后遭遇曹彰逼宫、青州兵逃亡、西域叛乱等事件，尽管这些事件被一一化解，但是也说明曹魏的统治并不稳固，和平时期尚且如此，战争状态下就可想而知，如果东吴没有偷袭荆州，在关羽大军的威

胁下,已经风烛残年的曹操气急攻心下,很可能会提前去世,曹丕能否即位,即位之后能否控制局面都要打上一个巨大的问号。从这个角度而言,孙权是拯救曹魏最大的功臣,而随着曹丕即位稳住局势以及获得房陵、上庸、西城三处战略要地,拥有九州之地、数十万军队、数百万人口的曹操再次确立了对东吴、蜀汉的绝对优势。

魏明帝时期,散骑常侍孙资在针对曹魏是否应该发兵攻打汉中的诸葛亮之时,就曾指出:"武皇帝(曹操)圣于用兵,察蜀贼栖于山岩,视吴虏窜于江湖,皆挠而避之,不责将士之力,不争一朝之忿,诚所谓见胜而战,知难而退也。今若进军就南郑讨亮,道既险阻,计用精兵又转运镇守南方四州遏御水贼,凡用十五六万人,必当复更有所发兴。天下骚动,费力广大,此诚陛下所宜深虑。夫守战之力,力役参倍。但以今日见兵,分命大将据诸要险,威足以震摄强寇,镇静疆埸,将士虎睡,百姓无事。数年之间,中国日盛,吴蜀二虏必自罢弊。"(《三国志·魏书·刘放传》裴注引《资别传》)也就是说,只要曹魏休养生息,励精图治,假以时日,蜀汉、东吴的灭亡只是时间的问题。

其次,蜀汉无疑是东吴偷袭荆州最大的输家。在赤壁之战后形成的三方博弈的格局中,蜀汉原本是仰赖东吴鼻息的实力最弱小的老三,但是经过多年的励精图治和开疆拓土,特别是攻占益州、汉中之后以及关羽北伐初期高唱凯歌,蜀汉已经隐然展现出取代曹魏成为三强中的老大甚至一统天下的迹象,但是东吴偷袭荆州却打破了刘备"兴复汉室"的美梦。章武元年(221),刘备以为关羽报仇的名义,发兵讨伐东吴,虽然刘备起兵初期,一路攻城略地,高唱凯歌,但是在夷陵被陆逊一把火烧得丢盔弃甲,大败而回。

夷陵之战对于蜀汉的国运产生了深远影响:

一是蜀汉丢失荆州使得其领土全面萎缩。汉末荆州,史称"沃野千里,士民殷富"(《三国志·吴书·鲁肃传》),尤其是南郡不仅人口众多,经济繁荣,而且是天下公认的战略要地,然而夷陵之战的惨败却使得蜀汉彻底丧失了收复荆州的希望,蜀汉的疆域只剩下益州和汉中地区。

二是军队损失惨重。《三国志·吴书·陆逊传》记载:"备将杜路、刘宁等穷逼请降。备升马鞍山,陈兵自绕。逊督促诸军四面蹙之,土崩瓦解,死者万数。备因夜遁，驿人自担烧铙铠断后，仅得入白帝城。其舟船器械，水步军资，一时略尽，尸骸漂流，塞江而下。"另外，马良、冯习、张南、傅肜等能征善战的将领也纷纷战死沙场，镇守江北的黄权由于后路被阻被迫率军投降曹魏。

三是内部叛乱四起。"初，黄元为诸葛亮所不善，闻汉主疾病，惧有后患，故举郡反，烧临邛城。……益州郡耆帅雍闿杀太守正昂，因士燮以求附于吴，又执太守成都张裔以与吴，吴以闿为永昌太守。永昌功曹吕凯、府丞王伉率吏士闭境拒守，闿不能进，使郡人孟获诱扇诸夷，诸夷皆从之。牂柯太守朱褒、越嶲夷王高定皆叛应闿。"（《资治通鉴·魏纪二》）

建兴元年（223），后主刘禅即位，蜀汉丞相诸葛亮开府治事，后领益州牧，"政事无巨细，咸决于亮"（《三国志·蜀书·诸葛亮传》），尽管诸葛亮在建兴三年（225）率军逐步平定了南中叛乱，并且在建兴六年（228）开始北伐曹魏，但是国力的弱小却使得诸葛亮的北伐屡战屡败，无疾而终。

曹魏景元四年（263），司马昭派钟会、邓艾、诸葛绪率领三路大军讨伐蜀汉，邓艾偷渡阴平，进入蜀汉腹地，击败蜀军，后主刘禅投降，蜀汉灭亡。从更深层的意义而言，东吴偷袭荆州得手事实上已经预示了蜀汉政权未来的亡国之路。这里我们需要思考一个问题，如果东吴没有偷袭荆州，蜀汉依然占有荆州的南郡等地，司马昭是否有胆量派钟会、邓艾、诸葛绪率军讨伐蜀汉？

最后，相对于曹魏和蜀汉，东吴在这场偷袭之战中的得失非常值得探讨。从正面而言，襄樊之战之后，东吴占据了南郡、零陵、武陵三郡，这样荆州的大部分地区落入了东吴手中，实现了吕蒙提出的"全据长江，形势益张"的目标，但是从负面的角度而言，孙刘反目意味着东吴从曹魏、蜀汉都需争取拉拢的对象转变成双方的打击压制对象，地缘政治环境空前恶化。

黄初二年（221），为了防范刘备起兵讨伐东吴后，曹魏同时挥戈南下可能形成的两面作战的困境，当年誓不投降曹操的孙权厚着脸皮向魏文帝曹丕遣使称臣，卑辞厚礼，送回于禁。曹魏大臣刘晔在分析孙权称臣原因时，便一针见血地指出："权无故求降，必内有急。权前袭杀关羽，取荆州四郡，备怒，必大兴师伐之。外有强寇，众心不安，又恐中国往乘其衅，故委地求降，一以却中国之兵,二则假中国之援,以强其众而疑敌人耳。"(《三国志·魏书·刘晔传》裴注引《傅子》)尽管孙权的一番精彩表演满足了魏文帝曹丕的虚荣心而避免了两面作战的困境,但是随着夷陵之战的结束,东吴转危为安以及孙权拒绝向曹丕质任,曹魏与东吴之间再度开战。

《三国志·吴书·吴主传》记载:

(黄武元年)秋九月,魏乃命曹休、张辽、臧霸出洞口,曹仁出濡须,曹真、夏侯尚、张郃、徐晃围南郡。权遣吕范等督五军,以舟军拒休等,诸葛瑾、潘璋、杨粲救南郡,朱桓以濡须督拒仁……

(黄武二年)三月,曹仁遣将军常彫等,以兵五千,乘油船,晨渡濡须中州。仁子泰因引军急攻朱桓,桓兵拒之,遣将军严圭等击破彫等……

(黄武七年)夏五月,鄱阳太守周鲂伪叛,诱魏将曹休。秋八月,权至皖口,使将军陆逊督诸将大破休于石亭……

(赤乌四年)夏四月,遣卫将军全琮略淮南,决芍陂,烧安城邸阁,收其人民。威北将军诸葛恪攻六安。琮与魏将王凌战于芍陂,中郎将秦晃等十馀人战死。车骑将军朱然围樊,大将军诸葛瑾取柤中……

(赤乌九年)春二月,车骑将军朱然征魏柤中,斩获千馀。

尽管这些战争互有胜负,但是相对于孙刘联盟时期,东吴和蜀汉对曹魏的两面包抄、偷袭荆州之后,东吴在多数情况下必须独立面对曹魏的军事威胁,战略上的被动可见一斑!在孙权晚年,曹魏大臣王基曾经指出:"昔孙权再至合肥,一至江夏,其后全琮出庐江,朱然寇襄阳,皆无功而还。今陆逊等已死,而权年老,内无贤嗣,中无谋主。权自出则惧内衅卒起,痈疽发溃;遣将则旧将已尽,新将未信。"(《三国志·魏书·王基传》)蜀汉衰落之后,东吴在长江防线独立面对强大的曹魏的被动和无奈可见一斑!

另外,在后主刘禅继位之后,蜀汉丞相诸葛亮派邓芝出使东吴,试图重新建立吴蜀联盟,孙权对邓芝表示:"孤诚愿与蜀和亲,然恐蜀主幼弱,国小势逼,为魏所乘,不自保全,以此犹豫耳。"(《三国志·蜀书·邓芝传》)然而问题在于，是谁一手导致"蜀主幼弱，国小势逼，为魏所乘，不自保全"的局面出现，不正是孙权你吗？孙权这番话说明他对当年偷袭荆州存在某种程度的悔意。

通过以上分析，我们可以得出一个结论，那就是东吴其实是自己发动的偷袭荆州一战隐藏的输家，道理很简单，假如东吴具备统一天下的实力，偷袭荆州便是正确的，但是如果东吴缺乏统一天下的实力，那么世世代代割据江东便是东吴最高战略目标，而要想实现这一目标，必须确保曹魏与蜀汉势力相当，谁也吃不掉谁，双方势力越均衡，东吴就越安全，但是东吴偷袭荆州，诛杀关羽以及之后在夷陵之战中击败刘备大军导致蜀汉由盛转衰，蜀汉难以起到对曹魏的牵制作用，东吴必须独立面对曹魏的军事威胁，考虑到曹魏在土地、军队、人口、经济上拥有的绝对优势，一旦曹魏消灭蜀汉，东吴的灭亡也只是时间的问题。蜀汉灭亡十七年之后，已经篡夺曹魏江山的司马昭之子、晋武帝司马炎发兵二十余万，分六路进攻东吴，吴军毫无斗志，纷纷溃败，吴主孙皓投降，东吴灭亡。如果我们认真分析，不难发现东吴灭亡的源头还在于建安二十四年（219）孙权派吕蒙率军偷袭荆州打破了三方势力均衡。

因此，从更深层次的角度而言，孙权才是导致东吴灭亡的罪魁祸首。分析到这里，可能有些读者朋友会质疑，既然你说东吴偷袭荆州是错误的，那么就眼睁睁地看着蜀汉消灭曹魏，一旦蜀汉占领北方，下一个阶段一定会从荆州和淮南两个方向讨伐东吴，届时面临两线作战的东吴也难逃灭亡的命运。对于这个问题，笔者认为，面对关羽北伐初期的节节胜利，曹魏岌岌可危的严峻形势，如果孙权真的是一位雄主或明君，他应该批准吕蒙白衣渡江，偷袭荆州的前半部分计划，让吕蒙、陆逊率领东吴军队神不知鬼不觉兵临城下，攻陷蜀汉占据的南郡、武陵、零陵，然后派使者告诉刘备，只要关羽中止北伐，率军回撤，东吴将把南郡交还给蜀汉，但是武陵、零陵将继续归东吴所有，作为蜀汉擅自北伐的惩罚，否则将与曹魏联手消灭关羽兵团，同时告诉刘备，以后不准搞什么"北伐中原，兴复汉室"这套把戏，道理很简单，如果蜀汉消灭了曹魏，我东吴将面临灭顶之灾，以后天下就分成三个国家，你刘备，我孙权和他曹操平起平坐，相互就不要打仗了，大家一起过好日子。

这样做有至少有以下几个好处：

一是考虑到当时的现实环境，刘备很有可能会答应孙权的条件，由于此时蜀汉先后丢失武陵、零陵两郡和房陵、上庸、西城三城，国力遭到严重削弱，但是又重新获得了南郡，为了防止魏吴联手，刘备绝对不敢率军入侵东吴。

二是关羽率军回撤南郡之后，可以继续扮演"刺向曹魏咽喉的利剑"的角色，只要关羽兵团这把利剑继续存在，曹魏绝不可能越过长江天险攻打东吴。

三是东吴重新拥有武陵、零陵和蜀汉北伐失败之后，东吴将会再度成为曹魏和蜀汉争相拉拢的对象。

一旦孙权达到"天下三分"的战略目的，孙权就可以把主要精力集中到内政上去，在修补与江东士族的关系，巩固政权根基的同时，鼓励耕作，轻徭薄赋，宣明教化，休整军队，确保孙权家族世世代代割据江东，这样不是比偷袭荆州，剿灭关羽兵团，打破三方势力均衡，最后拿起石头砸自己的脚更高明吗？

相比关羽从襄樊仓皇撤退之时，曹操下令曹仁不得率军追击，让关羽和孙权斗得你死我活，自己好坐收渔翁之利的"老谋深算"，孙权和曹操这两个乱世枭雄谁更具有运筹帷幄、洞悉全局的战略眼光岂不是一目了然，昭然若揭吗？

孙权晚年为什么要逼死陆逊

在魏蜀吴三位"开国之君"之中，后世对吴大帝孙权的评价虽然不如魏武帝曹操和蜀汉昭烈帝刘备，但是总体而言，依然褒多于贬，陈寿在《三国志·吴书·吴主传》末尾赞扬孙权："屈身忍辱，任才尚计，有勾践之奇，英人之杰矣。故能自擅江表，成鼎峙之业。"司马光也高度肯定孙权的历史功绩，认为："大帝承父兄之烈，师友忠贤，以成前志，赤壁之役，决策定虑，以摧大敌，非明而有勇能如是乎？奄有荆扬，薄于南海，传祚累世，宜矣。"（《历代名贤确论·卷五十七》）

可孙权的一生也留下了不少谜团，其中最令人关注的便是其后期的昏庸与前期的贤明形成了鲜明的对比，而最能体现孙权晚年昏庸的莫过于其在太子孙和已立的情况下宠爱鲁王孙霸所导致的"二宫构争"事件，以及事后对于涉及其中的文武百官的残酷处置，甚至不惜逼死昔日深受其倚重的江东"柱石"陆逊。然而孙权逼死陆逊果真是因为其参与了"二宫构争"那样简单吗？事实绝非如此简单，从早年扶持陆逊到最后逼死陆逊背后隐藏着孙权先通过与江东士族政治联盟夺回由前朝元老重臣控制的军政实权，然后精心设计打击以吴四姓为代表的江东士族的历史线索。

一、青年君主的忧虑

建安五年（200），孙策遇刺身亡对于东吴群臣而言无异于晴天霹雳。自兴平二年（195），孙策获得袁术同意率领其父孙坚昔日部将和一千多名士兵渡过长江，攻城略地，屡战屡胜，短短数年便攻占江东六郡，创造了汉末三国时期令人赞叹不已的军事奇迹。在这一过程中，孙策所展现的骁勇善战、足智多谋的统帅才能和气度豪迈、知人善任的领袖魅力使其成为东吴政权当之无愧的"奠基者"，然而随着孙策遭遇许贡门客行刺而死于非命，东吴政权面临前所未有的严峻考验。虽然孙策临终之前，指定二弟孙权为继承人，要求张昭等群臣尽心辅佐，但是东吴政权依然处于"风雨飘摇"之中。

《三国志·吴书·吴主传》记载：

是时惟有会稽、吴郡、丹杨、豫章、庐陵，然深险之地犹未尽从，而天下英豪布在州郡，宾旅寄寓之士以安危去就为意，未有君臣之固。

尽管由于张昭、周瑜等人忠心辅佐，孙权妥善解决了即位初期李术叛乱、宗室夺位导致的统治危机，甚至三征江夏，斩杀黄祖，报了杀父之仇，初步站稳了脚跟，但是因为缺乏孙坚、孙策驰骋沙场，屡战屡胜所形成的崇高威望，孙权在面对父兄留下的前朝元老重臣之时，难以摆脱"见习君主"的尴尬处境，在这些元老重臣之中，最令孙权感到如芒在背的便是受孙策临终所托辅佐其施政的首席顾命大臣——张昭。

张昭字子布，徐州彭城（今江苏徐州）人，学识渊博，擅长隶书，徐州刺史陶谦慕名察举他为茂才，被张昭拒绝，陶谦认为张昭轻视他，因此将张昭监禁，后经好友赵昱援救才被释放。为避战乱，张昭南渡至扬州，受到孙策的重用，被任命为长史、抚军中郎将。孙策临死之前，将孙权托付给张昭，张昭率文武百官辅佐孙权，安抚百姓、讨伐叛军，稳住了局势。

但是由于张昭受托孤重任，一度权倾朝野，加之"每朝见，辞气壮厉，义形于色，曾以直言逆旨"（《三国志·吴书·张昭传》）引发了孙权的不满，东吴建国之后，孙权不仅拒绝群臣推荐张昭出任丞相，甚至一度对其起了杀心。

《三国志·吴书·张昭传》记载：

权以公孙渊称藩，遣张弥、许晏至辽东拜渊为燕王，昭谏曰："渊背魏惧讨，远来求援，非本志也。若渊改图，欲自明于魏，两使不反，不亦取笑于天下乎？"权与相反覆，昭意弥切。权不能堪，案刀而怒曰："吴国士人入宫则拜孤，出宫则拜君，孤之敬君，亦为至矣，而数于众中折孤，孤尝恐失计。"昭熟视权曰："臣虽知言不用，每竭愚忠者，诚以太后临崩，呼老臣于床下，遗诏顾命之言故在耳。"因涕泣横流。权掷刀致地，与昭对泣。然卒遣弥、晏往。昭忿言之不用，称疾不朝。权恨之，土塞其门，昭又于内以土封之。渊果杀弥、晏。权数慰谢昭，昭固不起，权因出过其门呼昭，昭辞疾笃。

如果说在朝堂之上作为文臣领袖的张昭给孙权内心投下了沉重的阴影，那么在长江防线手握重兵，深孚众望的东吴大都督周瑜同样令孙权忌惮不已。

周瑜字公瑾，庐江（今安徽庐江）人，堂祖父周景、堂叔周忠，都官至太尉，父亲周异官拜洛阳令。作为孙策的好友，周瑜二十一岁起随孙策奔赴战场平定江东，先后"从攻横江、当利，皆拔之"，"击秣陵，破笮融、薛礼"，"从攻皖，拔之"，"破刘勋，讨江夏"，为了夺取江东六郡和东吴的建立立下赫赫战功。孙策遇刺身亡，孙权继任，周瑜领兵赴丧，以中护军的身份与长史张昭共掌众事。由于此时"权位将军，诸将宾客为礼尚简"，为了稳定东吴政局，同时为了树立孙权的政治权威，周瑜"独先尽敬，便执臣节"（《三国志·吴书·周瑜传》），并且多次领兵出征，确保东吴度过权力交接的危机。建安十三年（208），周瑜率领以东吴军队为主力的孙刘联军在长江赤壁击溃曹操大军，奠定三国鼎立的基础，论对东吴的贡献，周瑜仅次于孙策。

除此之外，孙权对于东吴另一位元老重臣朱治也同样存在猜忌之心。

朱治字君理，丹杨郡故鄣县（今浙江安吉）人，早年曾担任县吏，后被察举为孝廉，州里辟其为从事，随孙坚到处征战。中平五年（188），朱治被拜为司马，随军讨伐长沙、零陵、桂阳等三郡的周朝、苏马等贼军，升任行都尉。初平二年（191），关东联军讨伐董卓，朱治随孙坚进入洛阳，升督军校尉。兴平二年（195），朱治从钱唐进至吴郡，击溃吴郡太守许贡所部。许贡南逃投靠山贼严白虎，朱治遂进入吴郡，代领太守事务。孙策遇刺身亡之后，朱治与张昭、周瑜等共同辅佐孙权。建安七年（202），孙权表奏朱治任吴郡太守，行扶义将军，允许其设置长吏，后参与征讨夷越，平定东南，并擒获陈败、万秉等黄巾余部。

从表面上看，孙权对于朱治礼遇有加。《三国志·吴书·朱治传》记载："权历位上将，及为吴王，治每进见，权常亲迎，执版交拜，飨宴赠赐，恩敬特隆，至从行吏，皆得奉赞私觌，其见异如此。"但是事实却截然相反，《三国志·吴书·诸葛瑾传》记载："吴郡太守朱治，权举将也，权曾有以望之，而素加敬，难自诘让，忿忿不解。"这里的"望"翻译过来便是怨恨的意思，把这两则记载结合起来分析，我们不难发现，尽管在公开场合，鉴于朱治在孙权父兄时期战功赫赫，威望素著，并且曾经举荐孙权为孝廉，在东吴政坛具有举足轻重的影响力，孙权对待其不得不执子侄之礼，然而前者内心深处对于朱治"功高震主"却存在强烈的不满，只不过这种不满的情绪只能在诸葛瑾这样的亲信面前才有机会表现出来，一个君主在面对自己不喜欢的臣子之时，除了笑脸相迎之外别无选择不正好是其弱势地位的最好证明吗？

在我国古代帝制时期，尤其是明清之前，新君即位之后，往往会面临如何与前朝元老重臣相处的问题，如果这个问题不能得到妥善解决，新君轻则会被架空，重则会性命不保。西汉时期权臣霍光废黜自己拥立的昌邑王刘贺便是前车之鉴。另外，汉末三国时期是"以武立国"的大乱世，任何割据一方的乱世枭雄要想驾驭群臣，必须拥有杰出的军事指挥才能，曹操本身就是"一代战神"，刘备同样驰骋沙场，战功赫赫，但是孙权率军出征却败多胜少，尤其是建安二十年（215）其指挥十万大军攻打张辽率领数千兵马驻守的合肥，结果不但没有攻下合肥，而且撤退时差一点被张辽活捉，更成为天下的笑柄。由于张昭、周瑜和朱治等元老重臣的压制和自身缺乏杰出的军事指挥才能，即位初期的孙权自然难逃弱势君主的命运和困境。

二、顾雍和陆逊是孙权夺回军政大权的希望所在

长期以来，我国史学界在研究东吴政权江东化的过程时，认为孙权改变孙策攻占江东初期屠戮英豪的强硬政策，转而拉拢重用江东士族是为了巩固和扩大东吴政权的统治基础。毕竟汉末三国时期的中国是典型的士族社会，孙权要

想在江东长期立足，离不开江东士族的支持和拥护。这种观点当然不无道理，可同样必须指出的是，尽管东吴政权的江东化过程是大势所趋，但是孙权拉拢重用江东士族最直接的原因是希望与后者建立政治联盟，联手从前朝元老重臣中夺回军政实权。为了实现这个政治目标，孙权在积极推进东吴政权江东化的过程的同时，分别从江东士族的顶级豪门——吴四姓中挑选顾雍和陆逊来作为自己的政治盟友。

顾雍字元叹，吴郡吴县（今江苏苏州）人，少时受学于蔡邕，后被州郡推荐，弱冠之时出任合肥长，相继在娄、曲阿、上虞任职，所到之处政绩斐然。建安五年（200），孙权被朝廷授为讨虏将军，领会稽郡太守。孙权受命后，并未到郡就职，而是以顾雍为会稽郡丞，代理太守之职，顾雍讨伐寇贼，郡界宁静，官民信服，数年后，进入孙权幕府担任左司马。

黄武元年（222），孙权为吴王，顾雍任大理、奉常，又领尚书令，封阳遂乡侯。黄武四年（225），改任太常，进封醴陵侯，不久代孙邵为丞相、平尚书事。顾雍担任东吴丞相期间，"其所选用文武将吏各随能所任，心无适莫。时访逮民间，及政职所宜，辄密以闻。若见纳用，则归之于上，不用，终不宣泄。权以此重之。然于公朝有所陈及，辞色虽顺而所执者正"（《三国志·吴书·顾雍传》）。

孙权对于顾雍非常尊敬，也十分信任，在朝政上喜欢咨询其意见。《三国志·吴书·顾雍传》裴注引《江表传》记载：

权常令中书郎诣雍，有所咨访。若合雍意，事可施行，即与相反覆，究而论之，为设酒食。如不合意，雍即正色改容，默然不言，无所施设，即退告。权曰："顾公欢悦，是事合宜也；其不言者，是事未平也，孤当重思之。"其见敬信如此。江边诸将，各欲立功自效，多陈便宜，有所掩袭。权以访雍，雍曰："臣闻兵法戒于小利，此等所陈，欲邀功名而为其身，非为国也，陛下宜禁制。苟不足以曜威损敌，所不宜听也。"权从之。军国得失，行事可不，自非面见，口未尝言之。

如果说孙权扶持顾雍是为了控制朝政，那么重用陆逊是寄希望于后者帮其夺回军权。

陆逊字伯言，吴郡吴县华亭（今上海松江）人，本名议，少年丧父，随其从祖父庐江太守陆康，在其任所读书。兴平元年（194），袁术和陆康不和，派遣孙策率军攻打庐江，此前陆康已将陆逊与亲属送往吴郡，幸免于难。由于陆逊满腹经纶，文武双全，加之又出身江东士族，因此深受孙权的器重。

《三国志·吴书·陆逊传》记载：

孙权为将军，逊年二十一，始仕幕府，历东西曹令史，出为海昌屯田都尉，并领县事。县连年亢旱，逊开仓谷以振贫民，劝督农桑，百姓蒙赖。时吴、会稽、丹杨多有伏匿，逊陈便宜，乞与募焉。会稽山贼大帅潘临，旧为所在毒害，历年不禽。逊以手下召兵，讨治深险，所向皆服，部曲已有二千馀人。鄱阳贼帅尤突作乱，复往讨之，拜定威校尉，军屯利浦。

权以兄策女配逊，数访世务，逊建议曰："方今英雄棋跱，豺狼窥望，克敌宁乱，非众不济。而山寇旧恶，依阻深地。夫腹心未平，难以图远，可大部伍，取其精锐。"权纳其策，以为帐下右部督。会丹杨贼帅费栈受曹公印绶，扇动山越，为作内应，权遣逊讨栈。栈支党多而往兵少，逊乃益施牙幢，分布鼓角，夜潜山谷间，鼓噪而前，应时破散。遂部伍东三郡，强者为兵，羸者补户，得精卒数万人，宿恶荡除，所过肃清，还屯芜湖。

在建安二十四年（219）东吴偷袭荆州一战中，当时名不见经传的陆逊一度替代吕蒙领军并且故意在关羽面前表现得谦卑胆怯，对于确保东吴趁关羽麻痹大意攻占南郡作出了特殊贡献。为了截断从樊城回撤的关羽大军的后路，"逊遣将军李异、谢旌等将三千人，攻蜀将詹晏、陈凤。异将水军，旌将步兵，断绝险要，即破晏等，生降得凤。又攻房陵太守邓辅、南乡太守郭睦，大破之。秭归大姓文布、邓凯等合夷兵数千人，首尾西方。逊复部旌讨破布、凯。布、凯脱走，蜀以为将。逊令人诱之，布帅众还降。前后斩获招纳，凡数万计。权以逊为右护军、镇西将军，进封娄侯"（《三国志·吴书·陆逊传》），陆逊在东吴占领荆州过程中的功劳并不亚于吕蒙。

襄樊之战之后，刘备以替关羽报仇为名率领蜀汉大军讨伐东吴，孙权力排众议提拔陆逊为吴军统帅。面对气势汹汹的蜀汉大军，陆逊采取诱敌深入的军事策略，令吴军主力退至夷陵、猇亭一带，把数百里峡谷山地让给刘备，以使蜀军战线伸长，首尾难以兼顾。在蜀吴两军陷入对峙状态之后，陆逊最终采用火攻彻底击溃蜀军。

《三国志·吴书·陆逊传》记载：

（陆逊）乃敕各持一把茅，以火攻拔之。一尔势成，通率诸军同时俱攻，斩张南、冯习及胡王沙摩柯等首，破其四十馀营。备将杜路、刘宁等穷逼请降。备升马鞍山，陈兵自绕。逊督促诸军四面蹙之，土崩瓦解，死者万数。备因夜遁，驿人自担烧铙铠断后，仅得入白帝城。其舟船器械，水步军资，一时略尽，尸骸漂流，塞江而下。备大惭恚，曰："吾乃为逊所折辱，岂非天邪！"

尽管孙权借助与以顾雍和陆逊为首的江东士族的政治联盟实现了制衡前朝元老重臣的政治目标，但是相对于通过顾雍掌握文官体系，孙权依靠陆逊来控制军权的过程则更为曲折复杂。虽然张昭是孙策临终之前安排辅佐孙权的首席顾命大臣，德高望重，在孙权即位初期发挥了稳定政局的作用，可其毕竟是流寓北士，不像顾雍那样拥有庞大的家族势力作为后盾，孙权提拔在江东士族中拥有崇高威望同时与张昭和睦共处的顾雍，张昭很难说不，随着顾雍职务的步步高升，出任丞相是自然而然的结果。

与顾雍顺利拜相形成鲜明对比的是陆逊在东吴军队内部晋升的一波三折。陆逊出身的江东陆氏家族与东吴不少将领由于昔日孙策攻打庐江导致陆氏家族多人伤亡存在血海深仇，这段历史使得东吴军队内部当年跟随孙策一起占领江东的将领对于陆逊存在强烈的抵触情绪。偷袭荆州，陆逊的战功仅次于吕蒙，按理而言，陆逊完全有资格成为吕蒙的接班人，但是吕蒙临终之前却推荐朱然。当刘备率领蜀汉大军气势汹汹地讨伐东吴，孙权打破论资排辈的惯例，任命陆逊为吴军统帅同样引起了东吴老将们的不满，然而军队始终是一个以战功论英雄的地方，虽然东吴老将们不满陆逊成为吴军统帅，但是随着陆逊在夷陵一战中利用火攻彻底击败刘备率领的蜀汉大军，其在东吴军队内部成功树立了自己的威信，孙权最终实现了依靠陆逊来控制军权的目的。

三、"暨艳案"与吕壹之死

顾雍拜相以及陆逊出任吴军统帅并击败刘备率领的蜀汉军队标志着孙权借助与江东士族的政治联盟从前朝元老重臣中正式夺回原本属于自己的军政实权。但是古往今来，任何政治联盟固然会由于共同的敌人存在而团结协作，一致对外，可也会因为共同敌人的消亡而相互对立，矛盾重重，随着张昭耆老矣，周瑜、吕蒙英年早逝，以及朱治的寿终正寝，孙权赫然发现被其倚重的江东士族已经发展壮大，成为涵盖军政和地方州郡，实力雄厚到自己都要看其脸色的强大政治集团。以吴四姓中的顾氏和陆氏为例，顾氏家族的掌门人顾雍担任东吴丞相十九年，其子顾穆、顾济分别官居宜都太守和骑都尉，其孙顾谭、顾承曾担任过太常和侍中；陆氏家族的掌门人陆逊出将入相，统领吴国军政二十余年，其弟陆瑁，官居选曹尚书，其子陆抗官至大司马、荆州牧。另外，吴四姓相互存在联姻关系，像顾雍之妻便是庐江太守陆康之女，顾穆、顾济见了陆逊还要叫一声舅舅。对于孙权而言，如果其对于江东士族的坐大无动于衷，熟视无睹，长此以往，自己很有可能再度沦为弱势君主，为了防患于未然，孙权分别通过"暨艳案"与重用校事吕壹来打击制约江东士族。

《三国志·吴书·张温传》记载：

艳字子休，亦吴郡人也，温引致之，以为选曹郎，至尚书。艳性狷厉，好为清议，见时郎署混浊淆杂，多非其人，欲臧否区别，贤愚异贯。弹射百僚，核选三署，率皆贬高就下，降损数等，其守故者十未能一，其居位贪鄙，志节污卑者，皆以为军吏，置营府以处之。而怨愤之声积，浸润之谮行矣。竟言艳及选曹郎徐彪，专用私情，爱憎不由公理，艳、彪皆坐自杀。

《三国志·吴书·陆瑁传》记载：

时尚书暨艳盛明臧否，差断三署，颇扬人暗昧之失，以显其谪。瑁与书曰："夫圣人嘉善矜愚，忘过记功，以成美化。加今王业始建，将一大统，此乃汉高弃瑕录用之时也，若令善恶异流，贵汝颍月旦之评，诚可以厉俗明教，然恐未易行也。宜远模仲尼之泛爱，中则郭泰之弘济，近有益于大道也。"艳不能行，卒以致败。

《三国志·吴书·朱据传》记载：

是时选曹尚书暨艳，疾贪污在位，欲沙汰之。据以为天下未定，宜以功覆过，弃瑕取用，举清厉浊，足以沮劝，若一时贬黜，惧有后咎。艳不听，卒败。

所谓三署，根据田余庆先生在《暨艳案以及相关问题》（《秦汉魏晋史探微》，中华书局，2011）一文考证是东吴沿袭汉代五官、左、右三署设置的吴国官员养成和储备机构。吴国的"青年才俊"要想出仕必须先要到三署担任郎官，经过历练之后，再担任地方官员或军队将领。尽管三署郎官来源广泛，包括公族子弟、江东士族、流寓北士和本地寒族，可主体却是以吴四姓为代表的江东士族。毋庸置疑，暨艳主导的以"弹射百僚，核选三署"为目的的人事改革并无不妥之处，毕竟当时东吴三署郎官"混浊淆杂，多非其人"是不争的事实，但是暨艳改革力度过于强烈导致江东士族的强烈反对，造成这次改革胎死腹中，暨艳和手下徐彪被迫自杀。从表面上看，这次人事改革是暨艳个人主导，实则不然，暨艳担任的是负责东吴官吏人事考评和升迁的选曹尚书，相当于东吴的中组部部长，能够出任如此重要的职位的人往往都是"九五之尊"的心腹或亲信，以暨艳叛臣家庭的出身，没有孙权的点头，很难想象其能够在东吴政坛步步高升，这次人事改革应该是孙权授意的结果，目的是防范江东士族的势力的过度膨胀，由于反弹过于强烈，孙权不得不抛出暨艳作为牺牲品以化解自己与江东士族的矛盾。

"暨艳案"之后，孙权依然不死心，开始重用吕壹等校事，监控和打击以吴四姓为代表的江东士族。

《三国志·吴书·吴主传》记载：

初，权信任校事吕壹，壹性苛惨，用法深刻。太子登数谏，权不纳，大臣由是莫敢言。后壹奸罪发露伏诛，权引咎责躬，乃使中书郎袁礼告谢诸大将，因问时事所当损益。

《三国志·吴书·顾雍传》记载：

久之，吕壹、秦博为中书，典校诸官府及州郡文书。壹等因此渐作威福，遂造作榷，酤障管之利，举罪纠奸，纤介必闻，重以深案丑诬，毁短大臣，排陷无辜，雍等皆见举白，用被谴让。

尽管吕壹在孙权的暗中支持下，先后诬陷顾雍和朱据等朝廷重臣，初步达到了孙权的政治目的，但是由于吕壹狐假虎威，滥施淫威，得罪了包括江东士族、流寓北士、皇亲国戚在内的几乎所有达官显贵，为了平息众怒，孙权不得不再次选择牺牲吕壹，缓和内部矛盾。

"暨艳案"的结局和吕壹之死显示在孙权的扶持下，江东士族已经演变成为连前者都难以轻易撼动的"庞然大物"，而孙权之所以对于江东士族难以痛下杀手跟以下两个因素密切相关：

一方面，江东士族在东吴各地世代经营，拥有大量田庄和众多部曲，享受各种特权，而且子弟大多在朝堂各部和地方州郡担任要职，论势力在东吴政坛可谓"树大根深，盘根错节"，如果说孙权是东吴的"九五之尊"，那么江东士族便是仅次于孙权这个"九五之尊"的类似春秋战国时期的各路诸侯，面对如此庞大的政治势力，假如孙权处理不当，后果不堪设想。

另一方面，汉末三国，天下大乱，群雄争霸，任何割据一方的乱世枭雄要想维持有效统治，离不开本地士族的支持和拥戴。襄樊之战之后，尽管东吴占领了荆州大部分地区，但是地缘环境却空前恶化，必须在长江防线独立抵御综合军事实力远在东吴之上的曹魏大军的进攻，在曹魏虎视眈眈的时代背景下，如果孙权在政治上打击江东士族，很有可能驱使江东士族投靠曹魏，届时东吴可能存在亡国的威胁，换而言之，此时还不是孙权打击江东士族的最好时机。

四、孙权一手导演"二宫构争"的真正目的

孙权与江东士族的矛盾与对峙并没有随着暨艳和吕壹的死于非命而落下帷幕，为了消除江东士族对东吴皇权的威胁，在沉潜多年之后，孙权又通过在幕后导演"二宫构争"事件为打击江东士族寻找合理化的借口和依据。

黄龙元年（229），孙权登基称帝，立长子孙登为太子，然而赤乌四年（241），孙登却先于孙权去世，由于次子孙虑早逝，次年，孙权立三子孙和为太子。

据《三国志·吴书·孙和传》记载，孙权非常宠爱孙和，也很注意对他的培养，派遣中书令阚泽"教以书艺，好学下士，甚见称述"。同传裴注引《吴书》记载："（孙和）好文学，善骑射，承师涉学，精识聪敏，尊敬师傅，爱好人物。"根据有关记载，孙和具有良好的儒学修养，与儒学士大夫间的交往甚为融洽，因此孙和是孙登之后最合适的继嗣人选，早年支持孙登的儒学士大夫便逐渐聚集到太子孙和周围。

但是不久孙权封四子孙霸为鲁王，"宠爱崇特，与和无殊。顷之，和、霸不穆之声闻于权耳，权禁断往来，假以精学"（《三国志·吴书·孙霸传》）。另外，根据《三国志·吴书·孙和传》裴注引殷基《通语》载："初权既立和为太子，而封霸为鲁王，初拜犹同宫室，礼秩未分。"这样，由于孙权的宠信，鲁王孙霸地位上升，形成了夺嗣之势。文武百官也随之分化，陆逊、吾粲、顾谭和朱据等人拥立太子孙和，诸葛恪、全琮等人支持鲁王。经过七八年的残酷斗争，赤乌十三年（250），孙权罢黜太子孙和，改封为南阳王，同时赐死鲁王孙霸，改立少子孙亮为太子。在此过程中，支持太子孙和的朝臣受到谴责、流放甚至诛杀，鲁王集团中也有多人被杀，两党斗争终告一段落。

三国的暗线

关于东吴"二宫构争"爆发的原因，过去的史学家往往归咎于孙权晚年昏聩，如刘宋史学家裴松之便在《三国志·吴书·孙和传》中评论："臣松之以为袁绍、刘表谓（袁）尚、（刘）琮为贤，本有传后之意，异于孙权既立和而复宠霸，坐生乱阶，自构家祸，方之袁、刘，昏悖甚矣。"然而正如一些三国史学者所指出的，孙权一手导演"二宫构争"绝非其晚年昏庸，不辨是非，而是其有意为江东士族设下的陷阱，支持太子孙和的陆逊、顾谭等人大多来自以吴四姓为代表的江东士族，支持鲁王孙霸的不是因战乱而避难江东的流寓北士便是江东寒族。孙权对于两大集团的处理也显示了其真实目的：拥护太子的丞相陆逊在孙权的屡次"责让"之后"愤恚"而死，太子太傅吾粲下狱诛死，太常顾谭等人被流放，骠骑将军朱据被赐死；鲁王集团被杀的都是一些无关痛痒的小人物，诸葛恪、全琮安然无恙。

孙权费尽心机终于实现了将吴四姓为代表的江东士族赶出东吴核心领导层的政治目的。必须指出的是，孙权之所以逼死对自己忠心耿耿，同时为东吴立下汗马功劳的陆逊，根本原因还在于后者在"二宫构争"爆发前后所拥有的几乎能够与孙权这个东吴"九五之尊"分庭抗礼的崇高威望和雄厚实力。论军事才能，陆逊南征北战，战功赫赫，先后击败过关羽、刘备和曹休，威震天下；论政治地位，陆逊历任要职，顾雍病逝之后，接任丞相，在辅佐孙权期间，多次建议广施恩德，减轻刑罚，放宽田赋，是公认的"社稷之臣"；论个人品格，陆逊忠诚耿直，心胸宽广，赤乌七年（244），孙权拜陆逊为相时，下诏赞扬其"天资聪叡，明德显融，统任上将，匡国弭难"（《三国志·吴书·陆逊传》）；论家族势力，陆逊出身在世代经营江东的吴四姓，祖父陆纡曾任城门校尉，父亲陆骏，官至九江都尉，妻子是东吴政权的"奠基者"孙策长女，亲友故交遍布东吴军政两界，到了孙权执政的中后期，陆逊的个人权势实质上已经大到东吴的军政方针和高级官员人事调整都必须征求其意见的地步。考虑到孙权早年由于前朝元老重臣的强势地位沦为弱势君主的屈辱历史，面对陆逊这个自己一手扶持，势力涵盖中央各部和军队以及地方州郡，威震天下的元老重臣，不管孙权表面上对于陆逊如何笑脸相迎，礼遇有加，但是其内心的猜忌和不满必然也会与日俱增。

与此同时，随着孙权逐渐进入老年，不得不考虑自己身后的接班布局。以陆逊的崇高威望和雄厚实力，如果孙权驾崩之时，前者依然健在，必然会成为辅佐新君的首席顾命大臣的不二人选，鉴于届时东吴政坛无人可以与之抗衡，假如陆逊想要谋朝篡位，东吴将有亡国的威胁，退一步讲，即使陆逊并无二心，尽心尽职地辅佐新君，东吴未来的"九五之尊"也难逃类似同一时期的生活在诸葛亮阴影下的蜀汉后主刘禅那样的"傀儡皇帝"的命运。另外，在孙权看来，作为孙策的女婿，未来陆逊在自己驾崩之后存在废黜新君，拥立孙策之子孙绍为东吴新的"九五之尊"的动机。为了自己能够乾纲独断、大权独揽和东吴皇室的千秋基业，孙权只能甘受后世的骂名，凭借"二宫构争"这个自己刻意制造的陷阱对陆逊痛下杀手，以绝后患。

值得注意的是，孙权利用"二宫构争"打击江东士族在对象选择和时机把握上体现了其精于算计的性格特点。到了孙权晚年，江东士族已经成为东吴的统治基础，要想将江东士族连根拔起，赶尽杀绝不仅难以完成，而且即使实现也后患无穷，因此孙权将打击重点集中于陆逊等在江东士族中深孚众望、出将入相的头面人物上，基本上没有殃及其子孙后代，而且名义上也归结于这些元老重臣参与储位之争，避免了江东士族的整体反弹。

至于时机把握上，孙权也寻找到了一个难得的良机。"二宫构争"事件爆发前后恰恰是曹魏内部权力斗争最激烈，国力衰落，无暇威胁东吴的特殊时期。景初三年（239），魏明帝驾崩之后，曹爽和司马懿共受遗诏，辅佐幼主曹芳，尽管在曹芳即位初期，曹爽凡事皆与司马懿商议，不敢专行，但是随着权力的稳固，曹爽听从亲信丁谧的建议，以幼主的名义尊司马懿为太傅，又任命其弟曹羲和曹训为中领军及武卫将军，掌握禁军，同时重用何晏、邓飏、李胜、毕轨等亲信故旧。由于曹爽兄弟专擅朝政，权倾天下，司马懿以退为进，称病在家，不理政事，暗地却联络其他被曹爽排斥的元老重臣，在正始十年（249）乘曹爽离开京师祭拜高平陵（魏明帝陵墓）之时，发动政变，处死曹爽兄弟，夺取曹魏军政大权。严重的内耗，加之正始五年（244）曹爽不听劝阻强行率领大军进攻蜀汉遭遇近乎全军覆没的惨败，曹魏上下自然对于讨伐东吴毫无兴趣，孙权打击江东士族也少了后顾之忧。

但是"人算不如天算",尽管孙权处心积虑,不惜搭上自己两个亲生儿子,在打击江东士族的同时,除掉陆逊这个"绊脚石",可新的问题也如影随形,随着孙权逐渐进入老年以及确立少子孙亮为接班人,选择合适的大臣为未来的幼主保驾护航就成为当务之急。经过长期的考察,出身流寓北士,深受孙权信任的东吴重臣诸葛瑾的长子诸葛恪脱颖而出,进入前者的视野。神凤元年(252),吴大帝孙权驾崩,幼主孙亮即位,诸葛恪辅政,尽管诸葛恪辅政初期,"罢视听,息校官,原逋责,除关税,事崇恩泽"(《三国志·吴书·诸葛恪传》),获得社会舆论的喝彩,但是其在东兴之战之后,不顾群臣反对,执意率军进攻淮南,导致惨败,引发东吴朝野的不满,不久殒命于东吴宗室孙峻策划的宫廷政变。

诸葛恪的死于非命标志着孙权托孤的彻底失败,从此之后,东吴政权陷入了严重的内耗之中,不是权臣废黜君主便是君主诛杀重臣,直至最终灭亡,再也看不到孙权执政前期君臣精诚团结、同舟共济的情景,显然东吴政治乱象出现的最根本原因还在于孙权逼死陆逊这个江东"柱石"导致后孙权时代东吴政坛缺乏能够稳定局势的"中流砥柱"。事实上,无论是从威望还是品格来看,陆逊更适合成为首席顾命大臣,而且深受孙权知遇之恩的陆逊一生对东吴政权忠心耿耿,毫无二心,加之其年事已高,如果他能够辅佐天资聪明的幼主孙亮,必然会在有生之年将后者培养成一代明君,然而孙权早年弱势君主的特殊经历导致其执政后期对于陆逊的猜忌之心毁掉了这一切,从某种意义而言,东吴的"开国之君"孙权自己才是东吴政权走向衰落甚至灭亡的"罪魁祸首"。

千古谁识汉灵帝

在我国古代各具特色的昏君之中，知名度最高的除了"何不食肉糜"的晋惠帝之外恐怕非本文的主人公汉灵帝莫属。根据史书的记载，汉灵帝统治下的东汉王朝呈现出走向末日的各种征兆：一方面，由于君主的庇护和纵容，以十常侍为核心的宦官集团口含天宪，内外勾结，贿赂公行，残害忠良；另一方面，汉灵帝本人沉迷女色，奢侈享乐，挥霍无度，卖官鬻爵，具有典型的昏君形象。三国时期东吴官员薛莹在自己所著的《汉纪赞》中曾评价："孝灵以支庶而登至尊，由蕃侯而绍皇统，不恤宗绪，不祇天命；上亏三光之明，下伤亿兆之望。于时爵服横流，官以贿成。自公侯卿士降于皂隶，迁官袭级无不以货，刑戮无辜，摧扑忠良；佞谀在侧，直言不闻。是以贤智退而穷处，忠良摈于下位；遂至奸雄蜂起，当防隳坏，夷狄并侵，盗贼糜沸。小者带城邑，大者连州郡。编户骚动，人人思乱。"（《太平御览·皇王部·孝灵皇帝》）

然而"尽信书则不如无书"，同样是我国古代史书的若干记载却为我们描绘出另一个可能会令人感到意外的汉灵帝形象。《后汉书·蔡邕传》记载，光和元年（178），议郎蔡邕针对天降异端上奏汉灵帝指出："臣伏思诸异，皆亡国之怪也。天于大汉，殷勤不已，故屡出祅变，以当谴责，欲令人君感悟，改危即安。……《诗》云：'畏天之怒，不敢戏豫。'天戒诚不可戏也。宰府孝廉，士之高选。近者以辟召不慎，切责三公，而今并以小文超取选举，开请托之门，违明王之典，众心不厌，莫之敢言。臣愿陛下忍而绝之，思惟万机，以答天望。圣朝既自约厉，左右近臣亦宜从化。人自抑损，以塞咎戒，则天道亏满，鬼神福谦矣。"蔡邕的奏章送到汉灵帝案头之后，"帝览而叹息"。

汉灵帝的这声叹息十分耐人寻味，如果汉灵帝真的是我们所认知的宠信奸佞、不辨是非的一代昏君的话，在看完蔡邕的奏章之后，汉灵帝的"正常反应"应该是勃然大怒，因为蔡邕奏章的主要观点是，东汉朝堂奸佞当道是天降异端的主要原因，但是任用这些奸佞的恰恰不是别人正是他汉灵帝本人，蔡邕的奏章实质上隐含着对汉灵帝的批评，但是汉灵帝不仅没有勃然大怒，反而"览而叹息"，难道不令人感到奇怪吗？

另外，长期以来，汉灵帝一直以后宫佳丽三千、荒淫好色的昏君形象为后人所熟知，但是根据史书记载，这位赫赫有名的昏君却只有两个儿子和一个女儿，拥有子女说明汉灵帝具有正常的生育能力。我国传统文化历来推崇多子多福的理念，在古代社会，上至帝王将相，下至普通百姓，无不希望子嗣众多，而对于帝王来说，是否拥有子嗣不仅仅是个人的事情，还会涉及王朝的安危和天下的兴亡。如果具有正常生育能力的汉灵帝真的是拥有三千后宫佳丽，荒淫好色的昏君，那么很难想象十二岁登基，在位长达二十一年的前者只有两个儿子，一个女儿，即使考虑到古代医疗条件的限制导致新生儿夭折率比较高，身为帝王的汉灵帝也应该拥有更多的子女，汉灵帝子嗣如此稀少背后有什么玄机吗？

更值得注意的是，在相关的史书中，汉灵帝宠信偏袒宦官集团的内容比比皆是，像《后汉书·宦者列传》记载："帝本侯家，宿贫，每叹桓帝不能作家居，故聚为私臧，复寄小黄门常侍钱各数千万。常云：'张常侍是我公，赵常侍是我母。'宦者得志，无所惮畏，并起第宅，拟则宫室。"可汉灵帝临终前却只向势单力薄的宦官蹇硕托孤，在我国古代帝制时期，如果太子年幼，君主在驾崩之前往往会选择自己最信任的大臣作为顾命大臣，按照常理，汉灵帝应该托孤于被其称之为"父母"的中常侍张让、赵忠，然而后者却无缘成为顾命大臣，这种反常的现象难道不值得深思吗？

与此同时，汉灵帝在黄巾军起义之后的表现也可圈可点。中平元年（184），在北方地区长期经营、拥有数十万信徒的"太平道"首领张角、张宝、张梁三兄弟以"苍天已死，黄天当立，岁在甲子，天下大吉"为口号兴兵反汉,"所在燔烧官府,劫略聚邑,州郡失据,长吏多逃亡;旬月之间,天下响应,京师震动"(《后汉书·皇甫嵩传》)。如果汉灵帝只是一个沉迷女色、奢侈享乐的昏君,恐怕早已吓得惊慌失措,躲到中常侍的怀里哭泣不止,但是得知此事的汉灵帝却一反常态,表现出惊人的冷静和效率,在随后召开的群臣会议上不仅迅速拍板派名将皇甫嵩、卢植、朱儁率军围剿黄巾军,而且从谏如流,接受皇甫嵩和中常侍吕强的建议,解除党禁,大赦党人,在一年多的时间里基本上消灭了黄巾军的主力,稳住了局势。相比之下,清朝顺治十六年(1659),得知郑成功即将攻占南京,一度吓得准备逃回关外的大清顺治皇帝是不是应该感到惭愧呢?古代史书中有关汉灵帝诸多不乏相互抵触的记载让人不禁产生这样一个疑问:历史上的汉灵帝是真的"荒淫无道"还是另有苦衷,不得不假装"荒淫无道"以达到韬光养晦的目的呢?

一、扶持宦官集团是东汉王朝的基本国策

按照掌控我国古代社会话语权的儒家士大夫构建的传统政治评价体系,判断一个君主贤明还是昏庸最简单有效的方法便是看其能否做到"亲君子,远小人",所谓"君子"指的是那些品德高尚、忠君爱国的名臣、义士、大儒,所谓"小人"无非指的便是皇帝身边的奸佞、宠臣、宦官之流,从这个角度来看,"宠信宦官,疏远忠臣"的汉灵帝似乎难逃昏君的骂名,然而如果我们仅仅根据这个标准试图给汉灵帝盖棺论定,那未免太低估历史的复杂性!

东汉宦官集团的崛起并不是始于汉灵帝时期,最早可以追溯到一百多年前的汉和帝时期,从汉和帝到汉灵帝一百多年的漫长岁月里,宦官集团能够在东汉政坛呼风唤雨,权倾天下,归根结底还是各大政治集团相互博弈以及东汉中后期历代君主极力扶持的结果。

与刘邦依靠贩夫走卒等底层庶民起家开创西汉王朝不同,东汉开国皇帝——作为南阳没落宗室的光武帝刘秀必须仰赖南阳和河北等地实力派豪强的一致拥戴才能剿灭群雄,一统天下。东汉王朝建立之后,刘秀固然凭借高超的政治手腕,通过分而治之、扶弱抑强等策略暂时消除了豪强地主阶层对皇权的严重威胁,但是却难以撼动东汉皇权必须与豪强共天下的权力格局。众多豪强

地主不仅以开国功臣或其子弟的身份位列要津，满门显贵，而且广占良田，割据地方，甚至拥有自己的私人武装，这种皇权与豪强共天下的权力格局给东汉王朝的政局带来了深远的影响。

由于汉和帝之后，东汉历代君主大多英年早逝，随之而来的"幼主即位，太后临朝"以及频繁的宫廷政变导致大汉天子的政治权威一落千丈，光武帝时期一度受到压制的豪强地主阶层迎来了全面复兴，而且与朝中的其他势力或结盟或斗争而分化演变出众多政治派系。在这些政治派系之中，论权势和实力最为雄厚的莫过于外戚集团。外戚集团总是与"幼主即位，太后临朝"如影随形，幼主即位之后，垂帘听政的太后必须依赖本家族的父兄辅政才能掌控朝局，一旦太后的本家父兄长期辅政必然形成一个以前者为核心的"内干机密，出纳王命"，权势熏天的外戚集团。

汉和帝时期的外戚窦宪满门显贵，权倾天下，"以耿夔、任尚等为爪牙，邓叠、郭璜为心腹。班固、傅毅之徒，皆置幕府，以典文章。刺史、守令多出其门。尚书仆射郅寿、乐恢并以忤意，相继自杀。由是朝臣震慑，望风承旨。……窦氏父子兄弟并居列位，充满朝廷。叔父霸为城门校尉，霸弟褒将作大匠，褒弟嘉少府，其为侍中、将、大夫、郎吏十馀人"（《后汉书·窦宪传》）。

汉顺帝、汉桓帝时期当权近二十年的外戚梁冀，"入朝不趋，剑履上殿，谒赞不名，礼仪比萧何；悉以定陶、成阳馀户增封为四县，比邓禹；赏赐金钱、奴婢、采帛、车马、衣服、甲第，比霍光；以殊元勋。每朝会，与三公绝席。十日一入，平尚书事。宣布天下，为万世法。冀犹以所奏礼薄，意不悦。专擅威柄，凶恣日积，机事大小，莫不咨决之。宫卫近侍，并所亲树。禁省起居，纤微必知。百官迁召，皆先到冀门笺檄谢恩，然后敢诣尚书"（《后汉书·梁冀传》）。

此外，士族的崛起也不容忽视。士族指世代为官的名门望族，又称门第、衣冠、门阀、势族、世家、巨室，我国最早的士族可追溯至春秋时期，如晋国六卿中的韩氏、赵氏、魏氏、智氏、范氏、中行氏。

东汉沿袭西汉，在任官制度上实行察举制、征辟制和任子制，其中最受重视的是察举制，察举制注重孝廉一科，从西汉武帝元光元年（前134）起，郡国每年都要向上推举孝廉，除州郡外，三公、九卿或列侯也都有权向皇帝推举人才。察举的对象，除了公卿子弟或郡县的属吏之外大多是精通经学的儒生，有些精通经学的儒生，无论处江湖之远，还是居庙堂之高，都享有极高的威望，因此通过经学入仕之后往往步步高升、青云直上，其子嗣则也能够依靠家族势力在政治晋升过程中抢占先机，像世传孟氏《易》学的汝南袁氏，自袁良以后，至其孙袁安官至司空、司徒，安子敞及京皆为司空，京子汤为司空、太尉，汤子逢亦至司空，逢弟隗亦至三公、太傅，四世中居三公之位者多至五人。另外，由于这些公卿拥有向君主建议选拔，或自行辟除官吏的权力，荐主和被推荐的门生故吏成为利益共同体，前者庇护后者，后者依附前者，门生故吏往往要随同荐主出征、调转、流徙，荐主死去，门生故吏要服丧，甚至荐主犯罪，门生故吏需要陪同入狱，这样逐渐形成了以众多累世公卿为核心"门生故吏遍天下"的新兴政治集团。

党人集团的浮现也令桓、灵两帝如芒在背。

起初，当桓帝还是蠡吾侯的时候，曾经拜甘陵国人周福为师，等到他登基即位之后，擢升周福担任尚书。当时和周福同郡的河南尹房植，在朝野享有盛誉，乡里的人编了一首歌谣说："天下为人言行正派，有房植；靠当老师做官，有周福。"两家的宾客，互相讥笑和攻击，逐渐结成怨仇，因此甘陵国的士人便分为南北两个部党，对党人的议论从此开始。

桓帝时期，京师太学学生共有三万余人，太原人郭泰和颍川人贾彪是太学学生的领袖，他们和李膺、陈蕃、王畅互相褒扬标榜。学生中间流行这样一句赞美他们的话："天下楷模是李膺，不怕强梁横暴是陈蕃，天下才智出众是王畅。"于是朝廷内外受这样的风气影响，竞相以品评朝政的善恶得失为时尚，自三公九卿以下的朝廷大臣，无不害怕受到这种舆论的谴责和非议，都争先恐后地登门和他们结交。

《后汉书·党锢列传》记载：

> 自是正直废放。邪枉炽结，海内希风之流，遂共相标榜，指天下名士，

为之称号。上曰"三君",次曰"八俊",次曰"八顾",次曰"八及",次曰"八厨",犹古之"八元""八凯"也。窦武、刘淑、陈蕃为"三君"。君者,言一世之所宗也。李膺、荀翌、杜密、王畅、刘祐、魏朗、赵典、朱宇为"八俊"。俊者,言人之英也。郭林宗、宗慈、巴肃、夏馥、范滂、尹勋、蔡衍、羊陟为"八顾"。顾者,言能以德行引人者也。张俭、岑晊、刘表、陈翔、孔昱、苑康、檀敷、翟超为"八及"。及者,言其能导人追宗者也。度尚、张邈、王考、刘儒、胡母班、秦周、蕃向、王章为"八厨"。厨者,言能以财救人者也。

党人集团势力的膨胀使得东汉朝廷的政治博弈愈加错综复杂。在我国古代社会,帝王对于任何有可能威胁皇权的有组织政治集团具有天然的警惕心理,后世北宋庆历新政的夭折便与宋仁宗认为主持新政的范仲淹、欧阳修结为朋党有着密切的关系。党人集团不仅获得太学诸生三万余人的拥戴和民间舆论的赞赏,而且"自公卿以下,莫不畏其贬议,屣履到门"(《后汉书·党锢列传》)。更为关键的是,党人集团在政治理念上推崇"贵族共和"思想,认为在理想的政治体系下,君主应该扮演和发挥"垂拱而治"的"首席男爵"的角色和作用,这些行为和理想自然会让渴望乾纲独断的帝王坐立不安,如芒在背。

面对外戚、士族、党人等政治集团的兴起对皇权的巨大威胁,扶持宦官集团成为汉和帝之后历任君主稳固皇权的唯一现实选择。刘宋史学家范晔在分析东汉宦官集团为什么能够呼风唤雨,权倾天下时便指出:

自古丧大业绝宗裡者,其所渐有由矣。三代以嬖色取祸,嬴氏以奢虐致灾,西京自外戚失祚,东都缘阉尹倾国。成败之来,先史商之久矣。至于衅起宦夫,其略犹或可言。何者?刑馀之丑,理谢全生,声荣无辉于门阀,肌肤莫传于来体,推情未鉴其敝,即事易以取信,加渐染朝事,颇识典物,故少主凭谨旧之庸,女君资出内之命,顾访无猜悼之心,恩狎有可悦之色。亦有忠厚平端,怀术纠邪;或敏才给对,饰巧乱实;或借誉贞良,先时荐誉。非直苟恣凶德,止于暴横而已。然莫邪并行,情貌相越,故能回惑昏幼,迷瞽视听,盖亦有其理焉。诈利既滋,朋徒日广,直臣抗议,必漏先言之间,至戚发愤,方启专夺之隙,斯忠贤所以智屈,社稷故其为墟。《易》曰:"履霜坚冰至。"云所从来久矣。今迹其所以,亦岂一朝一夕哉!(《后汉书·宦者列传》)

这段文字翻译成白话文便是:自古丧国灭宗的,不是一朝一夕的缘故,而是日积月累造成的。夏、商、周三代因好色取祸,秦始皇因奢侈暴虐招害,西汉由于外戚而亡,东汉以宦官失国。成败的根源,以前史籍议论得很多。至于归罪于宦官,还是存在可以讨论之处。为什么呢?宦官这种人,他们与普通人不同,名声不好,不是出身于贵族大家,肌肤血气不能传于后代,表面上看不出他们的坏处,做事容易取得信任,加以在朝廷里见多识广,熟悉典章制度,所以年幼的君主,依靠他们谨慎练达的长处,临朝的太后利用他们出入听命的便利。考察他们没有猜疑忌惮的心思,接近他们会表现出喜悦的神情。既有忠厚正直、纠正邪恶的,又有敏于应对、弄巧乱实的;也有借誉于忠良、先期引誉的,不都是放肆为凶、一味横暴而已。然而真假并行,貌似忠诚,情实奸恶,所以能迷惑昏庸幼弱之主,搅乱视听,大抵也有一定的道理在其中。诈利既多,党羽日广,忠心的臣子直言抗议,一定会先期泄漏出来,因忧戚发愤,想有所制裁,就正好给了他们专夺的机会。这就是忠直贤良的人无法施展才智,国家遭到灭亡的原因。《易经》说:"履霜坚冰至。"就是说此势由来已久,绝非一朝一夕形成的!

透过范晔的分析,我们可以非常清晰地了解东汉宦官集团崛起的根源所在:

一是宦官是"刑馀之丑,理谢全生",身体残缺不仅使得宦官内心高度自卑,而且为正人君子所不齿,因此只能依附于皇权之下。

二是受到君主宠信的宦官大多"渐染朝事,颇识典物",即精明干练,加之与君主朝夕相处,感情深厚,因此"少主凭谨旧之庸,女君资出内之命",让他们分担朝政,减轻幼主和太后的负担。

三是并非所有的宦官都是大奸大恶之徒,"亦有忠厚平端,怀术纠邪;

或敏才给对，饰巧乱实；或借誉贞良，先时荐誉。非直苟恣凶德，止于暴横而已"。

还有一点需要注意的是，东汉中后期帝王将宦官安置在朝政一线，可以将传统帝制下皇权与官僚士大夫冲突转变为宦官集团和官僚士大夫的冲突，任何一方试图击败对方都必须借助帝王的权威，有利于维护君主最高裁决者的地位。

事实证明，宦官集团确实能够在关键时刻发挥捍卫皇权的作用和影响。

永元四年（92），长期生活在窦氏家族阴影下的汉和帝忍无可忍，但是由于当时，"窦太后秉政，后兄大将军宪等并窃威权，朝臣上下莫不附之，而众独一心王室，不事豪党"（《后汉书·宦者列传》），汉和帝最终决定与中常侍、钩盾令郑众合谋剿灭窦氏家族。六月庚申日，汉和帝临幸北宫，下诏命令执金吾和北军五校尉领兵驻守南宫和北宫，关闭城门，逮捕窦氏党羽郭璜、郭举、邓叠、邓磊，将他们全部送往监狱处死，并派谒者仆射收回窦宪的大将军印信绶带，改封为冠军侯，将窦宪、窦笃和窦景赶回各自的封国。和帝因窦太后的缘故，不愿正式处决窦宪，而选派严苛干练的国相进行监督，窦宪、窦笃和窦景到达封国以后，全都被强迫自杀。

延光四年（125），汉安帝驾崩，阎皇后欲把持朝政，与其兄阎显以及党羽江京、刘安舍弃汉安帝唯一在世的皇子、前太子济阴王，立尚在襁褓的济北惠王子北乡侯刘懿为嗣，但是由于后者不久病逝，中黄门孙程和济阴王谒者长兴渠合谋复立济阴王，"四日夜，程等共会崇德殿上，因入章台门。时，江京、刘安及李闰、陈达等俱坐省门下，程与王康共就斩京、安、达，以李闰权势积为省内所服，欲引为主，因举刀胁闰曰：'今当立济阴王，无得摇动。'闰曰：'诺。'于是扶闰起，俱于西钟下迎济阴王立之，是为顺帝"（《后汉书·宦者列传》）。

延熹二年（159），为了从"秉政几二十年，威行内外"的外戚梁冀手中夺回军政大权，汉桓帝与小黄门史唐衡、左悺、中常侍单超、徐璜、黄门令具瑗歃血为盟，共除梁翼，"八月丁丑，……帝御前殿，召诸尚书入，发其事，使尚书令尹勋持节勒丞、郎以下皆操兵守省阁，敛诸符节送省中，使具瑗将左右厩驺、虎贲、羽林、都候剑戟士合千馀人，与司隶校尉张彪共围冀第，使光禄勋袁盱持节收冀大将军印绶，徙封比景都乡侯。冀及妻寿即日皆自杀；不疑、蒙先卒。悉收梁氏、孙氏中外宗亲送诏狱，无长少皆弃市；它所连及公卿、列校、刺史、二千石，死者数十人。……故吏、宾客免黜者三百馀人，朝廷为空。是时，事猝从中发，使者交驰，公卿失其度，官府市里鼎沸，数日乃定；百姓莫不称庆。收冀财货，县官斥卖，合三十馀万万，以充王府用，减天下税租之半，散其苑囿，以业穷民"（《资治通鉴·汉纪四十六》）。

看了这些记载于史书的事例，相信读者朋友对于东汉中后期君主为什么不惜冒着昏君的骂名也要宠信重用宦官集团肯定能够豁然开朗，恍然大悟，毕竟对于我国古代帝王而言，还有什么比皇位稳固更加重要呢？

二、中常侍们可以为所欲为只是一种假象

作为皇权的羽翼和屏障，宦官集团与东汉中后期君主存在着"一荣俱荣，一损俱损"的共生关系，幼年即位的汉和帝、汉安帝、汉顺帝、汉桓帝和汉灵帝分别与宦官集团结盟，铲除外戚，夺回大权便是这种共生关系的最佳写照。为了确保宦官集团对皇权的忠心，东汉中后期君主往往采取以下措施来维护与前者的结盟关系：

一是大肆封赏、委以重任。汉安帝时期，"邓太后临朝，帝不亲政事。小黄门李闰与帝乳母王圣常共谮太后兄执金吾悝等，言欲废帝，立平原王翼，帝每忿惧。及太后崩，遂诛邓氏而废平原王，封闰雍乡侯；又小黄门江京以谄谀进，初迎帝于邸，以功封都乡侯，食邑各三百户。闰、京并迁中常侍，江京兼大长秋，与中常侍樊丰、黄门令刘安、钩盾令陈达及王圣、圣女伯荣扇动内外，竞为侈虐"（《后汉书·宦者列传》）。

汉顺帝时期，为了感谢宦官们的拥立之功，"封程为浮阳侯，食邑万户；康为华容侯，国为郦侯，各九千户；黄龙为湘南侯，五千户，……是为十九侯。加赐车、马、金、银、钱、帛，各有差"（《后汉书·宦者列传》）。

汉桓帝时期，为了报答宦官集团诛杀外戚诛梁冀之功，"悺、衡迁中常侍。封超新丰侯，二万户，璜武原侯，瑗东武阳侯，各万五千户，赐钱各

千五百万；惜上蔡侯，衡汝阳侯，各万三千户，赐钱各千三百万。五人同日封，故世谓之'五侯'。又封小黄门刘普、赵忠等八人为乡侯。自是权归宦官，朝廷日乱矣"（《后汉书·宦者列传》）。

汉灵帝时期，作为对铲除外戚窦武等人的犒赏，"节迁长乐卫尉，封育阳侯，增邑三千户；甫迁中常侍，黄门令如故；瑀封都乡侯，千五百户；普、亮等五人各三百户；馀十一人皆为关内侯，岁食租二千斛"（《后汉书·宦者列传》）。

二是支持宦官打击党人集团。党人集团兴起之后很快与作为皇权羽翼的宦官集团陷入势不两立、你死我活的敌对关系。《后汉书·党锢列传》记载："时河内张成善说风角，推占当赦，遂教子杀人。李膺为河南尹，督促收捕，既而逢宥获免，膺愈怀愤疾，竟案杀之。初，成以方伎交通宦官，帝亦颇谇其占。成弟子牢修因上书诬告膺等养太学游士，交结诸郡生徒，更相驱驰，共为部党，诽讪朝廷，疑乱风俗。于是天子震怒，班下郡国，逮捕党人，布告天下，使同忿疾，遂收执膺等。其辞所连及陈寔之徒二百馀人，或有逃遁不获，皆悬金购募。使者四出，相望于道。"

由于桓帝窦皇后的父亲槐里侯窦武为城门校尉，同情士人，于次年上书求情，加之李膺等人在狱中故意供出宦官子弟，宦官等害怕牵连到自己身上，向桓帝进言，说天时到了大赦天下的时候了。于是同年六月庚申日，改元永康，大赦天下。党人获得释放，但放归田里，终身罢黜，史称"第一次党锢之祸"。

建宁二年（169），宦官集团诛杀外戚窦武等人之后，大长秋曹节以"钩党"的罪名诱使年幼的汉灵帝同意逮捕李膺、杜密、范滂等百人，全部死于狱中，"馀或先殁不及，或亡命获免。自此诸为怨隙者，因相陷害，睚眦之忿，滥入党中。又州郡承旨，或有未尝交关，亦离祸毒。其死徙废禁者，六七百人。熹平五年，永昌太守曹鸾上书大讼党人，言甚方切。帝省奏大怒，即诏司隶、益州槛车收鸾，送槐里狱掠杀之。于是又诏州郡更考党人门生故吏父子兄弟，其在位者，免官禁锢，爰及五属"（《后汉书·党锢列传》），史称"第二次党锢之祸"。

由于东汉中后期君主的大力扶持和刻意纵容，宦官集团的势力呈现急剧膨胀的趋势。《后汉书·宦者列传》记载：

自明帝以后，迄乎延平，委用渐大，而其员稍增，中常侍至有十人，小黄门二十人，改以金珰右貂，兼领卿署之职。邓后以女主临政，而万机殷远，朝臣国议，无由参断帷幄，称制下令，不出房闱之间，不得不委用刑人，寄之国命。手握王爵，口含天宪，非复掖廷永巷之职，闺牖房闼之任也。其后孙程定立顺之功，曹腾参建桓之策，续以五侯合谋，梁冀受钺，迹因公正，恩固主心，故中外服从，上下屏气。或称伊、霍之勋，无谢于往载；或谓良、平之画，复兴于当今。虽时有忠公，而竟见排斥。举动回山海，呼吸变霜露。阿旨曲求，则光宠三族；直情忤意，则参夷五宗。汉之纲纪大乱矣。

然而东汉中后期君主宠信重用宦官集团使之成为皇权的羽翼和屏障并不等同于前者庇护每个胡作非为、毫无大局意识的宦官，一旦这些宦官所作所为犯了众怒，东汉中后期君主也会毫不犹豫地牺牲后者以安抚人心。

《后汉书·杨秉传》记载：

中常侍侯览弟参为益州刺史，累有臧罪，暴虐一州。明年，秉劾奏参，槛车征诣廷尉。参惶恐，道自杀。秉因奏览及中常侍具瑗曰："臣案国旧典，宦竖之官，本在给使省闼，司昏守夜，而今猥受过宠，执政操权。其阿谀取容者，则因公襃举，以报私惠；有忤逆于心者，必求事中伤，肆其凶恣。居法王公，富拟国家，饮食极肴膳，仆妾盈纨素，虽季氏专鲁，穰侯擅秦，何以尚兹！案中常侍侯览弟参，贪残元恶，自取祸灭，览顾知衅重，必有自疑之意，臣愚以为不宜复见亲近。"……帝不得已，竟免览官，而削瑗国。每朝廷有得失，辄尽忠规谏，多见纳用。

《后汉书·阳球传》记载：

365

时，中常侍王甫、曹节等奸虐弄权，扇动外内，球尝拊髀发愤曰："若阳球作司隶，此曹子安得容乎？"光和二年，迁为司隶校尉。王甫休沐里舍，球诣阙谢恩，奏收甫及中常侍淳于登、袁赦。……太尉段颎谄附佞幸，宜并诛戮。于是悉收甫等送洛阳狱，及甫子永乐少府萌、沛相吉。球自临考甫等，五毒备极。……父子悉死杖下。颎亦自杀。乃僵磔甫尸于夏城门，大署榜曰"贼臣王甫"。尽没入财产，妻、子皆徙比景。

看了这些，大家还会依然认为东汉中后期中常侍们可以为所欲为，无法无天吗？

三、汉灵帝"荒淫无道"背后的真相

除了宠信宦官之外，汉灵帝最为后世所诟病的便是其不理朝政，夜夜笙歌。

东晋王嘉的《拾遗记》记载：

灵帝初平三年，游于西园。起裸游馆千间，采绿苔而被阶，引渠水以绕砌，周流澄澈。乘船以游漾，使宫人乘之，选玉色轻体者，以执篙楫，摇漾于渠中。其水清澄，以盛暑之时，使舟覆没，视宫人玉色。又奏《招商》之歌，以来凉气也。歌曰："凉风起兮日照渠，青荷昼偃叶夜舒，惟日不足乐有馀。清丝流管歌玉凫，千年万岁喜难逾。"渠中植莲，大如盖，长一丈，南国所献。其叶夜舒昼卷，一茎有四莲丛生，名曰"夜舒荷"。亦云月出则舒也，故曰"望舒荷"。

帝盛夏避暑于裸游馆，长夜饮宴。帝嗟曰："使万岁如此，则上仙也。"宫人年二七已上，三六以下，皆靓妆，解其上衣，惟着内服，或共裸浴。西域所献茵墀香，煮以为汤，宫人以之浴浣毕，使以馀汁入渠，名曰"流香渠"。又使内竖为驴鸣。于馆北又作鸡鸣堂，多畜鸡，每醉迷于天晓，内侍竞作鸡鸣，以乱真声也。

《后汉书·五行一》记载：

灵帝好胡服、胡帐、胡床、胡坐、胡饭、胡空侯、胡笛、胡舞，京都贵戚皆竞为之。……灵帝于宫中西园驾四白驴，躬自操辔，驱驰周旋，以为大乐。

这些记载估计喜欢三国历史的读者朋友应该非常熟悉，但是今天笔者将告诉大家一个惊人的秘密，这些记载不仅不能证明汉灵帝的荒淫无道，反而可以凸显汉灵帝另有苦衷，不得不假装"荒淫无道"，以达到韬光养晦的目的。

在我国古代宫廷生活中，幼主即位之后过早沉迷于女色，性生活过于频繁导致成年之后丧失生育能力不乏其例，明朝历史上赫赫有名的十五岁即位的明武宗朱厚照便是由于酒色过度，掏空了身体，临死前还没有子嗣，只能把帝位传给堂弟明世宗朱厚熜。

但是与这些帝王不同，汉灵帝拥有两个儿子，另外，根据《后汉书·皇后纪》记载，汉灵帝还有一个女儿，光和三年（180），封万年公主，这说明汉灵帝具有正常的生育能力。

分析到这里，读者朋友应该思考这么一个问题：我国传统文化历来推崇多子多福的理念，在古代社会，上至帝王将相，下至普通百姓，无不希望子嗣众多，而对于帝王来说，是否拥有子嗣不仅仅是个人的事情，还会涉及王朝的安危和天下的兴亡。如果具有正常的生育能力的汉灵帝真的像王嘉《拾遗记》所描述的那样不理朝政，夜夜笙歌，那么他绝对不止两个儿子、一个女儿，即使考虑到古代医疗条件的限制导致新生儿夭折率比较高，身为帝王的汉灵帝也应该拥有更多的子女，像刘备的先祖中山靖王刘胜虽然不是帝王，但是他的日常生活跟史家笔下的汉灵帝十分相似，"为人乐酒好内，有子、枝属百二十餘人"（《史记·五宗世家》），光在《汉书》中出现的有名有姓的儿子就有一大堆，因此假如我们所熟知的汉灵帝形象是真实的话，他的子嗣绝对不应该如此稀少！

在我国古代社会，帝王的一言一行都应该成为天下臣民的表率，为了规范帝王的言行，历朝历代都会派人负责记录本朝皇帝言行。如果说"帝作列肆于后宫，使诸采女贩卖，更相盗窃争斗"(《资治通鉴·汉纪五十》)，还可以理解成为自己单调的宫廷生活增添一点乐趣，那么"于西园弄狗，著进贤冠，带绶。又驾四驴，帝躬自操辔，驱驰周旋"(《资治通鉴·汉纪五十》)，怎么看都有点唯恐外界不知道这些荒唐之事，有意高调渲染的嫌疑。

笔者认为，汉灵帝不理朝政，夜夜笙歌很可能是其刻意营造的以保护自己的烟雾弹。在东汉王朝特殊的政治体系下，无论是官僚士族，还是宦官集团都难以接受强势君主的存在，本初元年（146），年幼的汉质帝因为训斥辅政多年的梁冀为"跋扈将军"而被其毒杀身亡便是前车之鉴。在内忧外患之下，汉灵帝必须时时展现自己的"荒淫无道"才能达到安抚和麻痹其他政治集团以稳定朝局的目的。

汉灵帝另一件令后人不齿的事便是作为君主公然卖官鬻爵。《资治通鉴·汉纪四十九》记载："是岁（光和元年），初开西邸卖官，入钱各有差；二千石二千万；四百石四百万；其以德次应选者半之，或三分之一；于西园立库以贮之。或诣阙上书占令长，随县好丑，丰约有贾。富者则先入钱，贫者到官然后倍输。又私令左右卖公卿，公千万，卿五百万。初，帝为侯时常苦贫，及即位，每叹桓帝不能作家居，曾无私钱，故卖官聚钱以为私藏。"

汉灵帝公然卖官鬻爵与其说其行事荒唐至极，不如说客观上反映了东汉王朝各种社会弊病恶化导致政府财政濒临奔溃更合适。

东汉立国之后，尤其是汉和帝之后，内忧外患接踵而至，连绵不断。

在内部，由于豪强地主武断乡曲，地方官吏横征暴敛，频繁的自然灾害，农民起义此起彼伏。根据佟建寅和舒小峰合著的《中国秦汉政治史》（人民出版社，1994）披露，东汉安帝至灵帝统治时期，有史可据的农民起义多达四十一次，其中安帝统治的十九年中，农民起义一共发生了四次；顺帝统治的十九年中，发生了十三次；冲、质帝共在位不足两年，却发生了四次农民起义；桓帝统治二十一年，发生了十四次；而灵帝统治时，自公元168年至180年，即发生农民起义四次。从"百姓流亡，盗贼并起"的记载看，小股流民暴动更是多得不可胜数。

在外部，羌人取代匈奴成为边疆地区的"心腹大患"，持续百年的平定羌乱战争更使东汉王朝疲于奔命。《后汉书·西羌传》记载：

羌戎之患，自三代尚矣。汉世方之匈奴，颇为衰寡，而中兴以后，边难渐大。朝规失绥御之和，戎师骞然诺之信。其内属者，或倥偬之豪右之手，或屈折于奴仆之勤。塞候时清，则愤怒而思祸；桴革暂动，则属鞬以鸟惊。……和熹以女君亲政，威不外接。朝议惮兵力之损，情存苟安。或以边州难援，宜见捐弃；或惧疸食浸淫，莫知所限。谋夫回遑，猛士疑虑，遂徙西河四郡之人，杂寓关右之县。发屋伐树，塞其恋土之心；燔破赀积，以防顾还之思。于是诸将邓骘、任尚、马贤、皇甫规、张奂之徒，争设雄规，更奉征讨之命，征兵会众，以图其隙。驰骋东西，奔救首尾，摇动数州之境，日耗千金之资。至于假人增赋，借奉侯王，引金钱缣彩之珍，征粮粟盐铁之积。所以赂遗购赏，转输劳来之费，前后数十巨万。或泉克首健，摧破附落，降俘载路，牛羊满山。军书未奏其利害，而离叛之状已言矣。故得不酬失，功不半劳。暴露师徒，连年而无所胜。官人屈竭，烈士愤丧。

为了镇压农民起义和平定羌乱而高速运转的战争机器使得东汉国力消耗殆尽。以平定羌乱为例，根据《后汉书·西羌传》记载："自羌叛十馀年间，兵连师老，不暂宁息。军旅之费，转运委输，用二百四十馀亿，府帑空竭。延及内郡，边民死者不可胜数，并、凉二州，遂至虚耗。"加之汉桓帝和宦官合谋除掉梁冀之后，故旧恩私，多受封爵，"赏赐以万巨计"，因此汉桓帝驾崩之后留给汉灵帝的朝廷实际上是一个已经入不敷出的空架子。在这种情况下，汉灵帝即位当务之急便是开辟新的财源，否则国库空虚，官吏罢工，军队造反，大汉王朝土崩瓦解，考虑增加税收可能引发的负面效果，尽管卖官鬻爵也存在严重弊端，却是短期内能够开辟财源的唯一选择。

必须指出的是，在我国古代社会，每逢自然灾害频发或连年战争导致国力空虚的时候，历朝历代都存在通过卖官鬻爵以开辟财源的传统和习惯。

秦王政四年（前243），蝗灾大疫，"百姓纳粟千石，拜爵一级"（《史记·秦始皇本纪》）。

西汉元朔六年（前123），由于连年出击匈奴，耗费巨大，国库空虚，汉武帝推出了卖官鬻爵的政策，"诏令民得买爵及赎禁锢，免臧罪。置赏官，名曰武功爵，级十七万，凡直三十馀万金。诸买武功爵至千夫者，得先除为吏。吏道杂而多端，官职耗废矣"（《资治通鉴·汉纪十一》）。

明朝中期以后，为了增加财政收入，"自宪宗始，生员纳米百石以上，入国子监。军民纳二百五十石，为正九品散官，加五十石，增二级，至正七品止"（《明史·食货志》）。

到清朝乾隆年间，因财政负担日益沉重，捐纳被正式纳入国家经常性财政收支计划。捐纳买官的机会更多了，能够通过捐纳获得的官职范围也不断扩大，文官可捐至道、府、郎中，武官可捐至游击。

另外，读者朋友还需要了解的是，汉灵帝卖官鬻爵获得的大量财富没有全部落入其私人腰包。《晋书·刘毅传》记载："帝（晋武帝）尝南郊，礼毕，喟然问毅曰：'卿以朕方汉何帝也？'对曰：'可方桓、灵。'帝曰：'吾虽德不及古人，犹克己为政。又平吴会，混一天下。方之桓、灵，其已甚乎！'对曰：'桓、灵卖官，钱入官库；陛下卖官，钱入私门。以此言之，殆不如也。'"

考虑到刘毅的这番话是在御前奏对所说和其生活的时代距离汉灵帝还不到百年，"桓、灵卖官，钱入官库"应该符合历史的真相，也就是说汉灵帝卖官鬻爵的收入是直接纳入国库，除了个人享用之外，还作为公务、军事、赈灾等方面的支出。

四、势力均衡——汉灵帝的统治术

如果说汉灵帝刻意展现"荒淫无道"的一面具有安抚和麻痹朝中各大政治集团的战略目的，那么其在即位之后无师自通，在掌控朝政时深谙"势力均衡"的精髓，通过拉一派打一派，借力使力，确保自身始终处于最高裁决者的地位则显示出其炉火纯青的帝王权术。

在国际政治舞台，势力均衡主要指在相互竞争的国家间，没有一个国家或集团在力量对比上占有优势地位的相互制约的均衡状态。十九世纪工业革命之后，作为日不落帝国的英国为了维护自身霸权，通过挑拨离间，锄强扶弱，使得欧洲列强彼此牵制，相互制衡，由英国操控政治天平筹码的"大陆均衡政策"便是这种策略的具体体现。

势力均衡政策其实也是我国古代帝王确保皇权稳固、乾纲独断的统治策略。比如清朝同治三年（1864），以曾国藩为首的湘军集团消灭了太平天国之后，为了防止功高震主、尾大不掉的局面出现，清廷精心扶持左宗棠、李鸿章和沈葆桢等其他"中兴名臣"以制衡曾国藩。汉灵帝即位时虽然不过十二岁，假如在现代社会估计还是依偎在父母身边的一个初中生，但是已拥有极高的政治悟性，终其一生都将确保各大政治集团"势力均衡"作为统治天下的"行动指南"，这种倾向在熹平元年（172）围绕窦太后去世后是否归葬宣陵（汉桓帝陵墓）的政治博弈上便可见端倪。

建宁元年（168），大将军、窦太后之父窦武和太傅陈蕃密谋诛杀宦官，不料消息走漏引发以曹节和王甫为首的宦官集团的反扑，窦武和陈蕃死于非命，窦太后被迁于南宫，四年之后，窦太后郁郁而终，宦官集团与朝中士大夫围绕窦太后是否应该归葬宣陵产生尖锐冲突。

《后汉书·陈球传》记载：

熹平元年，窦太后崩。太后本迁南宫云台，宦者积怨窦氏，遂以衣车载后尸，置城南市舍数日。中常侍曹节、王甫欲用贵人礼殡，帝曰："太后亲立朕躬，统承大业。《诗》云：'无德不报，无言不酬。'岂宜以贵人终乎？"于是发丧成礼。及将葬，节等复欲别葬太后，而以冯贵人配祔。诏公卿大会朝堂，令中常侍赵忠监议。太尉李咸时病，乃扶舆而起，捣椒自随，谓妻子曰："若皇太后不得配食桓帝，吾不生还矣。"既议，坐者数百人，各瞻望中官，良久莫肯先言。赵忠曰："议当时定。"怪公卿以下各相顾望。球曰："皇太后以盛德良家，母临天下，宜配先帝，是无所疑。"忠笑而言曰："陈廷尉宜便操笔。"球即下议曰："皇太后自在椒房，有聪明母仪之德。遭时不造，援立圣明，承继宗庙，功烈至重。先帝晏驾，因遇大狱，迁居空宫，不幸早世，家虽获罪，事非太后。今若别葬，诚先天下之望。且冯贵人冢墓被发，骸骨暴露,与贼并尸,魂灵污染,且无功于国,何宜上配至尊?"忠省球议,作色俯仰,蚩球曰:"陈廷尉建此议甚健!"球曰:"陈、窦既冤,皇太后无故幽闭,臣常痛心,天下愤叹。今日言之,退而受罪,宿昔之愿。"公卿以下,皆从球议。

这则记载非常耐人寻味。从常理而言,既然汉灵帝已经表态:"太后亲立朕躬,统承大业……岂宜以贵人终乎?"恐怕连傻瓜都知道下一步应该如何行事,但是曹节和王甫等宦官依然坚持用贵人礼殡,凸显汉灵帝此时依然还没有树立"一言九鼎"的无上权威。面对这种困境,汉灵帝"诏公卿大会朝堂",名义上听取太尉李咸等群臣的意见,实际上却是借助对宦官势力不满的朝中大臣压制宦官集团,窦太后最终归葬宣陵的结果不仅有利于树立汉灵帝明辨是非、知恩图报的形象,而且也是其通过各大政治集团相互制约,强化帝王权威的生动写照。

另一方面,尽管宦官集团在汉灵帝的支持下对党人集团进行多次残酷的政治清洗,但是在朝堂之上要求平反党人集团的声音依然此起彼伏,在这些朝中高官之中,最具知名度和影响力莫过于杨赐。

杨赐字伯献,出身东汉王朝一个"四世三公"的显赫家族——"弘农杨氏",祖父杨震、父亲杨秉和杨赐本人以及杨赐之子杨彪(杨修之父)均官至太尉,杨赐堪称官僚士大夫反对宦官集团的"总指挥"。

建宁二年(169),当时青蛇出现在御座,灵帝询问杨赐缘由,杨赐于是封书上奏直引典故劾奏宦官,认为:"和气致祥,乖气致灾,休征则五福应,咎征则六极至。夫善不妄来,灾不空发。……惟陛下思乾刚之道,别内外之宜,崇帝乙之制,受元吉之祉,抑皇甫之权,割艳妻之爱,则蛇变可消,祯祥立应。"

光和元年(178),嘉德殿在白天出现明暗两道彩虹,灵帝厌恶这种天象,引见杨赐及议郎蔡邕等人入金商门崇德署商议此事,派中常侍曹节、王甫主持问询。杨赐直言:"闻之经传,或得神以昌,或得神以亡。国家休明,则鉴其德;邪辟昏乱,则视其祸。今殿前之气,应为虹蜺,皆妖邪所生,……方今内多嬖幸，外任小臣，上下并怨，喧哗盈路，是以灾异屡见，前后丁宁。今复投蜺，可谓孰矣。案《春秋谶》曰：'天投蜺，天下怨，海内乱。'加四百之期，亦复垂及。……惟陛下慎经典之诫，图变复之道，斥远佞巧之臣，速征鹤鸣之士，内亲张仲，外任山甫，断绝尺一，抑止游，留思庶政，无敢怠遑。冀上天还威，众变可弭。"（《后汉书·杨赐传》）

除此之外，汉灵帝时期的名将皇甫嵩也毫不掩饰其对党人的同情和对宦官集团的厌恶。黄巾军起义之后，汉灵帝召开群臣会议，"嵩以为宜解党禁，益出中藏钱、西园厩马，以班军士。帝从之。于是发天下精兵，博选将帅，以嵩为左中郎将，持节，……初，嵩讨张角，路由邺，见中常侍赵忠舍宅逾制，乃奏没入之。又中常侍张让私求钱五千万，嵩不与，二人由此为憾，奏嵩连战无功，所费者多。其秋征还，收左车骑将军印绶，削户六千，更封都乡侯，二千户"（《后汉书·皇甫嵩传》）。

更令人啧啧称奇的是，甚至宦官集团内部也存在一个反对宦官专政的中常侍——吕强。吕强字汉盛，河南成皋人，"少以宦者为小黄门，再迁中常侍。为人清忠奉公。灵帝时，例封宦者，以强为都乡侯。强辞让恳恻，固不敢当，帝乃听之。因上疏陈事曰：'臣闻诸侯上象四七，下裂王土，高祖重约非功臣不侯，所以重天爵明劝戒也。伏闻中常侍曹节、王甫、张让等，及侍中许相，并为列侯。节等宦官祐薄，品卑人贱，谗谄媚主，佞邪徼宠，放毒人物，疾妒忠良，有赵高之祸，未被轘裂之诛，掩朝廷之明，成私树之党。而陛下不悟，妄授茅土，开国承家，小人是用。又并及家人，重金兼紫，相继为蕃辅。受国重恩，不念尔祖，述修厥德，而交结邪党，下比群佞。陛下或其琐才，特蒙恩泽。又授位乖越，贤才不升，素餐私幸，必加荣擢。阴阳乖刺，稼穑荒蔬，人用不康，罔不由兹。臣诚知封事已行，言之无逮，所以冒死干触陈愚忠者，实愿陛下损改既谬，从此一止。'"（《后汉书·宦者列传》）

汉灵帝时期，杨赐、皇甫嵩和吕强在朝堂之上公开反对宦官专权，同情党人却安然无恙值得深思。尽管汉灵帝也会经常敲打宦官集团，但是总体上对其信任感和依赖感要远远超过其他政治集团，而这些宦官集团的政治反对派却能经常有机会向汉灵帝进言，反对宦官专权，而能够毫发无损，这说明什么？

另外，宦官集团对于杨赐、皇甫嵩和吕强，不用说必然恨之入骨，肯定巴不得喝他们的血，吃他们的肉，但是在黄巾军起义之前，他们却不敢对他们下毒手，显然是有所顾忌，那么他们又顾忌什么呢？这些疑点只能说明，尽管扶持宦官集团是东汉的基本国策，但汉灵帝同时有意扶持和庇护宦官集团的政治反对派，以确保朝堂之上各大政治集团的势力均衡，这样假如汉灵帝发现宦官集团独大对皇权的危害，就可以借助这些宦官集团的政治反对派之手打击宦官集团。

尽管汉灵帝有意扶持和庇护杨赐、皇甫嵩和吕强等宦官集团的政治反对派，但是这么做是为了制衡宦官集团，而不是为了最终消灭宦官集团，在东汉王朝特殊权力架构下，宦官集团事实上扮演着皇权"看门犬"的角色，因此一旦官僚士大夫通过打击宦官集团势力膨胀，汉灵帝就会立刻转过身去扶持和庇护宦官集团。

中平元年（184），黄巾军起义，汉灵帝接受皇甫嵩和吕强的建议赦免党人，引发宦官集团强烈不满，"中常侍赵忠、夏恽等遂共构强，云'与党人共议朝廷，数读《霍光传》。强兄弟所在并皆贪秽'。帝不悦，使中黄门持兵召强。强闻帝召，怒曰：'吾死，乱起矣。丈夫欲尽忠国家，岂能对狱吏乎！'遂自杀。忠、恽复潜曰：'强见召未知所问，而就处草自屏，有奸明审。'遂收捕宗亲，没入财产焉"（《后汉书·宦者列传》）。

吕强之死导致士大夫阶层与宦官集团的矛盾进一步激化，"郎中中山张钧上书曰：'窃惟张角所以能兴兵作乱，万人所以乐附之者，其源皆由十常侍多放父兄、子弟、婚亲、宾客典据州郡，辜榷财利，侵掠百姓，百姓之冤无所告诉，故谋议不轨，聚为盗贼。宜斩十常侍，县头南郊，以谢百姓，又遣使者布告天下，可不须师旅，而大寇自消。'天子以钧章示让等，皆免冠徒跣顿首，乞自致洛阳诏狱，并出家财以助军费。有诏皆冠履视事如故。帝怒钧曰：'此真狂子也。十常侍固当有一人善者不？'钧复重上，犹如前章，辄寝不报。诏使廷尉、侍御史考为张角道者，御史承让等旨，遂诬奏钧学黄巾道，收掠死狱中。而让等实多与张角交通。后中常侍封谞、徐奉事独发觉坐诛，帝因怒诘让等曰：'汝曹常言党人欲为不轨，皆令禁锢，或有伏诛。今党人更为国用，汝曹反与张角通，为可斩未？'皆叩头云：'故中常侍王甫、侯览所为。'帝乃止"（《后汉书·宦者列传》）。

从表面上看，吕强、张钧死于非命源于两者得罪宦官集团，但是问题在于如果没有汉灵帝的默许，宦官集团的奸计又如何能得逞呢？而汉灵帝之所以默许宦官集团铲除吕强、张钧显然也是因为赦免党人之后，士大夫阶层与宦官集团的势力呈现此消彼长的趋势，为了防止士大夫阶层势力膨胀对皇权的危害和安抚宦官集团，汉灵帝在乘机警告、敲打宦官集团的同时坐视后者陷害吕强、张钧，利用后者的人头来换取前者的忠心和维护各大政治集团的势力均衡，以确保自己始终处于最高裁决者的地位，汉灵帝心机之深可见一斑！

五、汉灵帝治国并非一无是处

由于《三国演义》等民间文学的广泛影响以及后世史学家的严词批判，今日的我们一看到汉灵帝三个字，印象最深刻的恐怕便是其"宠信宦官""荒淫无道""卖官鬻爵"等"斑斑劣迹"，但是大家不要忘了从即位到驾崩，汉灵帝在位整整二十一年，在这二十一年时间里，从国库空虚到灾害频发，汉灵帝遇到了无数的麻烦和难题，如果他对于这些麻烦和难题完全置之不理，抛之脑后，东汉王朝很可能已经提前灭亡，尽管鉴于史料的匮乏，我们对于汉灵帝在位的二十一年时间里如何处理各项政务难以进行全面的评估和研究，但是根据保存至今的十分有限的历史记载来看，汉灵帝治国理政并非一无是处。

（一）重视文化建设

两汉时期，在历任帝王不遗余力的扶持下，以经学为核心的儒家学说成为官方主流意识形态。建元元年（前140），汉武帝诏举贤良方正直言之士，儒学大师董仲舒提出"罢黜百家，独尊儒术"的主张得到武帝的采纳。建元五年（前136），武帝罢黜百家，专立五经博士。尽管汉武帝"罢黜百家，独尊儒术"归根结底是为了思想上的"大一统"，但是普及儒家学说对于两汉时期的文化和教育事业的发展显然具有重大的推动作用。

与东汉的其他帝王不同，汉灵帝本身便是一个喜欢吟诗作赋的文学青年，具有极高的文化造诣。《后汉书·蔡邕传》记载："帝好学，自造《皇羲篇》

五十章，因引诸生能为文赋者。本颇以经学相招，后诸为尺牍及工书鸟篆者，皆加引召，遂至数十人。"统治的需要和个人兴趣促使汉灵帝制定各项政策来鼓励臣民学习儒家经典。光和三年（180）六月，"诏公卿举能通《古文尚书》《毛诗》《左氏》《穀梁春秋》各一人，悉除议郎"（《后汉书·灵帝纪》）。

除此之外，汉灵帝还批准了一项影响深远的"文化惠民工程"。熹平四年（175），汉灵帝接受蔡邕等人的建议，校正《六经》文字，"邕乃自书丹于碑，使工镌刻立于太学门外。于是后儒晚学，咸取正焉。及碑始立，其观视及摹写者，车乘日千馀两，填塞街陌"（《后汉书·蔡邕传》），这便是我国古代社会与曹魏《正始石经》和唐朝《开成石经》并称为三大石经之一的《熹平石经》。

（二）关注百姓疾苦

强烈的民本思想是儒家学说的重要特征。儒家学者认为，民心相背决定朝代的更替，统治者应该爱民护民，不能使用武力对付百姓，只有得到百姓拥护和爱戴，国家才能长治久安。虽然由于各种因素的制约，汉灵帝是一个典型的弱势君主，但他毕竟不是大权旁落的"傀儡皇帝"，在许多涉及民生的事务上依然具有"一言九鼎"的政治权威，无论是出于帝王的职责所在，还是基于笼络人心的需要，汉灵帝还是在力所能及的范围内为减轻百姓负担和平定冤假错案方面做了不少实事。

（熹平二年）春正月，大疫，使使者巡行致医药……

（熹平三年）冬十月癸丑，令天下系囚罪未决，入缣赎……

（熹平四年）六月，弘农、三辅螟。遣守宫令之盐监，穿渠为民兴利。令郡国遇灾者，减田租之半；其伤害十四以上，勿收责……

（熹平五年）夏四月癸亥，大赦天下。益州郡夷叛，太守李颙讨平之。复崇高山名为嵩高山。大雩。使侍御史行诏狱亭部，理冤枉，原轻系，休囚徒。

（《后汉书·灵帝纪》）

尽管汉灵帝所做的这些事情与唐太宗和宋太祖等千古名君的赫赫功业相比不值一提，可以算是例行公事，但是不管如何，面对百姓疾苦，一个能例行公事的帝王至少也比熟视无睹的帝王更值得肯定。

（三）基本平定西北羌乱

两汉时期，来自西北地区游牧民族的军事威胁始终是高悬中原王朝头顶上的"达摩克利斯之剑"。西汉建立之后，从汉高祖到汉武帝的一百多年间，盘踞蒙古高原的匈奴的频繁入侵，使得西汉国力一度消耗殆尽。"光武中兴"之后，西北羌乱日渐蔓延，到汉灵帝即位时，护羌校尉段颎在消灭西羌之后，受命平定东羌，护匈奴中郎将张奂上奏汉灵帝，要求安抚东羌，而段颎则坚持全面剿灭东羌，尽管汉灵帝最初倾向招降，但在段颎的强烈坚持下，最终同意其全面剿灭的意见。

《后汉书·段颎传》记载：

夏，颎自进营，去羌所屯凡亭山四五十里，遣田晏、夏育将五千人据其山上。羌悉众攻之，厉声问曰："田晏、夏育在此不？湟中义从羌悉在何面？今日欲决死生。"军中恐，晏等劝激兵士，殊死大战，遂破之。羌众溃，东奔，复聚射虎谷，分兵守诸谷上下门。颎规一举灭之，不欲复令散走，乃遣千人于西县结木为栅，广二十步，长四十里，遮之。分遣晏、育等将七千人，衔枚夜上西山，结营穿堑，去虏一里许。又遣司马张恺等将三千人上东山。虏乃觉之，遂攻晏等，分遮汲水道。颎自率步骑进击水上，羌却走，因与恺等挟东西山，纵兵击破之，羌复败散。颎追至谷上下门穷山深谷之中，处处破之，斩其渠帅以下万九千级，获牛马驴骡毡裘庐帐什物，不可胜数。冯禅等所招降四千人，分置安定、汉阳、陇西三郡，于是东羌悉平。凡百八十战，斩三万八千六百馀级，获牛马羊骡驴骆驼四十二万七千五百馀头，费用四十四亿，军士死者四百馀人。更封新丰县侯，邑万户。

持续百年的平定羌乱的大规模战争至此落下帷幕，至于我们所熟知的马腾、韩遂在西北再度起兵反叛是十几年后的事情了，且论对东汉王朝的威胁程度,马腾、韩遂之乱显然难以与持续百年的羌乱相提并论。这里我们不妨想这样一个问题,如果汉灵帝固执己见,坚持要招降羌人,根据羌人时降时叛的特点,平定羌人的战争很可能会无限期拖延下去,东汉王朝将永无宁日。战争拼的是财力,考虑到当时千疮百孔的政府财政,段颎在汉灵帝时期基本平定西北羌乱对东汉王朝而言无异于获得重生的机会。

(四)有时也能听取不同意见

在我国古代社会,君主能否听见不同意见也是判断其贤明还是昏庸的重要指标。作为东汉王朝的"九五之尊",汉灵帝为了坐稳皇位,必须依赖宦官集团,但是为了防止宦官集团独大对皇权的威胁,又必须扶持和庇护杨赐等宦官集团的反对派,而杨赐等朝中大臣影响汉灵帝的主要方式便是犯颜直谏,对于这些官员的犯颜直谏,汉灵帝并没有一概拒绝,往往选择性地加以采纳。

熹平六年(177),由于汉灵帝久不亲行郊庙之礼,议郎蔡邕利用天降异端,朝廷"诏群臣各陈政要所当施"上奏称:"清庙祭祀,追往孝敬,养老辟雍,示人礼化,皆帝者之大业,祖宗所祗奉也。而有司数以蕃国疏丧、宫内产生,及吏卒小污,屡生忌故。……忘礼敬之大,任禁忌之书,拘信小故,以亏大典。……自今斋制宜如故典,庶答风霆灾妖之异。"汉灵帝看了奏疏后,采纳了蔡邕的建议,"乃亲迎气北郊,及行辟雍之礼"(《后汉书·蔡邕传》)。

光和四年(181),"板楯蛮寇乱巴郡,连年讨之,不能克。帝欲大发兵,以问益州计吏汉中程包,对曰:'板楯七姓,自秦世立功,复其租赋。其人勇猛善战。昔永初中,羌入汉川,郡县破坏,得板楯救之,羌死败殆尽,羌人号为神兵,传语种辈,勿复南行。至建和二年,羌复大人,实赖板楯连摧破之。前车骑将军冯绲南征武陵,亦倚板楯以成其功。近益州郡乱,太守李颙亦以板楯讨而平之。忠功如此,本无恶心。长吏乡亭更赋至重,仆役棰楚,过于奴虏。亦有嫁妻卖子,或乃至自刭割,虽陈冤州郡,而牧守不为通理,阙庭悠远,不能自闻,含怨呼天,无所叩诉。故邑落相聚以致叛戾,非有谋主僭号以图不轨。今但选明能牧守,自然安集,不烦征伐也。'帝从其言,选用太守曹谦,遣宣诏赦之,即时皆降"(《资治通鉴·汉纪五十》)。

评价任何一位古代帝王都不能脱离其所面对的现实环境，具体到汉灵帝，后人必须牢记两点：一是汉灵帝即位的时候只有十二岁，却必须整日与老奸巨猾的中常侍和天下归心的士大夫阶层斗智斗勇；二是扶持宦官集团是东汉王朝的基本国策，如果作为皇权"看门犬"的宦官集团被全面剿杀，汉灵帝就会像他儿子汉献帝那样成为真正意义上的"傀儡皇帝"，因此他或许会寻找合适的机会敲打宦官集团，但是绝对不可能全面剿杀宦官集团。了解了这些，再结合西北羌乱、国库空虚等因素，我们就会明白汉灵帝在统治时期能够确保朝政维持基本运作，东汉王朝没有土崩瓦解是一件多么了不起的"丰功伟绩"。

不管后人如何评价汉灵帝，在他统治的二十一年里，东汉王朝的百姓至少还能有口饭吃，生命安全在很大程度上也是有保障的，也许读者朋友觉得很好笑，这些算什么丰功伟绩？对此，笔者的回答是，那就要看跟什么比，相比大唐盛世自然不如，但是相比随后的汉末三国时期绝对绰绰有余，不要忘了汉末三国时期不仅是一个英雄辈出的时代，还是一个干戈不止的乱世。由于长期战乱，百姓生命如同草芥，过着朝不保夕、饥肠辘辘的日子。《三国志·魏书·董卓传》记载，董卓死后，"时三辅民尚数十万户，催等放兵劫略，攻剽城邑，人民饥困，二年间相啖食略尽"。魏武帝曹操曾经在著名的诗篇《蒿里行》中感慨道："白骨露于野，千里无鸡鸣。生民百遗一，念之断人肠。"相比汉末三国时期，生活在汉灵帝统治时期的百姓至少还能勉强维持生计。

六、刘宏不容易

在我国老百姓的心目中，穷奢极欲、唯我独尊的皇帝是古代社会最幸福和最有权势的人，特别是近年来流行的宫廷剧里国色天香、貌美如花的后宫三千佳丽和毕恭毕敬跪倒在君主面前的极尽谄媚之能事的文武百官，以及皇帝看哪位大臣不顺眼一道圣旨就可以将其满门抄斩等人物设定和故事情节更强化了这一刻板印象，可影视作品中的帝王形象和历史上真实的君主毕竟存在着显著的不同，从千古一帝秦始皇到清朝最后一个皇帝溥仪，我国历朝历代君主手中权力的含金量也存在一个曲折的演变过程。在明清以前，尽管不乏汉武帝这样的强势君主，但是客观而言，绝大多数帝王不得不扮演类似中世纪西欧国家贵族共和体制下的国王所承担的"首席男爵"的角色。就汉灵帝而言，尽管从表面上看，我们这位刘宏同学贵为东汉王朝的"九五之尊"，富有四海，"普天之下，莫非王土，率土之滨，莫非王臣"，他的一个眼神、一句话可以决定无数人的地位、财富、生死，然而由于东汉王朝特殊的权力结构，汉灵帝不得不与其他政治集团"共天下"，其所面对的压力和风险超乎想象，这些压力和风险主要体现在：

（一）皇权旁落的政治风险

自汉章帝驾崩到汉灵帝即位，东汉中后期君主亲自执掌大权的时间非常有限，汉和帝在位十八年，朝政有四年被外戚窦氏集团所掌控，汉安帝在位十九年，有十五年生活在邓太后的阴影下，汉顺帝在位十九年，有十年时间辅政大权控制在梁商、梁冀父子手中，汉桓帝在位二十一年，军政实权有十三年掌握在外戚梁冀手中，换句话说，在这些帝王在位时期，有一半以上的时间，东汉王朝的真正当家人是临朝的太后或辅政的外戚，在其余的时间里，君主也不是真正意义的大权独揽、乾纲独断，必须依赖宦官集团统治天下。

东汉中后期君主长期生活在外戚或宦官集团的巨大的阴影下最显著的影响，便是皇权难以树立至高无上的地位。延熹九年（166），"河内张成，善风角，推占当赦，教子杀人。司隶李膺督促收捕，既而逢宥获免；膺愈怀愤疾，竟案杀之"（《资治通鉴·汉纪四十七》）。虽然河内张成"推占当赦，教子杀人"死有余辜，但是李膺在大赦之后依然诛杀张成在某种程度上也显示出其对皇权的蔑视，国有国法，家有家规，如果当时所有的官员都像李膺这般无视朝廷的法令，东汉王朝离覆灭还会遥远吗？

汉灵帝即位之后，辅政的外戚和宦官集团的矛盾再度激化，以曹节为首的宦官集团甚至胁迫汉灵帝下旨，诛杀窦武外戚集团，一时之间，皇城之内尸横遍野、血流成河，宦官集团取得了全面的胜利。尽管汉灵帝天资聪慧，亲政之后将"势力均衡"作为自己的统治策略，扶持杨赐、皇甫嵩等宦官集团反对派制约宦官集团，拉一派打一派，逐步树立自己最高裁决者的地位，但是却难以撼动皇权不得不与其他政治集团共治天下的权力格局。

（二）内忧外患的严重危机

永康元年（167），汉桓帝驾崩之后，留给汉灵帝的东汉王朝是一个国力耗尽的空架子和千疮百孔的烂摊子。在边疆地区，除了持续百年的西北羌乱之外，鲜卑的频繁入侵也是东汉王朝的心腹之患。《后汉书·乌桓鲜卑列传》记载："灵帝立，幽、并、凉三州缘边诸郡无岁不被鲜卑寇抄，杀略不可胜数。熹平三年冬，鲜卑入北地，太守夏育率休著屠各追击破之。迁育为护乌桓校尉。五年，鲜卑寇幽州。六年夏，鲜卑寇三边。"外敌频繁入侵必然导致边疆军事开支的迅速膨胀和士兵伤亡数量的不断上升。

在内地郡国，自然灾害接踵而至，"建宁元年六月，京师雨水""建宁二年夏四月癸巳，大风，雨雹""建宁二年二月癸卯，地震，海水溢，河水清""建宁四年五月，河东地裂，雨雹，山水暴出""熹平二年六月，北海地震。东莱、北海海水溢""熹平四年夏四月，郡国七大水""熹平六年夏四月，大旱，七州蝗""光和元年夏四月丙辰，地震""光和六年夏，大旱。秋，金城河水溢。五原山岸崩""中平二年年夏四月庚戌，大风，雨雹"（《后汉书·灵帝纪》）。

地震、水灾、蝗灾的屡次爆发不仅意味着政府赋税的急剧下降和赈灾费用的节节攀升，为未来的财政危机埋下伏笔，而且给本来就信奉天人感应思想的东汉社会带来巨大的心理恐慌，黄巾军起义便是瘟疫流行和社会恐慌相互影响的产物。如何派遣军队抵御外敌入侵和镇压农民起义，怎样筹集庞大的军事开支和赈灾费用都是汉灵帝难以回避的严峻挑战。

（三）世人误解和良心未泯导致内心的煎熬

在东汉特殊的权力格局下，强势君主缺乏生存的土壤。不管汉灵帝内心如何渴望大权独揽、乾纲独断，但是为了安抚各大政治集团，汉灵帝必须刻意显露出"荒淫无道"的一面，因此展现在大汉子民和朝中大臣的面前的便是一个宠信宦官、沉迷女色、穷奢极欲、是非不分的昏君形象，为了"致君尧舜上，再使风俗淳"，众多忠心耿耿的大臣不惜犯颜直谏。在民间社会，百姓在议论汉灵帝时，估计也是批评多于赞扬。

这里我们需要思考这样一个问题，汉灵帝知不知道，自己在大臣和百姓心目中的形象如此不堪？答案是肯定的，一是作为君主，汉灵帝可以通过文武百官的奏章来了解他们的建议和看法以及各地发生的大小事情；二是汉灵帝身边宦官们不会放过任何一个离间君主和那些忠臣的机会，当朝中大臣上书，要求汉灵帝"亲君子，远小人"时，宦官们很可能会添油加醋地告诉前者："陛下，这是讽刺你是昏君呀！"所以汉灵帝对于自己在天下臣民心目中的形象应该是了如指掌的。

然而尽管汉灵帝为了政局的稳定，在天下臣民面前成功地树立了"昏君"的形象，但是其内心却很可能充满压抑和痛苦，原因也不复杂，喜欢赞扬、厌恶批评是人的天性，"九五之尊"也是肉体凡胎，也渴望流芳百世，可汉灵帝的"所作所为"却使其不得不背上昏君的骂名，遗臭万年。读者朋友，如果你像汉灵帝那样每天必须戴着"面具"生活，你会快乐吗？

与此同时，为了稳定政局的需要，汉灵帝不得不做出许多违心之事。中平二年（185），巨鹿太守司马直拒绝缴纳买官的钱，上书直谏后，在孟津吞药自杀，朝野震动，汉灵帝为此"暂绝修宫钱"（《资治通鉴·汉纪五十》），汉灵帝难道不知道司马直是东汉王朝的大忠臣吗？当然知道，不然就不会"暂绝修宫钱"，但是知道又有什么用呀？谁让大汉王朝此时深陷财政危机呢？

除此之外，考虑到政治的需要，汉灵帝甚至牺牲了自己的感情生活。光和元年（178），"后无宠而居正位，后宫幸姬众，共谮毁。初，中常侍王甫枉诛勃海王悝及妃宋氏，妃即后之姑也。甫恐后怨之，乃与太中大夫程阿共构言皇后挟左道祝诅，帝信之。光和元年，遂策收玺绶。后自致暴室，以忧死"（《后汉书·皇后纪下》）。显然宋皇后之死不仅仅是因为"无宠而居正位，后宫幸姬众，共谮毁"，更关键的是无意中得罪了中常侍王甫，汉灵帝如果不放弃宋皇后，可能会触怒整个宦官集团，最能体现这点的莫过于事后汉灵帝噩梦连连。《后汉书·皇后纪下》记载："帝后梦见桓帝怒曰：'宋皇后有何罪过，而听用邪孽，使绝其命？勃海王悝既已自贬，又受诛毙。今宋氏及悝自诉于天，上帝震怒，罪在难救。'梦殊明察。帝既觉而恐。"所谓"梦由心生"，汉灵帝噩梦连连显示其对于自己为了安抚宦官集团牺牲宋皇后而深感内疚，良心不安。

围绕王美人之死引发的轩然大波更凸显了汉灵帝的可悲。光和四年（181），"（王美人）生皇子协，后遂鸩杀美人。帝大怒，欲废后，诸宦官固请得止"（《后汉书·皇后纪下》）。汉灵帝明明知道杀死王美人的"罪魁祸首"，却无法为其报仇，一个帝王连自己心爱的女人都保护不了，你说他可悲不可悲？

在这些巨大的政治压力下，汉灵帝治理天下和处理与各大政治集团关系时必须深思熟虑，谋定而后动，何时沉迷女色，何时纳谏如流，何时安抚宦官，何时保护忠臣，都不能有一丝一毫的偏差，否则便存在重新沦为"傀儡皇帝"，甚至身死国灭的危险。

尽管汉灵帝可以说是一个成功的"演员"，但是他的演技并非无懈可击，毫无纰漏，最能体现这点的莫过于光和元年（178），看了蔡邕的奏章之后的那声叹息，大家想想看，人家批评你任用奸佞，你却发出一声叹息，这声叹息恰恰说明你认同他的观点，却难以改变现状的无奈心理，如此举动所蕴藏的意涵还能瞒得住汉灵帝身边那些善于察言观色，政治经验丰富，堪称"官场老手"的中常侍吗？另外，汉灵帝以"荒淫无道"闻名天下，却只有二子一女，任何人只要认真思考这种反常现象都不难发现背后的玄机，加之汉灵帝统治后期积极培养亲信宦官蹇硕和扶持外戚何进，东汉的宦官集团和官僚士大夫是否因感受到威胁而不惜冒险毒死汉灵帝导致其英年早逝，是一个值得后世学者认真探讨的重要历史迷案。

七、用错何进导致东汉灭亡

或许有些读者朋友可能会产生这样一个疑问：你把汉灵帝描绘成为了东汉王朝的政局稳定而不惜忍辱负重的"中兴少主"，可以说是天上有，地下无，完全能够跻身我国古代伟大君主行列，那么汉灵帝除了做过那些违心之事就没有其他什么缺点吗？关于这个问题，笔者认为，"人非圣贤，孰能无过"，虽然汉灵帝天资聪慧，但是毕竟长于宫女和宦官之手，缺乏先祖光武帝刘秀由于早年生活在民间社会和起兵反抗王莽，多次历经军事挫败，一度颠沛流离而拥有的丰富的人生阅历和政治经验，因此在处理国家大事时，难免会出现失误，在这方面，采纳刘焉的建议设置州牧和纵容董卓便是汉灵帝治国失误的具体体现。

尽管汉灵帝采纳刘焉的建议设置州牧和纵容董卓对于汉末三国的大乱局起到了推波助澜的作用，但是如果论对东汉王朝的危害性都不及重用一个人的危险性大。哪一个人呢？此人便是何皇后的兄长、时任大将军的何进。

何进字遂高，南阳宛人也。异母女弟选入掖庭为贵人，有宠于灵帝，拜进郎中，再迁虎贲中郎将，出为颍川太守。光和三年，贵人立为皇后，征进入，拜侍中、将作大匠、河南尹。

中平元年，黄巾贼张角等起，以进为大将军，率左右羽林五营士屯都亭，修理器械，以镇京师。张角别党马元义谋起洛阳，进发其奸，以功封慎侯。（《后汉书·何进传》）

汉灵帝驾崩之后，在中常侍郭胜和赵忠的配合下，何进杀死掌握禁军的蹇硕，成为东汉王朝事实上的当家人，然而随后何进对于是否彻底铲除宦官集团犹豫不决，出身"四世三公"显赫家族的袁绍向何进建议："黄门、常侍累世太盛，威服海内，前窦武欲诛之而反为所害，但坐言语漏泄，以五营士为兵故耳。五营士生长京师，服畏中人，而窦氏反用其锋，遂果叛走归黄门，是以自取破灭。今将军以元舅之尊，二府并领劲兵，其部曲将吏，皆英雄名士，乐尽死力，事在掌握，天赞其时也。今为天下诛除贪秽，功勋显着，垂名后世，虽周之申伯，何足道哉？"（《三国志·魏书·袁绍传》裴注引《九州春秋》）

然而全面铲除宦官集团的计划，遭到何太后和其弟——时任车骑将军的何苗的强烈反对，左右为难的何进只得接受袁绍征召四方猛将和豪杰来京城胁迫何太后诛杀宦官的策划，但是由于计谋泄露，何进最终被宦官集团以太后诏书名义骗进宫廷而身首异处，得知何进死讯的袁绍等人率军血洗宫廷，全面铲除宦官集团，可是宦官集团的覆灭并不意味着天下太平的来临，随着受何进之命率军前来的董卓占据洛阳，东汉王朝正式敲响了末日的丧钟！

何进之死显然与其政治上的鼠目寸光和个性上的优柔寡断息息相关。从表面上看，掌控军政大权的何进全面铲除宦官集团似乎轻而易举，然而问题却并没有如此简单，宦官集团在汉和帝之后在朝廷上下经营了一百多年，势力渗透至内廷、禁军和州郡，可以说是位列要津，树大根深，绝不会甘心引颈就戮，在东汉中后期，外戚与宦官经历过多次残酷的相互厮杀，宦官集团总是取得最后的胜利便是这种实力的最好证明。

更为关键的是，就算顺利铲除宦官，何进就可以高枕无忧了吗？事实可能恰恰相反，不要忘了，汉末三国时期的中国是一个极其讲究出身、门第、家庭的以士族为核心的等级社会，何进虽然贵为何太后之兄、辅政的大将军，但是由于其出身屠夫家庭一直为朝中官僚士大夫所鄙视。《三国志·魏书·王粲传》记载："（王粲）父谦，为大将军何进长史。进以谦名公之胄，欲与为婚，见其二子，使择焉。谦弗许。"

堂堂大将军想与自己的长史联姻却被拒绝，从中我们不难发现朝中高官们对何进的真实态度，因此我们有理由相信，即使何进顺利铲除宦官集团，他本人也很容易被朝中的官僚士大夫所架空，沦为他们的傀儡，甚至不排除哪天被利用完之后迎来死于非命的结局的可能。分析到这里，大家便可以明白如果何进真的想掌控朝政，就应该继承东汉中后期君主扶持宦官集团的基本国策，先杀几个劣迹斑斑、恶贯满盈的中常侍给朝臣们解解气，然后再与宦官集团政治结盟，同时适当笼络袁绍等宦官集团的反对派，让这两大政治集团相互制衡，任何一方想消灭对方都必须依赖何进，这样何进就可以稳坐"钓鱼台"，但是何进将原本可以作为盟友的宦官集团当作敌人，将需要防范的士族高官视为知己，最终惨死就不足为奇了。

讲到这里，大家也可以思考一个问题，即除了何进自己，谁还应该为其惨死负责呢？毫无疑问，汉灵帝也是何进惨死的"间接凶手"，如果不是汉灵帝宠爱何皇后，爱屋及乌，破格提拔何进，先后任命其为郎中、中郎将、颍川太守、侍中、将作大匠，直至权倾天下的大将军，何进何德何能可以在汉灵帝驾崩后成为东汉王朝事实上的当家人，以至于最后中了别人的离间之计而死于非命。事实上，汉灵帝原本完全有补救的机会，何进虽然在政治上鼠目寸光和在个性上优柔寡断，但是其弟何苗却颇有政治智慧，十分清楚宦官集团的存在对于稳固皇权的作用和意义。如果汉灵帝下一道圣旨，提升何苗为大将军，让何进回封地养老享福，这样不仅可以保全何氏家族，而且东汉王朝说不定能够避免灭亡的厄运，但是历史没有如果，虽然按常理而言，汉灵帝对于何进的才能和性格不可能一无所知，然而他在临终之前毕竟只是托孤蹇硕，依然没有撤换何进，埋下了东汉灭亡的诱因，就这点而言，汉灵帝对于东汉王朝的覆灭也负有不可推卸的责任。

中平六年（189），汉灵帝刘宏带着壮志未酬的遗憾告别人世，从建宁元年（168）到中平六年（189），汉灵帝统治东汉王朝整整二十一年，在这二十一年里，刘宏从懵懂少年成长为权术大师，将各大政治集团玩得团团转。

一方面，汉灵帝继承了东汉中后期君主扶持宦官集团的统治策略，宠信重用和大肆封赏曹节、赵忠等中常侍，确保其扮演皇室"看门犬"的角色。

另一方面，汉灵帝有意庇护杨赐、皇甫嵩和吕强等宦官集团反对派，以防范宦官集团势力过于膨胀对皇权构成威胁。虽然由于东汉王朝特殊的权力格局的限制，汉灵帝属于典型的弱势君主，但是他还是在力所能及的范围内为天下臣民做了不少实事，无论是下诏制作《熹平石经》，还是关注百姓疾苦，甚至是平定羌乱，都说明汉灵帝治理国家并非一无是处。

为了安抚各大政治集团，汉灵帝只能带上"面具"生活，刻意营造出"荒淫无道"的昏君形象，并且做了不少违心之事，甚至牺牲了自己心爱的女人，以至于不得不忍受世人的误解和良心的谴责。

尽管在汉灵帝时期政治腐败，宦官专权，但是在其统治的二十一年内，政治斗争主要发生在上层社会之间，没有波及其他社会阶层，除了边疆地区外敌入寇和自然灾害时期之外，绝大多数的东汉老百姓至少还有口饭吃，还有活下去的希望，这与随后的汉末三国大乱世百姓命如蝼蚁，甚至"人相食"的时代悲剧形成了鲜明的反差，如果读者朋友未来真的有幸像当前热门穿越题材的影视剧主角那样通过时间隧道回到汉灵帝驾崩之后的汉末三国时期，搞不好会看到这样一个场景，那就是成千上万的饱受战乱之苦、衣衫褴褛、饥肠辘辘的百姓跪倒在文陵（汉灵帝陵墓）前，痛哭流涕，哽咽地说："先帝呀，您为什么这么早离开我们？为什么不再多活二十年呀？我们真的好思念您呀！"

真假董卓

中平六年（189），汉灵帝驾崩，少帝即位，辅政的大将军何进与袁绍密谋诛杀宦官集团，遭到何太后的拒绝，在袁绍的建议下，何进征召驻兵河内的董卓率军至京师，谁知等董卓到达京师之时，何进已经被宦官集团设计杀害，袁绍等人追杀宦官集团，宦官集团劫持少帝到小平津，在宦官集团被赶尽杀绝之后，董卓迎帝还宫，此时何进之弟、车骑将军何苗被乱兵所杀，进、苗部曲无所属，全部投靠董卓，董卓又指使吕布杀死执金吾丁原，兼并其部队，京师兵权完全掌握在董卓手中。

在揽权过程中，董卓不仅凭借武力强行废除少帝，改立献帝，而且为了收买人心，一度选贤任能，起用名士，然而随着权力的稳固，志得意满的董卓开始显现出冷酷嗜血的一面，不仅纵容士兵烧杀抢掠，而且擅杀大臣，残害忠良。董卓的暴行引发了天下士人的不满。初平元年（190），关东州郡纷纷起兵，拥立袁绍为盟主，讨伐董卓。

由于"山东豪杰并起"，董卓权衡利弊，迁都长安以避其锋芒，然而迁都之后，正当董卓为如何击败关东联军而苦思冥想之时，一场针对董卓，由司徒王允策划，吕布执行的暗杀行动正在酝酿之中，初平三年（192），在入朝途中，吕布率众诛杀董卓，一代枭雄带着无穷遗憾告别人间。

作为汉末三国臭名昭著的"国贼"，董卓历来是后世抨击的对象，像陈寿便批判董卓"狼戾贼忍，暴虐不仁，自书契已来，殆未之有也"（《三国志·魏书·董卓传》），然而如果历史上的董卓真的像陈寿所描述的仅仅是一个残暴冷血的军阀，那么他又如何在东汉军界和政坛步步高升，难道推荐他升官的人都瞎了眼吗？

必须指出的是，中平六年（189），董卓趁乱夺权之后，为了笼络士大夫阶层，平反"党锢之祸"和起用名士，一度深受社会舆论的好评，这说明董卓并非没有政治谋略的赳赳武夫。更值得关注的是，当前的不少史书中固然存在大量有关董卓"残暴不仁"的内容，但是有些记载却显现出另外一个我们意料之外的董卓形象，不同的史书展现的不同形象说明后人所认知的董卓存在被人为丑化的嫌疑。

另外，董卓死于非命的直接原因是负责警卫的义子吕布参加了以王允为首的反董集团，但是除此之外，董卓集团的覆灭还有没有其他深层次的根源呢？只有破解了这些谜团，我们才能了解这段特殊历史背后的真相。

一、羌人之乱

谈论董卓在汉末政坛的崛起，我们必须先了解那场持续百年之久，险些导致东汉王朝"亡国"的"心腹大患"——羌人之乱。对于羌人的起源，《后汉书·西羌传》记载：

西羌之本，出自三苗，姜姓之别也。其国近南岳。及舜流四凶，徙之三危，河关之西南羌地是也。滨于赐支，至乎河首，绵地千里。赐支者，《禹贡》所谓析支者也。南接蜀、汉徼外蛮夷，西北接鄯善、车师诸国。所居无常，依随水草。地少五谷，以产牧为业。

虽然遍布西南的羌人部落与汉人长期混居，但是习俗相异，语言不通，民族冲突此起彼伏，边境官吏又经常欺凌甚至霸占羌人的财富、土地和房屋。自西汉武帝开始，羌人部落与中原政权的战争屡次爆发。汉宣帝时期，羌人部落侵占金城（今甘肃兰州），一代名将赵充国奉命率军六万"剿抚并用"平定叛乱。西汉末年，本居住在黄河以北的大允谷（今青海贵德）的烧当羌首领滇良联合其他诸羌，击败了先零羌，夺得了大榆中地，在新莽末年、更始帝、隗嚣时期，不断侵入边郡。滇良死后，儿子滇吾继立，滇吾继位后，烧当羌日趋强盛。

建武中元二年（57）秋，滇吾率部入侵陇西郡，在允街击败陇西郡太守刘盱，原来在陇西郡为汉朝守卫边疆的西羌人全部反汉。刚刚即位的汉明帝诏命谒者张鸿率兵讨伐西羌人，张鸿在允吾县被打败，全军覆没，十一月，汉明帝又派中郎将窦固与捕虏将军马武率领四万兵众讨伐西羌人。

永平元年（58），马武等人率军击败烧当羌，其他造反的羌人部落悉数投降或者逃散，尽管次年滇吾投降，亲自朝见汉明帝，但是到了建初二年（77）六月，在安夷县（今青海乐都），有个官吏强抢西羌人妇女为妻，被其夫所杀，安夷县长宗延追捕凶手，直至塞外，该部落的羌人害怕受罚，就一起杀掉宗延，联合勒姐、吾良两个部落叛变，滇吾之子迷吾便率各部一同造反，击败金城郡太守郝崇。汉章帝闻讯，任命武威郡太守傅育为护羌校尉，迷吾联合封养部落共五万余人，进攻陇西郡、汉阳郡。八月，汉章帝派行车骑将军马防和长水校尉耿恭率领北军的越骑、屯骑、步兵、长水、射声等五营兵以及各郡的弓弩手，共三万人，讨伐西羌人。马防等人指挥军队在冀县（今甘肃省天水）大败西羌人，俘斩四千余人，迷吾逃走，从此之后，东汉王朝陷入了与羌人一百多年的长期战争。

由于羌人部落屡降屡叛，东汉王朝陷入了与其长期拉锯的困境，绵延不断的战争又导致政府财力入不敷出，债台高筑。

《后汉书·西羌传》记载：

羌戎之患，自三代尚矣。……故永初之间，群种蜂起。遂解仇嫌，结盟诅，招引山豪，转相啸聚，揭木为兵，负柴为械。毂马扬埃，陆梁于三辅；建号称制，恣睢于北地。东犯赵、魏之郊，南入汉、蜀之鄙，塞湟中，断陇道，烧陵园，剽城市，伤败踵系，羽书日闻。并、凉之士，特冲残毙，壮悍则委身于兵场，女妇则徽繄而为虏，发冢露胔，死生涂炭。自西戎作逆，未有陵斥上国若斯其炽也。……驰骋东西，奔救首尾，摇动数州之境，日耗千金之资。至于假人增赋，借奉侯王，引金钱缣彩之珍，征粮粟盐铁之积。所以赂遗购赏，转输劳来之费,前后数十巨万。或桌克酋健,摧破附落,降俘载路,牛羊满山。军书未奏其利害,而离叛之状已言矣。故得不酬失,功不半劳。暴露师徒,连年而无所胜。官人屈竭,烈士愤丧。

汉安帝时期,不堪重负的朝中文武百官围绕是不是应该放弃羌人部落的主要居住地——凉州展开了激烈的争论。

《后汉书·虞诩传》记载:

永初四年,羌胡反乱,残破并、凉,大将军邓骘以军役方费,事不相赡,欲弃凉州,并力北边,乃会公卿集议。骘曰:"譬若衣败,坏一以相补,犹有所完。若不如此,将两无所保。"议者咸同。诩闻之,乃说李修曰:"窃闻公卿定策当弃凉州,求之愚心,未见其便。先帝开拓土宇,勤劳后定,而今惮小费,举而弃之。凉州既弃,即以三辅为塞;三辅为塞,则园陵单外。此不可之甚者也。谚曰:'关西出将,关东出相。'观其习兵壮勇,实过余州。今羌胡所以不敢入据三辅,为心腹之害者,以凉州在后故也。其土人所以推锋执锐,无反顾之心者,为臣属于汉故也。若弃其境域,徙其人庶,安土重迁,必生异志。如使豪雄相聚,席卷而东,虽贲、育为卒,太公为将,犹恐不足当御。议者喻以补衣犹有所完,诩恐其疽食侵淫而无限极。弃之非计。"修曰:"吾意不及此。微子之言,几败国事。然则计当安出?"诩曰:"今凉土扰动,人情不安,窃忧卒然有非常之变。诚宜令四府九卿,各辟彼州数人,其牧守令长子弟皆除为冗官,外以劝厉,答其功勤,内以拘致,防其邪计。"修善其言,更集四府,皆从诩议。于是辟西州豪桀为掾属,拜牧守长吏子弟为郎,以安慰之。

在虞诩的建议下,东汉朝廷起用凉州本地豪强出身的武将作为平定羌人之乱的依靠力量,到了汉桓帝时期,以"凉州三明"(皇甫规、张奂、段颎)为代表的本地籍将领开始主导平羌战争。皇甫规字威明,张奂字然明,段颎字纪明,由于三人的字中都有一个"明"字,加之都战功赫赫,因此被人尊称为

"凉州三明"。

"凉州三明"在领导平羌战争中拥有众多优势：首先，他们对西州（东汉时对西部地区的通称）的地理山川、羌人习俗情实都非常了解，皇甫规在自荐中就说"以所习地形兵势，佐助诸军"，显得颇为自信；其次，自古以来关西出将，西北边人勇猛善战，通晓兵略；最后，凉州将领身先士卒，爱护士兵，与关东将领不恤军事，贪腐成风形成鲜明对比。（陈勇：《"凉州三明"论》，《中国史研究》1998年第2期，37—48页）

在"凉州三明"的指挥下，羌人之乱被逐渐平息。

然而尽管随着羌乱落下帷幕，东汉的西北边境逐步恢复了表面上的平静，但是以"凉州三明"为代表的手握精兵的凉州籍本地将领也使得东汉帝王如坐针毡。羌乱基本平定之后，"凉州三明"被陆续调离西北，可是"人算不如天算"，正当东汉朝廷准备逐步削弱凉州籍本地将领的兵权之时，遍布全国的黄巾起义爆发，汉灵帝不得不派遣皇甫嵩等凉州籍的将领率军镇压黄巾军，同年，西北羌胡再度叛乱，凉州籍的本地将领重新掌控兵权，就是在这种干戈不息的历史背景下，另一位凉州籍的本地将领董卓凭借赫赫战功从幕后走向台前，率领精锐的西凉兵团，"挟天子以令诸侯"，开启了汉末三国大乱世的序幕。

二、董卓的崛起

董卓字仲颖，陇西临洮（今甘肃岷县）人，董卓的家庭出身，从《三国志·魏书·董卓传》裴注引《英雄记》提及的"卓父君雅，由微官为颖川纶氏尉"以及相关史书记载来看，应该属于陇西地方豪强家族，由于陇西临洮地处平定羌乱的战争前线且是凉州的边远地区，与西北羌人比邻而居，衣食无忧、生活富足的董卓自少年起在战争频仍和边境动荡的特殊成长环境的熏陶下，形成了彪悍勇猛、心狠手辣的性格特点。青少年时期的董卓不仅体魄雄健，还通晓武艺，每次骑上骏马，都带有两支弓箭，左右开弓，毫不费力。汉桓帝末年，董卓以六郡"良家子"的身份担任羽林郎，很快被提升为军司马，"从中郎将张奂征并州有功，拜郎中，赐缣九千匹，卓悉以分与吏士。迁广武令，蜀郡北部都尉，西域戊己校尉，免。征拜并州刺史、河东太守，迁中郎将"（《三国志·魏书·董卓传》）。

董卓能够在东汉军队和政坛步步高升，平步青云，主要在于其有三大优势：

一是熟知羌情。持续一百多年的西北羌乱是导致东汉王朝险些覆灭的严重外部威胁。为了平定席卷西北的羌乱，东汉王朝不仅集重兵于西北，而且选拔了以"凉州三明"为代表的西北本地将领。由于生长于边鄙之地，董卓不仅对于凉州的地理环境了如指掌，而且熟知羌人的风俗、爱好和习性，套用现代社会的话语，董卓是一个羌情问题专家，在东汉王朝急于平定羌乱的时代背景下，董卓脱颖而出也就不足为奇了。

二是懂得如何笼络人心。古往今来，善成大事者都会注重用情感或利益来收买人心以达到为我所用的目的。《三国志·魏书·董卓传》记载："（董卓）少好侠，尝游羌中，尽与诸豪帅相结。后归耕于野，而豪帅有来从之者，卓与俱还，杀耕牛与相宴乐。诸豪帅感其意，归相敛，得杂畜千馀头以赠卓。"从军之后，董卓曾经以军司马身份随同中郎将张奂讨伐并州，立下大功，晋升郎中，并获得朝廷嘉奖布帛九千匹，对于这些布帛，董卓没有占为己有，全部赏赐给自己的部属和士兵。董卓笼络收买人心手段之高明可以一斑！

三是足智多谋。长年征战使得董卓逐步养成了随机应变、不拘一格的作战风格。韩遂在凉州起兵之后，董卓被任命为中郎将，率军讨伐，在望垣县北被数万羌、胡叛军包围，董卓下令士兵在渭水中假装拦水修堤，对外宣称捕鱼，实际上让军队快速从堤下通过，在通过后，摧毁水堤，等叛军发现后，由于道路被水淹没，已追之不及，"时六军上陇西，五军败绩，卓独全众而还，屯住扶风。拜前将军，封斄乡侯，征为并州牧"（《三国志·魏书·董卓传》）。

董卓在东汉政坛不断加官晋爵，除了战功赫赫之外，还与几位高官的提携有着密切的关系。《三国志·魏书·董卓传》裴注引《吴书》记载："郡召卓为吏，使监领盗贼。胡尝出钞，多虏民人，凉州刺史成就辟卓为从事，使领兵骑讨捕，大破之，斩获千计。并州刺史段颎荐卓公府，司徒袁隗辟为掾。"换句话说，董卓也是袁氏故吏，袁氏家族发迹于汉明帝时期的袁安，由于袁安曾经平反楚王刘英谋反案涉及的众多冤案和拒绝依附外戚窦宪，为天下士林所推崇，加之以经学传家，本人、子、孙、曾孙，四世三公，门生故吏遍天下，袁隗将其招入门下，显然是认为董卓人才难得，有这样一个大靠山，我们就不难理解为什么董卓能够步步高升，官拜前将军，封斄乡侯了。

三、乱中夺权

董卓势力的膨胀和麾下军队规模的扩大引起了东汉王朝最高领导人——汉灵帝的担忧，为了防止尾大不掉、强干弱枝的局面的出现，汉灵帝决心削藩。《三国志·魏书·董卓传》裴注引《灵帝纪》记载：

中平五年，征卓为少府，敕以营吏士属左将军皇甫嵩，诣行在所。卓上言："凉州扰乱，鲸鲵未灭，此臣奋发效命之秋。吏士踊跃，恋恩念报，各遮臣车，辞声恳恻，未得即路也。辄且行前将军事，尽心慰恤，效力行陈。"六年，以卓为并州牧，又敕以吏兵属皇甫嵩。卓复上言："臣掌戎十年，士卒大小，相狎弥久，恋臣畜养之恩，乐为国家奋一旦之命，乞将之州，效力边陲。"

君臣斗法的结果便是董卓名义上接受并州牧的任命，驻兵河内以观时变。中平六年（189），汉灵帝驾崩，少帝即位，大将军何进与袁绍密谋诛杀宦官集团，但是由于何太后不从，在袁绍的建议下，何进征召驻兵河内的董卓率军至京师，并密令上书：

臣伏惟天下所以有逆不止者，各由黄门常侍张让等侮慢天常，操擅王命，父子兄弟并据州郡，一书出门，便获千金，京畿诸郡数百万膏腴美田皆属让等，至使怨气上蒸，妖贼蜂起。臣前奉诏讨于扶罗，将士饥乏，不肯渡河，皆言欲诣京师先诛阉竖以除民害，从台阁求乞资直。臣随慰抚，以至新安。臣闻扬汤止沸，不如灭火去薪，溃痈虽痛，胜于养肉，及溺呼船，悔之无及。（《三国志·魏书·董卓传》裴注引《典略》）

谁知等董卓到达京师之时，何进已经被宦官集团设计杀害，袁绍等人追杀宦官集团，宦官集团劫持少帝到小平津，在宦官集团被赶尽杀绝之后，董卓迎帝还宫，此时何进之弟、车骑将军何苗被乱兵所杀，进、苗部曲无所属，全部投靠董卓，董卓又指使吕布杀死执金吾丁原，兼并其部队，京师兵权完全掌握在董卓手中。与此同时，为了震慑群臣，董卓还设计制造西凉军兵多将广的假象。《三国志·魏书·董卓传》裴注引《九州春秋》记载：

卓初入洛阳，步骑不过三千，自嫌兵少，不为远近所服；率四五日，辄夜遣兵出四城门，明日陈旌鼓而入，宣言云"西兵复入至洛中"。人不觉，谓卓兵不可胜数。

在揽权过程中，董卓不仅凭借武力强行废除少帝，改立献帝，而且为了收买人心，董卓一度选贤任能，起用名士。

《三国志·蜀书·许靖传》记载：

灵帝崩，董卓秉政，以汉阳周毖为吏部尚书，与靖共谋议，进退天下之士，沙汰秽浊，显拔幽滞。进用颍川荀爽、韩融、陈纪等为公、卿、郡守，拜尚书韩馥为冀州牧，侍中刘岱为兖州刺史，颍川张咨为南阳太守，陈留孔伷为豫州刺史，东郡张邈为陈留太守，而迁靖巴郡太守，不就，补御史中丞。

《后汉书·蔡邕传》记载：

董卓为司空，闻邕名高，辟之，称疾不就。卓大怒，詈曰："我力能族人，蔡邕遂偃蹇者，不旋踵矣。"又切敕州郡举邕诣府，邕不得已，到，署祭酒，甚见敬重。举高第，补侍御史，又转持书御史，迁尚书。三日之间，周历三台。迁巴郡太守，复留为侍中。

经过一系列政治军事组合拳，"（董卓）迁相国，封郿侯，赞拜不名，剑履上殿，又封卓母为池阳君，置家令、丞。卓既率精兵来，适值帝室大乱，得专废立，据有武库甲兵，国家珍宝，威震天下"（《三国志·魏书·董卓传》），达到了个人权力的巅峰。

四、真假董卓

随着权力的稳固，志得意满的董卓开始显现出冷酷嗜血的一面。《三国志·魏书·董卓传》记载：

尝遣军到阳城。时适二月社，民各在其社下，悉就断其男子头，驾其车牛，载其妇女财物，以所断头系车辕轴，连轸而还洛，云攻贼大获，称万岁。入开阳城门，焚烧其头，以妇女与甲兵为婢妾。至于奸乱宫人公主。其凶逆如此。

同传裴注引《英雄记》记载：

卓欲震威，侍御史扰龙宗诣卓白事，不解剑，立挝杀之，京师震动。发何苗棺，出其尸，枝解节弃于道边。又收苗母舞阳君杀之，弃尸于苑枳落中，不复收敛。

对于董卓这些"斑斑劣迹"，喜欢三国的读者朋友应该不会陌生，然而令人感到好奇的是，某些史书的记载同样留给我们一个截然不同的董卓形象。

《三国志·蜀书·先主传》裴注引《典略》记载：

赵戬字叔茂，京兆长陵人也。质而好学，言称《诗》《书》，爱恤于人，不论疏密。辟公府，入为尚书选部郎。董卓欲以所私并充台阁，戬拒不听。卓怒，召戬欲杀之，观者皆为戬惧，而戬自若。及见卓，引辞正色，陈说是非，卓虽凶戾，屈而谢之。迁平陵令。

《三国志·魏书·司马朗传》记载：

是时董卓迁天子都长安，卓因留洛阳。朗父防为治书御史，当徙西，以四方云扰，乃遣朗将家属还本县。或有告朗欲逃亡者，执以诣卓，卓谓朗曰："卿与吾亡儿同岁，几大相负！"朗因曰："明公以高世之德，遭阳九之会，清除群秽，广举贤士，此诚虚心垂虑，将兴至治也。威德以隆，功业以著，而兵难日起，州郡鼎沸，郊境之内，民不安业，捐弃居产，流亡藏窜，虽四关设禁，重加刑戮，犹不绝息，此朗之所以于邑也。愿明公监观往事，少加三思，即荣名并于日月，伊、周不足侔也。"卓曰："吾亦悟之，卿言有意！"

《三国志·魏书·荀攸传》记载：

董卓之乱，关东兵起，卓徙都长安。攸与议郎郑泰、何颙、侍中种辑、越骑校尉伍琼等谋曰："董卓无道，甚于桀纣，天下皆怨之，虽资强兵，实一匹夫耳。今直刺杀之以谢百姓，然后据崤、函，辅王命，以号令天下，此桓文之举也。"事垂就而觉，收颙、攸系狱，颙忧惧自杀，攸言语饮食自若，会卓死得免。

在这些史书记载中出现的董卓形象跟我们所熟知的显然存在不小的差异，像赵戬仅仅是一个尚书选部郎，却胆敢拒绝"挟天子以令诸侯"的董卓"以所私并充台阁"的要求，以董卓的权势杀死这样的小官应该就像捏死一只蚂蚁那样容易，但是在赵戬面见董卓，引辞正色之后，凶戾的董卓竟然"屈而谢之"，这说明董卓并不是一个完全不讲道理的人。另外，司马朗（司马懿之兄）试图携带家眷逃回家，被人告发至董卓处，以及荀攸和何颙等人准备刺杀董卓被发现关进监狱，按照我们所熟识的董卓形象，董卓应该一道命令把他们推出去斩首示众，以震慑百官，但是事实却是董卓竟然还面见司马朗，结果司马朗几句表面上歌颂实则批评的话竟然能让董卓深表赞同；董卓处置荀攸和何颙那就更夸张，既没有处决，也没有拷打，从荀攸"饮食自若"来看，还不忘定期提供饮食，这还是我们所认识的"国贼"董卓吗？

不同的史书记载所展现的不同董卓形象说明董卓绝非只有单一脸谱，而是一个有着多重复杂性格的政治枭雄。生长于民夷混居的边鄙之地和长年征战、杀伐决断造成了董卓冷酷无情、嗜血残忍的处世风格，但是在汉末政坛摸爬滚打几十年的董卓身上也存在着豪迈大气、礼遇士人的性格特点。

作为汉末三国时期权力斗争的失败者，后来的胜利者显然具有在道德上丑化董卓的动机和目的，比如试图谋朝篡位一直是汉末其他群雄将董卓视为"乱臣贼子"的一大罪证，但是从孙策写给"故主"袁术信件所提及的"卓虽狂狡，至废主自与，亦犹未也"（《三国志·吴书·孙破虏讨逆传》裴注引《吴录》）来看，在遇刺身亡之前，董卓只不过想成为一个权臣而已，根本没有考虑谋朝篡位。至于《三国志·魏书·董卓传》指责董卓"奸乱宫人公主"可信性也不高，以董卓的身份和地位，身边自然美女如云，他犯得着去"奸乱宫人公主"吗？

五、面对关东联军董卓拥有绝对胜算

初平元年（190），"后将军袁术、冀州牧韩馥、豫州刺史孔伷、兖州刺史刘岱、河内太守王匡、勃海太守袁绍、陈留太守张邈、东郡太守桥瑁、山阳太守袁遗、济北相鲍信同时俱起兵，众各数万，推绍为盟主"（《三国志·魏书·武帝纪》）。面对来势汹汹的关东联军，愤怒的董卓诛杀向其推荐韩馥、刘岱、张咨、孔伷等人为地方牧守的尚书周毖和城门校尉伍琼之后，鉴于河内太守王匡派泰山兵屯河阳津的严峻形势，"遣疑兵若将于平阴渡者，潜遣锐众从小平北渡，绕击其后，大破之津北，死者略尽"（《三国志·魏书·董卓传》）。

由于"山东豪杰并起"，董卓权衡利弊，决心迁都以避其锋芒。

《资治通鉴·汉纪五十一》记载：

丁亥，车驾西迁。董卓收诸富室，以罪恶诛之，没入其财物，死者不可胜计。悉驱徙其余民数百万口于长安。步骑驱蹙，更相蹈藉，饥饿寇掠，积尸盈

路。卓自留屯毕圭苑中，悉烧宫庙，官府、居家，二百里内，室屋荡尽，无复鸡犬。又使吕布发诸帝陵及公卿以下冢墓，收其珍宝。……三月，乙巳，车驾入长安，居京兆府舍，后乃稍葺宫室而居之。

董卓在迁都过程中，罚没富室财物，迁移洛阳人口，"悉烧宫庙，官府、居家"等行为固然可以用残暴不仁来形容，但是从军事角度上看实质上是以"坚壁清野"的战略抵御关东联军，在洛阳已经成为孤城和空城以及周边地区杳无人烟，处处是残垣断壁的情况下，关东联军即使占领洛阳，也会因为粮草不足而铩羽而归，这种利用"坚壁清野"的战略来击败敌人的例子在古今中外的历史上屡见不鲜。

除了主动迁都长安，更靠近董卓集团的大后方——凉州，便于留守的军队及时支援外，董卓面对关东联军还有两大优势：

一是关东联军内部畏敌情绪严重，同时相互之间勾心斗角。《三国志·魏书·武帝纪》记载：

二月，卓闻兵起，乃徙天子都长安。卓留屯洛阳，遂焚宫室。是时绍屯河内，邈、岱、瑁、遗屯酸枣，术屯南阳，伷屯颍川，馥在邺。卓兵强，绍等莫敢先进……

太祖到酸枣，诸军兵十余万，日置酒高会，不图进取。太祖责让之，因为谋曰："诸君听吾计，使勃海引河内之众临孟津，酸枣诸将守成皋，据敖仓，塞轘辕、太谷，全制其险；使袁将军率南阳之军军丹、析，入武关，以震三辅：皆高垒深壁，勿与战，益为疑兵，示天下形势，以顺诛逆，可立定也。今兵以义动，持疑而不进，失天下之望，窃为诸君耻之！"邈等不能用。

另外，董卓迁都长安之后，关东联军占领洛阳，因为粮草匮乏不得不撤兵。渤海太守袁绍邀请幽州公孙瓒共同夹击冀州，逼迫冀州牧韩馥退位自代，董卓还没有被打倒，自己人倒是先对掐起来了！

二是西凉军强大的战斗力。关东联军之所以如此敬畏董卓除了后者多年征战，威名远扬之外，还在于董卓所率领的西凉军强大的战斗力，在关东联军的诸多将领之中，只有"江东猛虎"孙坚曾经击败董卓部将胡轸，枭其都督华雄，其余将领不是畏缩不前，就是不战自溃，根本不是董卓的对手。对于关东联军与董卓军队战斗力的差异，尚书郑泰曾经有一番精辟的评论：

今山东议欲起兵，州郡相连，人众相动，非不能也。然中国自光武以来，无鸡鸣狗吠之警，百姓忘战日久；仲尼有言"不教民战，是谓弃之"，虽众不能为害，一也。明公出自西州，少为国将，闲习军事，数践战场，名称当世；以此威民，民怀慑服，二也。袁本初公卿子弟，生处京师，体长妇人；张孟卓东平长者，坐不窥堂；孔公绪能清谈高论，嘘枯吹生，无军帅之才，负霜露之勤；临锋履刃，决敌雌雄，皆非明公敌，三也。察山东之士，力能跨马控弦，勇等孟贲，捷齐庆忌，信有聊城之守，策有良平之谋；可任以偏师，责以成功，未闻有其人者，四也。就有其人，王爵不相加，妇姑位不定，各恃众怙力，将人人棋跱，以观成败，不肯同心共胆，率徒旅进，五也。关西诸郡，北接上党、太原、冯翊、扶风、安定，自顷以来，数与胡战，妇女载戟挟矛，弦弓负矢，况其悍夫；以此当山东忘战之民，譬驱群羊向虎狼，其胜可必，六也。且天下之权勇，今见在者不过并、凉、匈奴屠各、湟中义从、八种西羌，皆百姓素所畏服，而明公权以为爪牙，壮夫震栗，况小丑乎！七也。又明公之将帅，皆中表腹心，周旋日久，自三原、硖口以来，恩信醇著，忠诚可远任，智谋可特使，以此当山东解后之虚诞，实不相若，八也。夫战有三亡：以乱攻治者亡，以邪攻正者亡，以逆攻顺者亡。今明公秉国政平，讨夷凶宦，忠义克立；以三德待于三亡，奉辞伐罪，谁人敢御？九也。（《三国志·魏书·郑浑传》裴注引《汉纪》）

尽管郑泰所说不无恭维的成分，但是客观而言，从各方面来看，心怀鬼胎、明争暗斗的关东联军要想在军事上战胜以逸待劳、具有强大战斗力的董卓集团几乎是不可能完成的任务。

六、董卓失败的深层根源

正当董卓思考如何击败关东联军之时，一场针对董卓，由司徒王允策划，吕布执行的暗杀行动正在酝酿之中。初平三年（192），在上朝途中，吕布率众诛杀董卓。《三国志·魏书·董卓传》记载："三年四月，司徒王允、尚书仆射士孙瑞、卓将吕布共谋诛卓。是时，天子有疾新愈，大会未央殿。布使同郡骑都尉李肃等，将亲兵十馀人，伪著卫士服守掖门。布怀诏书。卓至，肃等格卓。卓惊呼：'布所在？'布曰：'有诏。'遂杀卓，夷三族。主簿田景前趋卓尸，布又杀之；凡所杀三人，馀莫敢动。长安士庶咸相庆贺，诸阿附卓者皆下狱死。"一代枭雄带着无穷遗憾告别人间！

然而"乱臣贼子"死于非命并不意味着太平盛世的来临，相反却是天下分崩的前兆。一方面，由于王允拒绝赦免董卓部将，李傕、郭汜等收集西凉残兵，攻占长安，王允自尽，吕布外逃，但是李傕、郭汜掌权之后，彼此猜忌，相互残杀，"时三辅民尚数十万户，傕等放兵劫略，攻剽城邑，人民饥困，二年间相啖食略尽"（《三国志·魏书·董卓传》），昔日富庶的关中地区沦为人间地狱。

另一方面，关东联军内部的矛盾也愈演愈烈。兖州刺史刘岱乘机诛杀东郡太守桥瑁，袁绍设计迫使冀州牧韩馥退位自代之后与公孙瓒围绕冀、幽、并、青四州归属问题长期激战，仅在青州，双方便相互争夺长达两年，"士卒疲困，粮食并尽，互掠百姓，野无青草"（《资治通鉴·汉纪五十二》），袁绍、袁术更是兄弟阋墙，互不相让，形成了以两人为盟主的相互讨伐的军事集团。

从表面上看，董卓死于非命是因为王允和吕布相互勾结，但是如果我们拓宽历史视野，仔细分析这件改变汉末三国历史进程的刺杀事件的前因后果，将会发现董卓最终的失败是多个因素合力的产物。

一是成长于边鄙之地的董卓没有获得中原士族的接纳。中原士族拒绝接纳董卓与地域歧视密切相关。东汉末年，中原地区人口稠密、经济发达、文化繁荣、交通便利，是当时中国最发达的地区，中原士族对于来自其他地区的人们存在根深蒂固的歧视感。《三国志·魏书·刘晔传》记载"扬士多轻侠狡桀",《三国志·魏书·吕布传》评论出身并州的吕布"轻狡反复,唯利是视"都是这种地域歧视的体现。董卓虽然出身地方豪强,却成长于民夷混居的边鄙之地,耳濡目染下董卓实质上已经是胡化的汉人,东汉名将安定皇甫规之妻便曾经痛骂董卓为"羌胡之种,毒害天下"(《后汉书·烈女传》),在中原士大夫的眼中,董卓本人就是一个蛮夷,像他们这样的衣冠贵族又如何肯臣服于董卓这样的蛮夷呢?

二是误信尚书周毖和城门校尉伍琼建议,任命袁绍等人为地方牧守。袁绍等人之所以能够组织声势浩大的关东联军关键在于其地方牧守的身份。东汉时期,地方牧守不仅是当地的最高行政长官,而且拥有征辟部属和下级官吏的权力。清代著名学者赵翼就曾指出:"汉时诸侯自置吏四百石以下,其傅相大臣则朝廷置之,州郡掾吏、督邮、从事则牧守自置之。"(《陔余丛考·卷十六》)另外,地方牧守还集军事、司法、财政大权于一身,具有潜在的割据实力,如果董卓拒绝周毖和伍琼的建议,袁绍等人就会成为大汉王朝的通缉犯,逃命都来不及,又怎么可能组织关东联军讨伐董卓,要知道此时东汉王朝虽然已经进入末期,但是依然是正统所在,其发布的诏书对于各地诸侯和官吏依然拥有足够的政治震慑力。董卓掌权时期曾以汉献帝的名义征召在天下士林中享有盛誉的名将皇甫嵩,皇甫嵩接旨后马上入京任职便是最好的证明。俗话说得好,"名正则言顺,名不正则言不顺,言不顺则事难成",没有地方牧守的职务,即使袁绍等人暗中勾结对董卓不满的中原士族,充其量也不过是小规模叛乱,董卓的西凉兵团可以轻而易举地将其镇压,完全不需要迁都以避其锋芒,如果董卓没有强制迁都,就不会制造出如此大的民怨,没有如此大的民怨,王允等人未必有胆量行刺董卓。

三是诛杀包括太傅袁隗在内的袁氏家族五十多人,使得天下士人寒心。在关东联军兴起以及迁都长安之后,盛怒之下的董卓下令诛杀包括太傅袁隗在内的袁氏家族五十多人,考虑到袁绍的叔父袁隗曾经征辟董卓,董卓可以算是袁氏故吏。

在任官制度上,东汉沿袭西汉,实行察举制、征辟制和任子制。除州郡外，三公、九卿或列侯也都有权向皇帝推举人才。荐主和被举荐的门生故吏成为利益共同体，前者庇护后者，后者依附前者，门生故吏往往要随同荐主出征、调转、流徙，荐主死去，门生故吏要服丧，甚至荐主犯罪，门生故吏需要陪同入狱，在这种任官制度的影响下，东汉政坛形成了以袁氏家族为代表的"门生故吏遍天下"的众多累世公卿。由于袁氏家族在朝廷内经营百年，树大根深，盘根错节，同时树恩四世，天下士族或多或少都受过其恩惠，董卓下令诛杀包括太傅袁隗在内的袁氏家族五十多人，不仅等同诛杀荐主，而且也触怒了天下的士人，董卓后世形象如此不堪与其忘恩负义、诛杀荐主有着密切的关系。除了名声扫地之外，袁氏家族五十多人死于非命还给董卓带来了另外一个严重后果，即对董卓不齿的天下士人或投靠关东联军，或依附以王允为首的潜伏的反董集团，客观上加速了董卓集团的覆灭过程。

在这里，我们需要思考这样一个问题，如果在董卓废立君主、掌控朝政之后，中原士族能够少一些地域歧视和门户之见，为了大局着想，支持和拥护董卓，董卓也能够继续虚心纳谏，重用名士，严明军纪，双方各得所需，天下百姓安享太平，这样是不是比董卓集团与中原士族斗得你死我活、两败俱伤导致的生灵涂炭、尸横遍野更好呢？假如说董卓残酷冷血，道德败坏，那么他的对手又比他好多少呢？袁绍等人在何进死后，发动的全面剿灭宦官集团的行动中，宁可错杀一千，也不放过一个，导致无数百姓死于非命，血流成河。刺杀董卓之后，掌握朝政的王允仅仅因为蔡邕的一声叹息就将其置于死地，董卓尚且懂得起用名士，自我包装，王允却连一个蔡邕也容忍不了，既然都是"烂苹果"，选择一个对于黎民百姓消极影响最小的"烂苹果"不是更好吗？

吕布刺杀义父董卓如同亲手粉碎了自己的帝王梦

初平三年（192）四月二十三日清晨，专擅朝政的太师董卓前往皇宫，计划参加汉献帝的庆典，义子吕布随从护卫。当董卓车队行至北掖门外时，李肃等人持长戟冲出，刺向董卓，将其赶下车来，董卓大声疾呼："吕布何在？"这时候，吕布不慌不忙地掏出诏书，喊道："有诏讨贼臣！"率众人上前将董卓当场诛杀。

然而由于王允对于董卓部将李傕、郭汜等人处置失当，后者收集旧部攻陷长安，吕布不得不浪迹中原，先后投靠袁术、袁绍、张杨。兴平元年（194），兖州士族不满曹操杀死名士边让以及其四处征战导致自身利益受损，在陈宫的建议下，趁其出征徐州之时，张邈等人勾结吕布共同讨伐曹操。尽管吕布与陈宫、张邈联手讨伐曹操在初期曾经屡战屡胜，一路攻城略地，但是在袁绍的大力支援下，曹操最终反败为胜，吕布不得不再次踏上逃亡之路，几经周折，投靠接替陶谦成为徐州新主人的刘备，并且利用刘备出征袁术，反客为主，占据徐州。吕布势力的扩张引起了刚刚奉迎汉献帝于许都，"挟天子以令诸侯"的曹操的不安。建安三年（198），曹操率领大军讨伐徐州，激战三月，决水围城，吕布兵败被杀。

在吕布的一生之中，刺杀义父董卓无疑是其事业的重要转折点。如果说在此之前，他是当时最有希望统一天下的西凉集团内部最受董卓器重的将领，那么在此之后，尽管吕布在王允的推荐下，被任命为奋武将军，假节，爵位从都亭侯进封为温侯，与王允共同辅政，达到了其一生权力的巅峰，但是随着李催、郭汜收集西凉散兵游勇攻陷长安，吕布不得不浪迹中原，最终在徐州死于曹操之手。

在这里，读者朋友需要思考一个问题，假如当年吕布拒绝王允的拉拢，继续对董卓保持忠诚，那么等待他的最大政治回报是什么呢？答案是他完全有机会登上帝位，也许这个答案很可能出乎大多数人意料，但是事实上，只要我们认真分析吕布一生的经历以及其本人长处和缺点，便会发现这种可能性绝非天方夜谭，五代十国时期的"吕布"——南唐的"开国之君"李昪（李后主的祖父）在南吴权相徐温去世，亲子尚在的情况下，以养子身份成为前者继承人，掌握军政大权，登基称帝，便是最好的证明。从更深层的角度而言，吕布刺杀义父董卓不仅如同亲手粉碎了自己的帝王梦，而且由于失去了保护伞，也埋下了数年之后自己在徐州死于曹操之手的伏笔。

一、弑父求荣

吕布字奉先，五原郡九原（今内蒙古包头九原）人，以骁勇善战闻名边境，由于五原郡所属的并州地处民夷混居的军事前线，经常遭受鲜卑、匈奴的入侵和骚扰，吕布的骁勇善战使其深受并州刺史丁原的器重。关于丁原其人，史书的介绍只有寥寥数笔，《三国志·魏书·吕布传》裴注引《英雄记》记载：

原字建阳。本出自寒家，为人粗略，有武勇，善骑射。为南县吏，受使不辞难，有警急，追寇虏，辄在其前。裁知书，少有吏用。

丁原担任骑都尉之后，屯兵河内，任命吕布为主簿。这项任命令人感到好奇，主簿一职自战国始置，是各级主官的"办公室主任"，自汉代起，中央和地方各官署多置此官，负责文书簿籍，掌管印鉴事务，其后，历代多相沿。《文献通考·官职考》记载："古者官府皆有主簿一官，上至三公及御史府，下至九寺五监，以至郡县多置之，所职者簿书。"按理说，以骁勇闻名的吕布应该出任司马这样的武职才对，但是丁原却任命吕布为主簿，比较合理的解释便是吕布不仅弓马娴熟，善于冲锋陷阵，而且精通政务，拥有丰富的行政管理经验，是文韬武略的全能型人才。

中平六年（189），汉灵帝驾崩，少帝即位，辅政的大将军何进采纳了袁绍的建议，征召董卓和丁原率军进京逼迫何太后诛杀宦官，却先被宦官集团设计杀害，袁绍等人以替何进报仇为名围剿宦官集团，领兵赶来的董卓趁乱夺权，掌控朝政，同时兼并何进和同样死于非命的车骑将军何苗的部曲。然而此时官拜执金吾，手握并州铁骑的丁原成为董卓进一步揽权的巨大障碍，为了消除异己，董卓指使吕布杀死丁原。吕布为什么肯听从董卓的命令，背叛并手刃恩公丁原呢？根据罗贯中的《三国演义》的描绘，是因为董卓派吕布的老乡李肃巧舌如簧，以利诱之。真实的历史当然没有如此简单，综合朱子彦和方诗铭等三国史学者的研究成果来看，当时董卓势力远远大于丁原，以及董、吕两人在并州之时很可能早就相识是吕布背叛丁原的主要原因。

投靠董卓之后，由于吕布诛杀丁原，又带着并州铁骑前来归顺，董卓对吕布青睐有加，任命其为骑都尉，"甚爱信之，誓为父子，布便弓马，膂力过人，号为飞将。稍迁至中郎将，封都亭侯。卓自以遇人无礼，恐人谋己，行止常以布自卫"（《三国志·魏书·吕布传》）。

但是董卓与吕布的蜜月期并没有持续多久，"卓性刚而褊，忿不思难，尝小失意，拔手戟掷布。布拳捷避之，为卓顾谢，卓意亦解。由是阴怨卓。卓常使布守中阁，布与卓侍婢私通，恐事发觉，心不自安"（《三国志·魏书·吕布传》），吕布对董卓的不满引起了司徒王允的注意。

王允字子师，太原祁人也。世仕州郡为冠盖。同郡郭林宗尝见允而奇之，曰："王生一日千里，王佐才也。"遂与定交。年十九，为郡吏，时小黄门晋阳赵津贪横放恣，为一县巨患，允讨捕杀之。……允少好大节，有志于立功，常习诵经传，朝夕试驰射。三公并辟，以司徒高第为侍御史。中平元年，黄巾贼起，特选拜豫州刺史。辟荀爽、孔融等为从事，上除禁党。讨击黄巾别帅，大破之，与左中郎将皇甫嵩、右中郎将朱儁等受降数十万。于贼中得中常侍张让宾客书疏，与黄巾交通，允具发其奸，以状闻。灵帝责怒让，让叩头陈谢，竟不能罪之。而让怀协忿怨，以事中允。明年，遂传下狱。

会赦，还复刺史。旬日间，复以他罪被捕。……是冬大赦，而允独不在宥，三公咸复为言。至明年，乃得解释。是时，宦者横暴，睚眦触死。允惧不免，乃变易名姓，转侧河内、陈留间。及帝崩，乃奔丧京师。时，大将军何进欲诛宦官，召允与谋事，请为从事中郎，转河南尹。献帝即位，拜太仆，再迁守尚书令。初平元年，代杨彪为司徒，守尚书令如故。（《后汉书·王允传》）

董卓擅权之后，王允表面上迎合董卓，私下却秘密组织反董联盟，在王允看来，吕布有万夫不当之勇，又负责董卓的警卫工作，是刺杀董卓的最佳帮手。在王允的公关和劝说下，吕布最终同意加入反董联盟，刺杀董卓，由于部署周密，处置果断，董卓在上朝途中被义子吕布率众诛杀。董卓死后，"长安士庶咸相庆贺，诸阿附卓者皆下狱死"（《三国志·魏书·董卓传》）。吕布在王允的推荐下，被任命为奋武将军，假节，爵位从都亭侯进封为温侯，与王允共同辅政，达到了一生权力的巅峰。

二、浪迹中原

然而"乱臣贼子"董卓死于非命并不意味着天下太平的来临，尽管董卓的女婿中郎将牛辅被叛兵所杀，但是王允对于其他部将处置失策，造成刺杀董卓一事最终功败垂成。

《后汉书·王允传》记载：

允初议赦卓部曲，吕布亦数劝之。既而疑曰："此辈无罪，从其主耳。今若名为恶逆而特赦之，适足使其自疑，非所以安之之道也。"吕布又欲以卓财物班赐公卿、将校，允又不从。而素轻布，以剑客遇之。布亦负有功劳，多自夸伐，既失意望，渐不相平。

《三国志·魏书·董卓传》记载：

比傕等还，辅已败，众无所依，欲各散归。既无赦书，而闻长安中欲尽诛凉州人，忧恐不知所为。用贾诩策，遂将其众而西，所在收兵，比至长安，众十馀万，与卓故部曲樊稠、李蒙、王方等合围长安城。

在西凉兵团包围长安期间，吕布与郭汜这两员昔日同为董卓部下的猛将还上演了一场单打独斗的巅峰对决。《三国志·魏书·吕布传》裴注引《英雄记》记载：

郭汜在城北。布开城门，将兵就汜，言"且却兵，但身决胜负"。汜、布乃独共对战，布以矛刺中汜，汜后骑遂前救汜，汜、布遂各两罢。

由于城内叟兵的策应，郭汜、李傕等人顺利攻下长安，王允死于非命，吕布率领百骑投奔南阳袁术，但是袁术厌恶吕布朝秦暮楚，屡换门庭，拒绝接纳，于是便转而投靠袁绍。在这一时期，吕布曾经与袁绍联手讨伐张燕黑山军。《三国志·魏书·吕布传》记载："燕精兵万馀，骑数千。布有良马曰赤兔。常与其亲近成廉、魏越等陷锋突陈，遂破燕军。"但是由于吕布士兵抢掠百姓引起袁绍不满，吕布被迫投靠河内张杨。《三国志·魏书·吕布传》裴注引《英雄记》记载：

杨及部曲诸将，皆受傕、汜购募，共图布。布闻之，谓杨曰："布，卿州里也。卿杀布，于卿弱。不如卖布，可极得汜、傕爵宠。"杨于是外许汜、傕，内实保护布。汜、傕患之，更下大封诏书，以布为颍川太守。

兴平元年（194），兖州士族不满曹操杀死名士边让以及其四处征战导致自身利益受损，在陈宫的建议下，趁其讨伐徐州之时，张邈等人勾结吕布共同讨伐曹操。《三国志·魏书·张邈传》对于这一过程进行了详细的记录：

三国的暗线

张邈字孟卓,东平寿张人也。少以侠闻,振穷救急,倾家无爱,士多归之。太祖、袁绍皆与邈友。辟公府,以高第拜骑都尉,迁陈留太守。董卓之乱,太祖与邈首举义兵。汴水之战,邈遣卫兹将兵随太祖。袁绍既为盟主,有骄矜色,邈正议责绍。绍使太祖杀邈,太祖不听,责绍曰:"孟卓,亲友也,是非当容之。今天下未定,不宜自相危也。"邈知之,益德太祖。太祖之征陶谦,敕家曰:"我若不还,往依孟卓。"后还,见邈,垂泣相对。其亲如此。

吕布之舍袁绍从张杨也,过邈临别,把手共誓。绍闻之,大恨。邈畏太祖终为绍击己也,心不自安。兴平元年,太祖复征谦,邈弟超,与太祖将陈宫、从事中郎许汜、王楷共谋叛太祖。宫说邈曰:"今雄杰并起,天下分崩,君以千里之众,当四战之地,抚剑顾眄,亦足以为人豪,而反制于人,不以鄙乎!今州军东征,其处空虚,吕布壮士,善战无前,若权迎之,共牧兖州,观天下形势,俟时事之变通,此亦纵横之一时也。"邈从之。太祖初使宫将兵留屯东郡,遂以其众东迎布为兖州牧,据濮阳。郡县皆应,唯鄄城、东阿、范为太祖守。太祖引军还,与布战于濮阳,太祖军不利,相持百余日。是时岁旱、虫蝗、少谷,百姓相食,布东屯山阳。二年间,太祖乃尽复收诸城,击破布于钜野。布东奔刘备。邈从布,留超将家属屯雍丘。太祖攻围数月,屠之,斩超及其家。邈诣袁术请救未至,自为其兵所杀。

值得注意的是,尽管吕布与陈宫、张邈联手讨伐曹操在初期曾经屡战屡胜,一路攻城略地,但是最终功亏一篑,除了曹操"谲敌制胜,变化如神"(《三国志·魏书·武帝纪》裴注引《魏书》)的军事指挥才能之外,还存在一个容易被后人忽视的重要因素,即在关键时刻,此时与曹操处于同一阵营的袁绍亲自率军支援曹操。《三国志·魏书·袁绍传》裴注引《魏氏春秋》所录陈琳为袁绍撰写的讨曹檄文记载:

幕府(袁绍)辄复分兵命锐,修完补辑,表行东郡太守、兖州刺史,被以虎文,授以偏师,奖蹙威柄,冀获秦师一克之报。而操遂乘资跋扈,肆行酷烈,割剥元元,残贤害善。故九江太守边让,英才俊逸,天下知名,以直言正色，论不阿谄，身首被枭县之戮，妻孥受灰灭之咎。自是士林愤痛，民怨弥重，一夫奋臂，举州同声，故躬破于徐方，地夺于吕布，彷徨东裔，蹈据无所。幕府唯强干弱枝之义，且不登叛人之党，故复援旌擐甲，席卷赴征，金鼓响震，布众破沮，拯其死亡之患，复其方伯之任，是则幕府无德于兖土之民，而有大造于操也。

在袁绍的大力支援下，曹操最终反败为胜，吕布不得不再次踏上逃亡之路，几经周折，投靠接替陶谦成为徐州新主人的刘备。

三、决战徐州

吕布投靠徐州刘备之后，一山难容二虎的局面再度出现。建安元年（196），袁术讨伐刘备，刘备率军反击，吕布乘机偷袭徐州。《三国志·魏书·吕布传》裴注引《英雄记》记载：

布水陆东下，军到下邳西四十里。备中郎将丹杨许耽夜遣司马章诳来诣布，言"张益德与下邳相曹豹共争，益德杀豹，城中大乱，不相信。丹杨兵有千人屯西白门城内，闻将军来东，大小踊跃，如复更生。将军兵向城西门，丹杨军便开门内将军矣"。布遂夜进，晨到城下。天明，丹杨兵悉开门内布兵。布于门上坐，步骑放火，大破益德兵，获备妻子军资及部曲将吏士家口。

在后方失守的情况下，刘备被迫向吕布投降。或许是对自己的忘恩负义的行为感到内疚，吕布接受刘备的投降，不仅归还其家眷，将后者安置于小沛，而且在袁术进攻刘备之时积极调停。

《三国志·魏书·吕布传》记载：

术遣将纪灵等步骑三万攻备，备求救于布。布诸将谓布曰："将军常欲杀备，今可假手于术。"布曰："不然。术若破备，则北连太山诸将，吾为在术围中，不得不救也。"便严步兵千、骑二百，驰往赴备。灵等闻布至，皆敛兵

三国的暗线

不敢复攻。布于沛西南一里安屯，遣铃下请灵等，灵等亦请布共饮食。布谓灵等曰："玄德，布弟也。弟为诸君所困，故来救之。布性不喜合斗，但喜解斗耳。"布令门候于营门中举一只戟，布言："诸君观布射戟小支，一发中者诸君当解去，不中可留决斗。"布举弓射戟，正中小支。诸将皆惊，言"将军天威也！"明日复欢会，然后各罢。

吕布不愿袁术消灭刘备使得后者试图以联姻的方式强化双方的联盟关系，派使者出使徐州，要求为袁术之子迎娶吕布之女，获得了吕布的同意，但是徐州本地士族陈珪却心向曹操，不愿意吕布和袁术结盟，于是劝说吕布："曹公奉迎天子，辅赞国政，威灵命世，将征四海，将军宜与协同策谋，图太山之安。今与术结婚，受天下不义之名，必有累卵之危。"（《三国志·魏书·吕布传》）吕布也怨恨袁术当初没有接纳自己，派人追回女儿，将袁术使者押送至许都枭首示众。随后吕布派陈珪之子陈登前往许都，却不料为两者相互勾结，消灭吕布提供了可乘之机。

袁术得知吕布拒绝联姻，还将使者送往许都枭首，十分震怒，决定与韩暹、杨奉等人联合，派大将张勋攻打吕布，吕布采纳陈珪的建议，派人游说韩暹、杨奉和自己共同攻打袁军，军资所得完全归后者所有，在吕布和韩暹、杨奉的联手进攻下，张勋大败而回。可吕布与袁术的矛盾并没有持续多久，随着投靠刘备的百姓和士兵越来越多，感到威胁的吕布很快与袁术和好，派大将高顺率军进攻刘备，刘备大败，不得不投靠许都的曹操。

吕布势力的扩张引起了刚刚奉迎汉献帝于许都，"挟天子以令诸侯"的曹操的不安，在击溃袁术之后，盘踞徐州的吕布便成为曹操的下一个打击目标。

《三国志·魏书·吕布传》记载：

（建安三年）太祖自征布，至其城下，遗布书，为陈祸福。布欲降，陈宫等自以负罪深，沮其计。布遣人求救于术，自将千馀骑出战，败走，还保城，不敢出。术亦不能救。布虽骁猛，然无谋而多猜忌，不能制御其党，但信诸将。诸将各异意自疑，故每战多败。太祖堑围之三月，上下离心，其将侯成、宋宪、魏续缚陈宫，将其众降。布与其麾下登白门楼。兵围急，乃下降。

吕布被俘之后，还引发了一个千古谜案，即曹操听从了谁的建议才下定决心杀死吕布。

《三国志·魏书·吕布传》记载：

遂生缚布，布曰："缚太急，小缓之。"太祖曰："缚虎不得不急也。"布请曰："明公所患不过于布，今已服矣，天下不足忧。明公将步，令布将骑，则天下不足定也。"太祖有疑色。刘备进曰："明公不见布之事丁建阳及董太师乎！"太祖颔之。布因指备曰："是儿最叵信者。"于是缢杀布。

从"太祖有疑色"来看，曹操一度也想收降吕布这员猛将，但是身旁的刘备此时进言"明公不见布之事丁建阳及董太师乎"，一言惊醒梦中人，曹操最终下令绞杀吕布，然而也有史书记载，向曹操进言要求杀吕布的另有其人。

《三国志·魏书·吕布传》裴注引《献帝春秋》记载：

布缚急，谓刘备曰："玄德，卿为坐客，我为执虏，不能一言以相宽乎？"太祖笑曰："何不相语，而诉明使君乎？"意欲活之，命使宽缚。主簿王必趋进曰："布，勍虏也。其众近在外，不可宽也。"太祖曰："本欲相缓，主簿复不听，如之何？"

考虑到刘备此时只是曹操的客卿，以曹操多疑的性格，他的话，曹操未必相信，相反王必则是曹操的心腹亲信，而且他所提出的杀吕布的理由"布，勍虏也。其众近在外，不可宽也"（这句话翻译过来就是吕布是悍将，其部将和军队还在周边，没有被彻底消灭，不杀吕布，后患无穷）显然更具有说服力。从当时的情况来看，无论从个人关系，还是从理由的充分性分析，吕布更有可能是由于曹操听取了自己的主簿王必的建议而身首异处，死于非命。

四、为什么说吕布原本也有机会登上帝位

在天下鼎沸、群雄虎争的汉末三国时期，尽管吕布骁勇善战，有万夫不当之勇，但是由于其欲壑难填，唯利是图，因此朝秦暮楚，频繁改换门庭。丁原对吕布器重有加，将其提升为主簿，可他为了荣华富贵，手刃恩公；投靠董卓之后，后者任命其为骑都尉和中郎将，他却由于王允的煽动，杀死义父；刘备在其走投无路的时候予以收留，而他乘刘备率军远征之机，偷袭徐州，鸠占鹊巢，反客为主，所以吕布长期以来一直以"三姓家奴"的骂名而为后人所熟知，当前我国三国迷心目中的吕布形象基本上摆脱不了以上两个方面的范畴。然而必须提醒读者朋友的是，尽管由于有勇无谋，唯利是图，吕布最终身首异处，成为汉末三国时期最具知名度的"失败者"之一，但是如果他当年没有参与刺杀董卓，本来完全有机会登上帝位。

笔者在《真假董卓》一文中曾经提出这样一个观点，即如果董卓没有被吕布刺杀身亡，他是当时最有希望平定四方，一统天下的乱世枭雄。在这里，读者朋友需要思考这样一个问题，假如董卓成为新王朝的"开国之君"，谁最有可能成为董卓的接班人？答案便是本文的主人公——吕布，道理也不复杂，相对于董卓集团的其他成员，吕布更有资格成为董氏王朝的"太子"。

为了更好地说明这一点，我们不妨先看看董卓集团的其他重要成员。

首先是董卓女婿中郎将牛辅。无论是军事指挥，还是驾驭部下，甚至是个人胆量上，牛辅都远逊于吕布。

《三国志·魏书·董卓传》记载：

> 初，卓女婿中郎将牛辅典兵别屯陕，分遣校尉李傕、郭汜、张济略陈留、颍川诸县。卓死，吕布使李肃至陕，欲以诏命诛辅。辅等逆与肃战，肃败走弘农，布诛肃。其后辅营兵有夜叛出者，营中惊，辅以为皆叛，乃取金宝，独与素所厚支胡赤儿等五六人相随，逾城北渡河，赤儿等利其金宝，斩首送长安。

从牛辅屈辱式的死亡过程来看，很难想象其可以成为董卓的接班人。

其次是董卓之弟——董旻。董旻长年在京师中任职，中平六年（189），中常侍张让等人设计斩杀大将军何进，时任奉车都尉的董旻与何进部将吴匡认为车骑将军何苗与何进剿灭宦官不同心，导致何进被害，便联手诛杀何苗。董卓迁都长安，封董旻为左将军，镇守郿坞，董卓遇刺之后，王允派皇甫嵩率军攻打郿坞，将包括董旻在内的董卓族人全部屠杀。董旻最大的缺陷是没有在外领兵作战的经历，在汉末三国这样的大乱世，这个缺陷决定其难以成为董卓的继承人。

再次是郭汜、李傕。尽管在董卓集团内部，郭汜、李傕仅仅是校尉级别的将领，在官职上难以与牛辅、董旻相提并论，但是在其接受贾诩的建议，收集西凉散兵游勇攻陷长安，控制汉献帝之后，便成为东汉王朝事实上的当家人，如果两人拥有足够的政治智慧，同舟共济，团结其他西凉集团将领，同时笼络朝中文武百官，依然能够成为一方霸主，但是郭汜、李傕不仅彼此猜忌，相互残杀，甚至纵容士兵四处抢掠，羞辱百官，最终导致自己死无葬身之地。显然郭汜、李傕也缺乏接班所必须的谋略、实力和威望。

最后是张济。考虑到张济连郭汜、李傕都不如，自然不在接班人的范围。

当然或许有些读者会质疑，如果董卓建立董氏王朝，按照我国古代皇位继承原则，董卓更有理由把皇位传给自己的亲生儿子，又怎么可能传给义子吕布呢？对于这个问题，笔者认为，即使董卓将皇位传给自己的亲生儿子，其子能否坐稳皇位需要打上一个大问号。汉末三国时期的中国是一个典型的士族社会，董卓擅政初期平反"党锢之祸"便有讨好士族阶层的因素；即使强势如魏武帝曹操，在立储问题上也必须征求众多出身士族的元老重臣的意见；曹魏晚期，司马家族崛起，君权旁落，归根结底还是在于中原士族认为司马家族上台更有利于维护自己的利益。相对于董卓集团的其他成员，吕布拥有三大优势决定了其更有可能受到中原士族的拥戴。

一是具有杰出的军事指挥才能。汉末三国是天下大乱、群雄争霸的大乱世，任何有意统一天下的乱世枭雄必须具有杰出的军事指挥才能，魏武帝曹操能够逐鹿中原，平定北方与其傲视群雄的军事指挥艺术有着密切的关系。作为当时的公认的名将，吕布以其骁勇善战而享有盛名。兴平元年（194），吕布接受陈宫邀请，与张邈联手偷袭兖州，多次击败曹操，逼得其差一点将家眷送至袁绍处，以换取援兵，为了调解袁术和刘备之间矛盾上演的"辕门射戟"更是千古绝唱。

二是拥有一定的政治谋略。《后汉书·王允传》记载："允初议赦卓部曲，吕布亦数劝之。既而疑曰：'此辈无罪，从其主耳。今若名为恶逆而特赦之，适足使其自疑，非所以安之之道也。'吕布又欲以卓财物班赐公卿、将校，允又不从。"如果王允能够听从吕布的建议，就没有后来的郭汜、李傕之乱。另外，吕布占据徐州之后，东海萧建为琅邪相，控制莒城，"保城自守，不与布通"，吕布给其写信道："天下举兵，本以诛董卓耳。布杀卓，来诣关东，欲求兵西迎大驾，光复洛京，诸将自还相攻，莫肯念国。布，五原人也，去徐州五千馀里，乃在天西北角，今不来共争天东南之地。莒与下邳相去不远，宜当共通。君如自遂以为郡郡作帝，县县自王也！昔乐毅攻齐，呼吸下齐七十馀城，唯莒、即墨二城不下，所以然者，中有田单故也。布虽非乐毅，君亦非田单，可取布书与智者详共议之。""建得书，即遣主簿赍笺上礼，贡良马五匹。"（《三国志·魏书·吕布传》裴注引《英雄记》）吕布仅凭一封书信就能让控制莒城的琅邪相萧建俯首称臣，显示前者绝非简单地依靠武力割据一方的乱世枭雄。

三是性格宽厚，有容人之量。建安元年（196），吕布部将河内郝萌叛变，高顺率兵平叛，萌将曹性反水，杀死郝萌，事后，曹性承认郝萌叛变是受袁术蛊惑，同时供出陈宫是同谋者，"时宫在坐上，面赤，傍人悉觉之。布以宫大将，不问也"（《三国志·魏书·吕布传》裴注引《英雄记》），如果换作他人，陈宫恐怕早已人头落地。除此之外，在吕布困守徐州的最后阶段，"（侯成）乃与诸将共执陈宫、高顺，率其众降。布与麾下登白门楼。兵围之急，令左右取其首诣操。左右不忍，乃下降"（《后汉书·吕布传》）。眼看败局已定，吕布竟然让部下砍下其人头去换取荣华富贵，从"左右不忍"以及高顺拒绝投降来看，吕布平时应该是一个深受部下拥戴，不乏个人魅力的军事将领。

由于这三大优势，加上其曾经担任过主簿，也就是文官，懂得如何与士族和睦相处，我们有足够的理由相信，一旦董卓死后，即使董卓之子即位，以吕布在董卓集团内部的威望和才能也将扮演后世司马懿在曹魏政坛的角色，即类似以"周公辅佐成王"的模式掌握大权，然后按照中国古代政治的演变模式，吕布完全有机会登基称帝，至于牛辅、董旻、郭汜、李傕等人只要让他们保持现有的官职和继续享受荣华富贵，他们臣服吕布的概率要远远大于反叛的概率。

除此之外，董卓对吕布绝对信任也是后者能成为董氏王朝接班人的有利条件。方诗铭先生在《董卓之死》（《论三国人物》，北京出版社，2015）一文中认为，在当时，以董卓为首的西凉集团和以吕布为首的并州集团之间存在尖锐的矛盾是促使吕布同意王允的拉拢刺杀董卓的深层根源。然而必须指出的是，西凉集团和并州集团之间存在尖锐的矛盾固然是事实，但是这种矛盾显然没有影响董卓对于吕布的绝对信任，道理也不复杂，如果董卓不信任吕布，绝对不会委任其负责自己的警卫工作，完全可以命其率领并州铁骑去讨伐关东联军，董卓让吕布担任自己的"中央警卫团"团长，实质上就是把自己的性命交到吕布手上，换句话说，在董卓眼中，吕布是其麾下最值得信任的将领，至于《三国志·魏书·吕布传》记载的"（董卓）拔手戟掷布"并不能说明什么，董卓和吕布是义父与义子关系，前者又具有粗犷的军人性格，"父亲"看"儿子"不顺眼，打骂一下，是非常正常的。民国时期，身为南京国民政府最高领导人的蒋介石在接人待物时有个原则，即越是政治敌人，接待时越笑容满面，态度恭顺，越是亲信部下，越是怒目相向，态度恶劣，像赫赫有名的"军统"头子戴笠便经常被蒋介石辱骂甚至是毒打，巧合的是，蒋介石也是一个军人出身的乱世枭雄。从蒋介石的例子来看，董卓事实上是真的把吕布当作自己的儿子。

在我国古代帝制时代，尽管"父死子（亲子）继"是皇位传承的主要方式，但是在某些特殊时期，尤其是大乱世之中，非亲生的养子也有机会登上帝位。公元950年，后汉隐帝听信谗言，派人诛杀时任邺都（今河北大名东北）留守、天雄军节度使郭威，郭威愤而起兵，以"清君侧"为名率军杀向都城开封，由于后汉隐帝昏庸无能，宠信奸臣，军队纷纷倒戈，郭威一路势如破竹，攻城略地，占领开封，废黜隐帝，登基即位，建立后周，然而由于几个亲生儿

三国的暗线

子都已经被后汉隐帝诛杀，郭威经过反复权衡，最终选择兼具外甥与养子身份的柴荣为"太子"。公元954年，后周太祖郭威驾崩，柴荣按遗命在柩前即皇帝位，柴荣便是五代十国赫赫有名的周世宗。

如果说后周太祖郭威把皇位传给柴荣完全是由于自己的几个儿子全部被后汉隐帝杀害，无人可选，不得已为之，那么同样是在五代时期，南唐的"开国之君"——李昪在乱世中以流浪儿的身份被南吴权臣徐温收养之后对养父忠心耿耿，最终依靠养父信任以及多年经营形成的政治势力，在徐温病逝后其亲子尚在世的情况下，得到文武百官拥戴，成为后者的接班人，执掌军政大权，最终登基称帝的例子则说明作为董卓义子的吕布并非没有机会成为"九五之尊"。

李昪出身贫苦人家，自幼父母双亡，从小便在濠州（今安徽凤阳）、泗州（今安徽泗水）一带流浪。公元895年，南吴太祖杨行密攻打濠州，遇到李昪，原本准备将其收为养子，但是却为其子所不容，只得交给部将徐温抚养，取名徐知诰。徐知诰天资聪颖，侍奉徐温如父。有一次，徐知诰曾经跟随徐温出行，徐温因心情不佳而乱杖驱赶徐知诰，等到回家的时候，徐知诰拜迎于门口。徐温惊讶说："你怎么在这个地方！"徐知诰回答："为人子，怎么能舍弃父母，父怒而归母，是儿子应该做的。"徐温因此更加喜爱徐知诰。徐知诰长大后，身长七尺，声如洪钟，喜好读书，善于骑射。公元918年，南吴权相徐温精心培养的接班人徐知训被大将朱瑾所杀，徐知诰在润州（今江苏镇江）得到消息，赶到广陵（今江苏扬州）平乱，立下大功，在此之后，其辅佐养父徐温执掌朝政。徐知诰执政期间，为了收揽民心，轻徭薄役，宽缓刑法，还建造延宾亭用以接待四方之士，名士宋齐丘等人都成了他的重要谋士，凡有流落在其境内的士人他都加以任用，还经常派人到民间了解疾苦，遇有婚丧匮乏的，便设法予以周济，因此获得百姓和大臣的交口称赞。徐温病逝之后，徐知诰成为南吴政权事实上的当家人。公元939年，徐知诰在文武大臣的拥戴下，登基称帝，同时恢复李姓，改名为昪，自称唐太宗之子吴王李恪的后代，又改国号为唐，史称"南唐"。

吕布的情况与李昪几乎如出一辙：论家庭背景，吕布出身贫寒，李昪则是不知父母的流浪儿；论时代背景，汉末三国，九州辐裂，干戈不止，五代十国，天下大乱，军阀混战；论个人才能，吕布文武双全，不仅有万夫不当之勇，而且担任过主簿这样的文官，李昇既能领军作战，又能治国安邦；论历史机遇，吕布义父董卓权倾天下，是东汉王朝事实上的当家人，李昇养父徐温把持朝政，是南吴的权相；论父子关系，董卓对吕布信任有加，委以重任，徐温对李昇视如己出，精心栽培。

如果吕布能够像李昇那样忠心耿耿地服侍义父董卓，拒绝王允的拉拢，帮助董卓平定天下，并且努力处理好与西凉集团其他成员和朝中群臣的关系，在董卓之后也有机会登上帝位。可令人惋惜的是，吕布却仅仅因为"父子"生活中的一些矛盾以及与董卓侍婢有染，最终参与以王允为首的反董联盟。吕布诛杀义父董卓不仅扼杀了自己的帝王梦，而且亲手毁掉了自己的保护伞，从某种程度而言，当吕布诛杀董卓，事实上便已经注定数年之后其身死族灭的结局。

袁术究竟有没有称帝

在汉末三国时期，袁术几乎就是自大和愚蠢的代名词，如果他没有与兄长袁绍兵戎相见，而是联手逐鹿中原，天下就是袁氏家族的囊中之物。更令人不齿的是，在汉末群雄之中，袁术竟敢率先称帝，结果沦为大汉王朝的"乱臣贼子"和其他政治势力的打击对象，以至于建安四年（199），曹操讨伐袁术之时，后者兵败如山倒，部下纷纷投降，众叛亲离的袁术走投无路，郁郁而终。

然而尽管袁术称帝的经过，史书有明文记载，但是并非不存在疑点，比如曹操在《让县自明本志令》一文中便提及"志计已定，人有劝术使遂即帝位，露布天下，答言'曹公尚在，未可也'"。从这句话来看，袁术其实没有称帝，这样问题就来了，袁术是真的曾经称帝，还是被人诬陷？另外，孙策是以袁术部将的名义攻打江东，在这一过程中，袁术有没有发挥什么重要作用？孙策与袁术恩断义绝是由于袁术称帝，还是另有原因？只有找到这些问题的答案，我们才能发现袁术称帝疑点背后的历史真相。

一、从辉煌到陨落

袁术字公路，汝南汝阳（今河南商水）人，出生于东汉王朝仅次于皇室的显赫世家——"四世三公"的袁氏家族，司空袁逢嫡子，袁绍之弟，"少以侠气闻，数与诸公子飞鹰走狗，后颇折节"（《后汉书·袁术传》）。由于家族门荫，袁术在仕途上平步青云，步步高升，"举孝廉，除郎中，历职内外，后为折冲校尉、虎贲中郎将"（《三国志·魏书·袁术传》）。

中平六年（189），汉灵帝驾崩，辅佐少帝的外戚何进与袁绍等人合谋诛杀宦官集团，却被宦官引诱至深宫遇刺身亡。在何进死后，众人惶惶不安的关键时刻，袁术临危不惧，主动进攻，稳住了局势。《资治通鉴·汉纪五十一》记载："进部曲将吴匡、张璋在外，闻进被害，欲引兵入宫，宫门闭。虎贲中郎将袁术与匡共斫攻之，中黄门持兵守阁。会日暮，术因烧南宫青琐门，欲以胁出让等。"

但是在宦官集团灭亡之后，朝廷军政实权却被闻讯率军赶来的董卓所篡夺，尽管董卓为了安抚袁氏家族，将袁术提拔为后将军，可随着中原士族反对董卓专权的态度日渐凸显，袁术也像兄长袁绍一样，秘密逃出洛阳，参加以讨伐董卓为目标的关东联军。

在关东联军讨伐董卓的过程中，长沙太守孙坚借机诛杀平素对其无礼的荆州刺史王叡，又除掉南阳太守张咨。由于孙坚出身寒族，并且"以下犯上"，为了自保，便率军投靠此时盘踞在鲁阳的袁术，袁术不仅麾下增添了一员当世名将，而且占据了豫州和荆州南阳郡，实力大增。

经过一年多有名无实的讨董战争，以及董卓为避敌锋芒，主动迁都长安，攻陷洛阳之后，关东联军内部矛盾开始激化。由于兄长袁绍"有姿貌威容，能折节下士，士多附之"（《三国志·魏书·袁绍传》），威望远远高于袁术，引发作为袁氏家族嫡子的袁术的嫉恨和不满。《后汉书·袁术传》记载："豪杰多附于绍，术怒曰：'群竖不吾从，而从吾家奴乎！'又与公孙瓒书，云绍非袁氏子。"加之袁术拒绝了袁绍拥立汉室宗亲刘虞的建议，两人关系彻底决裂。袁绍任命会稽周喁为豫州刺史，试图从袁术手中抢地盘，遭到投靠袁术的孙坚率军驱离，袁术不仅收复了豫州，还顺势占领了扬州九江郡。

另一方面，为了攻占幅员辽阔、物阜民丰，具有重要战略价值的荆襄大地，袁术派孙坚进攻荆州。《三国志·吴书·孙破虏讨逆传》记载："初平三年，术使坚征荆州，击刘表。表遣黄祖逆于樊、邓之间。坚击破之，追渡汉水，遂围襄阳，单马行岘山，为祖军士所射杀。"孙坚的意外死亡，不仅让袁术失去了本集团最善战的将领，而且导致其停止了对荆州的主动进攻。

荆州方向扩张的失败驱使袁术讨伐此时依然归属袁绍阵营，占据兖州的曹操，因为袁术军队主力跟随其开往兖州，后方南阳空虚，刘表派兵截断了袁术的粮道，占领了南阳，后方已失的袁术在封丘一战中被曹操击败，不得不率军仓皇逃向扬州九江。然而尽管袁术屡战屡败，但是在其退至九江之后，依然控制着豫、徐、扬三州交界的多个郡县，不甘心失败的袁术又将扩张的方向转向江东六郡。兴平二年（195），袁术派孙坚长子孙策带领其父旧部渡过长江，攻打江东六郡。

《三国志·吴书·孙破虏讨逆传》记载：

策乃说术，乞助景等平定江东。术表策为折冲校尉，行殄寇将军，兵财千馀，骑数十匹，宾客愿从者数百人。比至历阳，众五六千。策母先自曲阿徙于历阳，策又徙母阜陵，渡江转斗，所向皆破，莫敢当其锋，而军令整肃，百姓怀之。策为人，美姿颜，好笑语，性阔达听受，善于用人，是以士民见者，莫不尽心，乐为致死。刘繇弃军遁逃，诸郡守皆捐城郭奔走。吴人严白虎等众各万馀人，处处屯聚。吴景等欲先击破虎等，乃至会稽。策曰："虎等群盗，非有大志，此成禽耳。"遂引兵渡浙江，据会稽，屠东冶，乃攻破虎等。尽更置长吏，策自领会稽太守，复以吴景为丹杨太守，以孙贲为豫章太守；分豫章为庐陵郡，以贲弟辅为庐陵太守，丹杨朱治为吴郡太守。

袁术通过孙策将江东六郡收入囊中之后，政治野心再度膨胀，不顾部属故交的反对，执意登基称帝。《三国志·魏书·袁术传》记载：

兴平二年冬，天子败于曹阳。术会群下谓曰："今刘氏微弱，海内鼎沸。吾家四世公辅，百姓所归，欲应天顺民，于诸君意如何？"众莫敢对。主簿阎象进曰："昔周自后稷至于文王，积德累功，三分天下有其二，犹服事殷。明公虽奕世克昌，未若有周之盛，汉室虽微，未若殷纣之暴也。"术嘿然不悦。用河内张炯之符命，遂僭号，以九江太守为淮南尹。置公卿，祠南北郊。

由于妄自称帝，袁术不仅沦为大汉王朝的"乱臣贼子"和其他政治势力的打击对象，而且占据江东六郡的孙策也与其恩断义绝，加之其本人"荒侈滋甚，后宫数百皆服绮縠，馀粱肉"（《三国志·魏书·袁术传》），袁术难逃灭亡的命运。建安四年（199），在曹操大军的围攻下，袁军节节败退，手下将领或降或叛，袁术不得不焚烧宫殿，试图投靠部曲陈简、雷薄，却被拒绝，无奈之下的袁术只能准备投靠兄长袁绍，却因为曹操派刘备半途拦截，不得不返回寿春，六月，袁术逃至江亭，坐在竹席上叹息道："袁术至于此乎！"于是愤恨成疾，吐血而亡。

二、袁术是否曾经称帝

在汉末群雄之中，论历史评价之低，除了"国贼"董卓之外，恐怕便是出身"四世三公"显赫家族的袁术了，陈寿评价袁术"奢淫放肆，荣不终已，自取之也"（《三国志·魏书·袁术传》）。袁术之所以被钉在了历史的耻辱柱上主要根源还在于其利令智昏，妄自称帝，最终沦为大汉王朝的"乱臣贼子"。

对于袁术称帝的过程，除了《三国志·魏书·袁术传》之外，我国其他史书也有相关描写。

《后汉书·袁术传》记载：

建安二年，因河内张炯符命，遂果僭号，自称"仲家"。以九江太守为淮南尹，置公卿百官，郊祀天地。

《三国志·魏书·袁术传》裴注引《典略》记载：

术以袁姓出陈，陈，舜之后，以土承火，得应运之次。又见谶文云："代汉者，当涂高也。"自以名字当之，乃建号称仲氏。

《三国志·吴书·孙破虏讨逆传》记载：

时袁术僭号，策以书责而绝之。

然而吊诡的是，尽管许多史书对于袁术称帝的过程言之凿凿，可有些史书记载证明袁术并没有称帝，比如魏武帝曹操在自己撰写的《让县自明本志令》中便明确提及"袁术僭号于九江，下皆称臣，名门曰建号门，衣被皆为天子之制，两妇预争为皇后。志计已定，人有劝术使遂即帝位，露布天下，答言'曹公尚在，未可也'。后孤讨禽其四将，获其人众，遂使术穷亡解沮，发病而死"。考虑到曹操与袁术是政治上的死敌，后者郁郁而终完全是拜前者所赐，曹操没有必要替袁术说好话，这样问题就来了，袁术是真的曾经称帝还是在这个问题上被人诬陷？要想回答这个问题，我们不妨先看看三国时期标准的称帝流程，看看能不能找到破解谜团的答案。

《三国志·魏书·文帝纪》记载：

汉帝以众望在魏，乃召群公卿士，告祠高庙。使兼御史大夫张音持节奉玺绶禅位，……乃为坛于繁阳。庚午，王升坛即阼，百官陪位。事讫，降坛，视燎成礼而反。改延康为黄初，大赦。

黄初元年十一月癸酉，以河内之山阳邑万户奉汉帝为山阳公，行汉正朔，以天子之礼郊祭，上书不称臣，京都有事于太庙，致胙；封公之四子为列侯。追尊皇祖太王曰太皇帝，考武王曰武皇帝，尊王太后曰皇太后。赐男子爵人一级，为父后及孝悌力田人二级。以汉诸侯王为崇德侯，列侯为关中侯。以颍阴之繁阳亭为繁昌县。封爵增位各有差。改相国为司徒，御史大夫为司空，奉常为太常，郎中令为光禄勋，大理为廷尉，大农为大司农。郡国县邑，多所改易。

《三国志·蜀书·先主传》记载：

即皇帝位于成都武担之南。为文曰："惟建安二十六年四月丙午，皇帝备敢用玄牡，昭告皇天上帝后土神祇：汉有天下，历数无疆。曩者王莽篡盗，光武皇帝震怒致诛，社稷复存。今曹操阻兵安忍，戮杀主后，滔天泯夏，罔顾天显。操子丕，载其凶逆，窃居神器。群臣将士以为社稷堕废，备宜修之，嗣武二祖，龚行天罚。备惟否德，惧忝帝位。询于庶民，外及蛮夷君长，佥曰'天命不可以不答，祖业不可以久替，四海不可以无主'。率土式望，在备一人。备畏天明命，又惧汉阼将湮于地，谨择元日，与百寮登坛，受皇帝玺绶。修燔瘗，告类于天神，惟神飨祚于汉家，永绥四海！"

章武元年夏四月，大赦，改年。以诸葛亮为丞相，许靖为司徒。置百官，立宗庙，祫祭高皇帝以下。五月，立皇后吴氏，子禅为皇太子。

《三国志·吴书·吴主传》记载：

黄龙元年春，公卿百司皆劝权正尊号。夏四月，夏口、武昌并言黄龙、凤凰见。丙申，南郊即皇帝位，是日大赦，改年。追尊父破虏将军坚为武烈皇帝，母吴氏为武烈皇后，兄讨逆将军策为长沙桓王。吴王太子登为皇太子。将吏皆进爵加赏。

从这些记载来看，在汉末三国时期，登基称帝大致可分为告苍天、即皇位、建宗庙、尊先祖、立国号、定年号、封百官等步骤，假如我们把这些步骤与袁术称帝的经过进行对比，将会发现更多疑点，袁术出身"四世三公"的高门大族，从小便接受过系统完整的儒家教育，进入仕途之后，历任郎中、折冲校尉、虎贲中郎将和后将军，对于朝廷的典章制度应该不会陌生，假设袁术利令智昏，想当皇帝想疯了，真的曾经登基称帝，他不可能不知道登基称帝的正确步骤，否则其所建立的王朝便是"伪中央"，必然会受到天下耻笑，但是无论是《三国志·魏书·袁术传》还是《后汉书·袁术传》都没有提及袁术称帝之时曾经告苍天、建宗庙和尊先祖，对于袁术登基称帝的经过只有"以九江太守为淮南尹，置公卿百官，郊祀天地"这么简单一句话，换而言之，袁术登基称帝之时并没有告苍天、建宗庙和尊先祖，虽然任命了淮南尹，但是我们却不知道谁是袁氏王朝的丞相和三公。

另外，《三国志·魏书·袁术传》裴注引《典略》记载：

术以袁姓出陈，陈，舜之后，以土承火，得应运之次。又见谶文云："代汉者，当涂高也。"自以名字当之，乃建号称仲氏。

当前网上有种观点认为《典略》中所提及的"仲氏"是袁术称帝后建立的国号或年号，但是如果我们认真分析我国古代帝制时期国号或年号的命名原则，认为"仲氏"是国号或年号显然是不太可能，毕竟"仲"是第二的意思，一个自居天子的人怎么可能甘居第二呢？从当时的历史环境以及袁术的性格特点来看，笔者认为"仲氏"有双重含义，首先是仲父之义，即类似周公、管仲这样承担辅政之责的元老重臣；其次蕴含着袁术是出身天下仅次皇室的最显赫家族之义。袁术自称"仲氏"表明其试图以"四世三公"的显赫家族势力为后盾，承担辅佐"成王"（即汉献帝）的"周公"的角色和作用，从古代政治伦理来看，我们可以批判以周公自居的袁术拥有"不臣之心"，但是这跟登基称帝是两回事，因此与其说袁术登基称帝，不如说其逾制僭越更合适。

事实上，在汉末三国时期，割据一方的乱世枭雄不守臣节，逾制僭越比比皆是。

《三国志·蜀书·刘二牧传》记载：

焉意渐盛，造作乘舆车具千馀乘。荆州牧刘表表上焉有似子夏在西河疑圣人之论。

《后汉书·孔融传》记载：

是时，荆州牧刘表不供职贡，多行僭伪，遂乃郊祀天地，拟斥乘舆。

《三国志·吴书·士燮传》记载：

燮兄弟并为列郡，雄长一州，偏在万里，威尊无上。出入鸣钟磬，备具威仪，茄箫鼓吹，车骑满道，胡人夹毂焚烧香者常有数十。……子弟从兵骑，当时贵重，震服百蛮，尉他不足逾也。

古往今来，相互对立的政权讨伐敌人之时往往需要为后者网罗罪名，以达到师出有名的目的，无论是周武王伐商指责纣王"维妇人言是用，自弃其先祖肆祀不答，昏弃其家国，遗其王父母弟不用，乃维四方之多罪逋逃是崇是长，是信是使，俾暴虐于百姓"（《史记·周本纪》），还是明太祖朱元璋北伐批判蒙元"后嗣沉荒，失君臣之道，又加以宰相专权，宪台抱怨，有司毒虐，于是人心离叛，天下兵起，使我中国之民，死者肝脑涂地，生者骨肉不相保"（《朱元璋奉天讨元北伐檄文》），无不如此，因此，从各方面的疑点以及结合当时的历史环境来看，所谓袁术妄自称帝更有可能是曹操集团为讨伐前者，占领淮南之地寻找合法的依据而刻意捏造出来的，至于孙策指责袁术称帝则有可能是为其摆脱后者控制，独占江东六郡，避免承担背叛"故主"的骂名而制造的完美借口。

三、袁术失败容易被忽视的真正根源

在汉末群雄之中，论家族背景和政治实力，没有谁能够与袁绍、袁术兄弟相提并论，自两袁兄弟高祖袁安在汉明帝时期平反楚王一案冤狱和汉和帝时期制衡外戚窦宪，匡扶汉室之后，袁氏家族深受东汉历代君主的信赖和倚重，"四世三公"，权倾天下，而且由于在朝廷内外经营百年，树大根深，盘根错节，加之经学传家，深得天下士林的敬重。由于家族的巨大影响力，自两袁兄弟参加反董联盟之后，在逐鹿中原的争霸战争中一度占尽先机，袁绍被拥立为关东联军的盟主，冀州牧韩馥迫于其威望不得不主动让出冀州；袁术也凭借家族影响力获得"江东猛虎"孙坚的拥戴，逐鹿中原。巅峰时刻，袁绍掌控冀、幽、青、并四州，袁术占据豫、徐两州部分地区和扬州包括江东六郡在内的大部分地区，两袁兄弟如果能够联手，剿灭群雄，一统天下，然后取代汉室建立新的袁氏王朝无异于探囊取物，易如反掌。

然而这一切都随着袁术与袁绍彻底决裂而灰飞烟灭，不仅袁术没有一统天下，而且由于受袁术拖累，原本有机会建立袁氏王朝的袁绍也先盛后衰，在官

渡之战被曹操击败之后仅仅一年多便含恨而亡，袁绍、袁术兄弟阋墙最终造成"鹬蚌相争，渔翁得利"的结果。

除此之外，袁术的失败也与占据徐州的吕布没有意识到其与前者"一荣俱荣，一损俱损"的共生关系而首鼠两端有着密切的关系。建安元年（196），袁术讨伐刘备，刘备率军反击，吕布乘机偷袭徐州，成为徐州新主人。为强化双方的联盟关系，袁术还派使者出使徐州，要求为袁术之子迎娶吕布之女，获得了吕布的同意，但是徐州本地士族陈珪却心向曹操，不愿意吕布和袁术结盟，于是劝说吕布："曹公奉迎天子，辅赞国政，威灵命世，将征四海，将军宜与协同策谋，图太山之安。今与术结婚，受天下不义之名，必有累卵之危。"（《三国志·魏书·吕布传》）吕布也怨恨袁术当初没有接纳自己，派人追回女儿，将袁术使者押送至许都枭首示众。袁术得知吕布拒绝联姻，还将使者送往许都，十分震怒，决定与韩暹、杨奉等人联合，派大将张勋攻打吕布，吕布采纳陈珪的建议，派人游说韩暹、杨奉和自己共同攻打袁军，许诺军资所得完全归后者所有，在吕布和韩暹、杨奉的联手进攻下，张勋大败而回。吕布势力的扩张引起了刚刚奉迎汉献帝于许都，"挟天子以令诸侯"的曹操的不安，建安三年（198），曹操率领大军讨伐吕布，经过数月激战，占领徐州，吕布兵败被杀。

如果我们认真分析袁术与吕布两人关系的演变，不难发现就战略眼光而言，世家大族出身的袁术远在三国第一猛将吕布之上。吕布占据徐州之后，与曹操、袁术两大集团相邻，鉴于曹操"挟天子以令诸侯"，拥有政治上先天的优势，加上手下猛将如云，谋士如雨，在综合实力上远胜袁术和吕布，袁术和吕布要想自保，就必须像后来的刘备和孙权那样建立稳固的联盟，共同对抗曹操。对于这点，袁术看得非常清楚，因此不仅提供粮草支持吕布占据徐州，而且主动要求联姻，但是吕布却忽视了与袁术建立战略联盟的重要性，在陈珪父子的煽动下，不仅拒绝联姻，反而将使者押送至许都，导致双方兵戎相见。然而虽然吕布有错在先，但是从后来吕布再度向袁术求和获得其许可，以及建安三年（198），曹操率军讨伐吕布，袁术再度派兵救援来看，袁术并没有被个人恩怨影响自己的战略判断，只可惜由于之前与吕布作战之时，袁术损失惨重，无法及时救援，吕布最终身首异处，而一旦吕布集团覆灭，独木难支的袁术集团自然难逃灭亡的命运。在这里，我们其实可以思考这样一个问题，如果吕布能够像袁术那样，清醒地认识到自己的处境，与袁术建立稳固的战略联盟，以形成鼎立之势，曹操是否有胆量讨伐袁术恐怕都要打上一个问号。

值得注意的是，尽管袁术最终的灭亡与兄弟阋墙、吕布首鼠两端以及其本人狂妄自大和穷奢极欲等因素息息相关，但是最直接的导火线是昔日的部下孙策倒戈一击。客观而言，袁术为人固然存在狂妄自大和穷奢极欲等缺点，可其对待孙策家族却可以用恩重如山来形容，初平二年（191），孙坚死于非命之后，如果不是袁术接纳孙坚旧部，重用孙策以及任命孙策舅父吴景为丹阳太守，堂兄孙贲为丹阳都尉，为未来东吴政权保留了核心领导层，孙策又岂能凭借一己之力攻占江东六郡。虽然袁术这样做归根结底还是为了自身的利益，但是前者对于孙策有恩却是不争的事实。

后世的三国迷对于孙策在短短数年便攻占江东六郡过程中展现的骁勇善战的英姿赞叹不已，往往忽视了为其提供粮草，坐镇后方的袁术这个幕后英雄。俗话说得好，"兵马未动，粮草先行"，鉴于当时天下大乱，孙策又是寒门出身，与当时的江东士族正处于敌对状态，很难想象其在出征初期能够为自己的军队收集到足够的粮草。至于说袁术言而无信，在孙策攻占九江和庐江之后，没有按照事先约定任命其为太守，固然难辞其咎，但是我们也必须看到，作为当时袁术手下的第一猛将，袁术事实上把孙策看作自己的"韩信"，在袁术看来，如果其真的任命孙策为九江或庐江太守，孙策很有可能会专注经营自己的一亩三分地，不再为其领兵出征，换句话说，袁术违背约定也有不得已的苦衷。

然而羽翼丰满的孙策给予袁术的报答却是关键时刻拔刀相向。《三国志·吴书·孙破虏讨逆传》记载："时袁术僭号，策以书责而绝之。"即通过附和曹操诬陷袁术称帝，为自己与后者决裂制造借口。在这里，必须指出的是，孙策之所以有胆量与袁术决裂根源于后者的一个重大失误，即在孙策渡过长江，攻打江东六郡之时，没有将孙策的家眷扣下作为人质，以防万一。在汉末三国时期，各路诸侯为了防止在外征战的将领叛变，往往会将其家眷留在后方作为人质。袁术没有将孙策的家眷扣下作为人质显示了其对孙策的充分信任，但是古往今来，只有永恒的利益，没有永恒的忠诚，事实证明，在乱世之中这种信任是何等可笑！或许在孙策攻打江东六郡初期，对于主公袁术可能还不乏感激之情，可随着占领区域的增加，军队规模的扩大，孙策自立门户的野心也在逐步膨胀，由于没有将孙策的家眷扣下作为人质，袁术最终失去了对孙策的掌控。

孙策的"叛变"对于袁术无疑是致命一击。当时的江东六郡，经过汉代数百年的开发，经济繁荣，人口稠密，对于袁术而言，失去了江东六郡意味着丢掉了能够提供源源不断兵源、赋税、粮草的富庶之地。在强敌环伺的地缘政治环境下，这块幅员辽阔的富庶之地得而复失意味着袁术集团的覆灭只是时间的问题。

从诛杀宦官的临危不惧到败退九江的仓皇狼狈，从纵横江淮的快意恩仇到败退寿春的吐血而亡，袁术的一生就像不断向下坠落的抛物线。尽管袁术的覆灭归根结底还在于其狂妄自大和穷奢极欲，缺乏在乱世中生存壮大的眼光和魄力，然而需要提醒读者朋友的是，前者的失败也与其对孙策缺乏必要的防备之心有着密切的关系。如果袁术在孙策渡过长江，攻打江东六郡的时候，将孙策的家眷扣下作为人质，孙策绝对没有胆量敢与袁术决裂，即使江淮之地不保，袁术也可以凭借长江天险和江东六郡，虎视天下，坐观成败，届时与曹操、刘备鼎足而立的，恐怕不是孙权，而是袁术了，可惜袁术却学习宋襄公，在乱世之中依然不忘"推心置腹，坦诚相待"的贵族精神，结果换来的却是孙策的倒戈相向，背后一刀，相对于曹操通过质任等手段驱使手下将领南征北战的同时又能确保其忠心不二，最终功成名就，"天下三分有其二"，追求用人不疑的袁术却因众叛亲离而含恨而死，这种鲜明的反差难道还不能使得我们对人性有更深层次的认识吗？

为什么说刘表不是一个"血统纯正"的汉室宗亲

在汉末群雄之中,掌控荆州近二十年的刘表刘景升虽然论功业和名气不如魏武帝曹操、蜀汉昭烈帝刘备和吴大帝孙权,但是毋庸置疑,在汉末三国时期,他也是响当当的一方霸主,从初平元年(190)单身赴任荆州到建安十三年(208)病逝,刘表不仅在蒯越、蔡瑁等人的辅佐下迅速平定内部叛乱,统一荆州七郡,而且由于其治理有方,幅员辽阔的荆楚大地,"余粟红腐,年谷丰夥。江湖之中,无劫掠之寇,沅湘之间,无攘窃之民。郡守令长,冠带章服,府寺亭乡,崇栋高门,皆如其旧;当世知名,辐辏而到,四方襁负,自远若归;穷山幽谷,于是为邦"(《全三国文·卷五十六·刘镇南碑》),成为汉末三国大乱世中少有的"富庶之地"。

一、刘表的汉室宗亲身份存在疑点

然而就是这样一个赫赫有名的乱世枭雄却给后世留下了一个不解之谜,那就是刘表究竟是不是"血统纯正"的汉室宗亲?或许不少三国迷们看到这个问题后可能会哑然失笑,关于这点,史书不是记载得很清楚,刘表和刘备一样都是"血统纯正"的汉室宗亲呀!这个有什么好怀疑的,但是必须指出的是,现有的史书记载,既有能证明刘表是汉室宗亲的内容,也有难以证明其是汉室宗亲的内容。

首先,我们不妨先看看能证明刘表是汉室宗亲的相关史书内容。

《后汉书·刘表传》记载:

刘表字景升，山阳高平人，鲁恭王之后也。身长八尺馀，姿貌温伟。与同郡张俭等俱被讪议，号为"八顾"，诏书捕案党人，表亡走得免。党禁解，辟大将军何进掾。

《全三国文·卷五十六·刘镇南碑》（刘表病逝后，其亲友、部属在刘表墓址修建记载其功绩的石碑）记载：

于时诸州或失土流播，或水潦没害，人民死丧，百遗二三，而君保完万里，至于沧海。圣朝钦亮，析圭授土，俾扬武威，遣御史中丞钟繇即拜镇南将军，锡鼓吹大车，策命褒崇，谓之伯父；置长史、司马、从事、中郎，开府辟召，仪如三公。上复遣左中郎将祝耽授节，以增威重，并督交、扬、益三州，委以东南，惟君所裁。虽周召授分陕之任，不过远也。

《三国志·魏书·武帝纪》裴注引《魏武故事》中的《十二月己亥令》（即《让县自明本志令》）记载：

刘表自以为宗室，包藏奸心，乍前乍却，以观世事，据有当州，孤复定之，遂平天下。

从这些记载来看，刘表应该是如假包换的汉室宗亲，但是"尽信书则不如无书"，同样有些史书记载却难以证明其汉室宗亲的身份，如陈寿的《三国志·魏书·刘表传》记载：

刘表字景升，山阳高平人也。少知名，号八俊。长八尺馀，姿貌甚伟。以大将军掾为北军中候。

这里没有关于刘表是哪位刘姓诸侯王或诸侯的后人的任何记载，那么是不是《三国志》作者陈寿在撰写汉室宗亲出身的汉末三国群雄之时，不喜欢记载传主是哪位刘姓诸侯王或诸侯的后人呢？答案是否定的，不妨看看陈寿对于其他汉室宗亲出身的三国群雄的描写。

《三国志·蜀书·先主传》记载：

先主姓刘，讳备字玄德，涿郡涿县人，汉景帝子中山靖王胜之后也。胜子贞，元狩六年封涿县陆城亭侯，坐酎金失侯，因家焉。先主祖雄，父弘，世仕州郡。雄举孝廉，官至东郡范令。

《三国志·蜀书·刘二牧传》记载：

刘焉字君郎，江夏竟陵人也，汉鲁恭王之后裔，章帝元和中徙封竟陵，支庶家焉。

《三国志·吴书·刘繇传》记载：

刘繇字正礼，东莱牟平人也。齐孝王少子封牟平侯，子孙家焉。繇伯父宠，为汉太尉。繇兄岱字公山，历位侍中，兖州刺史。

《三国志·魏书·刘晔传》记载：

刘晔字子扬，淮南成惪人，汉光武子阜陵王延后也。

看了这些记载，我们便会明白，陈寿之所以没有描写刘表汉室宗亲的身份，显然是认为刘表并不是哪位刘姓诸侯王或诸侯的后人。

更值得关注的是，满腹经纶、知识渊博的裴松之在给《三国志·魏书·刘表传》作注时也没有提及刘表是汉室宗亲的任何内容，这说明他应该是认可陈寿的看法，即刘表并不是哪位刘姓诸侯王或诸侯的后人。另外，有意思的是，《刘镇南碑》虽然有"圣朝钦亮，析圭授土，俾扬武威，遣御史中丞钟繇即拜镇南将军，锡鼓吹大车，策命褒崇，谓之伯父；……虽周召授分陕之任，不过远也"等可以证明刘表汉室宗亲的内容，但是在开头介绍刘表之时只提及"君讳表字景升，山阳高平人也。君膺期诞生，瑰伟大度，黄中通理，博物多识。为郡功曹，千里称平"，一字未提及他是哪位刘姓诸侯王或诸侯的后人，这样疑问就来了，刘表究竟是不是汉室宗亲呢？

二、陈寿的记载更值得信赖

要想回答这个问题，我们必须弄清楚哪些史书记载更值得信赖，笔者认为，相对于其他史料，《三国志·魏书·刘表传》的记载更值得信赖，理由如下：

一是陈寿撰写《三国志》时，正在西晋朝廷任职，有机会接触到众多与刘表相关的文书和档案，如果刘表确实是哪位刘姓诸侯王或诸侯的后人，与刘表无怨无仇的陈寿没有必要刻意隐瞒，与陈寿的《三国志》相比，范晔撰写的《后汉书》成书于南北朝的刘宋时期，此时距离三国有一百多年之久，就史料的可靠性而言，《后汉书》不如《三国志》。

二是刘表次子刘琮投降曹操后，曾官拜青州刺史，后迁谏议大夫，爵封列侯，三子刘修后官至东安太守，属于典型的达官显贵阶层，到陈寿撰写《三国志》的时候，刘表后代应该依然在世，如果刘表真的是某位刘姓诸侯王或诸侯的后人，陈寿却没有记载，考虑到在当时是否拥有汉室宗亲身份对于刘表后人社会地位的高低具有重要影响，无疑会得罪刘表后人，关于这点，陈寿在撰写《三国志·魏书·刘表传》时也不可能没有顾虑。

三是陈寿在撰写《三国志》时，距离刘表逝世只有半个多世纪，对于刘表家庭出身知根知底的官员和学者不在少数，如果刘表真的是某位刘姓诸侯王或诸侯的后人，陈寿却没有记载，那应该属于重大纰漏，但是《三国志》成书之后，社会舆论却给予高度评价，称赞其"善叙事，有良史之才"，后人对于《三国志》的批评也主要集中在其奉曹魏为正统，涉及曹魏君主和文臣武将时多有溢美之词，对于司马氏篡夺曹魏江山多有掩饰和开脱，却唯独没有提及陈寿漏记刘表的汉室宗亲身份这件事，这说明刘表很可能不是哪位刘姓诸侯王或诸侯的后人。

三、刘表很可能是汉献帝"御封"的汉室宗亲

如果刘表并不是哪位刘姓诸侯王或诸侯的后人，那应该如何解释其他史书中关于刘表是汉室宗亲的内容呢？要想破解这个谜团，笔者认为，必须从《刘镇南碑》中的汉献帝认刘表为伯父说起。初平三年（192），专擅朝政的董卓被吕布、王允暗杀之后，在贾诩的建议下，董卓部将李傕、郭汜收集西凉散兵，杀回长安，重新控制汉献帝，"挟天子以令诸侯"，但是由于李傕、郭汜之间的相互残杀，以汉献帝为首的东汉朝廷辗转流亡至故都洛阳，此时的东汉朝廷面临前所未有的困境。

《三国志·魏书·董卓传》记载：

是时蝗虫起，岁旱无谷，从官食枣菜。诸将不能相率，上下乱，粮食尽。奉、暹、承乃以天子还洛阳。出箕关，下轵道，张杨以食迎道路，拜大司马。语在《杨传》。天子入洛阳，宫室烧尽，街陌荒芜，百官披荆棘，依丘墙间。州郡各拥兵自卫，莫有至者。饥穷稍甚，尚书郎以下，自出樵采，或饥死墙壁间。

同传裴注引《魏书》记载：

乘舆时居棘篱中，门户无关闭。天子与群臣会，兵士伏篱上观，互相镇压以为笑。诸将专权，或擅答杀尚书。司隶校尉出入，民兵抵揶之。诸将或遣婢诣省阁，或自赍酒啖，过天子饮，侍中不通，喧呼骂詈，遂不能止。又竞表拜诸营壁民为部曲，求其礼遗。医师、走卒，皆为校尉，御史刻印不供，乃以锥画，示有文字，或不时得也

为了打破困境，汉献帝派人出使荆州。《后汉书·赵岐传》对此有过详细的描写：

三国的暗线

兴平元年，诏书征岐，会帝当还洛阳，先遣卫将军董承修理宫室。岐谓承曰："今海内分崩，唯有荆州境广地胜，西通巴蜀，南当交址，年谷独登，兵人差全。岐虽迫大命，犹志报国家，欲自乘牛车，南说刘表，可使其身自将兵来卫朝廷，与将军并心同力，共奖王室。此安上救人之策也。"承即表遣岐使荆州，督租粮。岐至，刘表即遣兵诣洛阳助修宫室，军资委输，前后不绝。

在以汉献帝为首的东汉朝廷处于饥寒交迫之中，正统性和权威性被各路诸侯诸侯熟视无睹的关键时刻，已经在荆州站稳脚跟的刘表"即遣兵诣洛阳助修宫室，军资委输，前后不绝"，无论是汉献帝，还是董承相信都会喜出望外，为了拉拢刘表，也许是汉献帝本人的意思，也许是董承的建议，汉献帝派使者到荆州拜刘表为镇南将军的同时，尊刘表为天子的伯父，即给予刘表汉室宗亲的身份也就不足为奇，不要忘了，刘表虽然可能不是刘邦和刘秀的后代，但是他毕竟也姓刘，如果将汉献帝与刘表的各自的家谱倒退到先秦时代，汉献帝和刘表在名义上也可以勉强算是一家人，更何况，此时的汉献帝还有求于刘表，给后者一个宗室的头衔换来一个强大的外援对于汉献帝而言是一笔很划算的政治交易。对于刘表而言，自己遣使入贡，解决了汉献帝的燃眉之急，不仅能够树立"不忘旧主"的忠臣形象，有利占据道德制高点，而且换来的"天子伯父"的宗室头衔对于自己强化对荆州的统治也具有重要意义。

换句话说，刘表并不是像刘备、刘焉那样是"血统纯正"的汉室宗亲，而是一个"御封"的汉室宗亲，理解了这一点，我们便会明白曹操为什么在《让县自明本志令》中指责刘表"自以为宗室"时充满了不屑，在曹操眼中，由于政治需要而获得"天子伯父"头衔的刘表以汉室宗亲自居完全是挂羊头卖狗肉。《刘镇南碑》开头没有记载其为哪位刘姓诸侯王或诸侯的后人也可以得到解释，因为如果这样做无异于无中生有，胡编乱造，会被天下耻笑。

至于陈寿在撰写《三国志·魏书·刘表传》时，同样认为刘表仅仅是一个"御封"的宗室，而不是"血统纯正"的汉室宗亲，自然不可能在刘表传记中记载其为哪位刘姓诸侯王或诸侯之后，但是到了范晔撰写《后汉书》之时，毕竟距离三国已经过去了一百多年，考虑到"说三分"故事的风靡程度以及不少三国枭雄都是"血统纯正"的汉室宗亲，在当时人们的心目中很难想象像刘表这样的一方霸主不是汉室宗亲。这一时期的刘表后代也很可能由于西晋八王之乱、五胡乱华以及之后的南北朝对峙等长期战乱导致许多名门望族的家谱丢失，有意编造出一个刘表为西汉鲁恭王之后的家谱来提高自己社会地位。

事实上，这种攀附名人为祖先的情况在我国古代社会十分常见，清代著名史学家赵翼在《陔余丛考·卷三十一·认族》一文中对此曾经有过精彩的评论："世俗好与同姓人认族，不问宗派，辄相符合，此习自古已然。李唐自以为出老子后，追尊老子为玄元皇帝，并以《史记·老子传》升于列传之首。郭崇韬以汾阳王（郭子仪）为远祖，西征日，路过河中，祭汾阳墓，哭甚哀。南唐王李昇以唐吴王孙祎有功，子岘为相，遂以吴王为祖，自岘以下五世名皆有司所撰。此攀附明德，以为光宠者也。"

经过长时间的以讹传讹，到了南北朝时期，史学家范晔对于刘表为西汉鲁恭王之后也深信不疑，并最终写入自己的《后汉书·刘表传》，在此之后，由于《三国演义》等民间文学的广泛传播的影响，刘表和刘备一样都是"血统纯正"的汉室宗亲的观念自然会变得深入人心，牢不可破了！

本文原载于《文史杂志》2023年第3期

雄踞荆州的刘表为何没有逐鹿中原、一统天下的宏图大志

初平元年（190），由于荆州刺史王睿对于时任长沙太守的孙坚素来无礼遭到后者偷袭，被迫吞金自杀，把持朝政的董卓以汉献帝的名义派因反抗宦官专权而闻名天下的刘表继任，但是此时的荆州却处于"寇贼相扇，处处麋沸"的混乱之中，单枪匹马上任的刘表不得不与荆州本地士族结成政治联盟，平定各地叛乱。

在刘表统治的近二十年期间，荆州从昔日的"边陲之地"变成了"人间乐土"。在经济上，刘表积极招揽北方流民，轻徭薄赋，鼓励耕作，到了刘表晚年，荆州成为了外界公认的富庶之地；在文化上，由于刘表的大力倡导，荆楚大地逐步形成了以宋忠等人为代表，在我国古代影响深远，对于长江流域文化普及具有重要意义的"荆州学派"。

然而尽管在刘表统治时期，荆州物阜民丰，文化昌盛，但无论是当时的名士还是后世的学者大多对刘表缺乏正面评价。曹魏元老重臣贾诩认为："表，平世三公才也；不见事变，多疑无决，无能为也。"（《三国志·魏书·贾诩传》裴注引《傅子》）"建安七子"之一的王粲则认为："刘表雍容荆楚，坐观时变，自以为西伯可规。士之避乱荆州者，皆海内之俊杰也；表不知所任，故国危而无辅。"（《三国志·魏书·王粲传》）刘宋史学家范晔则批评道："刘表道不相越，而欲卧收天运，拟踪三分，其犹木禺之于人也。"（《后汉书·刘表传》）

刘表之所以获得如此评价，显然与其雄踞荆州近二十年，却没有逐鹿中

原、统一天下的宏图大志有着密切的关系。在汉末三国的地缘政治中，荆州的战略地位的重要性人尽皆知。诸葛亮在赫赫有名的《隆中对》中指出："荆州北据汉、沔，利尽南海，东连吴会，西通巴、蜀，此用武之国。"鲁肃在劝说孙权占据荆州之时也曾指出："荆楚与国邻接，水流顺北，外带江汉，内阻山陵，有金城之固，沃野万里，士民殷富，若据而有之，此帝王之资也。"（《三国志·吴书·鲁肃传》）

雄踞荆州近二十年的刘表在汉末三国大乱世却甘于守着自己的一亩三分地，"从容自保"，没有逐鹿中原、一统天下的雄心壮志，恶评如潮自然不足为奇。然而历史的真相果真如此吗？刘表没有逐鹿中原、一统天下的雄心壮志究竟是"不为"还是"不能"？如果刘表真的是昏庸之辈，作为一介书生的他又如何能在叛乱四起的荆州站稳脚跟？在其统治荆州时期，又如何能击败孙坚、张济、曹操的进攻？

另外，众所周知，刘表单身赴任荆州使其在平定内部叛乱和治理荆州过程中必须依靠蒯越、蔡瑁等荆州本地士族，为了笼络后者，刘表还迎娶了蔡瑁的姐姐，以巩固两者的政治联盟，但是在荆州的权力格局中，刘表绝非汉献帝那样的"傀儡皇帝"，蒯越、蔡瑁等"当权派"也没有成为荆州的"曹操"，在许多涉及"荆州该往何处去"的重大问题上，刘表依然能够"乾纲独断"，这又是为什么呢？只有破解这些谜团，我们才能给雄踞荆州近二十年的刘表一个公正和客观的评价。

一、从一介书生到荆州之主

刘表字景升，山阳郡高平县（今山东微山）人，根据《后汉书·刘表传》记载，刘表是西汉鲁恭王刘余之后（注：《三国志·魏书·刘表传》并没有提及刘表的汉室宗亲身份，刘表究竟是不是汉室宗亲，有兴趣的读者朋友可以阅读本书收录的文章《为什么说刘表不是一个"血统纯正"的汉室宗亲》），"身长八尺馀，姿貌温伟"，由于刘表早年便拜同郡经学大师王畅为师，接受过系统的儒家思想的教育，因此青年时期刘表曾经积极参加过反对宦官专权的"太学生运动"，是党人集团领袖之一。第二次"党锢之祸"时，早已经成为

三国的暗线

中常侍眼中钉的刘表为了避免锒铛入狱,被迫逃亡。对于刘表十几年的逃亡经历,史书惜墨如金,寥寥无几,但是这一时期,另一位知名党人夏馥的类似经历可作参考。《后汉书·党锢列传》记载:

夏馥字子治,陈留圉人也。少为书生,言行质直。同县高氏、蔡氏并皆富殖,郡人畏而事之,唯馥比门不与交通,由是为豪姓所仇。桓帝初,举直言,不就。馥虽不交时宦,然以声名为中官所惮,遂与范滂、张俭等俱被诬陷,诏下州郡,捕为党魁。

及俭等亡命,经历之处,皆被收考,辞所连引,布遍天下。馥乃顿足而叹曰:"孽自己作,空污良善,一人逃死,祸及万家,何以生为!"乃自剪须变形,入林虑山中,隐匿姓名,为治家佣。亲突烟炭,形貌毁瘁,积二三年,人无知者。后馥弟静,乘车马,载缣帛,追之于涅阳市中。遇馥不识,闻其言声,乃觉而拜之。馥避不与语,静追随至客舍,共宿。夜中密呼静曰:"吾以守道疾恶,故为权宦所陷。且念营苟全,以庇性命,弟奈何载物相求,是以祸见追也。"明旦,别去。党禁未解而卒。

可以想象,刘表的遭遇不会比夏馥好多少,然而尽管十几年的逃亡经历使其饱受磨难,历尽艰辛,甚至多次遭遇死亡的威胁,但是长期在社会底层隐姓埋名、饥寒交迫的逃难生活也让刘表在深刻洞察民间疾苦的同时客观上造就了其坚忍不拔和随机应变的性格特点,为未来刘表将幅员辽阔的荆州治理成汉末三国大乱世少有的"富庶之地"奠定了良好的基础。

中平元年(184),黄巾起义爆发,汉灵帝在皇甫嵩和吕强的建议下,大赦党人,刘表重新出山,受大将军何进征辟,担任北军中候。中平六年(189),汉灵帝驾崩,辅政的何进试图铲除宦官集团,反被后者设计杀死,但是宦官集团随后也被以袁绍为首的士族阶层赶尽杀绝,率军赶来的董卓趁机夺权,把持朝政,袁绍等人逃出京师,组成关东联军讨伐董卓,在这时期,发生了一件突发事件,由于荆州刺史王睿对于时任长沙太守的孙坚素来无礼遭到后者偷袭,被迫吞金自杀,董卓上书朝廷派刘表接任荆州刺史。

但是此时的荆州却处于一片混乱之中，《后汉书·刘表传》记载：

初，荆州人情好扰，加四方骇震，寇贼相扇，处处麋沸。

《三国志·魏书·刘表传》裴注引司马彪《战略》记载：

刘表之初为荆州也，江南宗贼盛，袁术屯鲁阳，尽有南阳之众。吴人苏代领长沙太守，贝羽为华容长，各阻兵作乱。

局势的混乱使得单枪匹马上任的刘表只能停留在宜城（今湖北宜城），为了顺利赴任，刘表决心与荆州本地士族结成政治联盟，对于这一过程，《三国志·魏书·刘表传》裴注引司马彪《战略》有过精彩描写：

表初到，单马入宜城，而延中庐人蒯良、蒯越、襄阳人蔡瑁与谋。表曰："宗贼甚盛，而众不附，袁术因之，祸今至矣！吾欲征兵，恐不集，其策安出？"良曰："众不附者，仁不足也，附而不治者，义不足也；苟仁义之道行，百姓归之如水之趣下，何患所至之不从而问兴兵与策乎？"表顾问越，越曰："治平者先仁义，治乱者先权谋。兵不在多，在得人也。袁术勇而无断，苏代、贝羽皆武人，不足虑。宗贼帅多贪暴，为下所患。越有所素养者，使示之以利，必以众来。君诛其无道，抚而用之。一州之人，有乐存之心，闻君盛德，必襁负而至矣。兵集众附，南据江陵，北守襄阳，荆州八郡可传檄而定。术等虽至，无能为也。"表曰："子柔之言，雍季之论也。异度之计，臼犯之谋也。"

刘表所提及的两个历史人物雍季和臼犯都是春秋时期晋文公手下的谋士。公元前632年，晋楚城濮之战爆发，晋文公向二人询问战胜楚军的策略。臼犯主张用诈术。雍季却认为诈术虽能得逞于一时，但不是取胜的长久之计。后来，晋文公用诈术取胜，但在行赏时，把雍季排到臼犯前面，左右不解，晋文公解释说，雍季的话，可以百世获利，臼犯的话，不过是应付一时之急，哪有将一时之急放在百世之利前面的道理。

刘表称赞蒯良、蒯越的建议是雍季之论和臼犯之谋，既是向蒯良、蒯越等荆州本地士族示好，也是其未来治理荆州的基本方针，即先用谋略平定叛乱，再以仁义治理荆州。必须指出的是，所谓以仁义治理荆州事实上还隐含着刘表未来将认可和保护荆州本地士族在政治经济上的特权和利益之意。面对刘表递过来的橄榄枝，急需仰仗刘表所代表的中央政府的政治权威和其反抗宦官专权而为天下士林所敬仰形成的崇高声望来平定内部叛乱的荆州士族不可能有更好的选择，为了共同的利益，双方一拍即合，荆州的政治天平向有利于刘表和本地士族的方向倾斜。

《三国志·魏书·刘表传》裴注引司马彪《战略》记载：

（刘表）遂使越遣人诱宗贼，至者五十五人，皆斩之。袭取其众，或即授部曲。唯江夏贼张虎、陈生拥众据襄阳，表乃使越与庞季单骑往说降之，江南遂悉平。

《后汉书·刘表传》记载：

诸守令闻表威名，多解印绶去。表遂理兵襄阳，以观时变。……于是开土遂广，南接五领，北据汉川，地方数千里，带甲十馀万。……表招诱有方，威怀兼洽，其奸猾宿贼更为效用，万里肃清，大小咸悦而服之

刘表统治荆州近二十年期间，荆州从昔日的"边陲之地"变成了"人间乐土"。

在经济上，刘表逐步平定荆州内部叛乱之时，我国其他地区群雄虎争，狼烟四起，百业萧条，尸横遍野，成千上万躲避战乱的百姓涌向荆州，"关中膏腴之地，顷遭荒乱，人民流入荆州者十万馀家"（《三国志·魏书·卫觊传》），人口的增加不仅为荆州的农业生产提供了充足的劳动力，而且还给赋

税的增长带来了新的来源。刘表在积极招揽北方流民的同时，将"休养生息"作为荆州的治理方针，轻徭薄赋，鼓励耕作，到了刘表晚年，荆州成为了外界公认的富庶之地。汉末名士赵岐在劝说董承让其出使荆州之时强调："今海内分崩，唯有荆州境广地胜，西通巴蜀，南当交趾，年谷独登，兵人差全。"（《后汉书·赵岐传》）鲁肃在建议孙权攻占荆州之时也指出："荆楚与国邻接，水流顺北，外带江汉，内阻山陵，有金城之固，沃野万里，士民殷富，若据而有之，此帝王之资也。"（《三国志·吴书·鲁肃传》）

在文化上，作为饱读诗书的儒学大家，刘表在荆楚大地积极发展文化教育，礼贤下士，大力招揽避难荆州的北方士人，立学校，修礼乐。《后汉书·刘表传》记载："关西、兖、豫学士归者盖有千数，表安尉赈赡，皆得资全。遂起立学校，博求儒术，……爱民养士，从容自保。"《三国志·魏书·刘表传》裴注引《英雄记》记载："州界群寇既尽，表乃开立学官，博求儒士，使綦毋闿、宋忠等撰《五经章句》，谓之后定。"

两汉时期，儒家学者在解释五经典籍之时，训释词义以外，再串讲一下经文的大意，是为章句，但是后来的学者的注解字数越来越多，章句变得连篇累牍，内容繁杂，不利于学习，刘表组织宋忠等人全面删定五经章句，去冗存精，撰写成《五经章句后定》，堪称惠及后世的文化工程。由于刘表的积极推动，荆州文化教育呈现出一派欣欣向荣的局面。在刘表的大力倡导下，荆楚大地逐步形成了以宋忠等人为代表，在我国古代影响深远，对于长江流域文化普及具有重要意义的"荆州学派"。

对于刘表统治荆州的功绩，在其病逝之后，其亲友、部属在刘表墓址修建记载其功绩的石碑即《刘镇南碑》给予了极高的评价：

俄而汉室大乱，祸起萧墙，贼臣专政，豪雄虎争，县邑闾里，奸仇烟发，州县残破，天下土崩，四海大坏。当是时也，虽有孔、翟之圣贤，育贵之勇势，无所措其智力。君遇险而建略，遭难而发权，招命英俊，援得骁雄，谋臣武将，合策明计。出次北境，迁屯汉阴，因沧浪以为隍，即春叶以为庸。南抚衡阳，东绥淄沂，西靖巫山，保乂四疆。选才任良，式序贤能，简将命卒，棋布星陈，备要塞之处，戍八方之边；劝稼务农，以田以渔，余粟红腐，年谷丰夥。江湖之中，无劫掠之寇，沅湘之间，无攘窃之民。郡守令长，冠带章服，府寺亭乡，崇栋高门，皆如其旧；当世知名，辐辏而到，四方襁负，自远若归；穷山幽谷，于是为邦。百工集趣，机巧万端，器械通变，利民无穷。邻邦怀慕，交扬益州，尽遣驿使，冠盖相望。下民有康哉之歌，群后有归功之绪；莫匪嘉绩，克厌帝心，即迁州牧，又迁安南将军，领州如故。（《全三国文·卷五十六·刘镇南碑》）

尽管《刘镇南碑》对于刘表不乏溢美之词，但是考虑到当时我国其他地区战乱频仍，百姓生命贱如草芥，甚至出现"人相食"的情况，荆楚大地能够在刘表的统治下结束战乱，安享太平，百姓至少还有口饭吃，其他不论，就这一点而言，作为后人的我们就应该给刘表大大点赞，因此如果我们全面考察刘表的功绩，《刘镇南碑》所提及的"赋政造次，德化宣行"不失为对刘表统治荆州近二十年功绩的客观评价。

二、军权旁落是刘表最大的软肋

在我国古代社会，军权是皇权的基础，一位君主能否掌握实权与其对军权的控制息息相关。军权在手自然能够乾纲独断，令行禁止，军权旁落便会仰人鼻息，沦为傀儡，甚至会付出生命的代价，在这方面，五代十国时期便是典型的事例。公元907年，在唐末军阀混战中脱颖而出的朱温通过禅让的形式夺取了大唐天下，建立后梁，在此之后，中国全境又出现过后唐、后晋、后汉、后周四个"中央政府"和众多地方割据政权。频繁的政权更迭使得各地拥有精兵强将的节度使野心勃勃，练兵积谷，希望有朝一日也能够问鼎中原，黄袍加身。后晋时期成德军节度使安重荣公开宣称的"天子宁有种邪？兵强马壮者为之尔"固然狂妄至极，却客观上道出了皇权政治的本质。

刘表统治荆州时期，尽管天下各地依然奉东汉王朝为正朔，但是此时的中国与诸侯林立的东周时期并无本质差别，幅员辽阔、人口稠密、经济发达的荆州事实上就是一个独立的诸侯国，刘表便是这个诸侯国的国君，然而对于刘表而言，尽管其统治荆州近二十年，但是由于缺乏一支自己亲自打造的军队使得前者对荆州内部的掌控程度远远不如同一时期的其他乱世枭雄。

以魏武帝曹操为例，曹操不仅是曹魏政权的"开国之君"，而且还是曹魏军队的创始人和缔造者。从中平元年（184）受命镇压黄巾起义，到初平元年（190）参与关东联盟，讨伐董卓，直至建安二十五年（220）病逝于洛阳，曹操深谙"枪杆子里出政权"的道理，在其南征北战，统一北方的一生中，曹操不仅多次领兵出征，而且选拔了一大批能征善战的军事将领。对于曹操军事指挥才能和驾驭众将的能力，《三国志·魏书·武帝纪》裴注引《魏书》给予了极高的评价：

> 太祖自统御海内，芟夷群丑，其行军用师，大较依孙、吴之法，而因事设奇，谲敌制胜，变化如神。自作兵书十万馀言，诸将征伐，皆以新书从事。临事又手为节度，从令者克捷，违教者负败。与虏对陈，意思安闲，如不欲战，然及至决机乘胜，气势盈溢，故每战必克，军无幸胜。知人善察，难眩以伪，拔于禁、乐进于行陈之间，取张辽、徐晃于亡虏之内，皆佐命立功，列为名将；其馀拔出细微，登为牧守者，不可胜数。

曹操驾驭众将的能力甚至获得了敌人的肯定。吴主孙权跟心腹大臣诸葛瑾谈话时曾经指出："操之所行，其惟杀伐小为过差，及离间人骨肉，以为酷耳。至于御将，自古少有。"（《三国志·吴书·诸葛瑾传》）可以说，曹魏的军权牢牢地掌握在曹操手中。

作为汉朝的没落宗室，刘备能够在汉末三国大乱世"三分天下有其一"，成为蜀汉政权的"开国之君"，也与其拥有一支直属自己的精锐之师有密切关系，从参与剿灭黄巾到蜀汉政权正式建立，刘备依靠关羽、张飞、赵云等名将率军从河北起兵，一路攻城略地，不断壮大，最终成就一番霸业，刘备驾驭军队和将领有两个显著特点：

一是待人推心置腹。历史上的关羽曾经投降曹操，但是等关羽重新回到刘备身边，刘备却对关羽的这段历史毫无芥蒂，依然待之如手足，每逢关键时刻都委以重任。建安十三年（208），曹操占领荆州，刘备兵分两路，派遣关羽率水军驶向江陵；建安十八年（213），刘备进攻益州，抽调诸葛亮、赵云入川，让关羽镇守江陵，实质上便是委任关羽为蜀汉政权的荆州牧。襄樊之战后期，糜芳投降东吴导致关羽兵团覆灭，其兄糜竺面缚请罪，刘备却劝慰糜竺，待之如初。夷陵之战后期，蜀军被陆逊的一把大火烧得丢盔弃甲，精锐尽失，督战江北的黄权在后撤无路的情况下不得不率军向曹魏投降，有司要求诛杀黄权妻儿，刘备却说："孤负黄权，权不负孤也。"（《三国志·蜀书·黄权传》）下令赦免黄权妻儿。

二是敢于破格提拔有才能的将领。刘备用人的另一个显著特点便是敢于打破论资排辈的惯例。《三国志·蜀书·魏延传》记载："先主为汉中王，迁治成都，当得重将以镇汉川，众论以为必在张飞，飞亦以心自许。先主乃拔延为督汉中镇远将军，领汉中太守，一军尽惊。先主大会群臣，问延曰：'今委卿以重任，卿居之欲云何？'延对曰：'若曹操举天下而来，请为大王拒之；偏将十万之众至，请为大王吞之。'先主称善，众咸壮其言。"刘备越过张飞提拔魏延显示了其知人善任、选贤举能的领导风格。

刘备高超的政治手腕使其深得军队将领的拥戴和敬仰，在蜀汉政权内部，刘备是当之无愧的最高统帅。

相对于曹操与刘备，统治荆州近二十年的刘表没有一支自己亲手打造的军队是其最大的软肋。初平元年（190），荆州刺史王睿被孙坚所杀，朝廷派刘表继任，当时荆州四分五裂，宗贼猖獗，导致刘表无法直接上任，只能单身一人进入宜城，与蒯越和蔡瑁等本地士族共同商讨平定荆州的策略。由于刘表只身赴任荆州，手上没有一兵一卒，不得不依靠荆州士族的军事武装来平定荆州各地的叛乱。由于当时荆州的军队主力主要掌握在蒯越和蔡瑁等荆州士族手中，因此倚重和依靠本地士族便成为刘表稳定和巩固其对荆州统治的唯一选择。蒯越和蔡瑁等人官职的不断上升以及刘表迎娶蔡瑁之姐为后妻都是笼络荆州士族的具体体现。刘表与蒯越和蔡瑁等人的关系与其说是君臣关系，不如说是政治盟友关系更合适。

三、没有子弟兵的刘表为什么依然能够大权独揽

然而值得关注的是，尽管刘表只身赴任荆州使其在平定内部叛乱和治理荆州的过程中必须依靠蒯越、蔡瑁等荆州本地士族，但是在荆州的权力格局中，刘表绝非汉献帝那样的"傀儡皇帝"，蒯越、蔡瑁等"当权派"也没有成为荆州的"曹操"，在许多涉及"荆州该何处去"的重大问题上，蒯越、蔡瑁等"当权派"固然拥有建议权，但是必须获得刘表首肯才能得以真正实行，从史书的记载来看，荆州的军政实权依然掌握在刘表手中，没有子弟兵的刘表依然能够大权独揽除了其在反抗宦官专权过程中所建立的全国性的政治声望之外，还跟以下因素息息相关。

（一）荆州士族之间的分化

刘表能够在荆州站稳脚跟并统治近二十年与本地士族的支持和拥戴密不可分，然而荆州士族之间也并非铁板一块，相互之间围绕权力分配也存在矛盾和斗争，以荆州当时的顶级豪门——庞、黄、蔡、蒯、马、习六大家族为例，刘表幕府和荆州一级的高级官吏基本上控制在蔡、蒯两大家族或其亲友手中，鲜见其他家族的踪影，这必然导致其他家族的不满。

《后汉书·逸民传》记载：

庞公者，南郡襄阳人也。居岘山之南，未尝入城府。夫妻相敬如宾。荆州刺史刘表数延请，不能屈，乃就候之。谓曰："夫保全一身，孰若保全天下乎？"庞公笑曰："鸿鹄巢于高林之上，暮而得所栖；鼋鼍穴于深渊之下，夕而得所宿。夫趣舍行止，亦人之巢穴也。且各得其栖宿而已，天下非所保也。"因释耕于垄上，而妻子耘于前。表指而问曰："先生苦居畎亩而不肯官禄，后世何以遗子孙乎？"庞公曰："世人皆遗之以危，今独遗之以安。虽所遗不同，未为无所遗也。"表叹息而去。

从字面上看，这则记载只是说明刘表如何礼贤下士和庞德公如何淡泊名利，但是实质上庞德公的回答却隐含着对蔡、蒯两大家族独占荆州高级官吏职

位的不满，最能证明这点莫过于庞氏家族在刘表时期的命运。《三国志·蜀书·庞统传》记载："庞统字士元，襄阳人也。少时朴钝，未有识者。颍川司马徽清雅有知人鉴，统弱冠往见徽，徽采桑于树上，坐统在树下，共语自昼至夜。徽甚异之，称统当南州士之冠冕，由是渐显。后郡命为功曹。"同传裴注引《襄阳记》记载："统，德公从子也，少未有识者，惟德公重之，年十八，使往见德操。德操与语，既而叹曰：'德公诚知人，此实盛德也。'"

庞统学富五车，才华横溢，是最受庞德公器重的庞氏家族的后起之秀，但是即使拥有如此才华的荆州士族子弟也只能做到郡功曹的位置，庞德公的儿子庞令民也就是诸葛亮的妹夫，根据《襄阳记》记载，到了曹魏时代才获得了一个黄门吏部郎职务，这说明在刘表时期，庞令民连个像样的官职都没有，而压制庞氏家族的不太可能是刘表，作为外来户，刘表必须从众多荆州士族那里获得广泛支持才能巩固统治，否则也不用舟车劳顿亲自出马邀请庞德公出山，显然压制庞氏家族的只能是蔡、蒯两大家族，道理也简单，他们不想与其他家族分享权力。另外，马良家族也是荆州本地的知名家族，但是从《三国志·蜀书·马良传》来看，在刘表时期，马良也没有担任过什么显赫的官职，蒯越和蔡瑁等"当权派"对其他家族的打击和防范可见一斑！

汉末三国时期的中国社会是典型的士族本位的社会，士族是社会核心领导阶层。每个士族都有独立的庄园、部曲，在本地势力盘根错节，根深蒂固，由于在政治经济文化上的巨大优势，即使不出仕，庞、黄、马、习家族依然具有广泛的影响力。另外，蒯越、蔡瑁等"当权派"影响力主要集中在荆州北部，荆州南四郡的士族对于前者垄断权力同样不满，荆州士族之间的明争暗斗意味着蒯越和蔡瑁等"当权派"只能依附于刘表并且借助于其政治权威才能维护自己的政治、经济利益。在这种情况下，即使有时刘表为了荆州的全局考虑作出一些不利于蒯越、蔡瑁等"当权派"的决定，后者也不得不接受和执行。

（二）引进外部势力以制衡"当权派"

在刘表统治荆州初期，尽管本地士族之间的分化对立为其巩固统治提供了有利的契机，但是对于刘表而言，由于蒯越、蔡瑁等"当权派"手握重兵，在本地世代经营，又囊括了荆州多数高级官吏的职位，仅仅依靠"在野派"是远远不够的。为了避免被架空，刘表还利用汉末三国大乱世群雄争霸的时代背景，引进外部势力，在强化对外防御的同时，在无形中起到制衡"当权派"的作用。

建安元年（196），董卓的昔日部将张济率军自关中出走南阳郡，因粮尽而攻打南阳郡的穰城，却中飞矢而死，其侄张绣于是收兵而退出穰城。荆州官员知道后皆向刘表祝贺，刘表却说："张济因穷途末路而来，我作为主人却如此无礼，这并非我的本意，故我只受吊唁而不受祝贺。"于是刘表派人招降张济的余部，在贾诩的说服下，张绣屯兵宛城与刘表联合，成为刘表在北方的藩属势力，替他抵御曹操。

建安六年（201），曹操在官渡之战中击败袁绍，自南追击刘备集团，刘备派遣糜竺、孙乾出使荆州，准备投靠刘表，"表自郊迎，以上宾礼待之，益其兵，使屯新野"（《三国志·蜀书·先主传》）。

收留张绣和刘备并不是在家中吃饭多双筷子那么简单，张绣和刘备都是拥有军队和部属的乱世枭雄，荆州接纳他们必须提供城池、粮草、武器和后勤补给，这些归根结底来自荆州士族，由于张绣归附后很快又投降曹操，刘备集团的到来对于荆州政治生态的影响更为深远。刘备本人天下闻名的政治声望，关羽、张飞等猛将的万夫不当之勇，以及荆州"在野派"积极向前者靠拢意味着长此以往，刘备集团一定会成为荆州内部一股新兴的政治势力，这必然导致蒯越和蔡瑁等"当权派"的警惕和不满。然而尽管如此，刘表不顾他们的反对，同意接纳刘备集团，除了刘备与曹操势不两立，将其安置在新野能够抵御曹操的进攻之外，利用刘备集团牵制"当权派"，防止后者尾大不掉也是刘表的主要考虑。

（三）扶持亲信将领

除此之外，刘表还有意在荆州军队内部扶持忠于自己的亲信将领。尽管由于史料的缺乏，我们对于荆州将领中哪些属于"当权派"，哪些忠于刘表很难作出清晰判断，但是透过史书的只言片语，我们依然能够找到几个忠于刘表的亲信将领的痕迹。

《三国志·魏书·文聘传》记载：

文聘字仲业，南阳宛人也，为刘表大将，使御北方。表死，其子琮立。太祖征荆州，琮举州降，呼聘欲与俱，聘曰："聘不能全州，当待罪而已。"太祖济汉，聘乃诣太祖，太祖问曰："来何迟邪？"聘曰："先日不能辅弼刘荆州以奉国家，荆州虽没，常愿据守汉川，保全土境，生不负于孤弱，死无愧于地下，而计不得已，以至于此。实怀悲惭，无颜早见耳。"遂歔欷流涕。太祖为之怆然，曰："仲业，卿真忠臣也。"厚礼待之。

《三国志·魏书·刘表传》裴注引《汉晋春秋》记载：

王威说刘琮曰："曹操得将军既降，刘备已走，必解弛无备，轻行单进；若给威奇兵数千，徼之于险，操可获也。获操即威震天下，坐而虎步，中夏虽广，可传檄而定，非徒收一胜之功，保守今日而已。此难遇之机，不可失也。"琮不纳。

这两则记载透露了两个重要信息。第一，文聘、王威并不属于荆州"当权派"，否则他们早就跟随后者到曹操那里邀功请赏；第二，文聘、王威应该都受过刘表的知遇之恩。至于刘表提拔他们的原因，不仅仅在于其骁勇善战，还在于他们与荆州"当权派"不属于同一派系，提拔他们可以对荆州"当权派"形成一定的牵制作用。

（四）刘表本人高超的政治手腕

刘表表面上是一个满口仁义道德，只求"从容自保"的"守成之君"，但是骨子里却是拥有高超政治手腕的权术大师，为了更好地说明这点，我们不妨以韩嵩出使许都一事为例。

《三国志·魏书·刘表传》记载：

太祖与袁绍方相持于官渡，绍遣人求助，表许之而不至，亦不佐太祖，欲保江汉间，观天下变。从事中郎韩嵩、别驾刘先说表曰："豪杰并争，两雄相持，天下之重，在于将军。将军若欲有为，起乘其弊可也；若不然，固将择所从。将军拥十万之众，安坐而观望。夫见贤而不能助，请和而不得，此两怨必集于将军，将军不得中立矣。夫以曹公之明哲，天下贤俊皆归之，其势必举袁绍，然后称兵以向江汉，恐将军不能御也。故为将军计者，不若举州以附曹公，曹公必重德将军；长享福祚，垂之后嗣，此万全之策也。"表大将蒯越亦劝表，表狐疑，乃遣嵩诣太祖以观虚实。嵩还，深陈太祖威德，说表遣子入质。表疑嵩反为太祖说，大怒，欲杀嵩，考杀随嵩行者，知嵩无他意，乃止。

韩嵩返回荆州后差一点被刘表诛杀，并非表面上看上去那样简单，在政治倾向上，刘表更亲近袁绍，排斥曹操，但是蒯越、蔡瑁等荆州"当权派"却是彻头彻脑的"亲曹派"，这些是当时荆州上下人尽皆知的事实，韩嵩主张投靠曹操不是他个人的建议，代表的是蒯越、蔡瑁等"当权派"的意见，刘表没有拒绝韩嵩的建议，相反顺水推舟派其出使许都，实质上是欲擒故纵，请君入瓮，等韩嵩回来，盛赞曹操，刘表立即勃然大怒，一度考虑诛杀韩嵩，公开的理由是怀疑韩嵩被曹操收买，事实上却是向韩嵩背后的"当权派"发出严重的警告，即只要我刘表还活在世上，你们休想荆州投靠曹操！有了刘表这番表演，蒯越和蔡瑁等"当权派"自然便不敢公开要求刘表投靠曹操。

知道了这些，相信读者朋友不会再对为什么没有自己的子弟兵的刘表依然能够雄踞荆州，掌权近二十年而感到困惑不解了。

四、刘表为什么没有北伐中原、一统天下的宏图大志

在汉末三国群雄之中，刘表最为人诟病的是其雄踞荆州近二十年，却以"从容自保"为己任，缺乏北伐中原、一统天下的宏图大志，以至于贾诩讽刺刘表不过是平世三公之才，刘表统治下的荆州不仅幅员辽阔，人口稠密，商贾辐辏，百业兴旺，而且在汉末三国的地缘政治中极具战略价值。在汉末三国大乱世，你不去消灭敌人，敌人就会消灭你，从这个角度来看，刘表拥有荆州这块风水宝地，不去努力当"第二个刘秀"，却只想做一个富家翁和土财主，的确是暴殄天物，昏庸无能。

但是看问题不能只看表面，如果我们认真分析刘表统治荆州所面临的困境便会发现刘表没有北伐中原、一统天下的雄心壮志，不能成为"第二个刘秀"，非不为而不能也！

一方面，刘表统治荆州近二十年始终面临抵御外部入侵和平定内部叛乱的严峻挑战。初平二年（191），袁术派孙坚进攻刘表，刘表让江夏太守黄祖在樊城、邓县一带迎战。孙坚击败黄祖，于是围困襄阳。刘表派黄祖乘夜偷偷出城，前去调集各郡的援军，黄祖率军想要返回襄阳时，孙坚迎击，黄祖败退，逃入岘山。孙坚乘胜连夜追赶，黄祖的士兵潜伏在竹林树丛之中，用暗箭将孙坚射死。如果不是"江东猛虎"孙坚一时大意被黄祖的士兵暗箭射死，刘表恐怕在荆州没待多久就得卷铺盖走人。

建安二年（197），曹操南征荆州，原本接受刘表招安成为其部将的张绣率众投降，但因曹操强纳张济的遗孀，导致张绣降而复叛，偷袭曹操，在追击失利后张绣退守穰城，再次与刘表联盟，攻打曹军，同年十一月，曹操亲征，攻下南阳郡湖阳、舞阴两县，生擒刘表部将邓济。

建安三年（198）三月，曹操南征张绣，包围穰城。不久，曹操闻袁绍欲乘虚袭取许都，便立即撤退，张绣率兵尾随追击，刘表也派荆州军队切断曹军退路，企图与张绣夹击曹军，曹操出奇兵大败张刘联军，曹军获胜后，迅速撤退。

在荆州内部，尽管刘表在本地士族的支持下平定了宗贼叛乱，但是由于庞、黄、蔡、蒯、马、习等家族的影响力主要集中在荆州北部，荆州南四郡只是表面臣服刘表。建安五年（200），官渡之战爆发，刘表支持袁绍，在南荆州享有盛誉的名士桓阶说服荆州长沙太守张羡反叛刘表。

《三国志·魏书·桓阶传》记载：

阶说其太守张羡曰："举事而不本于义，未有不败者也。故齐桓率诸侯以尊周，晋文逐叔带以纳王。今袁氏反此，而刘牧应之，取祸之道也。明府必欲立功明义，全福远祸，不宜与之同也。"羡曰："然则何向而可？"阶曰："曹公虽弱，仗义而起，救朝廷之危，奉王命而讨有罪，孰敢不服？今若举四郡保三江以待其来，而为之内应，不亦可乎！"羡曰："善。"乃举长沙及旁三郡以拒表，遣使诣太祖。太祖大悦。会绍与太祖连战，军未得南。而表急攻羡，羡病死。城陷，阶遂自匿。久之，刘表辟为从事祭酒，欲妻以妻妹蔡氏。阶自陈已结婚，拒而不受，因辞疾告退。

虽然刘表最终平定张羡之乱，但是从张羡能够"举长沙及旁三郡以拒表"以及事后刘表试图招安张羡之乱的幕后主谋桓阶却被拒绝来看，南荆州的士族阶层并不甘心接受刘表的统治。

另一方面，在荆州站稳脚跟之后，刘表也曾经试图对外扩张。初平三年（192），董卓被杀，李傕、郭汜占据长安。同年冬季，刘表派使者入朝奉贡，汉献帝派左中郎将祝耽授其假节，督交、扬、益三州军事。因为在刘表巩固其对荆州统治期间，扬州的江东六郡落入了孙策、孙权兄弟手中，刘表将扩张的方向集中于交州和益州。在刘表占据荆州之时，交州牧张津与其关系不睦，张津对刘表连年用兵，然而由于交州兵微将寡，故其与刘表作战多年仍是徒劳无功。建安八年（203），张津被部下杀害。刘表为控制交州，便派遣属下赖恭出任交州刺史，又任命部属吴巨为苍梧太守，但是赖恭与吴巨矛盾重重，不得不返回荆州。吴巨则于建安十六年（211）被孙权任命的交州刺史步骘诱杀，刘表对于交州的染指无疾而终。

除了交州，刘表对于益州同样虎视眈眈。中平五年（188），刘焉出任益州牧，在平定益州内部叛乱和打击本地豪强势力之后，"焉意渐盛，造作乘舆车具千乘。荆州牧刘表表上焉有似子夏在西河疑圣人之论"（《三国志·蜀书·刘二牧传》）。刘表上表朝廷说刘焉有不臣之心，显然是想为未来吞并益州制造舆论基础。兴平元年（194），刘焉病亡，其子刘璋被拥立即位。刘表乘此时机，派别驾刘阖策反刘璋的将领沈弥、娄发、甘宁，但他们都因战败而逃回荆州。

与此同时，刘表对于原本属于荆州，但是由于张绣投降落入曹操手中的南阳郡也念念不忘。

《三国志·魏书·杜袭传》记载：

建安初，太祖迎天子都许。袭逃还乡里，太祖以为西鄂长。县滨南境，寇贼纵横。时长吏皆敛民保城郭，不得农业。野荒民困，仓庾空虚。袭自知恩结于民，乃遣老弱各分散就田业，留丁强备守，吏民欢悦。会荆州出步骑万人来攻城，袭乃悉召县吏民任拒守者五十馀人，与之要誓。其亲戚在外欲自营护者，恣听遣出；皆叩头愿致死。于是身执矢石，率与戮力。吏民感恩，咸为用命。临陈斩数百级，而袭众死者三十馀人，其馀十八人尽被创，贼得入城。

刘表在曹操称霸中原时期敢于主动进攻说明其绝非贾诩所说的平世三公之才的"守成之君"

然而尽管刘表也曾经试图对外扩张，但是这种扩张并没有持续下去，除了荆州军队战斗力防守有余，进攻不足之外，根本原因还在于本地士族并不支持刘表发动统一战争，让其成为"第二个刘秀"。

当年，六大家族之所以拥戴刘表为荆州之主，是由于那时的荆州正处于四分五裂的状态，仅凭他们的声望和实力难以平定叛乱，如果这种状态长期持续下去，不仅他们的政治经济利益将会受到严重损害，而且荆州容易被周边的政治势力所侵吞，相反如果他们拥戴刘表就可以借助后者所代表的中央政府的正统性和其本人政治声望来统一荆州，换句话说，维护自身的利益才是他们拥戴刘表的根本原因。

理解了这一点，我们便会明白当刘表在荆州站稳脚跟后试图对外扩张，他们同样会极力反对，荆州军队战斗力如何，他们比谁都清楚。更为关键的是，发动对外战争必然需要更多的人力、物力、粮草、武器和后勤补给，士兵阵亡还要给抚恤金，这些成本必然是羊毛出在羊身上，只能由荆州士族承担。蜀汉时期，益州士族纷纷反对诸葛亮和姜维北伐曹魏也是同样的道理，而频繁的战争也使得蜀汉国力衰落，民不聊生，为了维护自身的利益，益州士族不惜在钟会、邓艾大军兵临城下之时迫使后主刘禅投降曹魏。必须指出的是，与益州士族不同，荆州士族手握重兵，两者的影响力显然有天壤之别。

在荆州士族反对对外扩张的巨大压力下，作为外来户的刘表即使内心拥有北伐中原、一统天下的雄心壮志也必须向现实低头，只能将"雄踞荆州，从容自保"作为统治荆州的基本方针也就不足为奇了，刘表实质上是替荆州士族承担了"不思进取，从容自保"的骂名。

五、刘表临终之前希望荆州归属何方

西汉末年，王莽篡位，天下大乱，身为一介布衣的汉室宗亲刘秀在南阳乘势起兵，昆阳一战消灭新朝百万大军，然后凭借上谷、渔阳的精锐之师和邓禹、冯异等文臣武将，逐鹿中原，先后消灭关东、陇右、西蜀等地的割据政权，结束了自新莽末年以来长达近二十年的军阀混战与割据局面，实现了"汉室中兴"。

一百多年后，另一个刘氏枭雄——刘表在乱世中单枪匹马赶赴荆州，灭宗贼，平叛乱，御强敌，奇迹般统治荆州近二十年，然而当刘表试图以荆州为后方，北伐中原，一统天下之时，却发现一个冰冷的事实，那就是作为其荆州统治根基的本地士族并不认同前者"兴复汉室"的宏图壮志，或许刘表曾经在午夜梦回时感慨自己手上没有一支当年跟随光武帝南征北战，来自上谷、渔阳的精锐之师和邓禹、冯异等名臣猛将，只能坐困荆州，"从容自保"，但是现实终究不以人的意志为转移，如果刘表强行"北伐中原，兴复汉室"，荆州士族很可能会另立新主，在这样情况下，任何人处于刘表的位置都不可能提出比"从容自保"更好的统治策略。

然而随着刘表逐步进入晚年以及汉末三国各大政治势力重新洗牌，"从容自保"的战略也面临空前压力：在北方，曹操消灭袁绍集团，威震天下；在南方，孙权在张昭、周瑜等人辅佐下，平定内部叛乱，向荆州频繁发动进攻；在荆州内部，刘备集团与蒯越、蔡瑁等"当权派"明争暗斗，与诸葛亮等荆州"在野派"相互结盟，招纳贤才，积蓄实力，试图在后刘表时代的荆州占据一席之地，各种矛盾一触即发。

说到这里，读者朋友需要思考一个问题，那就是刘表希望在自己身后，荆州能够归属何方呢？

对于刘表而言，在其过世之后，最理想的结局自然是希望自己的儿子能够成为荆州的新主人，然后像春秋的齐国、晋国那样世代割据荆州，他就可以成为刘氏荆州国的"太祖皇帝",享受后代子孙世世代代的祭祀,但是"理想很丰满,现实很骨感",以刘表的威望、谋略和手腕,尚且只能与本地士族共治荆州,刘表身后,籍籍无名的刘琮又如何能驱使这些树大根深、实力强大的荆州士族呢?

刘表不可能不知道,当年自己之所以能成为荆州的新主人,是由于那时天下群雄并起,荆州内部正处于四分五裂状态之中,荆州士族需要借助刘表的威望来平定荆州的内部叛乱,换句话说,刘表是时势造就的"英雄",但是今时不同往日,荆州的内部叛乱已被平定,外部政治势力重新洗牌,在汉末三国摸爬滚打几十年的政治经验必然会提醒刘表,在自己身后,荆州士族会投靠新的主人,既然荆州肯定是保不住了,刘表必然会考虑,荆州归属何方,刘表的子孙可以得到妥善安置。

首先,可以肯定刘表绝对不希望荆州未来归属东吴。初平二年(191),刘表派遣黄祖抵御孙坚将其射杀后,刘表便与东吴结下了血海深仇,孙权即位平定内部叛乱之后,将黄祖担任太守的荆州江夏郡作为对外战争的重心。《三国志·吴书·吴主传》记载:"(建安)八年,权西伐黄祖,破其舟军,惟城未克,而山寇复动。……十二年,西征黄祖,虏其人民而还。十三年春,权复征黄祖,祖先遣舟兵拒军,都尉吕蒙破其前锋,而凌统、董袭等尽锐攻之,遂屠其城。祖挺身亡走,骑士冯则追枭其首,虏其男女数万口。"考虑到与东吴的血海深仇以及双方多年征战的历史,如果荆州落入孙权之手,刘表的子孙将死无葬身之地,这是刘表难以接受的!

其次,刘表的另一个选择是把荆州交给刘备。《三国志·蜀书·先主传》裴注引《魏书》记载:"表病笃,托国于备,顾谓曰:'我儿不才,而诸将并零落,我死之后,卿便摄荆州。'备曰:'诸子自贤,君其忧病。'或劝备宜从表言,备曰:'此人待我厚,今从其言,人必以我为薄,所不忍也。'"

从这则记载来看,刘表希望自己死后,把荆州托付给刘备,让后者照顾刘表的子孙家眷,但是从当时荆州的内外环境来看,这样也不现实,刘备集团与蒯越和蔡瑁等"当权派"明争暗斗是众所周知的事实,如果刘表临终前把荆州托付给刘备,荆州内部会爆发内战,周边政治势力一定会乘虚而入,刘表的子孙可能会有性命之忧，因此刘表托孤刘备即使真有其事也很可能只是为了笼络后者，就像刘备白帝城托孤交代诸葛亮可自取那样，并不是真的想把江山交出去，而是希望刘备能在未来的荆州乱局中妥善保护刘表的子孙。

既然刘表不想自己身后荆州归属东吴，托孤刘备也不现实，那么最后默认荆州归属曹操便是最无奈但也是最现实的选择。在刘表临终之前，曹操已经消灭袁氏兄弟，平定北方，天下十三州，先后占有九州，"三分天下有其二"，无论从哪个方面来看，曹操最有可能一统天下，终结汉末乱局。除此之外，荆州"当权派"在刘表生前就流露出强烈亲曹倾向，在刘表病逝后，他们将如何选择是不言而喻的，刘表最终跳过长子刘琦，立荆州"当权派"支持的次子刘琮固然是受前者影响的结果，但是客观而言也意味着其为"后刘表时代"荆州归属和刘表子孙出路等问题作出最终决定。建安十三年（208），刘表病逝后，刘琮继任荆州牧，曹操率领大军，兵锋直指荆州，刘琮在荆州"当权派"的建议下投降曹操未尝不是刘表生前的遗愿。

另外，为了防患于未然，确保曹操能够善待自己的子孙，刘表生前还作出了一个重要的布局，即默许长子刘琦与刘备集团政治结盟。接纳刘备是刘表统治荆州时期的重要事件，虽然刘表待刘备以上宾之礼，但是由于"荆州豪杰归先主者日益多"，"表疑其心，阴御之"（《三国志·蜀书·先主传》），这说明刘备的举动都在刘表的监控之下，可令人感到奇怪的是，对于长子刘琦与刘备集团越走越近，刘表不仅没有阻拦，反而在临终之前任命刘琦为江夏太守，为刘备集团留下一个避难所，刘表如此布局的根本原因还在于其为自己身后的荆州局势做了两手准备。刘表非常清楚，在自己病逝后，长子刘琦和刘备一定不会投降曹操，等刘琮归顺曹操之后，他们必然会打出反曹的旗帜，曹操为了收买人心，稳定荆州局势，必然会厚待刘表的子孙。万一曹操占领荆州之后，横征暴敛，滥杀无辜，导致民怨沸腾，荆州上下必然会感念"故主"刘表的功绩，与刘备集团一起拥戴长子刘琦将曹军赶出荆州，刘琦将成为荆州的新主人。

建安十三年（208），刘表病逝，之后的荆州政局演变除了刘备与孙权结盟在赤壁一战中击败曹操，三分荆州和刘琦英年早逝之外，基本上没有偏离刘表生前的预计和判断。为了收买人心，稳定荆州局势，曹操以汉献帝的名义不断给刘琮加官晋爵。《三国志·魏书·刘表传》记载，刘琮投降之后，"太祖以琮为青州刺史、封列侯"，后官至谏议大夫。

相对于其他汉末群雄在失败之后子孙被满门抄斩或沦为战俘，刘表的后代不仅能够保住性命，而且还享有高官厚禄，九泉之下的刘表又夫复何求呢？

谎言编织的夺权之路

景初三年（239），魏明帝曹叡驾崩，遗诏由年仅八岁的皇太子曹芳继位，大将军曹爽和太尉司马懿共同辅政。曹爽重用亲信何晏、邓飏、李胜、毕轨、丁谧等人，不久晋升司马懿为太傅而夺去后者的实权，随后又任命其弟曹羲和曹训为中领军及武卫将军，掌握禁军，至此，曹爽集军政大权于一身，专擅朝政，权倾天下。

不甘心被架空的司马懿以退为进，假装生病以麻痹曹爽，经过长期策划，正始十年（249），司马懿趁曹爽兄弟及其亲信们陪同少帝曹芳拜谒高平陵（魏明帝陵墓），联合其他元老重臣，以郭太后名义下令，关闭京城各个城门，率兵占据武库，命令司徒高柔持节代理大将军职事，占据曹爽营地；太仆王观代理中领军职事，占据曹羲营地，然后向魏帝禀奏曹爽的罪恶：

先帝诏陛下、秦王及臣升于御床，握臣臂曰"深以后事为念"。今大将军爽背弃顾命，败乱国典，内则僭拟，外专威权。群官要职，皆置所亲；宿卫旧人，并见斥黜。根据盘牙，纵恣日甚。又以黄门张当为都监，专共交关，伺候神器。天下汹汹，人怀危惧。陛下便为寄坐，岂得久安？此非先帝诏陛下及臣升御床之本意也。臣虽朽迈，敢忘前言。昔赵高极意，秦是以亡；吕霍早断，汉祚永延。此乃陛下之殷鉴，臣授命之秋也。公卿群臣皆以爽有无君之心，兄弟不宜典兵宿卫；奏皇太后，皇太后敕如奏施行。臣辄敕主者及黄门令罢爽、羲、训吏兵各以本官侯就第，若稽留车驾，以军法从事。臣辄力疾将兵诣洛水

浮桥，伺察非常。（《晋书·宣帝纪》）

在司马懿的威逼利诱下，曹爽兄弟及其亲信们被迫投降，不久之后被前者以谋反的名义诛灭三族，司马懿通过高平陵政变，削弱了曹魏宗室的实力，控制了曹魏军政实权。嘉平三年（251），司马懿病逝后，司马师、司马昭相继"挟天子以令诸侯"，培植羽翼，党同伐异，铲除忠于曹氏的政治势力。泰始元年（265），司马昭之子司马炎逼迫魏元帝曹奂禅位，建立西晋。

从建安六年（201）到泰始元年（265），司马家族花费了半个多世纪、三代人的漫长岁月实现了"华丽转身"。在如此漫长的岁月里，对于司马家族篡夺曹魏江山贡献最大的非晋宣帝司马懿莫属。

司马懿字仲达，历任曹魏的大都督、太尉、太傅，是辅佐了曹魏四代的元老重臣，最终凭借其四十多年苦心经营所形成的"门生故吏遍天下"的雄厚政治实力发动高平陵政变，成为曹魏政权的"无冕之王"，为后世子孙改朝换代奠定了根基。

毫无疑问，司马懿能够从当时成千上万的士族子弟中脱颖而出，历任要职，与曹魏三任君主的信任和器重密切相关，如果没有魏武帝曹操下令征辟，有意栽培，没有魏文帝曹丕引为心腹，不断提拔，没有魏明帝曹叡委以重任，掌握军权，司马懿搞不好就在老家当一辈教书匠，即使通过他人推荐进入曹魏朝廷，估计当个太守就到头了，很难想象能够达到后来位极人臣、权倾天下的地步。

然而令人感到奇怪的是，尽管司马懿在曹魏政坛青云直上，步步高升，但是现有史书同样留下了曹魏君主对其猜忌和防范的记载，曹操曾经因为"三马同槽"的梦境和司马懿的"狼顾之相"告诉曹丕需要防范司马懿，魏明帝曹叡临终前最初确定辅佐幼主的顾命大臣名单里也没有司马懿的名字，说到这里，问题来了，既然曹魏君主如此猜忌司马懿，那么为什么一次次提拔司马懿，使其掌握军政实权？要想解开这些谜团，我们必须从"三马同槽"和"狼顾之相"等著名历史典故的真伪开始说起。

一、"三马同槽"和"狼顾之相"等历史典故的真伪

探讨司马家族与曹魏历代君主半个多世纪的恩怨情仇,"三马同槽"和"狼顾之相"等著名历史典故的真伪是一个逃脱不了的话题。

《晋书·宣帝纪》记载:

> 帝知汉运方微,不欲屈节曹氏,辞以风痹,不能起居。魏武使人夜往密刺之,帝坚卧不动。及魏武为丞相,又辟为文学掾,敕行者曰:"若复盘桓,便收之。"帝惧而就职。……魏武察帝有雄豪志,闻有狼顾相。欲验之。乃召使前行,令反顾,面正向后而身不动。又尝梦三马同食一槽,甚恶焉。因谓太子丕曰:"司马懿非人臣也,必预汝家事。"太子素与帝善,每相全佑,故免。帝于是勤于吏职,夜以忘寝,至于刍牧之间,悉皆临履,由是魏武意遂安。

这段记载似乎看不出什么问题,曹操由于曾经梦见过"三马同槽"的情景和发现司马懿的"狼顾之相"而对其极端猜忌,但是如果我们结合当时的历史背景、人物性格,再分析这段历史记载,不难发现这段历史记载的真实性非常值得怀疑,道理也不复杂,历史上真实的曹操与这段记载中的曹操形象相比几乎判若两人。

作为曹魏事实上的"开国之君",曹操属于典型的马上皇帝,从中平元年(184)参与镇压黄巾军到建安二十五年(220)寿终正寝,曹操戎马一生,南征北战,既享受过大胜的喜悦,又品尝过惨败的痛苦,长期的征战使得曹操逐步培养出杀伐决断、果于杀戮的性格特点。

《后汉书·陶谦传》记载:

> 初,曹操父嵩避难琅邪,时谦别将守阴平,士卒利嵩财宝,遂袭杀之。初平四年,曹操击谦,破彭城傅阳。谦退保郯,操攻之不能克,乃还。过拔取虑、睢陵、夏丘,皆屠之。凡杀男女数十万人,鸡犬无馀,泗水为之不流,自是五县城保,无复行迹。

《后汉书·袁绍传》记载:

(袁绍)馀众伪降,曹操尽坑之,前后所杀八万人。

《三国志·魏书·曹仁传》记载:

河北既定,从围壶关。太祖令曰:"城拔,皆坑之。"连月不下。

用冷酷无情来形容曹操可以说一点都不过分。
另外,曹操"挟天子以令诸侯"之后,"拥汉派"大臣频繁发动的政变导致曹操对群臣存在极深的猜忌之心。

《世说新语·假谲》记载:

魏武常云:"我眠中不可妄近,近便斫人,亦不自觉。左右宜深慎此。"后阳眠,所幸人窃以被覆之,因便斫杀。自后安眠,人莫敢近者。

《三国志·蜀书·先主传》裴注引《吴历》记载:

曹公数遣亲近密觇诸将有宾客酒食者,辄因事害之。

我们这位曹大丞相的猜忌之心可见一斑!

看了这些,我们就会明白为什么说《晋书·宣帝纪》记载曹操派遣刺客暗杀司马懿、"三马同槽"、"狼顾之相"等相关内容十有八九是伪造的,以曹操杀伐决断、冷酷无情的性格特点和对群臣的猜忌之心,如果他真的觉得司马懿未来将成为曹魏政权的巨大隐患,恐怕早已将司马懿满门抄斩了,即使因为某些顾虑不能公开处理司马懿,只能派刺客去暗杀,恐怕也绝不会一次失手就算了,相反会不停地派出杀手,直至最后杀掉司马懿才会罢休,绝不会像《晋书·宣帝纪》里所记载的那样,不去杀掉司马懿以绝后患,反而喋喋不休地告诫曹丕要防范司马懿。

在我国古代社会，帝王们为了防患于未然，一旦发现手下有谋反嫌疑的大臣，往往抱着"宁可错杀一千，也绝不放过一个"的态度，赶尽杀绝，满门抄斩，很少有心慈手软的，在这方面，即使开创贞观之治的一代明君李世民也不例外。贞观二十年（646），"陕人常德玄告刑部尚书张亮养假子五百人，与术士公孙常语，云'名应图谶'，又问术士程公颖云：'吾臂有龙鳞起，欲举大事，可乎？'上命马周等按其事，亮辞不服。上曰：'亮有假子五百人，养此辈何为？正欲反耳！'命百官议其狱，皆言亮反，当诛。独将作少匠李道裕言：'亮反形未具，罪不当死。'上遣长孙无忌、房玄龄就狱与亮诀曰：'法者天下之平，与公共之。公自不谨，与凶人往还，陷入于法，今将奈何！公好去。'己丑，亮与公颖俱斩西市，籍没其家"（《资治通鉴·唐纪十四》）。

贞观二十二年（648），"时太白屡昼见，太史占云：'女主昌。'民间又传《秘记》云：'唐三世之后，女主武王代有天下。'上恶之。会与诸武臣宴宫中，行酒令，使各言小名。君羡自言名五娘，上愕然，因笑曰：'何物女子，乃尔勇健！'又以君羡官称封邑皆有'武'字，深恶之，后出为华州刺史。有布衣员道信，自言能绝粒，晓佛法，君羡深敬信之，数相从，屏人语。御史奏君羡与妖人交通，谋不轨。壬辰，君羡坐诛，籍没其家"（《资治通鉴·唐纪十五》）。

一代明君李世民尚且如此，以冷酷、猜忌而闻名的魏武帝曹操假如真的有所怀疑，哪怕有一丝一毫怀疑司马家族未来将篡夺曹魏江山，又岂会心慈手软呢？因此历史的真相要么是曹操根本没有梦到过"三马同槽"的情景，要么是确实梦到过"三马同槽"的情景，但是曹操很可能将这三马认定为西凉马腾家族，根本没有怀疑是司马家族，同样的道理，司马懿也不排除真的有"狼顾之相"，但是我们可以肯定，曹操并没有因此对其疑心，或者司马懿根本没有"狼顾之相"，这些很可能是出于某些目的有意捏造出来的，至于曹操派刺客暗杀司马懿则可以百分百肯定是伪造的！

二、曹操为什么征辟和重用司马懿

说到这里，大家肯定会产生一个疑问，既然《晋书·宣帝纪》所记载的这些内容十有八九是伪造的，那么究竟是谁伪造了这些记载，他们为什么要伪造这些内容？要想回答这些问题，还必须从曹操为什么征辟司马懿谈起。

建安六年（201）对于司马家族而言是一个值得纪念的年份，就在这年，"郡举（司马懿）上计掾，魏武帝为司空，闻而辟之"，开启了司马懿在曹魏政坛崛起的序幕。

毋庸置疑，司马懿能够进入曹操的视野，显然与其拥有经天纬地之才有着密切的关系。

《晋书·宣帝纪》记载：

（司马懿）少有奇节，聪明多大略，博学洽闻，伏膺儒教。汉末大乱，常慨然有忧天下心。南阳太守同郡杨俊名知人，见帝，未弱冠，以为非常之器。尚书清河崔琰与帝兄朗善，亦谓朗曰："君弟聪亮明允，刚断英特，非子所及也。"

必须指出的是，尽管曹操征辟司马懿是源于其拥有经天纬地之才，但是在当时像司马懿这样才华横溢的士族子弟客观而言也为数不少，不信大家可以看看《三国志·魏书》中传主后面的子孙介绍，几乎个个都是饱读诗书、满腹经纶的"青年才俊"，曹操选中司马懿，加以栽培，事实上，与其父司马防的举荐之恩和其兄司马朗在曹魏政权任职"鞠躬尽瘁，死而后已"存在千丝万缕的联系。

司马防字建公，河内温县（今河南温县）人，东汉颍川太守司马儁之子，"性质直公方，虽间居宴处，威仪不忒。雅好《汉书》名臣列传，所讽诵者数十万言。少仕州郡，历官洛阳令、京兆尹，以年老转拜骑都尉。养志闾巷，阖门自守。诸子虽冠成人，不命曰进不敢进，不命曰坐不敢坐，不指有所问不敢言，父子之间肃如也。年七十一，建安二十四年终。有子八人，朗最长，次即晋宣皇帝也"（《三国志·魏书·司马朗传》裴注引司马彪《序传》）。

熹平三年（174），曹操被举为孝廉，入京都洛阳为郎官，不久，担任洛阳北部尉，而推荐他担任洛阳北部尉正是司马防。在担任洛阳北部尉期间，曹操杖杀汉灵帝宠信的宦官蹇硕的叔父蹇图，使其在东汉政坛声名鹊起，晚年的曹操对于自己这一时期的表现充满自豪和骄傲。《三国志·魏书·武帝纪》裴注引《曹瞒传》记载：

（曹操被任命为洛阳北部尉）为尚书右丞司马建公所举。及公为王，召建公到邺，与欢饮，谓建公曰："孤今日可复作尉否？"建公曰："昔举大王时，适可作尉耳。"王大笑。建公名防，司马宣王之父。

从这段记载来看，曹操对于司马防的举荐之恩一直铭记在心，念念不忘。

曹操与司马家族的渊源并不仅仅局限于司马防的举荐之恩。司马防长子、司马懿之兄司马朗同样由于曹操的器重而在曹魏政坛平步青云。

司马朗字伯达，河内温人也。……年二十二，太祖辟为司空掾属，除成皋令，以病去，复为堂阳长。其治务宽惠，不行鞭杖，而民不犯禁。先时，民有徙充都内者，后县调当作船，徙民恐其不办，乃相率私还助之，其见爱如此。迁元城令，入为丞相主簿。朗以为天下土崩之势，由秦灭五等之制，而郡国无搜狩习战之备故也。今虽五等未可复行，可令州郡并置兵，外备四夷，内威不轨，于策为长。又以为宜复井田。往者以民各有累世之业，难中夺之，是以至今。今承大乱之后，民人分散，土业无主，皆为公田，宜及此时复之。议虽未施行，然州郡领兵，朗本意也。迁兖州刺史，政化大行，百姓称之。虽在军旅，常粗衣恶食，俭以率下。……建安二十二年，与夏侯惇、臧霸等征吴。到居巢，军士大疫，朗躬巡视，致医药。遇疾卒，时年四十七。遗命布衣幅巾，敛以时服，州人追思之。（《三国志·魏书·司马朗传》）

可以说，司马朗为了曹魏政权真正做到了鞠躬尽瘁，死而后已。

知道了这些，我们对于曹操为什么征辟司马懿就不会觉得困惑。由于父兄与曹操的特殊渊源，在曹操眼中，司马懿不仅仅是名门之后，更是亲友故旧子弟，加之其文武兼备，有"王佐之才"，不提拔他又提拔谁呢？

在东汉末年，官吏的选拔主要分两类，一类是察举，即由地方长官在辖区内随时考察，选取人才并推荐给上级或中央，经过试用考核再任命官职；另一类是征辟，征是皇帝征聘社会知名人士到朝廷充任要职，辟是中央官署的高级官僚或地方政府的官吏任用属吏。尽管官吏选拔存在察举和征辟两种形式，但是无论哪种形式，都必须获得达官显贵的举荐，才有可能在朝廷任职。

对于被举荐的贵族子弟而言，举荐之人无异于"再生父母"，考虑到东汉末年，社会舆论对于宦官集团的强烈不满，司马防举荐大宦官曹腾之孙显然需要承担相当大的风险，这点曹操不可能不知道。另外，司马朗在担任丞相主簿、兖州刺史等要职之时，不仅政绩卓著，深受百姓爱戴，而且为人兢兢业业，尽心尽职，最后病逝在征吴前线，年仅四十七岁，可以说，为曹魏政权流尽了最后一滴血，因此曹操征辟司马懿说到底还是为了报答司马防的举荐之恩和司马朗对曹魏政权忠心耿耿的结果。

三、司马懿平步青云恰恰说明曹魏君主对其毫无猜忌

在建安六年（201）获得朝廷征辟之后，由于曹操的精心栽培，司马懿在曹魏政坛春风得意，步步高升，为了让读者朋友更清楚地了解曹魏君主对司马懿的真实态度，我们不妨看看《晋书·宣帝纪》所记载的从司马懿出仕到魏明帝临终的相关内容。

（一）魏武帝时期

汉建安六年，郡举上计掾。魏武帝为司空，闻而辟之。……于是，使与太子游处，迁黄门侍郎，转议郎、丞相东曹属，寻转主簿。从讨张鲁，言于魏武曰："刘备以诈力虏刘璋，蜀人未附而远争江陵，此机不可失也。今若曜威汉中，益州震动，进兵临之，势必瓦解。因此之势，易为功力。圣人不能违

时，亦不失时矣。"魏武曰："人苦无足，既得陇右，复欲得蜀！"言竟不从。既而从讨孙权，破之。军还，权遣使乞降，上表称臣，陈说天命。魏武帝曰："此儿欲踞吾著炉炭上邪！"答曰："汉运垂终，殿下十分天下而有其九，以服事之。权之称臣，天人之意也。虞、夏、殷、周不以谦让者，畏天知命也。"

魏国既建，迁太子中庶子。每与大谋，辄有奇策，为太子所信重。……迁为军司马，言于魏武曰："昔箕子陈谋，以食为首。今天下不耕者盖二十馀万，非经国远筹也。虽戎甲未卷，自宜且耕且守。"魏武纳之，于是务农积谷，国用丰赡。帝又言荆州刺史胡修粗暴，南乡太守傅方骄奢，并不可居边。魏武不之察。及蜀将羽围曹仁于樊，于禁等七军皆没，修、方果降羽，而仁围甚急焉。是时汉帝都许昌，魏武以为近贼，欲徙河北。帝谏曰："禁等为水所没，非战守之所失，于国家大计未有所损，而便迁都，既示敌以弱，又淮沔之人大不安矣。孙权、刘备，外亲内疏，羽之得意，权所不愿也。可喻权所，令掎其后，则樊围自解。"魏武从之。权果遣将吕蒙西袭公安，拔之，羽遂为蒙所获。

魏武以荆州遗黎及屯田在颍川者逼近南寇，皆欲徙之。帝曰："荆楚轻脱，易动难安。关羽新破，诸为恶者藏窜观望。今徙其善者，既伤其意，将令去者不敢复还。"从之。其后诸亡者悉复业。及魏武薨于洛阳，朝野危惧。帝纲纪丧事，内外肃然。乃奉梓宫还邺。

（二）魏文帝时期

魏文帝即位，封河津亭侯，转丞相长史。会孙权帅兵西过，朝议以樊、襄阳无谷，不可以御寇。时曹仁镇襄阳，请召仁还宛。帝曰："孙权新破关羽，此其欲自结之时也，必不敢为患。襄阳水陆之冲，御寇要害，不可弃也。"言竟不从。仁遂焚弃二城，权果不为寇，魏文悔之。及魏受汉禅，以帝为尚书。顷之，转督军、御史中丞，封安国乡侯。

黄初二年，督军官罢，迁侍中、尚书右仆射。

五年，天子南巡，观兵吴疆。帝留镇许昌，改封向乡侯，转抚军、假节，领兵五千，加给事中、录尚书事。帝固辞。天子曰："吾于庶事，以夜继昼，无须臾宁息。此非以为荣，乃分忧耳。"

六年，天子复大兴舟师征吴，复命帝居守，内镇百姓，外供军资。临行，诏曰："吾深以后事为念，故以委卿。曹参虽有战功，而萧何为重。使吾无西顾之忧，不亦可乎！"天子自广陵还洛阳，诏帝曰："吾东，抚军当总西事；吾西，抚军当总东事。"于是帝留镇许昌。及天子疾笃，帝与曹真、陈群等见于崇华殿之南堂，并受顾命辅政。诏太子曰："有间此三公者，慎勿疑之。"

（三）魏明帝时期

明帝即位，改封舞阳侯。及孙权围江夏，遣其将诸葛瑾、张霸并攻襄阳，帝督诸军讨权，走之。进击，败瑾，斩霸，并首级千馀。迁骠骑将军。

太和元年六月，天子诏帝屯于宛，加督荆、豫二州诸军事……

蜀将姚静、郑他等帅其属七千馀人来降。时边郡新附，多无户名，魏朝欲加隐实。属帝朝于京师，天子访之于帝。帝对曰："贼以密网束下，故下弃之。宜弘以大纲，则自然安乐。"又问："二虏宜讨，何者为先？"对曰："吴以中国不习水战，故敢散居东关。凡攻敌，必扼其喉而椿其心。夏口、东关，贼之心喉。若为陆军以向皖城，引权东下，为水战军向夏口，乘其虚而击之，此神兵从天而坠，破之必矣。"天子并然之，复命屯于宛。

四年，迁大将军，加大都督、假黄钺，与曹真伐蜀……

青龙元年，穿成国渠，筑临晋陂，溉田数千顷，国以充实。

二年，亮又率众十馀万出斜谷，垒于郿之渭水南原。天子忧之，遣征蜀护军秦朗督步骑二万，受帝节度……

三年，迁太尉，累增封邑。蜀将马岱入寇，帝遣将军牛金击走之，斩千馀级。武都氐王苻双、强端帅其属六千馀人来降。关东饥，帝运长安粟五百万斛于京师。

四年，获白鹿，献之。天子曰："昔周公旦辅成王，有素雉之贡。今君受陕西之任，有白鹿之献，岂非忠诚协符，千载同契，俾乂邦家，以永厥休邪！"及辽东太守公孙文懿反，征帝诣京师。天子曰："此不足以劳君，事欲必克，故以相烦耳。君度其行何计？"对曰："弃城预走，上计也。据辽水以距大军，次计也。坐守襄平，此成擒耳。"天子曰："其计将安出？"对曰："惟明者能深度彼己，豫有所弃，此非其所及也。今悬军远征，将谓不能持久，必先距辽水而后守，此中下计也。"天子曰："往还几时？"对曰："往百日，还百日，攻百日，以六十日为休息，一年足矣。"是时大修宫室，加之以军旅，百姓饥弊。帝将即戎，乃谏曰："昔周公营洛邑，萧何造未央，今宫室未备，臣之责也。然自河以北，百姓困穷，外内有役，势不并兴，宜假绝内务，以救时急。"

景初二年，帅牛金、胡遵等步骑四万发自京都。车驾送出西明门。诏弟孚、子师送过温，赐以谷帛牛酒，敕郡守典农以下皆往会焉。见父老故旧，宴饮累日。帝叹息，怅然有感，为歌曰："天地开辟，日月重光。遭遇际会，毕力遐方。将扫群秽，还过故乡。肃清万里，总齐八荒。告成归老，待罪舞阳。"遂进师，经孤竹，越碣石，次于辽水。文懿果遣步骑数万，阻辽隧，坚壁而守，南北六七十里，以距帝。帝盛兵多张旗帜，出其南，贼尽锐赴之。乃泛舟潜济以出其北，与贼营相逼，沈舟焚梁，傍辽水作长围，弃贼而向襄平。……文懿攻南围突出，帝纵兵击败之，斩于梁水之上星坠之所。既入城，立两标以别新旧焉。男子年十五已上七千馀人皆杀之，以为京观。伪公卿已下皆伏诛，戮其将军毕盛等二千馀人。收户四万，口三十馀万。初，文懿篡其叔父恭位而囚之。及将反，将军纶直、贾范等苦谏，文懿皆杀之。帝乃释恭之囚，封直等之墓，显其遗嗣。令曰："古之伐国，诛其鲸鲵而已，诸为文懿所诖误者，皆原之。中国人欲还旧乡，恣听之。"时有兵士寒冻，乞襦，帝弗之与。或曰："幸多故襦，可以赐之。"帝曰："襦者官物，人臣无私施也。"乃奏军人年六十已上者罢遣千馀人，将吏从军死亡者致丧还家。遂班师。天子遣使者劳军于蓟，增封食昆阳，并前二县。

看了这些内容，我们就会明白，说曹魏君主对司马懿存在猜忌之心是多么荒唐可笑！稍有历史常识的读者朋友不难发现，司马懿所担任的职务大多权势显赫，像丞相东曹属，表面上看不过是丞相的属官，但是当时出任丞相的是"挟天子以令诸侯"的曹操，丞相东曹属实质上负责曹魏政权官员的人事调动，套用现在的官职，相当于中组部的部长助理；丞相主簿，则相当于曹操的办公室主任，杨修担任丞相主簿之时，权倾天下，而从司马懿能够频繁进言并被曹操采纳来看，前者在曹操晚年已经成为其心腹亲信。魏文帝时期，司马懿出任丞相长史、侍中、尚书右仆射，俨然已是文臣领袖的架势。魏明帝时期，司马懿由文转武，先后出任荆豫两州军事主官、大将军、大都督，手握重兵。

值得注意的是，并非没有大臣提醒过曹魏君主司马懿权势熏天的潜在威胁。《资治通鉴·魏纪四》记载，魏明帝曾经问大臣陈矫："司马公忠贞，可谓社稷之臣乎？"陈矫回答："朝廷之望也，社稷则未知也。"尽管如此，曹魏君主对于司马懿依然信任有加，将其视为曹魏的柱石，《晋书·宣帝纪》记载，黄初六年（225），"天子（魏文帝）复大兴舟师征吴，复命帝（司马懿）居守，内镇百姓，外供军资。临行，诏曰：'吾深以后事为念，故以委卿。曹参虽有战功，而萧何为重。使吾无西顾之忧，不亦可乎！"青龙四年（236），"获白鹿，献之。天子（魏明帝）曰："昔周公旦辅成王，有素雉之贡。今君受陕西之任，有白鹿之献，岂非忠诚协符，千载同契，俾乂邦家，以永厥休邪！"倚重和信任之情溢于言表！

四、司马懿在曹爽执政时期是否被架空

景初三年（239），在位十二年的魏明帝一病不起，自知来日无多的魏明帝考虑到即将继承皇位的齐王曹芳年仅八岁，开始挑选辅佐幼主的顾命大臣人选，尽管曹爽和司马懿成为最终的人选，但是史书对于魏明帝挑选曹爽和司马懿的经过有着截然不同的两种描述。

《三国志·魏书·刘放传》记载：

其年，帝寝疾，欲以燕王宇为大将军，及领军将军夏侯献、武卫将军曹爽、屯骑校尉曹肇、骁骑将军秦朗共辅政。宇性恭良，陈诚固辞。帝引见放、

资，入卧内，问曰："燕王正尔为？"放、资对曰："燕王实自知不堪大任故耳。"帝曰："曹爽可代宇不？"放、资因赞成之。又深陈宜速召太尉司马宣王，以纲维皇室。帝纳其言，即以黄纸授放作诏。放、资既出，帝意复变，诏止宣王勿使来。寻更见放、资曰："我自召太尉，而曹肇等反使吾止之，几败吾事！"命更为诏，帝独召爽与放、资俱受诏命，遂免宇、献、肇、朗官。太尉亦至，登床受诏，然后帝崩。

《晋书·宣帝纪》记载：

初，帝至襄平，梦天子枕其膝，曰："视吾面。"俯视有异于常，心恶之。先是，诏帝便道镇关中；及次白屋，有诏召帝，三日之间，诏书五至。手诏曰："间侧息望到，到便直排阁入，视吾面。"帝大遽，乃乘追锋车昼夜兼行，自白屋四百馀里，一宿而至。引入嘉福殿卧内，升御床。帝流涕问疾，天子执帝手，目齐王曰："以后事相托。死乃复可忍，吾忍死待君，得相见，无所复恨矣。"与大将军曹爽并受遗诏辅少主。

根据《三国志·魏书·刘放传》记载，魏明帝临终前最初确定的名单中没有司马懿，但是在刘放、孙资的建议下，才放弃原来的名单，选择曹爽和司马懿为辅政大臣，可根据《晋书·宣帝纪》记载，明帝临终之前，并没有考虑其他大臣，亲自选定曹爽和司马懿作为顾命大臣，那么哪段记载更符合历史的真相呢？

要想回答这个问题，我们必须了解魏明帝究竟是怎样的君主。魏明帝曹叡字元仲，魏文帝曹丕长子，母文昭皇后甄氏，在位十二年。魏明帝在位期间全面继承武帝、文帝时期的各项政治、经济政策，指挥曹真、司马懿等人成功防御了吴蜀的多次攻伐，同时攻灭公孙渊，平定辽东，并且颇有人君的度量，宽容善待犯言直谏的大臣。虽然魏明帝统治后期，大兴土木，耽于享乐，但是总体而言可以算是三国时期少有的明君。

考虑到当时的曹魏政权属于典型的士族政权，曹魏政权的稳固需要获得士族的支持和拥戴，拥有丰富统治经验的魏明帝在安排辅佐幼主的顾命大臣人选之时，不可能只安排曹魏宗室，而排斥士族代表，像魏文帝临终前，"召中军大将军曹真、镇军大将军陈群、征东大将军曹休、抚军大将军司马宣王，并受遗诏辅嗣主"（《三国志·魏书·文帝纪》），在四位顾命大臣中，两位是曹魏宗室，两位是士族代表，各占50%。另外，从史书记载来看，魏明帝并非猝死，从发病到逝世延续多日，有充足的时间认真考虑顾命大臣的人选，因此作为宗室代表的曹爽和士族代表的司马懿很可能就是魏明帝临终之前亲自选定的顾命大臣人选。

魏明帝驾崩之后，八岁的太子曹芳即位，"加曹爽、司马懿侍中，假节钺，都督中外诸军、录尚书事。诸所兴作宫室之役，皆以遗诏罢之。爽、懿各领兵三千人更宿殿内，爽以懿年位素高，常父事之，每事谘访，不敢专行"。然而两人之间和谐的关系并没有持续多久，很快曹爽在何晏、邓飏等亲信策划下，"白天子发诏，转司马懿为太傅，外以名号尊之，内欲令尚书奏事，先来由己，得制其轻重也。爽从之。二月，丁丑，以司马懿为太傅，以爽弟羲为中领军，训为武卫将军，彦为散骑常侍、侍讲，其馀诸弟皆以列侯侍从，出入禁闼，贵宠莫盛焉。爽事太傅，礼貌虽存，而诸所兴造，希复由之。爽徙吏部尚书卢毓为仆射，而以何晏代之，以邓飏、丁谧为尚书，毕轨为司隶校尉。晏等依势用事，附会者升进，违忤者罢退，内外望风，莫敢忤旨"（《资治通鉴·魏纪六》）。

从这些记载来看，身为首席顾命大臣的曹爽以明升暗降的方式成功架空了司马懿，使其处于投闲置散的位置。然而历史的真相果真如此吗？我们不妨看看司马懿被尊为太傅后的相关记载。

（正始）二年夏五月，吴将全琮寇芍陂，朱然、孙伦围樊城，诸葛瑾、步骘掠柤中，帝请自讨之。议者咸言，贼远来围樊，不可卒拔。挫于坚城之下，有自破之势，宜长策以御之。帝曰："边城受敌而安坐庙堂，疆埸骚动，众心疑惑，是社稷之大忧也。"六月，乃督诸军南征，车驾送出津阳门。帝以南方暑湿，不宜持久，使轻骑挑之，然不敢动。于是休战士，简精锐，募先登，申号令，示必攻之势。吴军夜遁走，追至三州口，斩获万馀人，收其舟船军资而还。天子遣侍中常侍劳军于宛。秋七月，增封食郾、临颍，并前四县，邑万户，子弟十一人皆为列侯。

（正始）四年秋九月，帝督诸军击诸葛恪，车驾送出津阳门。军次于舒，恪焚烧积聚，弃城而遁。帝以灭贼之要，在于积谷，乃大兴屯守，广开淮阳、百尺二渠，又修诸陂于颍之南北，万馀顷。自是淮北仓庾相望，寿阳至于京师，农官屯兵连属焉。（《晋书·宣帝纪》）

看了这些记载，相信读者朋友很容易得出一个结论，司马懿并没有真的被架空，如果司马懿真的像史书所说已经处于投闲置散的位置，司马懿又怎么能分别于正始二年（241）和正始四年（243）率军抵御东吴。在我国古代社会，兵权是皇权的基础，手握重兵的将领往往会成为当权者猜忌的对象。如果曹爽的权势真的如史书所说的已经达到一手遮天的地步，又怎么能容忍在军队经营多年的司马懿两次出征东吴来提升自己的影响力。

另外，司马懿出任太傅之后，对于曹魏军队依然保持巨大的影响力，最能体现这点莫过于其对曹魏后期名将邓艾的破格提拔。

邓艾字士载，义阳棘阳人（今河南新野）也。少孤，太祖破荆州，徙汝南，为农民养犊。年十二，随母至颍川，读故太丘长陈寔碑文，言"文为世范，行为士则"，艾遂自名范字士则。后宗族有与同者，故改焉。为都尉学士，以口吃，不得作干佐。为稻田守丛草吏。同郡吏父怜其家贫，资给甚厚，艾初不称谢。每见高山大泽，辄规度指画军营处所，时人多笑焉。后为典农纲纪，上计吏，因使见太尉司马宣王。宣王奇之，辟之为掾，迁尚书郎。

时欲广田畜谷，为灭贼资，使艾行陈、项已东至寿春。艾以为"田良水少，不足以尽地利，宜开河渠，可以引水浇溉，大积军粮，又通运漕之道"。乃著《济河论》以喻其指。又以为"昔破黄巾，因为屯田，积谷于许都以制四方。今三隅已定，事在淮南，每大军征举，运兵过半，功费巨亿，以为大役。陈、蔡之间，土下田良，可省许昌左右诸稻田，并水东下。令淮北屯二万人，淮南三万人，十二分休，常有四万人，且田且守。水丰常收三倍于西，计除众费，岁完五百万斛以为军资。六七年间，可积三千万斛于淮上，此则十万之众五年食也。以此乘吴，无往而不克矣"。宣王善之，事皆施行。正始二年，乃开广漕渠，每东南有事，大军兴众，泛舟而下，达于江、淮，资食有储而无水害，艾所建也……

诸葛恪围合肥新城，不克，退归。艾言景王曰："孙权已没，大臣未附，吴名宗大族，皆有部曲，阻兵仗势，足以建命。恪新秉国政，而内无其主，不念抚恤上下以立根基，竞于外事，虐用其民，悉国之众，顿于坚城，死者万数，载祸而归，此恪获罪之日也。昔子胥、吴起、商鞅、乐毅皆见任时君，主没而败。况恪才非四贤，而不虑大患，其亡可待也。"恪归，果见诛。迁兖州刺史，加振威将军。（《三国志·魏书·邓艾传》）

邓艾是曹魏朝野上下皆知的司马懿的嫡系人物，但是在曹爽执政时期能够获得多次提拔，这固然与其足智多谋，英勇善战有密切关系，但是假如没有司马懿施以援手，在曹魏这样的士族社会，出身卑微的邓艾恐怕连领兵出征的机会都没有，邓艾官职的不断上升恰恰是司马懿政治权势依然存在的最好证明。

分析到这里，司马懿出任太傅之后是否投闲置散的真相便呼之欲出了，作为四朝重臣，司马懿不仅是文臣领袖，而且手握军权。更关键的是，由于长期经营，司马懿"门生故吏遍天下"，像这样重量级的曹魏元老，即使被曹爽排挤，出任太傅这样的虚职也能对朝政和军队保持巨大影响力。

五、高平陵政变的真相

或许有读者朋友会质疑道，如果根据你的描述，司马懿家族势力横跨政军两界，"门生故吏遍天下"，那对付曹爽还不是小菜一碟，毕竟在魏明帝驾崩之前，曹爽既无足够的政治权威，又无显赫的战绩。要想回答这个问题，我们必须了解以下几点：

一方面，不管如何，曹爽毕竟是魏明帝临终前亲自挑选的辅佐幼主的首席顾命大臣，具有法统上的合法性和正当性，而曹爽能被魏明帝委以重任，说明其绝不可能像史书所渲染的那样昏庸无能，《三国志·魏书·曹爽传》记载："（曹爽）少以宗室谨重"，意思是说曹爽从小个性谨慎敦厚。另外，从曹爽能够执政十年来看，假如说他毫无政治谋略，恐怕也难令人信服，不要忘了，以足智多谋闻名的诸葛恪在孙权死后当首席顾命大臣不到两年就死于非命，满门抄斩，因此在曹爽还没有犯大的错误之前，司马懿铲除曹爽师出无名。

另一方面，曹魏元老重臣未必支持司马懿取代曹爽。在魏武帝病逝后，随着君主政治权威的下降，魏文帝和魏明帝必须获得元老重臣的拥戴才能巩固统治，在魏明帝驾崩之后，对于曹魏元老重臣而言，最高执政者究竟姓曹还是姓司马并不重要，重要的是自身的政治经济利益能否得到有效保障。从现有史书相关记载来看，曹爽执政初期在朝政上全面继承文帝、明帝礼遇元老重臣的政策，没有元老重臣的支持，司马懿取代曹爽没有胜算。

然而随着地位的日渐巩固和亲信的阿谀奉承，原本个性谨慎的曹爽在品尝过权力的快感和滋味之后慢慢变得狂妄自大、目空一切。《三国志·魏书·曹爽传》记载：

晏等专政，共分割洛阳、野王典农部桑田数百顷，及坏汤沐地以为产业，承势窃取官物，因缘求欲州郡。有司望风，莫敢忤旨。晏等与廷尉卢毓素有不平，因毓吏微过，深文致毓法，使主者先收毓印绶，然后奏闻。其作威如此。爽饮食车服，拟于乘舆；尚方珍玩，充牣其家；妻妾盈后庭，又私取先帝才人七八人，及将吏、师工、鼓吹、良家子女三十三人，皆以为伎乐。诈作诏书，发才人五十七人送邺台，使先帝婕妤教习为伎。擅取太乐乐器，武库禁兵。作窟室，绮疏四周，数与晏等会其中，纵酒作乐。羲深以为大忧，数谏止之。又著书三篇，陈骄淫盈溢之致祸败，辞旨甚切，不敢斥爽，托戒诸弟以示爽。爽知其为己发也，甚不悦。羲或时以谏喻不纳，涕泣而起。

曹爽犯下的另一致命失误是盲目讨伐蜀汉导致魏军大败。《资治通鉴·魏纪六》记载：

三国的暗线

（正始五年）胜及尚书邓飏欲令爽立威名于天下，劝使伐蜀；太傅懿止之，不能得。三月，爽西至长安，发卒十馀万人，与玄自骆谷入汉中。汉中守兵不满三万，诸将皆恐，欲守城不出以待涪兵。王平曰："汉中去涪垂千里，贼若得关，便为深祸，今宜先遣刘护军据兴势，平为后拒；若贼分向黄金，平帅千人下自临之，比尔间涪军亦至，此计之上也。"诸将皆疑，惟护军刘敏与平意同，遂帅所领据兴势，多张旗帜，弥亘百馀里。……大将军爽兵距兴势不得进，关中及氐、羌转输不能供，牛马骡驴多死，民夷号泣道路，涪军及费祎兵继至。参军杨伟为爽陈形势，宜急还，不然，将败。邓飏、李胜与伟争于爽前。伟曰："飏、胜将败国家事，可斩也！"爽不悦。太傅懿与夏侯玄书曰："《春秋》责大德重。昔武皇帝再入汉中，几至大败，君所知也。今兴势至险，蜀已先据，若进不获战，退见邀绝，覆军必矣，将何以任其责！"玄惧，言于爽；五月，引军还。费祎进据三岭以截爽，爽争险苦战，仅乃得过，失亡甚众，关中为之虚耗。

曹爽"专擅朝政，多树亲党"和盲目攻打蜀汉以及正始八年（247）逼迫郭太后迁到永宁宫不仅导致其威信扫地，而且触怒了曹魏的元老重臣，为司马懿联合其他元老重臣发动政变取而代之提供了最佳的借口和胜利的基础。

正始十年（249），司马懿乘曹爽兄弟及其亲信们陪同少帝曹芳拜谒高平陵之机，联合曹魏元老重臣，以郭太后名义下令，关闭京城各个城门，率兵占据武库，命令司徒高柔持节代理大将军职事，占据曹爽营地；太仆王观代理中领军职事，占据曹羲营地，然后向魏帝禀奏曹爽的罪恶：

先帝诏陛下、秦王及臣升于御床，握臣臂曰"深以后事为念"。今大将军爽背弃顾命，败乱国典，内则僭拟，外专威权。群官要职，皆置所亲；宿卫旧人，并见斥黜。根据盘牙，纵恣日甚。又以黄门张当为都监，专共交关，伺候神器。天下汹汹，人怀危惧。陛下便为寄坐，岂得久安？此非先帝诏陛下及臣升御床之本意也。臣虽朽迈，敢忘前言。昔赵高极意，秦是以亡；吕霍早断，汉祚永延。此乃陛下之殷鉴，臣授命之秋也。公卿群臣皆以爽有无君之心，兄弟不宜典兵宿卫；奏皇太后，皇太后敕如奏施行。臣辄敕主者及黄门令罢爽、羲，训吏兵各以本官侯就第，若稽留车驾，以军法从事。臣辄力疾将兵诣洛水浮桥，伺察非常。(《晋书·宣帝纪》)

曹爽兄弟得知消息后，惊慌失措，不知如何是好，正在此时，"大司农沛国桓范闻兵起，不应太后召，矫诏开平昌门，拔取剑戟，略将门候，南奔爽。宣王知，曰：'范画策，爽必不能用范计。'范说爽使车驾幸许昌，招外兵。爽兄弟犹豫未决，范重谓羲曰：'当今日，卿门户求贫贱复可得乎？且匹夫持质一人，尚欲望活，今卿与天子相随，令于天下，谁敢不应者？'羲犹不能纳。侍中许允、尚书陈泰说爽，使早自归罪。爽于是遣允、泰诣宣王，归罪请死，乃通宣王奏事。遂免爽兄弟，以侯还第"(《晋书·宣帝纪》)。

相信看过这段历史记载的读者朋友都有可能产生这样的疑问，在司马懿占领京城之后，桓范提出的"车驾幸许昌，招外兵"的建议从表面上看是曹爽反败为胜，扭转局面的最现实的选择，为什么执政长达十年的曹爽却看不到这点，甘心束手就擒呢？尽管曹爽在政治谋略上远远不如司马懿，但是他毕竟不是白痴，不可能不去思考投降后的各种悲惨结局。

对于这个问题更合理的解释应该是执政十年的曹爽非常清楚即使听从桓范建议也无济于事，理由如下：

首先，根据分工，曹爽负责朝政，司马懿负责军事，曹爽与曹魏军事将领的渊源远远不如司马懿，虽然曹爽试图通过征伐蜀汉来提高对军队的掌控力，但是讨伐蜀汉的惨败使得其在军队将领面前威信扫地，不要忘了，军队是一个以战功论英雄的地方，即使到了许昌，曹魏的军事将领未必会听从曹爽的命令。

其次，以司马懿谋定而后动的性格特点，很可能会在高平陵政变后马上与其他军事将领取得联系以获得他们的支持，道理也很简单，如果这次政变失败，司马懿家族会被满门抄斩，考虑到司马懿长期领兵作战，与曹魏将领关系密切，如果要在司马懿和曹爽中作出一个选择，大部分曹魏将领必然会选择前者。

再次，司马懿发动政变获得了元老重臣们的支持，根据史书记载，参加这次政变的还有高柔、王观、蒋济、许允、陈泰等高官，这说明高平陵政变并不是司马懿家族单独发动的，而是获得了其他元老重臣的支持，鉴于当时曹魏政权的大部分官员和将领都出自元老重臣的门下，曹爽即使到了许昌，未必也能扭转败局。

最后，由于此时司马懿已经掌控了京师，这意味着曹爽兄弟以及身边的部属、侍卫、士兵的家眷都已经被司马懿控制，成为人质，即使曹爽兄弟愿意去许昌，他们身边的部属、侍卫、士兵也未必愿意跟随，没有这些人的支持，曹爽兄弟恐怕还没到许昌，就已经在半路上被抓获了。

考虑以上因素，加之蒋济等人亲口保证曹爽的人身安全，曹爽放下武器，束手就擒自然变得顺理成章。

但是曹爽还是低估了四朝元老司马懿斩草除根的冷酷和毒辣。"爽兄弟归家，懿发洛阳吏卒围守之；四角作高楼，令人在楼上察视爽兄弟举动。爽挟弹到后园中，楼上便唱言：'故大将军东南行！'爽愁闷不知为计。戊戌，有司奏：'黄门张当私以所择才人与爽，疑有奸。'收当付廷尉考实，辞云：'爽与尚书何晏、邓飏、丁谧、司隶校尉毕轨、荆州刺史李胜等阴谋反逆，须三月中发。'于是收爽、羲、训、晏、飏、谧、轨、胜并桓范皆下狱，劾以大逆不道，与张当俱夷三族。"（《资治通鉴·魏纪七》）

六、司马昭弑君犯了贵族社会的大忌

正始十年（249），尽管司马懿通过高平陵政变诛杀曹爽夺取了曹魏的军政大权，掀开了司马家族篡夺曹魏天下改朝换代的序幕，但是司马家族在执政初期地位并不十分稳固。

嘉平三年（251），曹魏太尉、长期镇守扬州的王凌以进攻东吴为名上疏朝廷请求发兵，试图讨伐司马懿，又遣杨弘说兖州刺史黄华共同举事。杨弘、黄华向朝廷告发，司马懿率中军征讨。王凌见事败，降于丘头，饮药自杀。

正元二年（255），扬州刺史文钦、镇东将军毌丘俭起兵寿春，矫称受太后诏书讨司马师，率军渡淮，进至项县。司马师率军十万征讨，大破淮南军。毌

丘俭被杀，文钦逃入东吴。

甘露二年（257），征东将军诸葛诞反于寿春，向东吴称臣，攻掠淮河南北郡县。司马昭督军二十六万征讨，诸葛诞兵败被杀，至此，支持曹魏皇室的武装力量基本被消灭殆尽。

司马家族独揽大权，骄横跋扈，逐步诛杀忠于曹魏的文臣武将，最终激起曹魏君主曹髦近乎自杀式的激烈反击。《资治通鉴·魏纪九》记载：

帝见威权日去，不胜其忿。五月，己丑，召侍中王沈、尚书王经、散骑常侍王业，谓曰："司马昭之心，路人所知也。吾不能坐受废辱，今日当与卿自出讨之。"王经曰："昔鲁昭公不忍季氏，败走失国，为天下笑。今权在其门，为日久矣。朝廷四方皆为之致死，不顾逆顺之理，非一日也。且宿卫空阙，兵甲寡弱，陛下何所资用；而一旦如此，无乃欲除疾而更深之邪！祸殆不测，宜见重详。"帝乃出怀中黄素诏投地曰："行之决矣！正使死何惧，况不必死邪！"于是入白太后。沈、业奔走告昭，呼经欲与俱，经不从。帝遂拔剑升辇，率殿中宿卫苍头官僮鼓噪而出。……众欲退，骑督成倅弟太子舍人济问充曰："事急矣，当云何？"充曰："司马公畜养汝等，正为今日。今日之事，无所问也！"济即抽戈前刺帝，殒于车下。昭闻之，大惊，自投于地。太傅孚奔往，枕帝股而哭，甚哀，曰："杀陛下者，臣之罪也！"

从表面上看，曹髦死于贾充部属成济之手，但是由于贾充是朝野上下无人不知的司马昭的"心腹"，没有司马昭的授意，贾充未必有胆量命成济弑杀曹魏君主，从事后成济作为替罪羊，贾充安然无恙来看，司马昭显然才是杀死曹髦的幕后真凶。在我国古代历史上，像这样"真凶"并不露面，指使他人弑君的例子不乏其例，最有名的便是春秋时期赫赫有名的"赵盾弑君事件"。

春秋时期，晋国赵盾独揽大权，引发国君晋灵公不满，派人暗杀赵盾，躲过暗杀的赵盾无奈之下就要逃离晋国，但在其还没出境之前，赵盾的兄弟赵穿弑杀晋灵公，消息传到赵盾耳中，赵盾又返回了晋国。晋国史官董狐以"赵盾弑其君"将其载入史书，并宣示于朝臣，赵盾辩解，说是赵穿所杀，不是他的罪。董狐申明理由说："子为正卿，亡不越境，反不讨贼，非子而谁？"意思是他作为执政大臣，在逃亡未过国境时，原有的君臣之义就没有断绝，回到朝中，就应当组织人马讨伐乱臣，不讨伐就未尽到职责，因此"弑君"之名应由他承当，司马昭弑君几乎就是赵盾弑君的翻版。

我国古代社会以门阀士族的兴衰和科举制的发达程度为标准可以大致划分为两个时期，先秦到唐朝前期为贵族社会，五代十国到清代是平民社会，中晚唐可以算是过渡期。在贵族社会，权臣篡位一般都有固定套路，先是扶持党羽，然后是诛杀异己，最后是和平禅位，在这个过程中，不管权臣们如何骄横跋扈，权倾天下，对于原有的名义上的君主在表面上依然毕恭毕敬，像曹操权势够大了吧，又先后弑杀董承、董贵妃、伏皇后，但是却不敢动汉献帝一根汗毛，甚至为了保护汉献帝把自己的三个女儿送进宫，如果贵族社会时期的权臣胆敢诛杀君主，哪怕傀儡君主，往往会造成严重的政治后果，"赵盾弑君事件"发生多年后，晋景公旧事重提，联合栾氏、郤氏，将赵氏满门抄斩，如果不是此时已经怀孕的赵盾儿媳、晋景公的姐姐赵庄姬在宫中休养逃过一劫，生下著名的"赵氏孤儿"——赵武继承了赵家香火，赵氏家族早已经淹没在历史的尘埃中。

曹髦死于非命同样使得司马家族处于舆论的风口浪尖，让其在政治上处于极其不利的局面，司马昭的叔父司马孚抱着曹髦尸体痛哭流涕和曹魏重臣陈泰一度拒绝参加善后会议便是这方面的集中体现。客观而言，从执政的十几年的表现来看，司马昭也算得上三国后期杰出的政治家，但是由于弑君事件的影响，司马昭从此被钉上历史的耻辱柱，成为野心家、阴谋家的代名词，尽管由于伐蜀成功提升了司马昭的政治权威，司马家族得以度过这一难关，但是弑君事件所蕴藏的政治风险长远来看依然给司马家族的未来投下了巨大的阴影。

七、司马炎的难题

经过半个多世纪、三代人的苦心经营，司马家族终于登上了权力的巅峰。泰始元年（265），司马昭之子司马炎逼迫曹魏最后一位君主曹奂禅让，登基即位，建立西晋，即历史上赫赫有名的晋武帝。然而尽管晋武帝成功实现了先辈改朝换代的心愿，却面临一个棘手的问题，即如何构建西晋王朝的道德合法性。

自先周开始，最高统治者能否拥有完美的道德形象对于政权稳定具有至关重要的影响。周武王讨伐商王朝便以商纣王沉湎于酒色作为讨伐借口，孔子则认为："为政以德，譬如北辰，居其所而众星共之。"（《论语·为政》）"政者正也。子帅以正，孰敢不正？"（《论语·颜渊》）孟子在探讨王道之时提出："王如施仁政于民，省刑罚，薄税敛，深耕易耨，壮者以暇日，修其孝悌忠信，入以事其父兄，出以事其长上。可使制梃以挞秦楚之坚甲利兵矣。"（《孟子·梁惠王上》）

了解了这些，我们便会明白，晋武帝司马炎即位之后，最头痛的问题便是如何构建西晋王朝的道德合法性，即为司马家族抢夺曹魏江山寻找一个合理的借口，而要实现这个目标就需要对司马家族与曹魏君主的真实关系和相关历史进行人为篡改，可能有些读者会觉得困惑，这两者之间存在什么必然联系吗？原因其实也不复杂，如果当时的人们和后世的学者知道魏武帝提拔司马懿是想报答司马防的举荐之恩和感念司马朗为了曹魏政权兢兢业业、死而后已；魏文帝和魏明帝将司马懿视为国家的栋梁，朝廷的柱石，对其信赖有加，委以重任；曹爽执政时期，司马懿并没有完全被架空，而司马家族的回报却是杀害曹魏君主，铲除忠于曹魏的文臣武将，这种行为即便今日看来也令人不齿，更何况在极端推崇道德伦理的古代社会呢！

这段历史如果真的被记载下来，忘恩负义的司马家族将会被钉上历史的耻辱柱，长远来看，还将给司马家族的未来统治埋下一枚定时炸弹，因此司马昭和其子晋武帝司马炎很可能授意史官在史书上增加若干曹魏君主如何猜忌司马懿的内容，诸如魏武帝曹操派刺客去杀司马懿，梦到"三马同槽"和看到司马懿"狼顾之相"而对其猜忌有加，魏明帝临终前最初确定的辅政名单没有司马懿，以及曹爽执政时期架空同为顾命大臣的司马懿等内容，硬生生地将司马家族忘恩负义的事实漂白成为自保不得已而为之的历史，以至于我们今天看到相关记载时既有曹魏历代君主倚重和提拔司马懿，又有前者对后者的猜忌和防范等自相矛盾的内容。

然而尽管对于晋武帝司马炎而言，以自己的赫赫权势去指使史官篡改历史可谓易如反掌，不费吹灰之力，但是作为魏晋时期少有的宽厚之君和系统接受过儒家传统教育的帝王，无论是基于心灵深处的内疚之情，还是应付社会舆论的需要，晋武帝司马炎都需要对曹魏宗室做出适当的安抚和补偿，以尽可能化解两家历史恩怨蕴藏的政治风险。

晋武帝司马炎即位后不久便下诏解除对曹魏宗室的禁锢，册封爵位，同时选拔曹魏宗室在朝廷任职，像曹植之子曹志便是晋武帝的好友，先后出任乐平太守、散骑常侍，曹洪之子曹馥担任过尚书仆射，曹魏宗室子弟曹武担任过平北将军。晋武帝礼遇甚至重用曹魏宗室有悖我国古代王朝政治的传统做法。通常而言，一个新王朝建立后，对于前朝宗室往往采取两种处置方法，如果像隋文帝那样心狠手辣，就会赶尽杀绝，满门抄斩；如果像魏文帝曹丕那样良心未泯，就会册封爵位，同时严加防范。假如说解除魏氏宗室禁锢，册封爵位可以算是符合传统做法，那么选拔曹魏宗室在朝廷任职显然犯了政治上的大忌，不要忘了这些人都是曹操的子孙，晋武帝难道不怕这些这些曹魏宗室借机积蓄实力，培植党羽，未来找个机会推翻晋朝，再来一次"少康复国"吗？显然对于这种反常的现象，比较合理的解释便是对于先辈忘恩负义感到羞愧的晋武帝司马炎有意给予曹魏宗室高官厚禄来弥补自己的内疚之情。

另外，晋武帝司马炎对蜀汉丞相诸葛亮的推崇和赞赏也从侧面显示其内心对于先辈忘恩负义的羞愧和不安。

《三国志·蜀书·诸葛亮传》裴注引《晋泰始起居注》所录晋武帝司马炎诏书记载：

诸葛亮在蜀，尽其心力，其子瞻临难而死义，天下之善一也。其孙京，随才署吏。

同传裴注引《汉晋春秋》记载：

樊建为给事中，晋武帝问诸葛亮之治国，建对曰："闻恶必改，而不矜过，赏罚之信，足感神明。"帝曰："善哉！使我得此人以自辅，岂有今日之劳乎！"

陈寿在《三国志·蜀书·诸葛亮传》末尾向晋武帝司马炎进献自己编撰的《诸葛氏集》时一再强调：

臣寿等言：臣前在著作郎，侍中领中书监济北侯臣荀勖、中书令关内侯臣和峤奏，使臣定故蜀丞相诸葛亮故事。亮毗佐危国，负阻不宾，然犹存录其言，耻善有遗，诚是大晋光明至德，泽被无疆，自古以来，未之有伦也。辄删除复重，随类相从，凡为二十四篇，篇名如右……

伏惟陛下迈踪古圣，荡然无忌，故虽敌国诽谤之言，咸肆其辞而无所革讳，所以明大通之道也。谨录写上诣著作。臣寿诚惶诚恐，顿首顿首，死罪死罪。泰始十年二月一日癸巳，平阳侯相臣陈寿上。

这样问题就来了，熟悉三国历史的读者朋友都知道，诸葛亮与其说是一个忠臣，不如说是权臣更合适，而且还是司马家族的死对头，按照常理，晋武帝司马炎想在群臣面前树立一个道德楷模，可供选择的人比比皆是，可他偏偏选中诸葛亮，而细数诸葛亮一生的事迹，最能让后世帝王动心的恐怕还是其身为权臣却没有篡位，同时为了"北伐中原、兴复汉室"而鞠躬尽瘁，直至病逝于五丈原，诸葛亮的子孙还为保护蜀汉而战死沙场。相比之下，司马炎之父——同为权臣的司马昭久沐皇恩，却不知报效朝廷，反而弑杀君主，残害忠良，背负先辈历史负债的司马炎自然不希望西晋王朝后世出现这样独擅朝政、恩将仇报的权臣，而是有更多像诸葛亮那样鞠躬尽瘁、死而后已的"大忠臣"，晋武帝司马炎越是对蜀汉丞相诸葛亮表达推崇和赞赏，越能显示其内心对于先辈忘恩负义的愧疚之情。

事实上，只要我们结合当时的历史，考虑人物的性格特点，冷静分析这些史书记载中各种有悖常理的现象，不难发现背后的历史真相，而历史的真相在后世对司马懿的评价中也依稀可见。

《晋书·宣帝纪》评价司马懿：

帝内忌而外宽，猜忌多权变。……及平公孙文懿，大行杀戮。诛曹爽之际，支党皆夷及三族，男女无少长，姑姊妹女子之适人者皆杀之，既而竟迁魏鼎云。……迹其猜忍，盖有符于狼顾也。

唐太宗李世民也在同一篇传记末尾指出：

文帝之世，（司马懿）辅翼权重，许昌同萧何之委，崇华甚霍光之寄。当谓竭诚尽节，伊傅可齐。及明帝将终，栋梁是属，受遗二主，佐命三朝，既承忍死之托，曾无殉生之报。天子在外，内起甲兵，陵土未乾，遽相诛戮，贞臣之体，宁若此乎！尽善之方，以斯为惑。夫征讨之策，岂东智而西愚？辅佐之心，何前忠而后乱？故晋明掩面，耻欺伪以成功；石勒肆言，笑奸回以定业。古人有云："积善三年，知之者少，为恶一日，闻于天下。"可不谓然乎！虽自隐过当年，而终见嗤后代。亦犹窃钟掩耳，以众人为不闻；锐意盗金，谓市中为莫睹。故知贪于近者则遗远，溺于利者则伤名；若不损己以益人，则当祸人而福己。顺理而举易为力，背时而动难为功。况以未成之晋基，逼有馀之魏祚？虽复道格区宇，德被苍生，而天未启时，宝位犹阻，非可以智竞，不可以力争，虽则庆流后昆，而身终于北面矣。

试想，假如司马家族果真像史书所记载的那样，是因为备受曹魏君主猜忌，为了自保而篡夺曹魏天下，后世的人们还会如此鄙视、唾弃司马懿吗？

功到雄奇即罪名

景元四年（263），总揽朝政的司马昭不顾群臣的反对，力排众议，派遣钟会、邓艾、诸葛绪统率三路魏军讨伐蜀汉。经过多次激战，蜀将姜维、廖化所部以剑阁（今四川剑阁）险道为屏障，阻击钟会率领的魏军主力，正当双方僵持不下之时，邓艾带领精锐部队绕道阴平，越过数百里荒无人烟的崇山峻岭，凿山开路，奇袭江油（今四川江油），并且在绵竹（今四川绵竹）大破诸葛瞻、攻占涪城（今四川绵阳），进逼成都。后主刘禅在谯周等"投降派"的建议下向魏军投降，蜀汉正式灭亡。

然而钟会、邓艾平定蜀地之后，还没来得及摆庆功宴，两人的命运便急转直下，先是钟会上书司马昭状告邓艾谋反，朝廷下诏书派监军卫瓘逮捕邓艾父子，用槛车将其送去京城。邓艾被抓之后，钟会野心膨胀，与蜀汉降将姜维密商谋反，却由于计谋泄露而被卫瓘率军诛杀，由于卫瓘曾参与诬谄邓艾，遂派护军田续追杀邓艾父子于绵竹（今四川德阳），仅仅数日的时间，两位灭蜀功臣就身首异处，死于非命。

值得注意的是，尽管同样是不得善终，相对于含冤而死的邓艾获得后世的广泛同情，由于谋反被杀的钟会则以奸诈小人的形象被钉在历史的耻辱柱上。虽然史书明文记载了钟会谋反的经过，可近年来在三国研究领域，尤其是网上的三国论坛替钟会抱不平的声音开始出现，一些网友认为所谓"钟会谋反案"是司马昭一手炮制的冤案，那么钟会有没有可能是被冤枉的呢？另外，邓艾之死的直接原因是卫瓘派护军田续去追杀被手下士兵营救的前者，那么卫瓘会不会也是受命行事呢？要想破解这些谜团，我们不妨先看看钟会、邓艾一生的经历，看看能不能找到破解谜团的蛛丝马迹。

钟会字士季，颍川郡长社（今河南长葛）人，太傅钟繇之幼子，自幼聪明伶俐，才华横溢。钟会五岁时，钟繇带着他去拜访曹魏元老蒋济，蒋济见到钟会之后，大为赞赏，称赞其"非常人也"。正始年间，其出任秘书郎和尚书郎，后担任中书侍郎。高平陵政变之后，司马家族"挟天子以令诸侯"，成为曹魏的幕后掌权者，由于钟会早年就以其才华受到司马师的赏识，因此深受重用，为司马家族平定叛乱和巩固权势立下了汗马功劳。

正元二年（255），毌丘俭、文钦在淮南起兵谋反，此时大将军司马师眼疾发作，身体还未恢复，曹魏朝廷大多数人认为让太尉司马孚前去平叛就可以，只有傅嘏、王肃和钟会劝司马师亲征。在钟会等人的建议下，司马师东征毌丘俭、文钦，钟会随行，参赞军务，出谋划策。平定毌丘俭、文钦之乱之后没多久，司马师病逝于许昌，高乡贵公曹髦试图夺回司马家族的兵权，发诏书给尚书傅嘏，以东南刚刚平定为由，让司马昭留镇许昌，由傅嘏率领军队回朝，钟会与傅嘏密谋，让傅嘏上表，和司马昭一同出发，于是朝廷拜司马昭为大将军，辅佐朝政，钟会升迁为黄门侍郎，封东武亭侯，邑三百户。

甘露二年（257），诸葛诞在寿春再度发动叛乱。司马昭胁迫高贵乡公曹髦率领二十六万大军亲征，钟会再次随行。后来，司马昭能够攻破寿春，平定诸葛诞之乱，钟会居功至伟，当时的人们都将钟会比作西汉谋士张良。由于受到司马昭的宠信，钟会步步高升，权倾一时。《三国志·魏书·钟会传》记载："（钟会）以中郎在大将军府管记室事，为腹心之任。……迁司隶校尉。虽在外司，时政损益，当世与夺，无不综典。嵇康等见诛，皆会谋也。"

如果说钟会是拥有世家子弟背景的曹魏重臣，那么邓艾便是出身寒族的一代名将。邓艾字士载，义阳棘阳（今河南新野）人，幼年丧父，建安十三年（208），曹操占领荆州后，邓艾及其母亲被强迁到汝南（今河南上蔡），因为家庭贫困，青少年时期的邓艾以为农民放牛为生。邓艾喜欢军事，每见高山大川，都要在那里勘察地形，规划军营，所以经常遭别人讥笑。长大之后，满腹经纶的邓艾先后担任典农功曹、上计吏。一次，邓艾去洛阳汇报工作，有机会见到司马懿，司马懿很赏识他的才能，征召他为太尉府的掾属，后升任尚书郎。

由于司马懿的器重，邓艾拥有了发挥自己才能的舞台。正始年间，司马懿派邓艾前去魏吴边境考察屯田事宜，邓艾根据淮水附近的地形地貌特征，写了一篇《济河论》，建议在淮河附近进行军屯，闲时农耕，忙时作战，耕战结合，这样既可以保证防守东吴所需的军粮，又可以省去运粮的麻烦，他的建议获得了朝廷的采纳，边境屯田政策的实施使得曹魏后期能够多次从容不迫地击溃东吴的进攻。

嘉平元年（249）秋季，熟悉陇西风俗民情的蜀汉卫将军姜维督军进攻雍州（今陕西关中及甘肃东部），依傍曲山（今甘肃岷县东百里）筑两城，欲诱羌胡归蜀。征西将军郭淮、雍州刺史陈泰统兵击退姜维之后，时任南安太守的邓艾认为，必须提防姜维反攻，郭淮就留邓艾屯白水北岸，数日后，蜀军果然复返，由于邓艾识破了敌人声东击西的计谋，姜维不得不黯然退兵。

正元二年（255）正月，毌丘俭、文钦假称受郭太后诏书，在寿春（今安徽寿县）起兵，传檄州郡，讨伐司马师。邓艾诛杀前者派来的引诱投降的使者，领兵快马兼程，赶至具有战略地位的乐嘉城，建造浮桥，使得司马师掌握了战争的主动权。

同年七月，蜀汉卫将军姜维趁曹魏大将军司马师病逝，督车骑将军夏侯霸、征西大将军张翼等数万人包围雍州刺史王经于狄道城，邓艾率军击退蜀军之后，魏军多数人认为姜维已经力竭，不可能再出兵，但是邓艾却认为姜维必然会再度返回，不久姜维率军与邓艾所部激战于段谷（今甘肃天水西南），蜀将胡济失期未至，邓艾大败蜀军，蜀军士卒溃散，死伤甚众。由于邓艾"筹画有方，忠勇奋发，斩将十数，馘首千计；国威震于巴、蜀，武声扬于江、岷"（《三国志·魏书·邓艾传》），曹魏拜邓艾为镇西将军、都督陇右诸军事，进封邓侯，分五百户封其子忠为亭侯。

景元四年（263），总揽朝政的大将军司马昭制定先灭蜀再顺江灭吴的战略，魏军兵分三路伐蜀：征西将军邓艾率兵三万余人，由狄道（今甘肃临洮）进军，以牵制蜀大将军姜维驻守沓中（今甘肃舟曲西北）的主力；雍州刺史诸

三国的暗线

葛绪率三万余人，进攻武都（今甘肃成县西北），以切断姜维退路；钟会率主力十余万人，欲乘虚取汉中，然后直趋成都。同时，以廷尉卫瓘为镇西军司马，持节监邓艾、钟会军事。

姜维在沓中与邓艾交战后，设计逼退诸葛绪，直奔东路抵挡魏军主力。邓艾进至阴平，欲与诸葛绪合兵南下。诸葛绪不从，领军东向靠拢钟会。钟会诬告诸葛绪畏敌不前，将其押回洛阳治罪，兼并其部，然后统领大军南下，被姜维阻于剑阁。邓艾则采用以迂为直的谋略，在魏蜀两军主力对峙于剑阁之时，自率精锐部队绕道阴平（今甘肃文县），越过数百里荒无人烟的崇山峻岭，凿山开路，奇袭江油（今四川江油），又在蜀汉腹地绵竹（今四川绵竹）大破诸葛瞻、攻占涪城（今四川绵阳），进逼成都。后主刘禅因邓艾兵临城下，在谯周等"投降派"的建议下，向魏军投降，蜀汉灭亡。

平定巴蜀之后，为了稳定局势，邓艾以天子的名义，拜刘禅行骠骑将军、蜀汉太子为奉车都尉、诸王为驸马都尉。对蜀汉群臣，则根据其地位高低，或任命他们为朝廷官员，或让他们领受自己属下的职务，同时任命师纂兼领益州刺史，陇西太守牵弘等人兼领蜀中各郡太守。

除此之外，邓艾还向司马昭建议：

> 兵有先声而后实者，今因平蜀之势以乘吴，吴人震恐，席卷之时也。然大举之后，将士疲劳，不可便用，且徐缓之；留陇右兵二万人，蜀兵二万人，煮盐兴冶，为军农要用，并作舟船，豫顺流之事，然后发使告以利害，吴必归化，可不征而定也。今宜厚刘禅以致孙休，安士民以来远人，若便送禅于京都，吴以为流徙，则于向化之心不劝。宜权停留，须来年秋冬，比尔吴亦足平。以为可封禅为扶风王，锡其资财，供其左右。郡有董卓坞，为之宫舍。爵其子为公侯，食郡内县，以显归命之宠。开广陵、城阳以待吴人，则畏威怀德，望风而从矣。（《三国志·魏书·邓艾传》）

邓艾的自作主张让司马昭十分恼火，于是让监军卫瓘告诫邓艾凡事需要朝廷批准，邓艾则辩解道：

衔命征行，奉指授之策，元恶既服；至于承制拜假，以安初附，谓合权宜。今蜀举众归命，地尽南海，东接吴会，宜早镇定。若待国命，往复道途，延引日月。《春秋》之义，大夫出疆，有可以安社稷，利国家，专之可也。今吴未宾；势与蜀连，不可拘常以失事机。兵法，进不求名，退不避罪，艾虽无古人之节，终不自嫌以损于国也。（《三国志·魏书·邓艾传》）

景元五年（264），钟会率领大军抵达成都之后，见邓艾居功自傲，向司马昭诬告其谋反，朝廷下诏书派监军卫瓘逮捕邓艾父子，用槛车将其送去京城。邓艾被抓之后，钟会野心膨胀，与姜维密商谋反。《三国志·魏书·钟会传》记载：

会所惮惟艾，艾既禽而会寻至，独统大众，威震西土。自谓功名盖世，不可复为人下，加猛将锐卒皆在己手，遂谋反。欲使姜维等皆将蜀兵出斜谷，会自将大众随其后。既至长安，令骑士从陆道，步兵从水道顺流浮渭入河，以为五日可到孟津，与骑会洛阳，一旦天下可定也。会得文王书云："恐邓艾或不就征，今遣中护军贾充将步骑万人径入斜谷，屯乐城，吾自将十万屯长安，相见在近。"会得书，惊呼所亲语之曰："但取邓艾，相国知我能独办之；今来大重，必觉我异矣，便当速发。事成，可得天下；不成，退保蜀汉，不失作刘备也。我自淮南以来，画无遗策，四海所共知也。我欲持此安归乎！"会以五年正月十五日至，其明日，悉请护军、郡守、牙门骑督以上及蜀之故官，为太后发丧于蜀朝堂。矫太后遗诏，使会起兵废文王，皆班示坐上人，使下议讫，书版署置，更使所亲信代领诸军。所请群官，悉闭著益州诸曹屋中，城门宫门皆闭，严兵围守。会帐下督丘建本属胡烈，烈荐之文王，会请以自随，任爱之。建愍烈独坐，启会，使听内一亲兵出取饮食，诸牙门随例各内一人。烈给语亲兵及疏与其子曰："丘建密说消息，会已作大坑，白棓数千，欲悉呼外兵入，……拜为散将，以次棓杀坑中。"诸牙门亲兵亦咸说此语，一夜传相告，皆遍。或谓会："可尽杀牙门骑督以上。"会犹豫未决。十八日日中，烈军兵与烈儿雷鼓出门，诸军兵不期皆鼓噪出，曾无督促之者，而争先赴城。时方给与姜维铠杖，白外有匌匌声，似失火，有顷，白兵走向城。会惊，谓维曰："兵来似欲作恶，当云何？"维曰："但当击之耳。"会遣兵悉杀所闭诸牙门郡守，内人共举机以柱门，兵斫门，不能破。斯须，门外倚梯登城，或烧城屋，蚁附乱进，矢下如雨，牙门、郡守各缘屋出，与其卒兵相得。姜维率会左右战，手杀五六人，众既格斩维，争赴杀会。会时年四十，将士死者数百人。

钟会死于非命之后，魏军大肆劫掠，后由监军卫瓘收拾稳定局势，因为卫瓘曾参与诬陷邓艾，遂派护军田续追杀邓艾父子于绵竹，邓艾在京城的其他儿子也被诛杀，邓艾之妻和孙子被发配到西域。

然而尽管相关史书对于钟会谋反案和邓艾死于非命经过的记载不可谓不详细，似乎看不出什么破绽，但是"尽信书则不如无书"，如果我们认真阅读史书中的相关记载，还是能够发现不少疑点，比如《晋书·卫瓘传》记载：

俄而会至，乃悉请诸将胡烈等，因执之，囚益州解舍，遂发兵反。于是士卒思归，内外骚动，人情忧惧。会留瓘谋议，乃书版云"欲杀胡烈等"，举以示瓘，瓘不许，因相疑贰。瓘如厕，见胡烈故给使，使宣语三军，言会反。会逼瓘定议，经宿不眠，各横刀膝上。在外诸军已潜欲攻会。瓘既不出，未敢先发。会使瓘慰劳诸军。瓘心欲去，且坚其意，曰："卿三军主，宜自行。"会曰："卿监司，且先行，吾当后出。"瓘便下殿。会悔遣之，使呼瓘。瓘辞眩疾动，诈仆地。比出阁，数十信追之。瓘至外解，服盐汤，大吐。瓘素羸，便似困笃。会遣所亲人及医视之，皆言不起，会由是无所惮。及暮，门闭，瓘作檄宣告诸军。诸军并已唱义，陵旦共攻会。会率左右距战，诸将击败之，唯帐下数百人随会绕殿而走，尽杀之。

假如钟会在灭亡蜀汉之后真的野心膨胀，妄图举兵谋反，按常理而言，他必须首先除掉监军卫瓘，再杀其他不同心的魏军将领，因为监军卫瓘代表司马昭来监视他和邓艾，如果只杀魏军将领，却不除去卫瓘，魏国大军必然在卫瓘率领下平定叛乱，但是从《晋书·卫瓘传》记载来看，钟会却只是想逼迫卫瓘共同诛杀魏军将领，对其并没有起杀心，而且还让卫瓘轻而易举地摆脱自己的控制，以足智多谋著称的钟会会如此愚蠢吗？

另外，在我国古代社会，武将谋反的现象的确存在，但是一个武将要想谋反成功，首要的前提是在军队内部有众多党羽，安禄山能够"渔阳鼙鼓动地来，惊破霓裳羽衣曲"的底气是其担任范阳、平卢、河东三镇节度使多年，手下的将领都是其精心选拔的亲信故旧，两者存在"一荣俱荣，一损俱损"的共生关系；宋太祖赵匡胤敢于发动陈桥兵变，根本原因还在于其从军多年，深得石守信等禁军将领拥戴，可钟会此前尽管在平定毌丘俭、诸葛诞之乱中立下大功，但是他主要承担的是运筹帷幄的军师的职责，灭蜀之战是钟会首次以主帅的身份率军出征，换句话说，此时钟会在魏军内部并没有太多的亲信和心腹，在这种情况下，谋反无异于自取灭亡，钟会会如此短视吗？

在众多疑点之中，最值得关注的便是曹魏军队实行的质任制度决定了钟会试图率领灭蜀大军谋反失败的概率远远高于成功的概率。

曹魏时期，外出征战的将领和士兵的家眷往往会被作为人质安置在后方，一旦前者谋反或叛逃，其家眷都会被诛杀以示惩罚，曹魏的这一制度与魏武帝曹操起兵初期对于手下将领缺乏严密的控制手段而导致挫败有密切的关系。建安二年（197），张绣降而复叛，曹操长子曹昂和侄子曹安民被杀，在总结这次惨痛的教训时，曹操曾表示："吾降张绣等，失不便取其质，以至于此。"（《三国志·魏书·张绣传》）官渡之战击败袁绍之后，曹魏逐步建立了通过质任控制将领的军事制度。《三国志·魏书·李典传》记载："典宗族部曲三千馀家，居乘氏，自请原徙诣魏郡。"《三国志·魏书·孙观传》记载："（孙观）与太祖会南皮，遣子弟入居邺，拜观偏将军。"《三国志·魏书·臧霸传》记载："太祖破袁谭于南皮，霸等会贺。霸因求遣子弟及诸将父兄家属诣邺。"

了解了质任制度之后，读者朋友其实需要思考这样一个问题，那就是钟会出身曹魏官宦世家，历任中书侍郎、司隶校尉、镇西将军等高官，他怎么可能不知道曹魏为了防止武将和士兵叛变而设立的质任制度？退一步讲，即使钟会有"狼子野心"，为了攫取更高权力，头脑发昏，不顾洛阳的家眷的安危，那些曹魏将领和二十多万士兵会不顾亲人的性命去跟钟会谋反吗？不要忘了，此时魏军刚刚消灭了蜀汉这个对峙多年的敌国，立下了赫赫战功，等他们返回洛阳，曹魏将领将会加官晋爵，士兵则会获得丰厚奖赏，他们又怎么会甘心放弃荣华富贵跟随钟会谋反，去做前途未卜的"乱臣贼子"呢？对于这些，以谋略见长的钟会不可能不顾及，因此钟会是真的谋反还是被诬陷谋反需要打上一个巨大的问号。

如果说钟会缺乏谋反的动机，那么司马昭却具有设计杀害钟会的嫌疑。尽管高平陵政变之后，司马家族掌握了曹魏的军政实权，但是其地位在执政初期并不稳固，忠于曹魏的政治势力先后发动"淮南三叛"，曹魏的"九五之尊"高乡贵公曹髦则宁死不屈，率领殿中宿卫和奴仆们试图诛杀司马昭，被后者亲信贾充指使成济杀害更让司马昭背上了"弑君"的千古骂名。为了转移焦点和巩固权势，司马昭不顾群臣的反对，力排众议，发动了灭蜀之战，然而尽管钟会、邓艾率领曹魏大军一举消灭了蜀汉这个与曹魏对峙了多年的强敌，极大地提升了司马昭的政治声望，使其安然度过了弑君事件引发的危机，但是另一枚"定时炸弹"也如影随形，即"功高震主"的局面开始隐然浮现，在这方面，最令司马昭担心的便是作为魏军统帅的钟会在灭蜀一战建立盖世功业之后对于司马家族的政治利益的潜在威胁。

在高乡贵公曹髦死于非命之后，在曹魏上下，恐怕连三岁小孩都知道改朝换代已经是大势所趋，但是由于各种因素制约，司马昭显然想学魏武帝曹操做"周文王"，让世子司马炎承担"周武王"的角色，可这个宏伟目标在蜀汉灭亡之后，却由于钟会声望日隆而面临前所未有的严峻挑战。论家庭背景，钟会之父钟繇是历事魏武帝、魏文帝、魏明帝的三朝元老，"门生故吏遍天下"，其兄钟毓曾任黄门侍郎、青州刺史、后将军；论能力谋略，钟会才兼文武，算无遗策，被时人赞许为当代张良；论个人功绩，钟会先后参与平定毌丘俭、诸葛诞之乱，灭蜀一战，更是立下了盖世功业。在司马昭在世之时，钟会自然不敢起异心，但是在司马昭过世之后呢？考虑到世子司马炎个性谦和，温文尔雅，缺乏父辈的威望和功绩，未必能够驾驭钟会，对于司马昭而言，万一将来自己驾鹤西去，深孚众望的钟会起了异心，借助自己的家族资源和党羽的势力,拉拢群臣,废黜司马炎,取而代之,成为新王朝的"开国之君",绝非天方夜谭。或许钟会本人对司马家族忠心耿耿,这些不过是司马昭杞人忧天,但是古往今来,在政治舞台上,只有永远的利益,没有永远的忠诚,试想又有谁能抵御得了成为"九五之尊"的诱惑呢?要司马昭在维护司马家族利益和相信钟会的忠心之间做出一个选择,很难相信他会选择后者。

对于司马昭这样一位在曹魏政坛摸爬滚打一辈子,经历过多次宫廷政变和武将造反的乱世枭雄而言,一旦下定决心铲除钟会,在钟会返回洛阳之前便是绝佳的机会,因为如果钟会顺利返回洛阳,以钟会家族在朝中的政治实力以及其灭蜀为曹魏立下的盖世功业,即使强势如司马昭也未必能顺利铲除钟会,却很有可能出现"打虎不成,反被虎伤"的局面,但是假如在成都,尽管钟会贵为魏军最高统帅,然而其身边遍布卫瓘等众多司马昭的亲信和心腹,只要司马昭许以高官厚禄,完全可以利用这些亲信和心腹乘钟会不备,人为炮制出一起谋反案将钟会诛杀。

明白了司马昭为什么要诛杀钟会,邓艾难以活着返回洛阳的真正原因便呼之欲出。作为三国后期天下公认的一代名将,虽然邓艾出身寒族,但是其文韬武略,精通兵法。由于受到司马昭之父司马懿的赏识,邓艾在曹魏政坛和军界平步青云,步步高升。正始四年(243),邓艾出任参征西军事、南安太守之后,南征北战,功绩赫赫,成为"一代战神",到了蜀汉灭亡之后,由于陈泰、郭淮等宿将已经过世,邓艾事实上已经成为魏军内部最有威望的军事将领。除此之外,邓艾在灭蜀之后擅自承制拜官和提出灭吴战略的也令司马昭不安。在司马昭看来,以邓艾在魏军内部的巨大威望和拒绝对司马昭唯命是从的性格,以及灭蜀之战建立的盖世功业,极有可能成为未来司马家族篡夺曹魏江山的绊脚石;即使邓艾感念司马懿的知遇之恩,支持魏晋易代,以其威望和实力也将成为新王朝的"董卓",这是司马昭绝对无法接受的。为了永绝后患,司马昭很可能最终决定借钟会和卫瓘之手除去这个绊脚石,于是便有了我们熟知的一幕:先是钟会在司马昭的授意下上书状告邓艾谋反,朝廷下诏书派监军卫瓘逮捕邓艾父子,用槛车将其送到京城来,随后,卫瓘以谋反为由率军诛杀钟会,并且派护军田续在绵竹处决邓艾父子。

事实上，司马昭以谋反之名除去钟会、邓艾这两块绊脚石在史书中也能找到若干证据。《晋书·列女·羊耽妻辛氏传》记载：

其后钟会为镇西将军，宪英谓耽从子祜曰："钟士季何故西出？"祜曰："将为灭蜀也。"宪英曰："会在事纵恣，非持久处下之道，吾畏其有他志也。"及会将行，请其子琇为参军，宪英忧曰："他日吾为国忧，今日难至吾家矣。"琇固请于文帝，帝不听。宪英谓琇曰："行矣，戒之！古之君子入则致孝于亲，出则致节于国；在职思其所司，在义思其所立，不遗父母忧患而已。军旅之间可以济者，其惟仁恕乎！"会至蜀果反，琇竟以全归。

《资治通鉴·魏纪十》记载：

会过幽州刺史王雄之孙戎，问："计将安出？"戎曰："道家有言，'为而不恃'。非成功难，保之难也。"或以问参相国军事平原刘寔曰："钟、邓其平蜀乎？"寔曰："破蜀必矣，而皆不还。"客问其故，寔笑而不答。

或许读者朋友会为辛宪英、王戎、刘寔等人未卜先知，洞察秋毫赞叹不已，但是历史的真相绝非如此简单，司马昭要想除掉钟会和邓艾不可能仅仅依靠自己一人之力，必然会与身边的幕僚和亲信秘密策划，针对各种意外情况，准备各种预案，以防万一。羊夫人辛宪英自己是曹魏重臣辛毗之女，丈夫羊耽则曾任泰山太守，官至太常，是司马师正妻羊徽瑜的舅舅，王戎曾被司马昭辟为掾属，刘寔则是司马昭的军事参谋，作为司马昭的自己人，他们知道灭蜀之后钟会、邓艾将会被铲除这一核心机密不足为奇。事实上，同为官宦子弟出身的王戎对于钟会已经含蓄地提出了警告，但是显然钟会没有领会王戎的言外之意。这些历史记载与其说是当事人目光如炬，知微见著，根据各种迹象判断出灭蜀之后钟会、邓艾的命运和结局，不如说是钟会、邓艾不能活着回来本身就是一个在灭蜀之战之前就已经提前策划好的阴谋。

灭吴之后，西晋将领的表现也可以从侧面显示出钟会、邓艾很可能是含冤而死！

咸宁五年（279）十一月，晋武帝司马炎发兵二十余万，派遣司马伷、王浑、王戎、胡奋、杜预、王濬分六路进军攻打吴国，司马伷、王浑两军直逼建业，王戎、胡奋、杜预三军夺取夏口以西各战略要点，以策应王濬所率的七万水陆大军顺江而下；次年二月，王濬率军攻破吴军横断江路之铁锁、铁锥，船行无阻，后来又擒获吴西线统帅、都督孙歆。在东线战场，吴国丞相张悌率领三万军队渡过长江迎战，被王浑所部击败，全军覆没，王濬当机立断，挥师直指建业，吴军惊恐怯懦，不战而降，士卒闻讯逃散，吴主孙皓投降，天下一统。

然而吴国灭亡之后，立下大功的晋朝将领却围绕功劳大小争吵不休。先是王浑上奏晋武帝司马炎指责王濬违反朝廷命令，不听自己节制，王濬则上疏辩解，两人的争执甚至延续至回朝之后，由于王濬的赏赐不如王浑，并且多次被有司上奏弹劾，以为功大的王濬每次进见晋武帝时，总要陈说自己征伐的劳苦，及被诬告冤屈的情状，有时显出愤愤不平的样子，退出时不向晋武帝告辞。王浑和王濬的争执表面上是功劳谁大谁小的问题，实质上却是自保之策，王濬等人率军消灭东吴，实现天下一统，固然立下了盖世功业，但是客观上却造成与钟会、邓艾灭蜀之后类似的"功高盖主"的局面，当年钟会、邓艾死于非命的真正根源能够瞒得住天下百姓，但是在朝廷高官内部却很可能是一个公开的秘密。为了消除晋武帝司马炎的戒心，王浑和王濬不得不通过争功这种道德自污的方式来保全自己的性命。王濬在回答部属自己为什么如此表现之时就曾经指出过："吾始惧邓艾之事，畏祸及，不得无言，亦不能遣诸胸中。"（《晋书·王濬传》）正是了解邓艾死于非命的真正原因，王濬才会有意表现出对于功劳的斤斤计较，让司马炎了解自己胸无大志，以避免类似的悲剧重演。

司马昭一手炮制所谓的谋反案除了要诛杀钟会、邓艾以防范自己身后可能出现的权臣弱主的局面之外，还隐藏着另一个不可告人的目的，即乘机将姜维等未来有可能重新举起叛旗的政治势力赶尽杀绝，以绝后患。尽管由于后主的旨意，姜维率领蜀汉军队主力向钟会投降，但是蜀汉众多军事将领和士兵对于

三国的暗线

这次投降并非心甘情愿。《三国志·蜀书·姜维传》记载："（姜维）寻被后主敕令乃投戈放甲，诣会于涪军前，将士咸怒，拔刀斫石。"在蜀汉猛将和军队主力尚存的情况下，一旦姜维趁魏军放松警惕，集结军队，拥立太子刘璿，打出复兴蜀汉的大旗，利用对巴蜀地势的熟悉，采用"坚壁清野"的战略对付魏军，不仅益州存在得而复失的可能，而且曹魏大军也将面临全军覆没的威胁。为了防患于未然，姜维和刘璿等人必须被铲除，然而尽管司马昭对于前者动了杀机，但是如果其像白起和项羽那样一不做二不休直接下令将姜维和刘璿等人处死，不仅会失信于天下，导致司马家族名声扫地，而且很可能会造成其他蜀汉将领和官员惊恐不安，益州必然会再度陷入动荡之中。

既然公开处决不行，那就只能暗地诛杀了，《三国志·蜀书·后主传》记载："会既死，蜀中军众钞略，死丧狼藉，数日乃安集。"然而令人感到不可思议的是，在这次针对蜀汉上层的大屠杀中，后主刘禅和谯周等"投降派"都安然无恙，但是姜维和蜀汉太子刘璿却死于非命，难道魏军士兵的刀剑上还长眼睛不成？对于这种反常的现象，比较合理的解释便是当时魏军士兵执行屠杀命令之前已经接到哪些人必须诛杀，哪些人必须保护的指示，这样从表面上看姜维和刘璿等人死于非命完全是魏军士兵平定钟会叛乱后对于蜀汉官员和百姓烧杀抢掠之时的意外事件，跟司马昭没有任何关系，司马昭的心机之深可见一斑！

明朝末年，著名抗清将领袁崇焕在悼念含冤而死的抗清将领熊廷弼之时曾经赋诗一首："记得相逢一笑迎，亲承指授夜谈兵。才兼文武无余子，功到雄奇即罪名。慷慨裂眦须欲动，模糊热血面如生。背人痛极为私祭，洒泪深宵哭失声。"谁知没过几年，袁崇焕自己也背上"通敌"的罪名，被崇祯皇帝下令凌迟处死。

钟会、邓艾的遭遇几乎就是熊廷弼、袁崇焕的翻版。作为曹魏后期的重臣和名将，钟会和邓艾不仅南征北战，为司马家族势力的扩张和权力的巩固立下了汗马功劳，而且文韬武略，足智多谋，灭蜀一战更是建立盖世功业，但是"功到雄奇即罪名"，灭蜀之后，声望日隆的钟会、邓艾客观上却成为妨碍司马家族未来篡夺曹魏江山的最大障碍。为了子孙考虑，司马昭最终设计以谋反之名诛杀此二人，以绝后患。相对于钟会、邓艾的不幸，曹魏灭蜀一战中的败军之将——被押送回洛阳之后的诸葛绪不仅没有遭到惩罚，反而加官晋爵，先后担任太常、卫尉等高官，成为司马家族的"座上宾"，这种鲜明的反差不正是显示什么是钟会、邓艾二人身首异处、死于非命真正原因的最好证明吗？

后　记

作为一个三国爱好者，笔者从小就非常喜欢观看三国题材的影视剧和阅读《三国演义》，加之近年来断断续续拜读了众多三国名家书籍，本人对汉末三国的历史越发地痴迷，茶余饭后，读上几篇《三国志》里的英雄豪杰的传记也成为笔者日常生活中最大的兴趣所在。

然而笔者对于《三国志》阅读越深入，就越觉得《三国志》作者陈寿似乎"话中有话"，最先引起关注的便是《三国志·魏书·袁绍传》第一段中的"太祖（曹操）少与之交焉"，这句话跟前后文好像没有什么内在联系，去掉也没有什么影响，陈寿把这句话放在这里是不是别有深意呢？随着发现的历史疑点越来越多，笔者逐步认为汉末三国时期很可能存在不少容易被后人忽视的历史真相，但是由于秉笔直书可能蕴藏着巨大风险，陈寿只能通过曲笔的形式为后人寻找历史真相提供线索。

考虑到汉末三国历史的特殊重要性，笔者根据这些疑点撰写出本书中的各篇文章，如果这些"翻案之作"在提高读者朋友对于汉末三国历史兴趣方面能够发挥一点微不足道的作用，笔者将倍感骄傲，荣幸之至！

作为一位三国的爱好者和研究者，笔者斗胆建议，如果我国的哪家影视公司对于本书的内容感兴趣，不妨根据本书的内容拍摄一部具有悬疑推理色彩的人文记录片《三国疑案》，让我国的观众了解三国背后隐藏的历史真相。

另外，考虑到三国题材在我国社会无远弗届的影响力以及目前最新版的即陈建斌版的《三国演义》连续剧距今已经十几年，相信未来我国很可能会重拍《三国》连续剧，如果未来重拍《三国》连续剧，笔者认为应该注意以下几点：

一是过去已经拍摄的《三国》连续剧分别从黄巾起义和董卓擅权开始，但是如果想要对汉末三国有更深入的了解，可以考虑从曹操的祖父曹腾入宫作为新《三国》连续剧的开篇，对于曹腾入宫前后的历史，相关的史书记载，笔者读了好几遍，感觉要比三国后期的历史更吸引人，毕竟这段历史要涉及多次宫廷政变、宦官专权、宦官与党人的斗争、西北羌乱、汉桓帝和汉灵帝不理朝政、荒淫无道、黄巾起义以及曹操、袁绍、刘备、董卓等风云人物早年的事迹，这些内容，如果拍摄成影视剧，将会非常精彩。需要指出的是，如果将曹腾入宫作为新《三国》连续剧的开篇，那么相关的内容和篇幅将更加丰富，可以分成不同的系列进行拍摄，比如新《三国》连续剧第一个系列可以叫《三国前传》，全面展现东汉中晚期从曹腾入宫到董卓进京那段云谲波诡、跌宕起伏的特殊历史。

二是以往的《三国》连续剧是以《三国演义》为基础，但是为了让观众有新鲜感，未来拍摄《三国》连续剧，应该加大真实历史的事件的比重，比如王允用美人计离间董卓和吕布"父子"可以这样拍摄：董卓进京把持朝政之后，王允将自己的义女、绝世美女貂蝉送给董卓作为侍婢以收集情报，貂蝉经常在董卓与部下议事时在旁偷听以及进入董卓书房偷看奏章和信件，为了让吕布同意刺杀董卓，王允授意貂蝉勾引负责董卓安全警卫的吕布，吕布中了美人计后，同意王允刺杀董卓的计划。笔者之所以主张这样改动，除了让情节更加曲折生动之外，还因为根据《三国志·魏书·吕布传》记载，吕布是由于在负责董卓安全警卫之时与其侍婢私通，害怕事情暴露，因此被王允说服刺杀董卓。另外，诸葛亮的早年活动轨迹，如曹操血洗徐州之时，此时居住在徐州琅邪国的幼年诸葛亮很可能目睹亲友在战争中被杀（因此埋下成年之后的诸葛亮坚决主张抗曹的伏笔），以及诸葛亮如何历经艰难跟随叔父诸葛玄逃难，最终在荆州襄阳隐居的过程都可以增加进新的《三国》连续剧里，这样能让观众在观赏过程中产生一种新鲜感。

三是根据每集内容再拍摄30分钟左右以专家解说和三国真实历史分析为内

容的专题记录片，在每集之后播放。这几年来，笔者看了许多与三国相关的书籍，感觉真实的三国历史要比《三国演义》更加精彩，但是影视剧不可能跟真实的历史完全一样，这方面的不足可以通过专题记录片来解决，这种类型的记录片如果拍摄得好，相信收视率会非常理想。

巨南

2024年12月8日写于乐清市委党校